AtV

Kurt Aust wurde 1955 in Dänemark geboren, wo er auch aufgewachsen ist. Er absolvierte eine pädagogische Ausbildung und arbeitete zwölf Jahre in einer Einrichtung für körperlich und geistig behinderte Kinder und Jugendliche. Längere Reisen führten ihn durch Asien und Afrika. Der Autor lebt seit 1982 in Norwegen, wo er als Publizist und Übersetzer tätig ist. Sein zweiter Roman »Die dritte Wahrheit« mit Thomas von Boueberge und Petter Hortten erscheint 2002 im Gustav Kiepenheuer Verlag, Leipzig.

28. Dezember 1699: Thomas von Boueberge, weitgereister Professor aus Kopenhagen, und sein junger Assistent, der Norweger Petter Hortten, sind unterwegs in Jütland. Bei einem Freund des Professors wollen sie den Eintritt ins neue Jahrhundert feiern und über den Zustand der Welt disputieren. Doch Schneesturm und Eiseskälte erzwingen eine Unterbrechung der Reise. Buchstäblich in letzter Minute finden die beiden Zuflucht in einem Wirtshaus. Eine bunte Gesellschaft hat sich dort bereits versammelt. Als unmittelbar nach ihrer Ankunft einer der Gäste tot aufgefunden wird, sind Verwirrung und Angst groß. Weil alle Indizien darauf hindeuten, daß der Mörder noch im Wirtshaus zu finden sein muß, nimmt sich Thomas von Boueberge des Falls an! Für Petter, der den Scharfsinn seines Dienstherrn maßlos bewundert, werden die Nachforschungen des Professors lebensbedrohlich, und auch das Dienstmädchen, das den Mörder beobachtet hat, gerät in große Gefahr. Um so entschlossener verfolgt Thomas die Spur des Schuldigen und brilliert nach einem zweiten Mord mit seiner erstaunlichen Scharfsinnigkeit.

Kurt Aust

Das Jüngste Gericht

Roman

Aus dem Norwegischen
von Maike Dörries
und Günther Frauenlob

Aufbau Taschenbuch Verlag

Titel der Originalausgabe
Vredens Dag

ISBN 3-7466-1872-X

1. Auflage 2002
Aufbau Taschenbuch Verlag GmbH, Berlin

Umschlaggestaltung Preuße & Hülpüsch Grafik Design
Druck Elsnerdruck GmbH, Berlin
Printed in Germany

www.aufbau-taschenbuch.de

Tag der Rache, Tag der Sünden,
Wird das Weltall sich entzünden,
Wie Sibyll und David künden.

Welch ein Graus wird sein und Zagen,
Wenn der Richter kommt, mit Fragen
Streng zu prüfen alle Klagen.

Laut wird die Posaune klingen,
Durch der Erde Gräber dringen,
Alle hin zum Throne zwingen.

Schaudernd sehen Tod und Leben
Sich die Kreatur erheben,
Rechenschaft dem Herrn zu geben.

Und ein Buch wird aufgeschlagen,
Treu darin ist eingetragen
Jede Schuld aus Erdentagen.

(Dies irae, dies illa)

Herzogtum Holstein-Gottorp
Nach einer Karte von Bure de Boo, 1635. Korrigiert in bezug auf die Landesgrenzen, wie sie 1699 waren.

Kapitel 1

»Im Anfang war die Zahl, und die Zahl war bei Gott, und die Zahl war Eins. Ein Gott.«

Ich erinnere mich, wie gewaltig Thomas von Boueberge mir erschien, als er die Worte mit einem Schwung seiner Arme unterstrich. Ich erinnere mich, als ob es gestern war. Es ist ein Jahrhundert her, sagt mir mein Gefühl, daß wir mit unseren Pferden in den Schneesturm gerieten – dabei ist noch nicht einmal ein halbes vergangen.

Die Erinnerung belebt den Geist stärker als alle Träume und Hoffnungen; ein sicheres Zeichen des Alters. Die Ungewißheit des nächsten Tages nimmt ihm seinen Reiz, hat man erst einmal das Greisenalter erreicht. Da ist es das Vergangene, das in einem längst entkräfteten Körper in die Glut des Lebens bläst.

»Kein Leben wird gelebt, ohne tiefe Wunden in der Seele zu hinterlassen«, sagte Thomas von Boueberge einmal. Der Professor konnte nüchtern sein, manchmal in einem Grad, daß es fast zynisch und gefühllos wirkte, wenn man ihn nicht kannte. Seine Worte kommen mir wieder ins Gedächtnis. Und ich zweifle nicht eine Sekunde an ihrem Wahrheitsgehalt, sind es doch ebendiese ersten Wunden meiner Jugend, Wunden, die noch jetzt im Alter immer wieder aufreißen, so daß schwarze Materie aus ihnen hervorquillt und meinen Geist und meine Nächte verfinstert. Von diesen Wunden will ich schreiben.

Ich sitze in meiner kleinen Kammer, viele Meilen entfernt von meinem Heimatland, im Schloß von Fürst Reginald und schreibe beim Schein einer Kerze. Gerade hat mir der alte, bucklige Diener eine Schüssel warmes, wohlig nach Badesalz duftendes Wasser gebracht, in dem meine gichtgeplagten Zehen zufrieden plantschen wie kleine, mißgebildete Fische. Die Wärme zieht wohltuend bis in den Nacken hinauf und macht meinen Kopf frei. Linkerhand steht ein Krug mit dampfendem Brennesseldestillat gegen die Gicht, rechterhand das Tintenfäßchen. Vor mir liegen Messer, Gänsekiel und Löschpapier. Es ist alles gerichtet, damit ich mit meiner Geschichte beginnen kann.

Was ich erzählen will, steht seit langem für mich fest – trotzdem zögere ich. Sehe mich in meiner kleinen Kammer um, in der das Bett und der Bücherstapel die einzigen Gegenstände sind, bei denen mein Blick verweilen könnte. Dann wieder suchen meine Augen im unruhigen Flackern der Kerzenflamme eine Zuflucht und Antworten auf die eine Frage, die ich selbst in meinen Gedanken kaum zu stellen wage. Eine Frage, die mich beinahe mein ganzes Leben lang verfolgt hat, verfolgt hat seit ... seit dem Vorfall im Waschhaus? Hat Thomas mir diesen Stachel eingepflanzt, oder strahlte mir die Frage bereits aus dem Versteck hinter den gebleichten Laken entgegen? Ich habe sie immer abgewehrt, weil ich nicht zweifeln will. Selbst jetzt, auf meine alten Tage, bringe ich nicht den Mut auf, sie zu formulieren. Sie wird unweigerlich kommen, wenn die Geschichte es so will. Aber dann ist es nicht mein Mund, der sie ausspricht.

Die Frage läßt mich noch heute erschrocken nach Luft ringen, wie beim ersten Mal, als sie sich stellte, direkt und ohne Umschweife, vor mehr als vierzig Jahren – in einer Welt aus Weiß, einem erdrückenden, beklemmenden und alles verschlingenden Weiß. Nicht unschuldsrein und keusch, nicht heilig und sakral.

Wie kann etwas, das nach außen so rein und unbesudelt erscheint, so von Bosheit und Heuchelei durchdrungen sein? Vom Teufel?

Ich bin mir bewußt, daß ich Zeit schinde. Ängstigt mich das nackte, unschuldige Blatt Papier, das mir entgegenleuchtet? Fürchte ich, es mit meinen Worten zu besudeln? Werde ich Professor von Boueberge gerecht werden können? Wieviel unverbindlicher ist es doch, eine Geschichte mündlich wiederzugeben. Das gleiche mit der Hand niedergeschrieben ist wie eine Forderung nach Wahrheit, als schriebe man für die Ewigkeit.

Ich wurde von Reginalds Vater, dem seligen Fürsten Wilhelm, als Hauslehrer eingestellt, als Reginald neun Jahre alt war, und habe versucht, ihm und später dann seinen zwei unbändigen Söhnen ein wenig Wissen zu vermitteln – möge Gott sie nicht für meine grauen Haare strafen. Als Fürst Reginald ein wenig erwachsener und reifer war, zeigte sich, daß viel mehr in dem rastlosen germanischen Kopf des Fürsten hängengeblieben war, als ich je zu hoffen gewagt hatte.
Einer meiner besten Kniffe, um die Aufmerksamkeit und das Interesse des Vaters als auch seiner beiden Söhne für die höhere Wissenschaft zu wecken, ist immer gewesen, Thomas von Boueberge als Erzähler und Lehrmeister einzusetzen. Sobald ich seine Stimme nachahmte, seine Meinung verkörperte – gebe Gott, daß ich ihm dabei annähernd gerecht geworden bin –, seine Haltung einnahm und wie ein aufgeblasener Gockel umherstolzierte, konnte ich mir tatsächlich Gehör bei den Jungen verschaffen, sogar mit der ach so schweren Arithmetik.

Draußen ist es windig geworden, und ein Zweig der hohen Eiche fährt über die Scheibe. Ein Geist huscht durch die Kammer und läßt die Kerzenflamme flackern, so daß die Schatten an der Wand den ganzen Raum in Bewegung versetzen. Verlangt jemand nach mir? Der morgige Tag ist nicht wichtig, allein meine Geschichte zählt. Ich hoffe, sie vollenden zu können, bevor mein Lebenslicht zu flackern beginnt.

Das erste Mal begegnete ich Thomas von Boueberge an einem stürmischen Novembertag im Jahr des Herrn 1697. Er war von der Regia Academia Hafniensis, der Königlichen

Akademie zu Kopenhagen, nach Norvegia geschickt worden, um den Bau des Leuchtturms auf der Insel Færder zu überwachen und die Rentabilität gewisser Unternehmungen zu überprüfen, in die das Konsistorium der Universität Geld zu investieren gedachte.

Nils und ich lagen in der Bucht Trondviken vor Jeløy und warteten auf eine Fracht aus Fredrikstad, die über den Fjord und weiter nach Tønsberg gebracht werden sollte, als ein vornehmer Herr auf uns zukam und von uns verlangte, ihn unverzüglich überzusetzen, er würde gut bezahlen. Nils hatte mich gerade darauf aufmerksam gemacht, daß sich im Südosten ein Sturm zusammenbraute, und wir entgegneten nuschelnd, daß wir vielleicht besser noch warten sollten, worauf der vornehme Herr verächtlich gegen den Wind anschnaufte, in seinem dänischen Tonfall »So ein lächerlicher Furz« sagte und jedem von uns einen Schilling als zusätzliche Bezahlung in die Hand drückte. Wir steckten die Münzen schnell ein, ehe er es sich anders überlegte, und schoben das Boot ins Wasser. Die Fracht nach Tønsberg mußte warten.

Kaum fuhren wir aus dem Schutz von Gullholmen aufs offene Wasser hinaus, bekamen wir die volle Kraft des Windes zu spüren, und wenn der vornehme Herr nicht bereute, hinausgefahren zu sein, so taten wir es um so mehr. Uns wurde nämlich sehr schnell klar, daß wir das Horttener Gut, unseren Bestimmungsort, unmöglich würden erreichen können. Also nahmen wir Kurs auf die Leeseite einer kleinen Insel nördlich von Hortten. Und nachdem wir uns kräftig in die Riemen gelegt hatten, gelang es uns, erschöpft und naß bis auf die Knochen, das Boot in den schmalen Sund vor Løvøy zu bugsieren. Der feine Herr hatte wortlos zugepackt, am Segel wie beim Steuern. Jetzt saß er auf der hinteren Ruderbank, das Salzwasser tropfte ihm vom Bart und von den Kleidern, während wir das Boot zwischen die Steine zogen und festmachten.

Ich hätte bei meiner armen Mutter, Gott hab sie selig, schwören können, daß der Mann, als ich ihn ansah, laut aufs Meer hinaus lachte. Die Silhouette der sitzenden Gestalt wirkte vor dem grauen Wasser riesenhaft, ein großer, kugeliger Kopf auf der noch größeren Kugel seines Körpers. Ich mußte unwillkürlich an die Schneemänner denken, die ich als kleiner Junge gebaut hatte.

Nils, der sich in Gegenwart Fremder immer unwohl fühlte, machte sich flugs davon, rannte die Bucht entlang zum Horttener Gut, um Pferd und Wagen zu holen.

Ich nahm Reisetasche und Koffer des feinen Herrn und führte ihn zwischen den Felsen hindurch zu der kleinen Fischerhütte, in der der Bauer von Brom Netzgarn und Pfähle aufbewahrte. Die Tür war verschlossen. Der Brombauer lebte in ständiger Angst, ihm könne etwas gestohlen werden, weshalb er selbst die kleinste Kleinigkeit wegschloß, sogar alte Fischernetze. Auf ein Zeichen von mir blieb der feine Herr stehen, während ich zur Rückseite der Hütte ging und unter dem Dachvorsprung herumwühlte, bis ich einen dünnen Eisenbügel zu fassen bekam. Der vornehme Herr verfolgte neugierig mein Tun, als ich mit dem Bügel in dem schweren Vorhängeschloß herumstocherte, und ließ ein anerkennendes Lachen hören, als das Schloß aufsprang und ich ihn bat einzutreten.

Eigentlich hatte ich einfach im Schutz vor Wind und Regen auf Nils warten wollen, aber dann lenkten ein plötzliches Poltern und die darauf folgende Tirade von Flüchen, die einen einfachen Bauernburschen wohl hätten erröten lassen, das Geschehen in eine ganz andere Richtung.

»Verdammt, was ist denn das, worüber ich da gerade gestolpert bin? Ein Ofen etwa?« hörte ich den vornehmen Herrn in der Dunkelheit fluchen.

Der Richtung nach zu urteilen, aus der seine Stimme kam, war es durchaus möglich. Der feine Herr ging an mir vorbei zur Tür und wühlte in seiner Reisetasche herum.

»Such Holz, damit wir unsere kalten Knochen ein wenig aufwärmen können«, kommandierte er und zündelte mit einem Feuerzeug. Er knüllte ein Stück Papier zusammen und drückte es mir in die Hand. Ich betastete es vorsichtig und zögerte, Feuer an solch eine Kostbarkeit zu legen, aber der feine Herr fuhr mich gereizt aus dem Dunkel an, ob das wohl noch was werden würde. Kurze Zeit später knisterten die Flammen vergnügt in dem rostigen Ofen und ließen das Heulen des Windes gleich viel ferner und weniger bedrohlich erscheinen. Wir spannten eine Schnur durch den Raum, um unsere tropfnassen Kleider daran aufzuhängen. Dann zog der feine Herr Kleidungsstücke aus seinem Koffer, die die Überfahrt trocken überstanden hatten.

»Etwas mehr Fleisch auf den Rippen würde dir nicht schaden«, sagte er lachend, nachdem ich ein Paar lange, weiße Wollhosen von ihm übergezogen hatte, in die ich mühelos zweimal hineingepaßt hätte.

»Der gnädige Herr zieht sie besser selbst an«, sagte ich und wollte schnell aus der Hose schlüpfen.

»Sei keine Zimperliese, Junge. Ich heiße übrigens Thomas von Boueberge. Du kannst mich Thomas nennen.«

Das war also das erste Mal, daß mir Professor Thomas von Boueberge begegnete, und im nachhinein würde ich diese Nacht in der Fischerhütte als den Beginn einer langen Freundschaft bezeichnen.

Der Bauer und Nils kamen nach Mitternacht, und wäre da nicht der große Respekt vor dem – wie dem Bauern schnell klar wurde – Beamten aus dem königlichen Kopenhagen gewesen, hätte ich eine ordentliche Tracht Prügel bezogen, weil ich in die Fischerhütte eingebrochen war und unerlaubt Feuerholz genommen hatte. Aber Thomas von Boueberge lobte erst mich für meinen geistesgegenwärtigen Einsatz, dann Nils für den seinen und versprach, in seinem Bericht auch die lobenswerte Behandlung nicht unerwähnt zu lassen, die der Hausherr und Verwalter des Horttener Gutes ihm habe zuteil werden lassen.

Über Nacht legte sich ein dichter Nebel über den Küstenstreifen und machte die Weiterreise zu Wasser wie zu Land zu einem riskanten Unterfangen. Dem Professor blieb gar keine andere Wahl, als sich auf ein oder zwei weitere Tage auf dem Gut einzustellen. Dem Bauern war es recht, zahlte der vornehme Herr doch anständig und großzügig für seinen Aufenthalt.

Wie so oft, wenn Gäste auf dem Gut weilten, war ich es, der ihnen aufwartete, der sie herumführte und auf ihre Fragen antwortete. Dem Bauern war es unangenehm, die Bauersfrau fing an zu stottern und errötete, sobald fremde Männer sie nur ansahen, und Nils machte sich einfach unsichtbar. Nicht daß ich etwas dagegen gehabt hätte. Ich fand es aufregend, fremde Menschen kennenzulernen und Neuigkeiten über unbekannte Orte zu hören, aber so ein Kerl wie der Professor war mir noch nie begegnet. Er sah sich die Salzkote an und gab dem Brombauern ein paar gute Ratschläge mit auf den Weg, er begutachtete voller Interesse das neue, große Fischerboot, an dem der Bauer, Nils und ich gerade bauten, und fragte, warum der Steven einwärts gebogen sei. Das Gut betreffend fragte er nach allem zwischen Himmel und Erde. Wollte wissen, wieviel Vieh es gab, wie groß die Äcker waren und wie viele Fuhren Heu wir unter Dach und Fach gebracht hatten. Dann setzte er sich hin und machte Notizen in einem Büchlein, das er ständig bei sich trug. Ich beantwortete seine vielen Fragen, so gut ich konnte, und erdreiste mich zu behaupten, daß ich den gelehrten Professor mit meinem Gedächtnis und meinem hellen Kopf beeindruckte. Wäre ich nicht ein Bauernjunge, der weder lesen noch schreiben konnte, hätte eines Tages vielleicht sogar ein Professor aus mir werden können, zog er mich eines Abends auf, während wir am Strand entlangliefen und nach Treibholz suchten. Damit hatte er mir einen Floh ins Ohr gesetzt, und am folgenden Tag wollte ich von ihm wissen, wie man es anstellte, lesen und schreiben zu lernen. Er lachte mich aus und sagte, daß das viel Zeit in Anspruch nehmen würde, mehrere Jahre, und der zarte Keim Hoffnung, der in mir Wurzeln geschlagen hatte, verwelkte und verdorrte, und ich sprach dieses Thema nie wieder an.

Der Professor fühlte sich sichtlich wohl auf der Halbinsel von Hortten, und es schien ihn nicht weiter zu stören, daß fast zwei Wochen ins Land gingen, bevor er auf einem von Mads Gregersens Schiffen von Tønsberg zurück nach Kopenhagen fahren konnte.

Bevor er abreiste, machte mir Thomas von Boueberge das größte Geschenk meines Lebens und legte damit den Grundstein für etwas, das mein Dasein vollkommen verändern sollte. Als erstes vereinbarte er mit dem Bauern, daß der Pastor von Nykjerke mich im Schreiben und Lesen in der Heiligen Schrift unterrichten sollte. Er wollte persönlich mit mir korrespondieren, um meine Fortschritte zu verfolgen. Ferner sollte ich, falls ich mich denn als lernwillig erwiese, mit Eintritt in mein achtzehntes Lebensjahr nach Kopenhagen ziehen, um der persönliche Diener und Sekretär des Professors zu werden.

Ich danke meinem Gott noch heute jeden Abend dafür, daß das Schicksal mich mit Thomas von Boueberge zusammenführte.

Gut zwei Jahre später, am fortgeschrittenen Nachmittag des 25. August 1699, ging ich von Bord eines Schiffes und betrat erstmalig und mit staunendem Blick die Hauptstadt des Bruderstaates, das Kopenhagen des absolutistischen Königs Christian V.

In letzter Minute, wie sich zeigte. Denn nur wenige Stunden nach meiner Ankunft war der König tot, wie ein älterer Herr mit langer Perücke aus einem Fenster des königlichen Schlosses herunterrief: »Der König ist tot, lang lebe der König!« Eine schwer verständliche Nachricht für einen Bauernjungen aus Norvegia. Aber ein Schusterlehrling, der sich in der Menschenmenge auf dem Schloßplatz an mich drängte, erklärte mir, daß mit dem letztgenannten König Kronprinz Frederik gemeint sei, aus dem jetzt König Frederik IV. von Dänemark werde.

Thomas von Boueberge wußte nicht, wann genau ich in Kopenhagen eintreffen würde, also mußte ich den Weg zu seinem Haus in der Store Kannikestræde auf eigene Faust suchen. In dem Riesentrubel um den Tod des Königs war es inzwischen später Abend geworden, und die wunderschönen Kupferlaternen auf den gestrichenen Masten erleuchteten bereits die Straßen der Hauptstadt, als ich endlich sein Haus erreichte.

Ich will mich nicht lange bei meinen ersten Monaten mit Thomas und seiner Familie aufhalten, da diese Zeit nur geringe Bedeutung für die Geschichte hat, die ich erzählen möchte, für das, was sich wenig später um den Jahreswechsel herum zutrug. Für einen jungen Bauernburschen wie mich war es natürlich eine einschneidende Veränderung, von einem kleinen Gut auf dem Lande – wo es außer der Heiligen Schrift kein einziges Buch gab, und selbst das konnte niemand lesen, jedenfalls nicht, bis der Pastor von Nykjerke diese Pforte der Weisheit für mich aufstieß – in die Großstadt und zu einer Familie zu ziehen, in der sich selbst die jüngste Tochter von acht Jahren durch lateinische Schriften buchstabieren konnte und wo die Zimmer vom Boden bis unter die Decke mit ledergebundenem Wissen und Weisheit angefüllt waren.

Meiner Neugier und meinem Eifer, Wissen in mich aufzusaugen, boten sich Möglichkeiten, die mir nahezu überirdisch erschienen. Ich befand mich in einem unablässigen Glücksrausch. Thomas von Boueberge war nicht immer bereit, auf meine neugierigen Fragen zu antworten, oft zog er statt dessen ein Buch aus dem Regal und sagte: »Lies das, dort wirst du eine Antwort finden.« Hin und wieder fand ich eine Antwort, aber öfter verstand ich gar nichts. Und häufig bekam ich Antworten auf Fragen, die zu stellen mir im Traum nicht eingefallen wäre.

Wenn diese Zeit für mich persönlich schon eine große Umwälzung bedeutete, so nicht minder für das Königreich Dänemark-Norwegen. Der alte König war tot und der achtundzwanzigjährige Kronprinz Frederik sein Nachfolger. Obwohl noch jung an Jahren, war er weit davon entfernt, der jüngste Regent Nordeuropas zu sein. In Schweden saß der reinste Knabe auf dem Thron; Karl XII. war gerade sechzehn Jahre alt geworden, und das Herzogtum Holstein-Gottorp wurde vom ebenfalls achtundzwanzigjährigen, und wie Thomas meinte, ziemlich unreifen Herzog Frederik Christian regiert, dessen Herz von heftigem Haß gegen Dänemark erfüllt war. Der Herzog von Holstein-Gottorp hatte seine Heirat mit der Schwester des schwedischen Königs arrangiert. War die Beziehung zwischen Dänemark und Schweden in den letzten Jahren schon nicht sonderlich entspannt gewesen, so war diese Heirat das sichere Zeichen dafür, daß sie es auch in Zukunft nicht werden würde; denn Karl XII. ernannte seinen Schwager Frederik Christian zum befehlshabenden General aller Truppen der schwedischen Provinzen in Norddeutschland, Vorpommern und Bremen-Verden, was eine Bedrohung der dänischen Südgrenzen bedeutete. Der alte König, Christian V., hatte wenige Jahre vor seinem Tod, im Mai 1697, die Flügel des kriegsbesessenen jungen Herzogs zu stutzen versucht, indem er die Grenze überschritten und die Schanzen, die der Herzog in Nordschleswig, in der Nähe von Tönningen, hatte errichten lassen, dem Erdboden gleichgemacht hatte. Zur großen Überraschung des alten Königs hatten ihn daraufhin sämtliche Alliierte Dänemarks aufgefordert, die gottorpschen Gebiete unangetastet zu lassen, worauf die dänischen Truppen sich wieder zurückziehen mußten.

Thomas charakterisierte diese Zeit später als »juventute et pertubationibus regnatae«, was soviel bedeutet wie »von Jugend und Affekten regiert«. Es waren von Unsicherheit und jugendlichem Leichtsinn geprägte Jahre. In Thomas' Bekanntenkreis wurde häufig über die drohende Gefahr eines neuen Krieges diskutiert. Man führte sich den Schonischen Krieg detailliert vor Augen und die große Seeschlacht im Sund zwischen Stevns und Falsterbro, südlich von Kjøge Bukt 1677, in der dänische und schwedische Flottenverbände aufeinandergeprallt waren. Sieben Jahre später wurde der mißlungene Versuch des alten Königs, das gesamte Gebiet von Nordschleswig bis hinunter zur Elbe zu unterwerfen, einschließlich des geforderten Hoheitsrechtes über die Stadt Hamburg, diskutiert. Man war sich einig, daß der Dänenkönig und seine Ratgeber die Situation falsch eingeschätzt hatten. Einer derart peinlichen Niederlage sollte Dänemark nicht ein weiteres Mal ausgesetzt werden.

Die meisten Dänen wünschten sich Frieden und Stabilität im Land. Selbst wenn man mißtrauisch zu dem Nachbarn auf der anderen Seite des Øresunds und dessen Knabenkönig hinüberblickte, so hoffte und glaubte man doch lange Zeit, daß es möglich wäre, einen Krieg zu vermeiden. Für Thomas und seine Freunde waren aber weder die Hoffnung noch der Glauben daran einen müden Heller wert.

Die Kerzenflamme neigt sich plötzlich zur Seite und läßt die Schatten der Hand und des Stiftes über die geschriebenen Worte tanzen. Tobias, der alte Diener, schließt die Tür hinter sich und kommt zu mir, um meine Füße aus dem inzwischen abgekühlten Wasser zu nehmen. Während er sie trockenreibt, lese ich noch einmal durch, was ich geschrieben habe, finde es stellenweise ein wenig sprunghaft, entschließe mich aber, bei meinem Vorhaben zu bleiben, mich nicht zu lange bei der Kopenhagener Zeit aufzuhalten. Unbestritten waren das spannende Monate für mich. Denn damals lernte ich die Magie des geschriebenen Wortes kennen, die vielfältigen Möglichkeiten, die in der Sprache liegen, und begann mich an die abenteuerliche Welt der Zahlen heranzutasten. Aber für meine eigentliche Geschichte ist diese Zeit nur insofern von Bedeutung, als sie mich zu einem leidlich guten Schreiber und kritischen Sekretär des Professors hatte werden lassen.

Das eine oder andere wird sich, mit Verlaub, der Ewigkeit entziehen.

Tobias ist mir beim Auskleiden behilflich und bringt mich ins Bett. Legt einen warmen Stein an meine Füße und einen zweiten in mein schmerzendes Kreuz, bevor er die Decke sorgfältig um mich feststeckt. Bläst die Kerze aus und geht.

Die Mäuse rascheln bereits im Dunkeln herum auf der Suche nach den übriggebliebenen Krumen meiner Mahlzeiten – es gibt ein Leben nach dem Verlöschen des Lichtes, ein Leben, das mir hilft einzuschlafen. Als ob die Nacht dadurch erträglicher würde, weniger erschreckend, weniger schwarz. Und der Tod weniger leblos. Manchmal gelingt es mir, mich selbst davon zu überzeugen, daß die Geräusche der Beweis für ein Leben nach dem Tod sind. Thomas hätte über einen derartigen Gedanken gelacht. Oder nicht?

Mir kommt mit einemmal eine Begebenheit in den Sinn, eine eigenartige Begebenheit, an die ich jetzt seit ... seit siebenundvierzig Jahren nicht mehr gedacht habe. Es war an jenem Tag, ich war in meinem achtzehnten Jahr, als ich daheim auf dem Hof stand, bereit, mich auf den Wagen zu setzen, um nach Tønsberg und von dort aus weiter nach Kopenhagen zu fahren. Ich war vor Reisefieber und bei dem Gedanken an die große, weite Welt, die mich dort draußen erwartete, ganz aufgeregt. Sigvart, der alte Knecht von Brom, der gekommen war, um mir Lebewohl zu sagen, nahm mich ein Stück beiseite.

»Petter«, sagte er, sein faltiges Gesicht sah ganz besorgt aus, »ich hatte heute nacht einen Wahrtraum.« Sigvarts Träume interessierten mich nicht, ich glaubte nicht, daß etwas an ihnen dran war. Die meisten Dorfbewohner lachten über Sigvart und seine Träume. Mein Blick wanderte zu meinem Reisegepäck. Hatte ich alles dabei? Die Bauersfrau brachte mir einen Stoffbeutel mit Reiseproviant, und ich bekam Sigvarts Worte nur mit halbem Ohr mit. Er zupfte mich am Ärmel, drängte mich, ihm zuzuhören: »Du warst auf einem steilen, hohen Berg, so ähnlich wie der Veggfjäll, weißt du. Es war dunkel. Etwas war hinter dir her, trieb dich immer weiter auf die Schlucht zu. Hörst du, Petter? Du bist gestolpert und der Länge nach hingestürzt, direkt am Rand der Schlucht, hast dem sicheren Tod ins Antlitz gestarrt. Hinunter in die

Dunkelheit. Derjenige, der dich verfolgte, dich fangen wollte, drehte sich plötzlich um und stieß gegen jemand anderen, der über dich fiel, über deine Beine stolperte und mit einem grauenvollen Schrei in der Dunkelheit verschwand.« Sigvart schauderte es beim Gedanken an den Traum, er sah mich mit feuchten Augen an und nahm meine Hand. »Jemand wird sterben, jemand, der mit dir zusammen ist.« Er drückte meine Hand. Flüsterte: »Gib gut auf dich acht.« Und ging. Ich sah hinter ihm her, als der Bauer mit dem Reisegeld kam.

Kurz darauf saß ich auf dem Wagen, unterwegs nach Tønsberg, und meine Gedanken hatten seitdem nie wieder Sigvarts Traum berührt.

Warum erinnere ich mich jetzt an seinen Traum? Ist das ein Zeichen? Und wenn – was für eins? Vielleicht ist es einfach an der Zeit, den Traum im Gedächtnis abzulegen, an einem Ort, wo er sich leicht wieder hervorholen läßt, wenn meine Geschichte an der Stelle, beim Tod, angelangt ist. Denn Sigvart hatte recht – allzu recht. Aber es wäre zu früh, jetzt schon darauf einzugehen.

Morgen werde ich beginnen – mit dem Anfang. Ich werde von meiner Entdeckung der äußeren Welt erzählen, der Entdeckung des Lebens als äußerste Konsequenz des Bösen, darüber, was der Beginn und das Ende meines jungen Lebens war, und … Nein, ich werde nicht vorgreifen.

Jetzt will ich schlafen.

Donnerstag, der 28. Dezember
Im Jahr des Herrn 1699

Kapitel 2

»Im Anfang war die Zahl, und die Zahl war bei Gott, und die Zahl war Eins. Ein Gott.« Atemwölkchen standen vor seinem Mund. Thomas wickelte den Umhang fester um seinen massigen Körper und fuhr fort: »Alles ist Zahl! Alles ist Zahl, hat eine Position, steht in einem Verhältnis zu allen anderen Dingen, es läßt sich alles in ein numerisches System einordnen und im algebraischen Rechensystem ausrechnen. Danach abstrahieren wir und übertragen das Ganze auf unsere Alltagssprache. Mit einfachen Worten: wir sind zwei Personen. Ich bin neununddreißig Jahre alt, in Worten: der Ältere. Du bist achtzehn, also: der Jüngere.

Heute ist Donnerstag – eine ziemlich ungenaue Angabe. Um es zu konkretisieren, greifen wir auf Zahlen zurück: der 28. Tag des 12. Monats im Jahr 1699. Zahlen.« Er sah mich zufrieden an und führte sein Pferd so dicht an meines heran, daß sich unsere Füße berührten.

»Es ist erwiesen, daß die Welt der Musik auf einem Verhältnis von Zahlen aufgebaut ist. Verkürzt man eine klingende Saite auf die Hälfte ihrer Länge, wird der Ton genau eine Oktave höher. Für die übrigen musikalischen Intervalle gelten ganz ähnliche simple Zahlenverhältnisse.

Wir haben in dem Maß Einblick in die Welt der Sterne, in dem wir anhand von Zahlen ihre Laufbahn am Himmel berechnen können.« Er hielt einen Augenblick inne und blinzelte entzückt in den Schneesturm, während unsere Pferde weitertrotteten. »Mein guter Freund Ole Rømer hat den, wie viele es nennen, greifbarsten Beweis für Gottes Existenz und Allgegenwärtigkeit in unserem täglichen Leben, sowenig greifbar er auch sein mag, in Zahlen ausgedrückt – das Licht, das die Bäume dazu bringt, sich gen Himmel zu strecken, und die Blumen, sich zu öffnen. Er hat den Beweis erbracht, daß Licht meßbar ist. Man ist heute in der Lage, die Zeit zu messen, die das Licht benötigt, um von einem Himmelskörper bis zur Erde zu gelangen, die Verzögerung des Lichts zu berechnen, die Zeit, die es von der Sonne braucht, bis es unserer Erde Wärme und Leben beschert.«

Der Professor strahlte förmlich vor Begeisterung, mich aber verunsicherten seine Worte und ließen mich schaudern. Die Welt wurde zu groß, zu unübersichtlich und fremd. Das war nicht meine Welt, über die er sprach.

Als hätte er meine Gedanken gelesen und als wollte er mich beruhigen, sah er mir in die Augen, ehe er fortfuhr:

»Gott schuf die Welt. Aber bevor er ihr den Namen ›Welt‹ gab, war sie Eine. Die Erste. Also: Eine. Den Namen ›Welt‹ bekam sie erst, nachdem er das Wort erfunden hatte. Das Leben in seiner mechanischen Ausformung wird immer auf Zahlen zurückzuführen sein. Zu Beginn war die Welt der Zahlen, ihre Prinzipien sind die Grundlage für alles andere.«

Ich atmete tief ein und spürte, wie mir die kalte Luft in die Lungen schnitt.

»Der Apostel Johannes hat gesagt, daß am Anfang alles bei Gott war, daß Gott zuerst da war und ohne ihn das große Nichts geherrscht hätte. Zuerst war das Wort. Und das Wort war Gott.« Die letzten Worte schrie ich aus lauter Wut über meine Ohnmacht gegenüber seinem Wissen und seiner Arroganz heraus.

Ich hatte genau das gesagt, was er von mir erwartet hatte. Aber das war ja auch meine Meinung. Er entschied sich, mir den kleinen Finger zu reichen und mir ein wenig entgegenzukommen.

»Natürlich war Gott das erste Wort. Noch bevor er den Menschen schuf, um es auszusprechen. Aber ehe Gott auf den Gedanken kam, sich Gott zu nennen, war er Einer. Ein Gott, zugegebenermaßen, aber zuerst Einer.«

Thomas schnalzte dem Pferd zu und fuhr dann mit der Auslegung seiner Theorie fort: »In der Heiligen Schrift heißt es: ›Am Anfang schuf Gott Himmel und Erde‹. Und die Erde besteht aus Steinen, die man zählen oder auch in kleinere Minerale zerteilen kann …«

Ich ließ ihn reden und sah zu den grauen Wolken hinauf, die sich über dem Waldweg, den wir entlangritten, zusammenzogen.

Wir waren am Abend zuvor von Hindsgavl auf Fünen über den Fænøsund gesetzt worden und hatten beim Pastor, einem alten Studienkameraden von Thomas, auf Fænø übernachtet. Am Morgen hatte dieser dafür gesorgt, daß uns jemand über den Kleinen Belt nach Gammel Ålbo ruderte, zusammen mit unseren drei Pferden, die jetzt uns und unser Gepäck durch Jütland unserem Reiseziel Ribe entgegentrugen. Wir hatten eine Einladung zur Neujahrsfeier beim Lehnsgrafen Hans Schack zu Schackenborg bekommen, der ein eifriger Studiosus der Himmelskörper und ihres Einflusses auf unser irdisches Leben war. Der Graf hatte von Thomas von Boueberges neuester Theorie über die »Berechnung des verzögerten Einflusses der fernen Himmelskörper in Abhängigkeit von Distanz und Größe« gehört und den Professor eingeladen, am Neujahrsabend im Kreis einiger Freunde des Grafen einen Vortrag zu halten, während die Erde und die Gestirne in ein neues Jahr, ein neues Jahrzehnt, ja wohl ein neues Jahrhundert eintraten. Nach unserer Planung würden wir Ribe und das Korsbrødregut des Lehnsgrafen am folgenden Abend erreichen, spätestens aber am Tag darauf, jedenfalls rechtzeitig zur Neujahrsfeier.

Wir hatten in einem kleinen Dorfkrug zu Mittag gegessen und waren danach während unseres nachmittäglichen Rittes keiner lebenden Seele begegnet. Man konnte es niemandem verdenken, wenn er nicht hinausging, da der Frost noch beißender geworden war und aus den grauen Wolken unablässig Schneeflocken auf uns herabrieselten und die Pferde in den fußhoch liegenden Wehen immer schwerer schnaubten.

Ich blinzelte erneut zum Himmel hoch und raffte unwillkürlich meinen Umhang am Hals zusammen. Wolken, schwarz wie der Leibhaftige, hatten sich am Himmel aufgetürmt, und plötzlich schlugen uns kräftige Windböen entgegen. Ich drehte mich um und unterbrach meinen Dienstherrn in seinen gedanklichen Ausschweifungen.

»Professor, wir werden bald einen ordentlichen Sturm bekommen und sollten uns schnellstmöglich einen Unterschlupf suchen, der uns Schutz bieten kann.«

Thomas von Boueberge sah mich zuerst verständnislos an und schaute dann zu den Wolken empor. Seine Augen waren noch einen Augenblick völlig abwesend, bis er schließlich mit einem Seufzer die Notwendigkeit zu akzeptieren schien, seiner Umgebung wenigstens ein gewisses Maß an Aufmerksamkeit zu widmen. Er richtete sich im Sattel auf und sah sich um.

»Wenn wir aus dem Wald heraus sind, treffen wir sicher auf eine Behausung. Bald ...«, sagte er und fügte, wobei er den Hut über die Augen zog, um sich gegen Schnee und Wind zu schützen, noch hinzu, »denke ich.«

Das »Bald« zog sich allerdings so sehr in die Länge, daß wir in der trügerischen Dunkelheit fast an dem Wirtshaus vorbeigeritten wären. Wir saßen vornübergebeugt, die Gesichter an die Mähne geschmiegt, in unseren Sätteln, und hätte mein Pferd nicht auf ein Geräusch reagiert und laut gewiehert, hätten wir wohl kaum das antwortende Wiehern gehört, das uns in einer der wenigen Atempausen des Sturms verkündete, daß Menschen, Häuser oder wenigstens Pferde in der Nähe waren.

Wir trieben die Tiere hart nach links durch die hohen Schneewehen, was sie so sehr anstrengte, daß nur noch das Weiße in ihren Augen zu sehen war. Und um Haaresbreite hätten wir sie bei unserer verzweifelten Suche nach einem Unterschlupf und dem Kampf ums nackte Überleben direkt gegen eine hohe Steinmauer laufen lassen. Thomas' Rufe wurden vom Sturm verschluckt, er zeigte nach rechts und führte sein Pferd an der Mauer entlang, wo es bis zur Brust im Schnee versank. Das Packpferd drückte sein Maul gegen mein Bein und zitterte am ganzen Körper. Bald würde es umfallen, um nie wieder aufzustehen. Ich suchte ein Stück von der Mauer entfernt nach einer Stelle, wo der Schnee nicht ganz so tief lag, und verlor in der Dunkelheit prompt Mauer und Thomas aus den Augen, woraufhin ich die Pferde schleunigst zurücktrieb.

Thomas war wie vom Erdboden verschluckt. Mich mit einem Arm gegen den eisigen Wind schützend, schob ich mich an der Mauer entlang. Plötzlich weigerte sich mein Pferd weiterzugehen, und ich schlug mit aller Kraft zu, um es vorwärts zu treiben. Was mit Sicherheit schmerzhafter für meine durchfrorenen Finger war als für das kräftige Hinterteil des Pferdes. Das Tier rührte sich jedenfalls nicht vom Fleck.

Einen Augenblick lang zog ich in Erwägung, abzusteigen und beide Pferde hinter mir herzuziehen, aber die Schneemassen ließen mich schnell einsehen, daß ich damit meinen sicheren Tod herbeigebeten hätte. Das Pferd unter mir zitterte vor Erschöpfung.

Welch eine Ironie, hier zu sterben, dachte ich, auf dem Rücken eines Pferdes in unmittelbarer Nähe eines Wirtshauses mit der Nahrung und Wärme, die wir zum Überleben bräuchten, als sich plötzlich Thomas' massige Silhouette in der Dunkelheit abzeichnete. Es war, als ob der Anblick des Mannes meinem Pferd neuen Lebensmut und neue Kräfte einflößte. Überstürzt pflügte es, das Packpferd hinter sich herziehend, durch die Schneewehen, um zu seinem geschundenen Kameraden zu gelangen, der den wohlgenährten Körper des Professors schleppte.

Thomas zeigte zu einem großen, massiven Holztor. Es war verschlossen und hatte weder Riegel noch Klopfer. Er führte sein Pferd dicht an das Tor heran und trat kräftig mit dem Fuß dagegen, aber der dumpfe Schlag verlor sich augenblicklich im Getöse des Sturms. Der Tritt hinterließ nicht mehr als einen deutlichen Abdruck in dem überfrorenen Schnee auf dem Tor.

Thomas' Gesicht verzog sich zu einer Grimasse, die ich als eine Mischung aus Schmerz und einem passenden lateinischen Fluch deutete, als ich plötzlich links neben dem Tor ein Seil erblickte. Ich zog kräftig daran und betete, daß irgendwo hinter der Mauer das leise Läuten einer Glocke ertöne. Aber der Sturm verschluckte alles, und so konnten wir nur hoffen, daß die Glocke funktionierte und daß irgend jemand sie hörte.

Während wir warteten, drehten wir uns mit dem Rücken zu dem Schneesturm, der uns wie mit Nadelspitzen ins Gesicht gestochen hatte, und starrten auf das verschneite Tor. Nichts geschah.

Ich zog wieder mit aller Kraft, diesmal mehrmals hintereinander, und endlich hörten wir auf der anderen Seite der Mauer ein Poltern. Das Tor öffnete sich einen Spaltbreit, und ein dunkles, mißtrauisches Augenpaar lugte unter einer buschigen Pelzmütze hervor und maß uns im Schein einer Sturmlaterne abschätzend von Kopf bis Fuß.

»Guter Mann«, brüllte Thomas gegen den Sturm an. »Wir bitten um Zuflucht für diese Nacht.«

Der Blick des Mannes taxierte die völlig erschöpften Pferde, dann Thomas und mich; der Mund in dem üppigen Bart formte ein Wort, das sich wie ein »Ja« anhörte. Der Mann, der fast einen Kopf größer war als ich und Hände wie Schaufeln hatte, mußte die Torflügel mit der Schulter zur Seite stemmen, damit sich die Pferde mitsamt dem Gepäck hindurchzwängen konnten.

Hinter dem Tor lag der Schnee in hüfthohen Wehen, und wir kämpften uns mühsam über die Andeutung eines Trampelpfades auf ein Gebäude zu, das sich als Pferdestall entpuppte. Trotz des Schneetreibens erhaschte ich einen Blick auf die erleuchteten Fenster eines anderen Gebäudes.

Der kräftige Mann wurde auch im Stall nicht gesprächiger, obwohl das wütende Heulen des Sturms hier viel gedämpfter war, so daß man sich beinahe normal unterhalten konnte. Er drehte uns den Rücken zu und begann mit dem Abpacken der Pferde. Danach rieb er sie mit Stroh trocken und murmelte besänftigend auf sie ein, als ob nichts außer ihnen auch nur einen Gedanken wert wäre. Die Erschöpfung traf mich wie ein Schlag. Ich ließ mich auf einen Haufen Stroh sinken und schloß die Augen. Sofort wirbelten weiße Bilder aus dem Schneesturm hinter meinen geschlossenen Lidern herum. Dunkle Bäume, die bei jeder Windböe bedrohlich schwankten und sich zu uns herunterbeugten, Schnee, der unablässig in die Augen und gegen die Haut peitschte, das scharfe Knacken abbrechender Äste, der Schmerz, die Erschöpfung, das Weiß unter uns, das nach den Beinen der Pferde griff und sich an sie klammerte wie bleiche, gierige Klauen. Ich hatte keine Kraft, die Augen zu öffnen, um die Bilder zu verscheuchen. Sie veränderten ihre Form, verwandelten sich in große Schneemäuler mit messerscharfen Zähnen, die mich aus dem Wald heraus anfauchten und nach mir schnappten. Hinter ihnen, weit weg, konnte ich verschwommen eine Gestalt mit schwarzem Umhang und einem Stock über der Schulter erkennen, die langsam näher kam und über den Schnee lief, ohne Fußabdrücke zu hinterlassen. Ich strengte mich an, um zu erkennen, wer sich unter der Kapuze verbarg, sah aber nur Schwarz, je näher sie kam. Und plötzlich wußte ich es! Von Panik ergriffen gelang es mir, die Augen weit aufzureißen, um mich vom Anblick des Sensenmannes zu befreien. Ich starrte zu Tode erschrocken zur Tür, an der der Wind mit unbändiger Kraft rüttelte und zerrte. Der Sturm stieß ein lautes Brüllen aus, erbost, uns in letzter Sekunde verloren zu haben. Verzweifelt preßte ich die Hände auf meine Ohren, während ich mich an den Wortlaut von »Gott ist meine Zuversicht, Er gibt mir Kraft« zu erinnern versuchte. Es grenzte an ein Gotteswunder, daß wir zu diesem Zeitpunkt nicht längst von Schnee und Eis eingehüllt irgendwo im Wald lagen, vor den Blicken aller verborgen bis weit nach Mariä Lichtmeß. Vielleicht würde ein umherstreifender Fuchs uns finden, wenn die Frühlingssonne mit ihren wärmenden Strahlen den Winter in die Knie gezwungen hätte, wenn der Schnee geschmolzen wäre und Blumen und Bäume zu neuem Leben erwachten. Nur wir würden nicht wieder zu neuem Leben erwachen. Verwest lägen wir da, ein Festmahl für Krähen und Ameisen …

Ich zitterte so sehr, daß meine Zähne aufeinanderschlugen. Thomas legte seine Arme um mich und hielt mich fest, bis ich wieder ruhiger wurde.

»Ruhig, Petter, ganz ruhig. Es ist überstanden. Wir haben es geschafft. Schhh, schhh, ganz ruhig. Es braucht schon mehr als einen kleinen Sturm, um uns unterzukriegen. Alles, was uns jetzt nottut, ist eine Kleinigkeit zu essen und ein warmes Bett.«

Er schaute zu dem Knecht hinüber, der die Pferde inzwischen beruhigt hatte und ihnen Wasser gab, das er auf einem Ofen in der hinteren Ecke des Stalls für sie angewärmt hatte. Dort war auch sein Schlafplatz mit einer Decke; ein Kessel und ein Teller standen auf einer Holzkiste.

»Laß uns nach der Wirtsstube suchen, bevor er uns die Ohren abquatscht. Komm.«

Ich kam mit Mühe auf die Beine und schulterte unser Gepäck. Der Stallknecht folgte uns mit dem Blick, und da bemerkte ich den feuerroten Streifen neben seinem Auge, als ob ihn eine Teufelskralle gekratzt hätte. Ich war froh, nicht bei ihm im Stall schlafen zu müssen.

»Wo finden wir die Wirtsstube?« fragte Thomas von Bouberge.

Der Stallknecht gab mit einer knappen Drehung des Kopfes die Richtung an und wandte sich wieder den Pferden zu.

»Na, die Pferde scheinen jedenfalls gut aufgehoben zu sein«, sagte Thomas und grinste mich an, als wir den Stall verließen.

Ich folgte Thomas dicht auf den Fersen, als wir den Hof überquerten und die Treppe zur Wirtsstube hochstiegen.

Wohlige Wärme schlug uns entgegen, und der Duft nach warmem Essen brachte mich fast zum Weinen. Thomas trampelte den Schnee von seinen Stiefeln und rief: »Etwas Warmes zu essen! Schnell! Bevor der alte Diabolus uns holt«, und ließ sich schwer auf einen Stuhl fallen.

Ein Mann, der an dem Tisch saß, grinste und hob seinen Bierkrug. »Da scheint aber wer unseren Herrgott gewaltig gereizt zu haben. Kann mich nicht erinnern, wann ich ihn das letzte Mal so verdammt wütend erlebt hab.«

»Es scheint Menschen zu geben, die keinen Unterschied zwischen unserem Herrgott und dem Beelzebub erkennen, nicht einmal dann, wenn die beiden in einem weißen und einem schwarzen Gewand vor ihnen stünden. Wie soll man da erwarten, daß ebendiese Menschen einen Unterschied in ihren Werken erkennen, selbst wenn es sich ganz offensichtlich um etwas handelt, das nur dem Fürsten der Finsternis zuzutrauen ist.« Die nüchtern vorgetragenen Worte stammten von einem nicht mehr ganz jungen Pastor, der hinter mir saß. Er sah uns einen Augenblick über seine schiefe Nase hinweg an und setzte dann seine Mahlzeit fort.

»Sieht ganz danach aus, als ob dein verdammter Fürst deinem Herrgott ziemlich auf der Nase rumtanzt«, murmelte der andere und schaute besorgt aus dem Fenster, während er seinem Bierkrug auf den Grund ging.

Ein junges Mädchen in meinem Alter schöpfte Suppe aus einem großen, schwarzen Topf, der über der Feuerstelle hing. Sie stellte die Suppenschalen und Brot vor uns auf den Tisch, ging wieder weg und füllte zwei Bierkrüge für uns.

»Ein Mädchen, das weiß, was ein Mann braucht«, sagte der Mann und grinste wieder. Sie errötete und sah ihn wütend an, bevor sie zu dem Topf zurückging.

Wir bliesen in die heiße Suppe und wollten gerade den ersten Löffel probieren, als im hinteren Teil der Wirtsstube die Tür laut aufsprang und ein schmächtiger Mann mit einer Laterne in der Hand hereinpolterte. Er fuchtelte aufgeregt mit den Armen.

»Marie, hol Albert! Beeile dich! Der Graf liegt draußen im Schnee, es geht ihm nicht gut. Wir müssen ihn hereinschaffen.«

Marie schaute aus dem Fenster. Es war deutlich zu sehen, daß ihr der Gedanke, nach draußen zu müssen, nicht behagte. Weder der Mann mit dem Bierkrug noch der Pastor machten Anstalten aufzustehen, hatten beim Eintritt des Mannes kaum den Kopf gehoben.

Thomas schnappte unsere Umhänge und Hüte, die ich neben den Ofen gehängt hatte.

»Ich bin Medicus, wir werden euch helfen«, sagte Thomas.

Ich sah bedauernd auf die warme Suppe. »Komm schon, Petter!« Die Stimme des Professors ließ keinen Widerspruch zu.

Der schmächtige Mann nickte erleichtert und drehte sich eilig um, bevor wir es uns womöglich anders überlegten. Er lief vor uns her durch ein kleines Stiegenhaus und trat durch die Hintertür hinaus ins Freie. Es hatte aufgehört zu schneien, aber da der Wind noch genauso heftig blies wie vorher und Unmengen Schnee vom Boden hochwirbelte, dauerte es eine Weile, bis ich es merkte. Der Mann, der, wie ich vermutete, der Wirt war, hielt die Laterne hoch, stieg die Hintertreppe hinunter und bog nach links ab.

»Ich bin über ihn gestolpert, als der Wind mich packte«, rief er und blieb stehen. Rechts vom Pfad ragten ein Arm und das Gesicht eines Mannes aus dem Schnee. Der Wirt ging so nah mit seiner Laterne heran, daß ich die Konturen des Körpers erahnen konnte.

Thomas nahm ihm die Laterne aus der Hand und sank neben dem Mann auf die Knie. Er fühlte den Puls am Hals und hob ein Augenlid an. Eigentlich nur zum Schein, wie er mir später gestand. Es brauchte keinen Arzt, um festzustellen, daß dieser Graf ein toter Graf war.

Der Hausherr stieß ein verzweifeltes »Ach!« aus und rang die Hände, als ihm klarwurde, daß keine Hoffnung mehr bestand, sein Gast möge nur bewußtlos sein. Dann drehte er sich plötzlich um und verschwand im Wirtshaus.

Thomas hielt die Laterne höher und untersuchte den Schnee um den Toten herum. Es waren deutlich Fußspuren zu erkennen, obwohl sich bereits Neuschnee über sie gelegt hatte. Thomas ging mit der Laterne in der Hand zuerst zur Hausecke, danach ein Stück zurück in Richtung der Hintertreppe und probierte am Ende ein paar Pfade aus, die mir erst auffielen, als er plötzlich zwischen den Schneewehen verschwunden war. »Die Pfade führen zu ein paar kleineren Gebäuden«, rief er, als er mir die Laterne in die Hand drückte und neben dem Kopf des Toten auf die Knie sank. Er wischte dem Grafen den Schnee aus dem Gesicht und schob die steife Perücke zur Seite. Im nächsten Augenblick riß er meinen Arm herum, bis die Laterne direkt über dem Gesicht des Grafen hing, und drehte den Kopf des Toten so weit zur Seite, daß direkt vor dem linken Ohr ein großer blauschwarzer Fleck sichtbar wurde.

Ein gellender Schrei hinter meinem Rücken, zehnfach lauter als der Sturm, jagte mir einen derartigen Schrecken ein, daß ich die Laterne in den Schnee fallen ließ und der Länge nach über die Leiche fiel. Ich schnappte vor Grauen nach Luft, rollte zur Seite und drehte mich im selben Moment um, als eine Frau die Augen verdrehte und neben mir zu Boden sank.

»Steh auf und hilf mir!« brüllte Thomas und hob die Frau an den Schultern an. »Wir müssen sie nach drinnen bringen, bevor sie unterkühlt ist.« In diesem Augenblick kam der Wirt angelaufen. Er rief der Frau verzweifelt etwas zu, tätschelte ihr die Wange und hielt ihre Hand, als Thomas und ich sie zur Tür des Wirtshauses trugen. Wir brachten sie in den Vorraum, während der Wirt uns zwischen den Füßen herumlief und im Weg war. Die Frau wog zwar nicht viel, war aber so matt, daß es kaum möglich war, sie zu halten.

»Hier! Hier rein«, rief der Wirt und führte uns an der Treppe vorbei. Er stieß mit der Schulter eine Tür auf, und wir folgten ihm durch die gute Stube in die Schlafkammer. Wir nahmen der Frau vorsichtig den Umhang ab und legten sie auf das Bett.

»Meine Frau ist …« Der Mann geriet ins Stocken und sah uns hilfesuchend an. Seine Perücke, schwer vom Schnee, war ihm über das eine Ohr gerutscht. Eigentlich sah er zum Lachen aus, wäre die Situation nicht so ernst gewesen.

»Ich werde sie untersuchen«, sagte Thomas. »Holt mir ein Glas Wasser, seid so gut, und schickt mir das Mädchen aus der Wirtsstube, damit sie Eurer Frau das Mieder aufschnüren kann.« Der Wirt verschwand. Thomas zog mich näher an sich heran und senkte seine Stimme. »Wenn du gleich in die Wirtsstube gehst, wirf einen Blick auf die Füße des Pastors und des anderen Mannes, der dort sitzt – der mit dem Bierkrug.« Ich blickte ihn verständnislos an und wartete auf eine Erklärung, aber er hatte sich bereits wieder umgedreht und der Bewußtlosen eine Hand auf die Stirn gelegt. Kurz darauf kam der Wirt atemlos zurück und stellte ein Glas Wasser auf das Tischchen neben dem Bett. Marie, das junge Dienstmädchen, erschien in der Tür und blickte überrascht auf die bewußtlose Frau. Thomas bat sie, die Kranke zu entkleiden, so gut es eben ging, und sie zuzudecken. Dann zog er den Wirt und mich hinter sich her in die gute Stube und weiter bis zur Tür.

»Geht jetzt und bittet den Pastor und den anderen Gast, daß sie euch behilflich sind, den armen Grafen irgendwo hinzubringen, wo er vor Wind und Wetter geschützt ist.« Er schob uns hinaus und drehte sich um.

»Nicht daß das an seinem Zustand noch etwas ändern würde«, hörte ich ihn mit sich selbst sprechen, als wir schon auf dem Weg nach draußen waren.

Kapitel 3

Nur widerwillig ließen sich die zwei Gäste überreden, die warme Schankstube zu verlassen und den Grafen hinüber in den Wagenschuppen zu tragen. Sein Körper war kalt und starr und nur mit Mühe gelang es uns, seine Kleidung von dem gefrorenen Boden zu lösen. Die Allongeperücke fiel von seinem Kopf und blieb im Schnee liegen. Obgleich er ein kräftiger Mann war und gut und gern zweihundert Pfund wog, ließ er sich problemlos transportieren – wie ein Brett lag er zwischen uns und war viel leichter zu tragen als die nur halb so schwere, aber bewußtlose Wirtin. Einer seiner Frackschöße stand wie ein steifgefrorenes Segel zur Seite ab, als wir ihn trugen.

Auch dieses Mal wuselte der Wirt verwirrt um uns herum und stand ständig im Weg. Schließlich brüllte ihn der Pastor an, er möge zur Seite treten oder wenigstens Sorge tragen, daß uns das Tor des Schuppens nicht an die Köpfe schlug.

Wir legten den Grafen auf die Ladefläche des am nächsten stehenden Wagens und deckten ihn mit ein paar Mehlsäcken zu. Als wir gehen wollten, bat der Pastor, einen Augenblick lang mit dem Toten alleingelassen zu werden. Der Wirt nickte mißmutig, hängte die Laterne neben das Tor und suchte aus einer Truhe in der Ecke ein Vorhängeschloß heraus, bevor er nach draußen ging.

Der andere Gast verschwand hastig in der Dunkelheit in Richtung Gaststube, und ich dachte kurz daran, ihm zu folgen. Aber am Ende siegte die Neugier, und ich blieb trampelnd und mit den Händen um mich schlagend neben dem Wirt stehen, der das schwere Vorhängeschloß in dem beinahe aussichtslosen Versuch, nicht daran festzufrieren, unruhig von einer Hand in die andere nahm, bis er endlich darauf kam, es in die Tasche zu stecken.

Kurz darauf trat glücklicherweise der Pastor aus dem Schuppen heraus, nickte uns zu und ging in Richtung der Wirtsstube davon.

Der Wirt verriegelte das Tor, befestigte das Schloß, zog einen Schlüsselbund aus der Tasche und ließ es zuschnappen. Die Laterne hoch über den Kopf erhoben, ging er vor mir durch das Schneegestöber, und ich wunderte mich über den Einfall des Mannes, den Toten einzuschließen. Es bestand wohl kaum die Gefahr, daß er verschwinden würde.

Bevor ich ins Haus ging, hob ich die Perücke des Toten auf und steckte sie unter meinen Umhang.

In der Wirtsstube hing der schwere Geruch von nassen Kleidern. Thomas saß in der Ecke zusammen mit dem Pastor und aß Suppe mit Brot. Ich hängte Umhang und Hut neben den Ofen und legte die Perücke auf unser Gepäck. Meine Suppe war natürlich kalt, und ich rührte mißmutig darin herum, als sich eine Hand tröstend auf meine Schulter legte.

»Hier hast du eine neue Portion.« Marie lächelte schüchtern und stellte einen Teller mit warmer Suppe vor mir auf den Tisch. Die kalte Suppe nahm sie mit zurück in die Küche. Ich schaute ihr hinterher und merkte, daß meine Wangen warm wurden. Das war sicher der Dampf der Suppe.

Es dauerte nicht lang, bis der Teller leer war, aber er wurde sogleich wieder von einer aufmerksamen Marie aufgefüllt. Auch Thomas und der Pastor drüben an ihrem Tisch bekamen einen Nachschlag. Der andere Gast saß am Ofen, den Rücken an die Wand gelehnt, und döste mit offenem Mund vor sich hin. Seine Zahnstummel sahen wie verrottete Holzscheite aus. In gewissen Abständen wachte er auf, schmatzte und nahm einen Schluck von seinem Bier, bevor er wieder in sich zusammensank. Als ich gegessen und mein Bier ausgetrunken hatte, wurde auch ich ganz schläfrig und hoffte, mich bald hinlegen zu können. Aber Thomas schien sich bei dem Gespräch mit dem Pastor richtig wohl zu fühlen. Nichts an ihm deutete darauf hin, daß wir den ganzen Tag auf Reisen gewesen waren.

Nach einer Weile bestellte er ein Viertel Schnaps und einen süßen Brei für jeden von uns. Ich sah, wie Marie Zwiebacke einweichte, Sahne schlug und sie darüber verteilte. Sie arbeitete behende und flink und blies die blonden Haare, die ihr immer wieder ins Gesicht rutschten, zur Seite. Ihre Wangen waren von der Wärme in der Küche gerötet. Plötzlich schaute sie auf und sah mich an. Ich guckte schnell weg und studierte ausgiebig die Schnitzereien an den Holzwänden und eine merkwürdige Vorrichtung an der Wand, an deren unterem Ende eine Art Stab hing, der hin und her schwang. Als Marie einen Augenblick später Schnaps und Brei vor mir auf den Tisch stellte, streifte ihre Hand meine Haare – und mir schien, daß sie mit ihrer Hüfte mich berührte.

»Haben der Herr sonst noch einen Wunsch?« fragte sie.

Ich schaute zu Thomas hinüber, der aufgestanden war, und schüttelte den Kopf. Während ich den Brei aufaß, betrat der Wirt den Raum, und Thomas bat ihn, uns unsere Unterkunft zu zeigen. Ich nahm das Gepäck und folgte ihnen. Unsere Kammer lag in der ersten Etage, direkt über den Privaträumen und unmittelbar vor der Treppe. Sie hatte ein Giebelfenster, ein Bett für Thomas, eine Pritsche für mich und vor dem Fenster ein kleines Schreibpult, auf dem ein kümmerliches Talglicht stand. Der Raum würde durch den Schornstein geheizt, erklärte uns der Wirt, aber für eine geringe zusätzliche Summe könnten wir auch Holz bekommen, um Feuer im Ofen zu machen.

Thomas erachtete das nicht für notwendig. Leider. Statt dessen bat er den Wirt, das Talglicht gegen ein paar anständige Kerzen auszutauschen. Sie einigten sich über den Preis für die Übernachtung, und als der Wirt hinuntergehen wollte, sagte Thomas: »Ich würde mir gerne noch einmal den Toten anschauen. Auch wenn es nicht mehr möglich ist, dem armen Mann zu helfen, so ist es für uns Ärzte doch immer von Interesse, herauszufinden, woran ein Mensch gestorben ist.«

Der Wirt schaute ihn verblüfft an. »Es ist wohl kein Geheimnis, wie der Graf zu Tode kam. Daß er erfroren ist, sieht doch ein Kind. Ich meine wirklich, wir sollten den Toten in Frieden ruhen lassen.« Er sprach ein Dänisch mit ausgeprägten Sch-Lauten, die noch deutlicher wurden, wenn er aufgeregt war.

»Aber ist es denn wirklich sicher, daß ihn die Kälte getötet hat? Wie kann sich der Herr Wirt da so sicher sein?« wunderte sich Thomas.

Auf der blassen Haut des Wirtes zeichneten sich kleine, rote Flecken ab, und seine Augen wurden zu Strichen. Er fauchte: »Mag sein, daß Ihr ein gelehrter Mann seid, Herr Doktor, und daß Euch für gewöhnlich gestattet wird, Euch mit den Toten zu vergnügen, die Ihr findet, aber in diesem Hause habe ich das Sagen, und ich sage nein zu so etwas. Ich erachte es als unnötig und in höchstem Maße unanständig. Daß der Graf auf dem Eis ausgerutscht und gestürzt ist, die Besinnung verloren hat und ihm dann der harte Frost das Leben genommen hat, ist doch ganz offensichtlich und leicht nachzuvollziehen. Ich wünsche Euch eine gute Nacht, Herr Doktor.« Das letzte unterstrich er mit einem steifen Kopfnicken, bevor er verschwand. Ich hörte ihn die Treppe hinuntertrampeln, und kurz darauf schlug die Tür zu den Privaträumen unter uns zu.

Thomas blickte mit einem überraschten Gesichtsausdruck zur Tür, dann besann er sich und sah mich an.

»Interessant«, sagte er.

Ich saß auf der Pritsche und zog mir die Reitstiefel aus, die ich den lieben langen Tag getragen hatte. Die Zehen fühlten sich an, als wüchsen Pilze zwischen ihnen, und der Geruch war herb und streng.

»Sieh zu, daß du die Schuhe wieder anbekommst, du bringst uns noch beide um!« Thomas wühlte in seiner Tasche, in der sich einige Bücher befanden. Er verreiste nie ohne eine größere Auswahl seiner allerliebsten Werke. Er legte sie einzeln auf das Schreibpult und murmelte die Titel vor sich hin: »Nicolaus Steno: *De solido intra solidum naturaliter contento*, nein, wohl nicht, aber vielleicht dieses, *Prooemium demonstrationum anatomicarum*, vielleicht können wir das später gebrauchen. *De doctrina christiania*, von Augustin, nein. Oh, hier ist es: *Regulae ad directionem ingenii.*« Liebevoll betrachtete er das Buch, bevor er suchend darin blätterte und mir erklärte: »Das ist von einem gelehrten alten Franzosen, der lange Jahre in Holland gelebt hat. Er hieß René Descartes und wurde natürlich …«, seine Stimme wurde aggressiv, so daß ich überrascht aufschaute, »... von den unausstehlichen Schweden ermordet. Sie haben ihm die Weisheit direkt aus seinem Brustkorb gesogen, aber diese Hundsfotte waren im Gegenzug nicht einmal bereit, ihn warm zu halten, so daß er an einer Entzündung der Lungenorgane starb.« Thomas versuchte sich zu beruhigen und las ein wenig in dem Buch. Er hatte eine schlechte Meinung von den Schweden, das war mir früher schon aufgefallen. Vielleicht lag es an den zahlreichen kriegerischen Auseinandersetzungen der letzten Jahrzehnte mit dem Nachbarvolk, die diese dicke Schicht Haß auf seinem Gemüt hinterlassen hatten – wie wohl bei vielen Dänen, denn Thomas war beileibe nicht der einzige, der sich so rasch über die Schweden aufregte.

Es klopfte an der Tür. Thomas sagte: »Herein«, und das Mädchen aus der Wirtsstube trat in die Kammer und tauschte das kümmerliche Talglicht gegen dicke, weiße Kerzen aus. Wortlos und ohne uns anzusehen verschwand sie wieder.

»Was hast du gesehen?« fragte Thomas plötzlich, nachdem sich die Tür hinter ihr geschlossen hatte.

»Hä?«

»Ich hatte dich doch gebeten, auf die Füße des Pastors und des Schreiners zu achten. Was hast du gesehen?«

Ich dachte nach. »Der Pastor trug Schuhe, schwarze Schuhe. Und der andere ... Woher wißt Ihr, daß er Schreiner ist? ... Nun, er trug Stiefel, grobe Lederstiefel.« Abwartend schaute ich zu Thomas hinüber, der mich verwirrt anstarrte.

»Und was weiter?«

»Weiter?«

»Weiter.« Seine Stimme duldete keine Widerrede.

Ich seufzte und schloß die Augen, um mich zu konzentrieren.

»Die Socken waren blau, bei beiden, glaube ich. Das war schwer zu sehen – bei der Dunkelheit«, erklärte ich. Nicht ein Laut kam von ihm, also versuchte ich, mich an weitere Details zu erinnern. »Beide, also Schuhe und Stiefel, sahen abgenutzt aus, fast schon verschlissen. Um die Stiefel des Schreiners herum hatte sich auf dem Boden eine Pfütze gebildet, und ich nahm an, daß sie wohl nicht wasserdicht sein konnten.«

»Und was war mit dem Pastor?«

»Aber der hatte doch Schuhe an! Bei dem Schnee ...«

»Ich meine, war der Boden um sie herum naß?«

Ich dachte nach und antwortete: »Nein. Höchstens ein paar Tropfen, nicht viel.«

Thomas brummte zufrieden.

»Gut.«

Viel zu oft war mir nicht klar, was der Professor meinte, und manchmal, wenn er sich in seinen kryptischen Formulierungen verlor, war ich nicht einmal sicher, ob er von der Sternenbahn am Himmelszelt sprach oder von dem Schoßhündchen der Frau Professor. Aber dieses Mal begriff ich noch weniger als je zuvor.

Ich übte mich in Geduld und wartete darauf, daß er von sich aus eine Erklärung liefern würde. Thomas von Boueberge stand gedankenverloren am Fenster und starrte in die Dunkelheit hinaus. Wie so oft, wenn die Gedanken des Professors ihre verschlungenen Pfade gingen, spielten seine Finger dabei mit dem mittleren Knopf an seiner Weste. Immer wieder löste sich dieser Knopf, und ich mußte ihn jedesmal wieder annähen.

»Ich bin mir nicht sicher, wie dieser Graf ums Leben gekommen ist«, sagte Thomas endlich. »Möglicherweise hat unser guter, empfindsamer Wirt ja recht, und der Graf ist erfroren, aber warum hat er so lange im Schnee gelegen? Warum hat er sich nicht aufgerappelt, bevor der Frost ihn lähmte?«

»Vielleicht ist er mit dem Kopf auf dem Boden aufgeschlagen«, mutmaßte ich.

»Ja, schon möglich. Aus dem Grund würde ich gerne näher untersuchen, ob er eine Beule hat oder ob er sich vielleicht den Hinterkopf aufgeschlagen hat. Ich frage mich auch, was der Fleck auf der Wange zu bedeuten hat. Hatte er vor nicht allzu langer Zeit einen Schlag bekommen? Könnte es dieser Schlag gewesen sein, der dem Grafen die Besinnung geraubt hat?«

»Könnt Ihr nicht verlangen, die Leiche zu untersuchen?«

»Ich bin kein Arzt, weißt du, auch wenn ich das dem Wirt gegenüber so dargestellt habe und sicher mehr Wissen über die Anatomie und die inneren Organe habe als die Quacksalber, die den alten König auf dem Gewissen haben.«

Er schnaubte verächtlich. Ich wußte, daß er im letzten Herbst einen heftigen Disput mit einigen der Ärzte geführt hatte, die Christian V. in seiner letzten Krankheitsperiode behandelt hatten. Thomas war der Ansicht, daß Aderlaß, Schröpfen und die Verabreichung von Brechmitteln altmodische und ausgediente Methoden der ärztlichen Kunst waren. Einer dieser Ärzte, hatte Thomas einmal hämisch grinsend erzählt, hatte seine Arbeit unter das Motto gestellt: Certe aeger mortuus est, atqui tamen febris eum reliquit, was ich mit einiger Mühe als »Er starb, das ist wahr, aber das Fieber verließ ihn doch« übersetzte.

Thomas verwies in diesem Disput auf neue Forschungsergebnisse, die an verschiedenen europäischen Universitäten erzielt worden waren, unter anderem von dem dänischen Arzt Niels Stensen, dessen Leistungen die Universität zu Kopenhagen nicht anerkannt hatte und der deshalb seine Forschungen ins Ausland verlegte hatte. Ergebnisse, die bewiesen, daß das Herz ein Muskel war, der das Blut durch den Körper pumpte, und nicht nur der so vage definierte »Quell der Wärme des Lebens«, wie die alten Griechen und viele mit ihnen geglaubt hatten. Thomas behauptete, daß der Blutverlust beim Aderlaß für den Körper in etwa die gleichen Folgen habe wie das Einholen der Segel bei einem Schiff. Der Wind blase ohne Nutzen für das Schiff, und das Herz pumpe ohne Nutzen für den Körper.

Thomas von Boueberge war Professor der Philosophie, aber in seinen Vorlesungen sprach er gerne über alles, von der Astronomie bis zur Medizin. Wie viele seiner Kollegen hatte er nach Jahren intensivster Studien an ausländischen Universitäten ein umfassendes Wissen. Seine Neugier war unerschöpflich und ein Garant dafür, daß er sein Wissen beständig auf dem neuesten Stand hielt und eifrig damit beschäftigt war, die letzten Forschungsergebnisse aus dem Ausland zu bekommen und selbst die verschiedensten Wissenschaften mit neuen Ideen zu bereichern. Sein Steckenpferd war die Jurisprudentia und sein Traum, die Professur dafür an der Universität zu Kopenhagen zu übernehmen.

»Nein, wir müssen die Sache anders angehen«, sagte Thomas nach einer Denkpause und überraschte mich mit dem Nachsatz: »Aber jetzt gönnen wir uns erst einmal ein bißchen Schlaf, das war ein anstrengender Tag. Wir müssen morgen früh aufstehen.«

Ich hatte nichts dagegen einzuwenden und beeilte mich, meinen Mund auszuspülen und mich auf meine Pritsche zu legen, bevor er es sich anders überlegte – obgleich seine letzte Bemerkung mich ziemlich neugierig gemacht hatte. Er wollte doch nicht etwa schon morgen früh weiterreisen? Das heftige Rütteln des Windes an den Fenstern deutete nicht gerade darauf hin, daß wir über Nacht Reisewetter bekommen würden.

Während sich Thomas entkleidete und sein Bett aufschlug, dachte ich noch einmal an die Geschehnisse des Abends, und plötzlich fielen mir zwei Dinge ein, die ich nicht erwähnt hatte.

»Der Wirt hat die Tür des Schuppens mit einem Vorhängeschloß verschlossen.«

»Aha«, brummte Thomas vergnügt und blies die Kerze aus. »Mir scheint, unser Wirt verhält sich ein bißchen ... ja, merkwürdig. Hm. Er kommt mir nervös vor, meinst du nicht auch?«

»Die Perücke des Grafen ist in den Schnee gefallen, als wir ihn in den Schuppen getragen haben. Ich habe sie mitgenommen. Sie liegt bei unserem Gepäck.«

»Ja, gut«, kam es uninteressiert vom Professor, und kurz darauf hörte ich von ihm nur noch ein leises Schnarchen.

Ich faltete die Hände und sprach ein kurzes Gebet.

Noch bevor ich den Schlußpunkt für den heutigen Tag setzen kann, poltert Fürst Reginald aufgeregt wie ein kleiner Junge, der zum ersten Mal mit zur Jagd darf, in meine Kammer. Er schnappt sich die beschriebenen Blätter, ohne sich an meinem Blick zu stören. Brummend läuft er beim Lesen umher und bleibt dann in der Nähe des Fensters stehen, durch das die letzten Strahlen des fahlen Nachmittagslichtes hereinfallen, und kommentiert, was ich geschrieben habe. Mit einem Seufzer lege ich die Feder beiseite und drücke mit einem lauten Knacken den Deckel auf das Tintenfäßchen. Feinfühligkeit war noch nie die stärkste Seite des Fürsten.

Ich muß ihm klarmachen, daß er mit dem Lesen warten muß, bis ich mich abends zur Ruhe gebettet habe – wenn er mich weiterhin auf so unerträgliche Weise stört, wird es Sommer werden, bis er das Ende meiner Geschichte erfährt.

Eigentlich hätte er das ja verdient.

Der grobschlächtige Körper des Fürsten sinkt auf mein Bett, das in seiner Not ächzt. Er schaut mich unter seinen buschigen Augenbrauen an und sagt brüsk: »Ich wußte gar nicht, daß Ihr von einem kleinen Gut in Norvegia stammt, guter Meister Hortten? Erzählt!«

Nein, vielleicht hat er recht. In all den Jahren, in denen ich hier auf dem Schloß meine Tätigkeit verrichtet und über so vieles gesprochen und berichtet habe, nie habe ich meine eigene Geschichte als interessantes Lehrstück für irgend etwas empfunden.

Und doch …

Ein Gedanke nimmt Form an, während ich dasitze und die Ungeduld des Fürsten beobachte. Dieser große, erwachsene Junge, dieser Fürst, dieser mein Herr – und Schüler –, dieser Herrscher über Leben und Tod vieler tausend Menschen in seinem wenn auch kleinen deutschen Fürstentum, hatte nie die Möglichkeit, die ich eines Tages für mich entdeckte. Schon vor seiner Geburt standen die Bahnen für sein Leben fest, für sein Geschlecht, die Zukunft, seine Ansichten – und natürlich seine Eltern.

Ich wende mich von dem unruhigen Lichtschein der Kerze ab, um meine Augen auszuruhen.

»Da gibt es nicht viel zu erzählen. Ich wuchs auf dem Gut Hortten auf und wohnte dort, wie der Fürst jetzt weiß, bis zu meinem achtzehnten Lebensjahr. Meine Mutter war Dienstmagd auf dem Gut. Ich erinnere mich an sie als eine kurzatmige, magere Frau, die mich nur einen Augenblick auf ihrem Schoß hatte, und schon packte sie der Husten und zwang mich zu Boden. Viel mehr weiß ich nicht von ihr. Der Gutsherr hatte selten bessere Worte für meine Mutter als »Flittchen« oder »Dirne«, wenn er sich denn überhaupt herabließ, über sie zu sprechen. Ich habe ihm nie widersprochen. Was hätte ich schon sagen können? Sie starb, als ich fünfeinhalb war.

Wer mein Vater war, ist mehr als ungewiß. Wenn man den Gerüchten Glauben schenkte, hätte es vom alten Sigvart auf dem Hof Bromm bis zu dem Verpächter des Hofes Fackelsteen jeder sein können. Aber darüber habe ich mir eigentlich nie Gedanken gemacht, und freiwillig hätte sich sowieso niemand gemeldet.

Manchmal frage ich mich, ob es nicht der Gutsherr selbst war. Einerseits, weil Mutter trotz seiner harten Worte auf dem Gut bleiben durfte, obgleich sie einen Bankert geboren hatte, und andererseits, weil er sich nach ihrem Tod um mich gekümmert hat. Nicht, daß ich nicht für meinen Unterhalt gearbeitet hätte, das habe ich seit meinem sechsten Lebensjahr getan oder noch früher, aber strenggenommen hatte er mir gegenüber ja bloß moralische Verpflichtungen, und die standen beim Gutsherrn eigentlich nie sonderlich hoch im Kurs.«

Ich versank in Gedanken und starrte in die dunkle Ecke, in der meine Bücher standen.

Nach einer Weile wurde Fürst Reginald unruhig. Ich begriff, daß ihn die Geschichte bis dahin kaum interessiert hatte. Was mir widerfahren war, war alles andere als ungewöhnlich, und nach allem, was ich wußte, hatte der Fürst selbst innerhalb und außerhalb der Grenzen seines Fürstentums einige Frauen geschwängert.

Ich fuhr fort: »An dem Tag, als ich beim Kaufmann Gregersen in Tønsberg stand und mich als Passagier nach Dänemark eintragen ließ, wurde mir eine Frage gestellt, die mir merkwürdigerweise noch niemals zuvor untergekommen war. Ich stand dort vor diesem Schreiber und hatte ihm meinen Namen gesagt, Petter, und er fragte: ›Und wie weiter?‹

›Wie weiter?‹ Ich blickte ihn einen Augenblick lang ratlos an. Dann begriff ich, daß er wissen wollte, wessen Sohn ich war. Ich blieb ihm die Antwort schuldig. Sollte ich sagen Sigvartssøn? Oder Knutsøn, nach dem Verpächter von Fackelsteen?

Diese verzweifelte Leere in meinem Kopf wurde ganz plötzlich von einem neuen Gedanken abgelöst: Ich konnte mir meinen Vater selbst aussuchen, ich konnte meinen Nachnamen selbst bestimmen!

Unter dem irritierten Blick des Schreibers sah ich über das Hafenbecken, auf dem gerade eine Galeone von Schleppbooten vom Kai gerudert wurde, und sortierte alle Namen und Personen aus, die ich nicht für den Rest meines Lebens mit mir herumschleppen wollte. Ein unglaubliches Gefühl bemächtigte sich meiner, ich konnte wählen, zum ersten Mal in meinem jungen Leben gab es etwas, das ich ganz frei bestimmen konnte, etwas Wichtiges. Ihr mögt vielleicht denken, lieber Reginald, daß ich diese Möglichkeit bereits gehabt hätte, als Thomas mir anbot, nach Kopenhagen zu gehen, doch nein, es gab sie nicht – es wäre der völlige Wahnsinn gewesen, wenn ich nicht mit ja geantwortet hätte.

Die Menschen hinter mir begannen zu drängeln und zu rufen, warum es nicht weitergehe, und der Schreiber wedelte ungeduldig mit seiner Feder durch die Luft. Ich mußte schnell eine Antwort finden.

Plötzlich war der Name da. Hortten. Das Gut war mein Vater, meine Herkunft, mein Geschlecht, mehr als jeder Mensch es sein konnte. Es war das Gut, das ich ohne jeden

Zweifel vermissen würde, wenn ich jetzt nach Dänemark ging, das Meer, die majestätischen Kastanienbäume, die schiefen Häuschen, die dornigen Hecken am Wegrand Richtung Bromgården, wo ich mich versteckt hatte, wenn die Welt gegen mich gewesen war, die Tiere, der Strand …

›Hortten, Petter Hortten‹, sagte ich und streckte meinen Rücken. Der Schreiber notierte den Namen, ohne mit der Wimper zu zucken. Er begriff nichts von dem Großartigen, das soeben geschehen war.«

Ich lache vor mich hin und sehe zu dem Fürsten hinüber. Er sitzt an das Fußende des Bettes gelehnt, den Kopf auf die Hand gestützt, sein Mund ist offen, die Augen sind geschlossen. Er schläft.

Wie gesagt, Feinfühligkeit …

Freitag, der 29. Dezember
Im Jahr des Herrn 1699

Kapitel 4

»Petter!«

Die Stimme kam von weither, von viel zu weit, um ihr Beachtung zu schenken.

»Petter, wach auf!«

Die Stimme ließ nicht locker, wiederholte die Worte und begann an meiner Schulter zu rütteln. Ich gab dem Störenfried ein ärgerlich brummiges »Halt die Klappe« zur Antwort und drehte mich auf die andere Seite.

»Petter, komm zu dir. Aufwachen!« Jemand tätschelte mir die Wangen, und mit einemmal erkannte ich Thomas' flüsternde Stimme.

Mit unendlicher Trägheit kämpfte ich mich durch die Müdigkeit, die wie ein schweres Federbett auf mir lastete.

»Was ist denn …?« Meine Zunge wollte mir nicht gehorchen.

»Wir werden uns unseren Grafen auch ohne die Zustimmung des Wirtes ansehen«, flüsterte Thomas und zündete die Kerze an. Neben der Tür stand eine Sturmlaterne, die er ebenfalls anzündete. »Ich hoffe, du hast deine alten Fertigkeiten nicht verlernt.«

Ich wußte nicht, was er meinte, und war zu müde, es zu erraten. Statt dessen kam ich auf die Beine und war einen Augenblick später bereit, wo auch immer hinzuschleichen – soweit das nach dem bißchen Schlaf und in meinem Zustand möglich war.

Die Treppe knarrte, aber nicht laut genug, um diejenigen zu wecken, die reinen Gewissens den Schlaf des Gerechten schliefen, wie Thomas vor sich hin brummte, als wir ins Freie traten. Der Wind hatte sich gelegt, es war ganz still, und die

Luft war frisch und frostig klar. Ein Sternenmeer und der Mond, der sich auf seinem Weg ins letzte Viertel über den Horizont erhob, leuchteten und spiegelten sich tausendfach in den Schneekristallen. Wir konnten den Wagenschuppen deutlich sehen, und ein Stück weiter weg, rechts von uns, entdeckte ich noch ein kleineres Gebäude.

Als ich die Konturen des großen Vorhängeschlosses ahnte, wurde mir auf einen Schlag klar, was Thomas mit den »alten Fertigkeiten« gemeint hatte. Ich sollte es öffnen.

Thomas reichte mir einen dünnen Eisenbügel und eine Zange, und ich begann mein Werk, während er das Licht der Laterne auf das Schloß richtete. Es dauerte eine Weile, weil meine Fingerkuppen immer wieder am Eisen festfroren und ich nicht spüren konnte, ob ich auf dem richtigen Weg war. Aber am Ende war das Schloß offen. Wir traten ein und hängten die Laterne an den Wagen, auf dem der Graf lag.

Thomas öffnete die Klappe an der Laterne, um die größtmögliche Lichtausbeute zu haben, schlug die Säcke zurück und ließ sich viel Zeit, den Toten zu untersuchen. Zuerst unterzog er den Schädel und den adligen Hinterkopf des Grafen einer gründlichen Untersuchung. Das Gesicht, und dort besonders der tiefblaue Fleck auf der linken Wange, wurde begutachtet, während er mir erklärte, daß der Fleck aller Wahrscheinlichkeit nach von einem kräftigen Schlag kurz vor Eintritt des Todes herrührte. Da war er sich ziemlich sicher. Auf der Stirn war ein kleinerer Fleck von derselben Färbung.

»Der gräfliche Kopf scheint wirklich eine Menge Prügel abbekommen zu haben«, sagte er und sah mich über den Rand seiner Brille hinweg an.

Ein kleiner, roter Fleck unter dem Kinn beschäftigte ihn ausgesprochen lange. Er bat mich, einen Augenblick so nah wie möglich mit dem Licht heranzugehen, während er vor sich hin murmelnd Kinn und Hals untersuchte.

Danach mußte ich ihm helfen, der steifgefrorenen Leiche Rock und Weste auszuziehen. Als wir den Leichnam umdrehten und an ihm zogen und zerrten, um die Arme aus den

Ärmeln des Rocks zu bekommen, knackte es in der Schulter, laut und trocken. Ich würgte und trat benommen einen Schritt zurück. Thomas hielt den Rock vors Licht und suchte den Stoff ab. Plötzlich gab er ein zufriedenes Grunzen von sich und griff nach der Weste. Scheinbar mit dem gleichen Resultat, da er das Kleidungsstück weglegte und sich eifrig über den Toten beugte.

»Petter, komm mal her.«

Er hatte den Halsausschnitt des Hemds bis über die linke Brustwarze des Grafen heruntergezogen.

»Sieh dir das an.«

Ich trat näher und machte rechts und ungefähr in Daumenbreite unterhalb der Brustwarze einen kleinen, roten Fleck aus, nicht größer als ein Stecknadelkopf.

»Eine minimale Wunde, die ziemlich unspektakulär und unbedeutend aussieht. Ich frage mich nur, ob sie das auch wirklich ist«, sagte Thomas. »Ich habe ein kleines Loch im Rock entdeckt, als ich ihn gegen das Licht hielt. Das gleiche bei der Weste, an der gleichen Stelle. Folglich muß an dieser Stelle etwas durch die Stoffschichten gestochen worden sein und die kleine Wunde in der Brust des Grafen verursacht haben. Wie du siehst, ist im Hemd ebenfalls ein Loch.«

»Könnte es sich nicht um alte Löcher und eine alte Wunde handeln, die nicht ordentlich verheilt ist?«

»Doch, im Grunde genommen schon.« Er kratzte mit dem Fingernagel an dem Flecken und löste ein kleines Stück Schorf, hielt es dicht vor seine Augen, gab aber schnell auf, bei dem schlechten Licht etwas erkennen zu wollen. »Aber ich glaube nicht, daß es tatsächlich so ist. Wenn ich die Leiche öffnen und obduzieren könnte, wäre ich sicher.«

Er fuhr mit der minutiösen Untersuchung des Leichnams fort, hielt sich ausgiebig bei den Schuhen und deren Besohlung auf, fand eine Schnur und machte Knoten, um die Sohlenlänge zu markieren. Danach tastete er die Taschen des Grafen ab. Sie waren alle leer, mit Ausnahme einer Westentasche, in der sich ein paar Schillinge befanden.

Ich fühlte mich nicht sehr wohl in der Nähe des Toten und wich ein paar Schritte zurück, um die Position des bloßen Zuschauers einzunehmen, wobei ich erstarrte und meine Nackenhaare sich aufrichteten.

Hinter mir in der Dunkelheit war jemand.

Der Betreffende stand mucksmäuschenstill; trotzdem spürte ich seine Anwesenheit und schaute mich ganz langsam um.

Marie lächelte mich freundlich an und kam noch einen halben Schritt näher, so daß ihre Brüste meinen Rücken berührten. Ich spürte ihren warmen Atem an meinem Ohr, als sie sich vorbeugte und mir zuflüsterte, daß sie von ihrem Fenster aus unser Licht gesehen und sich gefragt habe, wer da wohl zu nachtschlafender Zeit im Wagenschuppen herumschlich und warum.

Thomas warf ihr über die Schulter einen strengen Blick zu, ohne etwas zu sagen. Sie fügte, noch immer flüsternd, hinzu, daß sie dem Wirt nichts verraten würde – und auch keinem anderen. Thomas nickte und konzentrierte sich wieder auf die Leiche.

Marie blieb dicht an meinen Rücken gelehnt stehen und verfolgte gespannt Thomas' Untersuchungen. Ihr Atem roch nach Kresse und Zwiebeln. Es schien sehr warm im Wagenschuppen zu sein, da mir der Schweiß nur so am Rücken herunterlief.

Endlich hatte Thomas genug gesehen und deckte den Grafen zu, ohne daß er sich darum kümmerte, ihm Weste und Rock wieder überzuziehen. Wir gingen nach draußen. Ich sah ihn fragend an, als ich das Tor hinter uns zuzog. Er überlegte einen Augenblick lang und nickte dann. Doch, ich sollte das Schloß wieder vorhängen.

Jetzt, nachdem ich die Mechanik des Schlosses kannte, ging es ein wenig leichter, aber die Haut an meinen Fingerkuppen war eingerissen und gefühllos vor Kälte, als wir zum Haupthaus zurückgingen. Mir graute schon davor, wenn ich wieder Gefühl in ihnen hätte, weil ich dann erst richtig merken würde, wie wund sie waren.

Thomas blieb einen Augenblick an der Hausecke stehen und zog die Schnur hervor, mit der er die Schuhsohle des Grafen vermessen hatte. Ich bekam die Laterne in die Hand gedrückt, aber als er sah, wie sehr wir am Abend den Schnee um die Fundstelle herum zertrampelt hatten, schüttelte er resigniert den Kopf und steckte die Schnur zurück in die Tasche.

Vor der Tür griff Thomas nach Maries Arm und legte seinen Zeigefinger vor den Mund. Sie lachte lautlos, nickte und wurde im nächsten Moment vom Dunkel der Wirtsstube verschluckt, während Thomas und ich die Treppe hoch und einem wohlverdienten Schlaf entgegenschlichen.

Als ich wieder unter meiner Decke lag und zufrieden döste, tauchte das Bild des Grafen vor meinem inneren Auge auf. Ich mußte daran denken, was Thomas gesagt hatte, und mit einemmal wurde mir bewußt, was das bedeutete: Hier im Wirtshaus gab es einen Menschen, der den Grafen niedergeschlagen und dann in der Eiseskälte im Schnee liegengelassen hatte.

Mit anderen Worten: Wir wohnten unter einem Dach mit dem Menschen, der am Tod des Grafen schuld war.

Es dauerte eine ganze Weile, bis ich endlich einschlief.

Kapitel 5

Ein Hahn krähte und Kühe brüllten. Von irgendwo im Haus hörte ich Stimmen, eine Tür schlug zu. Es war angenehm warm unter der Decke, und ich fühlte mich ausgeschlafen, obgleich ich leichtes Kopfweh hatte. Draußen rieselte der Schnee in dicken Flocken vom Himmel. Es kam nicht in Frage, heute abzureisen.

Ich spürte einen Druck auf der Blase und stand auf, zog den Nachttopf unter dem Bett hervor und verschaffte mir Erleichterung.

Thomas' Bett war leer, und zu meiner Überraschung lag seine Perückenschachtel ebenso leer auf dem Schreibpult.

»Perücken sind eine Erfindung, um Läusen und Flöhen die Ehre zu erweisen, ihnen ein Heim zu bescheren. Außerdem stauben sie ins Essen, kratzen am Kopf und sind ständig im Weg.« Thomas hatte für diese neue Mode nichts übrig. Er setzte seine Perücke nur dann auf, wenn es der Anlaß erforderte. Deshalb war ich so überrascht.

Ich zog mich eilig an und nahm meinen und Thomas' Nachttopf mit nach unten. Als ich meinen Umhang und Hut aus der Wirtsstube holte, in der bereits das Feuer im Ofen knisterte, sah ich nur den Pastor. Er saß, in die Bibel versunken, in seiner Ecke und hob nicht einmal den Kopf zum Gruß.

Ich verließ die Wirtsstube, ging nach draußen und bog nach rechts in Richtung der Stallgeräusche ab. Auf dem Misthaufen leerte ich die Nachttöpfe aus. Jemand schien schon sehr zeitig aufgestanden zu sein und Wege durch den tiefen Schnee geschippt zu haben. Etwas abseits, wo der Schnee noch rein war, rieb ich mir das Gesicht damit ab, um richtig wach zu werden, und säuberte die Nachttöpfe. Meine Fingerkuppen waren rot und wund, aber sie waren schon wieder auf dem Wege der Besserung.

Marie kam mit einem Eimer voll Milch aus dem Stall und wünschte mir lächelnd einen guten Morgen.

»Bist du nicht müde, du hast doch kaum geschlafen?« fragte ich sie, als wir nebeneinander auf die Hintertreppe zugingen.

»Ich bin meist die halbe Nacht wach. Meine Mutter ist fast verrückt geworden, als ich klein war, weil ich nie geschlafen habe«, lachte Marie. »Als ich fünf Jahre alt war, hat sie mich als Dienstmädchen auf den Nachbarhof geschickt, nur damit sie mich nachts nicht mehr um sich haben mußte.«

Auf der Treppe drehte sie sich zu mir um und schaute mir in die Augen. »Ich bin nachts lange wach, wirklich«, wiederholte sie, und ihre drallen Brüste streckten sich mir unter ihrem Mieder entgegen, bevor sie in die Wirtsstube verschwand. Ich folgte ihr auf den Flur und blieb einen Augenblick lang, ein Bein auf der Treppe und mit dem Kopf in den Wolken schwebend, stehen, als ich plötzlich Thomas' Stimme in den Privaträumen des Wirts hörte. Er sprach laut, und seine Stimme klang eine Spur arrogant. Ich hatte gelernt, daß er so war, wenn er alle Hebel in Bewegung setzte, um seinen Willen zu bekommen. Ich ging durch den Flur und klopfte an. Der Wirt öffnete die Tür einen Spalt, und hinter ihm sah ich Thomas. Er hatte die Perücke auf dem Kopf und trug ein weißes Halstuch, seine vornehme Goldbrokatweste und den neuen Rock, der, wie ein Freund sarkastisch angemerkt hatte, auf »seine neuen Ziele hin« maßgeschneidert worden war. Er war in all seiner üppigen Autorität ein imponierender Anblick.

»Ach, Petter, gut, daß du kommst. Würdest du bitte die Mappe mit meinen Akkreditionen und Zeugnissen holen. Dieser ... dieser Schenk ...«, sagte er verächtlich, wobei der Wirt dunkelrot anlief, sich aber eine Antwort verkniff, »... wünscht Beweise für meine Redlichkeit und meinen guten Ruf.« Mit einem Wink schickte er mich fort.

Bald darauf war ich mit einer Mappe, die mit zwei roten Seidenschleifen verschnürt war, zurück.

Thomas nahm sie mit feierlicher Miene entgegen, löste andächtig die Verschnürungen und begann damit, die Dokumente vor dem Wirt auszubreiten. Viele von ihnen trugen beeindruckende Lacksiegel. Je höher der Stapel der Papiere wurde und je unerbittlicher Thomas' Stimme deren Inhalt präsentierte, desto schneller schien der Wirt vor meinen Augen auf Mausgröße zu schrumpfen. Ich wollte ihm tröstend auf die Schulter klopfen und ihm erklären, daß sich der Professor normalerweise anders verhielt, aber er hätte mir sicher nicht geglaubt.

»... und dieses Dokument der Universität in Jena beweist, daß ich am Collegium curiosum des ehrenwerten Professors der Mathematik, Erhard Weigel, teilgenommen habe. Professor Weigel ist einem so belesenen Mann wie Euch sicher kein Unbekannter, Herr von Hamborch ...« Thomas deutete mit seiner Hand auf einen reich gefüllten Bücherschrank in der Ecke des Zimmers. »Von ihm stammt unter anderem das vieldiskutierte Werk *Aretologistica*, in dem er ein neues Zahlensystem vorstellt, und vor wenigen Jahren erst war er auf Geheiß des alten Königs in Kopenhagen, um einen ›Pancosmos‹ zu errichten, einen gewaltigen, hohlen Globus, auf dem die Sterne genauso plaziert sind, wie sie an Gottes eigenem Himmel zu sehen sind. Der Professor erwies mir bei dieser Gelegenheit die Ehre, mich in meinem bescheidenen Heim zu besuchen.«

Thomas nahm weitere Dokumente aus der Mappe und fuhr unerbittlich fort: »Hier könnt Ihr sehen, daß ich den Doktor der Theologie in Kopenhagen und den der Jurisprudentia an der Universität Leyden gemacht habe. Dort hat auch Generalprokuror Niels Benzon, der rechtliche Berater des Königs, sein Juridicum abgeschlossen. Dieses Dokument beweist, daß ich Vize-Generalprokuror bin, und dieses hier betrifft meine Anstellung als Professor der Philosophie an der Universität unserer Hauptstadt. An der Universität zu Florenz habe ich, wie Ihr Euch bitte überzeugen möchtet, Anatomie und Medizin studiert, in Paris Astronomie und Astrologie und in Amsterdam Philosophie.

Hier seht Ihr meine Ernennung zum Assessor des Höchsten Königlichen Gerichts und hier ...«

»Es reicht. Haltet ein.« Die Stimme des Wirts, der, wenn ich das richtig verstanden hatte, von Hamborch hieß, war heiser und dünn. Trotzdem sah er den Professor mit einem Blick an, der mich einen Schritt nähertreten ließ, bereit, mich zwischen sie zu werfen, falls er Boueberge an die Kehle gehen sollte. »Hier ist der Schlüssel. Geht jetzt und tut, was Ihr glaubt tun zu müssen, aber bitte geht jetzt!«

Thomas lächelte überlegen und schob die Dokumente wieder in seine Mappe. »Wann ist der Graf hier eingetroffen? War er vorher schon einmal hier? Wer ist er? Kennt Ihr ihn?«

Herr von Hamborch schaute sich verzweifelt um, schwankte zu einem Stuhl hinüber und ließ sich darauf fallen. Ich fragte mich im stillen, ob die Wirtin noch immer krank im Bett liege, da sie ja nirgends zu sehen war. Dann ging ich zu einem zierlichen Teetischchen hinüber und goß dem Wirt einen kleinen Seelentröster ein. Er schaute mich überrascht und dankbar an, als hätte er nicht erwartet, eine solche Fürsorge von jemandem zu erfahren, der in Begleitung des Professors war. Er leerte das Glas in einem Zug und gab es mir zurück, dann räusperte er sich.

»Graf Philippe d'Angely kam am Nachmittag vor zwei Tagen, er war noch nie zuvor unser Gast, und ich kenne ihn nicht.« Er blickte zu Thomas auf, wie um zu sehen, ob dieser mit der Antwort zufrieden war. Das war er nicht.

»Erzählt mir alles, was Ihr über den Grafen wißt. Was hat ein französischer Graf in diesem Land zu schaffen? Wo wollte er hin?«

Von Hamborch sah verwirrt aus. »Ich weiß nicht, was ein französischer Graf hier im Lande will, aber er kam aus Ribe und war auf dem Weg nach Osten. Genaueres weiß ich nicht.«

»Wie war er als Mensch? Mochtet Ihr ihn, Herr von Hamborch?«

Von Hamborch schien einen Augenblick zu zögern, bevor er antwortete. »Der Graf führte sich auf wie ein Graf, was soll ich dazu sagen? Verlangte das Beste, das unser Haus zu bieten hatte, aber er bezahlte auch dafür.« Er sah Thomas mit einem angespannten Lächeln an. »Es ist nicht meine Aufgabe, die Gäste zu mögen, sondern ihnen zu dienen, soweit unsere bescheidenen Möglichkeiten es zulassen.«

Es gab keinen Zweifel, daß diese Bemerkung nicht nur auf den Grafen gemünzt war.

Thomas ließ die Worte an sich abprallen, es war so gut wie unmöglich, ihn zu beleidigen, schon gar nicht mit abschätzigen Äußerungen über sein Verhalten.

»Mit wem hat der Graf gesprochen? Mit dem Pastor? Oder dem Schreiner? Mit Euch?«

»Nein«, sagte von Hamborch, »er hat mit keinem von uns gesprochen, sondern zu uns.«

»Wie darf ich das verstehen?«

»Ich meine – ich sage bloß, wie es ist, besser gesagt, wie es war. Der Graf hatte ein derartiges Selbstbewußtsein, was seine eigene Meinung anging, daß es ihn nicht interessierte, was andere sagten.« Er zuckte mit den Schultern und stand auf. »Wenn ich die Herren jetzt bitten darf, zu gehen. Ich habe zu arbeiten – selbst die Toten können die Zeit nicht anhalten.«

Aber Thomas war noch nicht ganz fertig.

»In welchem Zimmer hat der Graf logiert? Ich würde mir gerne einmal seine persönlichen Sachen anschauen, um ein bißchen Licht in das Dunkel um diesen Todesfall zu bringen.«

Der Wirt sah Thomas lange an. Sein Blick war voller Widerwillen.

»Das letzte Zimmer«, sagte er leise und deutete an die Decke in Richtung des Giebels. »Ihr braucht einen Schlüssel. Als mir klar wurde, daß der Graf sein Zimmer nie wieder betreten würde, habe ich Albert gebeten, die Tür mit einem Schloß zu versehen.«

Thomas von Boueberge nickte anerkennend. Der Wirt ging zu seinem Schreibtisch hinüber und öffnete eine Schublade. Thomas erhielt den Schlüssel, ergriff Hamborchs Hand und schüttelte sie freundlich.

»Danke! Ihr seid mir eine große Hilfe gewesen, Herr von Hamborch. Ich werde Euch jetzt nicht weiter von Eurem Tagwerk abhalten. Doch um eine letzte Sache möchte ich Euch noch bitten. Graf d'Angely liegt im Wagenschuppen und ist, entschuldigt den Ausdruck, kalt wie ein Eiszapfen. Ich würde ihn gerne an einen Ort mit einem Ofen bringen, damit er auftauen kann, bevor ich ihn obduziere. Natürlich wäre es zuviel verlangt, ihn in die Wirtsstube zu bringen ...«

Der Wirt war schon bei dem bloßen Gedanken daran bestürzt.

»... deshalb dachte ich, daß Ihr vielleicht einen anderen Ort vorschlagen möchtet?«

Der Wirt öffnete die Tür und begleitete uns hinaus. »Ich werde Albert bitten, den Ofen in der Schmiede anzufeuern und den Grafen dort aufzubahren.« Er schloß die Tür hinter uns, ohne auf eine Antwort zu warten.

Kapitel 6

Kurz darauf standen wir vor der Tür zur Kammer des Grafen. Die Perücke des Professors lag wieder in ihrer Schachtel, die Goldbrokatweste war gegen eine schlichtere ausgetauscht worden, und der feine Gehrock hing an einem Kleiderhaken hinter unserer Kammertür.

Thomas von Boueberge steckte in seinen Arbeitskleidern. Er öffnete das große Vorhängeschloß und bemerkte trokken, daß es eigentlich gar keine so dumme Angewohnheit des Wirtes sei, alles um sich herum zu verschließen. Er schob langsam die Tür auf, blieb stehen und sah sich mit konzentriertem Blick im Raum um, als ob er sich alles genau einprägen wollte – eine in meinen Augen völlig unnötige Maßnahme, da die Kammer des Grafen beinahe das Spiegelbild unserer eigenen abgab. Vor dem Giebelfenster stand ein Schreibpult mit einem Wachslicht. Links neben der Tür befanden sich der Ofen und das Bett, rechts davon stand eine Pritsche. Auf dem Schreibpult lag nur ein einziges Buch. Sein Reisegepäck hatte der Graf auf der Pritsche ausgebreitet. Mir schoß durch den Kopf, daß es doch eigentlich merkwürdig war, daß ein Graf keinen Diener oder Burschen bei sich hatte, wenn er auf Reisen war. Aber was wußte ich schon von solchen Dingen, ich war noch nie in meinem Leben einem Grafen begegnet.

Thomas hatte genug gesehen und trat vor die Pritsche. Vorn an der Kante lehnten zwei Satteltaschen aneinander, von denen eine offenstand. Hinter den Taschen lag eine aufgerollte, mit Lederschlaufen zusammengehaltene Decke und dahinter etwas Längliches, das in rotes Tuch eingeschlagen war.

Ich wollte gerade etwas fragen, als Thomas die Hand hob. »Warte!« sagte er und schlug die Klappe der Satteltasche zur Seite.

Mit einem Finger hob er vorsichtig das eine oder andere Stück darin hoch, offenbar um herauszufinden, was ganz unten lag. Danach kratzte er sich nachdenklich im Bart.

»Pack die Gegenstände nacheinander aus und leg sie aufs Bett, damit wir uns einen Überblick über die Sachen des Grafen verschaffen können. Versuch dir zu merken, in welcher Reihenfolge die Dinge eingepackt sind«, sagte Thomas und öffnete die Riemen der anderen Tasche.

Ich begann mit einem Beutel, in dem sich eine Perücke befand, und ging damit zum Bett. Während ich darüber nachdachte, ob ich die Perücke herausnehmen sollte oder nicht, strich ich etwas Asche vom Bettüberwurf. Der feine, graue Staub tanzte in dem fahlen Licht, das durch das Fenster fiel, und kribbelte in meiner Nase.

»Hatschi!« nieste ich.

»À votre santé«, antwortete Thomas geistesabwesend. Er stand am Fenster und blätterte in dem Buch auf dem Schreibpult.

Ich entschied mich, die Perücke in ihrem Beutel zu lassen, um nicht noch mehr Staub in der Kammer zu verteilen. Es sah nicht so aus, als ob Marie hier in den letzten Tagen saubergemacht hätte. So packte ich ein Stück nach dem anderen aus: Nachthemden, einen Schlafrock, an dessen Saum die Mäuse geknabbert hatten, einen Rock mit passender Weste und Hose, wollene Überstrümpfe (arg zerschlissen), ein Seidentuch und ein baumwollenes Tuch, Seidenstrümpfe (ebenso zerschlissen) sowie eine blaue Nachtmütze. Zwischen den Kleidungsstücken lag ein länglicher, in schmutzigem Baumwollstoff verpackter Gegenstand. Ich wickelte ihn aus.

»Professor, seht mal her!«

Thomas legte das Buch beiseite und trat ans Bett. Wortlos nahm er die Pistole in die Hand und drehte sie prüfend hin und her. In einem abgetrennten Fach in der Satteltasche entdeckte ich ein Pulverhorn sowie zwei Lederbeutel, der eine mit Öl, Putzzeug und einigen Feuersteinen gefüllt, der andere mit Kugeln.

»Hm. Langer Lauf und dann diese eleganten Öhrchen am Kolben ... Und sieh dir nur dieses Steinschloß an, auch dort wieder die Andeutung eines Öhrchens. Typisch französisch – eventuell auch englisch«, murmelte er, mehr für sich selbst. »Soviel also zu der Pistole.«

Er drehte sich um, hob das rote Tuch samt seinem länglichen Inhalt vom Bett und reichte es mir. »Dann wird das hier wohl ein Gewehr sein, nehme ich an.«

Ich hielt das Paket, während er das Tuch beiseite schlug und so ein Gewehr und einen Degen zutage förderte.

»Das Handteil ist französisch«, sagte er. »Sieh dir die Verzierung des Bügels an, diese schlichte Eleganz. Und der quillon ... wie sagt man noch gleich bei uns? ... Na, eben das Teil, mit dem der Stoß des Gegners abgewehrt wird ... Und diese zierlichen, nahezu filigranen Muster, typisch französisch. Wohingegen diesem hier ...«, Thomas legte den Degen beiseite und wog das Gewehr in der Hand, »jegliche Eleganz fehlt. Eckig und plump, und sieh dir nur mal den Kolben und den Abzug an. Eine wahre Beleidigung fürs Auge. Es dürfte dich kaum überraschen, wenn ich dir sage, daß es sich hierbei mit ziemlicher Sicherheit um ein schwedisches Modell handelt. Das Schloß ist typisch für die baltische Region, und ich erinnere mich, früher schon ähnliche Exemplare in der schwedischen Armee gesehen zu haben.«

Er gab mir das Gewehr, und ich wickelte die beiden Waffen wieder in das Tuch ein. Thomas murmelte die Frage vor sich hin, die auch mir durch den Kopf gegangen war: »Was hat ein schwedisches Gewehr in den Händen eines französischen Grafen zu suchen?« Er kehrte ans Fenster und zu dem Buch zurück, drehte sich aber plötzlich um und fragte: »Lag die Pistole zuoberst in der Tasche?«

»Nein, unter drei, vier Kleidungsstücken.«

Er nickte zufrieden und widmete sich wieder dem Buch auf dem Pult. Ich nahm mir den Inhalt der zweiten Tasche vor.

Zuoberst lag ein kleiner Lederbeutel mit Schere, Rasierutensilien und verschiedenen Parfümflakons. Ein langes Messer mit einer merkwürdigen Kugel am Knauf in einer ramponierten und zerbeulten Metallscheide, daneben ein kleines Messer, das in einer einfachen, speckigen Lederscheide steckte. Danach folgten mehrere Paar Socken und verschiedene Kleidungsstücke, aber als ich bis zum Boden vorgedrungen war, wurde es wieder interessant. Zuerst bekam ich einen Leinenbeutel zu fassen, danach ein kleines Lederetui, kunstvoll gearbeitet und mit Silberfäden verziert, die ein geschwungenes Monogramm bildeten. Soweit ich die verschnörkelten Buchstaben deuten konnte, stand dort P. A. In dem Etui lag ein goldener Siegelring mit demselben verschnörkelten P. A. Ich ging zu Thomas und unterbrach ihn erneut bei der Lektüre des Buches.

»Ach, sieh einer an!« rief er interessiert. »Der Graf hatte sein eigenes Handsiegel dabei. P. A. für Philippe d'Angely, nehme ich an. War auch Lack dabei?«

»Ja, in dem Leinenbeutel hier sind Lack, Tintenfäßchen, Tintenpulver, Gänsekiele und Papier.« Ich schüttete den Inhalt auf das Bett. Thomas nahm einen mehrfach gefalteten Bogen Papier mit erbrochenem Siegel und faltete ihn auseinander. Ich versuchte über Thomas' Schulter mitzulesen, aber die Schrift war nur schwer zu entziffern, und noch dazu war es Französisch, eine Sprache, der ich nicht sonderlich mächtig war.

Thomas faßte den Inhalt kurz zusammen, nachdem er den Brief zu Ende gelesen hatte. Er war an Graf d'Angely gerichtet und begann mit »Bester Philippe, ich hoffe, dieser Brief wird Dich noch vor Deinem Aufbruch nach Amsterdam erreichen.« Der Absender war offensichtlich ein jüngerer

Bruder, der dem Grafen mitteilte, daß ein Onkel im Sterben lag und der Vater wünschte, daß Philippe nach Hause kommen möge. Zwischen den Zeilen las Thomas, daß der Vater und Philippe einen handfesten Streit wegen einer Frau gehabt hatten, die Philippe heiraten wollte.

Thomas faltete den Brief zusammen und verzog das Gesicht zu einer Grimasse. »Die gleiche alte Geschichte, die wir schon so oft gehört haben. Dem Vater paßt nicht, daß der Sohn eine Frau von einfachem Stand heiratet, also geht der Sohn seiner Wege und wird umherziehender Abenteurer und Soldat.«

Ich kannte die Geschichte noch nicht und bedauerte den Grafen, der nicht das Mädchen bekommen hatte, das er liebte.

Thomas stand da und schlug nachdenklich mit dem Brief auf seine Handfläche.

»Wie alt würdest du den toten Grafen schätzen?« fragte er.

»In Eurem Alter vielleicht«, sagte ich zögernd.

»Ja, nicht wahr. An die vierzig, würde ich auch sagen. Hm. Ganz schön lange herumgereist, der Graf, er wird wohl kaum älter als dreißig gewesen sein, als der Herr Papa ihn verheiraten wollte, eher jünger. Der gräfliche Vater wird um die sechzig herum sein und ein alter Dickkopf. Aber so sind sie, diese Adligen.« Den letzten Satz hatte er mehr für sich selbst gemurmelt.

Ich schob ein Paar ausgetretene Schuhe vors Bett und verkündete, daß nun alles zur näheren Betrachtung bereitliege. Thomas verschaffte sich einen Überblick, überprüfte jedes Kleidungsstück einzeln auf seine Qualität und um festzustellen, ob es irgendwelche geheimen Taschen gäbe, wie er mir erklärte. Ich stand stumm daneben und sah mich um, ob mir möglicherweise etwas entgangen war, aber nein, der Graf hatte ganz offensichtlich kein weiteres Hab und Gut in dieser Kammer versteckt. Thomas griff nach dem langen Messer und brummte überrascht, drehte sich um und bat mich, ihm noch einmal das Gewehr zu bringen. Zu meinem Erstaunen steckte er die seltsame Kugel des Messerknaufs in die Gewehrmündung, so daß das Messer sich, mit dem Gewehr als Schaft, in eine grausame Waffe verwandelte.

»Das ist ein Bajonett«, erklärte er. »Wenn das Gewehr abgefeuert ist und der Feind zum Nachladen zu nah ist, steckt der Soldat statt dessen so ein Bajonett auf und kann sich weiter verteidigen. Die Idee stammt von den Musketieren, die der Kavallerie gegenüber dadurch im Vorteil sind, daß sie eine größere Reichweite als die Kavalleristen mit ihren Degen haben.«

Thomas beendete die Besichtigung der Gegenstände auf dem Bett des Grafen, legte das Buch zurück aufs Schreibpult und ging zur Tür.

»Petter, würdest du sagen, daß wir die ersten sind, die die Sachen des Grafen durchgesehen haben?«

Ich sah ihn überrascht an. »Ich weiß nicht ... darüber habe ich mir keine Gedanken gemacht«, mußte ich eingestehen.

»Dann tu es«, sagte Thomas und verließ den Raum. »Schließ die Tür wieder ab. Wir treffen uns dann gleich in unserer Kammer, ich muß runter, mich erleichtern.«

Kapitel 7

Thomas hatte die Ellbogen auf seine Knie gestützt und das Kinn in die Hände gelegt. Sein Blick war abwesend, und seine Lippen bewegten sich stumm. Ich streifte meine Schuhe ab, hockte mich auf die Pritsche und schlang die Decke um mich. Eigentlich hätte ich gerne weitergeschlafen – oder gefrühstückt, aber mein Arbeitgeber schien weder an das eine noch an das andere zu denken.

Plötzlich hob er den Kopf und stand energisch auf. »Ja, so machen wir das«, sagte er zu sich selbst und sah mich an. »Hol Papier und Schreibzeug, Petter! Wir müssen wissenschaftlich vorgehen, damit wir immer wissen, was wir tun.«

Er suchte in seiner Tasche nach der Brille und setzte sie auf die Nase. Dann nahm er das Buch des alten Franzosen Descartes, das er am Abend zuvor herausgesucht hatte, und schlug es bei einem Lesezeichen auf.

»Dieses Buch hier ist ein Leitfaden zur richtigen Anwendung der Begabung. Es finden sich darin gewisse Regeln, die als Richtwerte für Wissenschaftler gedacht sind, die naturwissenschaftliche Forschung betreiben«, erklärte er mir und fuhr dann mit einem schiefen Lächeln fort: »Die Situation, in die wir hier geraten sind, kann zwar kaum als wissenschaftliche Forschung bezeichnet werden, trotzdem gibt es gewisse Übereinstimmungen. Wir haben ein Problem, das es zu lösen gilt, und dieses Problem kann in einer übergeordneten Frage formuliert werden: Wer ist schuld am Tode des Grafen d'Angely? Wenn wir die Antwort auf diese Frage kennen, haben wir das ganze Problem gelöst.«

Ich wußte gar nicht, daß ›wir‹ uns vorgenommen hatten, den Fall zu klären, sagte jedoch nichts.

»Aber um dorthin zu gelangen, gilt es vorerst, eine Menge untergeordneter Fragen zu beantworten, und diese Fragen wollen wir jetzt formulieren und in der richtigen Reihenfolge festhalten.

Und dabei kann uns dieses Buch helfen. Laß mich die vier Hauptregeln, die Descartes aufgestellt hat, nacheinander aufzählen:

Die erste Regel lautet, nichts als wahr anzuerkennen, das nicht sicher bewiesen ist.

Die zweite Regel fordert, komplizierte Sachverhalte in so viele kleinere Einheiten zu zerlegen wie nötig und möglich.

Die dritte Regel schreibt vor, in einer bestimmten gedanklichen Reihenfolge vorzugehen, das heißt mit den einfachsten und offensichtlichsten Sachverhalten zu beginnen und von dort Stück für Stück in Richtung der komplexeren voranzuschreiten. Man sollte dabei nicht vergessen, auch Objekten, die in keinem unmittelbaren logischen Zusammenhang stehen, eine gewisse gedankliche Ordnung zuteil werden zu lassen.

Die vierte Regel fordert, eine vollständige Liste aller möglichen Faktoren zu erstellen, damit man sicher sein kann, nichts vergessen zu haben.«

Thomas sah mich an, als wollte er überprüfen, ob ich aufpaßte. Ich gab mir den Anschein, auch wenn das nicht ganz der Wahrheit entsprach. Er nickte zufrieden. »Regel Nummer eins und Nummer vier scheinen mir im Moment am wichtigsten. Aber wir sollten die beiden anderen Regeln trotzdem im Hinterkopf behalten, wer weiß.« Er strich sich nachdenklich über den Bart, bevor er aufschaute.

»Laß uns mit Regel Nummer vier anfangen. Machen wir eine Liste. Also, was wissen wir?«

Fragen dieser Art stellte Thomas oft – er nannte sie rhetorisch. Ich empfand sie als eine Art artikulierten Gedankenstrom, der nichts mit mir zu tun hatte, und schaute hinaus in das Schneegestöber, wobei sich meine Gedanken mit einem Mieder beschäftigten und zwei Brüsten, weiß wie Schnee. Plötzliche Stille ließ mich aufblicken. Thomas sah erwartungsvoll in meine Richtung.

»Was wissen wir wirklich sicher?«

»Daß ... daß wir in einem Wirtshaus sind«, stammelte ich.

»Ja, gut. Laß uns mit der Geographie beginnen.« Er machte eine Geste: »Zeichne eine Karte von den Gebäuden, dem Stall, der Scheune und so weiter, aus der deutlich wird, wie alles zueinander liegt. Das kann wichtig werden, wenn wir uns später Gedanken darüber machen, wer sich wo bewegen konnte.«

Ich konzentrierte mich, und die Zeichnung gelang mir schließlich, indem ich mir vorstellte, ich sei ein Vogel, der über den Hof und das Wirtshaus fliegt und auf die Gebäude und die sie umgebende Mauer herabschaut und sich schließlich in der Spitze der dicken Eiche niederläßt.

Drei große Gebäude umgaben den rechteckigen Hof. Wenn man durch das Hoftor trat, lag linkerhand der Pferdestall, geradeaus das Wirtshaus und rechterhand die Scheune. Eine hohe Steinmauer mit einem Tor begrenzte ihn auf der vierten Seite. In der Mitte des Hofes wuchs eine dicke Eiche, deren Krone sich majestätisch über das Wirtshaus erhob. Vom Pferdestall abgetrennt, im südöstlichen Gebäudeteil, lag der Wagenschuppen. Die Scheune war ebenfalls unterteilt. Der Teil, der zum Hoftor wies, war die Tenne, der andere diente als Kuhstall. Der Hang hinter dem Wagenschuppen fiel leicht ab in Richtung eines Gebäudes, in dem Thomas das Waschhaus und daran anschließend die Schmiede vermutete. Das Waschhaus hatte ein Vordach, unter dem Brennholz brusthoch gestapelt war. Auch an der Rückseite des Kuhstalls, wo sich der Hühnerstall befand, war Holz aufgestapelt. Zwischen der Schmiede und dem parkartigen Garten der Schenke lag ein Häuschen, von dem weder Thomas noch ich wußten, was sich darin befand. Thomas tippte auf ein Lebensmittellager.

Ich zeichnete, korrigierte und zeichnete aufs neue. Dreimal verwarf ich meine Entwürfe, bis wir beide zufrieden waren.

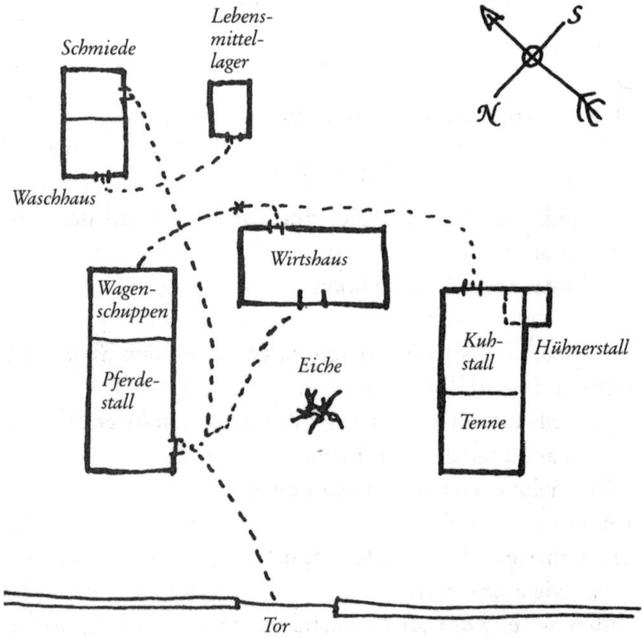

Ich beschriftete die einzelnen Gebäude und machte an der Stelle ein Kreuz, an der der Graf gefunden worden war. Dann bat Thomas mich noch, die vom Schnee freigeräumten Pfade einzuzeichnen.

Anschließend vertiefte er sich in die Skizze und murmelte vor sich hin, während ich eine neue Schreibfeder zurechtschnitzte. Als ich fertig war, stand er auf.

»Nimm ein neues Blatt und schreib meinen und deinen Namen zuoberst. Dann schreibst du untereinander die Namen aller Personen, die sich hier im Wirtshaus befinden, und gibst jedem eine Nummer«, sagte Thomas und schaute mir über die Schulter.

1 Thomas
2 Petter
3 von Hamborch
4 Frau von Hamborch
5 Dienstmädchen Marie
6 Pferdeknecht Albert
7 Pastor
8 Schreiner

Ich zögerte einen Augenblick und schrieb dann

9 Graf d'Angely

Ich nahm das Löschpapier und drückte es auf das Geschriebene.

»Sind das alle?« fragte Thomas.

»Ja.«

Thomas wippte einen Augenblick lang auf den Zehen auf und ab.

»Schreib alle Zahlen mit einer Ziffer auf«, sagte er dann.

Überrascht hob ich den Kopf.

»Ihr meint eins, zwei und so weiter?«

»Ja.«

Ich schrieb: 1, 2, 3, 4, 5, 6, 7, 8, 9.

»Wie viele sind das?«

»Neun«, erwiderte ich, nachdem ich kurz nachgedacht

hatte. Ich fragte mich ernsthaft, ob er plötzlich nicht mehr ganz richtig im Kopf war.

»Na, dann«, sagte Thomas. »Was ist mit der Null, willst du die nicht berücksichtigen?«

Ich zögerte und zuckte mit den Schultern: »Null ist Null, das ist doch nichts.«

»Das Nichts kann auch von Bedeutung sein. Was kommt nach neun?«

»Zehn.«

»Schreib es auf!«

Wollte er eine Mathematikstunde abhalten?

Ich schrieb die Zehn auf und begriff noch immer nichts.

»Na, siehst du, jetzt kannst du sie gebrauchen«, zog mich Thomas trocken auf.

Langsam dämmerte mir etwas. »Ihr meint, daß die Null Bedeutung für andere Zahlen hat und durch andere Zahlen einen Wert bekommt?«

»Genau«, sagte Thomas und fuhr fort: »Wäre das gleiche nicht auch im Bezug auf Menschen denkbar? Ich meine, könnte es Menschen geben, denen wir keinen Wert zuschreiben, die wir als Null rechnen und nicht sehen, die aber dennoch da sind?« Er zeigte auf die Zehn, die ich geschrieben hatte.

Während Thomas sprach, geschah etwas Merkwürdiges in meinem Kopf. Ich sah die Küche vor mir, Marie stand am Feuer. Hinter ihr war die Anrichte, darüber ein Schrank mit Gläsern und Bierkrügen. Zwischen der Feuerstelle und der Anrichte stand eine große Holzkiste. Zu Anfang war das Bild in meinem Kopf noch verschwommen. Es lag in dem Halbdunkel, das ja wirklich in Küche und Wirtsstube herrschte.

Während Thomas weiter auf mich einredete, wurde es zwischen Anrichte und Feuerstelle immer lichter – als ob jemand Kerzen anzündete. Die Umrisse von etwas Unförmigem begannen sich abzuzeichnen und Form anzunehmen. Eine Gestalt, ein Mensch, krümmte sich zusammen und versuchte sich in seinem zerlumpten Umhang unsichtbar zu machen.

»Die Bettlerin«, sagte ich verdutzt. Thomas nickte.

»Warum habe ich sie nicht gesehen?«

»Das hast du, sonst könntest du dich jetzt nicht an sie erinnern. Schreib sie als Nummer zehn auf.«

10 Bettlerin

»Von uns beiden abgesehen, was wissen wir von den übrigen hier an diesem Ort?« Ich dachte nach. Thomas' Reaktion auf meine letzte Antwort, daß wir uns in einem Wirtshaus befänden, hatte mir die Angst genommen, mich lächerlich zu machen.

»Wir wissen, daß von Hamborch der Wirt des Hauses ist und daß er eine Frau hat.«

Thomas wedelte mit der Hand. »Richtig, was weiter?«

»Daß er den toten Grafen gefunden hat und nicht allzuviel über ihn weiß.«

»Er sagt, daß er nicht viel über den Grafen weiß«, korrigierte mich Thomas. »Weiter?«

»Daß ... ich weiß nicht ... doch, daß er irgendwo aus Deutschland stammt.«

»Richtig, sowohl sein Name als auch seine Aussprache deuten daraufhin.« Thomas war bis dahin ganz offensichtlich zufrieden mit meinen Antworten. »Und seine Frau?«

Ich zögerte. Mir fiel nichts ein, und ich schüttelte den Kopf.

»Sie ist krank und hütet heute das Bett. Das wissen wir. Und weiter wissen wir ...« Thomas brach den Satz ab und dachte nach, wobei sein Westenknopf eine weitere Umdrehung machte. »Des weiteren wissen wir, daß sie in Ohnmacht fiel, als sie den Toten sah. Möglicherweise eine sensible Dame, die einen solchen Anblick nicht verkraftet. Aber das können wir nicht mit Bestimmtheit sagen.«

Thomas beugte sich vor und studierte die Liste mit den Namen.

»Notiere alles, was wir bisher wissen, direkt hinter dem jeweiligen Namen. Ich fahre derweil fort, ergänze mich einfach, wenn dir noch mehr einfällt.«

Ohne abzuwarten, fuhr Thomas in seiner Rede fort, und ich schrieb, daß Schweiß und Tinte nur so rannen und die Schrift an manchen Stellen beinahe unleserlich wurde. Über das Dienstmädchen Marie wußte Thomas nur, daß sie jung und neugierig war, und so erzählte ich ihm, daß sie mir anvertraut hatte, sie würde nachts wenig schlafen. Hinter dem Pferdeknecht Albert blieb das Blatt leer. Der Pastor hieß Jacob und war auf dem Weg zu seiner neuen Gemeinde auf Seeland. Davor war er Pastor in Hindrup gewesen, einem kleinen Dorf an der Grenze zum Herzogtum Gottorp. Seine Frau war kürzlich verstorben, und er hatte den Bischof in Ribe gebeten, eine näher an Kopenhagen liegende Dienststelle für ihn zu suchen, wo eine Schwester von ihm lebte. Zu seiner eigenen Überraschung hatte der Bischof zugestimmt und eine vakante Pfarrei in der Landgemeinde Faxe gefunden. Das alles hatte Thomas in dem Gespräch erfahren, das er am Abend zuvor mit dem Pastor geführt hatte.

Weder Thomas noch ich wußten etwas über den anderen Gast. Der Pastor hatte Thomas erzählt, er sei Schreiner.

»Vom Wirt wissen wir, daß der Graf Franzose war und weiter nach Osten wollte, aber wir wissen nicht, ob das stimmt. Vielleicht hat der Graf das gesagt, um den Wirt das glauben zu machen«, gab Thomas zu bedenken. Und mit einem Grinsen fuhr er fort: »Oder der Wirt hat das gesagt, um uns das glauben zu machen? Wir müssen alle Möglichkeiten im Auge behalten. Jedoch der Inhalt des Briefes, den wir gefunden haben, könnte ein Beweis sein, daß die Informationen stimmen, wenn er tatsächlich kürzlich von Amsterdam abgereist ist, meine ich. Jedenfalls wissen wir, daß der Graf ganz unzweifelhaft tot ist und daß er ...«, der Professor zögerte einen Augenblick, wie um sich zu vergewissern, daß das, was er jetzt sagen wollte, auch wirklich stimmte, »... von jemandem niedergeschlagen wurde, der im Moment in diesem Gasthaus verweilt. Das wissen wir, weil seit unserer Ankunft gestern abend niemand die Gelegenheit hatte, abzureisen oder einzutreffen.

Als wir den Grafen gefunden haben, war noch immer ein bißchen Wärme in seinem Körper. Bei der Kälte, die dort draußen herrscht, heißt das, daß er unmittelbar vor oder während unserer Ankunft niedergeschlagen und ermordet worden ist.«

Die Spitze der Feder brach, und ich mußte eine neue zurechtschneiden, während Thomas sich sammelte. Dann war ich wieder bereit.

»Meine vorläufigen Untersuchungen belegen, daß der Graf kurz vor seinem Tod einen heftigen Schlag ins Gesicht, quer über Mala und Frons, also Kinnbein und Stirn, bekommen hat. Des weiteren gibt es zwei kleine Wunden, eine unter dem Kinn, die andere auf der Brust, die gleich alt zu sein scheinen, was ich aber nicht mit vollkommener Sicherheit sagen kann. Setz ein Fragezeichen dahinter, Petter.« Thomas steckte seine Brille in die Tasche, ging zum Fenster hinüber. Er schaute hinaus und wippte auf seinen Füßen vor und zurück.

»Als der Graf gefunden wurde, gab es frische Fußspuren im Schnee um ihn herum, und ...«, brummelte Thomas amüsiert, »... auf ihm, Spuren, die anscheinend vom Wirt stammten. Ich habe die Schuhgrößen aller Männer in diesem Gasthaus überprüft, und nur der Wirt hat so kleine Füße. All das stimmt mit seinen eigenen Aussagen überein.

Rund um den Grafen waren auch Spuren von größeren Schuhen oder Stiefeln zu erkennen, die der Neuschnee aber unkenntlich machte, Spuren, die vermutlich, und jetzt kann ich nur raten ...«, Thomas sah mich an, »die vermutlich vom Täter stammen. Leider kam ich nicht zur rechten Zeit, um die Abdrücke zu vermessen. Die genaue Schuhgröße kennen wir also nicht.« Er hatte die kleine Schnur aus der Tasche gezogen, mit der er die Füße des Grafen vermessen hatte, und hielt sie gedankenverloren in der Hand.

»Woher wissen wir, daß es sich um einen Mann handelt?« fragte ich und dachte an die Bettlerin in ihrer Ecke und die leeren Taschen des Grafen.

»Weil der Graf ein großer, robuster Mann war. Es gehört schon eine ganze Menge Kraft dazu, einen solchen Mann niederzuschlagen. So viel Kraft, daß wir, glaube ich, getrost alle Frauen und wohl auch den Wirt ausschließen können.«

Thomas sah mich an.

»Welche Erkenntnisse hast du in seinem Zimmer gewonnen?«

Wenig, wie ich mir selbst eingestehen mußte. Die Art, in der Thomas diese Frage stellte, verriet mir, daß er selbst weitaus mehr Rückschlüsse aus unserem Besuch gezogen hatte als ich. Ich sagte das Erstbeste, das mir einfiel.

»Äh ... es war ziemlich aufgeräumt.« Und dann erinnerte ich mich an etwas, worüber ich mich gewundert hatte. »Ich habe mich gefragt, warum ein Graf ohne Begleitung eines Dieners reist.«

Thomas nickte anerkennend. »Genau das ist mir auch aufgefallen – ein Graf ohne Diener. Aber ordentlich ist er trotzdem, da hast du recht. Und ein echter Waffennarr. Ich werde den Gedanken nicht los, daß der Mann, der da im Wagenschuppen liegt, etwas mit dem Militär zu tun hat. Jemand, der Jahre seines Lebens beim Militär verbrachte, der Genügsamkeit gewohnt war, Disziplin, Reisen mit wenig Gepäck und der vernarrt war in Waffen und militärische Strategien.«

»Militärische Strategien?«

»Das Buch auf dem Schreibtisch ist ein Lehrbuch über militärische Taktiken und strategisches Denken, verfaßt von einem französischen General namens Ferdinand Ponce de Mullon. Ich habe nie von ihm gehört, aber er stellt interessante Überlegungen an, unter anderem darüber, welche Möglichkeiten man in unwegsamem Gelände hat, wenn der Feind seine schweren Waffen nicht in Stellung bringen kann. Er meint, daß ...« Thomas bemerkte meinen Blick und schwieg. »Nun, das ist vielleicht im Moment nicht so wichtig«, räumte er ein, konzentrierte sich wieder und fuhr fort: »Wir haben einen Brief und auch einen Siegelring beim Grafen gefunden, die seine Identität beweisen. Und obwohl ich der Meinung bin, daß die Geschichte in dem Brief etwas ... mir fehlt das passende Wort ... an den Haaren herbeigezogen ist, so scheint sie doch wahr zu sein. Warum sollte der Bruder sie sonst erwähnen?

Aber das schwedische Gewehr ... Wie kommt das in seinen Besitz? Darüber muß ich mir noch Gedanken machen. Eine andere Sache, die ich bemerkt habe, ist, daß unser Graf ein recht armer Graf gewesen sein muß, genügsam in seiner Ausstattung, ja, an manchen Stellen ist sie gar ärmlich, abgenutzt. Und wo ist sein Geld? Seine Taschen waren, abgesehen von ein paar Schillingen, leer, das habe ich heute nacht überprüft. In seinen Kleidern war kein Geld versteckt, und auch in seinem Gepäck war nichts zu finden. Und wo ist seine Uniform, wenn er wirklich ein Mann des Militärs war? Ein adliger Mann sollte wenigstens eine Galauniform haben, in der er sich präsentieren kann, wenn er bei anderen Grafen oder Baronen zu Gast ist. Nein, irgend etwas an diesem Grafen ist faul.«

Ich war ganz seiner Meinung, hatte aber auch keine Antwort auf seine Fragen.

»Und was du sagst, Petter, ist vollkommen richtig, sein Zimmer war auffällig aufgeräumt. Eine militärische Ordnung. Hast du gesehen, wie seine Schuhe dastanden oder wie das Buch auf dem Schreibpult lag. Lauter rechte Winkel, ganz akkurat. Nur ...«, Thomas machte eine Pause, als wollte er mich auf die Folter spannen, »... die eine Tasche war nicht ordentlich verschlossen, und auch der Inhalt dieser Tasche hat mich nachdenklich gemacht.«

Ich dachte an die Sachen, die ich herausgenommen hatte, die Kleidungsstücke, häufig getragen, an der Grenze zum Abgenutzten, die Pistole samt Zubehör, die Perücke ... Was meinte Thomas?

»Wenn du eine Pistole hättest, die entweder ins Sattelfutteral gehört, wenn das Pferd gesattelt ist, oder ansonsten griffbereit sein muß für den Fall, daß du eine Waffe brauchst, wo würdest du sie dann hintun?«

»In die Tasche meiner Jacke, oder ...«, jetzt begriff ich, worauf er hinauswollte, »ganz oben in meine Satteltasche.« Über der Pistole hatten etliche Kleidungsstücke gelegen, was nicht sonderlich praktisch war.

»Genau«, sagte Thomas. »Außerdem waren die oberen Kleidungsstücke nicht so ordentlich zusammengelegt wie die zuunterst oder wie die in der anderen Tasche. Und du hast doch sicher bemerkt, daß in der anderen Tasche die Waffe zuoberst lag, wie es sich für einen militärisch denkenden Menschen gehört. Mit anderen Worten: Es muß vor uns jemand im Zimmer des Grafen gewesen sein, der, wie wir, seine Sachen durchsucht hat. Und anscheinend hat der Betreffende es plötzlich sehr eilig gehabt, so daß er die letzten Sachen nicht wieder so ordentlich verstauen konnte, wie sie zuvor gelegen hatten. Irgend etwas hat den Eindringling gestört.«

Thomas setzte sich aufs Bett und schaute nachdenklich an die Decke.

»Die große Frage ist also, wer ist dieser Eindringling? Und handelt es sich dabei um die gleiche Person wie die, die den Grafen niedergeschlagen hat?«

Wir saßen eine Weile schweigend da und dachten nach.

Ich betrachtete die Liste. Wir hatten nach einem größeren Umweg zu unserem ursprünglichen Problem zurückgefunden, nämlich, wer als Verdächtiger in Frage kam.

»Wenn wir den Wirt und die Frauen ausschließen, bleiben nur noch drei, die es getan haben können.«

»Eigentlich nur zwei.«

»Oh ...?«

Thomas erklärte es mir. »Ich hatte dich gebeten, einen Blick auf die Füße des Pastors und des Schreiners zu werfen, bevor ihr hinausgegangen seid, um den Grafen wegzutragen, erinnerst du dich? Und du hast mir erzählt, daß der Boden um die Füße des Schreiners herum naß gewesen ist, nicht so beim Pastor. Also ...?«

»... muß der Schreiner kurz zuvor draußen gewesen sein«, vollendete ich den Satz.

»Bleiben also nur der Schreiner und der gesprächige Albert als ...« Thomas verstummte, als jemand an die Tür klopfte.

»Herein!«

Marie öffnete mit einem vorsichtigen Lächeln die Tür. »Der Hausherr läßt grüßen und fragen, ob der Professor und sein Assistent ...«, sie blickte flüchtig zu mir herüber, »... Albert helfen können, den Grafen in die Schmiede zu bringen. Es ist jetzt warm da.«

Thomas bedankte sich und erwiderte, daß wir gleich kommen würden. Marie zog die Tür hinter sich zu und lief die Treppe hinunter.

»Wollen wir doch mal hören, was Albert uns zu sagen hat«, sagte Thomas und zog sich die Stiefel an.

Kapitel 8

Albert erwartete uns schon vor dem Wagenschuppen. Er öffnete wortlos das Tor und ging vor uns hinein. Der Graf lag noch genauso da, wie wir ihn letzte Nacht verlassen hatten, ohne Überrock, Weste und Perücke, und sah, wenn das überhaupt möglich war, noch toter aus als am Tag zuvor. Es kam mir fast so vor, als wäre er ein wenig geschrumpft, und seine Haut glänzte wie Marmor. Mich überkam wieder dieses Unbehagen im Angesicht des Todes, als packe mich eine kalte Hand im Nacken, und ich hoffte inständig, daß meine Anwesenheit nicht vonnöten sein würde, wenn Thomas später den Leichnam obduzierte.

Albert griff dem Grafen unter die Arme und nickte in Richtung der Beine, was wohl soviel heißen sollte wie: Anfassen! Wir packten also zu, und zu meiner großen Verwunderung schien der Graf auch viel leichter geworden zu sein.

»Mit wie vielen Pferden ist der Graf gekommen, mit einem oder mehreren?« Thomas' Frage wurde mit einem Brummen beantwortet, das mit viel gutem Willen als »Mit einem!« interpretiert werden konnte.

»Hat er viel Gepäck dabeigehabt?«

Keine Antwort. Wir gingen in den Schnee hinaus. Der ausgetretene Pfad war spiegelglatt, und es forderte ein Höchstmaß an Konzentration, damit wir nicht mit unserer adligen Bürde ausrutschten.

Thomas schob das nur angelehnte Tor der Schmiede mit der Schulter auf. Drinnen war es recht kühl, obwohl in der offenen Feuerstelle ein ordentliches Feuer brannte.

Der Raum maß in jeder Richtung 7 bis 8 Ellen, wirkte aber kleiner, weil er so vollgestopft war. Um die Feuerstelle herum hingen Werkzeuge an der Wand, alle möglichen Zangen, Schmiedehämmer und gewöhnliche Hämmer in den unterschiedlichsten Größen, Feilen, Ahlen und vieles mehr. In der Mitte stand ein riesiger Amboß, der den ganzen Raum dominierte. Gleich daneben waren zwei Böcke aufgebaut, über denen eine Art Planke lag. Dort legten wir den Grafen ab. Unweit davon in einer Ecke standen ungehobelte Bretter verschiedener Sorte, Länge und Dicke. Hinter der Feuerstelle war außerdem eine Hobelbank, auf der eine längliche Kiste ihrer Fertigstellung harrte.

»Wie ich sehe, tischlerst du bereits einen Sarg«, sagte Thomas.

»Der Hausherr«, gab Albert zur Antwort. Er hatte Feuerholz nachgelegt und war bereits wieder auf dem Weg nach draußen.

Thomas war stehengeblieben, um sich den Sarg genauer anzusehen, und ihm entfuhr ein anerkennendes »Ah! Saubere Arbeit!«. Man sah ihm deutlich an, daß der Wirt gleich ein klein wenig in seiner Achtung stieg. Danach hastete er hinter Albert her.

Ich sah mich noch einmal kurz um, bevor ich das Tor der Schmiede hinter mir zuzog und den anderen durch den Schnee folgte. Es hatte zwar aufgehört zu schneien, aber am Horizont hingen immer noch dunkle Wolken, die jede Hoffnung, das Wirtshaus so bald wie möglich verlassen zu können, zunichte machten. Der frostige Wind zwickte in die Haut, obgleich er deutlich milder war als noch am Tag zuvor. Thomas folgte Albert in den Pferdestall, und ich folgte Thomas.

Im Stall war es angenehm warm, und es duftete vertraut und gut nach Heu, warmen Pferdekörpern und Roßäpfeln. Ich ging zu unseren Pferden, tätschelte ihnen den Hals und überzeugte mich davon, daß es ihnen gut ging. Beide Reitpferde wirkten zufrieden und ruhig. Das Packpferd hatte eine wunde Stelle an der Flanke, die ganz offensichtlich mit einer Salbe behandelt worden war. Seine Augen waren noch ganz matt von den Strapazen des gestrigen Tages. Zu der üblichen Stalldecke war jedem Pferd ein leerer Sack über den Rücken gelegt worden, damit die Tiere die Wärme besser hielten. War Albert auch kein großer Menschenfreund, so schienen Pferde ihm wirklich nahezustehen.

Thomas war hinter der Tür stehengeblieben und musterte die verschiedenen Arbeitsgeräte, die nebeneinander an der Wand aufgereiht waren. Er griff nach einer hölzernen Heugabel, öffnete die Tür einen Spaltbreit und betrachtete die Gabel in dem schmalen Streifen hereinfallenden Lichts, während Albert in der hinteren Ecke des Stalls damit beschäftigt war, einen Hengst zu striegeln. Ich beobachtete ihn dabei. Sein Gesicht war Thomas zugewandt. Das fahle Licht, das durch das Fensterchen fiel, warf Schatten auf sein Gesicht, so daß seine Augen in dunklen Höhlen verborgen lagen. Seine Wangen unter dem üppigen Bart sahen eingefallen aus. Er trug eine Strickmütze, welche die Schramme über seinem Auge, die mir gestern bei unserer Ankunft schon aufgefallen war, unbedeckt ließ.

»Welcher von denen gehört dem Grafen?« fragte Thomas und zeigte zu den Sätteln, die vor der hinteren Stallwand aufgebockt waren.

Albert nickte in Thomas' Richtung, der sich zu dem Sattel umdrehte, der ihm am nächsten war.

»Dieser hier?«

Albert antwortete nicht, er widmete sich wieder mit ganzer Aufmerksamkeit dem Pferd. Thomas nahm es als eine Bestätigung seiner Frage und hob den Sattel herunter.

»Mach die Tür auf, Petter.«

Im Tageslicht nahmen wir den Sattel in Augenschein. Er hatte keine Ähnlichkeit mit den Sätteln, die ich von unseren Pferden oder von Hortten her gewohnt war. Dieser Sattel war größer, derber, steifer, als ob er innen aus Holz wäre.

»Auf den ersten Blick ein ungarischer Sattel«, sagte Thomas und zeigte auf den hochgezogenen Rand vorn und hinten. Er hob das Seitenteil an.

»Die Trachten sind aus Holz, aber stärker gepolstert als üblich, um das Pferd vor Wundstellen zu schützen. Wenn du mich fragst, ist das ein Zwischending zwischen einem Kavalleriesattel und einem englischen Sattel, obwohl ich zugeben muß, daß ich, was Sättel betrifft, kein Experte bin.«

Er ging ein zweites Mal zu dem Sattelbock und holte zwei längliche Futterale, eins so lang wie mein Arm, das andere deutlich kürzer. »Die werden am Sattel befestigt, weißt du, eins für das Gewehr und eins für die Pistole, die wir in seinem Zimmer gesehen haben«, erklärte er, blinzelte ins Innere der Futterale und drehte sie neugierig hin und her, bevor wir alles an seinen Platz zurücklegten und die Tür wieder schlossen.

»Wo kommst du eigentlich her, Albert?« Thomas durchquerte den Stall.

Albert konzentrierte sich auf seine Arbeit.

»Du arbeitest schon lange hier im Wirtshaus, nicht wahr? Wie ich sehe, bist du ein anständiger und ordentlicher Knecht. Von Hamborch kann sich glücklich schätzen, einen solchen Pferdepfleger zu haben. Gehe ich recht in der Annahme, daß du auch im Wald arbeitest, bei Bedarf die Wagen der Gäste reparierst und die Pferde beschlägst? Und, falls Not am Mann ist, auch Särge zimmerst?« Albert blickte auf.

»Denn ich kann mir kaum vorstellen, daß der Hausherr so etwas zustande bringen würde, oder? Ich meine, seine Hände sehen nicht aus, als ob sie für grobe Tätigkeiten und Tischlerarbeiten taugten. Außerdem ...«, sagte Thomas mit einem Grinsen und sah an Alberts Hosenbein hinab, »hast du Hobelspäne am Hosenbein.«

Albert schaute an sich herunter und nahm das Striegeln wieder auf. Hatte ich da etwa ein Lächeln hinter seinem Bart gesehen?

»Ich schätze, daß du ungefähr sechs oder acht Jahre hier bist, mindestens.« Thomas nahm einen Strohhalm und stocherte sich damit im Ohr herum.

»Elf«, kam die undeutliche Antwort von Albert.

»Jesses, so lange schon. Dann wirst du dich mit den Arbeitsabläufen in der Wirtschaft wahrscheinlich besser auskennen als der Hausherr selber, kennst die Gäste, weißt, wer früher schon mal hier gewesen ist, welche Gäste angenehm sind und so weiter.«

Albert arbeitete sicher und ruhig, ohne den Blick von dem Pferd zu wenden.

»Wo hast du noch gleich gelebt, bevor du hierher gekommen bist?«

Alberts dunkle Augen richteten sich auf Thomas und funkelten ihn an. Um seinen Mund spielte die Andeutung eines Lächelns.

Thomas lachte. »Schon gut, aber es war einen Versuch wert.«

»Fredericia.«

Daß er eine Antwort bekam, brachte Thomas aus dem Konzept, da er es anscheinend gerade hatte aufgeben wollen, noch mehr in Erfahrung zu bringen.

»Deine Eltern leben also in Fredericia?«

Ein Schatten huschte über Alberts Gesicht und ließ mir sein Lächeln und das Funkeln in seinen Augen wie einen Traum erscheinen. Dieses Gesicht war nicht fähig zu einem Lächeln.

»Geht!« Seine Stimme war belegt, aber deutlich zu verstehen, und ließ keinen Widerspruch zu. Thomas nickte und ging auf die Tür zu.

»Danke, daß du so gut für unsere Pferde sorgst«, sagte er und verschwand nach draußen, wohin ich ihm eilig folgte.

Kapitel 9

Als wir den Hof überquerten, stellte ich die beiden Fragen, die mir auf der Zunge brannten.

Zuerst die wichtigste: »Frühstücken wir bald?«

Thomas lachte. »Der Tag wird uns bald ein Mittagessen bescheren. So ein Siebenschläfer wie du kann vom Frühstück nur träumen. Wir anderen haben das schon längst hinter uns. Aber fragen wir doch die kleine Marie, ob sie dir trotzdem noch etwas macht.«

Danach die zweitwichtigste Frage: »Warum hat Albert gelogen, als er sagte, wer den Sarg tischlert?«

Thomas antwortete nicht gleich, blieb auf der Treppe stehen und blickte zurück zum Pferdestall. »Ich weiß es nicht«, räumte er ein. »Unser Pferdeknecht ist nicht nur ein Mann weniger Worte, er hüllt sich auch in Geheimnisse, ob beabsichtigt oder nicht. Ein schwieriger Mann.«

Wir gingen hinein und hängten unsere Umhänge und Hüte neben den Ofen. Der Pastor saß, den Kopf über sein heiliges Buch gebeugt, auf seinem gewohnten Platz in der Ecke. Der Schreiner hatte sich zu ihm an den Tisch gesetzt, vielleicht in der Hoffnung auf ein wenig Gesellschaft, aber anscheinend ohne Erfolg. Sein Gesicht hellte sich auf, als wir eintraten, und er rückte mit seinem Bier zur Seite, um uns Platz zu machen. Thomas ging darauf ein. Ich setzte mich auf die andere Seite des Tisches neben den Pastor, so daß ich in die Küche sehen konnte.

»Klart es draußen langsam ein bißchen auf? Kann man sich

bald wieder auf den Weg machen?« Der Schreiner wies mit einem Nicken zum Fenster hinüber.

Thomas schüttelte den Kopf. »Auch wenn es nicht schneit, der Himmel ist dunkel, und außerdem ist der Schnee im Wald für die Pferde viel zu hoch. Wir müssen Geduld haben und warten, bis er ein wenig zusammensackt.«

»Aber das kann Tage dauern, vielleicht Wochen!« Das grobe, schwammige Gesicht durchzogen Falten, die es schon gehabt hatte, als wir die Wirtsstube betraten. Der Schreiner tauchte in den Bierkrug ab, leerte ihn und winkte Marie, ihn wieder aufzufüllen.

Als sie das Bier brachte, fragte Thomas, ob sie noch einmal Brot auf den Tisch stellen könne für eine kleine Zwischenmahlzeit. Der Pastor blickte von seinem Buch auf und nickte.

»Ja«, sagte er, »ja, es ist merkwürdig, aber man bekommt Hunger bei so einem Wetter. Tatenlos dazusitzen und zu warten zehrt den Körper aus.«

Marie lächelte. »Dann decke ich wohl am besten gleich für alle.«

Bald darauf standen Brot, Käse, Schinken und Butter auf dem Tisch. Ich rannte nach oben und holte auf Geheiß von Thomas eine Dose mit gerösteten Bohnen und eine Mühle aus unserer Kammer, anschließend gab Thomas Marie diverse Anweisungen, und nur wenig später stand eine Kanne mit duftendem Kaffee auf dem Tisch, der sowohl den Pastor als auch den Schreiner die Nase rümpfen ließ.

»Ich habe gehört, daß dieses neumodische Zeug den Menschen direkt zu Kopf steigt und sie verrückt werden läßt«, sagte der Schreiner.

Thomas goß mir und sich selbst davon ein. »Das erleichtert mir morgens, meine Gedanken zu sortieren«, sagte er. »Verrückt bin ich, glaube ich, noch nicht davon geworden – jedenfalls nicht mehr, als ich es von Natur aus bin. Aber das dürft Ihr, verehrte Tischgenossen, später gerne selbst beurteilen.«

Am Tisch kam eine ausgelassene Stimmung auf.

Marie stand in der Küche und schaute uns beim Essen zu. Ich nahm meinen ganzen Mut zusammen: »Willst du dich nicht zu uns setzen?«

»Ja, komm her, mein Mädchen!« rief der Schreiner und schlug mit der Hand neben sich auf die Bank.

Marie schien sich über die Aufforderung zu freuen und kam zu uns an den Tisch. Sie ging zu der Seite der Bank hinüber, wo Thomas saß, so daß beide, Thomas und der Schreiner, aufrücken mußten, damit sie sich mir gegenüber hinsetzen konnte. Der Schreiner schielte zu uns herüber, sagte aber nichts.

Ich spürte, wie meine Augen unruhig flackerten, und suchte einen Halt an der Holzvertäfelung. Ein hübsches Paneel. Plötzlich erinnerte ich mich, was das merkwürdige hin und her schwingende Ding an der Wand war. Thomas hatte es Chronometer genannt oder so ähnlich, als er mir vor ein paar Monaten eine Zeichnung davon gezeigt hatte. Er hatte eines in den Niederlanden bestellt, wo diese Gerätschaften ›Glocke‹ genannt wurden. Bei uns sagte man Uhr dazu. Sie seien in der Lage, die Zeit zu messen, hatte Thomas behauptet.

Marie strich Butter auf eine Scheibe Brot. Ihr Haar war mit einem dünnen Band im Nacken zusammengebunden.

Thomas kaute und schluckte. »Und womit verdient Ihr, guter Mann, Euren Lebensunterhalt?«

Der Schreiner sah von seinem Bier auf und schaute zuerst den Pastor und dann Thomas an. »Ich ... ich bin Handwerker, Schreiner.«

»Häuser, Möbel, Kutschen, oder ...?«

»Jaa ... Häuser.«

»Dann seid Ihr wohl auf dem Weg zu einem neuen Auftrag, nehme ich an?« fragte Thomas interessiert.

»Jaa, ich will nach Kolding. Dort ... dort werden fleißige Handwerker gesucht.«

»Ihr führt doch gewiß Euer Werkzeug mit Euch, nicht wahr?«

»Jaa, nein, nur einen Teil.« Der Schreiner grinste Thomas unsicher an.

Thomas kratzte sich nachdenklich am Kinn. »Ich habe gehört, daß altes Holz so gut wie neu wird, wenn man es eine Woche lang in eine Mischung aus Salzwasser und Hahnenfußauszug legt und dann anschließend den Winter über im Dunkeln trocknen läßt. Aber warum muß es im Dunkeln liegen? Das habe ich nie verstanden?«

Der Schreiner fuhr sich mit seinen dicken Fingern über die Bartstoppeln. »Also, das muß im Dunkeln liegen weil ... weil das sonst zu schnell trocknet«, sagte er und grinste breit.

Thomas nickte und schmierte Butter auf eine dicke Scheibe Brot, die er anschließend sorgsam mit Käse und Schinken belegte. »Natürlich, ja, selbstverständlich.«

Es entstand eine Pause, als Thomas sich einen Bissen Brot in den Mund schob.

»Was war das heute nacht eigentlich für ein Licht im Wagenschuppen, hä?« Der Schreiner blickte fragend in die Runde. Er schien das Thema wechseln zu wollen.

»Wohntihrmgiblsimmer?«

»Häh?« Alle schauten Thomas an, der schluckte und es erneut versuchte.

»Ich frage, ob Ihr im Giebelzimmer wohnt?«

»Nein, in dem Zimmer in der Mitte des Flurs«, antwortete der Schreiner. Ganz offensichtlich begriff er nicht, worauf Thomas hinauswollte.

Thomas kaute unbeeindruckt weiter, schluckte noch einmal und wischte sich mit einem großen Tuch den Mund ab.

»Aber wie konntet Ihr Licht im Wagenschuppen sehen?«

Der Schreiner wurde unsicher. Er kippte das Bier hinunter, wobei sein Adamsapfel auf und ab hüpfte. Seine Augen funkelten, als er Thomas antwortete: »Ich ... ich wollt nur was holen, das ich hier unten vergessen hatte.«

Ich sah zu Thomas hinüber, der sich aber mit der Antwort zu begnügen schien und nicht weiterbohrte, obgleich der

Schreiner in meinen Ohren ganz offensichtlich die Unwahrheit gesprochen hatte.

»Marie war draußen, um nachzusehen, ob das Tor vom Wagenschuppen richtig verschlossen war«, sagte Marie erklärend. »Es geht das Gerücht, daß wieder Wölfe in der Gegend sind, und Marie wollte doch nicht, daß der Graf als Futter für einen schäbigen Wolf endet.«

»Natürlich nicht. Es ist wirklich traurig, daß ein so stattlicher Kerl wie der Graf so jung sterben mußte«, sagte Thomas.

»So erbarmt der Herr sich nun, wessen er will, und verstockt, wen er will«, kam es von Pastor Jacob. »Aus dem Brief des Apostels Paulus an die Römer.«

Marie betrachtete den Pastor aufmerksam. Ich konnte sehen, wie sie die Worte innerlich wiederholte. Dann fragte sie: »Bestimmt denn Gott der Herr darüber, wer sterben muß und wer leben darf?«

»Der Herr sprach: Jakob habe ich geliebt, aber Esau habe ich gehaßt«, antwortete der Pastor.

Eine mißtrauische Falte zeichnete sich zwischen Maries Augenbrauen ab. Sie sah Pastor Jacob mit einem Blick an, als fürchtete sie, er würde sich über sie lustig machen.

Thomas versuchte es ihr zu erklären: »Mit anderen Worten: Gott bestimmt, wen Er mag und wen Er haßt, und damit auch, wer weiterleben darf und wer sterben muß.« Er wandte sich dem Pastor zu und fuhr fort: »Wenn ich mich richtig an meine Zeit als Theologiestudent vor langen, langen Jahren erinnere, waren Jakob und Esau noch nicht geboren, sondern im Schutz des mütterlichen Leibes, als der Herr diese Worte sprach.«

Der Pastor nickte.

»Aber ist es nicht verfehlt, ein ungeborenes Kind zu verurteilen? Es ist doch möglich, daß aus diesem Kind einer von Gottes treuesten Anhängern wird, der aber von vornherein verdammt ist, Seinen Haß zu spüren.«

Die Augen des Pastors blitzten auf, als sie Thomas' Blick

begegneten: »Wer bist du, o Mensch, der du Gott widersprichst? Gott ist allmächtig, Sein Zorn wird all jene zerschmettern, die Ihn leugnen und an der Rechtfertigkeit Seines Urteils zweifeln. Niemand, NIEMAND! darf Seine Liebe in Frage stellen.«

Nach dieser kraftvollen Salve vertiefte er sich wieder in die Bibel und ließ uns andere sprachlos sitzen.

Plötzlich fragte Marie: »Was kostet so ein schönes Buch?«

Es dauerte eine Weile, bis der Pastor begriff, daß die Frage an ihn gerichtet war, und er von seinem Buch aufschaute. Marie fuhr mit einem Finger über die Spitze des Küchenmessers und schaute ihn neugierig an. »Das muß doch teuer sein mit all den hübschen Verzierungen und so!« Sie zeigte mit dem Messer auf den mit Schnitzereien verzierten Bucheinband.

Der Schreiner wandte sich an Thomas, als wolle er die Gelegenheit ergreifen, das Thema zu wechseln. »Ihr hört Euch wie ein belesener Herr an, habt Ihr studiert?«

Der Pastor starrte Marie lange an. Seine grauen Augen fixierten sie, ohne zu blinzeln, und ich war von der Intensität seines Blicks gefangen. Marie trank aus ihrem Becher, und ihr Blick huschte zwischen dem Gesicht des Pastors und dem Buch in seinen schmalen Händen hin und her. Endlich lächelte er, und seine gelben Zähne wurden sichtbar. Liebevoll strich er über das Buch und fuhr mit seinen Fingern über die geschnitzten Ornamente. Ich beugte mich vor, um sie ein wenig genauer anzuschauen. Das dunkle Holz hatte einen warmen, rotbraunen Ton. Die zierlichen Schnitzereien zeigten Christus, Gottes Sohn, wie einen Richter vor dem Rund der Himmelsscheibe thronend. Oberhalb, außerhalb dieses Kreises, sah man zwei Engel, einer spielte Harfe, und einer blies das Horn; links darunter war der Erzengel Gabriel und rechts davon der Fürst der Finsternis, der Scharen kleiner Teufel dirigierte, die verlorene Seelen in einen Abgrund stießen. Ganz oben auf der Seite war ein breiter Streifen, umgeben von geschwungenen Ornamenten, in dem das Wort ›Biblia‹ stand.

Am unteren Rand der Seite stand in kleinen Lettern ›Die Bücher der gantz Heiligen Schrift‹. Auch der Rücken des Buches war mit Schnitzereien verziert. Dieses Buch war ohne jeden Zweifel ein wertvolles und ganz besonderes handwerkliches Meisterstück, sorgfältig gearbeitet und wog sicher einiges. Eigentlich ein Werk, das man eher bei einem Adeligen als bei einem einfachen Pastor vermutet hätte.

Ich schaute auf. Thomas erzählte weitschweifig über seine letzten Vorlesungen an der Universität, und sein Zuhörer, der Schreiner, schien es zu bereuen, ausgerechnet dieses Thema angeschnitten zu haben, auf jeden Fall teilte er die Aufmerksamkeit zwischen Thomas und seinem Bierkrug mit unübersehbarer Vorliebe für den Krug auf.

»Der Wert dieses Buches liegt in Gottes Wort. Das kann nicht mit Geld aufgewogen werden.«

»Aber wenn ich …«, Marie zögerte einen Augenblick und dachte nach, »… wenn ich, die ich eine Menge gesehen und gehört habe, den Wunsch hätte, die Heilige Schrift zu studieren, genau so eine, wie der Herr Pastor sie hat, wieviel Geld müßte ich da bezahlen?«

»Dieses heilige Buch habe ich von meinem Vater geerbt, der es wiederum von seinem Vater bekommen hatte. Es ist schon über fünf Generationen vererbt worden. Kein Geld der Welt kann das aufwiegen.« Der Pastor lächelte freundlich, entgegenkommend. »Aber für zwanzig Reichstaler kannst du schon ein ausgezeichnetes Exemplar der Heiligen Schrift erwerben.«

»Aber wenn ich jetzt genau so eins wie der Herr Pastor haben will?« beharrte Marie und zeigte auf das Buch. »Zwanzig Reichstaler sind doch kein Preis für Gottes Wort.«

Der Pastor sah mich einen Moment lang an, bevor er sich wieder Marie zuwandte. Er seufzte resigniert. »Du kannst dafür zahlen, was immer du willst. Fünfzig Reichstaler, hundert, zweihundert.«

Ich dachte im stillen, daß man mit tausend Reichstalern dem Preis für ein solches Buch wohl eher nahekäme, auf der anderen Seite konnte ich aber auch den Pastor verstehen: ob nun zwanzig oder tausend Reichstaler, Marie würde niemals so viel Geld zusammenbekommen, um sich ein solches Buch leisten zu können, selbst wenn sie hundert Jahre alt würde.

Aber Marie schien die Antwort trotzdem befriedigt zu haben.

Ein lautes Geräusch drüben an der Tür ließ uns alle aufschauen. Albert stellte einen großen, wohlgefüllten Korb mit Brennholz ab, hob ein Scheit vom Boden auf, warf es zurück in den Korb und verschwand mit dem Holz hinter der Feuerstelle, ohne uns auch nur eines Blickes zu würdigen. Er wollte gerade den Deckel der Holzkiste mit dem Fuß anheben, als wie aus dem Nichts eine schmutzige Hand auftauchte und den Deckel für ihn öffnete. Er murmelte ein Dankeschön und leerte den Korb in die Kiste. Marie stand auf und sagte ihm, daß Essen auf dem Tisch stehe, aber Albert schüttelte nur mißmutig den Kopf und verschwand wieder.

»Jesses«, rief Marie und schaute ihm überrascht hinterher. »Schon wieder kein Essen und dann diese brummige Miene!«

»Ißt er tagsüber nicht viel?« fragte Thomas.

»Das kann man nie so genau wissen, denn oft nimmt er das Essen mit nach draußen, aber heute morgen hat er sich keine Grütze genommen, und das ist ja schon mal ungewöhnlich. Sonst verdrückt er im Laufe eines Tages ein halbes Schwein, dieser verfressene Taugenichts.« Sie klang gereizt, aber es lag auch ein wenig Kummer in ihrer Stimme.

»Seid ihr ein Liebespaar?« Zu meinem Entsetzen entdeckte ich, daß diese Frage über meine eigenen Lippen gekommen war.

Marie lachte herzhaft. »Der alte Kerl! Nein, nein.« Sie zwinkerte mir zu. »Marie ist ledig und frei für jemanden, der wirklich ehrliche Absichten hat.«

Thomas lachte laut.

Ich spürte, wie es auf meiner Haut kribbelte, und beeilte mich, mir noch eine Scheibe Brot zu schmieren.

»Marie sollte den Namen unseres Herrn Jesus Christus nicht leichtfertig verwenden«, sagte Pastor Jacob mit gestrenger Miene.

Marie sah ihn schelmisch an: »Der alte Kerl? Aber der Herr Pastor hat doch wohl verstanden, daß Marie damit Albert gemeint hat?«

»Nein, Marie hat sich hinreißen lassen, den Namen von Gottes Sohn auf unwürdige, blasphemische Art und Weise auszusprechen«, erklärte der Pastor geduldig. »Der Herr aber spricht zu Moses: ›Du sollst den Namen des Herrn, deines Gottes, nicht unnötig führen; denn der Herr wird den nicht ungestraft lassen, der seinen Namen mißbraucht!‹ Dieses Gesetz gilt für uns alle, die wir Gottes Kinder sind, auch für dich, Mariechen.«

Alle am Tisch hörten aufmerksam zu, auch Marie, die aufgestanden und in die Küche zu ihrer Arbeit zurückgegangen war, und der Pastor fuhr fort: »Moses stieg auf den Berg Sinai, und Gott offenbarte sich ihm, überreichte ihm die Zehn Gebote auf den steinernen Tafeln und befahl ihm, sein Volk diese Gesetze zu lehren. Sie sind Seine Richtlinien für uns, folgen wir ihnen, wird Gott in Seiner Liebe sich unser annehmen, wenn wir alle am Jüngsten Tag vor dem großen Richter stehen.«

»Der Tag ist nah«, kam es leise von der Tür. Wir drehten uns alle überrascht um. Ohne daß ihn einer von uns bemerkt hatte, war der Wirt in die Schankstube getreten.

Er kam langsam näher und hob ein schwarzes Buch wie einen Schild vor sich in die Höhe. »Schon lange Zeit studiere ich den großen Michel de Nostredame und seine Centurien«, erklärte er nervös. »Ich habe das getan, damit mich das Dunkel der Zukunft nicht vollkommen unerwartet trifft, und um einen Blick in das nächste Jahr zu werfen, das nächste Jahrhundert, um zu erfahren, was mich an Gutem und Schlechtem erwartet. Um vorbereitet zu sein.«

Er schluckte und blieb stehen. Rang nach Worten.

Der Pastor blickte ihn und das Buch mißbilligend an und

wollte etwas sagen, doch der Wirt hielt ihn auf, indem er die Hand hob.

»Nein, Pastor Jacob, unterbrecht mich nicht. Was ich sagen will, ist auch für Eure Ohren bestimmt. Ihr seid ein Mann, der die Heilige Schrift kennt, Ihr wißt, daß Gottes Sohn auf die Erde gekommen ist, um uns zu verkünden, daß Gottes Reich kommen wird. Gelehrte Männer haben darüber diskutiert, wann das sein wird, ich selbst habe den heiligen Eusebius studiert und viele andere, die sich dazu geäußert haben. Niemand konnte etwas Sicheres sagen, niemand, bis ich auf diese alten Schriften des großen Sehers gestoßen bin, der beinahe alles vorhergesagt hat. Und ... und jetzt weiß ich ...«

Wieder hielt er inne und sah sich verzweifelt um, bis sein Blick am Fenster Halt fand. Seine Augen waren voller Furcht und Schrecken, als schaue ihn der Leibhaftige selbst an. Ich drehte mich erschrocken um. Dort draußen gab es nichts als Schnee und Wolken, die den Himmel komplett verhängten und den Tag grau und trübe machten. Es war, als ob die Sonne keine Kraft mehr hätte, hindurchzubrechen, als hätte sie sich der Übermacht der Wolken ergeben.

»Nun weiß ich, daß ... daß es jetzt geschehen wird. Jetzt. Die Zeit ist gekommen.« Von Hamborch flüsterte diese Worte und sank neben Thomas von Boueberges mächtiger Gestalt auf die Bank.

Es wurde still.

Plötzlich zuckte ich zusammen. Ein hohler, tiefer Klang, fast wie der einer Kirchenglocke, ertönte im Raum. Er füllte meinen Kopf, wollte ihn sprengen, vibrierte zwischen den Wänden, bis er langsam schwächer wurde und sich auflöste. Die Glocken des Jüngsten Gerichts!

Starr vor Schreck schaute ich auf das Chronometer an der Wand. Von dort war der Laut gekommen. Aber weiter geschah nichts. Nach diesem einen Schlag wurde es wieder still. Nur das Ticken des Chronometers war zu hören, leise und gleichmäßig. Ich versuchte mich zu beruhigen und wurde darauf aufmerksam, daß die anderen im Raum das Läuten anscheinend gar nicht wahrgenommen hatten.

Ich blickte zu Thomas hinüber. Er schien in Gedanken versunken zu sein, während er abwechselnd den Schreiner und den Pastor musterte. Der Pastor blickte mit überlegener, skeptischer Miene zum Wirt hinüber, bevor er sich wieder in die Heilige Schrift vertiefte. Den Schreiner hatten die Worte des Wirtes ganz eindeutig am härtesten getroffen. Er war kreideweiß geworden und starrte wie versteinert auf das Buch, das der Wirt in den Händen hielt. Über seine fettglänzende Stirn rannen einzelne Schweißtropfen.

»Wie könnt Ihr Euch, Herr von Hamborch, da so sicher sein?« Thomas drehte sich zur Seite und sah den Wirt an. Sein Stimme war sanft, als spräche er zu einem Kind.

Von Hamborch schlug andächtig das Buch auf. Seine Hände zitterten, als er die Seite gefunden hatte und zu lesen begann: »So steht es in der elften Centurie, im siebten Vers:

Die Schlange des Bösen verrät die gotische Zeit,
Psellus d'Amant bringt große Kälte,
Bis Marzius werden alle nach wilder Panik sterben,
Bete deinen Rosenkranz genau Schlüssel.«

Von Hamborch klappte das Buch zu und saß mit geschlossenen Augen da. Er wartete auf eine Reaktion.

»Sellus Damant? Was in aller Welt soll das heißen?« fragte Thomas.

»In Michael Psellus' Buch *De Demonibus* steht zu lesen, daß d'Amant ein anderes Wort für Dämon ist. Dämon war ein Wort, das Nostradamus aus Furcht vor einer Anklage durch die Kirche, Zauberei zu betreiben, nicht verwenden durfte.«

»Ich habe von diesem Nostradamus gehört«, sagte der Pastor. Seine Stimme klang sarkastisch, beinahe höhnisch und unverschämt. »Er hat behauptet, daß der Mensch eines Tages seinen Fuß auf den Mond setzen wird. Auf den Mond! Hört euch diesen Unsinn an.« Der Pastor lachte still vor sich hin, ohne daß das Lachen seine Augen erreichte. »Wie kann man einem solchen Mann Glauben schenken? Einem Narren. Aber, und das ist das Schlimme daran, er war ein Mann, der glaubte, die Schöpfung des Allmächtigen zu durchschauen. Der sich anmaßte, zu wissen, was der nächste Tag bringen würde.« Verachtung ließ seine Stimme erzittern, so daß er einen Augenblick innehalten mußte, um durchzuatmen. »Niemand, NIEMAND weiß, was der nächste Tag uns bringen wird, nur der Herr, unser Gott!«

Thomas hatte dem empörten Ausbruch des Pastors gelauscht, schien aber weit weniger davon beeindruckt zu sein als wir anderen.

»Dieser Nostradamus hat, wie ich weiß, das große Feuer in London im Jahr 1666 vorhergesehen. Und ebenso die Gefangennahme von König Charles I. und seine Hinrichtung im Jahre 1649.« Er blickte den Wirt an, der ihm angesichts der unerwarteten Unterstützung dankbar zunickte.

Thomas fuhr fort: »Aber ich verstehe nicht, warum diese Centurie, aus der Ihr gelesen habt, den Jüngsten Tag ankündigen soll. Gibt es nicht auch Prophezeiungen, die, von heute aus gerechnet, erst in vielen hundert Jahren in Erfüllung gehen sollen?« Von Hamborch setzte gerade zu einer Antwort an, als eine hohe Stimme durch den Raum schallte.

»Herbert! Herbert, wo bist du? Nie bist du da, wenn ich dich brauche!« Die Frau, die wir tags zuvor bewußtlos ins Bett getragen hatten, stand jetzt sehr lebendig im Schlafgewand, mit Bettjäckchen und Nachthaube in der Tür und warf ihrem Mann einen Blick zu, der den des Pastors an Strenge weit übertraf. Sogar der Pastor schlug die Augen nieder, als sie jeden einzelnen am Tisch musterte.

»Geht es der gnädigen Frau besser?« Thomas stand von der Bank auf und ging mit einem freundlichen Lächeln auf Frau von Hamborch zu.

»Habt Ihr mich untersucht? Herbert hat über Euch gesprochen.« Ihre Stimme war scharf. Sie musterte den kräftigen Mann von Kopf bis Fuß und fand ihn anscheinend akzeptabel.

»Professor Thomas von Boueberge, zu Euren Diensten.« Thomas verbeugte sich und drückte seine Lippen auf ihren Handrücken, der ihm gnädiglich entgegengestreckt wurde. »Ich hatte die Ehre, der gnädigen Frau bei ihrer Unpäßlichkeit beistehen zu dürfen. Ich habe Euch Ruhe und Schonung verordnet, die Ihr, wie mir scheint, auch bekommen habt. Gnädige Frau sehen schon viel besser – ja wirklich gut aus. Aber erlaubt mir, Eure Stirn zu fühlen? Setzt Euch dorthin, bitte.« Er führte sie zu der Bank, wo sie neben ihrem Mann Platz nehmen konnte.

Feierlich hob er die Hand und maß ihren Puls, wobei er wie abwesend aus dem Fenster schaute. Seine Lippen bewegten sich, als ob er die Diagnose mit sich selbst diskutiere. Danach legte er seine Hand auf ihre Stirn, befühlte mit dem Handrücken ihre Wangen, sah ihr in die Augen, zog das untere Augenlid nach unten, so daß er die Farbe des Augapfels sehen konnte, und bat sie schließlich, die Zunge herauszustrecken, damit er den Belag gründlich studieren könne.

»Ich verordne Euch noch bis heute abend Bettruhe, dann ein Essen, bestehend aus Gemüse und Brot, kein Schafsfett, vielleicht etwas Huhn oder Fisch – und anschließend müßt Ihr wieder unter Leute. Einen solchen Schock, wie er Euch gestern widerfahren ist, verarbeitet man am besten in der Gesellschaft anderer Menschen und verbirgt ihn nicht in seinem Innern. Das kann zu einem trägen Magen und allerhand anderen Leiden führen.«

Sowohl Herr als auch Frau von Hamborch hingen an Thomas' Lippen, als seien seine Worte pures Wissen. Ich fühlte eine Mischung aus Stolz und Scham. Stolz darüber, was mein Herr und Meister wußte und vermochte – und Scham, weil er so mit der Gutgläubigkeit anderer spielte. Aber ich wußte auch, daß sich Thomas niemals über die Menschen, die er auf diese Art manipulierte, lustig machte. Wie er mir später am Tag sagte, als wir die zahlreichen Geschehnisse während des Essens durchgingen: ›Ich tue das nur, wenn ich dazu gezwungen bin. Nicht aus Spaß und auch nicht für mein eigenes Selbstwertgefühl oder meinen Stolz.‹

Thomas neigte seinen Kopf, als die Wirtsleute die Schankstube verließen, die Wirtin auf von Hamborchs Arm gestützt.

»Ich könnte selbst auch ein bißchen Ruhe vertragen. Wenn die Herren ...«, er drehte sich zur Küche, »... und Damen uns entschuldigen möchten. Komm, Petter!« Mit diesen Worten schritt er durch die Tür – und ich stapfte hinter ihm her. Auch der Pastor stand auf, um sich zurückzuziehen.

Als ich am Ofen vorbeiging, warf ich einen Blick auf dieses in Lumpen gekleidete Etwas neben dem Feuerholz. Der Kopf war gesenkt, eine schmutzige Hand lag im Schoß, und ich glaubte unter der Kapuze eine Nase und ein Kinn zu erkennen, beide schwarz vor Dreck.

Kapitel 10

»Es war einmal ein kleines Dorf an einem Fluß, der durch eine Wüste floß«, sprach Thomas in meinem Rücken. Draußen hatte sich die Dämmerung herabgesenkt, und ich konnte in dem verdreckten, gesprungenen Fensterglas undeutlich sein Spiegelbild erkennen. Er griff nach der Knochensäge, die er sich von Marie hatte geben lassen.

»Es war ein karger Ort, aber die Dorfbewohner verdienten ihren Lebensunterhalt mit der Herstellung großer, schöner Krüge, die aus dem feinen Ton gemacht wurden, den der Fluß mit sich führte. Mehrmals im Jahr reisten sie in die Stadt, um die begehrten Krüge in Nahrungsmittel und andere nützliche Dinge einzutauschen, die das Dorf brauchte.« Seine Stimme übertönte das Geräusch der Säge, die sich Rippe für Rippe durch den Brustkorb des Grafen fraß, nicht völlig. Aber immerhin linderte die Erzählung meinen Drang, mich zu übergeben. So hielt ich also in der Schmiede aus.

»Der Fluß gab und nahm. Einmal oder mehrere Male im Jahr trat der Fluß ohne Ankündigung über die Ufer und zerstörte die fertigen Krüge, die zum Verkauf bereitstanden. Manchmal riß er auch einige Häuser des Dorfes mit. Und in vereinzelten Fällen forderte er sogar ein oder zwei Menschenleben, bevor er in sein gewohntes Bett zurückfand.

Die Bewohner des Dorfes hatten sich mit der Zeit so sehr an die Launen des Flusses gewöhnt, daß ihnen gar nicht der Gedanke kam, etwas unternehmen zu können, das den Schaden eindämmte.«

Thomas wischte das Sägeblatt an dem Laken ab, auf dem der Graf lag. Es war schon ganz vollgesogen und glitschig von dem dicken, klebrigen Blut. Er hatte vom Wirt die zwei besten Glaslaternen geliehen, die jetzt unter der Decke hingen und sanft schaukelten, als ob die Wände der Schmiede dem immer stärker werdenden Wind nachgäben. Schatten tanzten durch den Raum, und selbst der Tote wirkte unruhig und lebendig.

»In einem Jahr war der Fluß besonders reißend, so daß es im Dorf keinen einzigen heilen Krug mehr gab, den man in der Stadt hätte verkaufen können. Da erhob sich einer der Dorfältesten und sagte, daß etwas unternommen werden müsse, falls sie nicht Hunger leiden wollten, denn die Vorräte seien bald aufgebraucht.«

Im Spiegelbild des Fensters sah ich, wie Thomas energisch nach der unteren Rippe griff. Ein scharfes Knacken ließ meinen Magen verkrampfen, mir war, als käme das Geräusch von meinen eigenen Knochen.

Thomas sah zu mir herüber, bevor er nach der nächsten Rippe griff.

»Der Dorfälteste fuhr fort, daß man anhand der Möglichkeiten und Fähigkeiten, die im Dorf vorhanden waren, nach Alternativen suchen müsse, wenn es schon keine Krüge mehr gebe, die man für die Dinge eintauschen könne, die das Dorf brauchte. Dann setzte er sich wieder. Es wurde lange und gründlich nachgedacht, aber auch nach etlichen Tagen lag noch kein brauchbarer Vorschlag auf dem Tisch.«

»Eines Tages dann«, fuhr Thomas fort, »beobachtete ein Mann ein Kind, das am Flußufer mit einem Krug spielte, aus dem der Boden herausgebrochen war. Das Kind spielte, daß der Krug eine Brücke sei, und baute eine kleine Hütte darauf. Dem Mann kam eine Idee, die er den Dorfbewohnern vortrug. Der Vorschlag wurde angenommen, und so machte sich das Dorf daran, hohe Krüge ohne Boden herzustellen.

Sie stapelten die Krüge dicht an dicht übereinander und bauten ihr Dorf darauf. Als der Fluß das nächste Mal über die Ufer trat und das Dorf zu zerstören drohte, strömte das Wasser einfach durch die Krüge hindurch, ohne etwas kaputtzumachen. Von diesem Zeitpunkt an, beschlossen die Dorfältesten, wollten sie immer gleich nach einer Lösung für ihre Probleme suchen, ehe diese zu groß und unüberwindlich würden.«

Die Rippen ragten wie Schiffsspanten aus der blut- und hautlosen linken Brusthälfte des Grafen. Eine war vollständig abgebrochen und lag auf dem Boden. Thomas trat gegen eine große, mit Sägemehl gefüllte Waschschüssel, die unter dem Grafen aufgestellt worden war, um das herabtropfende Blut aufzufangen.

»Hier!« sagte er und beugte sich über den Brustkorb. Er benutzte das Skalpell, mit dem er den Toten aufgeschnitten hatte, als Zeigestock. »Das Rippenfell ist an dieser Stelle durchbohrt, siehst du, und das Loch, die kleine Wunde also, die wir an der Brust entdeckt haben, geht direkt durch bis zum Pulmo, zur Lunge.« Er zog die Brusthaut, die zur Seite geklappt war, stramm und zeigte mir die Wunde auf der Innenseite. Ein kleines Loch, nicht viel größer als ein Nadelstich. Konnte es von einer Stopfnadel stammen?

»Wir müssen diesen Teil der Lunge loslösen, um nachschauen zu können, ob der Stich komplett durch die Lunge hindurchgegangen ist. Ich glaube zwar nicht, daß ein derart kleiner Stich in die Lunge tödlich ist, jedenfalls nicht unmittelbar, aber falls ...«, er sah sich die Plazierung des Einstichlochs noch einmal genauer an, »... falls er so durch die Lunge hindurchgeht ...«, er zeigte mit einem Finger schräg in den offenen Brustkorb, »... dürfte es genau den Herzmuskel treffen, und das wäre durchaus tödlich. Denn dann wird das Blut nicht mehr durch die Adern gepumpt, sondern läuft aus dem Loch in das Abdomen.« Er zeigte auf die Bauchhöhle, aus der er Magen, Därme und Nieren herausgenommen und auf ein Tuch zwischen die wächsernen Füße des Grafen gelegt hatte. Auf dem Grund der Bauchhöhle hatte sich eine Pfütze geronnenen Blutes angesammelt.

Mit ein paar vorsichtigen Schnitten löste er die Lungenflügel und bat mich, ihm beim Anheben zur Hand zu gehen, damit wir einen Blick auf die Rückseite werfen könnten. In der schwachen Beleuchtung war es gar nicht so einfach, eine mögliche Austrittstelle zu finden. Ich richtete mich auf und reckte meinen schmerzenden Rücken, als ein Ausruf Thomas' mich dazu veranlaßte, mich schnell wieder vorzubeugen. Er zeigte mir einen kleinen, dunklen Fleck und schnaufte zufrieden. »Da haben wir ja die Austrittstelle. Damit wäre es so gut wie bewiesen«, sagte er und beugte sich eifrig über das Herz. Mit einemmal ging mir auf, daß seine Geschichte von dem Dorf in der Wüste und jetzt die Jagd nach der winzigen Austrittstelle mich den unbehaglichen Anblick des malträtierten Mannes, den süßlichen Geruch des klebrigen Blutes und meine Übelkeit vollständig hatten vergessen lassen. Thomas richtete sich mit einem triumphierenden Grinsen auf: Er hatte die Antwort gefunden, nach der er gesucht hatte. Der Stich war durch die Lunge hindurch ins Herz gegangen.

Ich zeigte in die Ecke mit den Tischlerwerkzeugen. »Könnte es eine Ahle gewesen sein?«

»Wollen wir doch mal schauen.« Er holte die Ahle und hielt die Spitze an das Herz des Toten.

»Nein, die ist nicht lang genug, um schräg durch die Lunge bis zum Herz zu reichen. Ich glaube eher, daß es ein dünnerer Gegenstand war.« Er griff nach den Kleidern des Grafen und suchte etwas an der linken Vorderseite der Weste. Gleich darauf stach er mit der Ahle ein Stück neben dem Loch, das von der Mordwaffe stammte, durch den Stoff und verglich die beiden Einstichlöcher miteinander. »Wie du siehst, ist das Loch der Ahle fast doppelt so groß wie das Loch, das die Mordwaffe hinterlassen hat.« Er legte Ahle und Kleider beiseite.

»Der Täter ist nicht sehr vertraut mit der Anatomie des Menschen«, sagte Thomas und zeigte auf das Herz. »Hätte er die Waffe hier neben dem Brustbein eingeführt, wäre selbst die Ahle lang genug gewesen und hätte nicht erst durch so viele Muskeln und anderes Gewebe dringen müssen. Andererseits ...«, er zuckte mit den Schultern, »wer kennt sich mit so etwas schon aus?«

Mit vereinten Kräften hatten wir gerade die Lunge an ihren ursprünglichen Platz zurückgelegt, als wir einen kühlen Luftstrom auf unseren Armen spürten. Ein seltsames Geräusch ließ uns herumschnellen. Albert betrat vornübergebeugt die Schmiede und würgte angestrengt. Er war ebenso bleich wie der Graf und starrte mit aufgerissenen Augen auf den Leichnam. Sein Blick wanderte zu Thomas, der mit blutverschmierten Händen dastand und sich an einer hervorstakenden Rippe den Ellbogen kratzte.

»Ich ...« Er brach den angefangenen Satz unbeholfen ab und schaute wieder zu dem Toten. Schluckte. Sah Thomas an. »... der Sarg ... ich ...« Seine Lippen öffneten sich zu einem breiten Grinsen, sein Kopf wackelte, und für den Bruchteil einer Sekunde starrten mich die Augen eines Irren an, bevor er nach draußen rannte.

Ich sah ihm nach, nickte nachdenklich und sagte: »Sehr interessant.«

Thomas starrte mich an, dann prustete er los und warf den Stiefel des Grafen nach mir.

Während Thomas die Eingeweide in die Bauchhöhle des Leichnams zurücklegte, die Rippen wieder nach innen bog und den Y-förmigen Schnitt im Brustkorb des Grafen zusammennähte, verbrannte ich Sägemehl und Laken in der

Feuerstelle und setzte einen großen Kessel Wasser auf, um den Toten und die Lebenden sowie die Schmiede vom Blut reinzuwaschen.

Früher am Tag, vor unserem wohlverdienten Mittagsschlaf, hatte ich Thomas gefragt, warum ihn der Tod des Grafen so interessiere. Ich war der Meinung, daß wir uns lieber darum kümmern sollten, wie wir fort aus der Wirtschaft und weiter nach Ribe kämen, damit wir noch rechtzeitig zur Neujahrsfeier dort einträfen.

Thomas hatte lange auf der Bettkante gesessen und geschwiegen.

Nach einer ganzen Weile hatte er den Kopf gehoben und gesagt, daß es darauf eine Antwort für den König und zwei für mich gäbe. Aber ich dürfe sie alle hören.

Für den König, hatte er gesagt, sei der Adelsstand des Grafen Grund genug, den Mordfall genauer zu untersuchen. Nicht, daß der König eine spezielle Vorliebe für den Adel gehabt hätte, aber er wollte es sich unter keinen Umständen mit ihm verderben. Und ein ausländischer Graf, der auf dänischem Grund und noch dazu in Friedenszeiten zu Tode gekommen war, stellte in jedem Fall einen Stein des Anstoßes dar.

Thomas lächelte. Soviel also zum König.

Dann fuhr er fort. Graf hin oder her, er fühle sich in gewisser Weise dafür verantwortlich, denjenigen ausfindig zu machen, der einen anderen Menschen seines Lebens beraubt hatte. »Denn«, fügte er mit einem Blick zu den Büchern auf dem Schreibpult hinzu, »Wissen verpflichtet.«

Die dritte Antwort wurde von einem schiefen, entschuldigenden Grinsen begleitet, als ob er sagen wollte, daß sie eigentlich nicht haltbar wäre …

Er sagte, Wissen mache nicht satt, sondern hungrig.

Danach legte er sich hin, um sich auszuruhen.

Ich saß noch eine Weile da und ließ mir seine Worte durch den Kopf gehen, bevor ich es ihm nachtat.

Als ich aufwachte, saß Thomas, in einem Buch lesend, am

Schreibpult. Als er sah, daß ich wach war, erhob er sich, ging zur Tür und bat mich, in die Schmiede zu kommen, sobald ich fertig sei. Als ich wenig später die Treppe hinabging, sah ich ihn – mit der Knochensäge in der Hand – in der Tür zur Wirtsstube stehen und Marie etwas ins Ohr flüstern. Sie schüttelte den Kopf und schien gar nicht begeistert zu sein von dem, was er ihr gesagt hatte.

Glücklicherweise war die Aktion in der Schmiede bald überstanden.

»Würdest du mir bitte helfen?« Thomas hatte den Grafen gewaschen und trockengerieben und stand mit einem sauberen Laken in der Hand vor mir. Mit viel Mühe wickelten wir den Leichnam in ein Leinentuch ein. Nur das Gesicht war noch zu sehen, die eingefallenen Züge, als ob er friedlich schliefe.

Albert hatte den Rock und die Weste des Grafen aus dem Wagenschuppen geholt und neben dem Tor auf den Boden gelegt. Die Beinkleider und das Hemd hatte Thomas notgedrungen zerschneiden müssen, damit er mit der Obduktion beginnen konnte. Ich klemmte alles zusammen unter den Arm, als wir aufbrachen. Und nahm mir vor, es bei Gelegenheit in die Kammer des Grafen zu legen.

Als ich das Tor hinter uns zuziehen wollte, schnürte sich mein Hals zusammen. Der Graf sah in dem weißen Gewand auf dem einfachen Brett so unendlich einsam aus. Ich ließ eine Lampe hängen, damit sie ihm Gesellschaft leisten konnte.

Kapitel 11

Zurück in unserer Kammer reichte Thomas mir Feder und Papier und wollte gerade beginnen zu diktieren, als ich fragte: »Diese Geschichte, die Ihr mir in der Schmiede erzählt habt, wo habt Ihr die her?«

Thomas lachte. »Diese Geschichte habe ich heute nacht nach unserem Besuch im Wagenschuppen geträumt. Manchmal erinnere ich mich an meine Träume, und diesen hatte ich noch ganz deutlich im Gedächtnis, als ich heute morgen erwachte. Du weißt, häufig gibt die Nacht die Antworten auf die Fragen des Tages.«

Er setzte sich auf das Bett. »Aber laß uns nun sehen, welche Antworten uns dieser Tag gegeben hat. Also, zuerst einmal wissen wir jetzt, daß d'Angely mit einem dünnen Gegenstand getötet worden ist, der mindestens ...«, er maß die Länge mit seinen Händen ab, »... mindestens vier Zoll lang ist. Dieser Gegenstand ist so dünn, daß nicht ohne weiteres zu sagen ist, worum es sich handeln könnte. Aus dem Stegreif fällt mir kein Werkzeug ein, das so dünn und lang wäre. Am ehesten noch einer dieser Befestigungshaken, wie man sie zum Decken von Reetdächern benutzt. Der hat die richtige Länge, ist aber zu dick.«

Der Professor verstummte, trommelte wie abwesend mit seinen Fingern auf die Lippe und murmelte etwas Unverständliches vor sich hin. Dann räusperte er sich.

»Schustern wir eine Vermutung zusammen. Später werden wir dann schon sehen, ob die Sachverhalte für oder gegen diese Vermutung sprechen. Nun denn, gehen wir einmal davon aus, daß dieser Mord, auf jeden Fall bis zu einem gewissen Grad, vom Täter vorbereitet und geplant worden ist. Mit anderen Worten, ich möchte ausschließen, daß es sich um einen Unfall handelt oder daß er im Affekt geschehen ist.«

Er schaute mich an. »Was spricht dafür?«

Die Kerze flackerte in der Zugluft, und mir schauderte. Wir waren eine Gruppe von Fremden, die vom Winter überrascht und eingeschlossen worden waren, und einer von uns, einer der Gäste, war jetzt tot. Wie konnte das geplant worden sein? Ich erwähnte meine Bedenken Thomas gegenüber, der daraufhin nickte.

»Denk daran, daß wir einen Tag später als die anderen gekommen sind. Wir wissen nicht, was am Tag und am Abend zuvor geschah oder gestern, bevor wir angekommen sind. Im Laufe eines halben Tages kann man eine Menge planen. Aber was du sagst, ist gut, wir müssen herausfinden, warum die meisten den Toten ganz offensichtlich nicht mochten. Wie hat er sich den anderen gegenüber benommen, oder was hat er ihnen getan?«

Thomas hielt plötzlich mit einem überraschten Gesichtsausdruck inne. »Eine Sache heute bei Tisch war äußerst merkwürdig. Das wird mir erst jetzt klar ...« Er runzelte die Stirn, und ich wartete. »Niemand, absolut niemand war sonderlich erpicht darauf, über den Grafen oder die Umstände seines Todes zu sprechen. Ist das nicht eigenartig? Ich meine, hier sitzen wir, ein Häuflein Menschen, gefangen vom jütländischen Winter und ohne eine Möglichkeit, diesen Ort zu verlassen. Eine Person ist zu Tode gekommen, auf höchst mysteriöse Weise, auch wenn die meisten nicht wissen, wie mysteriös. Das sollte doch normalerweise der Gesprächsstoff sein. Aber was geschieht? Als ich den Grafen erwähnte, wurde das Gespräch rasch auf etwas anderes gelenkt. Keiner war neugierig. Keiner war daran interessiert, über den Toten zu sprechen. Nicht ein einziger von ihnen.«

Er richtete sich jäh auf. »Nein, jetzt müssen wir die Sache wissenschaftlich angehen. Zurück zu meiner Vermutung. Was spricht für einen geplanten Mord?«

Ich schüttelte den Kopf, wußte dazu nichts zu sagen.

Er hielt einen Finger in die Luft. »Das ausgefallene Tatwerkzeug deutet darauf hin, daß jemand einen Mord im Sinn hatte. Wenn uns kein Werkzeug solcher Länge und Stärke einfällt, das zu einem Wintertag in einem Wirtshaus paßt, dann muß es unnatürlich sein, ein solches Werkzeug an einem Wintertag mit sich herumzutragen, nicht wahr? Warum läuft jemand mit einem solchen Gegenstand herum? Weil er etwas Unnatürliches im Schilde führt, nämlich einen Menschen töten will.« Ich begriff den Gang seiner Gedanken.

Er streckte einen zweiten Finger in die Luft. »Eine andere Sache sind die unterschiedlichen Wunden, die dem Grafen zugefügt worden sind. Wenn – und jetzt begebe ich mich mit meiner Vermutung auf recht dünnes Eis –, wenn dem Grafen alle diese Verletzungen unmittelbar vor dem tödlichen Stich in die Brust zugefügt worden sind, so glaube ich, ist es folgendermaßen vor sich gegangen: Der Graf wird von dem Mörder mit einem Faustschlag zu Boden gestreckt, vielleicht sind auch mehrere Schläge vonnöten, bis er zu Boden geht, und dann wird ein scharfer Gegenstand an seinen Hals gehalten. Erinnerst du dich an die Wunde unter seinem Kinn? Erst danach sticht der Mörder ihm dieses merkwürdige Werkzeug in die Brust, so daß der Graf stirbt.«

»Aber warum sticht er ihm nicht gleich in die Brust – oder in den Hals?«

»Um auf die letzte Frage zuerst zu antworten: Vielleicht war das ein Versuch, den Mord zu vertuschen. Ein Stich in den Hals wäre viel leichter zu erkennen – und deutlich blutiger. Wir hätten die kleine Wunde in der Brust leicht übersehen können. Man hätte glauben können, der Graf sei gestürzt, habe die Besinnung verloren und sei dann erfroren. Du hast ja den Wirt gehört. Er war bereit, das zu glauben.« Thomas verstummte erneut. Dann murmelte er leise: »Der Wirt, stimmt, warum beharrte er so auf seiner Meinung?«

»Vielleicht wünscht er sich keinen Mord in seinem Wirtshaus, die Menschen könnten Angst bekommen und in Zukunft nicht mehr hier haltmachen wollen«, schlug ich vor.

»Ja, mag schon sein. Vielleicht hast du recht.« Dann grinste er. »Das Problem hat unser Wirt ja sehr elegant gelöst; es gibt keine Zukunft! Der Jüngste Tag steht an, noch bevor es in der Neujahrsnacht zwölfe schlägt.«

Mir lief ein Schauer über den Rücken, ich konnte daran nichts Lustiges finden.

Thomas nahm den ursprünglichen Gedanken wieder auf. »Du fragst, warum er ihn nicht gleich in die Brust gestochen hat? Ich weiß nicht. Vielleicht war der Graf auf die Seite gefallen, so daß der Mörder nicht richtig herankam. Oder … nein, ich weiß es nicht.« Er schlug sich auf die Schenkel. »Jetzt sollten wir einen Schritt weitergehen und überlegen, wer es getan haben könnte. Wir haben heute früh bereits die Frauen ausgeschlossen, und ich glaube, das können wir auch weiterhin tun. Einen solch kräftigen Mann niederzuschlagen … Na, du weißt schon.«

Ich nickte.

»Und der Wirt kommt aus dem gleichen Grund nicht in Frage. Bleiben also Albert, der Pastor und der Schreiner, der kein Schreiner ist. Drei Personen.«

»Warum glaubt Ihr, daß er kein Schreiner ist?« unterbrach ich Thomas.

»Daß altes Holz wie neu wird, wenn man es in eine Mischung aus Salzwasser und Hahnenfußauszug legt!! So ein Humbug!«

»Aber wenn Ihr das doch von jemandem gehört habt, ist ja vielleicht etwas Wahres daran.«

»Ja, wenn ich etwas dergleichen gehört hätte, würde ich vielleicht glauben, daß es Humbug ist, es aber sicher erst einmal überprüfen, bevor ich es wirklich als Humbug bezeichnen würde. Aber es verhält sich nun einmal so, daß ich mir das Ganze in dem Moment ausgedacht habe, als ich mit unserem guten Schreiner gesprochen habe. Kein erfahrener Zimmermann würde so etwas glauben.«

Ich lachte und hob drei Finger in die Höhe. »Dann bleiben uns also ein Schreiner, der kein Schreiner ist, ein Pastor, der mit seiner Bibel verwachsen zu sein scheint, und ein Pferdeknecht, dem es die Sprache verschlagen hat.«

Thomas lachte über meine Personenbeschreibungen, streckte aber nur zwei Finger in die Höhe.

»Nein, es bleiben nur zwei, wie ich heute früh schon angemerkt habe. Ich kann mir unseren guten Pastor Jacob schwerlich als kaltblütigen Mörder vorstellen. Außerdem war der Boden um seine Schuhe herum nicht naß, als er in der Wirtsstube saß, wie du ja selbst gesehen hast. Er war also nicht draußen, was uns als Beweis reichen sollte.«

»Könnte er nicht Stiefel angehabt haben?«

»Doch, daran habe ich auch schon gedacht, aber als ihr den Grafen in den Wagenschuppen getragen habt, ist er in seinen Schuhen nach draußen gegangen. Entweder stehen seine Stiefel also in seinem Zimmer, oder er reist ohne solchen Luxus. Ich glaube eher an letzteres. Der Pastor scheint mir ein genügsamer Mann zu sein, er sorgt sich mehr um seine Bibel und deren Sprüche als um sein eigenes Wohlergehen. Aber laß uns noch nicht ganz ausschließen, daß der Pastor unser Mann sein könnte. Descartes' Regel Nummer eins sagt dazu, daß wir ihn so lange auf der Liste behalten müssen, wie wir nicht sicher sind, daß er noch anderes Schuhwerk hat.«

Mit der rechten Hand umschloß er seinen linken Daumen und Zeigefinger. »Bleiben uns also Albert und der falsche Schreiner. Beide lügen sie, bis auf weiteres aus unerfindlichen Gründen – für uns unerfindliche Gründe. Beide wären körperlich durchaus in der Lage zu einem solchen Verbrechen und benehmen sich merkwürdig, ja fast schon verdächtig, wenngleich ich auch der Meinung bin, daß unser Pferdeknecht diesbezüglich sogar knapp in Führung liegt. Wir wissen, daß der Schreiner, nennen wir ihn mal so, bis wir eines Besseren belehrt werden, kurz bevor wir kamen, draußen war. Bei Albert bin ich mir da nicht so sicher … Nein, warte! … Erinnerst du dich an gestern, als wir das Wirtshaus erreichten? Wir standen vor dem Tor, und du hast an der Glockenschnur gezogen. Beim ersten Mal passierte nichts, richtig?«
Ich nickte.

»Als wir bei ihm waren, sah ich, daß die Glocke direkt über seinem Bett hängt, er hätte sie also hören müssen, wenn er im Stall gewesen wäre, und somit früher bei uns am Hoftor erscheinen müssen. Wenn er aus irgendeinem Grund nicht im Stall gewesen ist, könnte er aber ohne weiteres rechtzeitig zurückgekommen sein, um die Glocke zu hören, als du zum zweiten Mal geläutet hast.«

Er nickte zufrieden und schaute mich an. »Hast du noch etwas hinzuzufügen?«

Ich dachte nach. »Für den Schreiner wäre es ein leichtes gewesen, sich in das Zimmer des Grafen zu schleichen, als er hörte, daß dieser den Raum verließ. Ich meine, das könnte doch von Interesse sein, jetzt, da wir wissen, daß jemand die Sachen des Grafen durchwühlt hat. Für Albert wäre es sicher schwieriger gewesen. Außerdem schleicht der Schreiner nachts umher und sieht Lichter im Wagenschuppen. Dieses Licht, hat er das von der Kammer des Grafen oder von der Wirtsstube aus gesehen? Das sind die einzigen beiden Räume, von denen man den Wagenschuppen sehen kann, und egal, um welchen Raum es sich handelt: Was hat er mitten in der Nacht da gemacht?«

»Ja, da war sie schlagfertig, die kleine Marie. Hat uns vor einer peinlichen Erklärung bewahrt. Wir werden sehen, ob es uns gelingt, aus dem Schreiner herauszubekommen, warum er nachts unterwegs war. Aber ich glaube nicht, daß er das Licht aus dem Zimmer des Grafen gesehen hat, dann müßte er ja in Anbetracht des großen Vorhängeschlosses die gleichen Fähigkeiten haben wie du«, sagte Thomas und zwinkerte mir zu. »Weiter? Nein, warte, mir kommt gerade etwas in den Sinn, an das wir unbedingt denken sollten. Vielleicht ist es ganz und gar unwesentlich, aber gemäß Descartes' dritter Regel müssen auch die Dinge, die in keinem logischen Zusammenhang zueinander zu stehen scheinen, in eine gewisse gedankliche Ordnung gebracht werden. Es hat mit dem Wirt zu tun. Um es geradeheraus zu sagen, er ist, weiß Gott, kein gewöhnlicher dänischer Gastwirt. Nicht allein, daß er des Lesens und sicher auch des Schreibens kundig ist – er und seine Frau führen sich auf wie Leute von rechtem Stand. Und das Gebäude ist sicher nicht immer eine Schenke gewesen. Wohl eher das Herrenhaus eines größeren Gutes. Aber laß uns damit keine Zeit verschwenden, wir müssen es einfach im Gedächtnis behalten. Hast du noch mehr, Peter?«

Ich nickte, spuckte auf meine Finger und zwickte den Docht der Kerze ab, die heftig rußte.

»Albert hat eine Schramme über dem Auge, die von einer Schlägerei stammen könnte. Sieht böse aus. Er sieht auch böse aus, ich mag ihn nicht.«

Thomas lachte. »Albert stand sicher nicht zuvorderst in der Reihe, als unser Herrgott den Charme verteilt hat.« Dann wurde er wieder ernst. »Ja, ich bin deiner Meinung, diese Verletzung, oder was immer es ist, sollten wir uns genauer anschauen. Es kann schon sein, daß sie ihm von dem Grafen zugefügt worden ist, der sich sicherlich gewehrt hat. Er war schließlich ein Graf ...« Thomas sagte letzteres mit einer Grimasse, dann verstummte er und fingerte gedankenverloren an dem Westenknopf herum. »Albert, ja. Ich frage mich, ob es Gründe dafür gibt, warum er so ist, wie er ist. Du hast Marie gehört, als sie sagte, er sei anders als sonst. Eine weitere Frage, die mich beschäftigt, ist, aus welchem Grund der Graf getötet worden ist. Schenken wir dem Wirt Glauben, war er nicht unbedingt liebenswert. Hatte er es sich ganz speziell mit dem Schreiner oder mit Albert verdorben? Könnte das der Grund sein? Was glaubst du?«

Ich glaubte nicht mehr an allzu viel. Ich spürte, daß mein Magen begann, an das Abendessen zu denken, und das Gehirn eine Pause einlegte, und hockte einfach nur da und starrte vor mich hin.

Thomas schwieg, saß lange da und blickte abwesend aus dem Fenster, wobei seine Finger mit dem bedauernswerten Westenknopf spielten. Ich verhielt mich ruhig, wollte ihn nicht in seinen Gedanken stören.

Er saß länger als lange da. Viel zu lang. Sagte mein Magen. Mein Kopf begann abzuschalten, als Thomas sich plötzlich wieder rührte. Er murmelte vor sich hin. »Das ist die Lösung, ja. So muß alles zusammenhängen. Aber das wird schwer zu beweisen sein.«

Ich war auf einen Schlag hellwach und wartete gespannt auf eine Erklärung. Es wunderte mich eigentlich nicht, daß er durch einfaches Dasitzen und Nachdenken den Mordfall lösen konnte. Obgleich ich ihn noch nicht sehr lange kannte, sah ich in ihm einen Mann, der niemals aufhören würde, seine Umgebung in Erstaunen zu versetzen und zu überraschen.

Er bemerkte meinen fragenden Blick und nickte: Ich sollte eine Erklärung bekommen.

»In seiner Abhandlung *Principia*, die vor gut zehn Jahren geschrieben wurde, behauptet der Engländer Newton, Isaac Newton, ja, er behauptet also, daß jede Masse zum Zentrum der Erde gezogen wird. Er nennt das Schwerkraft oder Zentrifugalkraft. Deshalb schweben wir nicht unter der Decke herum, und deshalb ...«, er nahm ein Buch und ließ es zu Boden fallen, »... fallen Gegenstände direkt zu Boden, wenn wir sie loslassen. Newton, der alte Kopernikus und nicht zu vergessen Kepler haben aufeinander aufbauend die Sonne, den Mond, die Planeten, die Sterne und deren Bahnen in ein vernünftiges System eingeordnet, dem mathematische Prinzipien zugrunde liegen.«

Ein Zweifel bemächtigte sich meiner. Er redete weiter: »Sowohl im Kleinen, dem Buch, als auch im Großen, den Sternen, sehen wir die Bedeutung der Zahlen als Basis für das Sein und Bleiben der Dinge. Es gibt auch andere Beispiele: Steno, also Niels Steensen, dessen medizinische Forschungen für meine Arbeit als Medicus eine stete Hilfe sind, erforschte lange den Aufbau und die Entstehung der Gesteine und deutete an, daß die Erde in ihrer gut fünfeinhalbtausendjährigen Geschichte wechselweise warm und kalt gewesen ist, naß und trocken, und ihre Oberfläche uneben und dann wieder eben. Genug davon, worauf ich hinauswill, ist ...« Er hielt inne, starrte verständnislos auf den losen Knopf zwischen seinen Fingern und schaute dann einen Augenblick lang verlegen zu mir herüber. Ich lächelte und schrieb mir hinter die Ohren, daß ich den Knopf noch vor dem Essen annähen mußte. »Worauf ich also hinauswill, ist, daß er bei seinen Untersuchungen der Kristalle herausgefunden hat, daß es ein System von Winkeln im Aufbau der Kristalle gibt, das niemals gebrochen wird. Dieses Prinzip, die Konstanz der Kristallwinkel, ist eine Gesetzmäßigkeit, die auch in den kleinsten Steinchen zu finden ist. Ich glaube, es ist nur noch eine Frage der Zeit, bis dieses Gesetz in Zahlen ausgedrückt werden kann.« Geistesabwesend legte er den Knopf auf den Schreibtisch und schaute mich vielsagend an. »Und ein Beispiel für das Große, nämlich das Licht: Ich weiß, daß dieser Newton, von dem ich eben gesprochen habe, früher damit experimentiert hat, das Licht zu brechen, so daß es, ob du es nun glaubst oder nicht, in einzelne Farben zerfällt. Es heißt, daß das Licht aus sieben verschiedenen Farben besteht. Ole Rømer hat von seinen Experimenten gehört und korrespondiert mit ihm. Herr Rømer sprach davon bei der Zusammenkunft der Universität vor Weihnachten. Stell dir das vor: Das Licht, das wir von diesem Talglicht dort erhalten«, er deutete auf die Kerze, die mit einemmal flackerte, als wäre sie erschrocken über die plötzliche Aufmerksamkeit, die ihr zuteil wurde, »... setzt sich aus Farben wie Gelb, Rot und Blau zusammen und wird auf wundersame Weise weiß, durchsichtig, strahlend. Auch dort MUSS es ein tragendes Prinzip geben für die Art der Farben, deren Anzahl und Form ... Ach, was weiß ich. Ich freue mich wie ein Kind darauf, Newtons Abhandlung zu lesen.«

Mein Zweifel war längst in Resignation umgeschlagen. Thomas war in einer eigenen Welt, in die zu folgen ich Schwierigkeiten hatte. Ich versuchte es, entschied mich aber bald, nur seine Worte im Gedächtnis zu behalten, ohne sie verstehen zu wollen. Schon von Kindheit an hatte ich ein gutes Gedächtnis für Worte gehabt, das es mir ermöglichte, Gespräche, oder wie hier kürzere Vorlesungen, beinahe wortgetreu wiederzugeben. Das hat mir in Situationen wie dieser oft geholfen. Ich konnte Thomas' Worte in mir sammeln und sie abrufen, wenn mein Kopf eine größere Bereitschaft zeigte, seine Ideen zu verstehen.

Und diese Fähigkeit kommt mir nicht zuletzt auch hier zugute, weit im Süden, in deutschen Landen, auf Fürst Reginalds Schloß, wo ich versuche, die vielen Jahre, die vergangen sind, in Gedanken zu überbrücken. Jahre, die das Vergessen gepflegt und gewässert haben wie eine Blume, von der man sich wünschte, daß sie ihre Knospen öffnet. Und auch die Gebrechlichkeit des Körpers und der zunehmende Drang, sich auszuruhen, müssen überwunden werden. Und sie werden überwunden, denn die Freude, die es mir macht, mich an Thomas von Boueberge zu erinnern und das alles auf das Papier zu bannen, verdrängt die winterliche Kälte in den Gelenken, die Gicht, die Magenbeschwerden, den Mißmut, sie überwindet alles – sogar den Tod.

Große Worte. Aber wahr. Ich spüre eine Ruhe und eine Befriedigung in mir, während ich dies schreibe, die, wie Fürst Reginald behauptet, wie eine leuchtende Glorie über mir stehen. An manchen Abenden kommt der Fürst und setzt sich zu mir, um das Neue, was ich geschrieben habe, zu lesen, und beklagt sich gutmütig über meine Abschweifungen. Wenn es nach ihm ginge, würde ich meine Geschichte einem jungen, erfahrenen Schreiber diktieren. Dann wären wir sicher bis Weihnachten fertig, sagt er.

Nein, es wäre nicht richtig, es auf diese Weise zu erledigen. Ich muß es so machen, wie ich es für richtig halte. Ich muß all die wichtigen Nuancen berücksichtigen, die diesem weißen Bild des Todes zu einem Zusammenhang verhelfen. Würde ich diktieren, würde ich die Übersicht verlieren und wichtige Dinge vergessen, die gesagt wurden. Vergessen, woran man damals hätte denken sollen, aber erst sehr spät gedacht hat – vielleicht zu spät? All diese kleinen Mosaiksteine, deren Bedeutung ich erst im nachhinein erkennen kann, will ich berücksichtigen.

Der alte Tobias hat mir mitgeteilt, daß der Fürst heute abend kommen wird, ich muß also diesen Gedankengang von Thomas zu Ende bringen.

Große Worte – auch das: Thomas' Worte.

Das, was Thomas von Boueberges Lösung sein sollte, was, wie er zu Beginn gesagt hatte, schwer zu beweisen, aber dennoch zu beweisen sein würde, und wenn nicht von ihm, dann von nachfolgenden Wissenschaftlern, war die Annahme, daß über allen Prinzipien und Formeln, über allen Gesetzen und Theorien und über allen Zahlen, die diese Formeln, Gesetze und so weiter beweisen sollten, ein übergeordnetes Gesetz oder Prinzip stand, das alle bekannten Gesetze einem System zuordnete und ihnen dadurch eine übergeordnete Logik gab. Und dieses Gesetz wollte er das Mutter-Gesetz des Universums nennen.

Während ich also hoch im Norden in dem Kämmerchen des dänischen Wirtshauses saß und Thomas zuhörte, spürte ich wieder, wie schon tags zuvor, dieses schaudernde Gefühl der Kälte entlang meines Rückgrates. Etwas an seinen Worten erschreckte mich, aber ich war zu müde, um das Gespenst, das er mir präsentierte, heraufzubeschwören.

Er legte mir seine Theorie in aller Ausführlichkeit dar und schloß mit den Worten: »Die Zahlen stehen hinter allem, sie sind die Bausteine eines jeden Gebäudes, groß oder klein. Alles ist Zahl und das in einer viel größeren Dimension, als es der alte Grieche Pythagoras in seinen wildesten Phantasien geträumt haben mag.«

Thomas sollte schon bald das gewaltige Echo seiner Worte zu spüren bekommen. Bald schon würden ihm so viele Zahlen um die Ohren fliegen, daß er beinahe in ihnen erstickt wäre.

Kapitel 12

Unten vom Flur tönten die tiefen Schläge einer Glocke herauf und unterbrachen den Professor in seiner nicht enden wollenden Tirade über die Theorie der Zahlen. Er sah erstaunt zur Tür, stand auf und steckte den Kopf hinaus. Ich hörte ihn leise mit einer Person am unteren Ende der Treppe sprechen.

»Der Pastor hat darum gebeten, noch vor dem Abendessen einen Gedenkgottesdienst für den Grafen d'Angely abzuhalten«, erklärte Thomas, als er die Tür wieder hinter sich geschlossen hatte. Er suchte seine feinen Kleider heraus und begann sich umzuziehen. Ich tat es ihm nach, während ich im stillen seufzte, weil das Abendessen damit in unerreichbare Ferne zu rücken schien.

Ich mußte Thomas' Stiefel erst noch putzen, ehe er sie überziehen konnte.

»Räum das Schreibzeug zusammen und komm, sobald du fertig bist«, sagte er und schloß drei Knöpfe seiner Weste, bevor er die Kammer verließ. »Wir treffen uns vor der Schmiede.«

Seine Schritte waren kaum zu hören, als er die Treppe hinunterging. Gleich darauf wurde eine andere Tür am hinteren Ende des Flurs geöffnet und wieder geschlossen, dann hörte ich jemanden mit schweren Schritten an unserer Tür vorbei- und die Treppe hinabstampfen. Ich nahm an, daß es der Schreiner war.

Ich suchte in meinem Gepäck nach einem zusätzlichen Paar Socken und einem Halstuch, zog mich fertig an, räumte die Papiere zusammen und schraubte das Tintenfäßchen zu. Als ich die Tür hinter mir schloß, hörte ich unten im Flur ein Geräusch. Gleich darauf spielte sich vor meinen Augen eine Szene ab wie in einem Theater – in welchem ich noch nie gewesen war, wiewohl ich davon träumte, seit Thomas mir von einem Theaterbesuch in Paris erzählt hatte.

Zuerst kam Marie aus der Schankstube, damit beschäftigt, ihren Umhang zuzubinden. Sie blieb neben der Flurlampe stehen und drehte sich um.

»Marie! Ist der Meerrettich gerieben?«

Die durchdringende und fordernde Stimme kam aus jener Ecke im Erdgeschoß, in der die Privaträume des Wirtspaares lagen. Frau Wirtin betrat die Bühne.

»Ja, es ist alles vorbereitet.«

»Die Mandeln gehackt? Daß ja alles fertig ist, damit ich

sofort mit dem Kochen beginnen kann, sobald wir zurück sind.«

»Ich hab alles so gemacht, wie Ihr es mir aufgetragen habt«, antwortete Marie geduldig.

»Also gut«, sagte Frau von Hamborch und musterte das Dienstmädchen skeptisch. Mit spitzen Fingern machte sie sich an den oberen Knöpfen von Maries Mieder zu schaffen, die offenstanden, so daß ein klein wenig ihres weißen Busens zu sehen war. »Es wäre uns sehr lieb, wenn Marie sich ein wenig schicklicher kleiden würde und nicht wie ein … wie ein Flittchen.« Die letzten Worte spie sie mit einer derartigen Verachtung aus, daß ich mich durch meine wilde Empörung fast verraten hätte. Im nächsten Augenblick war die Wirtin nach draußen verschwunden.

Marie blieb zurück. Sie spitzte die Lippen und äffte ihre Herrin nach: »Wie ein Fllllittchen! Daß ich nicht lache! Immer so ehrbar und anständig, aber kaum ist die Katze aus dem Haus, tanzen die Mäuse auf dem Tisch. Ha!« Mit diesen Worten folgte Marie der Hausherrin hinaus in die winterliche Kälte.

Ende der Theateraufführung.

Ich trat in die Schankstube, um Hut, Umhang und Stiefel zu holen, und sah zu meiner großen Überraschung, daß der lange Tisch mit Tischtuch, Porzellantellern und Silberbesteck gedeckt war. Die Stühle reichten für alle Anwesenden in der Wirtschaft. Silberkandelaber mit echten Wachskerzen warteten nur darauf, angezündet zu werden. Aus der Küche duftete es nach gekochtem Huhn. Der Winkel hinter der Holzkiste war leer, die Bettlerin schien wohl in den Kuhstall verbannt worden zu sein, wo sie, wie ich wußte, ihren Schlafplatz hatte.

Draußen wehte ein schwacher, aber eiskalter Nordwind, glücklicherweise ohne Schnee. Ich ahnte die tief hängende Wolkendecke mehr, als daß ich sie sehen konnte. Der Pfad von der Hintertreppe bis zum Wagenschuppen war von in den Schnee gesteckten Fackeln erleuchtet, die in der Kälte knisterten. Ich sah Frau von Hamborch vor dem offenen Tor des Wagenschuppens warten, ein dunkler Schatten, die Arme in dem fruchtlosen Versuch, die Wärme zu halten, um sich gelegt. Der Pfad zur Schmiede und dem Waschhaus war ebenfalls von Fackeln erleuchtet. Ein Stückchen abseits der beleuchteten Wege lauerte bereits der Nebel – wie ein Ungeheuer, das Angst vor dem Feuer hatte. Aber er würde kommen. Es würde eine rauhe und pechschwarze Nacht werden, sobald die Fackeln verloschen waren.

Es war eng in der kleinen Schmiede, als ich eintrat. Thomas, Albert und der Schreiner standen neben dem Sarg, auf den in der Zwischenzeit ein Deckel genagelt worden war. Der Wirt, Marie und der Pastor mit seiner Bibel standen hinter ihnen. Alle schwiegen.

Der Pastor nickte mir freundlich zu.

»Petter, wärest du so gut, uns beim Tragen des Sarges behilflich zu sein?«

Ich stellte mich an die freie Halteschlaufe, ein Stück Seil, das seitwärts an den Sarg genagelt worden war, und griff zu. Thomas, der gemeinsam mit dem Schreiner vorne ging, sah uns der Reihe nach an. »Seid ihr bereit? Gut, dann gehen wir.«

Der Pastor trat allen voran in die Kälte hinaus und zog eine Fackel aus dem Schnee. Das schmale Tor der Schmiede bereitete uns einige Schwierigkeiten. Nur mit größter Mühe – der Schreiner fluchte heftig vor sich hin, bis der Pastor ihm mit strengem Blick Einhalt gebot – schafften wir es endlich ins Freie und konnten der kleinen Prozession wieder jene Andacht geben, die ihr gebührte. Hinter uns gingen der Wirt und Marie mit je einem Bock unter dem Arm, auf die der Sarg aufgebahrt werden sollte.

Im Augenwinkel sah ich eine dunkle Gestalt aus dem Waschhaus huschen und sich hinter Marie in die Prozession einreihen.

Der Pastor hielt die Fackel hoch über dem Kopf und ging gemessenen Schrittes auf die Stelle zu, an der Frau von Hamborch stand und vergeblich versuchte, so auszusehen, als ob sie nicht fröre.

Dunkle Schatten tanzten über die weiße Halskrause des Pastors, als der Wind an seiner Fackel zerrte, sein Überrock plusterte sich auf und verlieh ihm unheimliche Formen. Ich dachte bei mir, daß selbst der Mutigste es mit der Angst zu tun bekäme, wenn er in einer Nacht wie dieser einem solchen Ungeheuer begegnete, und mußte mir selbst voller Inbrunst einreden, daß die Gestalt dort vor uns ein Gottesmann war. Wie gut, daß er seine Alltagstracht trug und sich zu diesem speziellen Anlaß mit Überrock und Halskrause begnügt hatte.

Die Prozession machte vor dem Tor des Wagenschuppens halt. Der Pastor drehte sich um, und Marie und der Wirt stellten die Böcke auf, damit wir den Sarg absetzen konnten.

Der Pastor nahm das silberne Kreuz, das er um den Hals trug, küßte es und hielt es über den Sarg.

»Der Herr segne dich und behüte dich. Der Herr lasse leuchten sein Angesicht über dir und sei dir gnädig. Der Herr erhebe sein Angesicht auf dich und gebe dir Frieden. Amen.«

»Amen«, kam es murmelnd von uns anderen, die wir um den Sarg versammelt waren.

Der Pastor schlug die Bibel an einer Stelle auf, die mit einem Lesebändchen markiert war.

»Diese heilige Epistel steht geschrieben in Paulus' zweitem Brief an die Korinther, fünftes Kapitel, Vers vierzehn und fünfzehn:

Denn die Liebe Christi dringet uns also; sintemal wir halten, daß so Einer für alle gestorben ist, so sind sie alle gestorben. Und er ist darum für alle gestorben, auf daß die, so da leben, hinfort nicht ihnen selbst leben, sondern dem, der für sie gestorben und auferstanden ist.«

Andächtig schloß er das Buch und blickte mit ernster Miene auf den Sarg. Wir standen da und warteten, einige zitternd vor Kälte.

»Ein Fremder hat hier seine letzte Ruhe gefunden, weit entfernt von seiner Heimat, seiner Familie und denen, die ihn lieben.« Der Pastor sprach langsam und betonte jedes Wort. »In einem fremden Land, umgeben von Fremden, wurde er von einem Unglück heimgesucht, das mit seinem Tod endete. Jedem von uns hat das Schicksal eine bestimmte Zeitspanne auf Gottes Erden zugeteilt, und trotzdem kommt es uns immer wieder unendlich tragisch und ungerecht vor, wenn ein Mensch, dessen Lebensfaden noch lange nicht abgerollt zu sein scheint, so früh ins Reich des Todes abberufen wird.« Er schaute seine Zuhörerschaft flüchtig an und sprach weiter: »Aber vielleicht hat Gott ja ganz bestimmte Absichten und Pläne mit uns, so daß der Tod nach seinem Willen weder zufällig noch verfrüht ist.

Es kommt immer wieder vor, daß böse Menschen sich in Gottes Pläne einmischen und sie zu durchkreuzen versuchen. Aber schon bald wird er kommen und alles richten, was auf Abwege geraten ist, und unsere Zeit auf dieser Erde wird bemessen werden an unseren Werken und nach seinem Willen. Die uns verbleibende Zeit kann kurz sein. Bald wird er die Schafe von den Böcken scheiden, die Gottesfürchtigen von den Heiden. Der Tag ist nicht mehr fern. Dieser Todesfall und die Eiseskälte könnten ein Zeichen dafür sein, daß wir einem Zusammentreffen mit dem großen Richter entgegengehen.« Ich bemerkte, wie Thomas den Kopf hob und den Pastor verwundert ansah. Plötzlich fiel mir auf, daß der Professor keinen Umhang trug.

Während der Pastor fortfuhr, ließ ich meinen Blick über die kleine Schar schweifen, die um den Sarg herum versammelt war. Schräg hinter Thomas stand Frau von Hamborch mit gesenktem Kopf, ein Schatten fiel über ihr Gesicht und verbarg ihre Züge. Mir gegenüber stand Albert, die Augen schwarz und starr auf den Sarg gerichtet. Zu meiner Überraschung waren auf seinen Wangen eindeutig Spuren von Tränen zu erkennen. Er schien dem Pastor nicht zuzuhören, stand einfach nur da und führte leise ein Selbstgespräch.

Oder sprach er gar mit dem Toten? Der Pastor hatte erneut die Bibel aufgeschlagen und las mit lauter Stimme daraus vor: »Und ich sah die Toten, große und kleine, vor dem Thron stehen, und Bücher wurden aufgetan. Und ein anderes Buch wurde aufgetan, das ist das Buch des Lebens. Und die Toten wurden gerichtet nach dem, was in den Büchern geschrieben steht, nach ihren Werken.« Er schlug die Bibel zu und sagte, daß wir uns einen Platz im Buch des Lebens sichern sollten, weil wir eines Tages vor den großen, weißen Richterthron treten müßten.

Der Wirt stand hinter dem Sarg und fror ganz offensichtlich gottserbärmlich. Er zitterte wie Espenlaub, biß die Zähne fest zusammen und verzerrte das Gesicht. Marie erwiderte meinen Blick, als ich weiter in die Runde schaute. Sie lächelte schüchtern unter ihrer großen Haube, bevor sie sich wieder dem Pastor und seinen Worten zuwandte. Hinter ihr bewegte sich jemand. Ich machte einen kleinen Schritt zur Seite, um besser sehen zu können. Eine Gestalt, die mir kaum bis zur Schulter reichte, stand in Thomas von Boueberges großen Umhang gehüllt da, den Kopf zum Sarg geneigt, lauschend. Über die eine Schulter schlängelte sich ein dicker, schwarzglänzender Zopf. Die Gestalt hob den Kopf, während ich sie weiter beobachtete, und sah mir ganz ruhig in die Augen. Im flackernden Schein der Fackeln wirkte das Gesicht breit und fremdartig. Nicht allein, daß es mir unbekannt war, es lag auch eine Andersartigkeit darin, die mich gleichermaßen abschreckte und faszinierte. Vielleicht stammte die Frau aus dem fernen Afrika oder Amerika. Eine Indianerin oder eine dieser Negerinnen, von denen ich einmal gehört hatte. Aber was hatte sie hier verloren? Wie war sie hierhergekommen? Ihr Blick weilte immer noch auf mir und verwirrte mich. Ich wandte mich dem Pastor zu, der in diesem Augenblick seine Ansprache beendete. Er hatte seine Hände um die Bibel gelegt und verneigte sich mit geschlossenen Augen. Wir taten es ihm nach.

»Allmächtiger Gott, barmherziger Vater. Schau gnädig hernieder auf deine Sünder und nimm dich des Fremden an, den wir zu seiner letzten Ruhe geleiten. Wir bitten dich, Herr, unser Gott, gib uns Gnade, daß wir geduldig ertragen, was die göttliche Fügung uns beschert, und daß wir unsere Feinde lieben und für sie beten, dank deines geliebten Sohnes, Jesum Christum, unseren Herrn, der mit dir in der Heiligen Dreieinigkeit lebt, ein wahrer Gott, von Ewigkeit zu Ewigkeit! Amen.«

Ohne die Augen zu öffnen, begann er mit tiefer, klangvoller Stimme zu singen. Ich hörte Thomas einstimmen. Wir anderen folgten zurückhaltend, soweit Stimme und Gedächtnis mitspielten:

»Wir danken dir, Herr Jesu Christ,
Daß du vom Tod erstanden bist;
Und hast dem Tod zerstört sein Macht,
Und uns zum Leben wiederbracht. Halleluja.

Wir bitten dich durch deine Gnad:
Nimm von uns unsre Missetat
Und hilf uns durch die Güte dein,
Daß wir dein treuen Diener sein. Halleluja.«

Der Pastor hob langsam den Kopf und schaute jeden einzelnen von uns an. Dann nickte er und hauchte ein leises »Danke«.

Ein Raunen der Erleichterung ging durch die Versammlung, einige stampften und schlugen die Arme um den Leib. Der Wirt zeigte uns, wo im Wagenschuppen er den Sarg stehen haben wollte, bis er entweder dem königlichen Gericht in Kopenhagen ausgeliefert oder auf dem Friedhof beigesetzt werden würde.

Nach und nach zog es alle in die Wärme der Schankstube zurück. Ich sah, wie Thomas der fremden Frau seinen Arm bot, als sie aufbrachen. Und plötzlich fiel es mir wie Schuppen von den Augen. Natürlich, das war doch die Bettlerin! Frisch gewaschen und mit sauberen Kleidern. Aber warum in Thomas' Umhang gehüllt – und in unserer Gesellschaft?

Albert verriegelte das Schuppentor und folgte den anderen. Ich schloß mich ihm an und sagte freundschaftlich: »Etwas zu essen wird uns jetzt sicher guttun, was?«

Er brummte etwas Unverständliches in seinen Bart und verschwand Richtung Pferdestall in der Dunkelheit.

Kapitel 13

In der Schankstube herrschte bedrückende Stille, als ich eintrat. Ich schob das natürlich auf die Begräbnisstimmung und hängte meinen Umhang neben den Ofen. Die Gäste saßen oder standen jeder für sich in der Stube, als wären sie einander fremd. Erstaunlich, welche Wirkung ein solcher Gedenkgottesdienst auf die Menschen hatte. Ich blickte zu Thomas, der in der Küche gestanden und leise mit Frau von Hamborch konferiert hatte, jetzt aber wieder zurück in den Schankraum kam. Seine Miene war düster, und ich schaute verwundert durch den Raum, um den Grund für seinen Unmut zu finden.

Die am stärksten ausgeprägte Fähigkeit eines jungen Gemüts ist die Offenheit gegenüber seiner Umgebung. Die Lebenserfahrung, »die Gabe, eigene Fehler mit noch größerer Raffinesse zu wiederholen«, wie Thomas es einmal ironisch ausdrückte, wird mit der Zeit diese Offenheit dämpfen und den einzelnen lehren, andere Menschen und Stimmungen zu deuten, so daß ihm immer weniger Irrtümer widerfahren.

An diesem Abend war es wohl meinem achtzehnjährigen Gemüt zuzuschreiben, daß ich nicht gleich begriff, was im Gange war.

Thomas gab sich alle nur erdenkliche Mühe, ein freundlicheres Gesicht zu machen, ging auf die Bettlerin zu, die auf einem Schemel bei der Tür saß, reichte ihr seinen Arm und geleitete sie zu dem gedeckten Tisch hinüber. Er bot ihr einen Stuhl an und half ihr galant, am Tisch Platz zu nehmen. Dann richtete er sich auf und schaute sich um.

»Ich habe zu diesem Mahl eingeladen«, sagte er und bereitete mir damit die erste Überraschung an diesem Abend, »auf daß wir alle gemeinsam bei gutem Essen und Trinken einen Lichtblick in die düstere Situation, in die wir so unfreiwillig geraten sind, bringen können. An einem Ort wie diesem festgehalten zu werden ist sicher nicht das schlimmste Schicksal, das einem zuteil werden kann. Speis und Trank, so beteuert die Frau Wirtin, gebe es reichlich, selbst wenn der Schnee bis Pfingsten liegen bleiben sollte, und unser Wirt versichert, daß das Brennholz nicht vor Sonnwend ausgehen wird.«

Im Raum war leises Lachen zu hören, und die Stimmung entspannte sich. Aber Thomas von Boueberge wollte auf etwas anderes hinaus.

»Wenn ich sage, daß ich zu diesem Mahl eingeladen habe, dann gilt das natürlich für alle, alle ohne Ausnahme. Wer also daran teilnehmen und die von unserer lieben Wirtin und Marie zubereiteten Hühner mit Meerrettichfüllung und das frischgebackene Weißbrot kosten möchte, ist herzlich eingeladen, am Tisch Platz zu nehmen.

Ich mache darauf aufmerksam, daß dieses Essen und der darauf folgende Marzipankuchen nur an diesem Tisch serviert werden. Wenn jemand meiner Einladung nicht folgen möchte, kann und will ich diesem Jemand nicht verwehren, an einem der anderen Tische seine eigene Mahlzeit einzunehmen.«

Während Thomas sprach, hatte ich reichlich Gelegenheit, mir die Bettlerin, die sich gewaschen und ein reines, wenn auch abgetragenes Kleid angezogen hatte, anzuschauen. Zuerst glaubte ich, sie hätte sich das Kleid von Marie geliehen, doch dann wurde mir klar, daß das kaum sein konnte, denn Marie war größer und hatte eine andere Figur – aber dieses Kleid paßte so gut, als wäre es für die Bettlerin genäht worden. Der weiße Kragen, der auf ihren Schultern lag und ihre

Brust bedeckte, hatte den leicht gräulichen Ton, der durch häufiges Waschen entsteht. Die Frau saß da und starrte beschämt auf die Tischdecke, so daß man den dicken Zopf in ihrem Nacken sehen konnte.

Sie stand im Zentrum aller Blicke und des Konflikts, den Thomas skizzierte. Ich begriff, daß sich einige Anwesende, später erfuhr ich, daß es sich um den Wirt und den Pastor handelte, geweigert hatten, mit ihr an einem Tisch zu sitzen. Jetzt blickte der Wirt ratlos zu seiner Frau, die sich, ohne eine Miene zu verziehen, umdrehte und ihrer Tätigkeit in der Küche nachging, in der Marie bereits alles für den Wein- und Bierausschank vorbereitet hatte.

Albert war hereingekommen und sah sich, etwas verwirrt über die seltsame Stimmung, im Raum um.

»Alle sind herzlich eingeladen, am Tisch Platz zu nehmen. Zuerst wird es etwas zu trinken geben, aber die Wirtin hat mir versprochen, daß auch das Essen nicht mehr allzu lange auf sich warten lassen wird. Zeit für ein Bier oder vielleicht zwei«, schloß Thomas mit einem Lächeln.

Die Bettlerin hob den Kopf und blickte die anderen ruhig an, und wieder mußte ich einsehen, daß ich mich geirrt hatte. Da war kein Zeichen von Scham oder der kriecherischen Untertänigkeit, die ansonsten so charakteristisch für Landstreicher war. Und auch nichts von der bösen, aggressiven Gekränktheit, die sie so oft zur Schau stellten. Nur eine Ruhe, die in ihrem ganzen Körper zu wohnen schien.

Wieder war ich von ihrer Fremdartigkeit überwältigt, den hohen Wangenknochen, den Augen, die, von meinem Platz aus betrachtet, leicht schräg zu stehen schienen, der kurzen, gedrungenen Gestalt. Und natürlich den rabenschwarzen Haaren. Ich vermutete, daß sie eher aus Amerika als aus Afrika kam, aber was wußte ich schon?!

Der Pastor hatte sich Thomas' Rede ruhig angehört und erhob sich nun, die aufgeschlagene Bibel vor sich.

»Erlaubt mir, einen kleinen Abschnitt aus diesem Buch vorzutragen, Herr Professor, auf daß jeder seine Entscheidung treffen möge. Es ist ein Stück aus der Offenbarung des Johannes, dreizehntes Kapitel, die Verse sechzehn bis achtzehn. Das ist das Kapitel über die zwei Tiere, die aus dem Meer und der Erde emporsteigen werden, um die Menschen zu verleiten, Gott zu spotten:

Und es macht, daß die Kleinen und Großen, die Reichen und Armen, die Freien und Knechte, allesamt sich ein Malzeichen geben an ihre rechte Hand oder an ihre Stirn, daß niemand kaufen oder verkaufen kann, er habe denn das Malzeichen, nämlich den Namen des Tieres oder die Zahl seines Namens. Hie ist Weisheit. Wer Verstand hat, der überlege die Zahl des Tieres; denn es ist eines Menschen Zahl, und seine Zahl ist sechs hundert und sechs und sechzig.«

Er klappte das Buch zu und war sich ganz offensichtlich der Aufmerksamkeit bewußt, die ihm zuteil wurde, als er langsam zur Bettlerin hinüberging und seinen knochigen Zeigefinger auf ihre Stirn legte. Alle sahen den braunen Fleck, und ein unruhiges Raunen ging durch den Raum.

»Ein Muttermal!« kam es trocken von Thomas.

»Das ist das Malzeichen«, sagte der Pastor mit tiefer, bebender Stimme. »Ich habe das früher schon einmal gesehen, in den Jahren, als Hexen unsere Gemeinde beherrschten und wir die Scheiterhaufen brennen lassen mußten. Wir haben das Tier verjagt, so daß es im Verborgenen Unterschlupf suchen mußte und mit ihm viele der Hexen, die der Verfolgung entkamen. Sie haben sich verborgen gehalten, doch jetzt kriechen sie wieder hervor.«

Mit einer raschen Bewegung packte er die Hand der Bettlerin. Sie ließ ihn ihren Arm ohne Widerstand anheben. Huschte da ein Funke von Resignation über ihr Gesicht? Ich sollte mit meinen Vermutungen vorsichtig sein, ich lernte noch; aber ihr ruhiger Blick schien einem verängstigten Ausdruck gewichen zu sein, und sie schlug die Augen nieder.

Der Pastor murmelte halblaut: »... ein Zeichen auf ihrer rechten Hand ...« Es war vollkommen still im Raum. Sowohl die Wirtin als auch Marie waren aus der Küche in die Schankstube gekommen, um zu sehen, was dort vor sich ging. Thomas hatte einen Augenblick überlegt, dem Pastor Einhalt zu gebieten, entschied sich aber, ihn gewähren zu lassen. Er war überzeugt davon, daß der Pastor nichts finden und sich damit im weiteren Verlauf dieses Konflikts selbst einen Strick um den Hals legen würde.

Ein zufriedenes Brummen entfuhr plötzlich dem Pastor, und triumphierend deutete er auf eine Stelle in der Größe eines Geldstücks auf dem Unterarm der Frau. Es war mißgebildete Haut, aufgeworfen, narbig, wie von einer Brandwunde.

»Hier haben wir den Beweis!« rief er mit Donnerstimme. »Sowohl auf der Stirn als auch auf der Hand ein Zeichen! Wir haben eine Hexe unter uns! Wer es wagt, mit ihr an einem Tisch zu sitzen ...« Er ließ den Satz in der Luft schweben, so daß wir ihn selber vollenden konnten.

Der Schreiner zog sich erschrocken vom Tisch zurück. Marie blickte die Frau mit einer Mischung aus Furcht und etwas anderem an, für das ich keine Worte finde, und folgte der Hausherrin in die Küche. Der Wirt betrachtete die Bettlerin mit Abscheu und grinste dann triumphierend in Thomas' Richtung. Albert schien gleichzeitig verwirrt und uninteressiert zu sein. Er ließ die Schultern hängen, sein ganzer Körper schien in sich zusammenzufallen.

Thomas schaute in die Runde, er fixierte einen nach dem anderen, ging dann zu Albert hinüber und schob ihm die Strickmütze aus der Stirn. Er deutete auf die rote Wunde, die ich zuvor schon bemerkt hatte, und sagte: »Ein Zeichen auf der Stirn. Eine Hexe?« Er ging weiter zum Wirt, nahm dessen linke Hand und zeigte auf eine große Warze auf dem Handrücken: »Hexe?« fragte er wieder. Von Hamborch riß sich mit verärgerter Miene los. Des weiteren fand Thomas bei sich selbst ein Muttermal auf dem rechten Arm und auf meinem linken Ellbogen eine Brandwunde – ein Andenken an eine üble Schlägerei zwischen mir und Niels, die seinerzeit auf dem Horttener Gut mit einem Arm in der Glut der

Feuerstelle geendet hatte. Schließlich trat Thomas vor den Pastor und strich ihm die weißen, zerzausten Haare aus der Stirn. Der Pastor schnaufte verärgert, und seine schiefe Nase wurde ganz blaß. Er fegte Thomas' Hand beiseite, aber der sagte, wir müßten uns doch sicher sein, wer da unter uns weile. Am Haaransatz war ein großer Leberfleck, und Thomas deutete auf ähnliche Flecken auf beiden Händen des Pastors. »Haben wir hier nicht alles, um die Existenz einer Hexe zu beweisen?« fragte er.

»Nur Frauen sind Hexen«, kam es verärgert vom Pastor.

»Das hätte man Martin Luther sagen sollen, der von diesem Detail nichts wußte, und auch dem ehrwürdigen Bischof Poulsen Resen, den Stadtvögten, den Bürgermeistern und all den anderen guten Menschen, die in den letzten Jahrhunderten Männer für ihre Untaten gefangengenommen, verurteilt und verbrannt haben.« Thomas schaute den Pastor zornig an. »Warum hat der Herr Pastor das der Obrigkeit nicht gesagt, ist er doch alt genug, um so mancher Verbrennung beigewohnt zu haben, die er hätte verhindern können?«

Der Pastor hatte sich gesetzt, um in seiner Bibel zu lesen. Er sperrte die Umwelt aus und schien Thomas nicht mehr zuzuhören.

»Was macht Hexen zu Hexen?« fragte Thomas und sah zum Pastor hinüber. Seine Stimme war jetzt mild, voller Respekt, wie wenn man einen Gemeindeältesten um Rat bittet. Er legte seine Hand auf den Arm des Pastors. »Euer Wissen diesbezüglich ist groß, Pastor Jacob, helft mir, eine Antwort auf die Frage zu finden, die Ihr selbst vorgebracht habt.« Thomas' Hand ruhte einen Augenblick auf der Schulter des Pastors. »Meine Frage lautet: Was macht Hexen zu Hexen?«

Der Pastor sah ein, daß es keinen Ausweg gab, hob den Kopf und antwortete nach kurzer Überlegung: »Sie unternehmen Reisen, um in Kontakt mit Dämonen zu kommen, verwandeln sich in Tiere und gehen einen Pakt mit dem Fürsten der Finsternis ein, um Macht über ihre Mitmenschen zu bekommen.«

»Und tun sie das nicht, um Gold und Reichtümer anzuhäufen?« fuhr Thomas fort.

»Ja, auch für Gold und Reichtümer«, antwortete der Pastor.

Thomas stand da und dachte nach, dann hob er den Kopf, streckte seinen Rücken und sein Gesicht bekam einen gestrengen Ausdruck, der Respekt einflößte und die Anwesenden zwang zuzuhören.

»Im Jahre des Herrn 906 gab der heilige Abt Regino von Prüm eine Reihe päpstlicher Dekrete heraus, die circa hundert Jahre später revidiert und vom Bischof Burkhard von Worms erneut herausgegeben wurden. Diese Sammlung wurde aufgrund ihrer theologischen Gründlichkeit als kirchliche Gesetzessammlung anerkannt. In einem ihrer Abschnitte, dem sogenannten Canon Episcopi, heißt es, und jetzt zitiere ich ›daß der Glaube, Menschen könnten sich in Tiere verwandeln, um Böses zu tun, oder Reisen durch die Luft unternehmen, um Kontakt zu Dämonen aufzunehmen, Einbildung und Aberglauben sind‹, Zitat Ende.«

Thomas sah sich um und ließ seine Worte auf die anderen wirken. »Es wird oft behauptet«, fuhr er fort, »daß die Menschen in früheren Zeiten abergläubisch waren und Gott nicht in ihren Gedanken war. Sollen wir jetzt an Hexenkunst glauben, daran, daß Hexen fliegen können und sich in Tiere verwandeln, obgleich wir heute viel klüger sind als vor beinahe achthundert Jahren?« Er erwartete keine Antwort auf seine Frage, ging hinüber und legte eine Hand auf die Schulter der Bettlerin. »Gold und Reichtümer, sagt Pastor Jacob. Diese Frau, die hier mit uns zusammensitzt – sieht sie aus wie jemand, der Gold und Reichtümer sein eigen nennt? Sieht sie aus wie ein Mensch, der Macht über uns hat, über ihre Mitmenschen?«

Der Pastor weigerte sich zu antworten, und Thomas schaute uns andere eindringlich an. »Glaubt ihr, sie ist reich und wünscht es sich, in der Ecke hinter der Holzkiste zu hocken und von Almosen und den Resten zu leben, die wir auf unseren Tellern lassen? Glaubt ihr wirklich, daß das ihr Wunsch ist?« Ich schüttelte zögerlich den Kopf. Albert tat es mir nach, dann der Schreiner. »Nein, das ist es nicht. Sie ist nicht reich. Sie hat nicht die Macht, die es ihr erlaubt, der Erniedrigung zu entgehen. Die Antwort ist klar: Sie hat keinen Pakt mit dem alten Diabolus geschlossen und ist also auch keine Hexe!«

Der Pastor blickte Thomas an, ohne etwas zu sagen. Er sah aus wie jemand, der wohl oder übel einsehen mußte, daß er die erste Schlacht verloren hat, der aber weiß, daß es weitere Kämpfe geben würde. Dann richtete er sich auf, nickte Thomas zu, wie um zu sagen ›Ich gebe mich geschlagen, laß mich in Frieden‹, und vertiefte sich wieder in die Heilige Schrift.

Thomas seufzte und wandte sich den anderen zu: »Ich hoffe, wir sind uns einig, daß diese Meinungsverschiedenheit jetzt aus der Welt ist?«

Nur das Knistern des Feuers und das ruhige und gleichmäßige Ticken der Uhr waren als Antwort zu hören. Plötzlich lächelte Thomas und breitete die Arme aus. »Jetzt sucht euch alle einen Platz am Tisch. Unsere verehrten Wirtsleute sollten, wie es sich gehört, an den Enden des Tisches Platz nehmen, und Ihr, lieber Herr Pastor«, er ging zu ihm hinüber, legte einen Arm um dessen Schulter und stützte ihn, wie man einen alten Mann stützt, »müßt mir die Freude machen, an meiner Seite zu sitzen, damit wir uns über das eine oder andere austauschen können. Ein solch erfahrener Mann, wie Ihr es seid mit Euren fundierten Meinungen und belesenen Ansichten, ist eine wahre Freude für einen jungen Mann wie mich auf der Suche nach dem Sinn des Lebens.« Auf diese Weise komplimentierte der Professor alle an den Tisch, so daß wir alsbald mit Bier und Wein in unseren Gläsern dasaßen und zusahen, wie Frau von Hamborch und Marie Schalen und Töpfe auftrugen, deren Inhalt einem das Wasser im Munde zusammenlaufen ließ.

Thomas hatte mich diskret von sich weg gewunken, damit ich mich gegenüber der Bettlerin hinsetzen sollte, er wollte sie wohl ein wenig vor den anderen schützen. Die Tischenden hatte er den Wirtsleuten versprochen, und der Wirt setzte sich an das entferntere Ende mit dem Pastor auf der einen und Marie auf der anderen Seite. Zwischen Marie und mir saßen Albert und der Schreiner. Auf unserer Seite war es etwas eng, aber mit Thomas von Boueberge am Tisch kam keine andere Sitzordnung in Frage. Sein corpus giganteum brauchte annäherungsweise den Platz für zwei – auf jeden Fall dann, wenn man die unfreiwilligen Stöße seiner Ellbogen mit einberechnete, die unweigerlich kamen, wenn er in Fahrt geriet. Als das Essen auf dem Tisch stand, nahm die Wirtin Platz. Sie hatte gerötete Wangen und war von der festlichen Stimmung angeregt, die sich endlich einstellte, und, wie ich vermutete, wohl auch von einer Kostprobe des Weines.

Weißbrotscheiben wurden herumgereicht und mit Butter bestrichen, es folgte ein Topf mit Hühnerfleisch, das wir auf das Brot legten. Dann eine dicke, sämige, gelbbraune Soße, die über das Fleisch gegossen wurde.

Die Wirtin faßte mich an den Arm. »Ein Klecks Butter als Abschluß gibt erst den richtigen Pfiff«, sagte sie und kicherte unbekümmert wie ein junges Mädchen.

Pflichtschuldigst plazierte ich einen kleinen Klecks Butter auf dem Ganzen und ließ ihn in die Soße schmelzen, bevor ich erwartungsvoll zu essen begann. Der Duft nach Meerrettich und gewürztem Fleisch war himmlisch, und der Geschmack betörte den Gaumen und ließ mich für einen Moment Mord und Totschlag vergessen.

»Gnädige Frau haben in der Küche wahre Wunder vollbracht«, sagte ich und hob mein Weinglas auf ihr Wohl. Ich bemerkte, wie mich die Bettlerin überrascht ansah. Die Wirtin erhob ebenfalls ihr Glas und erwiderte meinen Gruß.

»Schmecke ich da Mandeln?« fragte ich und schob einen Bissen im Mund hin und her. Die Wirtin lachte und gab mir gleich das ganze Rezept, während ich Thomas in Gedanken dafür dankte, daß er mich in die schwierige Kunst der Konversation bei Tisch eingeweiht hatte.

Das Gespräch verlief entspannt, wenn ein jeder nicht gerade seine ganze Aufmerksamkeit den Freuden des Essens widmete und natürliche Pausen machte, die durch intensives Kauen und Schmatzen gekennzeichnet waren. Wir prosteten den Wirtsleuten zu – und der Wirt brachte seinerseits einen Toast auf Thomas von Boueberge aus, der schließlich für die Rechnung aufkam.

Thomas strahlte und fuchtelte mit Messer und Löffel herum. »Ihr, verehrte Frau von Hamborch …«

»Ach, Ihr dürft ruhig Hertha sagen!« kicherte die Wirtin vergnügt und nahm neuerlich einen Schluck Wein.

»Ihr, meine verehrte Hertha, müßt ein Engel in der Küche sein. Gemeinsam mit Marie habt Ihr mit bescheidenen Mitteln ein Wunder vollbracht. Es wird mir eine wahre Freude sein, meinen Freunden und Kollegen dieses Gasthaus zu empfehlen. Und seht nur, wir sitzen hier mit silbernen Kandelabern, die eines Adeligen würdig wären, und mit Silberbesteck in einem Gasthaus auf dem Lande, wie kann das sein?«

Er schaute den Wirt fragend an.

Von Hamborch tupfte sich mit seiner Serviette umständlich den Mund ab, während wir auf eine Antwort warteten. Die Vorbereitungen für eine längere Erklärung, dachte ich.

»Die von Hamborchs«, begann er, »sind ein altes Handelsgeschlecht, das mehr als zweihundert Jahre lang in der Hansestadt Hamburg in Deutschland Handel betrieben hat. Mein Großvater weitete das Handelsgebiet mit großem Geschick bis in die Niederlande und im Norden bis nach Visby aus. Als mein Vater das Geschäft übernahm, trug er sich mit Plänen zu einer weiteren Expansion. Er strebte einen Sitz in der Kopenhagener Börse an und schickte mich 1674 in die dänische Hauptstadt, um die Möglichkeiten zu erkunden, die Handelsgrundlagen zu beurteilen und alle Formalitäten zu regeln, falls es sich denn als lohnende Unternehmung erweisen sollte.

Ich war damals ein junger Mann, noch nicht einmal zwanzig und eifrigst bestrebt, meinen Sinn fürs Geschäft unter Beweis zu stellen. Als jüngster von fünf Brüdern stand ich in fortwährender Konkurrenz um die Gunst des Vaters, eine Gunst, die einem nur dann zuteil wurde, wenn man die besten Geschäftsabschlüsse und die höchsten Aktiva in der Buchführung vorweisen konnte.«

Von Hamborch schaute seine Frau an, bevor er fortfuhr. War das ein fragender Blick? In diesem Blick lag doch etwas …

»Ich war damals verlobt mit einer sehr jungen Frau namens Hertha Neubauer, Tochter des Vizebankdirektors eines kleineren Hamburger Bankhauses. Sie sollte später meine liebe Frau werden.« Er hob sein Glas, blickte zu seiner Frau hinüber und lächelte.

Wieder spürte ich, daß hinter den Worten und diesem Lächeln, das ich nicht zu deuten wußte, etwas verborgen lag. Bedauern? Der Wunsch nach Vergebung? Ich blickte zu Thomas hinüber, um mich zu vergewissern, ob er auch etwas bemerkt hatte, und sah, wie er sich mit einem breiten Lächeln der Wirtin zuwandte und uns alle auf ihre Gesundheit anstoßen ließ.

»In zwei Jahren …«, von Hamborch hielt verwirrt inne und spielte mit seiner Serviette. »In zwei Jahren haben wir …«, er riß sich zusammen, »… werden wir fünfundzwanzig Jahre verheiratet sein … so Gott will.«

Wieder tranken wir auf die Wirtsleute. Von Hamborch fuhr fort:

»Nach gründlichen Beratungen mit ortsansässigen Kaufleuten und einer Audienz beim König, bei der ich Seine Majestät nach seinen Plänen für das Reich habe befragen können, schätzte ich den Zeitpunkt und die Umstände in Kopenhagen sehr positiv ein. Mein Vater kaufte uns in die Börse ein, und wir investierten in mehrere größere Handelsprojekte.

Leider verschlechterte sich das Verhältnis zu Schweden, und im folgenden Jahr kam es, wie alle Anwesenden wissen, zum Krieg zwischen Dänemark und Schweden. Im Kielwasser des Krieges mußten die Handelsprojekte, in die wir investiert hatten, Konkurs anmelden, und 1676 schloß ich unsere Vertretung an der Börse, kündigte den Mietvertrag auf und ging zurück nach Hamburg. Infolge des Krieges wurde die ganze Unternehmung ein einziges Fiasko.«

Er trank seinen Wein aus, ohne aufzuschauen.

»Wir heirateten zu Johannis und wollten uns in Lübeck niederlassen, wo mein Vater eine kleinere Filiale hatte, aber da ich eine Liebe zu Dänemark hegte und meine Frau sich wünschte, auf dem Lande zu leben, schenkte uns mein Vater zur Hochzeit dieses Gut.« Er hielt inne und schaute sich mit wahrer Freude im Raum um. »Die Familie, die ursprünglich auf diesem Hof wohnte, hatte es sich im Dreißigjährigen Krieg durch ihre Freundschaft zu Schweden mit dem Königshaus verdorben, und als sich Frederik III. zum unumschränkten König krönen ließ, floh die Familie ins Ausland und ließ das Gut verfallen. Die günstige Lage des Hofes unweit des Hauptweges nach Ribe und der Wunsch meiner Frau nach mehr Gesellschaft veranlaßten uns vor nunmehr fünfzehn Jahren, zusätzlich zum eigentlichen Gutsbetrieb das Gasthaus zu eröffnen.« Er lächelte Thomas zu. »Ich hoffe, das klärt Eure Überraschung über das Silberzeug.«

Thomas verbeugte sich leicht und beteuerte, daß seine Neugier nicht schnüfflerischer Natur sei, sondern eine bloße Folge seiner Überraschung. Er wolle nicht unhöflich erscheinen.

Der Wirt lachte und versicherte Thomas, daß das nicht der Fall sei.

Marie trug weiter auf und goß dem Schreiner Bier und uns anderen Wein nach.

Während ich Butter auf das Brot strich, beugte sich die Bettlerin vor und fragte mich: »Von wo in Norwegen kommst du?«

Ich war derart verblüfft, daß mir beinahe das Messer aus der Hand gefallen wäre, und fühlte mich gleichzeitig wie von einem Blitz in meine gebirgige Heimat versetzt. Die Bettlerin sprach ohne jeden Zweifel norwegisch.

»Ich komme aus Hortten«, antwortete ich, ohne nachzudenken und noch immer ganz benommen von der Überraschung, daß diese fremdartige Frau meine Muttersprache zu sprechen vermochte.

»Wo liegt Hortten? In der Nähe des Soenwassers?«

Ich nahm mein Glas und trank begierig. Ich mußte Zeit schinden, um in meinem Kopf ein wenig aufzuräumen. Sie stammte also weder von dem einen noch von dem anderen fremden Kontinent, weder aus Afrika noch Amerika. Sie war aus Norwegen! Ihr Dialekt verriet mir, daß sie weiter aus dem Norden kam als ich selbst. Er klang kantig, war reich an Knacklauten und irgendwie mollgestimmt.

Ich stellte das Glas hin und lachte verlegen. »Hortten ist nur ein Gut, südlich von Soen, auf der Westseite des Fjords. Die Leute kommen dorthin, wenn sie über den Fjord setzen wollen – wir haben eine Fährkonzession. Der Gutsherr ist bevollmächtigt, Reisezoll zu erheben, und soll den Weg der königlichen Beamten sichern. Hortten liegt in der Nähe von Tønsberg.« Ich war jetzt selbst in reinstes Norwegisch verfallen. Im Laufe meiner wenigen Monate in Dänemark hatte ich, wenn ich das selbst so sagen darf, die dänische Sprache recht gut erlernt und nicht mehr norwegisch gesprochen, seit ich im August in Kopenhagen an Land gegangen war. Deshalb war es herrlich, wieder meine eigene Muttersprache anwenden zu können. Wir unterhielten uns eine Weile über Norwegen. Sie kam aus einem Ort hoch oben im Norden, sie nannte es das Samenland. Sie selbst sei Samin. Und sie sagte, das sei nicht ganz das gleiche, wie Norwegerin zu sein. »Wir haben unsere eigene Sprache«, erklärte sie.

Die Wirtin, die einen Augenblick fort gewesen war, um Marie in der Küche zu helfen, kam zurück und schaute uns, die wir für sie unverständliches Kauderwelsch sprachen, mit großen Augen an.

»Wie heißt du?« unterbrach sie uns und wandte sich an die

Bettlerin. Ich glaube, sie fand es unhöflich, daß wir uns in einer Sprache unterhielten, die sie nicht verstand.

Die Bettlerin lächelte und sagte: »Dan ija biekkai nu ahte varri sirdasuvai.«

Sie lachte über die Gesichter, die wir machten, und erklärte uns auf dänisch, was das bedeute: ›Die Nacht, in der es so stürmte, daß sich die Berge verschoben‹, daß sie normalerweise aber einfach Bieggat oder Biggi genannt würde, was soviel wie ›stürmen‹ heiße.

Auch ich wechselte wieder ins Dänische und fragte, was es mit diesem merkwürdigen Namen auf sich habe.

»Mein Großvater war in der Nacht, in der ich geboren wurde, draußen, und er sagte uns, daß es seit Menschengedenken noch niemals einen solchen Sturm gegeben hätte. Er bestand hartnäckig darauf, daß ein Berg in der Nähe unseres Hauses im Laufe der Nacht um einige Fuß näher an das Hause herangeblasen worden wäre. Er war überzeugt, der Sturm sei von den Geistern geschickt worden, um mich zu begrüßen, damit ...« Sie brach den Satz ab, als sie gewahr wurde, daß ihr jetzt fast alle am Tisch zuhörten.

»Welche Geister?« fragte der Wirt mißtrauisch vom Ende des Tisches her.

Sie biß sich auf die Lippe und schüttelte den Kopf. Weigerte sich, noch mehr zu sagen.

Thomas begann eine lustige Geschichte aus seiner Studienzeit zum besten zu geben, und es gelang ihm, die Aufmerksamkeit von der Samin wegzulenken.

Der Topf mit dem Fleisch und die Schale mit der Soße wurden aufs neue herumgereicht, und es wurde derart zugelangt, daß ich schon fürchtete, nichts mehr abzubekommen, wenn ich an der Reihe wäre. Die Wirtin muß meinen bekümmerten Gesichtsausdruck wahrgenommen haben, denn sie bemerkte, in der Küche sei noch mehr. Alle – abgesehen von einem – aßen wir, als handele es sich um unsere letzte Mahlzeit, und machten damit der Köchin das größte Kompliment, das man einer Köchin machen kann. Der einzige, der nicht aß, sondern nur im Essen herumstocherte, saß neben mir. Ich dachte, daß Albert mit seinem kräftigen Körper eigentlich derjenige von uns allen war, der das Essen am nötigsten hätte, wenn man berücksichtigte, wie hart er arbeitete. Aber nur wenige Bissen kamen über seine trockenen Lippen.

Auch Thomas hatte Alberts Stochern bemerkt, beugte sich über den Tisch und fragte ihn so leise, daß es außer mir niemand mitbekam: »Pourquoi vous ne mangez pas?«

Albert sah Thomas mit weit aufgerissenen Augen an. Sein Mund ging auf und zu wie bei einem Fisch auf dem Trockenen. Dann stand er langsam auf, murmelte eine Entschuldigung, schob den Stuhl zurück und verschwand nach draußen, noch ehe jemand etwas sagen konnte.

»Was ist in den letzten Tagen bloß mit ihm los?« fragte die Wirtin überrascht.

»Er war schon immer recht wortkarg, aber in den letzten Tagen war es kaum möglich, eine Antwort aus ihm herauszubekommen, wenn man ihn etwas fragte oder ihm einen Auftrag gab.« Der Wirt schüttelte resigniert den Kopf.

»Ist er schon lange bei Euch?« fragte Thomas.

Der Wirt mußte nachrechnen, ehe er antwortete. »Im Sommer dürften es zwölf Jahre sein. Er war damals noch ein Junge, aber er konnte so gut mit Pferden umgehen, daß wir uns um diese Art Arbeit fortan nie mehr haben kümmern müssen. Er hat auch sehr geschickte Hände, kann alles bauen und für zwei arbeiten, wenn er will.« Ich sah aus den Augenwinkeln, daß die Wirtin nickte. »Einen besseren Helfer und Verwalter könnten wir hier auf dem Gut nicht haben«, fuhr der Wirt fort und fügte dann hinzu, als hätte er plötzlich ein schlechtes Gewissen bekommen: »Und auch mit Marie hier in der Küche haben wir es so gut getroffen, wie es nur geht.« Ich blickte zur Wirtin hin, die ihren Mann mit zusammengekniffenen Lippen ansah.

Ich fragte mich, warum sie Marie nicht mochte.

Das Gespräch stockte, und für eine Weile konzentrierten sich wieder alle auf das Essen, bis Thomas fragte: »Dieser

Graf d'Angely, wie war er?« Als niemand antwortete, wandte er sich an den Schreiner: »Was haltet Ihr von ihm, Herr Schreiner?«

Der Schreiner, der während des ganzen Essens nicht sonderlich gesprächig gewesen war, sondern es vorgezogen hatte, seine Aufmerksamkeit ganz den Speisen und seinem Bier zu widmen, schien noch immer unter dem Eindruck des Hexengeschwätzes zu stehen – und vielleicht auch des Gesprächs, das während des Mittagessens geführt worden war. Er schaute nervös in die Runde, dann mehrmals hinüber zur Bettlerin, oder Biggi, wie wir sie fortan nennen sollten. »Ja, er ...«, begann er den Satz und brach ihn gleich wieder ab. Er trank einen Schluck Bier und nahm einen neuen Anlauf. »Er war ja ein Graf, so'n großer, wichtiger. Scheuchte uns andere herum. Ärgerte und reizte uns. Hatte so ein derbes Mundwerk, daß Marie und diese Hexe da es mit der Angst bekamen und herumflennten.«

»Daß sie weinten und ihn baten aufzuhören?«

»Ja, ja, fragt sie doch selbst«, brummte der Schreiner und verstummte.

Thomas schaute Marie fragend an. Sie wich seinem Blick aus und hielt sich am Tisch fest. »Ja doch, er war nicht gerade nett zu einem. Aber der Graf konnte auch anders sein. Erzählte vom Leben am Hof des Sonnenkaisers, von den feinen Damen dort, von den Kleidern und Frisuren.«

»Dem Kaiser? Du meinst wohl den König von Frankreich, den Sonnenkönig? Er ist dort gewesen?« fragte Thomas ungläubig.

»Ja, der Graf hat sich in seiner Nähe aufgehalten. So hab ich ihn verstanden, daß er bei Hofe ein angesehener Mann war. Kann man doch verstehen. Er konnte sehr lustig sein, der Graf.« Sie schloß mit einem vorsichtigen Lächeln in Richtung des Wirts, als wollte sie sich dafür entschuldigen, etwas Negatives über den Grafen angedeutet zu haben. Aber der Wirt schaute sie nicht an, spielte wieder nervös mit der Serviette herum.

Was ist nur los mit euch, dachte ich, einer wirkt nervöser und verstockter als der andere.

Thomas wandte sich an Biggi, aber auch aus ihr war nicht viel herauszubekommen. Sie schüttelte nur den Kopf, sah einen Augenblick zu Marie hinüber und aß weiter. Marie wirkte erleichtert, glaube ich. Hatten die beiden ein gemeinsames Geheimnis?

Ich fragte mich, wann Thomas vorhatte, unser Geheimnis zu lüften – daß der Graf keines natürlichen Todes, sondern durch die Hand eines Mörders gestorben war. Als wir nach der Obduktion die Schmiede gereinigt hatten, hatte er mir seine Überlegungen kundgetan und gesagt, man müsse sehen, was die Zeit bringe. Er meinte, daß es nicht richtig sei, allen einen Schrecken einzujagen und sie mißtrauisch zu machen, weil ja nur wenige als Täter in Frage kämen. Aber er wolle sich jederzeit vorbehalten, seine Vorgehensweise zu ändern, wenn er es als zweckmäßig erachte. Wenn der Mörder bis morgen abend nicht entlarvt wäre, sagte er, würde es vielleicht nötig werden, »ein wenig in dem Ameisenhaufen herumzustochern«, wie er es nannte.

»Er hat Marie als Flittchen bezeichnet.«

Alle Köpfe drehten sich in meine Richtung – vielmehr in Richtung der Wirtin. Sie nickte mit einem Lächeln, das alles andere als freundlich war und die Abscheu, die aus ihren Augen sprach, unterstrich. »Seht sie doch an, wie sie sich kleidet, sich für die Männer entblößt.«

Marie kämpfte nervös mit den oberen Knöpfen ihrer Bluse, die nicht geschlossen waren, wobei ihre Augen feucht wurden. Sie sagte nichts.

Die Wirtin wartete mit noch einer Überraschung auf. »Und dieses Lumpenweib da schimpfte er eine Hexe.« Sie sah Biggi an, die ihren Blick ruhig erwiderte. »Also ist sie das wohl, was auch immer der Herr Professor meinen mag. Sie spricht von Geistern, als hätte sie Umgang mit ihnen! Hexe, ja, das mag wohl stimmen!« Die Wirtin leerte ihr Weinglas. Ihr Blick war verschleiert, als sie den Schreiner ansah.

»Säufer. So hat er ihn da genannt, diesen Schreiner!« Sie spuckte die Worte regelrecht aus, und eine Speichelblase heftete sich an ihre Unterlippe und glitt langsam über ihr Kinn. Mit einer heftigen Bewegung wischte sie sich den Mund ab und griff nach der Weinkaraffe. Mir lag die Frage auf der Zunge: ›Und Euch, wie hat er Euch genannt?‹ Ich schluckte sie aber herunter.

»Mag sein, daß ich ein wenig zuviel trinke, aber ich kann wenigstens meinen Mund im Zaum halten! Dummes Luder!« Der Schreiner maß sie mit einem wütenden Blick.

Der Wirt packte den Schreiner bei der Schulter. »Paßt auf, was Ihr sagt! Das ist meine Frau, mit der Ihr da sprecht!«

Der Schreiner schüttelte die Hand des Wirtes ab und sagte beruhigend: »Ja, ja, ist schon recht, dann paßt doch auf sie auf!«

Der Wirt schaute warnend zum anderen Tischende hinüber. »Vielleicht solltest du dich ein wenig hinlegen, liebe Hertha. Du bist sicher noch nicht wieder ganz gesund.«

Sie erwiderte sein Lächeln mit einem boshaften Grinsen, ihr Mann hatte sie nicht mehr unter Kontrolle. »Llliebe Hertha, vvvielleicht sssolltest du dich ein bißchen hinlegen«, höhnte sie säuselnd. »Und wie hat er dich genannt, lllieber Herbert? Weißt du noch, daß der Graf dich immer als seinen kleinen Kläffer bezeichnet und dir dabei den Kopf getätschelt hat? Du bist so brav um ihn herumgekrochen und hast über all seine Witze gelacht. Auch über den mit dem kleinen Kläffer. Aber ... das war kein Witz ... das war ... das ...« Sie stockte und starrte auf das Tischtuch. Langsam, vor unser aller Augen, verlor sie die Fassung. Tränen rannen über ihre Wangen und hinterließen Streifen in der Schminke, und ihr Mund verzerrte sich zu einer Grimasse, so daß ihre gelben Zähne zum Vorschein kamen.

Tiefes Wimmern, ein Schrei, und noch bevor ich es hätte verhindern können, fegte sie mit einer einzigen Armbewegung alle Teller und Gläser, die sich in ihrer Reichweite befanden, vom Tisch und brach schluchzend zusammen. Ich sprang auf und trat die Kerze aus, die mit zu Boden gegangen war.

Thomas war rasch bei ihr und legte ihr sanft die Hand auf die Schulter. Er blickte zum Wirt und zu Marie. »Ich glaube, es ist an der Zeit, daß unsere Wirtin sich ein wenig ausruht.«

Der Wirt war um den Tisch herumgelaufen und legte den Arm um seine Frau, um ihr aufzuhelfen.

Marie erhob sich widerstrebend, und ich konnte sie verstehen. Erst mußte sie eine Masse Beschimpfungen und Geschmacklosigkeiten einstecken, und dann sollte sie der gleichen Person zu Bett helfen, als sei nichts geschehen. Aber sie war nun einmal die einzige, die die Wirtin entkleiden konnte. Das mußte von einer Frau gemacht werden.

»Ich kann helfen, wenn es der Wirt erlaubt.« Biggi hatte sich erhoben. »Marie hat hier in der Stube noch viel aufzuräumen«, sagte sie und nickte in Richtung der Scherben auf dem Boden.

Noch bevor der Wirt etwas sagen konnte, legte sie ihren Arm um die Wirtin, brachte sie mit vielen guten Worten und einem kräftigen Ruck in die Höhe und verschwand gemeinsam mit dem Ehepaar in dessen Privaträumen.

Thomas blieb mit einem merkwürdigen Ausdruck im Gesicht stehen. »Da bin ich wohl überflüssig«, sagte er leise, als er an mir vorbei an seinen Platz zurückging.

Kapitel 14

Während Marie den Boden fegte, räumte ich die Teller und Essensreste vom Tisch und deckte, auf Maries Anweisung, saubere Teller für das Dessert auf. Arbeiten dieser Art war ich von Hortten und auch aus dem Hause des Professors gewohnt, der häufig Gäste hatte, so daß das Dienstmädchen froh über jede helfende Hand war.

Marie sah mich dankbar an, als sie Sand auf den Boden

streute. Ich schaute mich um, ob es sonst noch etwas zu tun gäbe. Dem war nicht so.

Thomas und der Pastor saßen über die feine Schnitzerei des Bibeleinbands gebeugt. Die Bibel hatte während der gesamten Mahlzeit neben dem Teller des Pastors gelegen. Sie schien ihm ein so wertvolles Gut zu sein, daß er sie nicht einen Moment lang aus den Augen lassen wollte.

»... und hier sehen wir das Agnus Dei am Tage des Jüngsten Gerichts auf dem Throne sitzen. Und seht, Professor, hier treiben Teufel alle Heiden hinunter in die ewige Finsternis.« Er zeigte an den unteren Rand des Buchdeckels, und ich erkannte über dem Finger des Pastors ein paar Buchstaben, die mir am Vormittag nicht aufgefallen waren. Zu Füßen des Gotteslamms war in hübsch geschwungenen Lettern *Dies Irae* in das Holz geschnitzt. Tag der Rache. Der Jüngste Tag. Oder Tag des Jüngsten Gerichts, wie der alte Pastor Knutsøn von Nykjerke immer gesagt hatte.

Ich war auf Alberts Platz aufgerückt, um dem Gespräch der beiden besser folgen zu können. Thomas nickte anerkennend und bewunderte das eindrucksvolle Kunstwerk. Marie kam und setzte sich auf meinen Platz, drückte meinen Arm und sagte: »Danke für die Hilfe.« Der Schreiner blickte stumm zu uns herüber.

»Herr Pastor, Ihr habt bei der kleinen Gedenkfeier für den Grafen d'Angely gesagt«, Thomas sah den Pastor über den Rand seiner Brille an und wechselte geschickt das Thema, ohne das vorige wirklich fallenzulassen, »daß der Tag womöglich nicht mehr fern ist, an dem wir vor den großen Richter treten müssen.« Der Pastor nickte, und Thomas sprach weiter: »Heute vormittag aber standet Ihr diesem Gedanken doch noch ziemlich ablehnend gegenüber, als der Herr Wirt ... Ach, da seid Ihr ja wieder, von Hamborch!« Ein sichtlich erschöpfter von Hamborch betrat den Raum und ließ sich auf den nächstbesten Stuhl fallen. Er schickte Marie mit einem kurzen Wink hinaus, Wein und Bier zu holen, und nickte Thomas wortlos zu. Thomas fuhr in seiner

Ausführung fort, die mit der Frage endete, die ich erwartet hatte: »Ihr schient mir, wie gesagt, recht abweisend, als der Herr Wirt seine Befürchtung kundtat, daß das Jüngste Gericht bald über uns kommen würde ... Sollte es nicht an ebendiesem Sonntag sein, dem Neujahrsabend?«

Von Hamborch nickte. Sein schmales Gesicht war verzerrt und kreidebleich, und er machte den Eindruck, als ob der peinliche Auftritt seiner Frau nur die besonders bittere Zugabe zu der Weltuntergangsstimmung war, in der wir alle uns befanden.

»Was hat Euch zu Eurem Meinungswandel veranlaßt?«

Der Pastor hatte Thomas' Frage aufmerksam angehört. Ich betrachtete ihn genauer. Auch er wirkte erschöpft, als trüge er eine schwere Last auf seinen Schultern.

»Der Mensch ist nur allzugern bereit zu glauben, was er glauben will«, sagte er und strich liebevoll mit dem Finger über das Gesicht des in Holz geschnitzten Christus. »Ich bin bereit, meinem Richter gegenüberzutreten. Aber wie sieht es mit euch aus, meine Kinder?« Er hob den Kopf und schaute in die Runde. Ich wich seinem Blick aus. Ich war nicht bereit – und hätte Thomas von Boueberge nicht eine solch gelassene Einstellung zu dem Gerede vom drohenden Ende allen Lebens gehabt, wäre ich vor Angst ziemlich sicher in völlige Apathie verfallen.

»Ich will euch, meine lieben Brüder und Schwestern, nicht in der ewigen Verdammnis wandeln sehen«, nahm der Pastor seine Rede wieder auf. »Weshalb ich auch von Hamborchs Ausführungen widerlegen wollte. Aus welchem Grunde sollte ich diesem Nostradamus Glauben schenken? Einem Mann, von dem ich nur lächerliche Geschichten gehört habe.

Ich entschied mich, wie ich es meistens tue, in der Heiligen Schrift nach einer Antwort zu suchen. Ich suchte und wurde fündig.

Die Antwort, die ich fand, besagt, daß Prophezeiungen über die Zukunft nicht unmöglich sind. Sie besagt, daß es zwar nicht jedem gegeben ist, zu prophezeien, daß es aber immer wieder Menschen mit dieser Fähigkeit gibt. Ich suchte weiter und wurde schließlich im Alten Testament fündig. Dort lesen wir von den Propheten Jeremias, Habakuk und Hesekiel, die durch göttliche Eingebung so verhängnisvolle Ereignisse vorhersagten wie den Fall Assyriens, die babylonische Invasion, die Plünderung Judäas und die babylonische Gefangenschaft. Des weiteren entdeckte ich eine Stelle, wo von einem einfachen Schafhirten zu lesen ist, dem Knaben Amos, der den Fall des dreizehnten Königs von Israel, Jerobeam II., vorhersah sowie die Plünderung des Landes und die Verschleppung der Bewohner in Ketten nach Assyrien. Wir sehen also, daß die Heilige Schrift viele Exempel bereithält, die ich sonst ohne zu zögern als Hokuspokus und Augenwischerei bezeichnet hätte.« Er machte eine Pause und schien, den Blick auf die große Bibel gerichtet, tief in Gedanken versunken. Sein Finger folgte der Vertiefung des breiten Kreises, der den Richter einrahmte, bis er zum Schluß wieder bei den lateinischen Worten landete.

»Ich begann die Offenbarung des Johannes mit ganz neuen Augen zu lesen. Auch dieser Text ist ja den göttlichen Weissagungen zuzurechnen. Johannes erwähnt das Jüngste Gericht schon recht früh und sagt, daß ›die Zeit nah ist‹, eine sehr vage Angabe in meinen Augen. Und mir stellte sich die Frage: Wie nah? Wann wird es soweit sein?

Ich las weiter und suchte und fand schließlich die Antwort. Den ganzen Tag habe ich gelesen und versucht, die Worte der Schrift zu deuten, bevor sie mir am Abend endlich eine Antwort gab. Die Antwort, die ich suchte und fand, besteht aus drei Konstituenten, aus denen der Gedanke des Jüngsten Gerichts sich zusammensetzt. Ohne diese Bestandteile – kein Jüngstes Gericht. Daher war es nur natürlich, daß ich mich auf die Suche nach ihnen machte.«

Der Pastor legte beide Hände auf den Buchdeckel, zögerte kurz und schaute auf. »Ich betete unablässig zu Gott, daß er mir bei der Suche nach einer Antwort helfen möge. Und ich fand sie.« Er zögerte erneut. »Betrachten wir die Konstituenten in ihrer …«, er stieß ein trockenes Lachen aus, »der Professor würde sicher sagen ›umgekehrten Chronologie‹. Das heißt, ich zeige sie in der ihnen vom Schicksal vorherbestimmten Reihenfolge, so wie Gott die Erde und die Sterne nach ihrer Macht und Bedeutung erschaffen hat.«

Alle am Tisch beugten sich gespannt zum Pastor vor.

»Die erste Konstituente ist natürlich ›das Reich Gottes‹, das Reich, das nach dem Jüngsten Gericht errichtet wird.«

Er schwieg und sah uns mit einem Blick an, der mich durchbohrte, um dann in der Unendlichkeit zu verschwinden. Ein Blick voller Sorge.

»Die nächste ist ›der Sohn als Richter‹. Und zuletzt ›die Macht Satans‹, die gewaltig ist und bis zum Tag des Jüngsten Gerichts auf der Erde wüten wird.«

Bei den letzten Worten suchten seine Augen und Finger wieder Halt bei den geschnitzten Figuren auf dem Buchdeckel. Er verharrte einen Moment, und als er schließlich fortfuhr, war von Unsicherheit nichts mehr zu spüren. Seine Stimme war fest und überzeugt, er sprach langsam und deutlich, als ob jedes Wort für sich eine ganz besondere Bedeutung hätte.

»Nachdem ich erst einmal die drei Konstituenten gefunden hatte, war das übrige Rätsel oder die Rechenaufgabe nicht mehr schwer zu lösen. Ich wußte jetzt, wo ich suchen mußte.

Johannes erzählt im zwanzigsten Kapitel seiner Offenbarung, daß der Satan in Fesseln gelegt und in den Abgrund gestoßen wird, damit er die Völker nicht mehr verführen kann. Danach wird das herrliche Gottesreich anbrechen, befreit vom alten Drachen, Beelzebub, und dieses Reich Gottes wird tausend Jahre andauern. So fand ich heraus, daß die erste Zahl 1000 sein mußte!«

Er versank wieder in Gedanken, bevor er aufschaute und weitersprach.

»Die nächste Zahl sollte für Gottes Sohn stehen, der am Jüngsten Tag kommen wird, um zu richten die Lebenden und die Toten. Als er vor langer Zeit auf unserer Erde lebte, sah er dreimal seinen eigenen Tod voraus, darum sollten wir sein irdisches Ende bedenken, wenn wir seine Zahl suchen und finden wollen. Die Zahl ergibt sich aus dem Lebensalter, das er hatte, als er ans Kreuz geschlagen wurde. Rechnet man die Bahnen der Sonne und des Mondes um die Erde und der Sterne übers Himmelszelt von der jungfräulichen Geburt des eingeborenen Sohnes bis zum Tod und seiner Auferstehung, da sind die Gelehrten sich einig, hat Jesus Christus dreiunddreißig Jahre zusammen mit den Israeliten in Palästina gelebt. Die zweite Zahl, die ich suchte, ist also die 33!«

Er verstummte, als Biggi die Wirtsstube betrat und still an ihren Platz zurückkehrte. Sie lächelte dem Wirt beruhigend zu. Wir übrigen sahen den Pastor erwartungsvoll an.

»Die letzte Zahl ...«, setzte der Pastor erneut an, »... kennt ihr bereits. Es ist die Zahl des Tieres mit den zwei Hörnern wie bei einem Lamm, das wie ein Drache spricht. Es ist die Zahl, die für Satans Macht und Gewalt steht, für seine Bosheit, sein Gift und seinen Spott. Die Zahl, die für alles steht, was der Antichrist ist. Die Zahl ist ... 666!«

Pastor Jacob hielt inne, um sich die Stirn abzuwischen, die voller Schweißperlen war. Im Lichtschein der Lampe wirkte er sehr bleich, und mit jedem Ticken der Uhr an der Wand schien er zu altern. »Zählt man diese drei Zahlen zusammen, hat man den Zeitpunkt des Jüngsten Gerichts«, sagte er müde und erhob sich auf steifen Beinen. Er umrundete langsam den Tisch und blieb hinter Marie stehen. »Ihr wollt mich bitte entschuldigen. Ich habe das Bedürfnis, mich zurückzuziehen und ein Gebet zu unserem Herrn zu sprechen. Wenn so wenig Zeit bleibt, ist jede Stunde wie ein Tag, wie ein Monat – wie ein Jahr. Erwartet uns auch die Ewigkeit, so müssen Vorbereitungen doch getroffen werden.« Er lächelte sanft und verließ die Schankstube.

Wir anderen blieben schweigend zurück.

1699. Die Zahl mahlte in meinem Kopf.

Die Zahlen, die der Pastor herausgefunden hatte, ergaben

zusammengezählt 1699. Das Jahr, in dem wir lebten und das sich seinem Ende entgegenneigte, war 1699!

Sollte das Jüngste Gericht tatsächlich kommen, müßte das innerhalb der nächsten zwei Tage geschehen.

Angsterfüllt sah ich die anderen an. Sie schienen zu dem gleichen Resultat gekommen zu sein wie ich.

Kapitel 15

Noch zwei Tage.

Der Gedanke war so unsagbar betrüblich, daß es mir wehtat, nur daran zu denken.

Die Begegnung mit dem großen Richter war erschreckend nahe. Was würde in seinem großen Buch des Lebens über mich stehen? Ich hatte mein Leben, wenn ich zurückdachte, immer im Hier und Jetzt gelebt, nicht ohne zwischendurch an Gott oder Jesus Christus zu denken, aber ohne es durch sonderlich häufige Kirchgänge oder Gebete zu belasten. Was allerdings auch schwierig gewesen wäre auf einem Gut, auf dem es der Hausherr für wichtiger erachtete, die jährliche Ernte einzubringen, als jeden Sonntag in der Kirche zu erscheinen und Gottes Wort zu lauschen. Und was die Gebete betraf, so war es mir mehr als einmal widerfahren, daß ich nach fünfzehn Stunden auf dem Feld neben meinem Bett kniend eingeschlafen war. Wenn ich mich nicht für den direkteren Weg entschieden und mich gleich ins Bett gelegt hatte.

Unwürdig. Das Wort kam mir in den Sinn. War es unwürdig, hier zu sitzen und über Entschuldigungen nachzudenken, würde sich der Richter so etwas überhaupt anhören? Ich konnte es nicht glauben.

Der Schmerz wurde so stark, daß ich hätte schreien können. Der Schmerz der Gedanken. Nur noch zwei Tage.

Nein. Das war verrückt!

Nicht nur in meinen Gedanken ... Nein, vor allem in meiner Hand saß der Schmerz. Ich riß mich aus meinen düsteren Reflexionen und bemerkte, daß Marie meine Hand mit eisernem Griff umklammerte. Sie weinte stumm vor sich hin, und ihre roten Lippen waren zusammengepreßt. Vorsichtig befreite ich meine Hand und legte meinen Arm um ihre Schulter. Sie sah mich an, als hätte sie mich noch niemals zuvor gesehen, und erhob sich mit einemmal, um zu gehen.

»Marie!« Dem Wirt war auch nicht wohler als uns anderen, aber er erinnerte sich immerhin an seine Pflichten. »Kümmere dich um den Kuchen! Ich glaube, wir können jetzt alle einen Nachtisch gebrauchen.«

Marie ging in die Küche.

Der Schreiner hob den Bierkrug an, aber seine Hand zitterte so, daß er seinen Mund nicht traf und alles verschüttete. Das Bier rann schäumend an seinem Kinn herunter und über seine Brust, ohne daß er es allerdings zu bemerken schien. Wie schon am Vormittag war er leichenblaß – jetzt wußte ich, wie blaß eine Leiche war – und starrte mit angsterfülltem Blick zum Fenster.

Mit schlafwandlerischen Bewegungen stellte er den Bierkrug auf den Tisch und stand von seinem Stuhl auf. Scheinbar unter Aufbietung fast übermenschlicher Kräfte riß er den Blick vom Fenster los, murmelte undeutlich etwas wie »der Pastor« und ging hinaus.

Da schabte etwas an meinem Bein, trat mich leicht. Ich blickte zu Thomas hinüber. Er gab mir einen Wink mit dem Kopf und wandte sich dann an den Wirt: »Das mit dem Nachtisch war eine gute Idee. Nichts regt den Hunger so sehr an wie eine interessante Diskussion.«

Ich stand auf und folgte dem Schreiner mit einer gemurmelten Entschuldigung: »Ich muß kurz einmal austreten.«

Wie immer abends brannte eine einzelne Laterne unten am Fuß der Treppe und eine zweite oben im ersten Stockwerk. Auf halber Treppe war es deshalb stockfinster. Als ich leise ein paar Stufen emporgehastet war, hörte ich oben ein leises Klopfen, gefolgt von einem »Ja?« des Pastors. Die Stimme des Schreiners war gedämpft, aber in der Stille dennoch gut zu verstehen. Welch Glück, daß sich der Sturm gelegt hatte. Der Schreiner erkundigte sich unsicher, ob er den Pastor etwas fragen dürfe, was dieser bejahte, doch seine Stimme verriet eine gewisse Ungeduld. Der Schreiner begann zu stottern und hatte große Probleme, die richtigen Worte zu finden. Schließlich stammelte er: »Wenn man schon mal einem Menschen das Leben genommen hat – gibt es dann noch Hoffnung, daß einem am Jüngsten Tag vergeben wird?« Der Pastor antwortete mit einer längeren Predigt über das fünfte Gebot und sagte, daß Gott allein entscheide, wer leben und wer sterben müsse, und daß man nur Buße tun und sich ganz Gott übereignen könne.

Und dann das Beste hoffen, dachte ich.

Die Antwort schien den Schreiner nicht zu beruhigen, denn kaum weniger nervös fragte er, ob es nicht gewisse Umstände gebe, unter denen das Töten weniger strafbar sei? Der Pastor ließ sich mit der Antwort auf diese Frage viel Zeit. So viel Zeit, daß ich nervös wurde. Ich hatte Angst, entdeckt zu werden, und stellte mir vor, wie der Schreiner mich die Treppe hinunter verfolgen würde. Endlich antwortete er, daß er auf diese Frage nicht antworten könne, das läge einzig in Gottes und Jesu Christi Händen.

Ich hatte genug gehört und schlich mich leise auf den Hof. Von der eisigen Luft brannten mir die Wangen, und ich beeilte mich, mein Wasser abzuschlagen und wieder ins Warme zu kommen.

Der Schreiner setzte sich gerade auf seinen Platz, als ich die Tür zur Schankstube öffnete, und gab Marie ein Zeichen, seinen Bierkrug neu zu füllen. Von hinten betrachtet wirkte er ruhig, aber als ich an den Tisch trat, sah ich, wie sich sein Körper verkrampft hatte, als sei er bei dem Gedanken an die Vergangenheit vor Furcht erstarrt und entgeistert über das, was kommen sollte.

Gab es eine Entschuldigung für das, was er getan hatte, fragte ich mich. Auch wenn alle den Grafen als einen unsympathischen Mann beschrieben hatten, war mir das Bild, wie er tot in der Schmiede lag, an sich Antwort genug.

Wer, außer Gott, durfte sich anmaßen, über Leben und Tod zu bestimmen?

Niemand.

Ich spürte, daß mich jemand ansah, und blickte auf. Thomas war es. Ich nickte unmerklich, wobei ich mich an der Brust kratzte. Ohne jeden Zweifel war jener der Mörder, der da neben mir auf der Bank saß.

Thomas seufzte kaum hörbar und lehnte sich erleichtert zurück, so daß der Stuhl in seiner Not ächzte. Er sah erleichtert aus.

Der Wirt saß in Gedanken versunken da, er hatte wohl kaum bemerkt, daß der Schreiner und ich zwischenzeitlich den Raum verlassen hatten, und zuckte zusammen, als sich Thomas nach vorn beugte und fragte: »Diese Weissagung des Nostradamus, habt Ihr die auch in der Originalsprache?«

»Ja … ja, habe ich. Ich kann sie holen.« Von Hamborch stand auf, blieb aber hinter seinem Stuhl stehen, zögernd. »Bei der Gelegenheit kann ich gleich noch einmal nach meiner Frau sehen, ob sie alles hat, was sie braucht.«

»Tut das«, sagte Thomas mit einem Unterton in der Stimme, als hätte der Wirt etwas ungeheuer Kluges gesagt.

Aus der Küche roch es verführerisch nach Backwerk, und der Speichel rann mir fast aus den Mundwinkeln. Süßes bekam ich nur äußerst selten. In Hortten kannten wir so etwas kaum, höchstens gab es mal ein einfaches Zuckerstückchen an den Markttagen, wenn der Gutsherr einen guten Handel abgeschlossen hatte, und auch im Hause des Professors gab es das nur, wenn ganz besondere Gäste kamen oder wenn etwas zu feiern war.

Der Wirt kam genau in dem Moment zurück, in dem Marie den Teller mit den Marzipanküchlein auf den Tisch stellte. Thomas schlug vor, sich erst einmal an den Süßigkeiten gütlich zu tun, bevor wir uns dem geschriebenen Wort zuwandten. »Alles zu seiner Zeit«, sagte er, aber niemand lachte.

Ich hatte mich so hingesetzt, daß ich fast auf zwei Stühlen saß, um dem Gespräch zwischen Thomas und dem Wirt so nah wie möglich zu sein, andererseits aber auch einen gewissen Abstand zu der Person einzuhalten, die zur Salzsäule erstarrt neben mir saß, der Person, die soeben einen Mord eingestanden hatte. Marie blieb unschlüssig vor dem Tisch stehen, als sie zurückkam. Sie wirkte unsicher und verwirrt und setzte sich, noch bevor ich begriff wieso, ans Tischende auf den Platz der Wirtin.

Die Küchlein waren gut. Sie schmeckten nach Rosenwasser und etwas, das Thomas Koriander nannte, und wir beide aßen so, als handelte es sich um die eigentliche Hauptspeise. Auch Marie bediente sich eifrig. Der Wirt aber stocherte mißmutig in dem Backwerk herum, der Schreiner bemerkte wohl kaum, daß ein Kuchen vor seiner Nase stand, und Biggi schüttelte nur den Kopf, als ihr etwas gereicht wurde.

Es war still, während wir aßen.

Zum Schluß wischte Thomas mit seinem Finger den Teller ab, um auch ja kein Krümelchen verkommen zu lassen, schob dann den Teller zurück und griff vorsichtig nach dem schwarzen Buch, das neben dem Wirt lag.

»Wo finde ich den Text?« fragte er.

Der Wirt nahm ihm das Buch aus den Händen und zog ein vergilbtes Blatt Papier heraus, das ganz vorn zwischen den ersten Seiten gesteckt hatte: »Hier, das ist er.«

Thomas kramte seine Brille aus der Westentasche und nahm das Blatt in die Hand. Zuerst las er leise für sich, dann räusperte er sich und las den Text laut vor:

»Le Serpent du Mal trahyr le Temps Gothique,
d'Amant Psellus donra froyd,
Auant Mars tous mourront apres farouche Panycque,
Demander a ton Chapelet l'exacte Coid.«

Er legte das Papier auf den Tisch und blickte über seine Brille hinweg den Wirt an. »Wer hat diesen französischen Text übersetzt, den Ihr uns heute schon einmal vorgelesen habt?« Seine Stimme verriet nicht, ob er die Übertragung für eine gute oder für eine liederliche Arbeit hielt. Der Hals des Wirtes lief rot an, er begriff die Frage wohl als Beleidigung. Seine Stimme klang aggressiv, als er entgegnete: »Habt Ihr dagegen etwas einzuwenden, findet Ihr Fehler?«

Thomas hob beschwichtigend die Hand. »Verzeiht, es war keineswegs meine Absicht, so etwas anzudeuten. Ich war einfach nur neugierig. Was ich meine, ist, daß es sich um einen höchst schwierigen Text handelt, nicht nur im Hinblick auf die Übersetzung, sondern insbesondere was die Auslegung anbetrifft, da er, wie mir scheint, so geschrieben wurde, um nicht verstanden zu werden.« Er lächelte den Wirt an. »Ich habe mich sicher etwas verwirrend ausgedrückt, aber ich glaube, Ihr versteht, was ich meine.« Er nahm noch einmal das Blatt auf und sagte, ohne den Wirt dabei anzuschauen: »Ihr habt es selbst übersetzt, nicht wahr?«

Ich blickte überrascht zum Wirt, der nickte. Thomas schaute ihn an, nicht ohne Anerkennung.

»Ihr überrascht mich immer wieder, verehrter Herr Wirt. Aber helft mir, ich verstehe da etwas nicht.« Sie beugten sich beide über das Blatt Papier.

Ich rutschte nach vorn, um mir nichts entgehen zu lassen. Zuerst bat Thomas darum, noch einmal die Übersetzung hören zu dürfen. Der Wirt holte ein anderes Blatt Papier hervor und las:

»Die Schlange des Bösen verrät die gotische Zeit
Psellus d'Amand bringt große Kälte,
Bis Marzius werden alle nach wilder Panik sterben,
Bete deinen Rosenkranz genau, Schlüssel.«

Thomas hatte den Originaltext mitgelesen und saß nun da und sprach einzelne Worte vor sich hin: »Trahyr, ja, ja, verraten, natürlich … und d'Amant, das steht für Dämon, ja … von Psellus habe ich gehört … hm …, aber donra, wie habt Ihr das übersetzt?«

»Das ist eine Synkope des Wortes ›donnera‹, ›zu geben‹,

Nostradamus hat wegen des Rhythmus eine Silbe gestrichen.« Der Wirt gestikulierte eifrig, er war offensichtlich davon angetan, seine Überlegungen jemandem mitzuteilen, der sie zu schätzen wußte.

»Wegen des Rhythmus, hm …« Thomas trommelte mit seinen Fingern auf die Tischplatte, wobei er im stillen noch einmal den Originaltext durchging. Dann fuhr er damit fort, sich einzelne Worte vorzunehmen. »Auant ist avant, ja … panycque versteht sich von selbst … chapelet, Rosenkranz … coid, Kode oder Schlüssel, ja …« Er schaute auf. »Die Übersetzung sieht gelungen aus, das muß ich schon sagen, aber wenn ich ehrlich sein soll, ist der Inhalt für mich das reinste Kauderwelsch. Was, zum Beispiel, hat diese Phrase mit der Schlange des Bösen zu bedeuten? Oder: Bete deinen Rosenkranz, Schlüssel? Ich sehe die Verbindung zum Jüngsten Tag, die Ihr erwähntet, nicht recht, Herr von Hamborch.«

»Der Text ist, wie Ihr wißt …«, begann der Wirt mit ernster Miene, »vor fast einhundertfünfzig Jahren geschrieben worden. Also zu einer Zeit, in der Nostradamus aus Furcht davor, von der Heiligen Inquisition der Zauberei und der Verbindung zu Geistern und dem leibhaftigen Teufel angeklagt zu werden, seine Weissagungen nicht einfach zu Papier bringen konnte. Deshalb benutzte er eine Art Code, verwendete Umschreibungen, verdrehte Namen von Menschen und Orten und tat alles nur Erdenkliche, um vor dem Uneingeweihten zu verbergen, was er eigentlich schrieb.« Der Wirt nahm einen kräftigen Schluck Wein und zeigte auf das Papier. »Nehmen wir beispielsweise das Wort ›Serpent‹, das heißt Wurm oder Schlange. Wir aber, die wir Nostradamus studiert haben, wissen, daß das seine Art ist, die Protestanten zu benennen. Er klagte wie alle Katholiken seiner Zeit die Protestanten an, im Bund mit dem Teufel zu stehen. ›Schlange des Bösen‹ ist also eine Umschreibung für ›die bösen Protestanten‹. Diese bösen Protestanten attackieren, wie Nostradamus fortfährt, ›le temps gothique‹, wörtlich übersetzt heißt das, ›die gotische Zeit‹.« Er machte eine Pause und schaute Thomas von Boueberge mit der Andeutung eines Lächelns an, entspannter als jemals zuvor an diesem Tag. Die Diskussion mit dem Professor bereitet ihm Freude, dachte ich.

»Ich habe das auch nicht auf Anhieb verstanden«, räumte der Wirt ein. »›Die bösen Protestanten attackieren die gotische Zeit‹, was für ein Unsinn, dachte ich. Euch, Herr Professor, wird die Bedeutung aber sicher gleich bewußt gewesen sein. Das ist nun einmal der Preis, den man zahlen muß, wenn man weitab auf dem Lande wohnt, wo die Informationen manchmal Monate brauchen, ja vielleicht Jahre, bis sie einen erreichen.« Thomas lachte und nickte.

Der Wirt fuhr fort: »Als ich vor drei Wochen in Haverslev war, hörte ich zufällig, daß der König entschieden hat, elf Tage des neuen Jahres zu streichen ...«

»Häh? Wir soll'n elf Tage verlier'n ...« Der Schreiner hatte bisher nur mit halbem Ohr zugehört und erwachte mit einem gekränkten Ausdruck auf seinem Gesicht zu neuem Leben. »Das ist doch verrückt! Will uns der König elf Tage stehlen! Das werde ich nicht hinnehmen ...« Plötzlich schien ihm jemand wie mit einem Federstrich die Angst ins Gesicht zu malen, und er verstummte, den Mund noch halb geöffnet. Er hatte sich wieder an die Worte des Pastors erinnert, daß es kein nächstes Jahr geben würde.

Thomas nickte dem Wirt zu. »Ja, das ist eine Reform, die die ›Veteris Style Errores‹ beseitigen soll, wie Ole Rømer es dem König erklärt hat, als er Seiner Majestät den Vorschlag unterbreitete. Auch der König fand, es sei an der Zeit, den ›Fehler des alten Systems‹ auszumerzen und den Kalender in Einklang mit dem Stand der Erde zur Sonne und zu den Sternen zu bringen. Deshalb muß man im ersten Jahr des neuen Jahrhunderts elf Tage streichen. Man ist übereingekommen, die letzten elf Tage des Monats Februarius zu nehmen, so daß dieser Monat nur achtzehn Tage dauern wird.«

Der Pastor war wieder in den Raum getreten und hatte das letzte, was gesagt worden war, gehört. »Was sagt Ihr da, Professor? Der Monat der Milde soll nur achtzehn Tage dauern!« Verzweifelt schüttelte er den Kopf und setzte sich. »Gott im Himmel! Da kann man noch besser verstehen, warum der Jüngste Tag kommen muß, bevor dieses Jahr des Wahnsinns anbricht. Gott wird nicht einfach zusehen, wenn seine großartige Schöpfung ganzer Tage beraubt wird. Welcher Diener der Finsternis steht hinter diesem Werk?«

Thomas winkte beschwichtigend ab. »Ruhig, ruhig. Das ist wirklich keine so gewaltige Sache. Nur eine einfache Korrektur, die notwendig ist, damit unsere Nachkommen die Weihnacht nicht mitten im Frühling feiern müssen oder Ostern im Hochsommer.«

»Ha!« schnaubte der Pastor. »Was für ein Unfug! Weihnachten im Frühling. Ich weiß sehr wohl, daß Ostern niemals später als Ende April sein kann. Schließlich ist Ostern schon immer am ersten Sonntag nach Frühlingsvollmond gewesen, und der Frühling fängt nun einmal am 21. des Monats Martius an. Und dieser Monat liegt im Frühling, wie der Herr Professor sicher weiß, wo er doch mit so viel Weisheit angefüllt ist, daß selbst der Klügste neben ihm dumm wie ein Nachttopf wirken muß.«

Pastor Jacob hatte sich erhoben. Er war ganz blaß um die Nase, wie jedesmal, wenn seine Gefühle mit ihm durchgingen. Er griff nach seiner Bibel und marschierte ohne Gutenachtgruß aus dem Raum. Kurz darauf hörten wir seine Kammertür oben in der ersten Etage zuknallen.

»Ja, ja«, sagte Thomas leise, mit einem Funkeln in den Augen. »Es ist wohl die eigentliche Aufgabe eines Nachttopfs, all den Dreck aufzunehmen.« Von Marie war ein leises Kichern zu hören, und Biggi lächelte.

Der Schreiner hatte auf den Gefühlsausbruch des Pastors nicht reagiert, er machte einem weiteren Krug Bier den Garaus und hing halb schlafend über dem Tisch. Der Wirt hingegen schaute Thomas mit ernster Miene an, er war nicht zu Scherzen aufgelegt. »Aber wie kann das, was Ihr da über Weihnachten sagt, stimmen?«

»Das ist eine lange Geschichte«, sagte Thomas, jetzt ganz in seinem Element, »aber ich werde versuchen, mich kurz zu fassen. In der alten Zeit, vor Christi Geburt, führte der römische Kaiser Julius Caesar einen Kalender ein, den wir deshalb auch Julianischen Kalender nennen. Das Jahr 46 vor Christi Geburt verlängerte er, so daß es insgesamt 445 Tage dauerte, um damit seinen Kalender in Übereinstimmung mit dem Gang der Sonne und der Gestirne zu bringen. Das war notwendig geworden, weil der alte Kalender zum Lauf der Sonne achtzig Tage in Rückstand geraten war. Der Kalender, den Caesar einführte, war eine deutliche Verbesserung gegenüber dem alten, aber er hatte eine Schwäche: Das Jahr war ein klein wenig zu lang.« Thomas schaute in die Runde, um zu überprüfen, ob wir ihm zuhörten. Mit Ausnahme von Marie, die begonnen hatte, den Tisch abzuräumen, und dem Schreiner, der jetzt mit offenem Mund schlief und ein schwaches Brummen von sich gab, waren wir alle aufmerksam bei der Sache. »Das Jahr der Sonne und der Planeten ist nämlich nicht genau 365 Tage lang«, fuhr Thomas fort. »Auch wenn wir das mit einem Schaltjahr alle vier Jahre etwas korrigieren können, so bleibt es dennoch elf Minuten und vierzehn Sekunden zu lang. Elf Minuten sind nicht viel, eigentlich fast nichts im Laufe eines Jahres, mögen viele meinen. Kaum der Rede wert. Nun, vielleicht nicht, aber läßt man das 128 Jahre so weiterlaufen, ohne etwas zu unternehmen, wird daraus ein ganzer Tag, und ein ganzer Tag, das ist doch schon etwas. Und weil sich über viele hundert Jahre niemand darum gekümmert hat, hat sich der 24. des Monats Decembris alle 128 Jahre einen Tag weiter in Richtung Frühling verschoben. Und Ostern in Richtung Sommer, weil sich die Tagundnachtgleiche, die auf dem 21. Martius liegen soll, einen Tag nach vorne auf den 20. verschoben hat und dann auf den 19. und so weiter.

Bis zum Jahre 1582 hatte der Julianische Kalender somit ganze zehn Tage dazugewonnen, und die Tagundnachtgleiche war auf den 11. des Monats Martius vorverlegt, was natürlich vollkommen unhaltbar war. Papst Gregor III. beschloß, die Dinge wieder richtigzustellen, und führte deshalb einen neuen Kalender ein, infolgedessen in bestimmten Abständen die Schaltjahre gestrichen wurden, so daß der Kalender bestmöglich mit dem Lauf der Sonne übereinstimmte. Alle katholischen Staaten haben diesen Kalender vor bereits mehr als hundert Jahren eingeführt – vor 118 Jahren, um genau zu sein.

Wie ihr seht, wird der neue Kalender, wenn er erst einmal in Gebrauch ist, keine großen Veränderungen bringen. Aber um ihn einführen zu können, müssen die elf Tage, die wir nun zuviel haben, weil wir gut hundert Jahre mit der Lösung des Problems gewartet haben, in dem Jahr der Einführung gestrichen werden. Und das soll also demnächst geschehen, im Monat Februarius des Jahres 1700 – im nächsten Jahr. Wir streichen elf Tage, um ganz einfach wieder in Gleichklang mit dem Lauf der Sterne und der Sonne zu kommen.«

Thomas schwieg und trank von seinem Wein. Sein Vortrag war beendet. Ich hatte ihn an der Universität Vorlesungen halten sehen; jetzt zeigte sein Gesicht denselben glücklichen Ausdruck. Ich war stolz wie ein Gockel auf meinen Herrn, der so eine Erklärung ohne weiteres aus dem Ärmel schütteln konnte. Biggi mußte es mir angesehen haben, denn sie zwinkerte mir schelmisch zu und lächelte.

Der Wirt nickte, in Gedanken noch ganz bei den Ausführungen. »In Haverslev habe ich gehört, daß der König die Zeitrechnung der Katholiken übernehmen will«, sagte er.

»Ja, das ist soweit richtig«, räumte Thomas ein, »aber nicht, weil sie Katholiken sind, sondern weil ihre Ideen gut und notwendig sind. Das macht einen Unterschied, nicht wahr?«

Ja, das mußte selbst der Wirt einräumen. Er deutete auf den Text des Nostradamus. »Die gotische Zeit zu verraten steht dann also, wenn ich es richtig verstehe, für die Einführung des neuen Kalenders. Für die Aufgabe der alten Zeitrechnung.«

Thomas zögerte, fand aber keine Argumente dagegen. Der Wirt fuhr mit der nächsten Zeile fort.

»Über den Dämon des Psellus haben wir ja schon gesprochen, und mit der großen Kälte wird, wie ich glaube, der Winter gemeint sein, der uns und das ganze Land gerade in seinen eisigen Klauen hält.«

Wieder nickte Thomas, wenn auch widerstrebend.

»Ihr sagtet, Herr Professor, daß der Monat Februarius um elf Tage verkürzt werden soll. Mit anderen Worten wird das Ganze noch vor Anfang Martius oder Marzius, wie es hier heißt, abgeschlossen sein, nicht wahr?« Thomas begriff, worauf er hinauswollte, mußte aber erneut nicken. »Deshalb ist es auffällig, daß Nostradamus den Zeitraum ›bis Marzius‹ so hervorhebt«, setzte von Hamborch, starrsinnig wie ein großer jütländischer Hengst, seinen verbalen Vormarsch fort. »Die Kälte und alles, was mit ihr zusammenhängt, löst in manchen Regionen sicher eine wilde Panik aus. Und hier vor Ort haben wir sogar schon den ersten Todesfall zu beklagen.« Thomas hob jäh den Kopf und blickte den Wirt an. Ich verstand ihn. Es war das erste Mal, daß jemand aus eigenen Stücken auf den Tod des Grafen zu sprechen kam, abgesehen vom Pastor in seinem Gedenkgottesdienst. Aber der Wirt hatte nicht vor, bei diesem Thema zu verweilen.

»Es steht geschrieben: ›Alle werden sterben‹. Eine solch bombastische Aussage ist ungewöhnlich für Nostradamus und muß deshalb noch etwas anderes bedeuten als nur einen besonders kalten Winter. Etwas Endgültigeres. Der Jüngste Tag.« Thomas weigerte sich zu nicken, aber er wußte nichts zu entgegnen.

»›Bete deinen Rosenkranz genau, Schlüssel‹. Dieser Satz ist schwierig. Da fehlen offensichtlich einige Worte, um einen richtigen Sinn hineinzubringen. Nostradamus hat in seinen Versen häufig einzelne Worte ausgelassen, manchmal wegen des Rhythmus, oft aber, um den Sinn für Uneingeweihte zu verschlüsseln.

Wenn wir das letzte Worte einmal weglassen, haben wir

den Satz ›Bete deinen Rosenkranz genau ...‹ Grammatikalisch macht das Sinn, es fehlt nur ein Abschluß. Ich habe mich gefragt, welche Bedeutung das Wort ›genau‹ haben kann, und dabei kam ich darauf, daß ... ja?«

Er brach ab und sah Thomas an, der genickt hatte und etwas sagen wollte. Thomas lächelte: »Etwas ›Genaues‹ ist etwas, das man für gewöhnlich in Zahlen ausdrücken kann.«

»Genau«, sagte der Wirt zufrieden. Er hatte sich jetzt warm geredet und begann zu gestikulieren. »Ich habe mir über viele Möglichkeiten Gedanken gemacht, dachte dabei an Zeitangaben wie Jahre oder Tage und fragte mich, ob der Satz nicht heißen könne ›Bete deinen Rosenkranz zur rechten Zeit‹, aber ich wußte ja nicht, welche Zeit die rechte Zeit sein sollte. Schließlich bin ich zu der Erkenntnis gekommen, daß es sich um die Anzahl der Gebete handeln muß, einmal, zweimal und so weiter. Aber das hat noch immer keinen Sinn gegeben. Das letzte Wort ›Schlüssel‹ bedeutet, glaube ich, ganz einfach: ›Betest du deinen Rosenkranz genau so viele Male, wie du mußt, dann hast du den Schlüssel, um den Zeitpunkt zu finden, wann Ragnarök, der Weltuntergang, mit Frost und Tod kommen wird‹.

Ich habe mir auch Gedanken über das Wort ›Rosenkranz‹ gemacht, konnte es einen Hinweis geben? Ein Rosenkranz ist für die katholische, papistische Kirche entweder eine feste Abfolge von Gebeten, die genau nach Vorschrift mehrere Male wiederholt werden – da haben wir etwas mit Zahlen!!! –, oder eine Kette beziehungsweise ein Gebetskranz mit Perlen, die abgezählt werden, während man die Gebete spricht.« Er stand auf und zog etwas aus seiner Tasche. Es war eine Perlenkette aus verschieden großen Holzperlen mit einem Kreuz an einem kleinen Anhänger, oft benutzt, da die Perlen richtig blank geworden waren. Er setzte sich hin und hielt die Kette hoch.

»Ich habe meinem Bruder geschrieben, der zur Zeit damit beschäftigt ist, in Firenze eine Handelsvertretung aufzubauen, und ihn gebeten, so viel wie möglich über Rosenkränze herauszufinden, und er hat mir diesen hier geschickt. Schaut her, kleine Perlen, zehn gleiche hintereinander und dann eine andere, um sie zu trennen. Mein Bruder schrieb mir, er habe es so verstanden, daß man die Perlen zwischen den Fingern halten müsse, wenn man die Gebete spricht. Man müsse dreißig Ave Maria und drei Vaterunser für jede Perle beten und das fünfundfünfzig Mal, wie er glaube. Ich muß dazu sagen, daß mein Bruder nicht das gleiche Interesse für solche Dinge hat wie ich, er ist zu allererst Kaufmann. Er hat das nur getan, um mir einen brüderlichen Dienst zu erweisen. Aber …«, der Wirt berührte vorsichtig eine Perle nach der anderen, während er sprach, »das Merkwürdige ist, daß an diesem Kranz nur dreiundfünfzig Perlen sind, wenn wir die drei an dem kleinen Anhänger mit dem Kreuz mitrechnen.«

»Und was ist mit diesen dort?« unterbrach ihn Thomas und deutete auf die größeren Perlen, die nach jeder zehnten kleineren kamen. Sie sahen aus wie weiße, polierte Steine, in die Schnur eingeflochten, auf der die Holzperlen aufgereiht waren. Auch an dem Anhänger gab es zwei davon, eine am Anfang, die andere am Ende, und zwischen ihnen waren die drei hölzernen Perlen.

»Ich weiß es nicht«, sagte der Wirt ein wenig verlegen. »Sie sitzen nicht lose wie die anderen Perlen, und rechnet man sie mit, es sind insgesamt sechs Stück, kommt auch nur eine merkwürdige Zahl heraus, nämlich neunundfünfzig. Aber … wenn ich meinen Bruder richtig verstanden habe, werden sie nicht mitgezählt.«

Thomas antwortete nicht, und ich hatte plötzlich das Gefühl, daß er mehr wußte, als er sagte. Ich dachte daran, daß er in Frankreich gewohnt hatte, und dort waren die Menschen doch wohl katholisch?

»Alle Kränze, die meinem Bruder gezeigt wurden, hatten dreiundfünfzig Perlen oder neunundfünfzig …«, er sah Thomas an, bevor er fortfuhr, »und nicht fünfundfünfzig, wie man meinen sollte, da man die Gebete doch fünfundfünfzigmal sprechen sollte. Er wußte keinen Grund dafür, und auch ich habe keine Erklärung gefunden.

Sehen wir uns diesen Widerspruch an, wenn man es denn so nennen kann, bekommt das Wort ›genau‹ plötzlich eine noch wichtigere Bedeutung – Nostradamus will, daß wir den Rosenkranz genau dreiundfünfzigmal beten, für jede kleine Perle einmal. So muß das, glaube ich, gedeutet werden. Also ist die Zahl dreiundfünfzig wichtig.«

Thomas hatte sich zurückgelehnt und folgte den Ausführungen des Wirts mit halb geschlossenen Lidern.

»Als ich schließlich so weit gekommen war, wußte ich fast schon genau …«, der Wirt machte eine Kunstpause, so daß wir auf die kleine verbale Finesse aufmerksam wurden, »wie ich den Rest ausrechnen mußte.

Es verhält sich nämlich so, daß Michel de Nostredame in einem Brief an den französischen König Henri II. eine präzise Aufzeichnung und Berechnung der Tage von der Schöpfung der Erde bis zu Christi Geburt gegeben hat. Er kommt alles in allem auf 4757 Jahre.

In einem Brief an seinen Sohn Cesar, einer Art Testament, in dem sich Nostradamus ausführlich über seine Arbeit zu den Prophezeiungen verbreitet, sagt er, daß seine Weissagungen bis in das Jahr 3797 reichen. Dieser Brief, oder das Testament, wurde 1555 geschrieben. Ziehen wir diese Zahl von 3797 ab, bekommen wir 2242 Jahre, über die sich die Prophezeiungen erstrecken. Addieren wir diese Jahre nun mit den Jahren vor Christi Geburt, also 4757, erhalten wir die magische Zahl 6999, eine Zahl mit großer Kraft und Bedeutung.«

Der Wirt machte eine Pause, um wieder zu Atem zu kommen, und feuchtete seine Kehle mit einem Schluck Wein an, bevor er weitersprach. Thomas saß reglos da wie ein Fels in der Brandung.

»Diejenigen unter euch, die Tarot-Karten lesen können, wissen, daß es im Hexen-Tarot eine Karte gibt, die einen gehängten Mann zeigt. Eine Karte, die für Leiden, Strafe und den Übergang zu etwas Neuem steht, einem neuen Leben …

Wir können diese Worte gemeinsam aufnehmen und lesen als … das Jüngste Gericht.« Der Wirt schaute uns mit müden Augen an, sein Enthusiasmus war wie weggeblasen, jetzt erfüllte den Mann nurmehr kraftlose Resignation. »Der Mann auf der Tarot-Karte hängt mit den Beinen nach oben, also verkehrt herum. Nehmen wir die Zahl 6999 und drehen sie um, erhalten wir 9666, und diese Zahl beinhaltet die Zahl des Tieres, auf die uns der Herr Pastor bereits hingewiesen hat. Damit wissen wir, daß es eine wichtige Zahl ist. Mit dieser Zahl müssen wir die 53 von dem Rosenkranz in Verbindung bringen, um zu erfahren, wie unsere Zahl lautet, also die Zahl, die wir suchen und die uns kundtun soll, wann der Jüngste Tag kommen wird.

Mathematisch betrachtet wäre es logisch, die Zahlen zu addieren oder voneinander abzuziehen, aber das bringt kein brauchbares Ergebnis. Beide Berechnungen führen weit über die Jahreszahl hinaus, die Nostradamus als äußere Grenze für seine Prophezeiungen angesehen hat, nämlich das Jahr 3797. Das gleiche gilt, wenn wir die Zahl 9666 als Ausgangspunkt nehmen. Auch sie führt zu nichts. Also gehen wir von der Zahl 6999 aus, aber statt von der ganzen Zahl nur von den ersten zwei Ziffern, also 69. Addieren wir diese Zahl mit der Zahl des Rosenkranzes, 53, erhalten wir 122. Schreibt man diese Zahl mit den letzten zwei Ziffern der 6999 zusammen, 99, ergibt das 12299, was absolut keinen Sinn macht. Zieht man aber die 53 von der 69 ab und kombiniert das Resultat mit 99 …«, er hielt inne, zögerte einen Augenblick und schien beinahe Anlauf zu nehmen, bevor er weitersprach, »… kommt die Zahl 1699 dabei heraus.«

Nur mit Mühe gelang es ihm zu schlucken, und er griff mit zitternder Hand nach seinem Glas und kippte den Rest Wein hinunter. Thomas hatte sich noch immer nicht gerührt. Mein Kopf brummte von all den Zahlen, und auch in meinem Magen rumorte es von dem Gedanken an das, was so unvermeidbar und sicher bewiesen schien – das Ende aller Dinge.

Ich wollte nicht sterben, und mein Kopf weigerte sich, daran zu denken. Er weigerte sich, überhaupt zu denken.

Biggi erhob sich und wünschte eine gute Nacht, bevor sie still verschwand. Marie war zurückgekommen und starrte auf die Tischplatte.

Der Schreiner verschlief das Ganze. Er seufzte und bewegte sich unruhig.

Mit einemmal stand der Wirt auf. Verharrte im nächsten Moment unsicher und schaute zu Thomas hinüber. Er wartete auf eine Reaktion, bekam aber keine. Dann drehte er sich mit einem leisen »Gute Nacht« um und verließ ebenfalls den Raum.

Keiner sagte etwas. Die Uhr tickte, und ich dachte, ich sollte lernen, sie zu lesen, lernen, wie sie die Zeit maß. Doch warum? Die Zeit würde ohnehin bald abgelaufen sein.

Jemand kniff mich in den Arm. Marie. Sie sah mich nicht an, sie sah niemanden an. Ihre Augen waren auf das Unsichtbare, Unendliche in uns selbst gerichtet. Ihre Hand kniff, während sich ihre Augen mit Tränen füllten.

»Nicht alle Prophezeiungen treffen ein, liebe Marie.« Thomas' ruhige Stimme ließ sie zu ihm aufschauen. Er sah sie freundlich an. »Du erinnerst dich doch bestimmt, Marie, daß Petter und ich gestern abend, unmittelbar bevor der Graf gefunden wurde, gekommen sind.«

Marie nickte und hörte Thomas aufmerksam zu, der die Gedanken von den Weltuntergangsprophezeiungen des Pastors und des Wirtes weglenkte. Dann wischte sie sich über die Augen.

»Ist einer der anderen am selben Tag gekommen, oder sind sie alle früher eingetroffen? Es wäre schön, wenn du dich erinnern könntest.«

Marie brauchte nicht lange nachzudenken. »Alle ...«, sie mußte einmal husten, um ihre Stimme frei zu bekommen, »alle drei sind Mittwoch gekommen, also schon vor zwei Tagen.«

»Ja, heute haben wir Freitag«, stimmte Thomas zu, »aber wer kam zuerst und zu welcher Tageszeit?«

»Pastor Jacob kam gegen Mittag, wir hatten gerade gegessen, und Marie mußte für ihn noch einmal alles herrichten. Der Graf kam etwas später, als es zu dämmern begann. Und Gustav kam …« Sie hielt inne und sah, wie Thomas fragend zu dem schlafenden Schreiner hinüberblickte. »Ja, das ist Gustav, Marie weiß nicht, wie er weiter heißt, aber er kam kurz nach dem Grafen.«

Thomas stand auf und streckte sich gähnend. »Jetzt wird uns ein wenig Ruhe guttun. Das war ein langer Tag.«

Maries Hand lag noch immer auf meinem Arm. Ich blieb sitzen.

»Wirklich merkwürdig«, Thomas kratzte sich nachdenklich am Bart, wobei er Gustav, den Schreiner, anblickte, »daß ein fremder Herr wie der Graf, ein Ausländer, in diesem Wirtshaus weitab seiner heimatlichen Gefilde, einem Ort, an dem er noch niemals zuvor gewesen ist, und umgeben von Menschen, die er noch niemals zuvor gesehen hat, seine letzte Ruhe finden soll. Die Wege des Schicksals sind wirklich unergründlich.«

Thomas verstummte und sah zu Marie, die verwundert zu ihm aufschaute.

»Aber der Graf ist schon einmal hier gewesen«, sagte Marie, »hat der Hausherr das denn nicht gesagt?«

Kapitel 16

»Warum hat er uns belogen?« Thomas flüsterte die Worte mit heiserer Stimme. Er lief in der kleinen Kammer auf und ab, soweit das möglich war, trat irritiert gegen meine Schuhe, die im Weg standen, und gegen die Kleidungsstücke des Grafen, die ich noch nicht in dessen Kammer gebracht hatte.

Ich saß auf meiner Pritsche und war mit meinen Gedanken ganz bei Marie, wie sie mich angeschaut hatte, als ich dem Professor durch die Tür nach draußen gefolgt war, widerstrebend, aber gehorsam. Sie fürchtete sich und war erfüllt von einer unendlichen Einsamkeit.

»Marie sagt, daß der Graf vor zwei oder drei Wochen schon einmal hier gewesen ist und mehrere Tage im Wirtshaus gewohnt hat. Sie war nicht ganz sicher, meinte sich aber erinnern zu können, daß es drei oder vier Tage gewesen sind. Wie kann von Hamborch das vergessen haben? Nach gerade einmal zwei Wochen? Einen derartigen Menschen, solch einen blasierten Grafen vergißt man nicht.«

Thomas blieb vor mir stehen und sah mich aufgebracht an.

»Wie war das, Petter, du merkst dir doch solche Dinge, wie hat der Wirt sich ausgedrückt, als ich ihn heute morgen fragte?«

Ich seufzte leise und dachte nach. »Er sagte: ›Graf Philippe d'Angely kam am Nachmittag vor zwei Tagen, er war noch nie zuvor unser Gast, und ich kenne ihn nicht.‹«

Thomas nickte zufrieden. »Genau das hat er gesagt, ja. Warum belügt er uns? Es muß ihm doch klar sein, daß wir es herausfinden.« Sein Bett knarrte und gab nach, als er sich setzte, um die Schuhe auszuziehen. »Haben wir etwas übersehen? Hat der Wirt vielleicht doch seine Finger im Spiel?« fragte er mehr sich selbst als mich. Dann schaute er mich übellaunig an. »Sag mir, was ist vorgefallen, als der Schreiner draußen war? Du sahst aus, als ob du ganz sicher wärst, daß er am Tod des Grafen schuld ist.«

»War ich – bin ich«, setzte ich zu meiner Verteidigung an und berichtete ihm von dem Gespräch, das ich auf der Treppe belauscht hatte.

Thomas hörte mir zu, ohne mich zu unterbrechen. Danach saß er eine ganze Weile in Gedanken versunken da.

»Und er hat tatsächlich gefragt, ob es bei Totschlag mildernde Umstände gibt ...?« Thomas murmelte etwas vor sich hin, ich faßte das nicht als Frage auf und schwieg. »Da werden wir uns wohl morgen mit Gustav, dem Schreiner, unterhalten müssen. Und mit dem Wirt. Es wird uns wohl nichts anderes übrigbleiben, als sie uns vorzuknöpfen. Überhaupt ...« Er verstummte und versank wieder in seiner eigenen Gedankenwelt, während er an dem Knopf seiner feinen Weste herumspielte. Ich nahm mir vor, den Knopf an der anderen Weste anzunähen, bevor er sie morgen früh anziehen würde. Eigentlich wäre jetzt der richtige Zeitpunkt dafür ... Aber die Näharbeit mußte noch ein wenig warten.

»Hm ... ja.« Thomas tauchte aus seinen Gedanken auf und sah mich an. »Was hältst du davon?«

»Wovon?« fragte ich, unsicher, an welcher Stelle in seinen Spekulationen er sich gerade befand.

»Von dem Ganzen. Dem Mord. Dem Ort hier. Den Leuten. Diesem Abend. Hier geschehen Dinge, das spüre ich, die ich nicht fassen kann. Zu viele Lügen, zu viele Menschen, die die Unwahrheit sagen.«

»Albert lügt, der Schreiner lügt, der Wirt lügt. Das wissen wir. Aber wer noch?«

Thomas zögerte einen Augenblick. »Die Wirtin ... Nein, sie lügt vielleicht nicht, aber sie verheimlicht etwas. Heute abend hat sie den Sack ein kleines Stückchen aufgemacht, aber es ist noch mehr darin, da bin ich ziemlich sicher. Und Marie ...«

»Marie lügt nicht«, unterbrach ich ihn kopflos.

»Nein ...?« Thomas sah mich unter halb geschlossenen Augenlidern an. Das süffisante Lächeln, das um seinen Mund spielte, irritierte mich.

»Warum sollte sie? Ein junges Dienstmädchen, das den lieben langen Tag rackert und sich mit allen möglichen boshaften Spitzen seiner Dienstherrin abfinden muß. Woher sollte sie noch die Kraft nehmen, Geheimnisse zu haben? Außerdem ...«

»Ja ...?« Thomas beugte sich im Halbdunkel vor.

»Außerdem ist sie kein Mädchen, das lügt.«

»Ach ja!!« Der Ausruf kam wie ein Peitschenhieb.

Danach war es lange still. Ich konnte Thomas nicht in die Augen schauen und starrte zwischen den Eisblumen in die Nacht hinaus. Der Wind war wieder stärker geworden, und die

Kälte zog durch die Ritzen und ließ mich erschauern. Ich zog die Decke fester um mich und sah Thomas widerstrebend an.

»Was hältst du vom Pastor?« fragte er.

»Er macht mir angst.« Thomas wartete, ob ich noch mehr sagen würde. »Sein ständiges Gerede von Hexen und Teufeln, dem Jüngsten Gericht und so ... Ich hab das alles schon mal gehört und weiß, daß es das gibt, aber ... Aber er behauptet, daß Biggi eine Hexe ist und daß das Jüngste Gericht jederzeit kommen kann. Als ob er es wissen würde. Er vermutet es nicht bloß oder sagt es so daher. Er weiß es. Das macht mir angst.«

Die Flamme der Kerze wurde durch den Windzug vom Fenster fast ausgeblasen. Ich erhob mich und stellte den Kerzenständer in den Schutz eines Bücherstapels.

»Glaubt Ihr, daß der Pastor und der Wirt recht haben, daß das Jüngste Gericht jetzt kommen wird?«

Thomas schnaubte wütend durch die Nase. Aber sein Blick wich dem meinen aus. Ich spürte, wie die Kälte meinen Körper durchdrang. Wenn selbst Thomas von Boueberge unsicher war ...

»Sie reden nur Unfug«, sagte er. »Gebrauchen Worte und Zahlen, wie es ihnen in den Kram paßt. Sieh dir ihre Rechenexempel doch mal genauer an! Sie picken die Zahlen aufs Geratewohl heraus und geben erst Ruhe, wenn sie genau zu dem Ergebnis kommen, nach dem sie gesucht haben. Alles Humbug und fauler Zauber.«

»Der Pastor hat nicht nach den passenden Zahlen gesucht«, protestierte ich. »Er hat die drei wichtigsten Konstituenten gefunden, die mit dem Jüngsten Gericht zusammenhängen. Gottes Reich, der Sohn als Richter und die Zahl des Tieres. Und zu denen gehören nun einmal bestimmte andere Zahlen. Und wenn diese Zahlen nun mal genau ergeben, daß ...« Ich sah Thomas mißmutig an und hoffte, daß er meine Zweifel aus dem Weg räumen würde.

Thomas zuckte mit den Schultern. »Zahlen können für alles eingesetzt werden, auch um eine Lüge zu beweisen. Die

Lüge wird so lange zur Wahrheit, bis man Zahlen gefunden hat, die das Gegenteil beweisen. Manche Menschen benutzen die Zahlen, wie der Teufel die Bibel liest.«

»Aber der Wirt ...«

»Er auch, o ja«, unterbrach Thomas mich gereizt. »Was für ein dummes Geschwätz. ›Die bösen Protestanten verraten die gotische Zeit. So ein Unsinn! Daß die Justierung des Kalenders die Menschen glauben macht, das Jüngste Gericht breche über uns herein. Wenn Gott so denken würde ...«, er verstummte jäh, als ob seine eigenen Worte und Gedanken ihn erschreckten.

Müde stemmte er sich von der Bettkante hoch und begann mit dem Auskleiden.

»Das beste wird sein, daß wir jetzt schlafen, um einen klaren Kopf zu kriegen«, sagte er. »Ich hab da so eine Ahnung, daß wir den morgen gut gebrauchen können.« Seine lange Wollunterhose leuchtete im Dunkeln, als er unter die Decke schlüpfte. Er wälzte sich noch lange hin und her und seufzte, konnte keine Ruhe finden. Ich saß stocksteif in der Dunkelheit und lauschte.

»Willst du dich nicht hinlegen, Petter?« Er schaute über die Schulter zu mir her.

Ich stand auf und holte die Weste und das Nähzeug. »Ich muß noch den Knopf annähen«, sagte ich.

Er drehte sich wortlos um. Die Bettdecke schlug Wogen wie das Kattegat bei stürmischer See, bis er endlich ruhiger wurde.

Ich setzte mich ans Fußende der Pritsche in die Nähe des Lichts und nahm die Nadel zur Hand. Das alte Garn saß als schwarzer, verfilzter Knoten im Stoff. Ich zupfte es heraus und legte die Reste in die Auffangschale unter dem Talglicht. Bevor ich anfing zu nähen, hob ich den Kopf und lauschte, was Thomas machte.

Der Knopf war schon ganz glatt und rund, nicht so kantig wie die anderen Knöpfe. Vielleicht sollte ich sie der Reihe nach austauschen, damit sie irgendwann alle gleich wären.

Es herrschte vollkommene Stille im Haus – bis auf das Knacken im Gebälk. Der Wind wurde immer stärker, zerrte am Dach und heulte um die Hausecken.

Ich mochte diesen Knopf, hatte ihn schon so oft wieder angenäht.

Ich könnte ihn im Schlaf annähen.

Samstag, der 30. Dezember
Im Jahr des Herrn 1699

Kapitel 17

»Auu ...!« Ich schrak auf und spürte einen stechenden Schmerz im Bein.

Vorsichtig zog ich die Nadel heraus, die in mein Knie eingedrungen war, als ich mich auf die Seite gelegt hatte. Im Schlaf. Sowas Dummes! Daß ich mich nicht hatte wachhalten können.

Draußen stürmte es jetzt richtig, das Haus erzitterte bei jeder Böe, und ich wartete fast darauf, daß das Dach über mir abgehoben würde. Im Licht der flackernden Kerzenflamme legte ich die Weste über den Stuhl und zog mir die Schuhe an.

Vorsichtig, die Augen auf Thomas gerichtet, öffnete ich die Tür – ohne eine Reaktion von ihm zu bemerken – und schloß sie ebenso behutsam wieder hinter mir. Eigentlich war es nicht notwendig, so still zu sein, denn das Unwetter übertönte alles. Trotzdem mied ich jene Stufen der Treppe, von denen ich wußte, daß sie immer knarrten, als ich mich nach unten schlich. Ich war wie blind. Das Licht am Ende der Treppe war verloschen, und die Dunkelheit hüllte mich ein. Ich tastete mich zur Tür der Schankstube vor und öffnete sie langsam. Plötzlich wurde ich unsicher. Ich war noch niemals zuvor in das Zimmer eines Mädchens gegangen.

Ich wiederholte noch einmal die Worte, die sie am Morgen gesagt hatte: ›Ich bin meist lange wach‹. Das hatte sie gesagt, ja. Ein Hinweis, daß ich nicht stören würde, wenn ich käme. So war es. Aber die Dinge hatten sich im Laufe des Tages verändert, und ich dachte an den Ausdruck, den ihre Augen am Abend gehabt hatten – dieses Dunkel, diese Todesangst, wie ich sie von Tieren kannte, die zur Schlachtbank geführt wurden – verschreckt von den Worten des Pastors und des Wirtes. Sie und ich, wir könnten einander trösten. Hatten wir doch beide Angst vor dem, was kommen sollte …

Vielleicht kommen würde, zwang ich mich zu denken.

Ich riß mich zusammen und schob die Tür zur Schankstube ganz auf. Dort drinnen war es nicht gar so finster wie auf dem Flur, rötlich leuchtete es von der Feuerstelle herüber, das half mir, den Weg zu Maries Tür zu finden. Ansonsten war die Schankstube menschenleer.

Ich zögerte, bevor ich anklopfte. Eine besonders kräftige Windböe ließ das Haus erzittern, als würde es von einem Troll geschüttelt. Als es ruhiger wurde, klopfte ich vorsichtig an die Tür, dann härter, bis ich begriff, daß ich, wollte ich gehört werden, mit der Faust dagegenhämmern mußte. Nach ein paar kräftigen Schlägen lehnte ich mich vor und flüsterte halblaut: »Marie! Ich bin's, Petter!«

Nichts. Ich lauschte. Mir war so, als hörte ich ein Schnarchen. Ich klopfte noch einmal, fest. Und rief ein weiteres Mal durch die Tür.

Danach hörte ich etwas rascheln. Sie kam. Ich trat einen Schritt von der Tür zurück, mein Herz hämmerte wild.

Die Tür wurde einen Spalt geöffnet, und Marie blickte mit verschlafenen Augen heraus.

»Petter …!« Sie sah mich überrascht an. »Du …, du kommst also doch noch.« Sie sprach leise und zögerlich, schien betrübt darüber zu sein, mich zu sehen, und machte keine Anstalten, mich hereinzulassen. Ich war völlig verwirrt.

»Entschuldige, wenn ich dich geweckt habe, ich dachte …« Weiter kam ich nicht. Ich fühlte mich dumm und lächerlich. Aber zum Teufel, sie hatte mich mit ihren Worten doch aufgefordert zu kommen. Dieses teuflische Dienstmädchen sollte kein Spiel mit einem Kerl wie mir treiben. Ich legte meine Hand an die Tür, um sie aufzuschieben.

»Laß mich rein, Marie. Ich weiß, daß du gerne jemanden bei dir hättest.« Sie versperrte die Tür mit ihrem ganzen Körper und schaute mich entsetzt an. Eine dralle, weiße Brust kam unter den geöffneten Knöpfen des Nachthemds zum Vorschein, sie bemerkte meinen Blick und hielt sich den Ausschnitt mit der Hand zu. »Du mußt gehen, Petter«, sagte sie und löste meine Hand von der Tür. »Es ist richtig, ich hätte mich über deinen Besuch gefreut, aber … jetzt ist es zu spät. Ich muß bald aufstehen und brauche noch ein bißchen Schlaf.« Sie lächelte mich traurig an und schloß leise die Tür.

Ich blieb stehen und hoffte, daß sie sich doch noch anders entscheiden würde. Die Lust, einfach die Tür zu öffnen und mich geradewegs in ihr Bett zu legen, war fast zu stark, um dagegen anzukämpfen. Sollte ein einfaches Dienstmädchen …?

Ich drehte mich um und ging langsam durch die Schankstube zurück. Thomas hätte mir das Fell über die Ohren gezogen, wüßte er etwas von meinen Gedanken. Aber ich verstand nichts, ich verstand sie nicht, gar nichts.

Ich nähte den Westenknopf an, blies die Kerze aus und saß noch lange auf der Pritsche und lauschte dem Sturm, bis die Müdigkeit zurückkam. Gerade als ich einschlafen wollte, glaubte ich draußen auf dem Gang jemanden zu hören. Ich war mit einem Schlag hellwach und lauschte angestrengt, lange, aber ich konnte nichts mehr hören. Nur den Sturm.

Die Nacht wurde zu einem Füllhorn böser Träume und unruhigen Schlafs.

Kapitel 18

Bevor wir nach unten gingen, um die Morgengrütze zu essen, legte Thomas mir eine Hand auf die Schulter und sah mir ernst in die Augen.

»An diesem Ort ist ein Mord geschehen, und der Mörder befindet sich mit uns unter einem Dach. Wir zwei mögen über gewisse Dinge unterschiedlicher Meinung sein, das ist zulässig und vielleicht sogar von Vorteil. Aber wir dürfen uns in keinem Fall davor verschließen, etwas zu glauben oder zu erinnern, weil es uns nicht paßt. Wir müssen über alles reden können, hast du mich verstanden?«

Und ob ich ihn verstanden hatte. Mir war schon klar, daß er auf Marie anspielte, und ich nickte.

»Ich möchte so bald wie möglich mit dem Schreiner Gustav reden, am liebsten gleich beim Frühstück, da ich wie du der Meinung bin, daß er unser Mann sein könnte. Setz dich so hin, daß du mir zu Hilfe eilen kannst, falls er handgreiflich wird. Er ist ein kräftiger Mann.«

Ich nickte wieder, und dann gingen wir gemeinsam nach unten.

Im Ofen prasselte das Feuer. Marie wirtschaftete in der Küche herum. Es war warm und gemütlich in der Schankstube. Der Pastor saß, in die Bibel vertieft, auf seinem gewohnten Platz. Draußen brach die Sonne durch die Wolkendecke, der Wind hatte sich gelegt, nicht ohne vorher den Schnee so heftig durcheinandergewirbelt zu haben, daß von den freigeräumten Pfaden nichts mehr zu sehen war. Die Welt hatte über Nacht ein neues Gesicht bekommen, einige Hügel waren eingeebnet, dafür türmten sich an anderen Stellen neue Schneewehen auf. Albert war schon wieder am Schneeschippen, wie ich feststellte.

Der Schreiner war nirgends zu sehen. Thomas setzte sich an den leeren, langen Tisch und ließ dem Pastor seine Ruhe.

Was mir nur recht war. Ich hatte miserabel geschlafen und brauchte Zeit, um wach zu werden. Am allerwenigsten stand mir der Sinn danach, den Pastor anzusprechen und damit noch mehr Gerede über den Untergang der Welt zu riskieren. Meine Laune war auch so schon schlecht genug.

Marie lächelte wie gewohnt und stellte zwei Schalen mit Grütze vor uns auf den Tisch. Thomas wünschte ihr einen guten Morgen. Ich nickte ihr mürrisch zu und schaufelte die heiße Grütze in mich hinein, wobei ich mir prompt die Zunge verbrannte. Sogleich stand ein Krug linderndes Bier bereit. Aber Marie war augenblicklich wieder hinter ihren Töpfen verschwunden.

Ich saß mit dem Rücken zur Küche und schaute beim Essen hinaus in den Sonnenschein, in dem der Schnee glitzerte. Wie hieß noch gleich der Mensch, von dem Thomas gesprochen hatte. Newton? Thomas hatte irgendwas von Licht erzählt, das sich in verschiedene Farben aufspaltete. Jetzt sah ich tatsächlich, daß der Schnee an einigen Stellen rot und blau schillerte. Und war da nicht auch ein wenig Gelb zu sehen? War es das, was jener Engländer erforscht und herausgefunden hatte? Das reizvolle Farbenspiel des Schnees rührte mich in seiner Intensität an. Meine Stimmung hellte sich gleich ein wenig auf. Das klare Blau des Himmels verheißt schönes Wetter, dachte ich, etwas, das wir gut gebrauchen könnten. Nach dem Frühstück würde ich rausgehen und Albert helfen, der mit dem Schnee zu kämpfen schien. Sofern Thomas es mir erlaubte.

In dem Moment wurde hinter mir die Tür geöffnet. An Thomas' Blick erkannte ich, daß es der Schreiner war. Seine Pupillen waren für den Bruchteil einer Sekunde ganz schwarz, und er schien hoch konzentriert. Im nächsten Augenblick lächelte er entgegenkommend, worauf sich der Schreiner entschied, bei uns Platz zu nehmen. Er schob sich mit einem lauten Stöhnen neben mich auf die Bank.

»Einen verdammt dicken Schädel kriegt man von dem Bier, das hier ausgeschenkt wird«, brummte er und faßte sich an die Schläfen. Marie stellte ihm eine Schale mit Grütze hin und drehte sich wortlos und ohne ein Lächeln um, wie ich bemerkte. Der Schreiner sah mich flüchtig an, bevor er den Löffel in die heiße Grütze tauchte und darüber blies. Sein Blick überraschte und verwirrte mich. Er war so intensiv, daß ich mich abwenden mußte und nicht wagte, noch einmal hinzusehen. Sein Blick löste so widersprüchliche Gefühle in mir aus, daß sich nur schwer in Worte fassen läßt, was ich darin zu sehen glaubte. Verzagte Mißgunst und grimmigen Zorn, die miteinander zu kämpfen schienen.

Das Schweigen und die Grütze trugen den Sieg davon.

Wir saßen alle drei über die Tischplatte gebeugt, konzentriert, pusteten auf den heißen Brei, aßen und nippten am Bier. Pusten, essen und ein Schluck Bier. Ein Ritual zum langsamen Wachwerden.

Thomas war als erster fertig. Er hatte Marie Anweisungen gegeben, uns einen Kaffee zu kochen, und tunkte nun einen Haferkeks in das schwarze Gebräu, wobei er zufrieden seufzte.

Ich saß da und beobachtete Albert draußen auf dem Hof. Es waren noch viele Pfade freizuschaufeln.

»Schreiner Gustav.« Thomas ließ sich die beiden Worte auf der Zunge zergehen, als wollte er sie auf ihre Bekömmlichkeit hin überprüfen. »Woher kennt Ihr den Grafen d'Angely?«

»Hä?!« Der Schreiner sah aufrichtig überrascht aus. »Den Grafen kennen ...? Beim Teufel, ich kenne den Grafen doch gar nicht.«

»Aber am letzten Donnerstag seid Ihr mit ihm aneinandergeraten, nicht wahr?«

»Mit ihm aneinandergeraten? Warum, zum Teufel, sollte ich mit ihm aneinandergeraten? Mit so einem kriegerischen Kerl legt man sich doch nicht an. Das kann einen Kopf und Kragen kosten. O nein, ich bin nicht mit dem Grafen aneinandergeraten. Aber es mag hier durchaus den einen oder anderen geben ...« Er sah Thomas vielsagend an, der darauf wartete, daß der Schreiner weiterspräche.

»Wen zum Beispiel?« mußte Thomas schließlich nachhaken. Der Schreiner plusterte sich auf und sah sich in der Schankstube um. Vielleicht wollte er mehr Zuhörer haben. Ich blickte resigniert aus dem Fenster. Albert hatte es fast bis zur Stalltür geschafft, wie ich sah. Die Schaufel lag auf dem aufgehäuften Schnee. Aber wo war Albert? Plötzlich sah ich eine Hand hinter dem Schneewall auftauchen und gleich darauf wieder verschwinden. Ich sprang auf.

»Albert braucht Hilfe!« Ohne zu warten, rannte ich aus

der Tür und pflügte mit Riesenschritten durch den tiefen Schnee hin zu dem geräumten Pfad. Einen Augenblick später war ich bei Albert angelangt. Er lag entkräftet am Boden, das Gesicht im Schnee. Leblos.

Noch ein Toter!!! schoß es mir durch den Kopf.

Thomas kam und half mir, Alberts Oberkörper zu packen und ihn umzudrehen. Er sah zur Tür des Wirtshauses, wo der Schreiner und der Pastor standen und zu uns herüberschauten.

»Kommt und helft uns!« rief Thomas. Der Schreiner grinste, schüttelte den Kopf und kehrte zu seiner Mahlzeit zurück. Der Pastor zog die Tür hinter sich zu, bog aber gleich darauf um die Hausecke, wo er die ganze Strecke bis zu uns her auf geräumten Pfaden gehen konnte. Er hatte immer noch seine einfachen Schuhe an. Wortlos half er uns, Albert in den Stall zu tragen und auf seine Pritsche zu legen. Dann nickte er und verschwand wieder.

Thomas zog seine Brille aus der Westentasche und hielt Albert das Glas an den Mund. Es beschlug leicht, worauf Thomas zufrieden schien. Er zog Alberts Augenlider hoch. Albert hatte die Augen so verdreht, daß fast nur noch das Weiße zu sehen war, das leicht rosa glänzte. Thomas öffnete Alberts Mund und sah sich die Zunge an. Sie war weiß, geschwollen und trocken. Dann schob er den verdreckten Pullover samt Hemd nach oben und betastete den Bauch.

»Dieser Magen hat in letzter Zeit nicht viel Eßbares bekommen«, sagte er. »Albert hat weder nennenswert gegessen noch getrunken, seit wir hier eingetroffen sind. Wir haben es selbst gesehen, und Marie hat es uns bestätigt. Gestern hat er im Essen herumgestochert, als ob es verdorben gewesen wäre. Und getrunken hat er auch nichts. Dir ist das sicher auch aufgefallen, nehme ich an.« Er sah sich die Zunge noch einmal genauer an. »Ich hatte früher oder später damit gerechnet, daß er zusammenklappen würde. Kein Mensch verträgt ein derart massives Fasten.« Alberts Augen wurden ebenfalls einer weiteren Untersuchung unterzogen.

»Das Gefährlichste ist, daß er vollkommen ausgetrocknet ist. Sein Körper braucht Flüssigkeit, und zwar so schnell wie möglich. Mach Feuer im Ofen und setz Wasser auf. Das Wasser muß lauwarm sein, aufgekocht und dann wieder abgekühlt, damit er sich nicht verbrennt.«

Im Ofen war noch etwas Glut, und da reichlich Holz an der Wand aufgestapelt war, brannte bald ein munteres Feuer. Ich füllte einen Kessel mit Neuschnee und setzte ihn aufs Feuer. Nach dem Kochen stellte ich ihn zum Abkühlen in den Schnee hinaus. Thomas fand einen Holzlöffel und testete das Wasser mit seinen Lippen. Nickte mir zu: gute Temperatur. Danach kämmte er Alberts lange Barthaare zur Seite, so gut es eben ging, und benetzte vorsichtig die Lippen des bewußtlosen Mannes, langsam, geduldig.

Hinter uns wurde die Tür aufgerissen, Marie stürzte herein.

»Ist er ... ist er tot?« fragte sie atemlos.

»Nein«, beruhigte Thomas sie. »Aber er braucht ein paar Tage absolute Ruhe und ausreichend Flüssigkeit und Nahrung, um wieder zu Kräften zu kommen. Ich verlasse mich ganz ...« Thomas zog den Löffel von dem schlaffen Mund weg und hob den Kopf. »Weißt du, warum Albert sich die letzten Tage so kasteit hat, warum er weder gegessen noch getrunken hat?«

Marie schüttelte den Kopf und kniete sich zwischen uns auf den Boden. »Sowas hat Albert noch nie gemacht. Hat sonst immer gegessen und getrunken wie ein Pferd. Zwischendurch konnte er schon mal fasten, besonders im Frühling, um Ostern herum. Wir hatten uns mit der Zeit daran gewöhnt und haben ihn in Frieden gelassen, bis er sich wieder beruhigt hatte. Aber so wie jetzt ...« Sie beugte sich über ihn und tätschelte ihm vorsichtig die Wange, als ob sie Angst hätte, ihn zu wecken. »Marie mag ihn sehr gern. Er hat sie oft getröstet, wenn die Hausherrin mal wieder streng war oder die Gäste sich dumm aufführten. Er ist wie ein großer Bruder.«

Thomas lächelte sie sanft an. »Mach dir keine Sorgen, Albert ist bald wieder auf den Beinen.«

Marie stand auf und sah Thomas noch ein Weilchen dabei zu, wie er Alberts Lippen befeuchtete.

»Marie ... muß jetzt gehen. Der Hausherr möchte morgen abend ein sauberes Haus haben. Und die Wäsche muß auch noch gemacht werden.« Sie sah uns verlegen an.

»Aber natürlich, Marie. Wir werden uns schon um ihn kümmern. Mach dir keine Sorgen.«

Sie nickte und ging widerstrebend zwischen den Pferden hindurch auf die Tür zu, wobei sie sich immer wieder nervös umschaute. Ich folgte ihr mit dem Blick. Wir lächelten beide, als sie die Hand zum Gruß hob und in den Sonnenschein hinaustrat. Ich sah sie an den Fenstern vorbei zur Wirtsstube laufen.

»Eine reizende kleine Schwester hast du, Albert«, sagte Thomas und tröpfelte vorsichtig einen halben Löffel Wasser in seinen Mund. Das führte er geduldig weiter fort, Löffel für Löffel. Er wartete, bis sich an der Kehle des bewußtlosen Mannes endlich Schluckreflexe zeigten. Der Adamsapfel hüpfte angestrengt hinter dem dichten Bart auf und ab. Danach die nächste kleine Portion. Geduldig, konzentriert, Thomas verfolgte jede Reaktion seines Patienten genau. Plötzlich lief ein Zucken durch den kräftigen Körper, und ein heiseres Husten erschütterte seinen Brustkorb.

»Sieh an«, platzte Thomas zufrieden heraus. »Kommt also doch wieder Leben in den Burschen.«

Ich sprang Thomas zur Seite, um Albert aufzurichten und gegen ein Strohbündel an die Wand zu lehnen. Halb liegend, halb sitzend bekam er vorsichtig, in minimalen Portionen, mehr Flüssigkeit verabreicht.

Plötzlich hob Thomas das Gesicht. »Hol Biggi, sei so gut.«

Die Schaufel lag draußen im Schnee, ich hob sie auf und stellte sie neben die Hintertür der Wirtsstube.

Biggi saß nicht wie sonst bei der Kiste mit Feuerholz. Die Schankstube war, von Marie einmal abgesehen, leer.

Sie wollte mir zuerst nicht antworten, gab aber schließlich zu, daß der Hausherr der Hexe Hausverbot erteilt hatte und daß es ihm am liebsten wäre, wenn sie den Hof noch vor dem Abend verlassen würde.

»Er will, daß sie weiterzieht? Bei diesem Wetter?!« empörte ich mich.

»Sie wird schon zurechtkommen, schließlich hilft ihr ja der Teufel persönlich.« Marie wich meinem Blick aus und scheuerte unermüdlich weiter die Tische, so daß der Schaum über den Boden spritzte.

»Und wo ist sie jetzt? Thomas will sie sprechen.«

»Sie ist da, wo sie hingehört, im Kuhstall«, stieß Marie gereizt hervor.

»Wo sie hingehört ...?! Warum sagst du so etwas?« fragte ich, verwirrt und voller Unbehagen, weil ich auf einen Rücken einredete, dessen wütend energische Scheuerbewegungen mich mit unerklärlicher Feindseligkeit abwiesen, der mich aber gleichzeitig dazu verlockte, mit meinen Händen die weichen Rundungen zu liebkosen.

Marie hielt inne und wandte sich jäh zu mir um, so daß ich überrumpelt einen Schritt nach hinten machte.

»Der Pastor hat doch von dem Tier mit den Hörnern erzählt, nicht wahr? Dem Tier, das vom Teufel geschickt wurde, oder? Sie ist eine Hexe und schläft am besten mit Tieren zusammen, die Hörner haben, darum!«

Die Worte sprudelten voller Wut aus ihr heraus, Marie unterstrich ihre eigenwillige Logik, indem sie die Bürste in den Scheuereimer schleuderte, daß das Wasser nur so spritzte, und kehrte mir wieder den Rücken zu.

Und ganz richtig traf ich Biggi im Kuhstall an. Sie hatte ein sonnenbeschienenes Fleckchen im Stroh gefunden und lag schlafend an der Seite einer schwarzgescheckten Färse, die wiederkäute und mich dämlich anglotzte, wie nur Rinder es können.

Im Stall war es mucksmäuschenstill und wohlig warm.

Eine einsame Fliege schwirrte vor einer sonnigen Scheibe herum. Ihr unermüdliches Surren weckte in mir die Sehnsucht nach Sommer: stechende Sonne auf dem Rücken, Mückenstiche an den Knöcheln, Brennesselpusteln auf der Haut. Die bittere Süße des Sommers.

Die Frau vor mir lag zusammengerollt da, ihr Kopf ruhte auf dem Arm, und die Knie waren vor die Brust gezogen. Der Rock von gestern war weggepackt. In schwarzen, zerschlissenen Lumpen lag sie da. Ihr Gesicht war entspannt, ihr Mund hatte sich zu einem feinen, kaum erkennbaren Lächeln verzogen. War das eine Hexe? Ihr schwarzes Haar glänzte im Sonnenlicht, ein paar widerspenstige Strähnen hatten sich aus dem Zopf gelöst und fielen ihr über die Wange. Ihre Augenbrauen mit dem leichten Abwärtsschwung zur Nasenwurzel gaben ihrem Gesicht etwas Strenges, als ob sie mich milde schelten und sagen wollte: O nein, Junge, das darfst du nicht!

Wie eine große Schwester …

Ich schaute mich erschrocken um, ob jemand mein Selbstgespräch belauscht haben könnte. Nein, nur ein paar Rinder und wir zwei. Die schlafende Biggi und ich.

Ich faßte sie behutsam bei der Schulter. »Biggi, wach auf. Ich bin's, Petter.«

Mit einemmal war sie wach und auf den Beinen. Völlig überrascht plumpste ich rückwärts auf meinen Hintern. Die Kuh hinter mir brummte irritiert und zog ihr Bein weg. »Oh« war das einzige, das ich herausbekam.

Biggi sah mich prüfend an, dann grinste sie.

»Was hast du hier zu suchen, Norweger? Wolltest du die Kühe melken? Oder wolltest du vielleicht lieber mich melken?« Sie legte die Hände um ihre Brüste und sah mich gespielt lüstern an. Mir schoß das Blut in die Wangen. Das Grinsen verschwand aus ihrem Gesicht.

»Glaubst du, daß man sich an einer Hexe, an einer Bettlerin nicht reiben kann? Was, kleiner Norweger?« Sie wickelte sich fester in ihre Decke ein. Ihre Augen funkelten zornig. »Hau ab, Bürschchen! Hier gibt's nichts zu holen für den kleinen Norweger. Ich entscheide selbst, mit wem ich schlafen will. Verschwinde!«

»Aber ... Thomas von Boueberge, der Professor, er ... er will mit dir reden«, stammelte ich.

»Ach, der Professor will mit mir reden. Will er die Hexe heute schon wieder retten?« Sie stieß ein heiseres Lachen aus und sah mich mit wutverzerrtem Gesicht an. »Oder wünscht der Herr Professor vielleicht eine Gegenleistung für die spendable Geste des gestrigen Abends? Was? Naaa?« Ihre Stimme wurde lauter und ging in schrilles Lachen über.

Die Wut überrollte mich wie eine Sturzsee. »Zum Teufel! Hör schon auf mit deinem Geschwätz, daß wir mit dir schlafen wollen. Ich bin hier, um dich zu bitten, uns mit dem kranken Pferdeknecht zu helfen, und komme noch nicht einmal zu Wort.« Ich schnappte nach Luft.

»Mein Gott, zu glauben, daß der Professor ... so eine Bezahlung haben wollte für das, was er gestern getan hat.« Ich richtete mich auf und ging zur Tür. »Schlaf ruhig weiter, ich werde ihm ausrichten, daß du keine Zeit hast.«

Ich wartete noch einen Augenblick, um ihr Gelegenheit zu geben, mich zurückzurufen, aber nichts geschah.

Thomas hatte Albert das ganze Wasser aus dem Kessel eingeflößt und fuhr ihm nun mit einem feuchten Lappen über das Gesicht. Auf einem überfüllten Brett zwischen lauter Bürsten und Kämmen hatte Thomas eine große Mähnenschere entdeckt, mit der er Albert den verwilderten Bart stutzte, um besser an den Mund heranzukommen.

»Er soll doch bald seine Suppe haben«, sagte Thomas und betrachtete zufrieden sein Werk. »Und dazu brauchen wir einen befahrbaren Weg.« Der Bart war schief und unregelmäßig geschnitten, was den kräftigen Mann gleich weniger wild und unnahbar wirken ließ.

Ich hob seine Strickmütze vom Boden auf, die uns offensichtlich heruntergefallen war, als wir Albert hereingetragen hatten, und legte sie unter sein Strohkissen.

Thomas hatte mich nur flüchtig angesehen, als ich allein zurückgekommen war, und sich wortlos wieder seinem Patienten zugewandt. Jetzt fragte er: »Warum nicht?«

Ich wußte nicht, was ich antworten sollte. »Sie … wollte nicht.« Keine allzu erschöpfende Antwort, aber mir stand der Sinn nicht danach, Thomas zu erzählen, was Biggi hinter seiner Bitte um Hilfe vermutet hatte.

»Ist sie vor die Tür gesetzt worden?«

»Ja.«

»Hm, das hab ich mir gedacht.« Thomas reichte mir den Kessel, und ich stand auf, um ihn zu füllen. »Das war gar nicht anders zu erwarten, nachdem der Pastor, der Schreiner, der Wirt und die Wirtin allesamt der Meinung waren, daß sie mit dem Teufel im Bunde steht.«

Und Marie, dachte ich traurig. In dem Moment fiel mir Thomas' Ermahnung vom Morgen wieder ein, und ich sagte: »Und Marie.«

»Ach ja«, sagte Thomas mit einem Seitenblick auf mich. »Ja, es ist nicht einfach für ein junges Mädchen, eine andere Meinung zu vertreten als alle anderen, möchte man glauben. Und ganz besonders, wenn die eigenen Dienstherren darunter sind«, fügte er nachdenklich hinzu. »Und jetzt machen sie Biggi zum Sündenbock für ihren Irrglauben und ihre Hexenjagd. Sie bekommt die ganze Feindschaft und all die harten Worte zu spüren, wird vor die Tür gesetzt und bekommt das Hexenmal angedichtet. Kein Wunder, wenn sie nicht besonders entgegenkommend ist.«

Als ich nach draußen ging, um Schnee zu holen, hatte ich das Gefühl, daß in meinem Kopf eine Schar wild gackernder Hühner herumtobe. Meine Gedanken schwirrten in unkontrollierbarem Chaos durcheinander. Ich blieb stehen und ließ meinen Blick über die Landschaft schweifen, die Gebäude, die hohe Steinmauer und die Baumwipfel auf der anderen Seite. Alles war weiß. Selbst der Himmel war weiß. Große, schwere Wolken verdeckten die Sonne, wirkten aber längst nicht so bedrohlich wie die Wolkendecke am Tag zuvor. Ich beruhigte mich langsam und bekam die Gedanken wieder in den Griff.

Eigenartig, wie es Thomas immer wieder gelang, mit wenigen Worten alles auf den Kopf zu stellen. Nach dem Zusammenstoß mit Biggi war ich verzweifelt und wütend in den Pferdestall zurückgekommen, fest überzeugt, daß sie eine simple alte Hexe war, die nichts Besseres verdient hatte, als vor die Tür gesetzt zu werden, wenn sie noch nicht einmal demjenigen helfen wollte, der ihr ein Festmahl spendiert hatte, wie sie es wohl kaum jemals zuvor genossen hatte. Außerdem war ich verwirrt und niedergeschlagen nach meinem Geplänkel mit Marie, die mich durch ihre ablehnende Haltung und ihre scharfen Worte gegen Biggi – und gegen mich – bitter enttäuscht hatte, obgleich sich eine Stimme in meinem Innern meldete und mir sagte, daß sie eigentlich recht hatte.

Mit zwei Sätzen hatte Thomas mich wieder auf den Boden zurückgeholt und mir geholfen, die Dinge aus Biggis Perspektive zu sehen. Denn das schien das zentrale Problem zu sein, daß ich den Menschen mit Scheuklappen vor den Augen begegnete. Ich schaute nur stur geradeaus und sah nicht die Gründe, die sie dazu brachten, sich mir gegenüber so zu benehmen, wie sie es taten.

Auf der gegenüberliegenden Seite des Hofes, hinter den Schneewehen, hörte ich die Stalltür aufgehen. Biggi trat ins Freie und verschwand hinter dem Wirtshaus, ohne sich umzusehen.

Thomas hatte Albert wieder hingelegt, eine Decke gesucht und sie über ihm ausgebreitet.

»Wie weit ist es von hier bis zur nächsten menschlichen Behausung?« fragte ich und stellte den Kessel auf den Ofen.

»Geht sie jetzt?«

Ich nickte.

»Viel zu weit. Bei dem hohen Schnee hat sie keine Chance.« Die Trauer in seiner Stimme traf mich. Hätte ich mir mehr Mühe geben sollen, sie zu überreden? Meine Gedanken wurden durch das Knarren der Stalltür unterbrochen. Wir drehten uns gleichzeitig um und sahen Biggi in der Tür stehen, ihr Gesicht lag im Schatten, aber der kleine, gedrungene Körper wirkte abwartend. Thomas erhob sich und ging ihr entgegen.

»Albert ist krank«, sagte er und machte eine leichte Bewegung mit dem Ellbogen in Alberts Richtung. »Könntest du dich um ihn kümmern, bis er wieder gesund ist?« In der Mitte des Stalls blieb Thomas stehen. Die Pferde wurden unruhig, eins warf den Kopf hin und her und wieherte leise. Ein zweites trat gegen eine Holzwand und trampelte nervös auf der Stelle. Mir ging durch den Kopf, daß Albert in den letzten Tagen wahrscheinlich nicht sehr häufig mit ihnen an der frischen Luft gewesen war.

»Warum?« Biggi blieb reglos an ihrem Platz stehen.

Thomas ließ sich Zeit, ehe er antwortete. »Es sind Dinge geschehen, die es mir unmöglich machen, den ganzen Tag hier im Stall zu bleiben. Und Petter brauche ich, damit er mir hilft. Außerdem muß er einige von Alberts Pflichten übernehmen, bis es mit dem Pferdeknecht wieder bergauf geht.«

»Warum?« Ihre Stimme war hartnäckig.

Thomas entschied sich, die Frage falsch zu verstehen. »Weil er die letzten Tage weder etwas gegessen noch getrunken hat. Er hat sich selbst ausgetrocknet und braucht jemanden, der ihn mit Flüssigkeit und, wenn er soweit ist, mit Suppe versorgt. Er ist zu schwach, um das selbst zu schaffen.« Thomas deutete über seine Schulter zu Albert. »Er ist noch ohne Bewußtsein. Und er hat Fieber. Ich glaube ...« Er verstummte, drehte sich um und ging langsam in die Ecke zurück, wo Albert lag. »Ich glaube, daß du Erfahrung mit der Pflege Kranker hast.«

Biggi war näher gekommen. Sie hatte den Rock von gestern angezogen, ihr Gesicht war gewaschen, und sie lächelte jetzt.

»Der Professor ist ein schlauer Kopf. Ein höflicher und kluger Herr.«

Sie sah Albert prüfend an, blieb aber stehen, wo sie war.

»Ich werde nicht fragen, warum der Professor, vom Winter auf einem einsamen Hof gefangen, ein so vielbeschäftigter Mann ist.« Ihr Blick fiel auf Thomas, der mit auf dem Rücken verschränkten Armen dastand und sie beobachtete. Sie starrten einander an. Am Ende war es eine Bewegung Alberts, die beide gleichzeitig nach unten schauen ließ. Albert hatte den Kopf gedreht und gab unverständliche Laute von sich.

»Der Professor hat die Nase eines Wolfs und Augen wie ein Falke.«

Während Biggi sprach, sah sie Albert gedankenverloren an, ohne ihn jedoch wirklich zu sehen. »Vielleicht jagt er. Jemanden ... oder etwas.« Dann bekamen ihre Augen plötzlich einen anderen Ausdruck, jetzt nahmen sie Albert wahr, untersuchten ihn. Sie kniete sich neben ihn, ohne Thomas' Reaktion abzuwarten, und legte ihre kleine, kräftige Hand auf Alberts Stirn. »Vielleicht führt er uns aber auch nur an der Nase herum. Was meinst du, Petter?«

Der plötzliche Schwenk in meine Richtung überrumpelte mich derart, daß ich nichts sagen konnte. Ich wich ihrem Blick aus und schaute hilfesuchend zu Thomas. Er hatte sich nicht vom Fleck gerührt und wartete entspannt, wie es weitergehen würde.

»Der Professor möchte nicht, daß irgend jemand diesen Ort verläßt, ist es nicht so? Er will uns um sich haben, damit er weiter schnüffeln und herumstochern kann, um Antworten auf seine spitzfindigen Fragen zu bekommen, nicht wahr?« Sie nahm Alberts schlaffe Hand in ihre Hände. »Soll ich um des Professors willen oder wegen des Kranken bleiben?« Sie drehte sich um und sah Thomas ohne eine Spur von Aggression an, die ich doch in ihren vielen Fragen zu spüren geglaubt hatte. Ihre Stimme und ihre Augen hatten fast etwas Trauerndes, Flehendes, als sie fortfuhr: »Oder meinetwegen?«

So kurz ich auch erst in Dänemark lebte, kannte ich doch

Thomas von Boueberge lange genug, um zu begreifen, daß ich ihn oft nicht verstand. Er sprach in mehreren Schichten. So jedenfalls hatte ich es vor etwa einem Monat für mich formuliert, als ich diese Seite meines Herrn erstmals bewußt erlebt hatte. Die obere Schicht war das, was man zuerst hörte und wahrnahm. Man konnte sich damit begnügen, es dabei belassen und würde vielleicht nie erfahren, daß es möglicherweise noch weitere Schichten gab. Ließ man allerdings nicht locker und suchte hinter den Worten, die er sagte, nach weiteren Bedeutungen, fand man häufig mehr als den unmittelbaren Gedanken.

Als Thomas mich losgeschickt hatte, um Biggi zu holen, war ich sicher gewesen, er hätte das getan, weil sie sich um Albert kümmern sollte. Damit wir nicht die ganze Zeit bei ihm sitzen mußten. Damit wir mit dem Schreiner und dem Wirt reden konnten. Aber das war nur die obere, die unmittelbare Schicht. Biggi hatte weiter gedacht als ich. Sie hatte die darunterliegende Schicht erkannt, die sagte, daß Thomas ihre Hilfe beanspruchte, weil er sie nicht aus den Augen lassen wollte – sie sollte ihm für seine Fragen zur Verfügung stehen. Keiner würde diesen Ort verlassen, bis der Mörder gefunden wäre. Sie wußte nicht, daß es darum ging, einen Mörder zu entlarven, hatte aber sehr wohl begriffen, daß Thomas im trüben fischte, schließlich hatte sie seine Fragen mit angehört. Biggi hatte zwar in der Ecke hinter der Holzkiste gekauert, aber das bedeutete noch lange nicht, daß sie taub oder blind war. Oder dumm. Und Thomas wußte das.

Aber da gab es noch eine weitere Schicht. Das wurde mir bewußt, als ich da stand und die beiden beobachtete.

Thomas war klargeworden, daß von Hamborch Biggi vor die Tür setzen würde, wenn er Thomas' Argumente eine Nacht überschlafen hatte und womöglich erneut vom Pastor und von seiner Frau bearbeitet worden war. So hatte Thomas Alberts Unpäßlichkeit als Gelegenheit genommen, nach Biggi zu schicken, um sie vor dem sicheren Tod im Wald zu bewahren. Und hatte sich damit selbst eine Erklärung in die

Hand gegeben, falls der Wirt fragen sollte, warum die »Hexe« noch immer da war. Er hatte ihr einen Grund zum Bleiben gegeben.

Nachdem mir der Gedanke erst einmal gekommen war, zweifelte ich nicht länger. Das war der eigentliche Grund. Ich hatte ihn vor lauter Schichten nur nicht gesehen.

»Ja«, antwortete Thomas und setzte sich auf die Kante der Pritsche. Er schob Alberts Bein etwas zur Seite, um mehr Platz zu haben, und lächelte Biggi anerkennend zu. »Aber es gibt noch einen anderen Grund, den du nicht erwähnt hast. Du hast Erfahrung mit kranken Menschen, diese Erfahrung brauche ich und ...«, er schlug mit der flachen Hand auf Alberts Oberschenkel, »... unser Patient ebenso. Und darüber hinaus bin ich neugierig und glaube, daß ich eine Menge von dir lernen kann.«

Biggi brach in schallendes Gelächter aus. »Was? Ihr wollt etwas von einer Hexe lernen? Ein Professor will etwas von einer Hexe lernen?« Sie wurde plötzlich ernst. »Woher wißt Ihr ...?«

Thomas zuckte mit den Schultern. »Ich hab Marie gestern während der Mittagsmahlzeit Kresseauszug trinken sehen und gedacht, daß ihr das jemand gegen Zahnschmerzen verabreicht haben dürfte. Die einzigen, die meiner Meinung nach von solchen Dingen etwas verstehen könnten, waren die Bettlerin in der Ofenecke und die Hausherrin, mit der ich zu dem Zeitpunkt noch nicht die Ehre gehabt hatte zu reden. Wie sich bald zeigte, ließ das Verhältnis der Hausherrin zu ihrem Dienstmädchen kaum darauf schließen, daß sie ihr eventuelles Wissen über die lindernde Wirkung von Kresse bei Zahnschmerz mit Marie teilen würde. Bliebst nur noch du übrig.«

Ich war sprachlos und strengte mich an, nicht den Faden zu verlieren. Es war ganz offensichtlich, daß ich noch eine Menge zu lernen hatte, wenn es darum ging, Augen und Ohren offenzuhalten – und eine Bedeutung hinter den Dingen zu sehen.

Während der Professor und die Hexe den Pferdeknecht

untersuchten und darüber diskutierten, was er brauche, ging ich im Kopf die letzten Tage noch einmal gründlich durch, um zu sehen, ob ich irgendwelche Geschehnisse oder Gespräche außer acht gelassen hatte, weil ich ihnen keine besondere Bedeutung zugeschrieben hatte. Gab es etwas, das ich Thomas nicht erzählt hatte?

Die Antwort war ein klares Ja. Ich hatte nichts von meinem nächtlichen Ausflug zu Marie erzählt und von der Abfuhr, die sie mir erteilt hatte, und war ziemlich sicher, daß ich es niemals erzählen würde. Wie ich es auch drehte und wendete, das schien mir eine Sache zwischen ihr und mir zu sein. Das ging niemand anderen etwas an.

Darüber hinaus gab es noch ein paar andere Zwischenfälle und Gesprächsfetzen, die Thomas nach meinem Dafürhalten nicht mitbekommen hatte. In jedem Fall war mir klargeworden, daß es besser war, darüber zu reden, als davon auszugehen, daß sie bedeutungslos waren.

Thomas erhob sich. »Hiermit übergebe ich Albert also deiner Obhut und teile dem Wirt mit, daß ich dich zu meiner Assistentin gemacht habe. Sollte er dich rauswerfen, muß er Petter und mich gleich mit vor die Tür setzen. Und das wird er kaum tun.« Die letzten Worte wurden von einem verhaltenen Lachen begleitet.

Auf dem Weg zurück in die Wirtsstube erzählte ich Thomas, daß es etwas gebe, von dem ich geglaubt hatte, daß es keine Bedeutung habe, das er aber trotzdem wissen sollte. Etwas, das ich ihm noch nicht erzählt hätte.

»Ist es wichtig?«

»Das weiß ich nicht. Möglicherweise.«

Thomas sah sich um und zeigte zur Schmiede.

»Nimm dir die Schneeschaufel und räum den Teil des Weges frei, den Albert nicht mehr geschafft hat, ich weihe in der Zwischenzeit den Wirt in die neue Situation ein. Danach treffen wir uns auf der Bank dort unter dem Schnee und unterhalten uns in aller Ruhe miteinander.«

Und richtig, vor der Schmiede sah ich eine Erhebung im Schnee, die durchaus von einer Bank herrühren konnte.

Ich machte mich gleich an die Arbeit, froh, mich austoben zu können.

Kapitel 19

Albert hatte die Wege von der Hintertür zur Scheune, zum Wagenschuppen und zum Stall freigeschippt.

Ich schaufelte vor der Haustür, den Pfad zur Schmiede und zum Waschhaus und hinüber zu dem kleinen Gebäude, das, wie ich glaubte, ein Lebensmittellager war. Schließlich hatte ich gestern Marie mit ein paar Schalen Mehl und Korn dort herauskommen sehen. Hinterher stand ich verschwitzt, aber zufrieden vor dem Stall und blinzelte über den glitzernden Schnee. An einigen Stellen reichte er mir bis zur Brust, kein Wunder, daß Albert zusammengebrochen war. Solch kräftezehrende Arbeit mit einem seit Tagen leeren Magen hätte selbst den stärksten Mann zum Umfallen gebracht. Eine Art unfreiwilliger Respekt vor diesem bärtigen Troll mit den dunklen Augen machte sich in mir breit. Nicht, daß ich ihn mochte, ich hatte ganz einfach Achtung vor der Arbeit, die er, so krank und ausgehungert er auch war, in den letzten Tagen bewältigt hatte.

Ich öffnete die Stalltür. Nach dem grellen Sonnenlicht fühlte ich mich in der Dunkelheit dort drinnen fast blind. Aber nur einen Augenblick lang. Dann gewöhnten sich meine Augen langsam an das Dunkel, und ich tastete mich vorsichtig zwischen Sätteln und Gerätschaften hindurch bis in eine Ecke, in der ich ein paar relativ saubere Säcke entdeckte, die ich mir über den Arm legte. Ich wußte nicht, ob mich die beiden am anderen Ende des Stalls gehört hatten.

Die Pferde in ihren Boxen wurden immer unruhiger, sie traten gegen die Holzwände und wieherten und schnaubten einander nervös und unzufrieden an. Biggi wandte mir den

Rücken zu und gab Albert zu trinken. Anscheinend war er wieder bei Bewußtsein. Sie sprach leise, nein: sie sang, ja, das war sicher eine Art Gesang, der ihn beruhigen sollte. In ihrer merkwürdigen Sprache hörte es sich an wie ..., aber ich war mir nicht sicher – die Pferde machten solchen Lärm. Ich war zu verlegen und, wie ich mir eingestehen mußte, wohl auch zu ängstlich, um zu den beiden hinüberzugehen. Diese Biggi hatte etwas ... Was sie oben im Heu gesagt und getan hatte, als ich sie vor einer Weile hatte holen sollen, ging mir nicht aus dem Kopf, sollte mir nie mehr aus dem Kopf gehen. Wer dazu fähig war, in dem einen Augenblick eine wilde Hexe zu sein und kurz darauf gewaschen und geschniegelt daherzukommen, als hätte es die Hexe nie gegeben, und aussah wie ... wie die Dienstmagd einer Pastorenfrau – was konnte das für ein Mensch sein? Ich merkte, daß ich ihr nicht traute. Absolut nicht. Vielleicht tat Thomas das, ich aber entschloß mich, sie im Auge zu behalten. Aus sicherer Entfernung.

Als ich wieder hinausgehen wollte, öffnete sich die Stalltür, und Marie kam herein. Sie hielt eine Schale mit Suppe in den Händen und balancierte damit zwischen den Pferden hindurch. Plötzlich lief ein Zittern durch ihren Körper, und sie blieb wie angewurzelt stehen. Sie hat Biggi gesehen, dachte ich. Auch Biggi hatte etwas gehört und drehte sich um. Sie erkannte Marie und wollte etwas sagen, mußte aber statt dessen mit ihren Händen die auf sie zufliegende Suppenschale abwehren, deren Inhalt zwischen den Pferden auf den Boden platschte. Marie brüllte: »Hexe!«, machte auf dem Absatz kehrt und stürmte, die Augen voller Tränen, nach draußen. Die Tür knallte hinter ihr zu, ohne aber richtig ins Schloß zu fallen, und öffnete sich langsam und quietschend wieder, während die Suppenschale über den gestampften Lehmboden kullerte und schließlich vor Biggis Füßen liegenblieb. Sie wischte sich ein paar Spritzer von der Wange, stellte die Schale auf eine Holzkiste neben dem Ofen und versorgte Albert unbeirrt weiter. Die Pferde gebärdeten sich jetzt wilder als zuvor.

Ich ging nach draußen und schloß die Tür hinter mir.

Thomas war noch nicht wieder aufgetaucht, als ich die Säcke auf die Bank legte, um unsere Hosen vor der Nässe zu schützen. Auch Marie war nirgends zu sehen. Ich ging zu meiner Schneeschaufel zurück.

Die Sonne näherte sich jetzt ihrem höchsten Punkt und wärmte ein wenig, auch wenn im Norden bereits die ersten dunklen Wolken am Himmel aufzogen. Ich schaute zum Hoftor. Sollte ich einen Weg dorthin räumen? Der Wind hatte von der Ecke des Stalls quer über den ganzen Hof bis hinüber zur Scheune eine besonders hohe Schneewehe aufgetürmt. Die müßte ich dann queren. War das den Aufwand wert? Wir konnten ja doch nicht hinausgehen.

Ich legte los. Aufwand oder nicht, ich mußte mich bewegen, und die Geschehnisse im Stall hatten eine Wut in mir aufwallen lassen, die ich nicht verstand, so daß es mir guttat, mich zu bewegen. Ich versuchte an etwas anderes zu denken.

Während der zwei Tage, die wir jetzt hier waren, hatte es beinahe unaufhörlich geschneit, und ich konnte mich nicht daran erinnern, zu Hause in Norwegen jemals ähnliche Schneemassen erlebt zu haben. Ich räumte einen schmalen Pfad und nahm mir sogar die Zeit, die brusthohen Schneewände zu glätten, als erwarteten wir hohen Besuch. Als ich mich dem Hoftor näherte, sah ich, daß das solide Gebälk von einer dünnen Schicht Eis überzogen war. Erstaunlich, daß erst zwei Tage vergangen waren, seit wir durch dieses Tor gestolpert waren, errettet vor einer eisigen Nacht und dem sicheren Tod. Ich blieb stehen, schnaufte und stützte mich auf die Schaufel. Der Schatten der Bäume, die vor dem Tor standen, fiel bis in den Hof, und ich spürte, wie die Kälte in meinen Körper kroch. Der Schweiß auf meinem Rücken kühlte ab, und mir schauderte es. An jenem Abend hatte ich Todesangst gehabt. Eine Angst, wie ich sie noch niemals zuvor verspürt hatte. Eigentlich erstaunlich, daß die Schnur, die zu der Glocke hinüberführte, nicht festgefroren gewesen war. Ich schaute hoch. Das kräftige Seil wurde durch dicke Löcher über drei kräftige Pfähle geführt. Zwei davon standen an der Mauer, der dritte überbrückte an der kürzesten Stelle den Weg hinüber zum Stall. Das fingerdicke Seil verschwand unter dem Dachvorsprung. Albert mußte schon Übung darin haben, die Schnur und die Führungslöcher immer wieder vom Eis zu befreien, damit sich die Schnur ungehindert bewegen ließ. Er hatte das, wie ich sehen konnte, heute noch nicht gemacht. Ich schlug kräftig mit dem Schaft der Schaufel gegen den nächsten Pfahl. Schnee und Eis rieselten von dessen Spitze und aus dem Führungsloch herab. Wir hatten es Albert zu verdanken, daß wir gerettet worden waren. Und den Pferden, ja. Denn plötzlich erinnerte ich mich an die Pferde, die mit einem Wiehern geantwortet hatten, als mein Pferd im Sturm ein Schnauben von sich gab. Hätten wir dieses Wiehern nicht gehört, wäre jede Rettung für uns zu spät gekommen.

Ich gab mir einen Ruck und wollte weitermachen, blieb aber mit erhobener Schaufel stehen. In meinem Kopf stand plötzlich alles still. Etwas ... da war doch etwas. So ein Gefühl. Irgend etwas stimmte nicht, das spürte ich. Ich sah mich um. Mein Kopf war noch immer wie blockiert. Gefühl. Was für ein Gefühl? Was stimmte nicht? Oder ... mußte ich etwas tun? Nein, nicht tun, vielleicht eher bedenken? Mich herantasten? Ja. Das fühlte sich richtig an. Aber was? Vielleicht ging es darum, mich zu erinnern ... an kleine Dinge zu erinnern und sie zusammenzusetzen. Was hatte Thomas' alter Franzose doch gleich gesagt: man sollte versuchen, die Dinge in eine logische Reihenfolge zu bringen, auch wenn sie scheinbar nichts miteinander zu tun hatten. So etwas in der Art. War es das? Ich versuchte es. Aber was sollte ich zusammensetzen?

Mein Gefühl sagte mir, daß ich auf dem rechten Weg war. Es war irgendwo dort drinnen in meinem Schädel, wollte aber nicht zum Vorschein kommen. Es war, als würde man ein Wort kennen und es nicht über die Lippen bringen. Ich sah das Tor an und drehte mich dann zum Stall um. Woran hatte ich gerade gedacht? An den Abend, an dem wir gekommen waren. An den Sturm. Die Angst, zu sterben. Die wiehernden Pferde, und dann? Ich kam nicht weiter.

Im Stall schnaubte ein Pferd, die anderen antworteten. Ich hörte sie durch die dicken steinernen Mauern des Gebäudes. Nicht leise, aber auch nicht laut. Man hörte es einfach, etwas gedämpft, hier, wo ich stand, und bei gutem Wetter.

Bei gutem Wetter! Das war es! Genau! In meinem Kopf sprangen die Gedanken plötzlich wie junge Fohlen im Frühling umeinander.

Das wiehernde Pferd. Das war es. Der Abend unserer Ankunft. Wir waren draußen vor dem Tor gewesen, ja sogar ein Stück von der Mauer entfernt. Im Sturm. Trotzdem hatten wir das Wiehern der Pferde gehört, als diese auf das Schnauben unserer Tiere antworteten. Jetzt hörte ich es nur gedämpft, trotz der Stille und des guten Wetters.

Ich maß die Entfernung vom Stall zum Hoftor und zurück mit dem Auge. Gut zwanzig Ellen, vielleicht ein bißchen mehr, schätzte ich. War es tatsächlich möglich gewesen, ein Pferd zu hören, das im Stall gewiehert hatte? Nein. Die Antwort mußte nein lauten. Das war unmöglich.

Aufgeregt hielt ich nach Thomas Ausschau, wo blieb er nur? Ich ging zurück zum Stall und schaute den Pfad hinunter.

Dann mußte ich lachen. Er thronte, groß und imposant, auf der Bank vor der Schmiede, hatte die Augen geschlossen und das Gesicht zur Sonne gewandt.

»Das brauchte ich«, murmelte er entschuldigend, als ich mich setzte. »Du hast so energisch gearbeitet.«

»Jemand hatte ein Pferd aus dem Stall geholt, als wir Donnerstagabend kamen«, sagte ich und zwang ihn unbarmherzig aus seiner Ruhe.

Thomas seufzte, ließ die Hand demonstrativ auf seinen Hut fallen, bevor er ihn auf den Kopf setzte und langsam die Augen öffnete. Sein Blick musterte mich mitleidig. »Wirst du denn niemals müde, du, der du des Nachts herumwandelst?«

Ich verstummte einen Augenblick, entschied mich dann aber, mir die Röte von den Wangen zu reden. »Als wir draußen auf dem Weg waren, hörten wir hinter der Mauer ein Pferd wiehern, erinnert Ihr Euch? Wir hörten es durch den Sturm. Das Pferd muß auf dem Hof gewesen sein, unweit des Tors, damit wir es hören konnten. Wenn es im Stall gestanden hätte, wäre das Wiehern nicht laut genug zu hören gewesen.«

Thomas hatte Feuer gefangen, nickte und bat mich fortzufahren.

»Jemand wollte von hier wegreiten. Deshalb befand sich ein Pferd außerhalb des Stalls.«

»Falls Albert nicht die Pferde draußen herumgeführt hat«, sagte Thomas.

»Das glaube ich kaum. Nicht unmittelbar vor der Nacht. So etwas würde Albert nicht tun. Er kennt sich mit Pferden aus und weiß, wie er sie behandeln muß.«

»Du hast wahrscheinlich recht.«

»Glaubt Ihr, der Mörder hat versucht, das Wirtshaus zu verlassen, als er uns hinter dem Tor hörte?«

Thomas richtete sich auf und sah mich anerkennend an. »Ein guter Gedanke, Petter!« Sein Blick schweifte wieder ab, und er drehte seinen Kopf in Richtung des kleinen Parks hinter dem Wirtshaus. Die Landschaft fiel zu einer Wiese mit einem zugefrorenen Bach hin ab. Das Wetter war zu schlecht gewesen, als daß ich das zuvor hätte bemerken können. Wie schön es war. Weiche Formen, dachte ich, typisch dänisch. Meine heimatlichen norwegischen Gefilde wirkten dagegen grob. Kaum vorstellbar, daß mit all dem bald Schluß sein sollte – morgen. Ich konnte es nicht glauben. Gott würde nicht …

»Aber …«, unterbrach Thomas meine Gedanken, »aber … das könnte dann eigentlich … nur Albert gewesen sein.« Er sagte es zögernd und unsicher. In seiner Stimme schien mitzuschwingen: ›Müssen wir uns etwa wieder auf einen anderen Mörder einstellen? Ist es jetzt doch nicht der Schreiner?‹

»Nein.« Ich hatte genug Zeit gehabt, ein wenig weiter zu denken. »Jemand anderes hätte sich mit dem Pferd zurück in den Stall schleichen können, bevor Albert von dort, wo er war, zurückkam und die Glocke hörte. Der Betreffende könnte sich dort versteckt gehalten haben, bis Albert ging, um uns das Tor zu öffnen, und dann wieder zurück zur Schankstube gehastet sein. Der Schneesturm war so stark, daß wir vom Hoftor aus nicht einmal bemerkt hätten, wenn eine Kompanie Soldaten aus dem Stall gekommen wäre.« Ich war selber überrascht, mit welchem Eifer ich nach Beweisen für Alberts Unschuld suchte. Er war lange meine erste Wahl gewesen, wenn es darum ging, wer den Mord an dem Grafen begangen haben könnte. Auf jeden Fall bis gestern abend, als ich gehört hatte, was der Schreiner dem Pastor anvertraut hatte.

Alles Lügen. Sagte es in meinem Kopf.

Lügen?

War es eine Lüge, wenn man seine innersten Gedanken nicht laut aussprach?

Ja!

Und genau das tat ich. Ich belog mich selbst, und ich wußte es. Seit ich bemerkt hatte, daß die ekligen Säuferaugen des Schreiners beständig an Marie klebten, war es mein innigster Wunsch, ihn zum Mörder zu stempeln. Ich mochte Albert nicht, er war mir unheimlich. Aber könnte ich wählen, dann paßte mir der Schreiner als Mörder am besten. Das war die Wahrheit.

Es war beschämend und furchtbar, schließlich ging es um Mord.

Thomas würde aufhören, mich zu loben, wenn er davon wüßte. Er würde die Worte, die er gerade ausgesprochen hatte, sofort zurücknehmen. Kein guter Gedanke, Petter!

Mir fiel ein, was er am Morgen gesagt hatte: daß wir gerne unterschiedlicher Meinung sein dürften, daß wir aber alles sagen müßten, was von Interesse war, auch wenn es uns nicht paßte oder wir es als unwesentlich erachteten. Ich riß mich zusammen.

»Marie war mit einer Schale Suppe im Stall, und als sie Biggi sah, warf sie die Schale nach ihr und rannte wütend hinaus.« Ich spuckte die Worte regelrecht aus. Schnell, als bekäme ich sonst einen schlechten Geschmack auf der Zunge. »Marie hat gestern vor dem Gedenkgottesdienst Schelte von der Hausherrin bezogen, und als Frau von Hamborch dann weg war, hat sie ihr nachgerufen: ›Wenn die Katze aus dem Haus ist, tanzen die Mäuse auf dem Tisch.‹ Sie wußte nicht, daß ich es hörte. Marie wollte so eine Bibel kaufen, wie sie der Pastor hat. Und sie wollte heute nacht meinen Besuch nicht, obgleich sie ihn doch eigentlich gewollt hatte.« Letzteres sagte ich, ohne Luft zu holen.

Ich sank zusammen und studierte meine Schuhe.

Thomas schwieg.

Ich wartete. Lange. Warum sagte er nichts? Ich schluckte und dann wieder, noch einmal. Meine Füße waren kalt.

Endlich redete Thomas. Seine Stimme klang entspannt – nicht mitleidig –, einfach nur entspannt.

»Gut. Wir wissen, daß die Hausherrin und Marie nicht gerade das beste Verhältnis haben, da redet man sicher schnell einmal schlecht übereinander, ohne daß es allzuviel bedeuten muß. Wir schreiben uns das aber hinter die Ohren, das mit den Mäusen. Daß sich Marie so sehr für die Bibel interessiert hat, habe ich auch bemerkt. Das war gestern mittag. Ich habe Teile eures Gesprächs aufgeschnappt, als ich mit dem Schreiner geredet habe. Du mußt schon eingestehen, die Bibel des Pastors ist wirklich ein imposantes Buch – vielleicht ist die Erklärung so einfach. Aber Marie ist ein Mädchen, aus dem man nicht so recht klug wird, wie du ja selbst gesagt hast, als es um den nächtlichen Besuch ging. Sie geht ihre eigenen Wege, glaube ich, ohne daß wir anderen Kenntnis von diesen Wegen erhalten.«

Ich nickte und stimmte ihm zu, auch wenn ich nicht ganz begriff, was er meinte, und entspannte mich ein bißchen.

Die Sonne schmolz den Schnee auf dem Dach, und ein unrhythmisches Tropfen untermalte unser Gespräch. Über der

Bank und dem Tor zur Schmiede hing ein ausgehöhlter halber Baumstamm, um das Wasser abzuleiten. Wieder Albert, dachte ich. Nicht der Wirt.

»Was sagte der Wirt dazu, daß Biggi hierbleibt?« Ich erinnerte mich plötzlich daran, warum Thomas zuvor ins Haus gegangen war.

»Er hatte keine Zeit, mit mir zu sprechen. Weigerte sich, die Tür zu öffnen, und sagte, ich solle später wiederkommen. Statt dessen habe ich mir andere Strümpfe und die Stiefel angezogen.« Er bewegte undefinierbar den Ellbogen, vielleicht in Richtung meiner Füße. »Das solltest du auch tun. Es wäre nicht gut, jetzt krank zu werden.« Thomas lehnte sich zurück, das Gesicht zur Sonne gewandt. Er sprach langsam, träge.

Ich setzte mich auf die gleiche Weise hin und spürte, wie schläfrig ich wurde.

Es knirschte im Schnee. Vorsichtige Schritte. Die Geräusche drangen wie im Traum zu mir, bevor ich begriff, was es wirklich war. Die Sonne blendete mich, ich blinzelte und beschattete meine Augen mit der Hand. Ein Schatten ging mit vorsichtigen Schritten hinüber zum Vorratshaus. Marie! Ihre Haare glänzten in der Sonne, Kopf und Schultern ragten über dem Schnee empor. Sie sah, daß ich wach war.

»Danke, daß du Schnee geschaufelt hast«, rief sie mit gedämpfter Stimme.

Ich winkte zurück. Thomas bewegte sich.

»Geh und frag, ob sie Hilfe braucht, jetzt, da Albert krank ist«, brummte er.

Ich erhob mich widerstrebend. Ich war mir bei Marie seit dem nächtlichen Besuch nicht mehr sicher.

Sie kramte in dem Vorratshäuschen herum, als ich die angelehnte Tür aufschob, und streckte mir ihren Po entgegen, während sie mit einem großen Holzlöffel Mehl in eine Schale löffelte. Ihr Gesäß schwang hin und her, wenn sie sich bewegte, und ich sah ihre Waden über den zu großen Wollsocken in den Holzschuhen. Sie bemerkte mich und drehte sich um.

»Oh, hallo.« Ihr Lächeln war unsicher.

»Ich wollte nur fragen, ob … ja, also, ob du Hilfe brauchst, ich meine, jetzt, da Albert krank ist?«

Sie band den Mehlsack mit einem Hanfstrick zu, nahm die Schale in den Arm und ging zur Tür. Ich trat zurück und ließ sie hinausgehen und die Tür schließen, und ich folgte ihr zum Waschhaus. Sie schaute zu Thomas hinüber, der noch immer mit geschlossenen Augen dasaß und die Sonne genoß. Dann ging sie ein paar Schritte hinter das Waschhaus, so daß wir vor seinen eventuellen Blicken geschützt waren.

»Kannst du ein bißchen Holz mit hineinnehmen?« fragte sie. Ich nickte, natürlich.

Sie beugte sich zu mir vor und flüsterte: »Im Waschhaus, um Mitternacht.« Überrascht huschte mein Blick von ihr zur Tür des kleinen Waschhauses, das ich noch nicht von innen gesehen hatte. Warum dort? fragte ich mich, aber Marie war schon wieder auf dem Weg in die Wirtsstube.

Die Holzscheite unter dem überstehenden Dach des Waschhauses fühlten sich trocken an, sie gaben den richtigen hohlen, klaren Laut von sich, wenn ich sie aneinanderschlug. Ich stapelte so viele wie nur möglich auf meinem Arm übereinander und stapfte glücklich mit meiner Bürde in Richtung Schankstube. Hertha von Hamborch war gemeinsam mit Marie in der Küche. Es herrschte eine bedrückende Stille, so daß ich gleich wieder hinausging.

»Na«, fragte Thomas mit schläfriger Stimme, als ich mich auf die Bank setzte, »war sonst noch jemand in der Wirtsstube, daß du so schnell zurückkommst?«

»Nur die Wirtin«, antwortete ich und kämpfte gegen meine Lust an, ihm vors Schienbein zu treten.

Mit einemmal war er hellwach. »Wirklich! Dann, glaube ich, ist es an der Zeit, ein paar Worte mit unserem Herrn Wirt zu wechseln. Ob er nun Zeit hat oder nicht, jetzt muß er mit uns sprechen.«

Kapitel 20

Es kostete ihn einige Überredungskünste, gespickt mit sanften Drohungen, welche Unannehmlichkeiten und Probleme ihm Thomas von Boueberge in seiner Funktion als königlicher Beamter bereiten könne, falls er die Zusammenarbeit verweigere, bis Herbert von Hamborch endlich aufschloß und uns in seine privaten Räume ließ. Mir wurde sofort klar, warum er keinen gesteigerten Wert auf unseren Besuch legte. Der Wirt bot, offen gesagt, einen jämmerlichen Anblick: unrasiert, ohne Perücke und mit ungekämmten Haaren, die ihm über das hagere Gesicht fielen. Unter dem verkehrt geknöpften Schlafrock lugte sein Nachthemd hervor. Er sah aus, als habe er die ganze Nacht kein Auge zugetan und könne sich nicht entscheiden, ob er sich lieber wieder hinlegen sollte oder nicht.

»Wir bedauern es sehr, Euch stören zu müssen, Herr von Hamborch.« Thomas schlug einen halb offiziellen Ton an, der dem Wirt die Wahl ließ, ob er der freundschaftlichen Atmosphäre, mit der der gestrige Abend ausgeklungen war, oder einer eher steifen Förmlichkeit zwischen ihnen den Vorzug geben wollte. »Aber es sind ein paar Fragen zu klären, die nur Ihr hinlänglich beantworten könnt. Ich hoffe doch, daß Ihr ein wenig Zeit für uns erübrigt.«

Der Wirt schnitt eine Grimasse, als wollte er sagen, daß wir uns ja bereits gewaltsam Zugang verschafft hätten, wozu also überhaupt noch um Erlaubnis bitten. Er bot uns mit einer Geste einen Platz in der Stube an, und wir setzten uns.

»Aufgrund des mysteriösen Todesfalles des Grafen d'Angely …«, der Wirt öffnete den Mund, um zu protestieren, schloß ihn aber wieder, ohne etwas zu sagen, »… haben wir sowohl mit den Gästen als auch mit den Angestellten des Wirtshauses Gespräche geführt. Dabei hat sich herausgestellt, daß der Graf bereits zu einem früheren Zeitpunkt Gast in Eurem Haus war. Jedenfalls glaubt man ihn als früheren Gast wiedererkannt zu haben. Was habt Ihr dazu zu sagen?

Gestern vormittag habt Ihr behauptet, daß der Graf noch nie einen Fuß in Eure Wirtschaft gesetzt hätte?«

Thomas lehnte sich zurück und wartete.

»Hat er auch nicht«, sagte der Wirt trotzig. »Mag schon sein, daß ich nicht der Zuverlässigste bin, wenn es darum geht, sich Gesichter oder Namen zu merken, aber ein solcher Name wäre mir in jedem Fall im Gedächtnis geblieben. Der Name d'Angely ist noch nie zuvor in unserem Gästebuch aufgetaucht.«

»Ihr führt ein Gästebuch?« fragte Thomas überrascht. Ich war nicht minder verblüfft, war uns doch seit unserer Ankunft kein solches Buch vorgelegt worden.

»Ja. Obgleich ich zugeben muß, daß ich seit dem Tod des Grafen und meiner Erkenntnis darüber ...«, er suchte nach passenden Worten, »... was die Zukunft für uns bereithält, meine Aufgaben als Hausherr und Wirt sehr vernachlässigt habe.« Er sah uns entschuldigend an. »Darum hattet Ihr noch nicht Gelegenheit, Euch einzutragen ... Noch nicht.«

Und du scheinst in Anbetracht der Zukunftsaussichten auch keine Notwendigkeit dafür zu sehen, dachte ich in einem Versuch, sarkastisch zu sein. Mit einemmal verstand ich, warum er seine Pflichten vernachlässigte und sich selbst. Wozu sich kümmern? Bald würde sowieso alles vorbei sein.

Von Hamborch erhob sich und ging zu dem Schreibpult, zog eine Schublade auf und nahm ein großes, in dunkles Leder gebundenes Buch heraus. Er schlug es auf, holte einen Fidibus vom Ofen und zündete eine Kerze an.

»Wenn der Herr Professor sich selbst überzeugen will«, sagte er teilnahmslos und schob einen Stuhl vor das Pult. »Da ist kein Graf mit diesem Namen eingetragen, in den letzten zwei Jahren ist hier kein Graf gewesen.«

Thomas setzte sich an das Schreibpult, während ich mich hinter ihn stellte und mitlas.

Die Einträge im Buch waren mit zierlicher, schnörkeliger Schrift Zeile für Zeile vorgenommen. Ganz links stand ein Datum, wie ich annahm, wahrscheinlich das Ankunftsdatum der Gäste, dahinter Name, Geschäft oder Handwerk – oder Titel, wenn es sich um eine solche Person handelte. Am Ende wieder ein Datum, wahrscheinlich der Tag der Abreise. Ganz rechts am Rand stand eine Zahl, wie ich annahm, die Summe, die der Gast für seinen Aufenthalt entrichtet hatte. Ganz akkurat.

Letzter eingetragener Gast war Gustav Tønnesen, Schreiner. Er war am 27. Dezember 1699 eingetroffen, am gleichen Tag wie Philippe d'Angely, Graf, und Jacob Magnus Frisch, Pastor.

Thomas blätterte zurück, studierte kommentarlos die Namen. Der Winter war nicht gerade die betriebsamste Zeit für das Wirtshaus, es gab Tage ohne einen einzigen Gast, und auch sonst logierten selten mehr als zwei Gäste gleichzeitig im Haus. Daß wir momentan zu viert hier waren, war eine Ausnahme.

Ich las die Namen auf der aufgeschlagenen Seite. Marie hatte gesagt, daß der Graf vor etwa drei Wochen schon einmal hier gewohnt habe. Ich sah keinen Grafen, keinen d'Angely. Kaufleute und Krämer gab es mehrere, des weiteren einen Höker, einen Stellmacher, einen Schreiner, einige Bauern, einen Kapitän, einen Kupferschmied ... Mein Blick fuhr suchend über die Zeilen. Irgend etwas stimmte nicht, störte mich. Ich las noch einmal, von unten nach oben.

Bevor mir aufging, was es war, nannte Thomas es beim Namen. Er drehte sich zu dem Wirt um.

»Wer führt die Bücher, wenn Ihr verreist seid? Ihr erzähltet gestern abend, daß Ihr vor kurzem in Haderslev wart.«

»Meine Frau, natürlich.«

Jetzt sah ich es auch. Auf der Mitte der Seite änderte sich die Schrift, lehnte sich mehr nach rechts und hatte weniger, aber dafür größere Schnörkel. Der Wirt war ganz offensichtlich in der Zeit zwischen dem 12. Dezember und – Thomas blätterte noch einmal zurück – dem 6. Dezember fort gewesen. Am 5. waren die Eintragungen wieder in der zierlichen Handschrift des Wirts abgefaßt.

Eifrig suchte ich die Gästeliste nach den Personen ab, die zwischen dem 6. und dem 12. Dezember im Wirtshaus logiert hatten und länger als einen Tag geblieben waren. Das traf insgesamt auf zwei Gäste zu. Ein Kaufmann hatte zwei Nächte, vom 6. bis zum 8. Dezember, hier gewohnt, des weiteren ein Hauptmann vom 7. bis zum 11. Dezember. Vier Nächte insgesamt!

Ich schaute auf den Namen: Jules Rigaud, Hauptmann. Im gleichen Moment legte Thomas, verborgen für den uninteressierten Blick des Wirts, seinen Finger auf ebenjenen Namen und tippte nachdrücklich darauf, um mir mitzuteilen, daß ich mir diese Zeile gut einprägen sollte. Dann blätterte er eine Weile weiter in dem Buch, bevor er es mit einem Seufzer zuschlug.

»Ihr habt tatsächlich recht, Herr von Hamborch, hier ist kein Graf eingetragen.«

Der Wirt hing trüben Gedanken nach und schenkte uns nur ein schwaches Achselzucken.

»Kann man Euch mit irgend etwas behilflich sein? Euch scheint so manches zu quälen.«

Der Wirt lächelte säuerlich und schaute auf. »Der Herr Professor scheint mir trotz der fatalen Vorfälle sein heiteres Gemüt bewahrt zu haben.«

Jetzt war Thomas an der Reihe, die Achseln zu zucken. »Als Wissenschaftler bin ich nicht eher von einer Sache überzeugt, als bis ich eindeutige Beweise und völlige Gewißheit habe. Ob morgen der Tag des Jüngsten Gerichts ist, wird für mich erst übermorgen wirklich bewiesen sein.« Thomas lächelte den Wirt beruhigend an, aber der blickte bereits wieder zu Boden.

»Quält Euch der Gedanke daran so sehr, daß er Euch um Eure dringend benötigte Nachtruhe bringt?« hakte Thomas nach.

Von Hamborch lachte gequält. »Dem Herrn Professor ist in einer derartigen Situation zum Scherzen zumute?!« Seine Augen waren durch den Mangel an Schlaf gerötet. »Ich bin die ganze Nacht in der Stube auf und ab gegangen in der

Hoffnung, einen Fehler in der Beweisführung des Pastors oder meiner eigenen zu entdecken. Die ganze Nacht. Bei Tagesanbruch bin ich schließlich ins Bett gefallen, um zu schlafen, damit mich der Wahnsinn nicht packt. Und als ich endlich kurz vorm Einschlafen war, wurde meine ... ist Hertha ... krank geworden ... und hat alles von sich gegeben, was sie gestern gegessen ... und getrunken hat.« Er seufzte und sank in sich zusammen.

»Eure Frau hat sich hoffentlich inzwischen wieder erholt?« erkundigte sich Thomas.

»Ja. Sie hat eine robuste Konstitution und ist nicht so ...« Wir warteten, aber von Hamborch brachte den Satz nicht zu Ende.

Thomas nickte und ging zur Tür. »Ich werde Euch wohl kaum umstimmen können, aber gestattet mir trotzdem die Anmerkung, daß ich ebenso überzeugt davon bin, daß morgen nicht der Tag des Jüngsten Gerichts sein wird, wie ich von Gottes Existenz überzeugt bin.«

Wir ließen die triste Gestalt allein zurück und traten aus den privaten Räumen auf den Flur. Überraschend drehte sich Thomas noch einmal um und steckte den Kopf zur Tür hinein: »Ich habe Biggi, die Frau, die im Kuhstall übernachtet hat, beauftragt, ein Auge auf Albert zu haben, weil er ernstlich krank ist. Euer Pferdeknecht braucht Ruhe und Pflege, wenigstens ein paar Tage, bis er gesund genug ist, seine Arbeit wiederaufzunehmen.« Ich konnte nicht sehen, wie der Wirt reagierte, aber Thomas fuhr ohne Unterbrechung fort: »Soll das Wirtshaus auch im neuen Jahr seinen guten Ruf bewahren, würde ich dem Wirt ans Herz legen, sich etwas überzuziehen und Alberts Arbeit zu übernehmen.« Er hielt einen Moment inne, dann fügte er lächelnd hinzu: »Und sollte das Jüngste Gericht doch kommen, wird eine solche Einstellung ganz sicher positiv bewertet werden, wenn Ihr vor dem Großen Richter steht und der liest, was im Buch des Lebens über Euch geschrieben steht.«

Thomas zog die Tür hinter sich zu.

Wir blieben noch eine Weile in dem dunklen Flur und berieten uns.

»Der Graf scheint sich bei seinem ersten Besuch als Hauptmann ausgegeben zu haben«, sagte Thomas leise. »Wenn es stimmt, was Marie behauptet.«

»Davon bin ich überzeugt. Jules Rigaud ist doch ein französischer Name, oder?«

»Doch, mal abgesehen davon, daß es heutzutage eine Menge Leute gibt, die in der Gegend herumziehen. Ein Name ist längst kein untrügliches Zeichen mehr für eine bestimmte Nationalität, wie er es früher einmal war. Und doch, ich glaube auch, daß das der Mann ist, den wir suchen. Bleibt die Frage, warum er sich unter falschem Namen eintragen ließ, als er das erste Mal hier im Wirtshaus war. Und warum er sich als Hauptmann ausgab. Jules Rigaud, Hauptmann ... Hm, französisch auch da, das schon, aber weshalb gibt sich ein Graf als Hauptmann aus? Wenn er sich schon einen militärischen Rang verpaßt, warum dann nicht Capitain oder Lieutenant, etwas, das besser zu einem Grafen paßt? Und weshalb überhaupt ein militärischer Rang? Andererseits paßt das zu den Dingen, die wir in seiner Kammer vorgefunden haben: die Waffen, die strenge Ordnung, das Buch. Aber der Brief, das Siegel mit den Initialen und die fehlende Uniform. Nein, da stimmt was nicht. War er Graf oder Hauptmann? Vielleicht kann die Wirtin uns eine Antwort darauf geben, sie hat ihn ja schließlich beide Male gesehen, als er das Wirtshaus besucht hat.«

»Und mit ihm auf dem Tisch getanzt ...«, sagte ich.

»Das könnte ein Treffer ins Schwarze sein, Petter. Vielleicht ist der gräfliche Hauptmann die zweite Tanzmaus. Womit sich noch eine weitere Aussage unserer Marie bestätigen würde.« Thomas verstummte und spitzte die Lippen, während seine Finger nach dem Westenknopf tasteten. »Jeder der Anwesenden scheint seine kleinen Geheimnisse zu haben und etwas zu verbergen. Kaum haben wir eine Frage beantwortet, taucht schon die nächste auf. In diesem Haus werden so viele seltsame Dinge gesagt und auch wieder nicht gesagt, daß es einfach einen Zusammenhang geben muß, daß das eine oder andere einfach mit dem Mord zusammenhängen muß. Ruf dir Descartes' dritte Regel ins Gedächtnis, die besagt, daß man selbst die Objekte in eine gedankliche Ordnung bringen soll, die scheinbar in keinem logischen Zusammenhang stehen. Ich frage mich, ob nicht doch eine gewisse Logik in den Dingen steckt, die uns im Augenblick noch mystisch und seltsam vorkommen. Was ich allerdings nicht begreife ...« Er ahmte unbewußt den Wirt nach, als er das Ende des Satzes so unausgesprochen ließ, fuhr aber gleich darauf mit gedämpfter Stimme in konkreteren Gedankenbahnen fort. »Wenn wir vorankommen wollen, sollten wir so bald wie möglich mit der Wirtin sprechen und mit Marie. Aber am dringlichsten mit dem Schreiner. Am besten gleich. Ich glaube nach wie vor, daß er derjenige ist, den wir suchen, und es wäre wünschenswert, so bald wie möglich ein Geständnis von ihm zu bekommen. Wollen wir doch mal schauen, ob er inzwischen wieder in der Schankstube sitzt nach seinem ausführlichen Vormittagsschl...« Thomas verstummte, als wir Marie mit leichten Schritten die Treppe herunterkommen hörten. Wir dachten, daß sie in die Wirtsstube verschwinden würde, aber statt dessen bog sie in die andere Richtung ab und griff nach dem Handknauf eines Schranks unter der Treppe. Sie fuhr erschrocken zurück, als sie uns sah.

»Uuhhh!« platzte sie heraus und starrte mit weit aufgerissenen Augen auf unsere Schatten im hinteren Teil des Flurs. Sie sah aus, als ob sie den Teufel persönlich vor sich sähe.

»Ganz ruhig, Marie, wir sind es bloß«, sagte Thomas besänftigend. »Wir kommen gerade von einem Besuch bei deinem Hausherrn.«

Marie knickste verlegen und machte ein paar Schritte auf uns zu. »Da hat Marie aber einen ordentlichen Schreck bekommen«, gab sie zu, während sie die Schranktür öffnete und saubere Bettücher herausnahm. Wir drückten uns gegen die Wand, um an ihr vorbeizukommen.

»Marie muß waschen«, sagte sie und drehte sich zu uns um. Ich stand direkt vor ihr. Sie roch nach Seife und Schweiß.

»Falls der Professor und sein Assistent ... noch was zu waschen haben, kann ich es gleich mitnehmen.« Sie wollte einen Knicks in Thomas' Richtung machen, aber dafür war kein Platz.

Thomas sah mich sichtlich amüsiert an. »Doch, da wäre sicher das eine oder andere Teil, dem eine Behandlung mit Seifenlauge und Bürste nicht schaden würde, nicht wahr, Petter? Du hast einen besseren Überblick als ich. Begleite Marie nach oben in unser Zimmer und such die Sachen zusammen, ich werde in der Zwischenzeit einen notwendigen Gang in den Kuhstall machen, wenn es gestattet ist, so etwas zu sagen.« Er deutete einen Diener an und verschwand.

Marie folgte mir die Treppe hinauf und wechselte die Laken, während ich nach unserer Schmutzwäsche suchte. Sie breitete ein Laken auf dem Boden aus, und wir warfen die Sachen in einem Haufen darauf.

Sie wollte gerade das Laken zusammenknoten, als sie die Kleider des Grafen hinter der Tür entdeckte.

»Das soll doch sicher auch gewaschen werden?« fragte sie mit einem Unterton in der Stimme, der andeuten sollte, daß ich etwas vergessen hatte, und griff nach dem seidenen Hemd des Grafen.

»Nein, das gehört dem Grafen«, sagte ich. »Thomas mußte seine Kleider zerschneiden, damit er sie ihm ausziehen konnte. Ich werde sie zu den anderen Sachen in sein Zimmer legen, dann kann der Wirt entscheiden, was damit geschehen soll. Es gibt keinen Grund, das Zeug zu waschen.«

Ich wollte ihr das Hemd aus der Hand nehmen und es zurück zu den anderen Sachen des Grafen legen, aber sie mochte es nicht wieder hergeben. Statt dessen befühlte sie den Stoff, sah sich die hauchdünnen Fäden an, die an der Stelle herausragten, an der die Schere das erlesene Gewebe malträtiert hatte, und legte es hingerissen an ihre Wange.

»Seide«, seufzte sie, »jeden Tag so etwas tragen ...« Plötzlich hielt sie irritiert das Hemd vor die Augen und drehte es hin und her. »Was ist denn das ...?« Sie tastete den Stoff ab, zögerte und hielt mir das Hemd entgegen. »Fühl mal!« sagte sie.

Ich schloß meine Hand um das Stück Stoff und fühlte etwas Längliches. Wir breiteten das Kleidungsstück auf dem Boden aus und tasteten beide am Saum entlang. Dort schien ein Stück Papier eingenäht zu sein.

Ich durchsuchte meine Tasche nach meinem Messer, trennte den Saum auf und zog ein kleines, zusammengerolltes Stück Papier heraus.

»Was steht da?« fragte Marie gespannt und schaute mir neugierig über die Schulter, als ich das Papier aufrollte.

»Ich weiß es nicht«, mußte ich widerwillig eingestehen, während ich hilflos auf die schnörkeligen Buchstaben schaute. »Die einzigen Wörter, die ich lesen kann, sind deutsch, glaube ich. Sieht ein bißchen aus wie eine Quittung. Sieh mal, da sind Zahlen, 150 steht da und hier noch einmal 150. Und da unten sind noch mehr Zahlen.«

Ich rollte das Papier wieder zusammen und steckte es in meine Tasche. »Ich werde es Thomas zeigen.«

Marie nahm die Ecken des Lakens und knotete sie zusammen.

Wir waren gerade auf dem Weg nach unten, als ich Thomas die Tür der Wirtsstube hinter sich zuziehen sah. Ich rannte die letzten Treppenstufen hinunter, um ihn zu erreichen, bevor er mit dem Schreiner sprach. Bestimmt war dieses Stückchen Papier, das der Graf so sorgsam versteckt hatte, von großer Bedeutung. Thomas mußte auf schnellstem Wege davon erfahren. Marie brachte die Schmutzwäsche ins Waschhaus.

Die Schankstube hatte sich in der Zwischenzeit gefüllt. Der Pastor und der Schreiner saßen an einem der beiden Tische und nahmen ihre Mittagsmahlzeit zu sich, an dem anderen saß Biggi – ohne Essen. Als ich eintrat, setzte die

Wirtin sich gerade neben den Pastor und versorgte sich selbst mit einer Portion.

Biggi ging Thomas entgegen. Die Ruhe, die mir früher bei ihr aufgefallen war, war durch ein Stirnrunzeln und einen finsteren Blick gestört. Ganz zweifellos hatte vor unserem Eintreffen ein heftiger Wortwechsel stattgefunden.

»Thomas, Ihr sollt in den Stall kommen, Albert möchte Euch sprechen«, hörte ich sie flüstern. Sie packte Thomas am Ärmel, als ob sie ihn zwingen wollte, sich umzudrehen, aber er zog den Arm zurück.

»Er muß sich noch gedulden, Biggi«, sagte Thomas freundlich und leise, aber bestimmt. Er wollte zuerst mit Gustav, dem Schreiner, reden, es nicht noch einmal aufschieben.

Am anderen Tisch war es still geworden, und alle Augenpaare waren auf uns gerichtet. Biggi schaute verächtlich hinüber, bevor sie Thomas' Kopf zu sich herabzog. Sie flüsterte ihm etwas ins Ohr, das ich nicht verstehen konnte, aber die Wirkung war unübersehbar. Thomas hob jäh den Kopf, überrascht und fragend. »Ist das wahr?«

Biggi antwortete mit einem Nicken. Thomas schien einen Augenblick völlig abwesend, dann murmelte er: »Fit erranti medicina confessio«, machte auf dem Absatz kehrt und ging zur Tür.

»Thomas, ich muß Euch etwas …«, sagte ich und wollte ihn aufhalten.

»Nicht jetzt, Petter.« Er schubste mich zur Seite und rauschte durch die Hintertür nach draußen.

Biggi und ich folgten ihm, was nicht einfach war, weil er mit Sturmschritten in Richtung Stall lief. Völlig außer Atem versuchte ich Biggi zu entlocken, was eigentlich passiert war, aber sie schüttelte nur den Kopf, ohne mich eines Blickes zu würdigen.

Die armen Pferde drehten sich erwartungsvoll zur Tür, als wir hineinstürmten; ihr Gewieher und Getrappel war in dem niedrigen Raum nahezu ohrenbetäubend. Thomas verlangsamte seinen Schritt auf dem Weg zur Pritsche, auf der Albert lag und uns entgegensah. Der Professor stand einen Augenblick neben dem bleichen Patienten, bevor er am Kopfende in die Hocke ging.

»Laß hören, Albert, was hast du mir zu sagen?«

Albert fing Biggis Blick auf und nickte in Richtung des Kessels. Sie setzte sich auf die Bettkante und gab ihm ein paar Löffel einer grünlichen, sämigen Flüssigkeit. Albert schnalzte mit der Zunge und lehnte den Kopf müde zurück.

»Es stimmt ...«, sagte er mit belegter Stimme, »was Biggi gesagt hat. Ich habe den Franzosen erschlagen.«

Kapitel 21

Vor den Nüstern des Pferdes, das zufrieden Runde um Runde über den kleinen Trampelpfad hinter dem Stall trabte, standen weiße Wölkchen. Ich hatte mit Hilfe des hofeigenen jütländischen Arbeitspferdes einen Weg durch die Schneewehen gebahnt. Das Pferd war so groß, daß mir Biggi beim Aufsitzen hatte helfen müssen. Aber das Tier hatte glücklicherweise ein ruhiges Gemüt. Selbst vier bis fünf Fuß hohe Schneewehen brachten es nicht aus seinem gleichmäßigen, besonnenen Tritt, und schnell war eine feste Bahn durch den Schnee getrampelt, auf der sich die anderen, schlanken Pferde gut bewegen konnten.

Nacheinander durften sie alle ein paar Runden an der Luft drehen, wobei sie selbst entscheiden konnten, ob sie gehen oder lieber traben wollten, um die Flöhe abzuschütteln. Das Pferd des Grafen war ein temperamentvoller Hengst, gleichermaßen schlank und solide und schwarz wie der Leibhaftige selbst, bis auf zwei weiße Fesseln vorn. Er brauchte ein paar mehr Runden als die anderen, bis er sich soweit beruhigt hatte, daß es Sinn machte, ihn wieder in den Stall zu bringen.

Das Ziel das Ganzen war, Ruhe im Stall zu haben, denn als wir gekommen waren, hatten die Tiere solchen Lärm gemacht, daß Alberts schwache Stimme immer wieder in dem Krach untergegangen war.

Thomas hatte mich angesehen und gebeten, die Störenfriede an die frische Luft zu bringen – er wolle mir alles, was ich verpassen würde, später erzählen.

Eigentlich hatte ich nichts dagegen, wieder hoch oben auf dem Rücken eines Pferdes zu sitzen, die Aussicht über die Wiese hinter dem Wirtshaus zu genießen, mir frische Luft um die Nase wehen zu lassen und Ruhe zu finden und dabei das Neue, von dem ich soeben gehört hatte, zu verdauen.

Mein Kopf wurde sogar so klar, daß ich den lateinischen Satz, den Thomas gemurmelt hatte, begriff. ›Fit erranti medicina confessio‹ – ›Zu bekennen ist Medizin für den, der gefehlt hat‹.

Albert hatte den Grafen getötet und sich danach durch seine Weigerung, zu essen und zu trinken, fast selbst zu Tode gequält. Schließlich hatte er Biggi den Mord gestanden und jetzt Thomas, der mit seinem lateinischen Ausspruch wohl meinte, daß Albert dieses Bekenntnis brauchte, um wieder gesund zu werden.

Bevor ich hinausging, hatte Albert seine dunklen, tief in den Höhlen liegenden Augen auf Thomas gerichtet und gefragt, woher er wisse, daß er, Albert, Franzose sei.

Thomas war aufgestanden, an mir vorbei zu den Werkzeugen hinter der Tür gegangen und hatte eine Heugabel geholt.

»Diese hier hat mich auf den Gedanken gebracht«, sagte er. »In Dänemark ist es nicht üblich, Bäume so zu beschneiden, daß sie zu perfekten Heugabeln heranwachsen. Ich habe gesehen, daß diese hier in einer Holzschablone geformt worden ist. Und als ich schließlich wußte, wonach ich suchen mußte, fand ich unten in der Schmiede sowohl die Schablone als auch Gerätschaften, die du noch in Arbeit hast. Aber daß du Franzose bist, konnte ich nicht sicher wissen, das Risiko mußte ich eingehen. Wie dem auch sei, es verhält sich so, daß ich ein paar Jahre in Paris gelebt und studiert habe, als ich jung war. Einen Sommer bin ich mit einem Kommilitonen zu ihm nach Hause in die Cevennen gefahren, und da habe ich gesehen, wie man Heugabeln ›wachsen‹ läßt.

Später habe ich in deutschen Landen gewohnt, in Italien und Holland, doch nur in Frankreich habe ich solche Heugabeln gesehen.«

Thomas hatte mit lauter Stimme gesprochen, um die Pferde zu übertönen, so daß ich alles mitbekam, als ich dem jütländischen Hengst das Zaumzeug anlegte.

Hinterher fragte ich mich in der klaren Frostluft, die Sonne war hinter den Bäumen verschwunden, ob ich jemals mit solchem Geschick Dinge würde wahrnehmen und deuten können, wie Thomas es tat. Dann kehrten meine Gedanken zu Albert zurück.

Warum hatte er das getan?

Die Arbeit mit den Pferden und die frische Luft gaben mir keine Antwort darauf. Doch Albert beantwortete genau in der Zeit drinnen im Stall diese Frage.

Thomas wiederholte mir später das Gesagte, Wort für Wort, wie folgt:

»›Ich bin Franzose, ja. Ihr habt recht, Professor …‹

›Thomas, sag einfach Thomas‹, sagte ich zu ihm. Auch wenn da ein kaltblütiger Mörder vor mir lag, sah ich keinen Grund, ihn mit Formalitäten zu ermüden.

›Ihr … wollt wissen, warum?‹ Ich nickte, natürlich wollte ich das wissen.

›Da muß ich Euch um ein bißchen Geduld bitten, bis …‹, er hustete und mußte ein paar Schlucke der grünen Suppe trinken, bevor er weiterreden konnte. Einige Tropfen rannen über seine Lippen in den Bart. Biggi stellte die Suppe zur Seite und wischte ihm den Mund mit einem Lappen ab.

›Was … was vor zwei Tagen geschehen ist … Nein, ich muß von vorn beginnen, sonst versteht Ihr es nicht. Ich … ich bitte nicht um Gnade für das, was ich getan habe, ich werde meine Strafe annehmen. Aber …‹ Er blieb eine Weile mit geschlossenen Augen liegen. Ich fürchtete schon, er könne eingeschlafen sein, als er plötzlich weitersprach: ›Er sollte nicht sterben, das wollte ich nicht, aber … ich bereue es nicht.‹ Alberts Blick war abwesend.

›Ich stamme aus einem kleinen Städtchen auf dem Land, Fontenay-le-Comte, wo mein Vater ein bescheidenes Weingut hatte. Fontenay-le-Comte liegt etwa eine Tagesreise von La Rochelle entfernt, aber darauf komme ich später noch zurück. Der Wein, den wir ausbauten, war sicher nicht von höchster Qualität, aber gut genug, um der Familie ein Auskommen zu sichern. Mein Vater war ein tüchtiger Kaufmann, und so übernahm er später die Aufgabe, nicht nur unseren Wein, sondern auch den der Nachbargüter zu verkaufen. Dafür reiste er oft nach Nantes, Le Mans oder Tours, manchmal sogar bis nach Paris. Er war ein erfahrener Mann und wurde in unserer Gegend hoch geachtet. Sein Talent für den Weinhandel verhalf uns bald sogar zu einigem Wohlstand, so daß er sich schließlich an der Gründung einer Bank in Niort, einer benachbarten Stadt, beteiligte.

Meine Mutter kümmerte sich zusammen mit unseren Arbeitern um das Gut, wenn mein Vater auf Reisen war, und mein Bruder und ich halfen, so gut wir konnten. Wir waren noch klein, als …‹ Er schluckte ein paarmal, bevor er weitersprechen konnte. ›Mein Bruder war drei Jahre jünger als ich. Wir hatten auch eine Schwester, aber sie starb, noch ehe sie ein Jahr alt war.

Beide, mein Vater und meine Mutter, liebten ihre Arbeit. Mein Bruder und ich hatten eine wunderbare Kindheit. Jeden Sonntag fuhren wir in unsere Kirche, wo wir andere Hugenotten aus der Gemeinde trafen und Pastor Lambelles Predigt lauschten.

Es war … es hätte eine … schöne Zeit sein können.‹

Er zögerte einen Augenblick und schaute mich an.

›Wie Ihr sicher wißt, Professor … Thomas …, sind die meisten Franzosen Katholiken. Wir, die wir uns zum kalvinistischen Glauben bekennen und wie Ihr Protestanten sind, waren deshalb über viele, viele Jahre immer wieder Schikanen,

Mordbrennerei und Gewalt ausgesetzt. Vor hundert Jahren hat man uns eine gewisse Freiheit bei der Ausübung unseres Glaubens zugesprochen, aber diese Freiheit ist vom König und vor dessen Tod teilweise auch von Kardinal Mazarin immer weiter untergraben worden, ohne das Edikt von Nantes, wie das Gesetz heißt, richtiggehend zu brechen. Sie taten das durch … durch …‹

Erinnerungen drängten sich ihm auf, und wir entschieden uns, eine Pause zu machen, damit sich Albert wieder sammeln konnte. Biggi war schnell mit ihrer Suppe und ein bißchen lauwarmem Wasser zur Stelle.

Anschließend schlief Albert eine Weile, und Biggi und ich gingen abwechselnd hinaus auf den Hof, um uns die Beine zu vertreten. Obgleich du noch nicht fertig warst, Petter, hatte sich deine Arbeit mit den Pferden bereits gelohnt. Sie sahen viel ruhiger und zufriedener aus, erst recht, nachdem wir ihnen Futter und frisches Wasser gegeben hatten.

Nach einer Weile lebte Albert wieder auf und fuhr fort: ›Man hatte sogenannte Teufelsschwadronen eingerichtet, Dragoner, die in protestantischen Häusern einquartiert wurden, wogegen wir uns nicht wehren konnten, und die freie Hand hatten, uns zu quälen, zu schikanieren und … und …‹ Albert hielt inne und atmete tief durch. ›Zuerst machten sie nur Krawall, besudelten unser Haus, aßen unser Essen und warfen das, was sie nicht mehr wollten, einfach auf den Boden und so weiter. Sie hockten im Arbeitsraum meines Vaters und lasen in seinen Büchern, Vater liebte es zu lesen, und dann benutzten sie die Bücher, um Feuer im Ofen zu machen oder sich den Arsch abzuwischen. Hätten Mutter und Vater ein Bekenntnis unterschrieben, daß sie den katholischen Glauben annehmen, wären die Soldaten schnell verschwunden. Noch dazu hätte Vater einen kleinen Betrag als Belohnung bekommen, ich glaube, sie erwähnten etwas zwischen fünfzig und hundert Livre.

Aber meine Eltern hatten einen starken Glauben und wollten nicht klein beigeben. Die Soldaten wurden immer gewalttätiger, wir wußten, daß sie uns nicht töten durften, aber sie trieben es sehr weit. Sie schikanierten unsere Arbeiter, so daß die meisten kündigten, urinierten in die Weinfässer, die zum Verkauf bereitstanden, tranken Unmengen Wein, und eines Tages steckten sie mir einen Trichter in den Hals und … füllten mich … mit … Wasser ab, so daß ich glaubte, ersticken zu müssen.‹

Der Mann umklammerte den Rand der Decke mit solcher Kraft, daß die Knöchel seiner Finger weiß hervortraten. Schweiß rann über seine Stirn.

›Mein Vater entschloß sich, nach La Rochelle zu reisen, um eine Möglichkeit zu finden, mit einem Schiff ins Ausland zu kommen. Er mußte das natürlich heimlich tun, nur Mutter wußte davon. Wir anderen glaubten, er sei auf einer seiner üblichen Handelsreisen. Als er fort war, wurde alles noch schlimmer. An einem Tag, als die Soldaten … die Soldaten wieder den ganzen Tag getrunken hatten …‹ Alberts Körper begann zu zittern, Biggi reichte ihm etwas Wasser. Sie trocknete ihm die schweißnasse Stirn.

›Sie … sie vergewaltigten meine Mutter vor unseren Augen, vor meinem Bruder und mir. Wir wurden festgehalten, gehalten von starken Soldatenarmen, zwei kleine Jungen, zehn und vierzehn Jahre alt. Ich schwor, daß ich sie töten würde, ich schrie sie an. Sie lachten mich aus, ich war ja nur ein kleiner Junge.

Mein Vater kam tags darauf nach Hause. Mutter war merkwürdig geworden, sie konnte nicht mehr zusammenhängend reden und brach ständig in Tränen aus. Vater hätte den Caporal, der das Kommando über die Dragoner hatte, beinahe erwürgt, doch man schlug ihn daraufhin so zusammen, daß er sich kaum mehr ins Bett schleppen konnte. Am nächsten Morgen fanden wir Mutter in der Küche, sie hatte sich erhängt.

Noch am gleichen Abend packte Vater das Notwendigste für uns zusammen, und in der Nacht schlichen wir uns davon. Vater hatte eine Abmachung mit einem Fischer in La

Rochelle getroffen, der uns nach England bringen sollte. Der Fischer hatte bereits die Hälfte des Geldes bekommen.

Unser Plan sah vor, zuerst mit einem kleinen Boot auf dem Flüßchen Vendée, das an unseren Ländereien vorbeifloß, bis dorthin zu fahren, wo der Fluß nach Westen in Richtung La Rochelle abbog. Dort sollte uns für den restlichen Weg von einer anderen Familie geholfen werden. Vater weihte uns leise in den Plan ein, während wir am Flußufer entlangschlichen. Als wir das versteckte Ruderboot endlich gefunden und mein Bruder Victor und ich bereits im Boot Platz genommen hatten, gab mir mein Vater eine Geldbörse, umarmte uns beide, und noch ehe wir begriffen, was geschah, schob er das Boot ins Wasser und ... blieb selbst am Ufer stehen.

Wir scherten uns nicht mehr darum, still zu sein, und riefen nach ihm, und er antwortete uns und sagte, er müsse Rebecca, meine Mutter, in geweihter Erde begraben, er könne sie nicht so verlassen. Während wir in der Dunkelheit abtrieben, hörten wir Rufe, und kurz darauf knallten Schüsse.

Ich hörte später von anderen Flüchtlingen, daß Vater, noch am Flußufer stehend, erschossen worden war.‹

Schweiß rann über Alberts Stirn, und nach einem kurzen Blickwechsel mit Biggi entschieden wir uns, ihm noch eine Pause zu gönnen. Er bekam zu essen und zu trinken, dann mußte er Wasser lassen, und ich geleitete ihn zum nächsten Pferdestand. Anschließend wurde er notdürftig gewaschen und fiel kurz darauf in einen unruhigen Schlaf.

Wir kümmerten uns während dieser Zeit abwechselnd um die verschiedensten praktischen Dinge, unter anderem striegelten wir die Pferde, die nun die reinsten Lämmer waren. Du, Petter, hast dann ja auch das letzte Pferd wieder in den Stall gebracht und hast selbst gehört, was Albert über das Ende seiner Reise erzählt hat. Ich glaube, ich muß das nicht wiederholen. Das würde nur meine eigenen mangelhaften Fähigkeiten bloßlegen, wortgetreu etwas wiederzugeben.«

Als ich mit den Pferden fertig war, bat mich Thomas, bei Marie Essen für uns alle zu holen.

Bis auf den Schreiner, der am Ofen lehnte und mit einem Bierkrug im Arm vor sich hin döste, war die Schankstube leer. Ich kramte in der Küche herum, fand Brot, Butter und Käse, stapelte es auf meinem Arm übereinander und machte mich auf den Rückweg. An der Hintertür traf ich Marie, die gerade mit einem Eimer frisch gemolkener Milch hereinkam. Sie brummte mißbilligend, als sie sah, was ich wegtrug, ging aber wortlos an mir vorbei. Ich machte kehrt und folgte ihr in die Küche.

»Kannst du mit einem Krug Milch nach draußen kommen?« fragte ich.

»Nach draußen zu der Hexe?« kam es knapp zurück.

»Ja, wenn du Biggi meinst, dann ...«

»Diese Hexe hat hier auf dem Gut nichts verloren. Die Hausherrin wird jedesmal krank, wenn sie in ihrer Nähe war, und jetzt wird sie Albert den Kopf verdrehen. Ich setze keinen Fuß in den Stall, solange die dort ist. Der Herr Assistent kann ja selbst die Milch hintragen, wenn der Herr Assistent sie denn so dringend braucht«, schimpfte Marie. Speicheltropfen hingen auf ihren Lippen, und die Augen funkelten vor Wut und Haß. Ich blieb wortlos stehen, überwältigt von der Heftigkeit ihrer Abneigung.

Ich nahm mir einen Korb, legte das Essen und vier Becher hinein und nahm einen Krug für die Milch.

Marie drehte mir den Rücken zu, bis ich aus der Küche verschwunden war. Der Schreiner war aufgewacht und grinste mich schadenfroh an, als ich nach draußen ging.

Wir saßen da und aßen schweigend. Alberts Geschichte hatte die beiden, die sie gehört hatten, sehr mitgenommen.

Endlich wachte er wieder auf. Biggi wärmte die Suppe auf, mischte ein paar Brotkrümel darunter und fütterte den Patienten löffelweise. Das tat ihm offensichtlich gut, denn er schien danach in einer besseren Verfassung zu sein und brannte darauf, seine Geschichte zu Ende zu bringen.

»Victor und ich erreichten La Rochelle, und der Fischer, mit dem Vater das Abkommen getroffen hatte, stand zu seinem Wort. Wir brauchten auch nichts mehr zu bezahlen, weil er sagte, unser Vater habe ja für vier Personen angezahlt. Die Familie, die uns auf dem letzten Stück des Weges nach La Rochelle und weiter zum Meer begleitet hatte, Hugenotten wie wir, war ebenfalls auf der Flucht vor den Teufelsschwadronen. Wir kannten sie, weil Vater für sie Wein verkauft hatte. Es waren liebe, hilfsbereite Menschen. Sie hatten einen Sohn im Alter meines Bruders. Sie wollten mit dem gleichen Fischer fahren wie wir. Später versteckten sich noch acht weitere Personen auf seinem Boot. Spät in der Nacht glitt das Boot aus dem Hafen, und zwei Tage später gingen wir in Plymouth in Südengland an Land. Victor war auf der Überfahrt krank geworden, er vermißte unsere Eltern und hatte jede Nacht schlimme Alpträume, so daß ich ihn wecken und trösten mußte, so gut es nur ging. Ich glaube, daß die Krankheit nicht nur in seinem Körper, sondern auch in seinem Gemüt steckte. Aber was weiß ich schon davon. Er aß immer weniger, sprach kaum, und nach einer Woche in England raffte ihn die Krankheit dahin.

Nach der Beerdigung ging ich mit der Familie nach Dänemark, sie hatten Verwandte in Fredericia, Angehörige, die bereits früher aus Frankreich geflohen waren. Ich wohnte bei ihnen, bis ich neunzehn Jahre alt wurde und die Arbeit hier auf dem Gut bekam.«

Albert schaute uns der Reihe nach mit seinen dunklen Augen an. Sie wirkten jetzt, nach der neuerlichen Ruhepause, viel lebhafter.

»Ihr fragt euch sicher, warum ich diese Geschichte aus meiner Kindheit erzähle. Was das mit einem Mord zu tun hat.« Unter seinem Bart konnte man die Andeutung eines Lächelns erahnen. »Ist Albert jetzt verrückt geworden?«

Thomas schüttelte den Kopf. »Jules Rigaud«, sagte er mit leiser Stimme.

Jetzt war das Lächeln deutlich zu erkennen. »Der Professor beweist uns, warum er Professor ist. Ja, Jules Rigaud.«

Das Lächeln verschwand. »Der Caporal der Dragoner, der für all die Perversitäten verantwortlich war und oft selbst die übelsten Ideen hatte, hieß Jules Rigaud. Ich schwor damals als Vierzehnjähriger, ihn zu töten. Der Haß ist mit den Jahren nicht geringer geworden, nur die Vernunft ist gewachsen. Ich liebe das Leben zu sehr, als daß dieser Mann es noch einmal zerstören sollte. Deshalb wollte ich ihn nicht töten, aber meine Wut gewann die Überhand, und ich schlug wohl härter zu, als ich vorhatte.« Verzweiflung lag in seiner Stimme. »Ich wollte ihn nicht töten. Nicht einmal verprügeln, jedenfalls hatte ich das nicht vor. Nur mit ihm reden. Ihn fragen, warum. Was brachte einen Mann, einen damals noch jungen Mann dazu, derart schlimme Dinge zu tun? Er lachte mich aus, wollte mir nicht zuhören. Er erinnerte sich an mich, an meinen Vater und meine Mutter, als ich unseren Familiennamen nannte. Sagte unglaublich niederträchtige Dinge über meine Mutter, so daß ich die Beherrschung verlor und zuschlug. Noch bevor ich mir darüber im klaren war, lag er vor mir im Schnee und wälzte sich. Ich kam zu mir und lief weg. Hatte Angst davor, ins Gefängnis zu kommen, und entschloß mich, dem Wirtshaus den Rücken zu kehren, auch wenn es stürmte, ich wollte mich im Wald verstecken und ins Ausland flüchten. Ich konnte überall als Pferdeknecht arbeiten oder mich als Soldat anwerben lassen.«

Er lachte leise und deutete auf Thomas und mich. »Ihr habt mir das alles verdorben. Als ich mit meinem Pferd draußen am Tor stand, hörte ich, wie es mit einem anderen Pferd vor der Mauer um die Wette wieherte, und begriff, daß dieser Weg versperrt war. Ich wollte statt dessen hinten raus reiten, aber als ich die Glocke im Stall hörte, wurde mir klar, daß ich noch mehr Menschen auf dem Gewissen hätte, wenn ich nicht öffnen würde.« Er breitete die Arme aus. »Den Rest kennt ihr.«

Es war lange still. Dann räusperte sich Thomas und fragte: »Wann wurde dir klar, daß der Gast im Wirtshaus jemand war, den du aus Frankreich kanntest? Jules Rigaud.«

»Als er vor einigen Wochen hier war, vor drei oder vier

Wochen vielleicht, arbeitete ich die meiste Zeit draußen im Wald. Ich fällte Bäume für Balken und Brennholz. Ich kam abends oft spät nach Hause und brach morgens wieder auf, sobald es hell wurde. Deshalb habe ich diesen Gast erst an seinem letzten Abend gesehen. Ich habe ihn nicht gleich erkannt, wußte aber, daß ich ihn zuvor schon einmal irgendwo gesehen hatte. Ich dachte nicht daran, daß er Franzose sein könnte. Ich hörte ihn nicht sprechen. Erst als er bereits abgereist war und ich per Zufall den Namen im Gästebuch las, erinnerte ich mich. Die Vergangenheit kam plötzlich mit aller Macht zurück. Nichts war vergessen, nichts war vergeben. Der Haß war der gleiche. Aber, wie gesagt, die Vernunft war mit den Jahren gewachsen. Glaubte ich. Als er dann plötzlich wieder auftauchte, mußte ich mit ihm sprechen, ich mußte wissen, warum ... und ...« Albert kratzte sich verlegen am Bart. »Ich wollte ihm Angst einjagen. Wollte, daß er die gleiche Angst spürte, wie ich und meine Familie sie gespürt hatten. Ich war schrecklich naiv, ich glaubte, es würde ihm angst machen, wenn die Vergangenheit plötzlich in Gestalt meiner Person vor ihm stand.« Er hatte sich beim Sprechen aufgerichtet, und wir verstanden ihn. Es war nicht schwer, sich vorzustellen, daß einem dieser Mensch, wenn er wütend war, Angst einflößen konnte. Groß und stark wie ein Ochse, mit struppigem Haar und Rauschebart, von den dunklen Augen ganz abgesehen.

»Aber er lachte mich aus, er verspottete mich.« Seine Stimme wurde leise, und Albert sank wieder zusammen.

»Ist er ein Graf?« Biggi stellte diese Frage.

Albert schüttelte sachte den Kopf. »Nicht mehr als du oder ich.«

Thomas druckste herum, ganz offensichtlich wollte er eine ganz bestimmte Frage stellen.

»Du hast gesagt ... wie hast du dich doch ausgedrückt ... daß er vor dir im Schnee lag und sich herumwälzte, als du gingst, als du einfach weggingst, nicht wahr?« Albert nickte, ohne aufzuschauen. »Aber wie konnte er da von deinem Schlag sterben?«

Die Müdigkeit war in den langen Körper zurückgekehrt, und Albert konnte kaum mehr den Kopf heben, um zu antworten. »Ich war auch ganz überrascht, als ich mitbekam, daß Rigaud tot war. ›Erfroren‹, sagte der Hausherr. Ich hatte ziemlich hart zugeschlagen, darum nahm ich an, daß er, nachdem ich gegangen war, ohnmächtig geworden sein mußte.« Er sah Thomas an. »So muß es gewesen sein.«

Thomas stand auf und klopfte sich gedankenverloren den Staub und das Heu von seiner Hose. Dann nahm er Alberts Hand und drückte sie fest. »Biggi hat versprochen, sich um dich zu kümmern, bis du wieder gesund bist. Sie ist der beste Medicus, den du dir wünschen kannst, und macht eine wunderbare Medizin, das ist deutlich zu sehen. Dir geht es schon wieder viel besser. Aber ...«, er lächelte Biggi einen Augenblick an, »die beste, die allerbeste Medizin, die habe wohl ich. Und die sollst du jetzt bekommen.«

Thomas beugte sich über Albert, um sicherzugehen, daß er alles hörte. »Es gibt keinen Zweifel, nicht den geringsten Zweifel: du hast diesen Hauptmann oder Caporal Rigaud, der da kürzlich gestorben ist, nicht getötet, Albert. Er starb nämlich nicht an den Schlägen, die du ihm verpaßt hast, sondern auf andere Weise. Davon werde ich dir später erzählen. Ruh dich jetzt aus.« Thomas ließ Alberts Hand los und winkte mir, ihm zu folgen. »Wir wünschen euch beiden eine gute Nacht und dir, Albert, gute Besserung.« Mit diesen Worten verließ er einen ungläubig staunenden Albert und eine verwirrte Biggi, und ich folgte ihm.

Kapitel 22

»SATAN! SATAN! Gott schuf den Menschen mit Herz und Hirn, nur mich nicht. Nur MICH nicht! Ich hab kein Hirn, so scheint's, und das bißchen, das ich habe, benutze ich nicht.« Thomas hätte sich die Haare gerauft, wenn sie lang genug gewesen wären. Er kratzte sich abwechselnd den Kopf und schlug sich gegen die Stirn, stampfte mit den Füßen und war so erbost, daß sein mächtiger Leib bebte. Wir standen vor dem Wagenschuppen in der Dämmerung. Ich hielt mich in einigem Abstand, unsicher, was ich tun sollte. So hatte ich den Professor noch nie erlebt.

»Nicht zu fassen, da lese ich dir die vier Vorgehensregeln vor, Regeln, von denen ich wünsche, daß sie eingehalten werden, und halte mich selbst nicht daran. Nenn mich Trottel, nenn mich Einfaltspinsel, nenn mich meinetwegen auch Thomas, aber nenn mich nicht Professor, NIEMALS wieder! Nicht, bevor diese Angelegenheit aufgeklärt ist.«

Er deutete mit zitternden Fingern auf meine Nasenspitze, und ich nickte stumm. Er seufzte, drehte sich um und stapfte murrend in kleinen Kreisen durch den Schnee, daß die Eisklumpen nur so durch die Gegend flogen, rund und rund. Nach einer Weile beruhigte er sich ein wenig und begann wieder zu reden, leise, ich mußte nähertreten, um ihn besser verstehen zu können.

»Zweite Regel: Zerlege alle komplizierten Sachverhalte in so viele kleinere Einheiten, wie es für eine Lösung nötig und möglich erscheint. So lautete sie doch, nicht wahr?«

»Doch, ja«, antwortete ich, noch völlig benommen von seinem Wutausbruch.

»Wir finden einen toten Mann mit eindeutigen Malen im Gesicht, die auf Schläge hindeuten, und einer Wunde in der Brust, einer Wunde, die nachgewiesenermaßen tödlich ist, und prompt gehe ich davon aus, daß Schläge und Wunde von ein und derselben Person herrühren. Nicht einen einzigen Gedanken verschwende ich an die Möglichkeit, daß zwei verschiedene Personen die Tat ausgeführt haben könnten. Nicht einen einzigen Gedanken.« Er verstummte und blickte mich an. »Alle Vermutungen, die wir bisher angestellt haben, sind für die Katz. Die Person, die den Grafen ermordet hat, naja, eigentlich könnten wir ihn ja jetzt auch Hauptmann nennen ...« Thomas unterbrach sich selbst und stand einen

Augenblick lang in Gedanken versunken da. »Nein, bleiben wir vorläufig beim ›Grafen‹, der ›Hauptmann Rigaud‹ ist nicht für alle Ohren bestimmt, noch nicht jedenfalls. Wie dem auch sei: Wer könnte den Grafen ermordet haben, ein Mann, eine Frau, groß oder klein? Einen nadelähnlichen Gegenstand in einen am Boden liegenden, nach Alberts Schlägen womöglich wehrlosen Mann zu stechen, das könnte ebensogut eine Frau getan haben. Was wohl das wahrscheinlichste ist. Hätte ein Mann so etwas gemacht?« Thomas sah mir in die Augen.

Ich schüttelte den Kopf und zuckte mit den Schultern. Mir war kalt, und ich wollte nach drinnen. Ich hatte keine Erfahrung, wer wie zu töten in der Lage war. In der näheren Umgebung von Hortten war schon seit vielen Jahren niemand mehr ermordet worden, soweit ich wußte.

»Erste Regel: Vermeide voreilige Schlüsse und Vorurteile. Glaube nichts, das nicht bewiesen ist. Erinnerst du dich?«

Ich sah ihn gereizt an. Verdammt noch mal! Ich hatte den Inhalt nicht vergessen, mir war nur nicht klar, wie diese Regeln anzuwenden waren. Thomas lachte, sein alter Humor stellte sich wieder ein. »Es war eine voreilige und voreingenommene Schlußfolgerung, daß nur eine Frau auf diese Weise töten würde. Hätten wir in dieser Richtung weitergedacht, wären wir möglicherweise in die gleiche Falle getappt, aus der wir uns gerade herauszuarbeiten versuchen. Wir müssen auf der Hut sein. Jeder, JEDER von ihnen, mit einer Ausnahme, könnte der Mörder sein, den wir suchen.«

Ich begriff und seufzte. Albert konnte ausgeschlossen werden. Aber alle übrigen könnten es gewesen sein, Marie, die Hausherrin, Biggi, der Pastor, der Wirt – und natürlich der Schreiner, den wir schon die ganze Zeit verdächtigten.

»Der Schreiner scheint mir der wahrscheinlichste«, sagte ich.

»Seine nassen Stiefel sind zwar ein klares Indiz, aber vergiß nicht, daß wir nur sein Schuhwerk und das des Pastors in Augenschein genommen haben. Was ist mit Marie und

Biggi? Ganz zu schweigen vom Wirt, der draußen war, wie wir wissen. Oder wie sieht es mit seiner Frau aus, die alleine in den privaten Räumen war. Niemand hätte es bemerkt, wenn sie draußen gewesen wäre. Es braucht nicht viel Zeit, eine Stricknadel, oder was immer es war, in einen wehrlosen Mann zu stechen und sich davonzumachen.«

»Meint Ihr, eine Stricknadel ist die Mordwaffe gewesen?« fragte ich.

»Ich glaube nicht. Stricknadeln sind aus Holz und dicker als das Loch, das wir gefunden haben. Außerdem ist Holz meiner Meinung nach nicht für einen so tiefen Stich geeignet. Aber behalten wir die Möglichkeit trotzdem im Hinterkopf.«

Thomas stand in Gedanken versunken da und zermalmte einen überfrorenen Schneeklumpen unter seiner Sohle. Es knirschte wie mürbes Gebäck, und ich bekam sofort Appetit. »Andererseits«, sprach er weiter, »beginnen die Geheimnisse um unseren toten Grafen sich langsam zu lüften. Der Graf ist plötzlich kein Graf mehr, sondern der Hauptmann, den wir für einen falschen Hauptmann gehalten haben. Das paßt schon besser mit der ärmlichen Aussteuer in seinem Zimmer zusammen: abgetragene Socken, der fehlende Diener, keine Galauniform ... Und was ist mit der Hauptmannsuniform? Wo ist die? Hat er sie irgendwo versteckt? Oder hat sie jemand entwendet?«

Thomas fummelte wieder an seinem Knopf herum und schaute in die Dämmerung, ohne etwas wahrzunehmen. Ich bibberte und schlug die Arme um mich.

»Wenn wir eine Antwort auf die Frage finden, warum der Hauptmann sich als Graf ausgegeben hat, sind meiner Meinung nach die meisten anderen Fragen beantwortet. Fragen wie: Woher stammen der französische Brief und das Handsiegel? Die Antwort darauf muß einfach etwas mit dem Mord an dem gräflichen Hauptmann zu tun haben, sonst fehlt diesem Sammelsurium an Geschehnissen jegliche Logik. Und wenn wir beantworten können, warum der Graf ein falscher

Graf war, haben wir die Antwort auf alle übrigen Fragen – zum Beispiel, wer der Mörder ist. Hoffe ich jedenfalls.«

Plötzlich klatschte Thomas in die Hände, daß ich zusammenzuckte.

»Es ist an der Zeit, ins Wespennest zu stechen. Sagen wir ihnen, was passiert ist, vielleicht löst das ja ihre Zungen. Und wenn das alles nichts hilft, bringt vielleicht die Angst davor, verdächtigt zu werden, einige dazu, ein wenig über die anderen zu plaudern.« Er stapfte mit energischen Schritten auf das Wirtshaus zu, und ich folgte ihm willig.

Plötzlich fiel mir der Zettel wieder ein.

»Thomas! Thomas, halt!«

Er drehte sich mit erstauntem Gesicht zu mir um.

»Was ist los mit dir, lieber Petter? Du siehst ja völlig verstört aus.«

Ich erzählte ihm von dem Zettel, den Marie entdeckt hatte, und drückte ihn in seine Hand. Jetzt war Thomas an der Reihe, verstört auszusehen.

»Willst du damit sagen, daß der Graf diesen Zettel in sein Hemd eingenäht hatte?! Komm! Gehen wir in unser Zimmer und sehen es uns genauer an.«

Im Treppenhaus war niemand zu sehen, aber die Lampe an der Wand brannte. Aus der Schankstube drang leises Gemurmel zu uns heraus. Ich war froh, endlich nach drinnen zu kommen, und hätte nur zu gern den Ofen in unserer Kammer eingeheizt, aber Thomas schien die Kälte nicht zu stören, leider. Ich schloß die Tür hinter uns, während er die Kerze anzündete, die Schreibutensilien auspackte und sich mit der Brille auf der Nase an das Pult setzte. Er las, murmelte dabei leise vor sich hin und machte sich ein paar Notizen auf einem Blatt Papier. Ich setzte mich mit angezogenen Beinen auf meine Pritsche und wickelte mich in meine Decke, um wieder Wärme in die Glieder zu bekommen. Es war noch nicht spät, aber ich spürte bereits, wie meine Augenlider immer schwerer wurden und meine Gedanken eigene Wege gingen – und ich ließ ihnen freien Lauf.

»Das scheint mir eine Art Quittung zu sein«, sagte Thomas laut und riß mich aus meinem Halbschlaf. Ich richtete mich auf und murmelte: »Das hab ich doch bereits gesagt ...!«

»Ja, und sie ist auf deutsch geschrieben, wie du ebenfalls ganz richtig bemerkt hast.« Thomas sah mich amüsiert an. Seine Laune schien durch das Studium des Zettels merklich gestiegen zu sein. »Sie ist in einer Handschrift abgefaßt worden, die mir irgendwie bekannt vorkommt. Jules Rigaud sind zwei Geldbeträge ausgezahlt worden. Der eine Betrag beläuft sich auf eine Summe von 150 Reichstalern, der andere auf 150 Goldmark. Beide Beträge wurden am 17. November 1699 ausgezahlt. Das meiste ist gut zu lesen.« Er hielt inne und sah sich den Zettel noch einmal durch die Brillengläser an. »Das einzige, das kaum zu entziffern ist, ist der Auszahler. Mit viel Phantasie erkenne ich ein ›von‹ oder ›van‹ und dann Barghals, Borghals, Borghalz, Borgholz oder so ähnlich.«

Er reichte mir den Zettel. »Probier du, ob du es entziffern kannst. Du hast junge Augen.«

Ich stand widerstrebend auf, immer noch benommen von meinem kurzen Nickerchen.

»Siehst du.« Thomas tippte auf den Zettel, während er erklärte: »Summe 150 Reichstaler und in der nächsten Zeile 150 Goldmark. Hier steht ›Bezahlung für treue ... Dienste‹ soll das wohl heißen, ›an Hauptmann Jules Rigaud‹. Weiter steht da ›Anno 1699, 17 Novembris‹ und zum Schluß ›Ausgezahlt von ...‹? Letzteres scheint mir ja wohl der Name des Auftraggebers zu sein, oder was meinst du?«

Ich beugte mich zum Licht und studierte die Buchstaben, bis mir die Augen brannten. »Von Borghols, würde ich sagen. Aber der letzte Buchstabe könnte genausogut ein ›z‹ sein.«

»Hm.« Thomas hing wieder seinen eigenen Gedanken nach und hörte mir gar nicht zu. Wozu weckte er mich, wenn er sich doch nicht anhörte, was ich zu sagen hatte, dachte ich mürrisch.

»Borgholz, ja, durchaus möglich«, sagte Thomas und schob die Quittung in die Tasche. »Und jetzt sollten wir alle in der Wirtsstube versammeln und ihnen einen Teil der Wahrheit über den Grafen offenbaren. Mal sehen, ob wir dieser Bande von Menteurs und Augenwischern nicht ein paar Auskünfte entlocken können.«

Kapitel 23

»Marie, würdest du den Wirt und seine Frau holen? Schnell!« Thomas hatte sich groß und keinen Widerspruch duldend in der Mitte der Schankstube aufgebaut. Er trug seine Perücke, die Goldbrokatweste und seinen neuen Rock. Es konnte kein Zweifel aufkommen: auf diesen Mann mußte man hören.

Der Pastor und der Schreiner, die jeder für sich an einem Tisch saßen und zu Abend aßen, hielten inne und schauten verwundert auf. Ich fragte mich, ob ich Biggi holen sollte, wartete aber auf ein Zeichen von Thomas, das allerdings nicht kam. Vielleicht dachte er, die anderen würden freier sprechen, wenn die »Hexe« nicht zugegen war.

Gehorsam und ohne noch etwas zu sagen, verließ Marie den Raum, und als sie kurz darauf zurückkam, erwiderte sie Thomas' fragenden Blick mit einem Nicken und verschwand in der Küche. Nach einer Weile traten die Wirtsleute mit irritierten, fragenden Mienen ein.

»Was hat ...«, begann von Hamborch, dessen Erscheinungsbild wieder präsentabler geworden war und der jetzt eine Perücke trug.

»Ich werde Euch alles erklären«, unterbrach ihn Thomas und machte eine Geste zu den Tischen hinüber. »Bitte setzt Euch. Auch du, Mariechen«, rief er in Richtung der Küche, wo Marie auftauchte und sich die Hände an ihrer Schürze abtrocknete. Sie setzte sich auf einen Stuhl am rechten Tisch, weit weg vom Pastor, der in der entgegengesetzten Ecke saß.

Die von Hamborchs setzten sich an den linken Tisch neben der Eingangstür, an dem sich der Schreiner niedergelassen hatte.

Ich zog einen Stuhl zum Ofen und setzte mich so hin, daß ich alle im Blick hatte. Bevor wir eingetreten waren, hatte mich Thomas gebeten, die Gesichter und Reaktionen jedes einzelnen zu beobachten, während er sprechen würde.

»Vor drei Tagen«, begann Thomas von Boueberge, »am Mittwoch, dem siebenundzwanzigsten Dezember, kamt zuerst Ihr, Jacob Magnus Frisch, in dieses Gasthaus.« Der Pastor kniff die Augen zusammen, als hörte er in seinem vollen Namen eine versteckte Drohung.

»Danach kam der inzwischen verstorbene Graf Philippe d'Angely, und zuletzt kamt Ihr, Gustav Tønnesen.« Der Schreiner nickte Thomas zu. Er begriff den Ernst der Stunde, ohne recht zu wissen, worum es eigentlich ging. Vielleicht.

»Wann genau jeder einzelne gekommen ist, weiß ich nicht, aber ich würde es sehr schätzen, das jetzt zu erfahren.«

»Ich kam, als man sich gerade zum Abendessen an die Tische gesetzt hatte.« Der Eifer des Schreiners, sein Entgegenkommen zu zeigen, war überraschend. »Die anderen hatten da schon Platz genommen, der Graf, der Pastor und die Wirtsleute.«

»Der Graf kam viel früher, kurz nach Mittag.« Marie hatte das gesagt, schien es aber zu bereuen, denn sie biß sich auf die Unterlippe und schielte unruhig zu ihrer Herrschaft hinüber. Frau von Hamborch würdigte sie keines Blickes, während von Hamborch gedankenschwer nickte. Er schien ihr zuzustimmen.

»Wieviel Uhr war es da?« Thomas zeigte über seine Schulter auf die Uhr an der Wand.

Marie wand sich verlegen. »Ich ..., Marie hat diese Sache nie recht begriffen ... Marie weiß nicht. Marie achtet da nicht drauf.«

»Es war eine halbe Stunde nach zwölf Uhr«, kam es mit

fester Stimme vom Wirt. Niemand sollte glauben, er wisse nicht, wie man die Uhr las.

»Und Ihr, verehrter Herr Pastor, wann traft Ihr ein?« Thomas schaute in die Ecke, in der der Pastor saß.

»Ich kam gegen Mittag«, antwortete dieser kurz angebunden. Sein Gesicht war reglos, doch dann schien er sich für eine etwas entgegenkommendere Verhaltensweise zu entscheiden und fuhr fort: »Ich war frühmorgens in Ribe aufgebrochen und fürchtete, abseits einer Zuflucht vom Wetter überrascht zu werden. Ich wußte von diesem Wirtshaus durch einen Aufenthalt vor einigen Jahren. Ein angenehmer Ort«, fügte er mit einem freundlichen Nicken zu den Wirtsleuten hinzu.

»Soso«, antwortete Thomas und blickte in die Runde. Verharrte bei jedem einzelnen Gesicht ein paar Sekunden, bevor er weitersprach: »Ich werde später fragen, was abends, an diesem Mittwochabend – und am folgenden Tag – hier geschehen ist. Denkt darüber nach, während ich euch etwas erzähle, das ihr noch nicht wißt. Das heißt: Einer von euch weiß es.« Thomas schwieg zu dieser geheimnisvollen Bemerkung einen Augenblick. Marie sah mich beunruhigt an. Die anderen musterten Thomas verständnislos.

»Donnerstagabend, nach dem Nachtessen, hatte der Graf Streit mit dem Pferdeknecht, Albert, der den Grafen niederschlug und ihn benommen im Schnee liegenließ. Wir ...«, Thomas machte mit seinem Ellbogen eine Geste in meine Richtung, »das heißt Petter und ich, kamen kurz darauf hier an und setzten uns in die Schankstube, um uns aufzuwärmen und etwas zu essen. Es erinnern sich wohl alle daran, denke ich, abgesehen von Euch, Frau von Hamborch, die Ihr Euch andernorts aufgehalten habt.« Thomas lächelte der Hausherrin zu.

Die freundlichen Floskeln hatten ein Ende, jetzt wurde es ernst. Sie erwiderte seinen Blick, ohne mit der Wimper zu zucken.

»Und natürlich Ihr, Herr von Hamborch, der Ihr ja draußen den toten Grafen gefunden habt. Ihr kamt kurz darauf hereingestürmt und habt Petter und mich nach draußen geholt, um uns den, wie Ihr glaubtet, Verletzten zu zeigen. Nicht wahr?« Von Hamborch nickte steif.

»Die Untersuchungen, die ich vorgenommen habe, offenbaren, daß der Graf nicht an den Verletzungen gestorben ist, die Albert ihm zugefügt hat. Diese Verletzungen reichten allenfalls dazu aus, den großen und robusten Mann für einen Augenblick zu Boden zu strecken.« Thomas machte eine Kunstpause, um für das nun Folgende die volle Aufmerksamkeit zu erheischen. Er bekam sie.

»Graf d'Angely wurde ermordet!«

Alle hielten den Atem an, einige platzten mit einer Bemerkung heraus, und wirklich alle sahen überrascht und erschreckt aus.

Thomas hob seine Stimme: »Er wurde mit einem langen, dünnen Metallgegenstand getötet, der ihm in die Brust gestoßen wurde und Lunge und Herz durchbohrte. Diese Verletzungen haben unmittelbar zu seinem Tod geführt.«

»Mit anderen Worten«, fuhr Thomas unbarmherzig fort, »einer von uns hat den Grafen getötet.«

Marie hatte sich erregt umgedreht und in Richtung des Pastors und der Wirtsleute geblickt. Der Schreiner war blaß geworden und griff nach seinem Bierkrug, der aber offensichtlich leer war, denn er sah flehend auf Maries Rücken, ohne etwas zu sagen. Die Hände des Pastors fuhren aufgeregt über den Einband seiner Bibel, als suche er in der bloßen Berührung des Abbildes von Gottes Sohn Halt und Zuflucht. Von Hamborch griff, die anderen im Raum ungläubig musternd, nach der Hand seiner Frau und umklammerte sie verwirrt, während Frau von Hamborch aufrecht dasaß und Thomas mit traurigen Augen anschaute. Im Augenblick schien sie die Neuigkeit mit der größten Fassung aufzunehmen.

»Ich fordere den Betreffenden auf, vor Gott und uns seine Schuld einzugestehen und vorzutreten.«

Alle blickten mit großen Augen zu Thomas und schauten sich dann im Raum um, ob sich jemand bewegte.

Aber nein, wer auch immer der Täter oder die Täterin war, er oder sie hatte nicht vor zu bekennen, jedenfalls nicht vor uns. Ich hätte wetten mögen, daß Thomas nicht damit gerechnet hatte – aber es war einen Versuch wert gewesen.

»Albert ist ohne Schuld, ihn brauchen wir nicht zu verdächtigen«, sagte Thomas. »Er hat mir heute früh den Mord eingestanden, glaubte aber, der Graf sei an den Schlägen gestorben, die er ihm verpaßt hatte. Er kannte die eigentliche Todesursache nicht.«

Zwei der Anwesenden kamen gleichzeitig auf dieselbe Idee: »Und die Hexe?« sagte die eine – Marie.

»Kann es nicht die fremde Hexe getan haben?« fragte der andere, es war der Pastor.

Thomas zögerte einen Augenblick. »Doch«, mußte er eingestehen, »das könnte sein, aber es ist sehr unwahrscheinlich. Wann kam sie übrigens hierher?«

»Sie kam am Tag davor, am Dienstag«, sagte Marie, »am späten Nachmittag. Sie kann es gewesen sein.«

»Oh, und warum?«

»Sie ... sie mochte den Grafen nicht. Sagte, man solle ihn meiden, daß er ein gefährlicher Mann sei.«

»Warum hielt sie ihn für gefährlich?« fragte Thomas.

»Das hat sich Marie auch gefragt. Warum? Er sah ja fesch aus, ein stattlicher Kerl. Sie sagte, sie könne das in seinen Augen sehen, die seien böse, sagte sie.«

Der Wirt machte eine Bemerkung und wollte von seinem Stuhl aufstehen, wurde aber von seiner Frau wieder heruntergezogen. Er setzte sich hin und schwieg.

»Ja, Ihr wolltet etwas sagen, von Hamborch?« Thomas war die Reaktion nicht entgangen.

»So etwas über meine Gäste zu sagen, wenn man eine simple Bettlerin ist, eine Hexe, ist wirklich unverschämt.« Die Stimme des Wirts war voller Verachtung.

»Hatte jemand am Mittwoch oder am Donnerstag eine Auseinandersetzung mit dem Grafen?« fragte Thomas und wechselte das Thema.

Mit einemmal wurde es still in der Stube, alle saßen da und warteten darauf, daß jemand das Wort ergriff. Wäre die Situation nicht so ernst gewesen, hätte es wirklich komisch ausgesehen.

»Frau von Hamborch, gestern abend habt Ihr die Bemerkung gemacht, daß der Graf für Biggi, Marie und den Schreiner Gustav harte Worte gewählt habe. Seid so freundlich und sagt uns, was für Worte das waren und wann er sie gesagt hat.« Thomas war höflich, duldete aber keinen Widerspruch. Es nutzte nichts. Frau von Hamborch schüttelte den Kopf und preßte ihre Lippen aufeinander, ohne Zweifel ärgerte sie sich darüber, am Vortag ein derart loses Mundwerk gehabt zu haben.

Thomas seufzte. Schaute resigniert in die Runde und versuchte es erneut. »Hört her, unter uns ist ein Mörder. Wir sind hier auf diesem Hof gefangen, bis das Wetter uns wieder freigibt, und nur Gott weiß, wann das sein wird. Helft uns, den Mörder zu finden, damit wir alle wieder ruhig schlafen und uns ohne Furcht gegenseitig den Rücken zuwenden können.«

Bei diesen Worten riß Marie die Augen auf. Sie hatte anscheinend nicht daran gedacht, daß derjenige, der einmal getötet hatte, es ohne weiteres ein zweites Mal tun konnte. Der Pastor runzelte die Stirn, als er die in der Wirtsstube Versammelten musterte, auch für ihn schien der Gedanke neu zu sein. Der Schreiner rutschte unruhig auf seinem Stuhl hin und her und schielte verstohlen zu den anderen hinüber.

Der Wirt sah Thomas traurig an: »Herr Professor, Ihr vergeßt eines: Nach dem morgigen Tag wird kein weiterer Tag kommen. Dieser Mörder, von dem Ihr wünscht, daß wir ihn finden, wird, ob wir ihn nun fangen oder nicht, bald vor dem höchsten Richterstuhle stehen und seine rechtmäßige Strafe erhalten. Niemand kann besser urteilen als Gott, der Herr. Warum sollen wir uns also in diesen letzten Stunden mit derart weltlichen und unwesentlichen Dingen beschäftigen, wo doch die Begegnung mit dem Reich Gottes vor der Tür steht.« Er wußte selbst, daß die abschließende Metapher nicht glücklich gewählt war, und murmelte noch ein »Sozusagen«.

»Ich neige dazu, dem Wirt beizupflichten.« Der Pastor schaute Thomas mit festem Blick an. »Den Beweisen, die ich gestern vorgelegt habe, kann kaum widersprochen werden, und wir alle sollten die noch verbleibende Zeit nutzen, um uns auf die Begegnung mit unserem Gott vorzubereiten.«

»Natürlich habt Ihr, Pastor Jacob, und auch Ihr, von Hamborch, gestern abend einige begründete Behauptungen vorgebracht. Daß diesen nicht widersprochen werden kann, glaube ich aber nicht, und aus rein empirischem Blickwinkel wirken diese Argumente wenig überzeugend.« Er lächelte mild. »Es ist nicht das erste Mal, daß wir einen kalten Winter haben und ferner ein Todesfall zu beklagen ist. Dennoch ist der Jüngste Tag bisher noch nicht gekommen.« Er breitete seine Arme aus. »Jetzt ist nicht die Zeit für diesen Disput, das muß bis morgen warten ... oder auch bis Montag. Dann werde ich euch allen die Gegenargumente liefern, die nötig sind, um diese Behauptungen zu entkräften. Jetzt aber müssen wir davon ausgehen, daß noch ein ganzes Leben auf dieser herrlichen Erde vor uns liegt.« Thomas blickte jedem einzelnen dabei in die Augen. »Deshalb frage ich noch einmal: Wer hat am Mittwoch oder am Donnerstag mit Graf d'Angely gesprochen? Oder gehört, daß sonst jemand mit ihm gesprochen hat?«

Noch immer Stille. Nichts deutete darauf hin, daß jemand etwas sagen wollte. Niemand sah Thomas an. Bis auf einen. Der Pastor fixierte Thomas von Boueberge mit einem mißtrauischen Blick.

»Wir haben gehört, daß Ihr Professor seid«, sagte er, »aber keiner von uns hat einen Beweis dafür gesehen. Was gibt Euch das Recht, Euch derart über uns zu erheben und uns auszufragen und wie Kinder zu behandeln?«

»Ich bin«, antwortete Thomas stolz, »Professor der Philosophie der königlichen Universität unseres Landes, darüber hinaus erster Assessor des höchsten Gerichts im königlichen

Kopenhagen sowie Vize-Generalprokuror. Herr von Hamborch hat alle meine Akkreditionen gesehen und kann den Wahrheitsgehalt meiner Worte bestätigen. Will man dennoch an meinen und des Wirtes Worten zweifeln, wird Petter meine Papiere holen, so daß man es mit eigenen Augen überprüfen kann.« Er sah zum Wirt hinüber, der bei diesen Worten nickte. »Wenn ich euch wie Kinder behandle, bedauere ich das nur in dem Maße, wie ihr aufhört, euch wie solche zu verhalten. Mit anderen Worten, macht die Augen auf und erkennt den Ernst der Situation.«

Niemand sagte etwas. Niemand schien noch einen Beweis dafür sehen zu wollen, daß der Professor das Recht hatte, ein solches Verhör abzuhalten. Thomas wippte ungeduldig auf und ab. Ich konnte sehen, daß ihm das Schweigen mehr zusetzte als das, was gesagt worden war und worauf er als begnadeter Redner antworten konnte. Plötzlich faßte er einen Entschluß, er ging aufs Ganze, wie manchmal, wenn er spürte, daß ihm nur noch wenig Zeit blieb, er aber nicht vorankam. Seine Stimme donnerte durch den großen Raum.

»So steht es geschrieben im Gesetz König Christians V. für den Staat Dänemark aus dem Jahre 1683, im sechsten Kapitel des sechsten Buches, Paragraph 1: Wer das Leben eines Menschen auslöscht, soll, so dies nicht auf einen Unglücksfall oder Notwehr zurückzuführen ist, mit seinem Leben dafür büßen.

Der Text des Gesetzes ist eindeutig: Ein Vergehen wie Mord soll mit der härtesten Strafe geahndet werden. Es ist das Gesetz des allmächtigen Königs, Gottes Stellvertreter auf dänischem Grund. Wie könnt ihr euch Gottes Stellvertreter widersetzen? Wie könnt ihr verschweigen, was ihr wißt, und später eurem göttlichen Richter in die Augen sehen? Vielleicht bedeutet euer Schweigen, daß ein Mörder, wenn schon nicht Gottes, so doch der königlichen Strafe entgeht.« Thomas' donnernde Stimme hielt einen Augenblick inne, und erneut versuchte er, jedem einzelnen in die Augen zu schauen. »Sprecht, wenn ihr etwas wißt!«

Einen Moment lang war es still, dann räusperte sich der Schreiner vorsichtig, schluckte einmal und hatte sofort Thomas' volle Aufmerksamkeit. »Ja?«

»Wenn man glaubt, man weiß ... wer es geta...«, sagte er und stockte, dann riß er sich zusammen und versuchte es erneut. »So steht es im ... ersten Kapitel, Paragraph 9: Gibt es einen Zauberer oder eine Hexe, die sich gegen Gott, die heilige Taufe und das Christentum verschworen und sich dem Teufel verschrieben haben, so soll dieser oder diese bei lebendigem Leibe auf dem Scheiterhaufen verbrannt werden.« Während er sprach, richtete sich der Schreiner immer weiter auf, und seine Stimme wurde sicherer, seine Worte gaben ihm Selbstvertrauen. Wir anderen saßen überrascht, fast staunend da und hörten ihn weitersprechen: »Und im zwölften Paragraphen heißt es: Wer sich mit Zauberei, Teufelsbeschwörung und ... äh, und so weiter beschäftigt und dergleichen verdächtige Künste ... und äh ...« Seine Selbstsicherheit schmolz dahin, und der gesetzeskundige Schreiner suchte bei Thomas Hilfe, der ihn mit halb geschlossenen Augen musterte. Von Thomas von Boueberge war keine Hilfe zu erhoffen. Der Schreiner versuchte, den Paragraphen mit seinen eigenen Worten zu Ende zu bringen: »... äh, studiert und auszuüben versucht, soll ... äh ... aus des Königs Reich und Land verwiesen werden.«

»Ich kenne diese Worte«, sagte der Pastor, »sie stehen im Gesetz.«

»Ja, das mag wohl sein, Pastor Jacob«, sagte Thomas mit einer gewissen Verachtung in der Stimme, ohne seinen Blick vom Schreiner zu wenden, »sie stehen im Gesetz, wenn auch nicht mit diesen Worten, so doch beinahe. Aber was will uns Schreiner Gustav mit diesen Worten sagen?«

Gustav grinste nervös. »Aber ... sie ..., daß es die Hexe ist, die wir fangen müssen. Sie hat sich dem Teufel verschrieben und so verdächtige Künste studiert.«

»Ach ja, wann und wo?« Thomas' Stimme verbarg seine Skepsis nicht.

»Sie hat oben in der Scheune gesungen und getanzt. Worte, die für einen christlichen Menschen nicht zu verstehen waren. Und so merkwürdig getanzt, wie man noch nie zuvor jemanden hat tanzen sehen. Es war schrecklich, man hat sogar den Teufel daneben sitzen sehen, grinsend und brummend. Das gefiel ihm, dem Fürsten der Finsternis.«

Thomas unterbrach ihn. »Und wann war das?«

»Das ... das war gestern ... nein, Donners... Mittwochabend«, stotterte sich der Schreiner endlich ans Ziel.

»Sie hat auch einen Hexentrank gebraut«, sagte Marie triumphierend und erheischte ein Lächeln vom Schreiner. »Sie hat lauter Hexensachen in ihrer Tasche. Das hat Marie selbst gesehen. Sie hat sogar etwas davon bekommen.« Marie sah sich verlegen um. »Aber da wußte man noch nicht, daß das Teufelswerk war.«

»Was hat Marie von Biggi bekommen?« fragte Thomas.

»Zweimal eine grüne Flüssigkeit, die stark und etwas bitter geschmeckt hat.«

»Und warum hat Biggi dir das gegeben?«

»Sie sagte, das sei für ... das würde helfen gegen ... gegen die Schmerzen im Mund.« Marie hielt sich beim Sprechen eine Hand vor den Mund, als wollte sie etwas verbergen.

»Das beweist doch wohl, was ich die ganze Zeit schon gesagt habe«, sagte der Wirt und stand auf, »die Frau ist eine Hexe, und sie muß schleunigst verschwinden. Meine Frau ist krank, seit diese Hexe hier ist, und jetzt ist auch noch Albert krank, und der Graf ist tot. Sie muß weg, ehe noch mehr Unglück geschieht.«

»Schluß jetzt!« sagte Thomas und streckte eine Hand vor dem schmächtigen von Hamborch in die Höhe, der erschreckt einen Schritt zurücktrat. »Was Marie von Biggi verabreicht bekommen hat, war ein Kresseauszug gegen ihr Zahnweh. Ich habe mit eigenen Augen gesehen, wie Marie es gestern bekommen hat, und hätte wohl selbst das gleiche verordnet, wenn ich von ihrem Leiden gewußt hätte. Denn Zahnweh hast du doch, nicht wahr?«

Marie nickte, noch immer die Hand vor dem Mund.

»Daß Biggi unverständlich singt, ist nichts anderes, als ob der Schreiner nach Italien führe und dort seinen südjütländischen Dialekt sprechen würde – niemand würde ihn verstehen. Aber deswegen würde man ihn noch lange nicht als Zauberer oder Hexer bezeichnen. Biggi kommt aus dem nördlichsten Norwegen, wo man eine andere Sprache spricht als dort, wo Petter herkommt. So einfach ist das. Und ...« Thomas drehte sich zum Wirt um und näherte sich ihm bedrohlich, »wenn ich noch einmal höre, daß Ihr, von Hamborch, damit droht, einen meiner Assistenten vor die Tür zu setzen, und ihn ohne anständiges Gericht der Hexerei anklagt, werde ich dafür sorgen, daß der Herr Wirt selbst vor Gericht gestellt wird, weil er mit Vorsatz dieser armen Frau gedroht hat.«

Er machte eine kurze Pause und ließ seine Worte wirken. Dann trat er wieder in die Mitte des Raumes.

»Diese Schankstube werde ich, mit Einwilligung des Wirtes«, er starrte von Hamborch an, bis dieser erschreckt nickte, »dazu nutzen, mit jedem einzelnen von euch, mit einem nach dem anderen zu sprechen. Diejenigen, die warten müssen, möchte ich bitten, in ihren Zimmern zu warten, bis sie von Petter geholt werden.« Er hob drohend den Finger. »Redet nicht mit den anderen über das, was ihr zu sagen habt oder gesagt habt. Vielleicht ist derjenige, mit dem ihr redet, der Mörder des Grafen.«

Er ging zur Tür hinüber und öffnete sie. »Ich möchte euch nun alle bitten zu gehen, außer Euch, Frau von Hamborch. Mit Euch möchte ich zuerst sprechen.«

Kapitel 24

Thomas rückte der Wirtin den Stuhl so zurecht, daß sie am Langtisch, mit dem Rücken zur Küche und zur Hintertür, zu sitzen kam. Sie saß kerzengerade und angespannt auf ihrem

Platz und starrte vor sich hin. Thomas und ich setzten uns ihr gegenüber, ich mit Papier, Feder und Tinte vor mir auf dem Tisch, um Stichworte zu notieren, die uns später als Gedächtnisstütze dienen sollten, wenn wir die Verhöre noch einmal rekapitulieren würden.

Thomas kam gleich zur Sache: »Graf d'Angely war erstmals am siebenundzwanzigsten Dezember hier zu Gast. Aber ebenjene Person hielt sich bereits zu einem früheren Zeitpunkt in diesem Wirtshaus auf, nämlich Anfang Dezember, um genau zu sein, vom siebten bis zum elften Dezember, damals unter dem Namen Jules Rigaud. Wir sind im Gästebuch darauf gestoßen. Warum habt Ihr Eurem Gatten verschwiegen, daß der Graf bereits zu einem früheren Zeitpunkt hier zu Gast war?«

Die Wirtin war bei Thomas' Worten eine Ahnung blaß geworden, aber ansonsten machte sie keine Anstalten, uns entgegenzukommen.

Thomas seufzte still in sich hinein und schlug leicht mit der flachen Hand auf den Tisch. »Ihr müßt mir vertrauen, Frau von Hamborch. Es liegt mir fern, Euch Unannehmlichkeiten zu bereiten, solange keine Notwendigkeit dafür besteht. Aber meiner Meinung nach habt Ihr Kenntnisse von Dingen, die mir bei der Ermittlung des Mörders dienlich sein könnten. Aus diesem Grunde möchte ich Euch bitten, meine Fragen zu beantworten. Denn es liegt doch sicher auch in Eurem Interesse, den Mörder dingfest zu machen, nicht wahr?«

Ihr Blick irrte über die Wand, fand aber schnell einen festen Punkt, an dem er verharren konnte. Ihr Kopf bewegte sich nicht.

Thomas verzog das Gesicht. »So zwingt Ihr mich also dazu, Frau von Hamborch, noch direkter zu werden. Ich hatte zu vermeiden gehofft, Euch das fragen zu müssen: Ist Euch der französische Ausdruck ›tête-à-tête‹ bekannt?«

Ihre Hände verrieten sie zuerst. Sie zupfte nervös an ihrem Fingernagel herum, und ihr blasiert erhobenes Haupt senkte sich ein paar Grade. Thomas beobachtete sie.

»Ich frage Euch also noch einmal: Warum habt Ihr Eurem Gatten verschwiegen, daß der Graf bereits zu einem früheren Zeitpunkt unter anderem Namen hier logiert hat?«

»Ich hielt es nicht für erwähnenswert.« Ihre Stimme war gedämpft und förmlich.

»Noch nicht einmal, als er tot aufgefunden wurde?«

Schweigen.

»Habt Ihr Euch nicht gewundert, daß ein und dieselbe Person unter verschiedenen Namen hier absteigt?«

Schweigen. Frau von Hamborch senkte den Kopf und starrte auf die Tischplatte. Thomas änderte seine Taktik.

»Als jener Jules Rigaud das erste Mal in Eurem Wirtshaus logierte, befand sich Euer Gatte auf einer Geschäftsreise nach Haderslev. Als Hausherrin werdet Ihr doch sicher, wie soll ich mich ausdrücken ... das eine oder andere Gespräch mit diesem Mann geführt haben, das aufschlußreich für die Aufklärung von Rigauds Tod sein könnte. Woher kam er? Wohin wollte er? Was war er für ein Mann? Fragen dieser Art.« Thomas zögerte einen Moment, bevor er hinzufügte: »Ich will keine Fragen stellen, deren Beantwortung für Euch in irgendeiner Weise peinl... sagen wir besser kompromittierend sein könnte, wenn Ihr mich nicht dazu zwingt.«

Die Wirtin hob den Kopf und schaute Thomas in die Augen. Sie versuchte sich in einem herablassenden, sarkastischen Lächeln, das aber schnell verschwand, so als ob sie jeden Moment anfangen wollte zu weinen. Sie antwortete: »Ihr wollt mir also keine Unannehmlichkeiten bereiten? Woher wollt Ihr wissen, was für mich unangenehm ist? Ihr habt doch keine ...« Sie hielt inne, um ihre zitternde Unterlippe unter Kontrolle zu bringen.

Thomas wartete. Geduldig.

Zu meinem großen Erstaunen schien die Bastion genommen zu sein, als sie wieder das Wort ergriff.

»Er kam von Ribe und war auf dem Weg nach Osten«, ihre Stimme klang belegt und resigniert, »möglicherweise nach Seeland. Er war nicht gerade mitteilsam, was diese Dinge betraf.« Sie räusperte sich und sah Thomas unsicher an wie ein Kind, das Lob oder Tadel erwartet. Der arrogante Zug in ihrem Gesicht war wie weggeblasen.

Thomas lächelte sie aufmunternd an: »Was wollte er in Dänemark?«

»Ich weiß es nicht. Bei einer Gelegenheit erwähnte er, daß er nach Dänemark gekommen sei, um reich zu werden. Dann lachte er. Aber vielleicht war das auch nur so eine Redensart ...«

»Wie hat er sich das vorgestellt, reich zu werden?«

»Ich weiß nicht ... Dazu hat er sich nicht geäußert. Ich habe ihn gefragt, aber er hat mir nicht geantwortet. Hat nur gelacht. Und sich an die Nase getippt.«

»An die Nase getippt!?« wiederholte Thomas überrascht.

»Ja.« Sie tippte sich mit dem Zeigefinger an den Nasenflügel. »So.«

Sie öffnete den Mund, wie um fortzufahren, hielt aber plötzlich inne. Thomas hakte nach. »Ja?«

Einen Moment hatte es den Anschein, als ob sie nichts mehr sagen wollte, aber auf einen Blick von Thomas hin sprach sie zögernd weiter. »Es ... also«, stammelte sie und errötete, »er benahm sich ein wenig eigenartig, schien alle neu eingetroffenen Gäste zu beobachten. Nachdem er sie ausführlich in Augenschein genommen hatte, verlor er jegliches Interesse an ihnen. Ich fragte ihn, nach wem er Ausschau halte, worauf er mir antwortete: ›Man muß immer der Nase nach gehen‹, und sich an die Nase tippte und lachte.«

»Man muß immer der Nase nach gehen!?«

»Ja.«

»Was hat er damit gemeint?«

»Das weiß ich nicht.«

Thomas kratzte sich nachdenklich am Kinn. »Was tat er sonst noch?«

»Wie bitte?« Sie sah ihn verständnislos an.

»Wenn er nicht die neuen Gäste beobachtete, womit vertrieb er sich bei Euch sonst noch die Zeit?«

Sie bekam rote Wangen, diesmal vor Zorn, ihre Augen blitzten.

Thomas sah es und hob abwehrend eine Hand. »Ich bedaure zutiefst, wenn ich mich ungeschickt ausgedrückt habe. Ich wollte ausschließlich sagen: Wie verbrachte er ansonsten den Tag? Ging er im Wald spazieren? Ritt er vielleicht aus? Las er?«

Ihr Zorn legte sich, und ihre Stimme war wieder ruhig, als sie antwortete. »Er ritt jeden Morgen aus, war aber spätestens im Laufe des Vormittags zurück, bevor die ersten Gäste eintrafen. Den Rest des Tages hielt er sich im Wirtshaus auf.«

Thomas fiel etwas ein. »Wie sah er sich die neuen Gäste an? Ich meine, ging er zu ihnen hinaus, blieb er in der Tür stehen, oder beobachtete er sie vom Fenster aus?«

»Er stellte sich an das Fenster.« Sie zeigte auf das Fenster links neben der Eingangstür. »Von dort aus betrachtete er sie aufs genauste, fast mit kindlicher Erregung. Und wenn er sie dann gründlich in Augenschein genommen hatte, verlor er jegliches Interesse an ihnen.«

»Unterhielt er sich mit den anderen Gästen?«

»Nein, er sagte, daß sie ihn nicht weiter interessierten, bloß …« Sie brach mitten im Satz ab und sah aus, als ob sie sich am liebsten auf die Zunge gebissen hätte. Thomas tat, als habe er es nicht bemerkt.

»Ihr wart zugegen, als er sich unter dem Namen Jules Rigaud eintragen ließ. Was dachtet Ihr, als er … Ja? Bitte, Ihr wolltet etwas sagen.«

Frau von Hamborch hatte den Mund aufgemacht und schloß ihn wieder, ohne etwas zu sagen; sie saß in Gedanken versunken da. »Da war etwas … Es passierte etwas Seltsames, als er seinen Namen nannte …«

»Als er das erste Mal hierher kam?« fragte Thomas und ermutigte sie mit einem Lächeln zum Weitersprechen.

»Ja. Als ich ihn nach seinem Namen fragte, antwortete er ›Jules Rigaud, Haupt…‹, brach dann aber mitten im Wort ab und sah irritiert, fast zornig aus und biß sich auf die Lippe.

Ich sagte ›Verzeihung?‹, und er zuckte die Achseln, grinste und wiederholte seinen Namen und den Hauptmannsrang.«

»Hm«, sagte Thomas und legte einen Finger an seine Lippe.

»Was ging Euch durch den Kopf, als er am letzten Mittwoch wieder hier einkehrte und sich dieses Mal unter anderem Namen eintragen ließ?«

Es herrschte Schweigen, indes Frau von Hamborch auf die Tischplatte starrte. All die ungesagten Dinge zwischen Thomas und Frau von Hamborch machten mir klar, daß sie jenen Hauptmann Rigaud besser gekannt hatte, als es sich für eine Wirtin geziemte, wenn man so sagen will. Aber wie weit war diese Bekanntschaft tatsächlich gegangen?

Endlich hob sie den Kopf. Sie sah mich einen Augenblick lang an, bevor sie sich wieder Thomas zuwandte: »Könnten wir unter vier Augen miteinander reden?«

Thomas zögerte: »Doch, natürlich könnten wir das. Aber ... Ihr müßt wissen, daß ich Petter ohnehin alles erzählen werde. Er ist mein Sekretär, besitzt eine gesunde und hervorragende Erinnerungsgabe. Er behält die Dinge, die ich vergesse, und sieht, was ich übersehe, es wäre also das einfachste, wenn er bleiben könnte. Petter wird selbstverständlich alles, was ihm hier zu Ohren kommt, vertraulich behandeln, ebenso wie ich selbst – solange uns die Umstände nicht dazu zwingen, Teile dessen, was wir von Euch erfahren, öffentlich machen zu müssen.«

Sie erhob sich und ging in die Küche, suchte etwas auf dem Bord über der Feuerstelle und kam mit einer Dochtschere zurück. Sorgfältig schnitt sie den Docht des Talglichts so weit zurück, daß es aufhörte zu rußen. Ehe sie sich wieder setzte, stand sie noch eine Weile da und schaute abwesend in die Flamme, die Schere hielt sie dabei wie eine Verteidigungswaffe vor den Bauch.

»Ihr habt gestern abend die Geschichte meines Mannes über unser beider Vergangenheit gehört, wie es uns hierher verschlagen hat, sozusagen. Aber er hat nicht die ganze Geschichte erzählt.« Sie zupfte wieder nervös an ihren Fingernägeln, und sie biß sich auf die Unterlippe, als sie uns mit einem Blick anschaute, der im voraus um Verständnis bat für das, was jetzt folgen würde. »Als Herbert 1676 seine Geschäftsstelle an der dänischen Börse schließen und nach Hamburg zurückkehren mußte, um seinem strengen Vater die Bilanzen vorzulegen, war es nicht allein dem Krieg zwischen Schweden und Dänemark zuzuschreiben, daß die Geschäfte in einem Fiasko geendet hatten. Herbert hatte die Zeit in der Hauptstadt genutzt ...« Sie brach den Satz ab und setzte noch einmal neu an. »Herbert ist kein geborener Geschäftsmann, er ist zu gutgläubig, sein Vertrauen in andere Menschen ist geradezu naiv. Für ihn ist ein Wort ein Wort, etwas, auf das man sich verlassen kann bis zum Tod. Er hat sich um die Geschäfte nur aus dem einzigen Grund gekümmert, weil sein Vater es von ihm verlangt hat. Hätte Herbert selbst wählen können, hätte er studiert, Bücher gelesen und Tag und Nacht den Vorträgen der Professoren gelauscht. Er liebt Bücher und ...« Sie zupfte an ihrem Ärmel, zog einen Faden heraus und riß ihn gedankenverloren ab.

»Als er noch in Kopenhagen lebte, verbrachte er mehr Zeit an Eurer Universität«, sie nickte Thomas zu, »als an der Börse. Er traf Gelehrte und bibelfeste Menschen und bewegte sich lieber in ihren Kreisen, als die Arbeit zu machen, derentwegen er ursprünglich dorthin geschickt worden war.« Sie atmete tief ein – ihre Brust hob und senkte sich – und ließ die Luft langsam wieder ausströmen, bevor sie fortfuhr: »Sein Vater hatte den wahren Grund des geschäftlichen Fiaskos in Kopenhagen natürlich längst durchschaut, ließ Herbert aber im festen Glauben, daß alles in bester Ordnung sei. Vor unserer Hochzeit, wie Herbert gestern bereits erwähnte, war uns zugesagt worden, daß wir in Lübeck wohnen würden, wo Herbert eine kleinere Niederlassung betreuen sollte. Aber bei unserer Hochzeitsfeier stand Herberts Vater auf und hielt eine kurze Rede, in der er vor den Ohren aller Gäste bekanntgab, daß Herbert nicht länger als sein Sohn gelte und daß Herbert, und damit natürlich auch ich, schon am folgenden Tag auf einen Hof in Jütland ziehen sollten, den wir nur unter der Bedingung als Hochzeitsgabe erhielten, daß wir uns niemals wieder in seinem Heim blicken ließen. Wie Ihr sicher verstehen werdet, war Herbert schwer getroffen. An seinem eigenen Hochzeitstag vor allen Gästen gedemütigt zu werden, und das vom eigenen Vater. Er hatte seine Eltern verloren, und seine Zukunft war mit einemmal vollkommen ungewiß. Ich versuchte ihm eine Stütze zu sein, muß aber ehrlich eingestehen, daß ich in der Anfangszeit ziemlichen Groll gegen ihn hegte, weil er wegen seiner eigenen Bedürfnisse unsere sichere Zukunft so gedankenlos verspielt hatte. Außerdem war ich noch sehr jung, ein halbes Kind.« Sie saß reglos da und starrte vor sich hin, die Finger so fest ineinander verflochten, daß die Fingerspitzen ganz weiß wurden. Plötzlich tat sie einen tiefen Seufzer und fuhr fort:

»Seitdem ist Herbert völlig verändert. Er wurde still und in sich gekehrt, wo er vorher ein geselliger und heiterer Mensch war, der Feste und Gesang liebte. Nach diesem Vorfall verschanzte er sich gänzlich hinter seinen Büchern, versteckte sich dahinter, wegen der Scham, die ihn erfüllte.« Sie blickte Thomas an. »Nicht die Scham, die die Worte seines Vaters ihm bereitet hatten, versteht mich bitte nicht falsch.« Sie zögerte, senkte den Blick und löste die Finger voneinander. »Doch, vielleicht war es auch das«, räumte sie schließlich ein. Ganz in Gedanken versunken, strich sie mit der Hand den Ärmel glatt, immer und immer wieder. Das Weitersprechen bereitete ihr offensichtlich große Mühe. Ich sah neugierig zu Thomas, ob er vorhatte, ihr auf die Sprünge zu helfen, aber er saß regungslos da und verfolgte jede ihrer Bewegungen.

»Wir ...«, setzte sie an und kam wieder ins Stocken. »Von da an ...« Auch der zweite Anlauf mißlang. Sie versuchte, die Geschichte anders zu beginnen. »Als Herbert in Kopenhagen lebte, besuchte er, Ihr wißt schon, gewisse Häuser ... die nur Männer aufsuchen.« Thomas nickte, ohne etwas zu sagen. »Damals hatte er keine ... Schwierigkeiten, Ihr wißt schon ... Also, Frauen zufriedenzustellen, aber ... Nach unserer Hochzeit, nach dem, was dort geschehen war, verlor er seine Kraft, er konnte nicht mehr ... nicht mehr mit ...« Ihre Augen standen voller Tränen, ihre Stimme brach und erstarb.

Thomas schickte mich in die Küche, um ein Glas Wein zu holen. Als ich zurückkam, saß er und tätschelte ihr vorsichtig die Hand, ohne etwas zu sagen. Sie trank gierig von dem Wein und beruhigte sich nach einer Weile soweit, daß sie fortfahren konnte: »Wir haben ... In all den Jahren ... Nicht ein einziges Mal ...« Sie sprach selbst beim Atemholen weiter, als wolle sie das Ganze so schnell wie möglich hinter sich bringen. Ihre Stimme war jetzt so leise, daß die letzten Worte unmöglich zu verstehen waren, sie wurden von einem gequälten Schnaufen übertönt. Ihr Gesicht war verzerrt, als wäre sie während des Gesprächs um zehn Jahre gealtert. »In den Anfangsjahren haben wir es versucht ... immer wieder, aber ohne Erfolg. Die letzten zehn Jahre haben wir einander kaum noch berührt.«

Sie schüttelte den Kopf, als fiele es ihr selbst schwer zu glauben, was sie gerade erzählt hatte. »Ich liebe meinen Mann, bin es ihm und meiner Familie schuldig, ihm treu zur Seite zu stehen, aber ...« Sie stockte, die Augen auf den roten Wein gerichtet, und machte keine Anstalten fortzufahren.

»Und dann tauchte Hauptmann Rigaud in Eurem Gasthaus auf.« Thomas half ihr weiter.

»Ja ...« Sie blickte Thomas verzweifelt an und ließ ihren Tränen freien Lauf.

Ich überlegte, ob sie uns mit ihren Tränen zu täuschen versuchte oder ob sie echt waren, und kam schließlich zu dem Schluß, daß, sollten sie unecht sein, Frau von Hamborch eine unglaublich talentierte ... eben eine von jenen Schauspielerinnen sein mußte, von denen Thomas mir einmal erzählt hatte, die auf ein Fingerschnippen glücklich, zornig oder traurig sein konnten. Aber das traute ich Frau von Hamborch nicht zu, wahrlich nicht.

Thomas schickte mich ein zweites Mal in die Küche, um mehr Wein für die Wirtin zu holen, und fragte sie, wie dieser Rigaud als Mensch gewesen sei. Ich brachte ihr den Wein, den sie in kleinen Schlucken trank, bis das Glas leer war. Nach einer Weile war sie in der Lage weiterzusprechen.

»Der Hauptmann ... Ich wollte sagen, der Graf war ein Mann, der mir vom ersten Tag an Aufmerksamkeit schenkte und mich durch seinen Charme für sich einnahm. Aber das war natürlich ...« Sie seufzte und spielte nervös mit dem Glas, so daß es hin und her kippelte. »Je mehr Tage vergingen, desto rastloser wurde er, und eines Morgens packte er plötzlich seine Sachen, beglich bei Marie seine Rechnung und war fort. Ohne ein Wort.«

Frau von Hamborch schaute auf. Ihr Blick war fest. »Nicht, daß es eine Rolle gespielt hätte. Ich war erleichtert. Ich erwartete jeden Augenblick Herberts Rückkehr und bereute, daß ich dem Charme des Hauptmanns nachgegeben hatte. Eigentlich war er alles andere als ein angenehmer Mensch, er war selbstgefällig, überheblich und ausgesprochen unhöflich gegen die anderen Gäste, wenn er sich überhaupt dazu herabließ, mit ihnen zu sprechen.«

»Welche Sprache sprach er?«

»Deutsch, Französisch, ein wenig Dänisch, wenn auch nicht sehr viel, meist vulgäre und gottlose Ausdrücke.«

»Hat er nie etwas über sich selbst gesagt?«

»Nein.« Die Antwort kam wie aus der Pistole geschossen, aber der leicht verwunderte und sinnierende Ausdruck in ihrem Gesicht ließ vermuten, daß das noch nicht alles war. Wir warteten – und Frau von Hamborch bemerkte es. »Doch, bei einer Gelegenheit ... Einmal sprach er vom Herzog von Gottorp wie von jemandem, den er gut kannte. Ich habe den Eindruck, daß er vielleicht bei ihm gedient haben könnte. Ich weiß nicht, aber möglicherweise war er von dort gekommen!?«

»Seid so gut, Frau von Hamborch, erzählt mir ganz genau, was der Graf gesagt hat! So wortgetreu wie möglich!« Die

Anspannung in seiner Stimme ließ sowohl die Wirtin als auch mich aufblicken.

»Er sagte – laßt mich kurz überlegen ...« Die Wirtin schloß die Augen, um sich besser konzentrieren zu können. Darauf fuhr sie mit tieferer Stimme fort: »›Ich kenne den Herzog, er ist ein Mann nach meinem Herzen.‹ Dann lachte er. Aber er sagte noch etwas, ein wenig später. Daß der Herzog lange Arme hätte und daß er einen davon abzuschlagen gedenke.«

Thomas beugte sich vor. »Was hat er gesagt? Daß er einen der langen Arme des Herzogs abschlagen wolle?!«

Sie nickte.

»Was kann er damit gemeint haben?«

»Das weiß ich nicht. Ich habe ihn danach gefragt, aber er schwieg und war unnahbar, als wäre ihm plötzlich eingefallen, daß er zuviel gesagt hatte.«

Nach dieser Mitteilung brauchte Thomas eine Denkpause und trat ans Fenster. Ich blieb bei der Wirtin sitzen, die dem großen Mann ängstlich hinterherschaute.

Während ich so dasaß und die Wirtin ansah, ging mir durch den Kopf, daß ich mich von dem Augenblick an, in dem wir das Wirtshaus verlassen und aus dem Hoftor reiten würden, nicht mehr an ihr Aussehen würde erinnern können. Sie besaß irgendwie keine Ausstrahlung, auch wenn sie einer Gruppe von Menschen durchaus ihr Siegel aufdrücken konnte. Obgleich es augenblicklich nicht den Eindruck machte, schien sie die starke Persönlichkeit im Wirtshaus zu sein, diejenige, die eigentlich den Hof führte. Sie war eine starke Frau mit einem gewissen Temperament, das sich allerdings nur in geringem Maße in ihrem Gesicht widerspiegelte. Ihr Haar war streng nach hinten gekämmt und im Nacken zu einem Knoten hochgesteckt, so fest, daß es ihr schwerfallen mußte, die Stirn zu runzeln. Ihre graubraunen Augen und der schmale Mund wurden von einem verbitterten Zug entstellt, der einen den Blick abwenden ließ. Die kleine Nase fiel in dem ovalen Gesicht kaum auf.

Thomas kam zurück und setzte sich.

»Warum benutzte er einen anderen Namen und gab sich als Graf aus?« fragte er.

»Ich weiß es nicht.« Mehr würden wir wohl aus ihr nicht herauskriegen. Aber dann änderte sie ihre Taktik und fuhr fort: »Ich war natürlich sehr erschrocken, fast panisch, als er plötzlich wieder in der Wirtsstube stand. Glücklicherweise besaß er Anstand genug, sich nicht anmerken zu lassen, daß er mich kannte ... und schon einmal hier war. Möglicherweise ... möglicherweise war das der Grund, warum er einen anderen Namen benutzte – um sicherzugehen, daß Herbert nichts entdeckte.«

»Aber warum ausgerechnet als Graf?«

»Ich weiß es nicht.« Sie schien resigniert, als ob Thomas' nicht enden wollender Strom von Fragen sie ermüdet hätte. »Er war ein arroganter und eitler Mensch, auch schon als Hauptmann, vielleicht gefiel ihm der Gedanke, ein Graf zu sein.« Ihr kam eine neue Idee, die sie aber nicht ganz zu überzeugen schien. »Oder war er möglicherweise ein Graf – und hat es bei seinem ersten Besuch verschwiegen!?«

Thomas kannte die Antwort auf diese Frage bereits und wechselte das Thema. »Ihr machtet gestern abend so eine Andeutung, daß der Graf, wie soll ich es sagen, Eurem Gatten gegenüber dreist oder überheblich war. In welcher Weise äußerte sich das?«

»Habe ich das gesagt?« murmelte sie leise. »Daran kann ich mich gar nicht erinnern. Ich weiß es nicht, tut mir leid.«

»Wie hat er sich Euch gegenüber benommen?«

»Anfangs war er noch höflich, aber mit der Zeit benahm er sich immer abstoßender. Er schäkerte und machte in Anwesenheit anderer unaussprechliche Andeutungen. Sogar in Herberts Gegenwart. Ich hielt mich, soweit es möglich war, in den Privaträumen auf, um ihm nicht begegnen zu müssen.«

Thomas nickte verständnisvoll, bevor er die nächste Frage stellte.

»Sagt Euch der Name von Berghols oder von Bergholz etwas?«

Sie blickte ihn aufrichtig überrascht an: »Nein, sollte er?«

»Seid Ihr ganz sicher?«

»Ja, ich habe ein recht gutes Namengedächtnis.«

Sie lächelte unsicher, als die nächste Frage kam.

»Wo befandet Ihr Euch, bevor Euer Mann in die Wirtsstube kam und mitteilte, daß er draußen im Schnee einen seiner Gäste gefunden habe?«

»Ich war in der guten Stube, um mich ein wenig auf der Chaiselongue auszuruhen. Ich fühle mich in letzter Zeit nicht wohl.«

»War jemand bei Euch, jemand, der das bezeugen könnte?«

Sie blickte Thomas verständnislos an, dann ging ihr auf, worauf seine Frage hinauslief. Ihre Augen funkelten zornig. »Wie könnt Ihr es wagen!? Glaubt Ihr tatsächlich, Professor, daß ich einen Mann umbringen würde, den ich auf solche Weise gekannt habe? Ihr kennt mich nicht, Professor!«

»Nein«, sagte Thomas verhalten und sah sie nachdenklich an. »Nein, das tue ich nicht.«

Er erhob sich und stellte sich an den Ofen, stocherte in der Glut herum und legte ein paar Holzscheite nach.

Als er an den Tisch zurücktrat, blieb er hinter seinem Stuhl stehen, so daß Frau von Hamborch den Kopf in den Nacken legen mußte, um zu ihm hochzuschauen.

»Was ist mit Eurem Mann, könnte er den Grafen umgebracht haben?«

Ihr Gesicht verzog sich vor Erstaunen, aber weder ihr Erstaunen noch die neuerliche Woge des Zorns wirkten echt auf mich.

»Ihr ... Ihr verdorbener Mensch! Wie könnt Ihr ...« Sie sprang jäh auf, so daß der Stuhl umkippte, und lief mit energischen Schritten durch den Raum auf die Tür zu, die gleich darauf mit einem lauten Knall hinter ihr zuschlug.

Wir schauten beide verwirrt zur Tür. Thomas erhob sich als erster.

»Hm … Intere…« Er brach mitten im Wort ab und sah mich an.

»…ssant«, beendete ich es an seiner Stelle. Wir grinsten beide.

»Der Gedanke lag ihr nicht ganz fern, wie mir scheint.« Thomas spitzte die Lippen. Dann nickte er zufrieden. »Womit also ein weiteres Geheimnis unseres falschen Grafen gelüftet wäre, nämlich, warum er sich unter einem anderen Namen eintragen ließ.«

»Oh«, sagte ich überrascht, »tatsächlich?«

Thomas sah mich irritiert an. »Petter, manchmal muß ich mich wirklich fragen, ob du auf deinen Ohren sitzt. Die gute Frau hat es doch ganz deutlich gesagt. Sie erzählte, daß der Graf bei seinem ersten Besuch mitten in der Nennung seines Namens abbrach, eben bei ›Jules Rigaud, Haupt…‹ Er habe sich auf die Lippe gebissen und irritiert ausgesehen. Da mußt du dich doch fragen, warum, Petter. Warum hat er das getan?«

Er erwartete eine Antwort. Warum? Warum bricht man mitten in einem Satz ab? Weil man Zeit zum Nachdenken braucht. Weil man möglicherweise unsicher ist, sich nicht richtig erinnert. Aber, mein Gott, das war doch schließlich sein Name, den sollte er ja wohl kennen, an den sollte er sich doch erinnern können?

Sein Name, genau. Plötzlich fiel es mir wie Schuppen von den Augen.

»Natürlich. Er hat sich im Namen vertan! Eigentlich wollte er sich unter dem Namen des falschen Grafen eintragen, woran er aber im entscheidenden Moment nicht gedacht hat.«

Als Antwort bekam ich ein breites Lächeln und grinste stolz.

»Und was verrät uns das über den Hauptmann und die gräfliche Verkleidung?« fragte Thomas weiter.

»Daß sie noch recht ungewohnt für ihn war, ziemlich neu.«

»Ganz genau. Dabei fällt mir das Datum auf seiner Quittung

ein, der 17. November. Wäre es nicht denkbar, daß um dieses Datum herum die gräfliche Verkleidung erstmals auftauchte? Dann hätte er, laß mich nachrechnen, gut zwei Wochen Zeit gehabt, sich an seine Verkleidung zu gewöhnen. Aber vielleicht hatte er in dieser Periode gar keine Anwendung dafür. Vielleicht fiel ihm erst hier im Wirtshaus ein, daß sie von Nutzen sein könnte. Und trotzdem vergaß er es im entscheidenden Moment. Aber ich verstehe nicht ...« Er massierte sich die Nasenwurzel und schloß die Augen. »Die Sache mit dem Herzog. Er scheint unseren Nachbarn aus dem Süden, den Herzog, gekannt – und geschätzt zu haben. Aber das mit dem Abschlagen von langen Armen ...«, er sah mich fragend an. »Das ist natürlich bildlich gemeint, trotzdem: Warum wollte er jemandem, den er offensichtlich mochte, den Arm abschlagen?«

Diese Antwort mußte ich ihm schuldig bleiben.

»Was veranlaßt einen Mann dazu, einen angeblichen Freund zu verraten?«

»Ich weiß nicht, eine Frau, Geld ...«, schlug ich vor, obwohl ich von dem, was ich da sagte, wahrhaftig keine Ahnung hatte.

»Geld!« Thomas schnippte begeistert mit den Fingern. »Du sagst es. Die Quittung, vielleicht liegt dort der Schlüssel. Der Graf wird dafür bezahlt, daß er den Herzog verrät.« Das Lächeln verschwand aus seinem Gesicht und wurde von einer irritierten Miene ersetzt. »Aber er hat ja kein Geld, und sieh dir nur mal sein Gepäck an. Nein, irgend etwas paßt da nicht zusammen.«

Er wippte ein paarmal auf den Füßen auf und ab, dann schlug er mit den Händen auf den Stuhlrücken und setzte sich.

»Hol den Pastor, sei so gut.«

»Jacob Magnus Frisch, Ihr seid Pastor. Zur Zeit ohne eigenen Pfarrbezirk und auf dem Weg nach Seeland. Woher kamt Ihr, als Ihr in diesem Wirtshaus haltmachtet?«

»Von Ribe, wie ich bereits erwähnt habe.« Das Gesicht des Pastors war verschlossen und konzentriert.

»Was wolltet Ihr in Ribe?«

»Ich hatte eine Antwort bekommen auf eine Anfrage wegen einer neuen Pfarrstelle in der Nähe meiner Schwester, die in der königlichen Hauptstadt lebt.«

»Und die neue Stelle bekamt Ihr in Faxe Herred«, konstatierte Thomas, ohne eine Antwort zu erwarten. »Wo seid Ihr davor Pastor gewesen?«

»In der Pfarrei von Hindrup, wie ich es dem Herrn Professor ebenfalls bereits erzählt habe.« In der Stimme des Pastors schwang leichte Ungeduld.

»Hindrup liegt an der Grenze zum Herzogtum, nicht wahr?«

»Ja.«

»Seid Ihr jemals im Herzogtum gewesen?«

»Ja.«

»Auch im Flensburger Land und dem holsteinisch-gottorpschen Teil?«

»Ja, natürlich.«

»Oft? Und weshalb?«

»Gottes Wort macht nicht vor von Menschenhand errichteten Grenzen halt. Wenn Seine Kinder meinen Trost und meine Hilfe brauchen, kann ich mich durch solche Lappalien nicht aufhalten lassen.«

»Aber hat das Herzogtum denn keine eigenen Pastoren?«

»Doch, aber nicht nur das Volk, sondern auch die Pastoren benötigen Trost und Ermunterung, bis sie endlich wieder dänisch sind.«

Thomas nickte verständnisvoll. Dann wechselte er das Thema.

»Wo wart Ihr, als der Graf umgebracht wurde?«

Der Pastor sah Thomas mit dem durchdringenden Blick an, der mir schon vorher an ihm aufgefallen war. Seine Antwort kam nüchtern und ruhig. »Ich war in der Wirtsstube, wie der Herr Professor sehr genau wissen.«

»Ich weiß, daß Ihr in der Schankstube wart, als Petter und ich eintraten, aber wo wart Ihr vor unserer Ankunft? Hattet Ihr schon lange dort gesessen?«

»Ich war auf meinem Zimmer und habe vor dem Essen zu Gott gebetet, wie ich es jeden Tag tue«, antwortete der Pastor.

»Ihr wart also nur auf Eurem Zimmer und nirgendwo sonst, bevor Ihr zum Essen herunterkamt?«

»Ja.«

»Nicht kurz draußen?«

Die Augen des Pastors verengten sich zu Schlitzen, und er verzichtete auf eine Antwort.

Thomas seufzte und hob entschuldigend die Hände. »Verzeiht, wenn ich Euch gegenüber aufdringlich und unhöflich sein sollte, Pastor Jacob, aber die Situation, in der wir uns befinden, ist äußerst schwierig und delikat, und mir liegt daran, alles so gründlich und so schnell wie möglich aufzuklären. Ich denke, das werdet Ihr verstehen.«

Der Pastor entspannte sich ein wenig und rang sich ein Nicken ab.

»Ich verstehe. Und unterstütze Euch gern dabei, soweit es in meiner Macht steht. Aber ich bin früher schon einmal ... wegen einer ähnlichen Sache verdächtigt worden.«

»Aus welchem Grund habt Ihr die Pfarrei in Hindrup aufgegeben?«

Ein schmerzlicher Schatten huschte über das Gesicht des Pastors, und es dauerte eine Weile, bis er antwortete: »Meine Frau Signe erlag im letzten Winter einer schweren Krankheit. Einer langen und zehrenden Krankheit, die auch an meinen Kräften gezehrt hat. Danach fühlte ich, daß Hindrup mir meine Kräfte nicht würde zurückgeben können, daß ich woanders versuchen mußte, Ruhe zu finden. Und die hoffe ich in der Nähe meiner einzigen Verwandten zu finden, die mir noch geblieben ist, meiner Schwester.« Die Stimme, so kam es mir vor, war plötzlich die eines alten Mannes, der sich nach dem Tod sehnte.

»Pastor Jacob hat keine Kinder?«

Der Pastor hob jäh den Kopf und bedachte Thomas mit einem Blick voller Haß. »Ich sehe nicht ein, was den Herrn Professor das angeht. Ihr habt hier einen Mord aufzuklären. Würdet Ihr mir bitte sagen, was meine Familienangelegenheiten damit zu tun haben?« Er schien zu merken, daß seine Reaktion nicht ganz angemessen war, beruhigte sich ein wenig und antwortete: »Nein, Herr Professor, ich habe ... keine Kinder.«

Thomas entschied sich, nicht weiter auf das sensible Thema einzugehen.

»Habt Ihr mit dem Grafen gesprochen, bevor er starb?«

»Nein.«

»Im Laufe der zwei Tage, die Ihr hier zusammen mit dem Grafen gewohnt habt, habt Ihr da jemanden negativ über den Grafen reden hören?«

»Nein.«

Die Antwort kam ebenso knapp und spontan wie die erste, aber der Pastor machte trotzdem den Eindruck, als ob er nicht ganz die Wahrheit sagte. Thomas hatte ebenfalls bemerkt, daß der Pastor noch etwas verbarg.

»Gab es in diesem Wirtshaus jemanden, den der Graf so sehr schikaniert hat, daß der Betreffende feindselige Gefühle hätte entwickeln können?

Der Pastor lachte sein trockenes, humorloses Lachen. »Das beträfe in diesem Falle alle außer mir. Der Graf schien großen Respekt vor Gottesmännern zu haben, mich ließ er in Ruhe.«

»Aber die anderen ...?«

»Den anderen hat er ziemlich zugesetzt. Mehr oder weniger.«

»Der Wirtin auch?«

»Wenn seine schamlosen Aufmerksamkeiten gegenüber den weiblichen Reizen der Wirtin – selbst in Anwesenheit ihres Ehegatten – und die unverhohlenen Andeutungen, wie man sich auf amüsante Art und Weise die Zeit vertreiben könnte, wenn man das als Schikane bezeichnet, muß die Antwort ja lauten.«

»Gab es denn niemanden, der dem Grafen widersprochen hat, versucht hat, ihn in seine Schranken zu weisen?«

»Einen Grafen?« Der Pastor sah Thomas voller Ironie an. »Man widerspricht doch keinem Grafen, wenn einem das Leben lieb ist.« Und wieder hatte ich dieses Gefühl, daß er nicht die volle Wahrheit sprach.

Thomas beugte sich ein Stück nach vorn. »Ist dem Pastor am Abend des Donnerstag irgend etwas aufgefallen? Hat sich jemand mit dem Grafen gestritten?«

»Ich glaube nicht ...« Der Pastor stockte und starrte auf die Tischplatte. Mir fiel auf, daß er ausnahmsweise eine ganze Weile nicht in seine geliebte Bibel geschaut hatte, er hatte sie seit einiger Zeit noch nicht einmal berührt, obwohl sie in Reichweite lag. Er sprach weiter: »Ich kann mir nicht vorstellen, daß der Wirt ein Mörder ist. Aber ... Ich hörte den Wirt in einer lautstarken Auseinandersetzung mit dem Grafen, kurz bevor er tot im Schnee gefunden wurde.«

»Wo haben sie sich gestritten?«

»Draußen, hinter dem Wirtshaus, nicht weit von der Stelle entfernt, an der der Graf gefunden wurde.«

»Und wo hat sich der Pastor zu diesem Zeitpunkt aufgehalten?«

»Ich war gerade auf dem Weg in mein Zimmer und öffnete die Hintertür, um nachzuschauen, wer da so schrie. Der Graf und der Wirt standen einander gegenüber, und der Wirt war derart in Rage, wie ich es bei diesem schmächtigen Mann nie für möglich gehalten hätte.«

»Was sagte er?«

»Ich habe längst nicht alles verstanden, aber ich hörte die Worte ›... auf Nimmerwiedersehen verschwinden ...‹ und ›... so etwas dulde ich nicht in meinem Haus ...‹ Natürlich habe ich die Tür schnell wieder geschlossen, weil ich das Gefühl hatte, daß es sich nicht gehörte, so dazustehen und zu spionieren.«

»Was tat der Graf?«

»Ich habe nicht mitbekommen, was er antwortete, dafür sprach er zu leise, aber es klang, als ob er den Wirt ausgelacht hätte. Und er stieß den Mann an, als ob er ein ungezogenes Kind vor sich hätte.«

»Als Ihr Euch um eine neue Pfarrstelle bemühtet, habt Ihr da mit dem alten Bischof Jersin korrespondiert?« Thomas versuchte es mal wieder mit einem plötzlichen Themenwechsel, ohne daß ich begriff, was er damit bezweckte. Aber vielleicht wollte Thomas die Unterredung auch nur mit einem netten Geplänkel über gemeinsame Bekannte abschließen.

Pastor Jacob sah Thomas mißtrauisch an. »Bischof Jersin lebt schon seit etlichen Jahren nicht mehr. Bischof Hans Nielsen Sørby war der für mich zuständige Bischof und Vorgesetzte.«

»Ist Euch ein Mann mit dem Namen ›von Bergholz‹ bekannt?«

Da war er wieder, der verwunderte Blick, mit dem bereits Frau von Hamborch Thomas bedacht hatte.

»Nein«, antwortete der Pastor einen Augenblick später.

Als er kurz darauf den Raum verließ, wirkten er und Thomas fast wie alte Freunde. Ihre Meinungsverschiedenheit und der Zusammenstoß vom Vorabend schienen vergessen.

Thomas saß noch lange da, nachdem der Pastor die Tür hinter sich geschlossen hatte. Ich legte Holz im Ofen nach und bereitete uns eine Tasse Kaffee zu, um unsere müden Köpfe zu erfrischen, während ich auf den Bescheid wartete, wen ich als nächsten hereinholen sollte. Aber Thomas saß weiterhin zurückgelehnt auf seinem Stuhl und starrte auf die nichtssagende, rauhe, tiefbraune Tischplatte.

Die dunklen, melodischen Schläge der Uhr ertönten achtmal. Ich blickte auf und fragte mich, was sie wohl über die Zeit zu sagen hatte. Mein Kopf jedenfalls war schwer und teilte mir mit, daß es Zeit zum Schlafengehen war. In der Uhr, hinter einer Glastür, waren zwei runde Scheiben mit einer Reihe Zahlen am Rand. Auf der oberen Scheibe waren es die Zahlen von eins bis zwölf, auf der unteren von eins bis sechzig. Auf beiden Scheiben reichte ein Pfeil von der Mitte bis zu den Zahlen, und ich sah, daß der untere sich ganz sachte vorwärts bewegte. Gerade noch hatte er senkrecht nach oben gezeigt, jetzt war er auf dem besten Weg in Richtung der römischen Ziffer Fünf. Der obere Pfeil bewegte sich nicht, sondern zeigte konstant auf die Acht. Ich überlegte, ob er vielleicht kaputt war. Thomas hatte einmal erzählt, daß so eine Uhr eine feine und empfindliche Maschine wäre, zusammengehalten von Zahnrädchen und Rationalität.

Endlich kam wieder Leben in den Professor. Er setzte sich auf und brummelte »Ja, ja« vor sich hin, ganz offensichtlich unzufrieden mit dem einen oder anderen.

»Stimmt etwas nicht?«

»Hm, ich weiß nicht.« Thomas kratzte sich am Kinn und sah mich abwesend an. »Irgend etwas ist mit dem Pastor, das ich nicht einordnen kann. Etwas, das er gesagt oder getan hat, aber ich kann nicht genau benennen, was mich stört. Ich habe mich gefragt, ob er tatsächlich Pastor ist oder nur ein Schwindler, und habe ihm deshalb die kleine Fangfrage mit dem Bischof von Ribe gestellt, die er aber ohne mit der Wimper zu zucken gemeistert hat. Er scheint wirklich Pastor zu sein, alles deutet darauf hin.« Er seufzte. »Nein, wir werden wohl weitersuchen müssen.«

Über das Fußende meines Bettes hinweg sehe ich Fürst Reginald den Kopf heben und vor sich in die Dunkelheit starren. Der Raum wird nur von einem Wachslicht auf dem Tisch und einem weiteren auf einem Kerzenständer neben meinem Bett erleuchtet, wenig im Kampf gegen das undurchdringliche Dunkel, wie es an solchen Dezemberabenden herrscht, bevor der erste Schnee fällt. Plötzlich erhebt er sich und tritt an mein Bett.

»Der Herzog von Holstein-Gottorp ...«

»Setzt Euch!« falle ich ihm ins Wort.

Er steht wie ein riesiger Troll vor mir, das flackernde Licht an meinem Kopfende wirft bedrohliche Schatten auf sein grobes Gesicht. Diabolisch.

Er nickt und macht kehrt, um sich seinen Stuhl heranzuziehen, und stellt ihn ins Licht.

»Der Herzog von Holstein-Gottorp«, beginnt er ein zweites Mal, »ist das der gleiche Herzog, der ziemlich jung irgendwo in Rußland gestorben ist?«

»Ja. Das heißt, gestorben ist er in Polen, in der Schlacht bei Klissow. Er folgte Karl XII., seinem Schwager, im Feldzug gegen den polnischen König. Der Herzog starb 1702, gut zwei Jahre nach den Geschehnissen, von denen ich in meinem Manuskript erzähle.«

Fürst Reginald runzelt die Stirn, nachdenklich und abwesend.

»Mein Vater ist ihm einmal begegnet«, sagt er plötzlich. »Wir waren entfernte Verwandte.«

Ich nicke. Das kann ich mir denken. Diese Fürsten und Könige scheinen doch alle ohne Ausnahme miteinander verwandt zu sein. Es ist mir immer schon ein Rätsel gewesen, wie sie in kindlicher Gekränktheit einen Krieg gegen einen Onkel, einen Großvetter oder einen Schwager anzetteln können, nur weil sie sich auf ihre empfindsamen Zehen getreten fühlen. Wenn alle Familien sich so aufführen würden …! Aber darüber kann ich mit Fürst Reginald nicht reden, er würde mich nicht verstehen.

»Er erzählte, daß jener Herzog – Frederik Christian hieß er wohl, wenn ich mich nicht täusche …?«

»Ja«, sage ich und erkläre, »Herzog Frederik IV., was etwas verwirrend ist, da unser werter Dänenkönig zu jener Zeit ebenfalls Frederik IV. hieß. Laßt ihn uns darum Herzog Frederik Christian nennen.«

»Er hatte ein recht impulsives und hitziges Gemüt, hat mein Vater erzählt. Bei einer Hochzeit, zu der beide geladen waren, sind sie derart aneinandergeraten, daß der Herzog drauf und dran war, meinen Vater zu fordern. Aber der Vater der Braut war ein autoritärer Mann, und es gelang ihm, die erhitzten Gemüter wieder zu besänftigen.«

Meine Neugier ist geweckt. Der alte Fürst Wilhelm auf einem Fest in einen Zank verwickelt!

»Worüber haben sie sich gestritten?« frage ich. »Da muß doch etwas Ernstes dahintergesteckt haben. Euer Vater gehörte nicht zu denen, die sich ohne Grund provozieren ließen und einen Streit vom Zaun brachen. Er war ein Mann von Ehre. Ein öffentlicher Streit lag unter seiner Würde. Und außerdem ...«, ich wähle meine Worte mit Bedacht, »war er in der Wahl seiner Feinde normalerweise äußerst heikel.«

Fürst Reginald nickt und lächelt sanft. Er weiß, was ich damit sagen will.

»Es lag tatsächlich ein ernster Grund vor«, sagt er und erhebt sich, geht an den Tisch und schenkt Wein aus der Karaffe in sein Glas. Er dreht sich um und hebt es mit einer fragenden Geste. Ich schüttele den Kopf. Es gibt keinen Grund, meine Blase zu strapazieren. Ich hasse es, nachts aufzustehen.

Ich betrachte den kräftigen Mann, der sich wieder setzt, einen Schluck trinkt und das Glas in sicherem Abstand von seinen Füßen auf den Boden stellt.

Vorausschauend?

Unsinn! Ein polternder Stier, ein impulsiver großer Junge, ein intelligenter Streithammel. Die Beschreibung des Herzogs von Gottorp trifft durchaus auch auf ihn zu ...

Er unterbricht mich in meinem Gedankengang.

»Vor gut hundert Jahren legte der damalige Herzog in Schloß Gottorp den Grundstein für eine Bibliothek. Eine Bibliothek, die inzwischen mehr als fünfzehntausend Bände umfaßt. Eine ansehnliche und vorzügliche Bibliothek, eine imponierende Einrichtung.«

Er streckt seine langen Beine unter mein Bett und lächelt höhnisch. »Es ging allerdings nicht immer ganz anständig zu, was die Anschaffung der Bücher für diese Bibliothek betraf.

Kriegsbeute aus fernen Ländern, notfalls auch aus einem Nachbarland, kann ich gerade noch akzeptieren, aber mit simplem Diebstahl haben Angehörige unseres Standes nichts zu schaffen. Das meinte schon mein Vater, und das meine ich auch.«

Er streckt sich nach seinem Glas aus und nimmt einen Schluck.

»Der Meister wird besser als manch anderer wissen, welch kleine, aber erlesene Bibliothek wir in unserem Schloß haben. Es gab Zeiten, da war sie noch erlesener als heute. 1648, am Ende der langen, blutigen Periode, in der die germanischen Fürstentümer sich bis an den Rand der Armut bekriegt hatten, erschien eines Tages ein junger Graf in Begleitung zweier Soldaten auf unserem Schloß. Es handelte sich um Abgesandte des Herzogs von Gottorp, die nach Gesprächen mit dem Kurfürsten von Bayern auf dem Weg von Mühldorf zurück in den Norden waren. Natürlich wurde ihnen für die Nacht ein Quartier gewährt, und natürlich wurden sie aufs ausgewählteste bewirtet. Mein Vorfahr, ein Ururgroßvater, lud den Gesandten nach dem Abendessen sogar in seine Bibliothek ein. Der Graf war ein belesener und wohlerzogener junger Mann, der meinem Verwandten auf Anhieb sympathisch war. Und so zeigte er dem Adelsmann seine liebsten und wertvollsten Werke, ein paar alte, heilige Schriftstücke, unter anderem ein paar eigenhändig abgefaßte Notizen des alten griechischen Verfassers Stobaios zu seinem Werk *Kore kosmu*. Der Meister weiß besser als ich, wovon diese Notizen handeln – die griechische Sprache ist für meinen Kopf nach wie vor ein Mysterium.« Der Fürst sagt das mit einem schiefen Lächeln und streicht sich über die wilden Locken. »Und das sogenannte *Ioca monachorum*, ein Buch mit Anekdoten aus dem Klosterleben, sowie ein arabisches Herbarium mit wunderschönen, farbenprächtigen Zeichnungen, die aus dem Heiligen Land herbeigeschafft worden waren. Diese Werke also zeigte mein Ururgroßvater dem gottorpschen Abgesandten.

Am nächsten Morgen verabschiedete sich die Gesellschaft noch vor Sonnenaufgang und war längst über die Grenzen des Fürstentums, als mein Ururgroßvater am Abend in die Bibliothek kam und entdeckte, daß seine fünf liebsten Bücher fehlten. Natürlich nahm er augenblicklich mit einem Trupp Soldaten die Verfolgung der Diebe auf, doch er holte sie nicht mehr ein.

Er sandte zahllose Bittschreiben an den Herzog von Gottorp, wie so viele Fürsten nach ihm, in denen er den Herzog aufforderte, ihm die gestohlenen Bücher zurückzugeben, aber der Herzog, wie so viele Herzöge nach ihm, beteuerte seine Unschuld, und daß er keine Kenntnis von den genannten Büchern habe.«

Fürst Reginald streckt sich, daß es in den Gelenken knackt.

»Dieser alte Konflikt um ebenjene Bücher war es, weswegen mein guter Vater Wilhelm und Herzog Frederik Christian in Streit gerieten«, sagt er und erhebt sich, um an das Schreibpult zurückzugehen.

»Aber«, wende ich ein und halte ihn auf, »ich habe doch die *Kore-kosmu*-Notizen von Stobaios eigenhändig aus dem Bücherschrank genommen und gelesen. Wie können sie da gestohlen worden sein?«

Fürst Reginald lächelt und dreht sich halb zu mir um.

»1721, als der dänische König das Herzogtum Gottorp seinem Reich einverleibte, erhielt mein Vater ein Schreiben des dänischen Lehnsherrn von Gottorp, daß man Briefe meiner Vorfahren gefunden habe, in denen gestohlene Werke zurückgefordert würden, ebenjene *Kore-kosmu*-Notizen, die man hiermit ihren rechtmäßigen Besitzern zurückzugeben wünsche.«

»Wie großmütig und edel vom dänischen König«, sage ich von meinem Bett aus. Reginald bemerkt den ironischen Unterton und nickt.

»Ja, aber an die Rückgabe waren natürlich Forderungen geknüpft. Im Grunde genommen nur vage formulierte politische Forderungen, die mein Vater problemlos akzeptieren konnte.«

Er setzt sich erneut auf den Stuhl und beugt sich zum Bett, als wolle er sich überzeugen, ob ich noch wach bin.

»Warum war der Herzog so voller Haß auf das dänische Königreich?«

»Das ist eine lange Geschichte, auf die man nicht en detail eingehen muß. Es ging darum, wer den rechtmäßigen Anspruch auf die Oberhoheit über die Herzogtümer Schleswig, Holstein und Gottorp hatte. Die dänische Krone hat im Laufe der vergangenen hundert Jahre regelmäßig die Herzogtümer angegriffen oder unterdrückt, aber nie die absolute Herrschaft über sie erlangt, wie man es sich gewünscht hätte. Als Herzog Frederik Christian an die Macht kam, zögerte der alte König lange, ihn anzuerkennen, während der Herzog hinter vorgehaltener Hand Schlechtes über den König verbreitete und ihn bekämpfte. Sie waren von der ersten Stunde an wie Hund und Katz. Zwischen 1696 und '97 spitzte sich die Situation noch einmal zu, als der Herzog den König mit der Errichtung neuer Schanzen in der Nähe von Tönningen provozierte. Im Mai '97 griff der König die Schanzen an und machte sie dem Erdboden gleich. Leider wurde der König von den Engländern, den Niederländern und dem Fürsten von Lüneburg gezwungen, seine Soldaten wieder abzuziehen. Es war nicht erwünscht, daß Dänemarks Macht im norddeutschen Bereich zu groß würde.«

»Leider ...?« fragt Reginald überrascht. Er kennt meine Abneigung gegen alles Militärische und gegen Krieg.

»Ja«, sage ich, ohne jedoch näher darauf einzugehen. Man kann den Gang der Geschichte nicht mehr ändern, wenn sie bereits geschehen ist. Am allerwenigsten kann ein alter Mann, der sich vor dem kalten Winter am liebsten unter seiner warmen Bettdecke verkriecht, sich derartige Hoffnungen machen. Aber falls doch ...!

Träumen kann man immer.

Der Fürst erhebt sich und sagt entschuldigend: »Ich weiß,

ich bin abgeschweift, aber als mir dieser alte Streit wieder einfiel, wollte ich mich vergewissern, ob es sich bei dem Herzog um die gleiche Person handelt, die auch mein Vater kannte.«

Er nimmt den Stuhl mit an den Tisch zurück und ist gleich darauf wieder ganz in das Manuskript versunken.

Abgeschweift? Ich schließe die Augen. Wenn er wüßte, wie nah ihn diese Abschweifung an den Kern der Sache gebracht hat.

Kapitel 25

Marie lag auf meiner Pritsche, als ich hereinkam. Wir hatten sie in unserer Kammer untergebracht, damit wir mit den anderen reden konnten, ohne zu riskieren, daß sie etwas hörte. Sie lag da, blätterte in einem von Thomas' Büchern und sah sich die Holzschnitte von Skeletten und Schädeln an.

»Was treibt ihr nur für einen Teufelskram hier oben in eurem Zimmer?« fragte sie und blickte mit großen Augen von den Illustrationen auf.

»Die Tafeln zeigen, wie ein Mensch gebaut ist«, erklärte ich. »Der Professor muß so etwas für seine Arbeit als Medicus lesen.«

Meine Erklärung schien sie zu beruhigen, und sie folgte mir die Treppe hinunter. Bevor wir die Tür zur Wirtsstube öffneten, legte sie ihre Hand auf meinen Arm und flüsterte: »Vergiß nicht, im Waschhaus um Mitternacht!«

Ich nickte schüchtern, war aber dreist genug, hinzuzufügen: »Wenn wir bis dahin fertig sind. Sonst wird es später.«

Sie nickte, und wir gingen hinein.

»Hat Marie jemals mit dem Grafen gesprochen?« fragte Thomas.

»Ja, der Graf hatte oft Sonderwünsche, wenn es um das Essen ging.«

»Frau von Hamborch deutete gestern abend an, daß der Graf sehr unhöflich zu Biggi und dir gewesen ist. Wie äußerte sich das? Was hat er gesagt?«

Marie sah ihn verständnislos an: »Biggi? Wer ist das?«

»Die Bettlerin. Die Frau, die drei oder vier Tage lang bei dir in der Küche gesessen hat, heißt Biggi. Die, die dir bei deinem Zahnweh helfen wollte.«

Marie wurde rot, sie hatte Thomas' sarkastischen Unterton wohl bemerkt, doch ihre Augen glänzten nicht vor Scham – eher vor Empörung und Wut. »Die Hexe hat uns mit ihrem bösen Blick belegt. Die Hausherrin ist krank. Sie ist noch nie so unausstehlich wie in den letzten Tagen gewesen. Und der Graf ist auch gestorben, nachdem diese Hexe gekommen ist. Und seht doch nur den Schnee und die Kälte. Was kommt als nächstes? Der Jüngste Tag, sagt der Pastor. All das ist geschehen, seit die Hexe hier ist.«

»Diese Frau ist genauso wenig eine Hexe wie du oder ich«, sagte Thomas, um sie zu beruhigen, erreichte aber das Gegenteil.

»Will der Herr Professor damit sagen, daß Marie auch eine Hexe ist!?« Sie zischte die Worte derart, daß ihr der Speichel aus dem Mund tropfte. Ihr Blick konnte einem wirklich Angst einjagen. Thomas von Boueberge lächelte entwaffnend und versuchte sie zu besänftigen.

»Nein, ich weiß, daß Marie keine Hexe ist. Das weiß ich ganz sicher, weil es keine Hexen gibt. Du bist keine Hexe, und Biggi ist auch keine Hexe.«

»Man kann sich da nicht so sicher sein«, murmelte Marie, aber ihre Wut schien verflogen. Thomas sah sie an.

»Marie, wo warst du an dem Abend, als der Graf getötet wurde?«

»Glaubt der Herr Professor, daß Marie es getan hat?« Sie schaute den großen Mann mißtrauisch an, der versuchte, Sicherheit und Jovialität auszustrahlen, um die anklagenden Fragen, die er stellen mußte, abzuschwächen. Es gelang ihm aber ganz offensichtlich nicht, Marie zu täuschen.

»Nein, Marie, das denke ich wirklich nicht, denn ich glaube nicht, daß Marie ein schlechter Mensch ist – eine Sache ist aber gewiß: Wer auch immer den Grafen getötet hat, ist schlecht, sowohl vor Gott als auch vor den Menschen.« Thomas machte eine kurze Pause, um die Worte auf sie wirken zu lassen, und fuhr dann fort: »Aber ich muß diesen Menschen finden, ehe er noch mehr Schaden anrichtet, und ich glaube, daß du, Marie, mir dabei helfen kannst.«

»Wie soll Marie helfen können, wenn sie nichts gesehen hat?« Ihre Stimme klang vergrätzt und abweisend.

»Indem Marie auf meine Fragen antwortet, so gut sie kann. Das ist Hilfe genug.«

Marie saß einen Augenblick lang schmollend da, dann nickte sie, wie um zu sagen ›Na dann los‹.

»Marie, wo warst du an dem Abend, als der Graf getötet wurde?« fragte Thomas erneut.

»Wie immer in der Küche, hab Abendessen gemacht, die Suppe, die der Herr Professor …«, sie sah mich an, verzog den Mund zu einem Lächeln, »… und sein Assistent gegessen haben.«

»Wer war in der Wirtsstube? Hat Biggi in der Ecke bei der Holzkiste gesessen?«

»Ja, hat sie wohl.« Es gelang Marie nicht, ihre Abscheu zu verbergen. »Ansonsten waren wohl Gustav, der Schreiner, und der Pastor in der Stube.«

»Weißt du, daß sie da waren, oder glaubst du das, Marie? Es ist sehr wichtig, denk bitte nach.«

Marie machte große Augen. »Glaubt der Herr Professor, daß es einer von beiden gewesen ist?«

Thomas erstickte ein verzweifeltes Seufzen in einem Husten und erklärte: »Es waren nur sieben Menschen im Gasthaus, als der Graf ermordet wurde. Albert hat es nicht getan, das wissen wir sicher, und wenn wir von dir absehen, Marie, bleiben uns nur fünf Personen. Biggi, der Schreiner, der Pastor, der Hauswirt und die Hausherrin. Einer von ihnen hat den Grafen getötet, daran gibt es leider keinen Zweifel.«

Marie wurde nachdenklich und zupfte nervös an dem Ärmel ihrer etwas zu kurzen Jacke herum.

Thomas sprach weiter. »Biggi saß vermutlich die ganze Zeit hinter der Holzkiste. Du warst in der Küche, du mußt das doch wissen?«

Ihre Augen funkelten. Sie zögerte einen Moment und räumte dann ein: »Marie war nicht die ganze Zeit in der Küche – Marie hatte Wasser verschüttet und mußte sich umziehen. Die Hexe kann also nach draußen gegangen sein, als Marie nicht da war.«

»Wie lange war das?«

»Weiß nicht ... so lange, wie es dauert, sich umzuziehen.« Sie warf einen hilflosen Blick zur Uhr hinüber, als würde sie deren unaufhörliches Tick-Tack dafür verantwortlich machen, daß sie nicht gelernt hatte, wie man die Uhr lesen muß. Dann erhellte sich ihr Gesicht. »So lange, wie der Herr Professor braucht, um eine Tasse Kaffee zu trinken. So lange war Marie in ihrem Zimmer.«

Dieses Mal war es ein Lächeln, das Thomas mit seinem Husten zu verbergen suchte. Einige seiner Rituale waren so einstudiert, daß es bestimmt möglich war, die Zeit danach zu messen.

»Und der Schreiner und der Herr Pastor waren derweil hier in der Wirtsstube?«

Sie öffnete den Mund, um zu antworten, zögerte aber plötzlich. »Das ... kann man nicht wissen ... Marie war ja nicht da«, sagte sie. »Vielleicht waren sie eine Weile weg.« Sie lebte mit einemmal auf. »Doch, der Herr Pastor ging und der Schreiner auch, und später kamen sie wieder. Ich weiß noch, daß der Pastor wieder in seine Ecke ging und Gustav sich an den Ofen setzte.«

»Wie hat sich der Graf gegenüber der Hausherrin verhalten?«

Ein wissendes Lächeln huschte über ihr Gesicht, bevor sie ihren Mund mit der Hand verdeckte. Mir fiel auf, daß sie oft ihre Hand vor den Mund hielt und fast immer mit der Hand vorm Mund sprach. Und ohne ihre Lippen zu öffnen lächelte. Schöne rote Lippen. Seltsam, daß ich das zuvor nicht bemerkt hatte. Aber sie hatte ein schönes Lächeln, ja ein Lächeln, das ihr süße Grübchen in die Wangen zeichnete und …

Ich kriegte einen Tritt ans Bein und blickte entschuldigend zu Thomas hinüber, dann war ich wieder bereit, Stichworte mitzuschreiben.

»Der Graf war … aufmerksam. Sehr aufmerksam.«

»Was sagte die Hausherrin dazu?«

»Sie wurde rot und versteckte sich in den Privaträumen.«

»Und der Hausherr?«

»Der wurde auch rot …«

»Und …?«

»Er hat nichts unternommen. Lächelte den Grafen an, nachdem die Hausherrin gegangen war, und wechselte das Thema.«

»War er niemals wütend auf den Grafen?«

»Er sah wütend … oder unglücklich aus, hat aber nie was gesagt. Ich glaube, er wollte es sich mit dem Grafen nicht verderben.« Marie schaute Thomas zornig an. »Der Graf hat dem Wirt sogar einmal den Kopf getätschelt und ihn seinen … kleinen Hund genannt. Der Graf war kein guter Mensch.« Bei den letzten Worten hatte sie plötzlich Tränen in den Augen und schaute rasch zu Boden.

Ich erinnerte mich an einen Gedanken, den wir gehabt hatten, als wir die Kammer des Grafen durchsucht hatten, und machte Thomas rasch eine Notiz, die ich zu ihm hinüberschob.

»Wohl auch nicht gut zu Marie, oder?« fragte Thomas. »Was hat er zu Marie gesagt?«

Marie kniff die Lippen zusammen und sah Thomas feindselig an. Sie hatte nichts mehr zu sagen.

Ich trat Thomas sachte gegen das Bein und schob den Zettel etwas näher zu ihm hinüber. Marie sagte nichts, sie war in ihre eigenen düsteren Gedanken versunken.

Thomas las den Zettel, nickte und fragte: »Wann hat Marie zuletzt im Zimmer des Grafen saubergemacht?«

Marie schaute überrascht auf, diese Frage hatte sie nicht erwartet.

»Der Graf wollte nicht, daß dort oben geputzt würde. Gleich am ersten Tag hat er dem Wirt deutlich zu verstehen gegeben, daß keiner von uns, weder Albert noch Marie, sein Zimmer betreten sollte. Er wollte selbst reinemachen, wenn es denn nötig sei.«

»Ein Graf, der selbst saubermachen wollte! Was hat Marie darüber gedacht?«

»Man ... man soll sich ja nicht so viele Gedanken machen. Es kommen viele merkwürdige Gäste hier in das Gasthaus. Wenn der Herr Professor wüßte ...« Marie warf Thomas einen Blick zu, als hoffte sie, die Befragung sei damit zu Ende.

Thomas nickte mir zu.

Ich wollte Marie wieder in unsere Kammer bringen, aber sie sagte, sie müsse ins Waschhaus. Es sei noch viel zu tun, wenn alles bis morgen sauber sein sollte, sie würde also wohl noch eine Weile dort sein, betonte sie und schaute mich vielsagend an, bevor sie in der Dunkelheit verschwand. Ich schloß die Tür der Wirtsstube hinter ihr.

Thomas stand am Fenster und blickte hinaus, als ich mich umdrehte, wippte auf und ab und pfiff leise vor sich hin. Ich machte eine Bemerkung, daß es gut sei, daß jetzt nur noch fünf Verdächtige in Frage kämen. Thomas drehte sich um und kraulte sich verlegen den Bart. »Ich habe nicht gesagt, daß Marie nicht mehr zu den Verdächtigen zählt, Petter. Ich habe nur gesagt, daß ich nicht glaube, daß sie es getan hat, und das ist nicht das gleiche.«

Ich muß ziemlich niedergeschlagen ausgesehen haben, denn Thomas kam zu mir herüber und setzte sich vor mich hin. »Wir dürfen niemanden ausschließen, weil wir ihn mögen und nicht glauben wollen, daß er oder sie es getan haben könnte. Wir müssen sicher sein.« Er stieß mir mit seiner Faust sanft in den Bauch. »Es ist wichtig, rational zu denken.

Stell dir bloß mal vor, was geschehen wäre, wenn wir, wie ein Frauenzimmer, nur nach unseren Gefühlen gegangen wären, wen wir dann verurteilt hätten! Es ist wohl nicht auszuschließen, daß das Albert gewesen wäre. Ich hatte ihn auf dem Kieker – und du wohl auch, nicht wahr. Nein, es tut mir leid, aber Marie wird sich wohl damit abfinden müssen, noch eine Weile zu den Verdächtigen zu zählen. Ich hoffe, nicht mehr lange.« Er trommelte im Ländlertakt auf den Tisch und grinste. »Aber du, Petter, mußt mir etwas verraten. Warum sollte ich Marie diese Frage stellen?«

Ich erklärte ihm, daß mir, als wir in der Kammer des Grafen gewesen waren, aufgefallen war, daß es dort etwas schmutzig war, ja daß ich sogar etwas Asche von seinem Bettzeug gestrichen hatte. Und daß ich deshalb …

»Was! Du hast Asche von der Decke gewischt?!« Thomas sprang von seinem Stuhl auf. »Warum hast du das nicht eher gesagt?«

Ich spürte, wie ich rot wurde, und stammelte: »Ich dachte … ich glaubte nicht … also, daß das wichtig sein könnte. Ich hab das gleich wieder vergessen. Tut mir leid!«

»War es viel Asche? Wie sah sie aus?«

»Wie, aussehen? Wie meint Ihr das?«

»Ich will wissen, ob es feine Asche war, oder waren es große Flocken, grau oder schwarz, alles, was du noch weißt.« Thomas' Ton war scharf.

Ich mußte nachdenken, mir den Raum vorstellen und die Bettdecke. »Es war feine Asche, grau, glaube ich, und irgendwie in die Decke gedrückt.«

»Als wenn sie jemand hineingerieben hätte?«

»Jaa«, sagte ich unsicher, »vielleicht.«

Thomas verstummte, dann stand er auf und gab mir einen Wink, ebenfalls aufzustehen.

»Wir sind vielleicht Trottel! Blind und dumm. Derjenige, der vor uns im Zimmer des Grafen gewesen ist, hat seinen Kopf benutzt, während wir … Zum Teufel, ich weiß, was wir benutzt haben! Geh und hol den Schlüssel zu seinem Zimmer, wir müssen auf Schatzsuche gehen. Jetzt, glaube ich, wird das Geld, das zu der Quittung gehört, ans Tageslicht kommen.«

Kapitel 26

Der Raum sah genauso aus, wie wir ihn verlassen hatten, nichts war angerührt oder verändert worden.

Ich hatte die Kleider des Grafen mitgebracht und legte sie auf das Bett. Thomas kniete vor dem Ofen und linste durch die Feuerluke ins Innere. Er zog ein Klappmesser aus der Rocktasche und stocherte damit in der Asche herum, ohne etwas zu finden, was ihm, zu meinem Erstaunen, ganz recht zu sein schien, da er gutgelaunt die Aschenluke öffnete und mit einem erwartungsvollen Lächeln den Aschkasten herauszog. Der an drei Seiten geschlossene Kasten war zur Hälfte mit Asche gefüllt. Auffällig war allerdings, daß die Asche am äußeren Rand der vierten Seite plattgedrückt und zur Mitte hin geschoben worden war. Irgend etwas hatte auf der Asche gelegen.

Thomas beugte sich mit Mühe zu der Luke hinunter und schaute hinein. Er schob die linke Hand in das Loch und zog ein viereckiges, mit Asche bedecktes Päckchen heraus.

Er erhob sich andächtig, wobei er sich am Ofen abstützte und den Blick nicht von dem Päckchen wandte. Ich wollte ihm behilflich sein, aber er achtete gar nicht auf mich.

Thomas legte das Päckchen auf den Schreibtisch und löste die Schnur, die den Leinenstoff zusammenhielt.

»Derjenige, der vor uns diesen Raum durchsucht hat, hat das Päckchen aufs Bett gelegt, um es sich anzuschauen, und dabei die Asche hinterlassen, die du später weggewischt hast. Er, wobei es natürlich genausogut eine Sie sein könnte, scheint es plötzlich sehr eilig gehabt zu haben, nehme ich an, und hat die Asche übersehen, weil er alle Hände voll zu tun hatte, die Taschen wieder zu packen und aus dem Zimmer zu kommen.« Thomas legte die Schnur beiseite und wickelte den Stoff ab. Er mußte das Päckchen mehrmals wenden, bis der Inhalt zum Vorschein kam. Schließlich lagen ein Kästchen aus edlem, poliertem Holz, eine kleine, runde Metallbüchse und zwei Stoffbeutel auf dem Tuch.

»Geld«, sagte Thomas und klopfte auf die beiden Beutel. Dann nahm er neugierig das Holzkästchen in die Hand und öffnete das zierliche Schloß an der Seite. Er stieß einen überraschten Pfiff aus, als er den Deckel hochhob, und nahm eine Pistole heraus, die so klein war, daß sie in meiner Hand Platz gefunden hätte.

»Sieh dir das mal an! Was für ein Prachtstück«, sagte er hingerissen und zeigte auf den Messingbeschlag mit dem phantasievollen Muster und auf die anderen Teile der Waffe, die sorgfältig aufeinander abgestimmt waren.

Die Pistole war wahrlich ein schöner Anblick. Sie war ausgezeichnet zum Verstecken geeignet, in einer Tasche, einer großen Hand oder auch in einem Ärmel. Sie war auf hinterhältige Weise schön. Ein Mensch, der eine solche Waffe bei sich trug, wollte seinem Widersacher nicht ins Auge blicken. So dachte ich beim Anblick der Pistole.

In dem Kästchen lagen außerdem noch Kugeln und Ersatzteile für die Pistole.

Ich nahm die kleine Metallbüchse und schraubte den Verschluß ab.

»Vorsichtig!« sagte Thomas, als er sah, was sie beinhaltete, und nahm mir besorgt die Büchse aus der Hand. Er schnupperte an dem feinen, weißlich-grauen Pulver, nahm erneut das Messer aus der Tasche und stocherte darin herum, bis die Spitze der Klinge von dem Pulver bedeckt war. Er klopfte vorsichtig gegen den Büchsenrand, bis nur noch ein kleiner Pulverrest darauf war, den er mit der angefeuchteten Fingerkuppe aufnahm. Er schmeckte kurz und verschwand dann in einer Ecke, um gründlich und ausgiebig auszuspucken.

»Arsen«, sagte er und schraubte den Deckel auf die Büchse. »Ein tödliches Gift, selbst in geringen Mengen.«

Ich hatte mir in der Zwischenzeit die beiden Beutel vorgenommen und festgestellt, daß Thomas recht hatte; es war Geld darin. Reichstaler in dem einen und fremde Münzen, deutsche Goldmark, in dem anderen. Wir zählten sie. Abgesehen von fünf Reichstalern, die der Graf vermutlich in den letzten Wochen ausgegeben hatte, stimmte die Summe mit den Beträgen auf der Quittung überein.

Thomas ging in Gedanken versunken in der Kammer auf und ab. Hin und wieder blieb er vor dem Schreibtisch stehen und warf einen zornigen Blick auf den Inhalt des Päckchens, bevor er weiterstapfte. Ich setzte mich auf die Bettkante, um ja nicht im Weg zu sein, und schaute mir die Dinge an, die dort lagen. Die Nachtmütze, der abgetragene Schlafrock, die Socken, die Hemden, die, wie mir auffiel, am Hals vom häufigen Waschen ganz grau waren. Nun, da ich wußte, daß der Graf eigentlich ein Hauptmann war, erschien mir all das plötzlich in einem ganz anderen Licht, es rückte an seinen richtigen Platz und verlor das Geheimnisvolle, das dem Ganzen angehaftet hatte, als wir die ärmliche Ausstattung noch mit einem Adelsmann zusammenbringen wollten. Obwohl der Hauptmann eigentlich ja kein armer Mann war. Wir hatten einen Geldbetrag gefunden, für den manch einfacher Bauer ein Bein geopfert hätte. Geld genug für ein ganzes Leben, jedenfalls fast, je nachdem, wer man war oder welche Ansprüche man hatte. Ich dachte an den Hausherrn von Hortten, für den ein paar Schillinge ausschlaggebend für den Erfolg oder Mißerfolg eines Geschäftes waren. Und in welchem Glücksrausch Niels und ich mehrere Tage lang herumgelaufen waren, wenn uns ein Reisender als Dank für die Überfahrt einen halben Schilling zugesteckt hatte.

Obwohl ich inzwischen fast ein halbes Jahr bei Thomas lebte, der mehr Geld besaß, als ich es gewohnt war, waren 150 Reichstaler für mich noch immer eine nahezu unvorstellbar hohe Summe.

In Gedanken versunken strich ich über den Bettüberwurf, weil ein Sandkorn meine Handfläche kitzelte. Ich ärgerte mich, daß ich Thomas nichts von der Asche auf dem Überwurf erzählt hatte, daß ich nicht selbst darauf gekommen war, daß das wichtig sein könnte. Das schlechte Gewissen piesackte mich.

Ich konnte nicht umhin, mich zu fragen, ob es möglicherweise noch andere Dinge gab, die ich übersehen oder falsch gemacht hatte. Anderes, das ich »weggewischt« hatte, weil mir nicht der Gedanke gekommen war, daß es wichtig sein könnte.

Ich nahm, was mir am nächsten lag, den Leinenbeutel mit den Schreibutensilien und dem Papier und leerte ihn auf dem Bett aus. Ich sah mir jeden einzelnen Gegenstand genau an, aber nichts von alledem brachte mir neue Ideen oder Erkenntnisse. Thomas unterbrach seine Wanderung und blickte zu mir herüber.

Ich schüttelte den Kopf und nahm den französischen Brief zur Hand. Thomas stapfte weiter.

Das Siegel auf dem Brief war erbrochen und unmöglich zu erkennen, es hätte ohne weiteres mit dem Ende eines abgebrochenen Zweiges angefertigt sein können. Aber wer würde so etwas schon tun.

Ich faltete den Brief auseinander, obwohl ich wußte, daß ich den Inhalt nicht verstehen würde, und blickte auf die verschnörkelten Buchstaben. Die Zeilen waren gerade und mit luftigem Abstand geschrieben, die Schrift war großzügig und voller kräftiger Schwünge, besonders das große »S« hatte einen imponierenden Bogen. Mein Blick blieb an dem großen »B« hängen. Irgendwie kam es mir bekannt vor.

»Hör mal her«, unterbrach Thomas mich und stellte sich vor mich. »Ein Mann, der unter falschem Namen und als Graf reist, der einen erklecklichen Geldbetrag mit sich herumträgt, von dem er bisher kaum etwas ausgegeben hat, und der darüber hinaus noch Gift und eine kleine, sehr spezielle Waffe wie diese in seinem Gepäck mit sich führt«, er hielt die Pistole vor sich, »was sagt dir das?«

»Daß man ihm nicht trauen sollte«, platzte ich heraus.

Thomas sah mich verblüfft an, dann lachte er los. »Ja, hehe, so kann man es auch sagen. Hehe, keiner, dem man trauen sollte, nein, da hast du recht, haha!«

Ich konnte nicht umhin, ich fühlte mich etwas gekränkt, weil meine Antwort ihn derart amüsierte. Wenn er schon fragte, sollte er sich gefälligst mit der Antwort zufriedengeben, die er bekam. Ich war schließlich nicht das Gehirn, ich war nur das Arbeitspferd, der Lehrling, der den klugen Meister zu bewundern, ihn in höchsten Tönen zu loben hatte ...

»Entschuldige.« Thomas hatte den Ausdruck in meinem Gesicht bemerkt und wischte sich die Lachtränen aus den Augenwinkeln. »Das war eigentlich gar nicht so dumm.« Er setzte sich neben mich und fuhr sich mit beiden Händen übers Gesicht. »Ich scheine etwas übermüdet zu sein, tut mir leid.«

Wir saßen eine Weile nebeneinander und starrten vor uns hin. Zwischen uns stand plötzlich eine seltsame Mauer der Verlegenheit.

Thomas brummte: »Du hast recht; man kann ihm nicht trauen. Fällt dir sonst noch was ein?«

Ich dachte an den Degen, die Messer, die Pistolen, das Gewehr, das Gift.

»Er kommt mir ziemlich mordlüstern vor. Immerhin führte er nicht nur Waffen mit sich, mit denen er sich gegebenenfalls hätte verteidigen oder in die Schlacht ziehen können, sondern darüber hinaus auch noch die Pistole und das Gift, die wir im Ofen gefunden haben und die mir dazu geeignet erscheinen, ahnungslose Feinde zu ermorden.«

»Wunderbar!« sagte Thomas sichtlich beeindruckt. »Mit anderen Worten: Er war für einen Mord gerüstet, einen Meuchelmord, könnte man sagen. Zu genau diesem Schluß bin ich auch gekommen. Ich wollte nur hören, ob ich nicht zuviel Bedeutung in die Dinge hineingelegt habe, aber wenn du es genauso siehst ...« Ich wuchs ein paar Zentimeter und verzieh ihm sein Lachen.

»Warte einen Moment ...«, sagte Thomas und hob die Hand. »Die Wirtin erzählte, daß der Graf seinerzeit davon gesprochen habe, einen der langen Arme des Herzogs abzuschlagen, erinnerst du dich?«

»Ja.«

»Könnte es sich dabei möglicherweise um einen Mordauftrag handeln? Ich meine, wir haben hier Waffen und Gift genug, um ein ganzes Dorf umzubringen. Mir scheint alles darauf hinzudeuten, daß er in einem Auftrag unterwegs war, für den er Geld bekommen hat. Könnte der Auftrag darin bestanden haben, dem Herzog einen Arm abzuhacken?«

»Ich verstehe nicht ganz, was mit dem ›Armabhacken‹ gemeint ist«, mußte ich eingestehen.

»Ich auch nicht.«

Wir dachten eine Weile darüber nach, ohne zu einem Ergebnis zu kommen.

Thomas stand auf und packte die Sachen auf dem Tisch zusammen. »Sehen wir zu, daß wir nach unten kommen und die Verhöre fortsetzen. Jetzt wissen wir wenigstens ein gut Teil mehr.« Er band die Schnur mit einer Schleife zusammen und legte das Päckchen aufs Bett neben die große Pistole und die Messer. Ich begann, die Schreibutensilien und das Papier zurück in den Leinenbeutel zu schieben, hielt aber inne, als ich den Brief in die Hand nahm. Irgend etwas war mit der Schrift. Ich würde ihn mir später näher ansehen, dachte ich, und steckte den Brief in meine Rocktasche.

Thomas blies die Kerze aus. Dann verließen wir den Raum und schlossen die Tür hinter uns.

Kapitel 27

»Nehmen wir uns zuerst den Wirt oder den Schreiner vor?« fragte Thomas, als wir die Treppe hinuntergingen.

»Den Wirt«, erwiderte ich, ohne nachzudenken. Meine

Lust, dem Schreiner gegenüberzusitzen, war nicht sonderlich groß, ich mochte ihn immer weniger.

»Dann geh und hol ihn.«

Der Wirt setzte sich zögernd wie ein ungebetener Gast auf einen Stuhl. Er hatte die Perücke abgenommen, und die Haare in seinem Nacken standen wirr vom Kopf ab.

Thomas lächelte ihn freundlich an. »Zuerst möchte ich Euch für das Entgegenkommen danken, das Ihr, Herr von Hamborch, uns in dieser Sache erwiesen habt. Es war für Euch ohne Zweifel ein harter Schlag, einen Gast in diesem Zustand vorfinden zu müssen, und ich bedaure es außerordentlich, Euch noch weiter belästigen zu müssen. Wir hoffen aber, daß sich die Sache bald aufklärt.«

Der Wirt nickte eine Spur entspannter.

»Als erstes möchte ich Euch fragen, ob Euch der Name ›von Berghals‹, ›von Berghols‹ oder so ähnlich etwas sagt?«

Der Wirt sah auf die Tischplatte, und es war schwer zu sagen, ob er wirklich über die Frage nachdachte oder einfach nur dasaß und vor sich hin starrte.

Zögernd schüttelte er den Kopf. »Nein, ich glaube nicht.«

»Aber Ihr seid Euch nicht ganz sicher?« hakte Thomas freundlich nach.

»Nein.« Der Wirt sah uns flüchtig an. »Ich glaube, ich habe den Namen schon einmal gehört, aber ich bin mir nicht sicher.«

»Könnte es sich um einen früheren Gast handeln?«

»Daran habe ich auch gedacht – habt Ihr meine Frau schon gefragt? Sie kann sich viel besser an Namen und Gesichter erinnern als ich.«

Thomas berichtete, daß Frau von Hamborch der Name unbekannt war.

»Dann weiß ich auch nicht ...«

»Jemand, den Ihr in Haderslev oder vielleicht auf einer anderen Reise getroffen habt?«

»Ich reise nicht sehr viel, meistens bin ich hier im Gasthaus. Hier gefällt es mir am besten. Mein Bruder hat mich schon ein paarmal nach Lübeck eingeladen, aber nein, ich habe keine Lust.« Er zögerte wieder. »Nein ... nicht auf einer meiner Reisen.«

»Oh, Ihr habt einen Bruder in Lübeck. Bekommt Ihr häufig Post von ihm?«

Der Wirt antwortete nicht, sondern starrte auf einen Punkt auf der Tischplatte unweit von meiner Hand. Thomas wartete.

»Ich glaube ...«, sagte er endlich, »ich glaube, mein Bruder hat diesen Namen einmal erwähnt. Eine Person, ein Geschäftspartner möglicherweise. Der Name stand in einem Brief, vielleicht vor einem Jahr oder etwas früher. Von Bergholz, ja, ich bin mir jetzt beinahe sicher. Werner von Bergholz, glaube ich. Er hatte einen ziemlich großen Betrag auf unserer Bank, und im Laufe nur weniger Tage hat er plötzlich sein ganzes Konto abgeräumt. Deshalb hat mein Bruder in seinem Brief darüber geschrieben. Das führte nämlich dazu, daß fast der gesamte Goldvorrat der Bank verschwand. Mein Vater war schrecklich wütend auf meinen Bruder, weil es diesem nicht gelungen war, den Kunden zu halten.«

Er nickte vor sich hin, zufrieden, sich erinnert zu haben. »Werner von Bergholz, ja, so war es.«

»Weiß Euer Bruder, wohin das Geld verschwunden ist? Wofür dieser Geschäftspartner sein Geld brauchte?«

Während Thomas und der Wirt sprachen, kam mir eine Idee. Ich holte den französischen Brief an Graf d'Angely heraus.

»Nein, jedenfalls wußte er es nicht, als er den Brief schrieb«, antwortete der Wirt. »Es ist natürlich möglich, daß er inzwischen mehr weiß, es ist ja schon eine ganze Zeit vergangen.«

»Kennt Ihr den Herzog von Holstein-Gottorp?«

Der Kopf des Wirtes schnellte hoch.

»Den Herzog ...?«

»Ja, Herzog Frederik Christian.«

»Nein.«

»Seid Ihr sicher?«

Der Wirt sah Thomas erstaunt an. »Natürlich bin ich sicher.«

Thomas begriff, daß diesbezüglich nicht mehr aus dem Wirt herauszuholen war. Ich öffnete den Brief und fragte mich, wo Thomas die Quittung hingetan hatte.

»Ihr habt früher schon einmal angedeutet«, sagte er zum Wirt, »daß Ihr Graf d'Angely nicht sonderlich mochtet. Gab es persönliche Gründe dafür?«

Der Wirt schüttelte den Kopf, ohne zu antworten und ohne Thomas oder mich auch nur eines einzigen Blickes zu würdigen.

»Aber verhielt sich dieser Graf nicht ... sagen wir einmal: ungebührlich Eurer Frau und auch Euch gegenüber?«

Ich faltete den Brief wieder zusammen, das mußte warten.

Von Hamborch blickte verletzt auf. Oder war das Angst in seinen Augen? Sein Mund öffnete sich, ohne daß ein Laut über seine Lippen kam. Er räusperte sich und stammelte ein leises ›Un ... gebührlich‹?«

Thomas beugte sich über den Tisch. »Ich kann verstehen, wenn es Euch unangenehm ist, darüber zu sprechen, Herr von Hamborch, aber zieht die Zeit nicht unnötig in die Länge und tut nicht so, als könntet Ihr Euch nicht erinnern. Wir wissen, daß Ihr Euch erinnern könnt, und ich will, daß Ihr aus eigenen Stücken darüber redet.« Er lehnte sich wieder in seinem Stuhl zurück. »Bitte.«

Der Wirt stand auf, ging in die Küche und schenkte sich einen Schnaps ein. Er kippte ihn hinunter, kam zurück und setzte sich wieder.

Er räusperte sich noch ein paarmal, bis er begann. »Ich ... also der Graf hat sich einmal ... ich meine, hat sich mehrere Male ... ungebührlich gegenüber meiner Frau verhalten.«

Er sah Thomas an, als erwarte er eine bestimmte Frage, auf die er hätte antworten können. Eine solche Frage kam aber nicht.

»Ich … äh … sie ging immer, wenn es zu schlimm wurde.« Er stockte, wartete und starrte lange auf die Tischplatte, und schließlich gab Thomas nach.

»Und was habt Ihr dann gemacht, Herr von Hamborch?«

»Ich? Ich … das war ja eine schwierige Situation, so ein vornehmer Gast und … Ich … ich habe nichts unternommen.«

Thomas schaute einen Moment lang konzentriert auf seine Hände. »Ihr seid ein wirklich außergewöhnlicher Mann, von Hamborch. Ihr habt viele wertvolle Seiten, vielleicht mehr, als Ihr selber wißt, und ich bin überzeugt, Ihr habt mehr unternommen, als den Grafen einfach in seinem ungebührlichen Verhalten Eurer Frau gegenüber gewähren zu lassen. Habe ich nicht recht?«

Der Wirt sank zusammen und wurde, wenn das überhaupt möglich war, noch kleiner, dann nickte er, fixierte aber weiterhin die Tischplatte. »Ihr wißt es. Ich hätte mir denken können, daß Ihr es wißt …«

»Was wissen wir?«

Der Wirt seufzte tief: »Donnerstagabend, nicht lange, bevor Ihr kamt, habe ich den Grafen draußen hinter dem Haus abgepaßt und ihm auf freundliche Art und Weise zu verstehen gegeben, daß er aufhören soll, so mit meiner Frau zu reden. Er hat über mich gelacht … und über meine Frau. Ich wurde wütend, und dann geriet ich so in Rage, daß ich diesen widerwärtigen … Schuft angebrüllt habe!« Auch jetzt begann sich der Wirt wieder über den Grafen aufzuregen, er lehnte sich vor und starrte uns an. Schimpfte: »Er war ein abscheulicher Kerl, eine durch und durch unsympathische Person. Niemand weint darüber, daß er tot ist.« Er hielt inne und atmete tief durch: »Aber, … getötet habe ich ihn nicht.«

»Könnt Ihr das beweisen?«

Der Wirt war überrascht von der Direktheit dieser Frage, verbarg aber seine Wut und schaute Thomas mit einem verwirrten und nicht minder ängstlichen Gesichtsausdruck an. »Aber … aber ich wollte damit nicht sagen … ich hab doch gesagt, daß ich wütend geworden bin, ja, aber ich habe ihn nicht ermordet. Wie hätte ich denn mit ihm fertig werden sollen, einem Soldaten, einem gut gewachsenen, starken Mannsbild? Professor, Ihr wißt doch, daß es Albert war, der ihn niedergeschlagen hat, das habt Ihr doch selbst gesagt.« Seine Stimme klang erschreckt und fast kindlich beleidigt.

Thomas nickte freundlich. »Das habe ich gesagt, aber der Graf wurde erst danach ermordet, mit einem spitzen Gegenstand, der ihm in die Brust gestoßen wurde. Ihr erinnert Euch doch sicher, daß ich das erzählt habe? Jeder wäre dazu in der Lage gewesen, ganz unabhängig von Größe und Statur. Ihr, Eure Frau ...«

»Hertha könnte niemals so etwas ... einen Menschen töten!« Er sprang wutentbrannt auf. Seine Augen funkelten. Er war wirklich temperamentvoll, auch wenn er das gut zu verbergen wußte.

»Aber Ihr?« Thomas war hartnäckig.

Der Wirt sank wieder auf seinen Stuhl und blickte auf seine Hände, die zu Fäusten geballt auf der Tischplatte ruhten.

»Ich glaube, ich hätte es tun können, wenn sich die Gelegenheit geboten hätte, aber das war nicht der Fall.«

»Doch«, sagte Thomas, »sie war da. Denkt daran, Ihr wart es, der den Grafen gefunden hat und der Meinung war, er sei noch am Leben. Vielleicht wußtet Ihr, daß er tot war, so daß Ihr ruhig in die Wirtsstube kommen konntet, um Hilfe zu holen.«

Es wurde dem Wirt jetzt offensichtlich zu kompliziert, er wiegte seinen Kopf sachte hin und her. »Ich war es nicht.« Er schaute auf, und seine Stimme klang jetzt noch überzeugender. »Und Hertha auch nicht.«

»Wer dann?«

Er zögerte nicht. »Die Hexe!«

»Wir waren uns doch einig, daß es in diesem Gasthaus keine Hexen gibt.«

»Ihr wart mit Euch einig, Professor, mit Euch selbst. Der

Pastor und ich haben heute morgen noch einmal darüber gesprochen. Diese Frau ist eine Bedrohung für uns alle. All das ist doch erst geschehen, seitdem sie hier ist. Meine Frau ist krank geworden, und dann dieses Wetter ...« Er breitete die Arme aus und deutete mit einer diffusen Geste zum Fenster hinüber. »Ihr seht doch selbst, die reinste Hölle. Ja, und der Graf mußte sterben. Deshalb wollte ich, daß sie geht, hinaus in die Kälte. Wenn sie solche Genossen wie den Leibhaftigen hat, wird sie schon zurechtkommen ...«

»Und wenn sie keine solche Genossen hat ...?« unterbrach ihn Thomas.

»Ihr habt Euch ohne meine Erlaubnis erdreistet, dieses abscheuliche Frauenzimmer einzuquartieren.« Der Wirt flüsterte plötzlich: »Dieses ... Wesen hat hier, unter Christen, nichts verloren. Sie hat den Grafen ermordet – hat mit ihrer Hexerei einen anderen das Messer führen lassen oder es selbst gemacht. Wenn Ihr Eure Augen öffnen würdet, würdet Ihr das erkennen. Aber Ihr, Professor, seid auch schon in ihrer Hand. Seht doch ihre dunklen Augen, das schwarze Haar. Kein normaler Mensch sieht so aus. Ihr Leben mit Satan hat sie so werden lassen.«

Der Wirt hatte sich vorgebeugt und starrte uns haßerfüllt an. Sein Mund war nur noch ein Strich.

Thomas saß nach der letzten heftigen Tirade still da und trommelte nachdenklich mit einem Finger auf die Tischplatte.

Die Stille schien den Wirt zu beruhigen. Er sammelte sich wieder, sein Gesicht glättete sich. Plötzlich richtete Thomas sich auf.

»Bitte bleibt sitzen, Herr von Hamborch. Ich muß ein paar vertrauliche Worte mit Petter wechseln.« Er stand auf und ging in die Küche hinüber. Ich folgte ihm neugierig. Er packte mich an beiden Schultern und schaute mir ernsthaft in die Augen. Flüsternd schärfte er mir ein, in den Stall zu gehen und Biggi zu warnen, daß sie nicht ohne Begleitung von uns oder Albert, wenn er wieder bei Kräften wäre, hinausgehe.

»Sie ist eindeutig in größerer Gefahr, als ich geglaubt hatte«, sagte Thomas leise und sah zum Wirt, der zusammengesunken auf dem Stuhl saß und uns gar nicht beachtete.

Ich nickte. Dann bemerkte ich, daß ich noch immer den französischen Brief in den Händen hielt, und gab ihn Thomas. Überrascht blickte er mich an. »Was soll ich damit?«

»Habt Ihr die Quittung noch in der Tasche?«

Thomas nickte.

»Kann es sein, daß die Quittung und der Brief von ein und derselben Person geschrieben worden sind? Ich bin mir nicht sicher, ob nicht einige der Buchstaben recht ähnlich aussehen.«

»Das werde ich überprüfen«, sagte Thomas, »und wenn sich herausstellt, daß beide Schriftstücke von ein und derselben Person stammen«, er lächelte breit, »dann bist du ein Genie, Petter.«

Während ich mir den Umhang überwarf, setzte sich Thomas wieder hin und sagte: »Herr von Hamborch, eine Sache verstehe ich nicht. Diese Frau, Biggi, die Ihr immer noch als Hexe bezeichnet, wie könnt Ihr dieser Frau die Schuld geben für etwas, das Ihr noch gestern als sicheres Zeichen für das Herannahen des Jüngsten Tages gedeutet habt? Der Jüngste Tag ist doch Gottes Werk und Wahl, nicht wahr? Und Ihr klagt Biggi an, gemeinsame Sache mit dem Satan zu machen. Sie kann doch nicht gleichzeitig eine Hexe und ein Engel sein.«

Der Wirt schwieg, als ich zur Tür hinüberging. Ich fragte mich, in welchem Zustand er sich befinden mochte, wenn ich zurückkam. Schließlich hatte er Thomas in eine Stimmung gebracht, in der der Professor durchaus in der Lage war, ihn verbal derart auseinanderzunehmen, daß er weinend vor ihm auf den Knien liegen und ihn um Gnade anflehen würde.

Als ich in den Flur hinaustrat, blieb oben auf der Treppe eine Person stehen, drehte sich um und ging leise wieder zurück. Ich glaubte die hagere Gestalt des Pastors zu erkennen, war mir aber nicht ganz sicher. Eine Tür wurde geöffnet und wieder geschlossen, und dann war es oben still. Ich blieb einen Augenblick stehen und überlegte, ob ich Thomas sofort davon berichten sollte, dachte dann aber, das könne warten. Ich würde ohnehin bald wieder zurück sein.

Kapitel 28

Die Kälte verschlug mir fast den Atem. Dieser Abend war noch eisiger als die vorigen. Ich schlang den Umhang um mich, so daß Kinn und Nase bedeckt waren. Die Laterne leuchtete so schwach, daß ich kaum meine eigenen Füße erkennen konnte. Ich bewegte mich vorsichtig über den geräumten Pfad zwischen den mehrere Fuß hohen Schneewällen und wäre fast mit dem Kopf gegen eine Mauer gelaufen. Erst jetzt merkte ich, daß ich den Abzweig zum Stall übersehen hatte und statt dessen am Wagenschuppen gelandet war. Ich folgte der Mauer bis an die Ecke, kam auf den Pfad zurück und stand kurz darauf vor der Stalltür. Ein sonderbar singender Ton drang an mein Ohr. Leise öffnete ich die Tür, schlich mich in den Stall und zog die Tür hinter mir zu.

Verglichen mit draußen war es dort drinnen geradezu schwül. Die Pferde standen ruhig in ihren Verschlägen und kauten Heu oder dösten vor sich hin und schienen sich nicht an einem eigenartigen, ungleichmäßigen Singsang und seltsamen Lauten zu stören. Im Stall herrschte eine entspannte, friedliche Stimmung. Ich hörte rhythmisches Klopfen, als ob jemand auf einen Holzklotz schlug, dann schwoll der Gesang plötzlich zu einem lauten Heulen an, das wie das Pfeifen des Windes klang.

Ich machte ein paar Schritte nach vorn, damit ich den Gang entlangblicken konnte. Auf einem Hocker vor dem Ofen brannte eine Tranlampe mit zwei Dochten – daher der herbe Geruch nach Fischtran. Biggi kniete mit geschlossenen Augen auf dem Boden vor einer flachen Schale. In jeder Hand hielt sie einen Holzstab; in regelmäßigen Abständen schlug sie die Stäbe gegeneinander, während unablässig seltsame Laute aus ihr herausströmten, Vogelgezwitscher, das Fiepen einer Maus, das Heulen eines Hundes oder vielleicht sogar eines Wolfes? Albert saß, den Rücken gegen die Wand gelehnt, auf seiner Pritsche und folgte dem, was da vor sich ging, mit unverwandter Aufmerksamkeit. Plötzlich verstummten die Laute. Biggi erhob sich, lauschend, das Gesicht konzentriert der Raummitte zugewandt, und wankte wie ein großer Bär durch den Gang direkt auf mich zu. Ihre Augen waren noch immer geschlossen, und ihr Kopf bewegte sich suchend hin und her, fast als ob sie schnupperte, ihr Brummen klang fragend. Ich wollte mich zurückziehen, aber meine Beine gehorchten mir nicht. Sie kam langsam auf mich zu, erreichte mich, umkreiste mich schnüffelnd mit vornübergebeugtem, massigem Körper und schubste mich schließlich mit ihren Händen, die wie kräftige Pranken wirkten, näher zum Licht hin. Albert lächelte mir freundlich zu, während ich mit leichten Stupsern durch den Stall befördert wurde, und drehte die Dochte der Tranlampe ein wenig höher. Als ich neben der Pritsche stand, legten Biggis Arme sich schwer auf meine Schultern und drückten mich neben ihm auf die Bettkante. Biggi kniete sich wieder auf den Boden vor die Holzschale und begann zu singen, sprunghaft, unmelodisch und mit den gleichen seltsamen Worten und Lauten wie vorher. Die Holzstäbe hatte sie beiseite gelegt. Jetzt griff sie nach einer Schale, über die eine Tierhaut gespannt war. Sie schlug rhythmisch und schnell mit einem Holzstab auf dieses trommelartige Ding ein. Mein Herz begann hektisch zu hämmern, im Takt mit der Trommel. Für mich bestand gar kein Zweifel, daß ich hereingeholt worden war, um einer Hexenmesse beizuwohnen, und daß mit der Trommel der Teufel persönlich herbeigerufen werden sollte. Albert mußte doch auch etwas gemerkt haben? Ich schaute zu ihm hin, aber ich hätte ebensogut auf dem Mond sitzen können, so weit weg war er, gefesselt von den Zauberkünsten der Hexe und mit fiebrig glänzenden Augen. Mein Körper war wie gelähmt, meine Beine waren nicht in der Lage, sich zu bewegen und mich von hier fortzutragen. Mein Mund öffnete sich zu einem Schrei, aber es kam kein Laut über meine Lippen. Die Hexe hatte mich in ihrer Gewalt. Verzweifelt zwang ich mich nachzudenken. Was hätte Thomas an meiner Stelle getan? Denk rational, sagte er oft. Das kam mir bekannt vor, aber ich verstand es nicht. Ich versuchte, einen kühlen Kopf zu bewahren und mich selbst davon zu überzeugen, daß sie keine Macht über meinen Geist hatte, höchstens über meinen Körper. Ich mußte einen klaren Kopf behalten für die Dinge, die vor sich gingen, und zu Gott beten. Gott würde mich aus dieser Situation befreien. Er würde dafür sorgen, daß der Fürst der Finsternis mein Herz und meinen Geist verschonte. Ich wiederholte den Namen des allmächtigen Gottes immer und immer wieder. Zuerst verzweifelt, stoßweise, dann nach und nach, während ich mich immer mehr unter Kontrolle bekam, sicherer. Ich formte seinen Namen mit meinen Lippen und fühlte mein Atmen langsam wieder ruhiger werden.

Nach einer Weile spürte ich, wie sich die Lähmung in meinem Körper löste. Allein seinen Namen zu denken, meinen Geist mit dem Namen des Herrn auszufüllen linderte meine Furcht. Ich wurde von einer warmen Welle der Freude erfaßt, als ich feststellte, daß Gott immer noch in mir war, daß ich, obwohl ich offenbar einer Messe zu Ehren des Fürsten der Finsternis beiwohnte, trotzdem weiter Gottes Kind war. Frei war.

Sei neugierig, sagte Thomas immer.

Aufmerksam begann ich, Biggi und ihre Zauberwerkzeuge unter die Lupe zu nehmen.

In der flachen Schale lagen ein Stein, kleine Knöchel und Holzstücke, von denen eines an einem Ende glühte. Das kleine rote Auge qualmte und schickte eine dünne Rauchsäule in die Luft – es duftete nach Wacholder. Daneben lagen noch ein paar Vogelfedern, ein Metallring und eine Muschelschale, in der Wasser war. Die Trommel, die Biggi schlug, war mit feinen Schnitzereien überzogen, und die Tierhaut war mit eigenartigen Figuren bemalt. Ich konnte nicht erkennen, was sie darstellen sollten.

Plötzlich verstummten der Gesang und das Trommeln. Biggi saß lange ganz still da. Ich wagte kaum zu atmen, und es kam mir so vor, als ob es Albert genauso erging. Dann öffnete sie langsam die Augen, stellte die Trommel auf den Boden, nahm den Ring aus der Schale und ließ ihn auf das Trommelfell fallen. Gleichzeitig stimmte sie einen tiefen Ton an, der aus dem Bauch zu kommen schien, und trommelte jetzt in einem langsameren Takt. Der Holzstab traf eine Zeichnung in der Mitte der Trommel, ein Viereck, das mit der Spitze auf einer langen Stange steckte. Über den oberen drei Ecken waren Figuren abgebildet, deren Arme wie die Zweige einer Kiefer zur Seite ausgestreckt waren. Der Schlag des Stabes ließ den Ring auf dem Trommelfell auf und ab springen. Der intensive, unrhythmische Ton war so aufdringlich, daß er die Gedanken in meinem Kopf zerpflückte, bevor ich sie fassen konnte, so daß ich eine Weile wie paralysiert war. Einen Augenblick später legte sich die schlimmste Angst, und ich nahm wahr, was um mich herum geschah. Ich sah den Ring über der Mitte der magischen Trommel auf und ab hüpfen, als Biggi eine Art Sprechgesang anstimmte. Ich sah, wie der Ring sich dabei auf den rechten Rand der Trommel zubewegte, wo ein Halbkreis mit Strichen und dunklen Flecken zu sehen war. Ich sah den Ring mehrere Male in den Halbkreis hinein- und wieder herausspringen, während Biggi weiter mit leiser, eindringlicher Stimme sang.

Dann endeten der Gesang und das Trommeln, und Biggi saß stumm und reglos da. Sie nahm den Ring, wog ihn in ihrer Hand und ließ ihn von dem schwachen Licht bescheinen, bevor sie die Hand umdrehte und den Ring wieder auf das Trommelfell fallen ließ. Sie hob erneut an zu singen und die Trommel zu schlagen, und der Ring bewegte sich auf exakt die gleiche Weise wie zuvor. Es hatte etwas Fesselndes, wie der Ring auf und ab sprang und damit den Singsang und das Trommeln begleitete. Mein Denken wurde davon gefangen – und ich entfernte mich von Gott.

Ich entfernte mich von Gott!

Fieberhaft murmelte ich immer wieder das Apostolische Glaubensbekenntnis vor mich hin: Ich glaube an Gott, den Vater, den Allmächtigen, den Schöpfer des Himmels und der Erde …

Der Gesang der Hexe brach plötzlich ab, und ich atmete erleichtert auf. Mein Herz hämmerte. Ich betete stumm weiter, da ich nicht sicher sein konnte, was als nächstes geschehen würde. Biggi nahm den Ring und legte ihn zurück in die Schale. Sie fischte das glühende Holzstückchen heraus und blies die Glut an, wedelte damit in der Luft herum und verteilte den Wacholderduft. Dann legte sie das Hölzchen wieder weg und beendete die Zeremonie, indem sie mit den Holzstäben ein paarmal in die vier Himmelsrichtungen zeigte, zögernd und lauschend, als ob sie eine Antwort erwartete. Danach sagte sie etwas in ihrer eigentümlichen, abgehackten Sprache und wiederholte das Ganze noch einmal. Hielt inne.

Sie hatte uns den Rücken zugewandt, schweigend, entspannt, bevor sie sich umdrehte und mich mit ruhigem, freundlichem Blick ansah, ohne Reue oder eine Spur von Zweifel, ohne Triumph. Ich erwiderte ihren Blick – im Herzen weiter das Glaubensbekenntnis murmelnd –, dem ich aber schon bald nachgeben mußte, weil eine Schwere und Ruhe darin lag, die ich nicht ertragen konnte. Angst wallte in mir auf. Biggi schien es zu merken, sie schüttelte nämlich den Kopf und lächelte sanft. »Hoffentlich habe ich dich nicht erschreckt, Petter. Ich habe deine Anwesenheit im Raum gespürt und wollte dich in die Wärme hereinholen, du kamst mir so durchfroren vor.«

Ich wandte den Blick ab und schaute zu der Trommel, der Schale, den wunderschön geformten Holzstäben. Albert war wieder mit den Dochten der Tranlampe beschäftigt und zog sie so weit heraus, daß die Flammen aufloderten. Plötzlich fiel mir ein, warum ich gekommen war. »Thom …« Ich mußte mich räuspern, bevor ich fortfahren konnte. »Thomas hat mich geschickt, um dir zu sagen, daß du möglicherweise in Gefahr bist und nur in Begleitung von einem von uns beiden oder von Albert, sobald er wieder auf den Beinen ist, nach draußen gehen sollst.«

»Oh. Warum bin ich in Gefahr?« Ihr Erstaunen wirkte unecht.

»Die anderen … Sie glauben nach wie vor, daß du eine Hexe bist.«

»Genau wie du.« Das war nicht anklagend, eher konstatierend gesagt, sie erwartete keine Antwort. Ich merkte, wie ich rot wurde.

»Thomas glaubt also, daß sie mir etwas Böses wollen?«

Ich nickte stumm. Sie sah Albert an. Der brummte: »Niemand wird ihr was tun, dafür werde ich schon sorgen.« Seine großen Hände ballten sich zu Fäusten. Er wirkte erholter, sein Körper hatte seine Kraft zurückgewonnen, das Fieber war aus seinen Augen gewichen.

Biggi nahm meine Hand und zog mich von der Pritsche hoch. »Geh zurück zu Thomas und sag ihm, daß ich schon zurechtkomme. Albert ist hier, ich bin nicht in Gefahr.« Plötzlich wurde ihr Gesicht sehr ernst. Sie nahm den Ring aus der Schale und hielt ihn geistesabwesend in der Hand, bevor ihr Blick sich wieder mir zuwandte. »Aber es gibt andere, die in Gefahr sind. Richte Thomas aus, daß er so schnell wie möglich zu uns rauskommen soll, wenn möglich noch heute abend. Ich habe ihm etwas Wichtiges mitzuteilen.«

Albert stand auf und folgte mir zur Tür.

»Ich schiebe den Riegel vor die Tür«, sagte er. »Klopf an die Scheibe und schwing die Lampe, damit wir wissen, daß ihr es seid.« Er öffnete die Tür und ließ mich hinaus.

Kapitel 29

Ich drückte den Hut tiefer in die Stirn und hörte, wie hinter mir der Riegel vorgeschoben wurde. Es war wieder windig geworden. Der Frost schien sich durch meinen Körper zu fressen. Ich hielt an, um den Umhang enger um mich zu schlagen, und sah Licht unten im Waschhaus. Marie, ja. Sie war dort unten und wusch. Bei dem Gedanken an ihren Körper und das warme Waschhaus tat es richtiggehend weh, die Richtung zu wechseln und zur Wirtsstube hinüberzugehen, was ich auch nur tat, weil mein Gewissen und meine Verbundenheit mit Thomas mich dazu zwangen.

Der Wind peitschte mir ins Gesicht, ich blinzelte durch die wirbelnden Schneeflocken, senkte den Kopf und schaute erst wieder auf, als ich vor der Treppe stand. Vielleicht hatte der Mensch, der mir entgegenkam, das gleiche getan, auf jeden Fall sah ich plötzlich eine dunkle Gestalt vor mir, die sich hastig umdrehte und in Richtung Scheune davonlief. Die Gestalt hatte so etwas wie einen dicken Stock über der Schulter getragen. Ich rannte ihr nach. »Halt, stehenbleiben«, schrie ich, aber sie verschwand im Dunkeln.

Es gab nur einen Ort, wohin man gehen konnte, ohne den Pfad zu verlassen.

Die Stalltür war geschlossen, doch als ich sie öffnete, merkte ich den Tieren an, daß sie gerade von jemandem gestört worden waren. Sie waren unruhig, trampelten in ihren Verschlägen herum, eine Kuh brüllte verängstigt. Im Hühnerstall war aufgeregtes Flattern zu hören, bis schließlich wieder Ruhe einkehrte. Ich ging langsam und vorsichtig durch den Stall, leuchtete in die Boxen, lauschte und achtete fortwährend darauf, den Raum, so gut es nur ging, auszuleuchten. Ich hatte Angst. Was ich tat, war blanker Wahnsinn – einen Mörder zu jagen, einen großen, erwachsenen Mann, allein. Aber schließlich gab es keine andere Möglichkeit. Ich spürte das, ich mußte es tun, um mein schlechtes Gewissen vor Gott zu bekämpfen, als eine Art Entschädigung für mein unablässiges

Zweifeln und meine Wankelmütigkeit. Wenn Gott mich diese Prüfung überleben ließ, hatte er mir vergeben.

Auch der letzte Verschlag des Stalls war leer, abgesehen von zwei Kälbern, die mich mit großen, feuchten Augen anglotzten. Im Stall war niemand, der da nicht hingehörte.

Ich stand vor dem Durchgang zur Scheune und schob vorsichtig die Tür auf. Die Scheune war an den Stall angebaut worden, ich war noch nie dort gewesen. Kräftiger Heuduft schlug mir entgegen. Ich blieb in der Tür stehen, mein Herz hämmerte, und ich ließ mir Zeit nachzudenken. Es war nicht ratsam, weiterzugehen, mein Widersacher hätte alle Trümpfe in der Hand, und es wurde mir plötzlich klar, daß es keinen vernünftigen Grund gab, ihm zu folgen. Schließlich war es nicht verboten, abends in den Stall oder in die Scheune zu gehen, und auch nicht, zu rennen, als ob man etwas zu verbergen hätte – dadurch machte man sich lediglich verdächtig.

Ich verließ den Stall und ging wieder zurück in die Schankstube.

Als ich hereinkam, ließ ich die Tür einen Spalt weit offenstehen und erntete dafür einen harschen Blick von Thomas, der ohnehin nicht in bester Laune zu sein schien. Ich war reichlich lange fort gewesen, zu lange, verstand ich. Der Wirt drehte sich nicht um, und sein gekrümmter Rücken deutete auf einen erschöpften, gebrochenen Mann.

Ich gab Thomas mit einem Kopfnicken zu verstehen, daß er in die Küche kommen möge, er aber sagte statt dessen leise etwas zu von Hamborch, der sich erhob und, ohne mich anzusehen, den Raum verließ. Thomas winkte mich zu sich an den Tisch, und ich setzte mich. Beide hatten wir das Gesicht zur Tür gewandt. Leise erzählte ich ihm von der seltsamen Begegnung mit Biggi im Pferdestall. Ich versuchte, es möglichst nüchtern zu beschreiben, um meine eigene Unsicherheit und Furcht nicht zu verraten. Thomas hörte mir zu, ohne mich zu unterbrechen.

»Hat sie gesagt, warum sie das mit dem Ring auf der Trommel gemacht hat?« fragte er schließlich.

Ich schüttelte den Kopf. »Nein, ich wurde ohne Erklärung fortgeschickt, aber …« Thomas wartete geduldig, während ich nachdachte. »Aber sie benahm sich so, als ob das ganz normal gewesen wäre, keine … Hexerei, nichts, das sie erklären oder verteidigen müßte.«

Thomas' Blick ließ mich den Kopf einziehen. »Hast du geglaubt, sie betreibt Zauberei?«

»Ihr hättet es sehen sollen, ja, und hören«, verteidigte ich mich. »Sie hat merkwürdige Laute von sich gegeben, getrommelt, Holzscheite aneinandergeschlagen, und dann all diese Gegenstände in ihrer Schale. Sie wußte, daß ich dort war, obgleich sie mich nicht gesehen hat, und als sie mich näher zu sich heranholte, ging sie wie ein Bär, wirklich. Wie konnte sie wissen, daß ich da war? Ich war ganz leise.«

»Hat sie gesagt, wer in Gefahr ist?«

»Nein, sie hat nichts von dem gesagt, was sie Euch erzählen wollte.«

Thomas saß still da und dachte nach, er war ganz eindeutig besorgt, dann machte er eine Geste in Richtung Tür, doch gerade als er sich darüber beschweren wollte, daß ich sie hatte offenstehen lassen, ging die Haustür auf und der Schreiner schlich herein. Er erstarrte, als er bemerkte, daß wir ihn beobachteten, das verursachte mir ein wonniges Gefühl im Magen.

Thomas stand auf, gab mir einen anerkennenden Klaps auf den Rücken und ging zur Tür.

»Schön, daß der Herr Schreiner Zeit gefunden hat zu kommen«, sagte er ironisch und winkte ihn zu unserem Tisch herüber. »Wir haben schon auf Euch gewartet. Bitte, kommt herein und setzt Euch.«

Der Schreiner stand eine Weile drüben am Ofen und wärmte sich, bevor er widerstrebend an unseren Tisch kam und sich setzte.

»Wo seid Ihr gewesen, Schreiner?« fragte Thomas.

Der Schreiner schaute ihn mißmutig an. »Jeder hat doch wohl das Recht, sich hier frei zu bewegen, ohne den Herrn

Professor wie eine unreife Göre um Erlaubnis fragen zu müssen.«

Thomas sagte nichts, und ich verstand, daß ich jetzt an der Reihe war.

»Was wolltet Ihr mitten in der Nacht in der Scheune?«

Keine Antwort. Der Schreiner schaute mich nicht einmal an.

»Warum nahmt Ihr Reißaus, als Ihr mich gesehen habt, und was war das auf Eurer Schulter?«

Er kniff die Augen zusammen. Sein Blick war mir unangenehm. Er antwortete nicht.

Thomas übernahm wieder. »Gustav Tønnesen, mir scheint, Ihr habt den Ernst der Situation noch nicht richtig erfaßt. Ein Mord ist hier geschehen, und ich habe die Aufgabe übernommen, den Mörder zu finden. Ihr seid, nach Eurem Schweigen zu urteilen, derjenige, der sich als Schuldiger abzeichnet. Ich habe Euch viele Fragen zu stellen, und wenn Ihr mir nicht antwortet, werde ich Albert bitten müssen, einen Ort zu finden, wo man Euch über Nacht einsperren kann.«

Niemals zuvor wurde eine Tischplatte so eingehend studiert wie an diesem Abend, dachte ich. Er hob den Kopf und nickte Thomas zu. »Los, fragt, aber der Bengel da hält den Mund.« Er nickte in meine Richtung, ohne mich eines Blickes zu würdigen.

Ich spürte, wie Wut in mir aufstieg, und hätte ihm am liebsten mit der Faust ins Gesicht geschlagen.

Thomas legte unter dem Tisch eine Hand auf mein Knie, um mich zu beruhigen. »Ich kann hier«, sagte er, »keinen Bengel sehen, nur einen, der sich so aufführt, und der steckt in Euren Hosen, Tønnesen. Warum gebt Ihr Euch übrigens als Schreiner aus?« Mit der Höflichkeit war es plötzlich vorbei.

»Weil ich Schreiner bin«, kam es sauer zurück.

»Wenn Ihr Schreiner seid, dann bin ich auch einer, vielleicht noch mehr als Ihr«, antwortete Thomas trocken. »Ihr habt Euch gestern, als Ihr das beweisen wolltet, recht lächerlich gemacht. Diese Geschichte mit dem alten Holz, erinnert Ihr Euch? Die habe ich mir nur ausgedacht. Ihr seid, ohne zu zögern, darauf hereingefallen und habt uns damit gezeigt, daß Ihr von Holz jedenfalls keine Ahnung habt.«

Gustav Tønnesens Blick flackerte in Richtung Küche, vielleicht brauchte er ein Bier, um sich daran festzuhalten. Er antwortete nicht. Thomas seufzte.

»Ihr habt gestern eingestanden, Licht im Wagenschuppen gesehen zu haben? – Einen Augenblick.« Thomas faßte mich am Arm: »Petter, kannst du in unser Zimmer gehen und mir das Buch mit dem Titel *Rationes Politica* von Willum Worm holen? Ich brauche es.«

Überrascht stand ich auf, entzündete ein Talglicht und ging hinauf, während Thomas mit der Befragung fortfuhr.

Es war kalt auf der Treppe, und von der Tür her zog es, so daß das Talglicht beinahe ausgegangen wäre. Der Wind hatte beträchtlich aufgefrischt und pfiff durch die Ritzen des Hauses. Oben in der Kammer zündete ich die Kerze an und suchte zuerst unter den Büchern, die auf dem Schreibpult lagen. Bei den meisten standen die Titel nur innen im Buch, so daß es einige Zeit dauerte, bis ich all die Schriften durchgeblättert hatte. Ich durchforschte den Stapel ohne Erfolg und öffnete eine Tasche, um nachzusehen, ob sich zwischen den Kleidern noch weitere Werke verbargen. Thomas packte immer recht spontan, und es konnte gut sein, daß er einen Band von Aristoteles oder Thomas von Aquin zwischen Socken und Unterhosen einsortiert hatte. Unter ein paar dreckigen Socken, die ich vergessen hatte, Marie mitzugeben, lag ein dünnes Heft mit dem Titel *Lettera et Mundus Novus* von einem Mann namens Amerigo Vespucci – ich erinnerte mich daran, daß Thomas ihn einmal als einen Lügner bezeichnet hatte, der der neuen Welt auf der anderen Seite des Atlantiks, Amerika, den Namen gegeben hatte. Das brachte mich wieder dazu, an Biggi zu denken, schließlich hatte ich geglaubt, sie stamme aus Amerika. Ich fühlte mich dumm und töricht und hatte plötzlich ungeheure Lust, auf Reisen zu gehen, nicht nur durch Dänemark, sondern in ferne Länder wie Amerika oder Afrika. Ich suchte weiter und stieß noch auf ein paar andere Bücher, doch keines war von diesem Willum Worm. Thomas wußte in der Regel ganz genau, welche Bücher er wann bei sich hatte, also ging ich umständlich noch einmal den ganzen Stapel durch – ohne Erfolg.

Ich setzte mich hin und dachte nach. Warum hatte mich Thomas fortgeschickt, wenn er wußte, daß das Buch nicht hier war? Vielleicht wollte er Gustav Tønnesen irgendwie hinters Licht führen, aber wie? Unter Umständen war es gar nicht so wichtig, welches Buch ich mit nach unten brachte, Hauptsache ein Buch, ein Buch ohne Titel auf dem Rücken.

Mein Blick huschte noch einmal über die Bände, und ich wählte *De Aureo Cornu* von Ole Worm aus. Da stimmte wenigstens der Nachname.

Als ich wieder in die Wirtsstube kam, stand Thomas auf, ging in die Küche und holte dem falschen Schreiner einen Krug Bier. Falscher Graf, falscher Schreiner, was kam als nächstes? Ich legte das Buch vor Thomas auf den Tisch, und er schob es, ohne hineinzusehen, zur Seite. Tønnesen leerte den Krug begierig, stellte ihn hart auf den Tisch, rülpste und fuhr sich mit dem Ärmel über den Mund. Dann grinste er Thomas an und nickte ihm einen Dank zu.

»Laßt uns einen Blick auf den Tag werfen, an dem der Graf ermordet wurde«, sagte Thomas. »Wo wart Ihr zwischen dem Zeitpunkt, als der Graf die Schankstube verließ, und dem Augenblick, als wir hier ankamen?«

»Ich habe oben in meinem Zimmer ein Nickerchen gemacht. Nicht lange, denn dann wurde ich von jemandem geweckt, der draußen aufgeregt herumbrüllte.«

»Konntet Ihr hören, wer es war und was gesprochen wurde?«

»Nein, zum Teufel! Der Wind heulte wie eine Hexe auf dem Sch… Ich meine, wie wenn ein Schwein geschlachtet wird …« Gustav Tønnesen hielt einen Augenblick lang verwirrt inne, riß sich dann zusammen und fuhr fort: »Das konnte man wirklich nicht verstehen. Es waren Männer, soviel konnte ich hören, oder? Ich weiß es verdammt noch mal nicht.« Er kratzte sich am Bauch und dachte nach. »Vielleicht war der eine der Wirt, die eine Stimme war ein bißchen piepsig. Dann wurde es wieder ruhig, und ich döste eine Weile vor mich hin, bis das Ganze wieder von vorne losging. Dann hab ich es aufgegeben und bin aufgestanden.«

»Seid Ihr gleich nach unten gegangen?«

»Nja ... nein ... vielleicht nicht sofort. Es ist möglich, daß ich noch einen Moment liegengeblieben bin. Aber dann bin ich nach unten gegangen und habe ein Bier bekommen, von Marie, hehe.« Letzteres sagte er mit einem flüchtigen Blick zu mir herüber. Ich ließ mir nichts anmerken, aufmerksam folgte ich dem Gespräch.

»Wo habt Ihr gesessen?« fuhr Thomas fort.

»Verdammt, das hat der Herr Professor doch selbst gesehen, drüben am Ofen, da.«

Thomas nickte nachdenklich. »Und ich habe auch gesehen«, sagte er leise, aber entschieden, wobei er sich zu Tønnesen vorbeugte, »daß Eure Füße in einer Pfütze standen, umgeben von Schneeresten. Also wart Ihr auch draußen.«

»Verdammt, nein, war ich nicht!« Tønnesen richtete sich halbwegs auf.

»Das ist so sicher wie das Amen in der Kirche. Ich war, zum Teufel noch mal, nicht draußen! Wasser, was für Wasser? Ich hab das nicht hier reingeschleppt, Gott ist mein Zeuge.« Er wirkte in seiner Wut über diese Behauptung wirklich aufrichtig.

»Wie kann ich Euch glauben, wenn Ihr sonst nur lügt. Ihr lügt über Eure tägliche Arbeit, wieso Ihr das Licht im Wagenschuppen gesehen habt, und wollt nicht sagen, warum Ihr Euch heute abend in die Scheune geflüchtet habt oder worüber Ihr gestern abend mit dem Pastor gesprochen habt. Und auch nicht, warum Ihr so gesetzeskundig seid! Wie soll ich Euch glauben?«

Gustav Tønnesen kniff die Lippen zusammen. Es war deutlich zu sehen, daß er nichts mehr sagen wollte.

Thomas wandte sich mir zu. »Wie sah das aus, was Tønnesen da heute abend geschultert hatte?«

»Es war kaum zu sehen, aber es sah am ehesten aus wie ein dicker Stock«, erwiderte ich und versuchte mir die Situation noch einmal ins Gedächtnis zurückzurufen.

Gustav Tønnesen hob langsam den Kopf und sah mich haßerfüllt an. Thomas bemerkte das und deutete es als eine Bestätigung: »Warum lauft Ihr mit einem Stock herum, Tønnesen?«

Thomas schlug mit der flachen Hand auf den Tisch und stand auf.

»Dann muß ich Albert wohl bitten, Euch heute nacht im Wagenschuppen einzuschließen. Das wird ein wenig kalt werden, aber vielleicht bringt Euch das ja zur Besinnung. Und Ihr versteht doch sicher, Gustav Tønnesen, daß ich Euch nicht frei herumlaufen lassen kann, wenn so vieles darauf hindeutet, daß Ihr der Mörder des Grafen seid.«

Tønnesen fuhr mit einem Brüllen hoch: »Was deutet auf mich? Was, bitte, beweist, daß ich diesen verdammten Grafen umgebracht habe? Ich werde, zum Teufel ...« Plötzlich verstummte er, er schien sich zu besinnen und ließ sich schwer auf den Stuhl fallen. »Ich ... morgen werde ich dem Professor alles erklären. Ich ... es gibt da jemanden ... ich muß erst mit jemandem sprechen.« Er flüsterte es mit gesenktem Kopf und starrte auf die Tischplatte, ich konnte ihn kaum verstehen. »Ihr wißt, mit wem, Professor.«

Thomas saß lange da und spielte an dem Westenknopf herum, dann stand er auf und ging zum Fenster hinüber und schaute in die stürmische Nacht hinaus.

»Ja«, sagte er schließlich, »morgen werdet Ihr mir alles erzählen.«

Kapitel 30

Der Schnee fegte in dicken Flocken durch die Luft und klatschte uns ins Gesicht. Thomas hatte sich nicht damit aufgehalten, mir zu erzählen, was Tønnesen gesagt hatte, während ich oben in der Kammer nach dem Buch gesucht hatte. Er hatte weder gesagt, wozu er das Buch brauchte, noch mir eine Antwort auf die vielen Fragen gegeben, die in meinem Kopf herumschwirrten, als wir gegen den Wind gebeugt in Richtung Stall liefen. Ich wußte noch nicht einmal, ob er sich den Brief und die Quittung angesehen hatte.

Thomas wollte gerade die Tür öffnen, als mir wieder einfiel, was Albert und ich verabredet hatten. Ich griff nach seinem Arm und trat an das Fenster, das direkt oberhalb der Pritsche war, und klopfte fest dagegen, um den Sturm zu übertönen. Dann schwenkte ich das Licht vor der Scheibe und ging zurück zur Tür. Albert war augenblicklich zur Stelle und ließ uns herein. Nachdem wir den Schnee von unseren Hüten und Umhängen geschüttelt hatten, setzte ich mich auf Alberts Pritsche, ganz nah an den Ofen.

Thomas erkundigte sich bei Albert, wie es ihm ginge, und der behauptete, sich frisch wie ein Fisch im Wasser zu fühlen, obwohl die Ringe unter seinen Augen etwas anderes sagten. Thomas nickte und schaute zu Biggi hinüber, die auf einem frisch gestopften Strohsack lag. Sie hatte einen schwarzen, schmutzigen Mantel über sich gebreitet und schlief offensichtlich. Mit einemmal wurde sie wach und setzte sich auf.

»Du wolltest mich sprechen?« sagte Thomas.

»Ja«, sagte Biggi, gähnte herzhaft hinter vorgehaltener Hand und streckte sich. »Ja, das will ich.« Sie stand auf und durchquerte den Stall, verschwand nach draußen und kam nach einer Weile wieder herein. Geschmolzener Schnee tropfte von ihrem Gesicht. »Ah, das tat gut.« Sie fuhr sich mit beiden Händen übers Gesicht und wischte das Wasser ab, bevor sie sich auf dem Strohsack zurechtsetzte.

»Petter war, glaube ich, vorhin ziemlich erschrocken«,

sagte sie und lächelte mich freundlich und ohne jede Spur von Hohn oder Boshaftigkeit an. Ich nickte verzagt. Biggi hatte mir tatsächlich einen gehörigen Schrecken eingejagt, und ich war mir immer noch nicht ganz im klaren darüber, was ich von ihr und dem, was ich gesehen hatte, halten sollte. »Vielleicht bekommt der Professor ja auch einen Schrecken«, sagte sie zögernd mit schräggelegtem Kopf. Dann fischte sie einen großen Stoffbeutel hinter dem Strohsack hervor, öffnete ihn und nahm die Trommel heraus, die sie vorhin benutzt hatte. »Diese Schamanentrommel«, sie hielt sie so, daß wir die Zeichnungen auf der Tierhaut sehen konnten, »benutze ich, um mit ... Hilfsgeistern oder Hilfstieren in Kontakt zu treten.«

Thomas sagte nichts, sondern sah sie nur abwartend an.

»Diese Helfer können mir Antworten geben auf Fragen, die ich ihnen stelle. Ich tue das immer, wenn wichtige Entscheidungen gefällt werden müssen. Mein Schicksal wird von der Schamanentrommel gelenkt.«

Ich hätte nur zu gern gewußt, wie ihre Frage vorhin gelautet hatte, wagte aber nicht, sie zu unterbrechen.

»Ich bekam eine klare Antwort von der Schamanentrommel.« Sie lächelte sanft in sich hinein. Dann wurde sie wieder ernst. »Aber da war noch etwas anderes, etwas, das die Schamanentrommel, das heißt der Geist, mir mitzuteilen versuchte – ich mußte nur noch die passende Frage formulieren. Was mir auch gelang.« Der Triumph darüber machte sich nicht als Freude, sondern als tiefe Sorge in ihrer Stimme bemerkbar.

Sie fuhr mit dem Finger über die Tierhaut, folgte den Strichen und zeichnete die Figuren nach. Fast wie der Pastor mit seiner Bibel, schoß es mir durch den Kopf. In ihrem Blick lag Angst, als sie aufschaute.

»Sie haben mir gesagt, was morgen geschehen wird.«

Thomas seufzte laut, und wir sahen ihn alle drei an. »Bitte nicht noch mehr Weissagungen über den Jüngsten Tag«, murmelte er, mehr für sich selbst als für unsere Ohren bestimmt. Er sah Biggi skeptisch an. »Wie kannst du sicher sein, daß deine ›Hilfsgeister‹ die Wahrheit sagen?«

Biggi zögerte lange, bevor sie die Frage an Thomas zurückgab. »Weiß der Professor, was ein Noaide ist?« fragte sie.

Der bärtige Kopf bewegte sich langsam von einer Seite zur anderen.

»Nein ... also ...« Sie kratzte sich nachdenklich an der Nase und starrte in den Ofen, wo Albert gerade in der Glut stocherte und ein paar Scheite nachlegte. »Weiß der Professor etwas über die Samen, das Volk, dem ich angehöre?«

»Sehr wenig.« Thomas zog eine Schulter hoch. »So wenig, daß du es so behandeln kannst, als ob ich nichts wüßte.«

»Hm.« Sie nickte und schloß die Augen. Saß lange da, ohne etwas zu sagen, gelassen, trotz der Aufmerksamkeit und Neugier der drei Männer vor ihr. Es ging eine Ruhe von ihr aus, die selbst mich dazu brachte, daß ich mich entspannte.

»Hört euch den Sturm an«, sagte sie leise, ohne die Augen zu öffnen. »In einer solchen Nacht, in der es stürmte wie niemals zuvor, weder vorher noch hinterher, sagen die Alten, in einer solchen Nacht wurde ich geboren. Es stürmte so wild, daß der große Berg hinter unserem Haus mehrere Fuß näher an das Haus herangeweht wurde, sagte mein Großvater.«

Sie schlug die Augen auf.

»Mein Großvater, der Vater meiner Mutter, war ein großer Noaide, ihr würdet ihn wahrscheinlich einen Zauberer nennen. Aber seine Fähigkeiten hatten nichts mit Zauberei oder Teufelswerk zu tun. Oder vielleicht würdet ihr ihn auch Priester nennen, obwohl er nie in seinem Leben eine Predigt gehalten hat. Er hat Menschen geheilt und die Sterbenden vor dem jabmi aimo gerettet ...« Sie suchte nach Worten und fuhr ungeduldig mit der Hand durch die Luft. »Eure Sprache ist eine so ärmliche Sprache ...«, platzte sie verärgert heraus, bevor sie weitersprach. »Er holte Menschen ... von der anderen Seite ... vom Ort der Toten, dem Totenreich, zurück? Ja, nennen wir es Totenreich.« Sie trommelte mit einem Finger auf ein abgegrenztes Feld auf der einen Seite der gespannten

Haut, ich erinnerte mich, daß der Ring immer wieder dorthin zurückgekehrt war. »Das hier ist jabmi aimo, das Totenreich«, sagte sie.

Ich prägte mir die Zeichnung auf der Tierhaut ein, um sie später auf ein Stück Papier zu malen, mit den Benennungen, die mir im Gedächtnis geblieben waren:

»Großvater war ein Heiler, so etwas wie ein ›Medicus‹, genau wie der Professor, ein großer Noaide, den alle fürchteten und respektierten. Mein Großvater gab mir den Namen Dan ija biekkai nu ahte várri sirdasuvai, was soviel bedeutet wie ›in dieser Nacht stürmte es so, daß Berge sich bewegten‹. Der Sturm, sagte er, sei ein Zeichen der Noaide-gadze, der Geister, die entscheiden, wer Noaide werden soll. Er sei das Zeichen, daß ich zur Schamanin ausgebildet werden sollte. In unserem Volk ist es normalerweise nicht üblich, daß eine Frau Schamane wird, aber in meiner Familie war das mit ein paar Generationen Abstand schon vorgekommen.

So wurde ich also schon von klein auf mit den Pflichten eines Noaiden vertraut gemacht: Kräuter als Medizin einzusetzen und mit noaideswoeigni ... also Hilfstieren, Noaidegeistern ...« Sie blickte zu Thomas, um zu sehen, wie er reagierte, aber er saß regungslos da und hörte ihr zu, ohne eine Miene zu verziehen. »Als ich älter wurde, lernte ich, die Hilfsgeister um Rat zu fragen, Visionen zu deuten und Reisen ... in die andere Welt zu unternehmen.« Ein irritierter Ausdruck huschte über ihr Gesicht. Ihr Atem ging ruhig. Sie sah uns der Reihe nach an. »Ich will es nicht unnötig vertiefen, ihr würdet es sowieso nicht verstehen ...« Ich nickte und registrierte im Augenwinkel, daß Albert das gleiche tat. Thomas rührte sich nicht.

»Der Gemeindepastor in meinem Heimatdorf konnte einen solchen Namen, wie Großvater ihn mir gegeben hatte, natürlich auf keinen Fall gutheißen, also bekam ich den christlichen Namen Birgit, aber auf samisch hieß ich Bieggat. Im alltäglichen Gebrauch wurde Biggi daraus. Der Grund, warum ich das alles erzähle, ist der, daß mein Name in gewisser Weise mein Schicksal wurde – in vielerlei Hinsicht. Zum einen bestimmte er meinen Lebensweg, da ich Noaide werden sollte, zum anderen bezeichnet der Name meine Seele, mein Wesen.«

Für einen Augenblick ruhte ihr Blick auf mir, als ob die folgenden Worte speziell für mich bestimmt waren: »In Eurer

Sprache gibt es ein Wort, das ›Temperament‹ heißt. Meine Seele hat Temperament. Ich konnte …«, sie hob die Arme und breitete sie aus, »puff! plötzlich aufbrausen. Ich wußte nicht immer warum, aber plötzlich kochte meine Seele, und dann war es, als ob gleichzeitig Hora-gales und Biegga-gales in mir waren und mich ganz ausfüllten.« Sie zeigte auf zwei Figuren, die mit langschäftigen Geräten über einem Doppelstrich standen. »Das sind Hora-gales und Biegga-gales, die Donner- und Sturmgötter. Dieser Bereich …«, ihre Hand trennte den Teil über dem Doppelstrich ab, »ist die obere Welt. Mein Volk akzeptierte mein heftiges Temperament, zum einen, weil ein solches Temperament nicht unbedingt ungewöhnlich war, aber auch, weil ich Noaide-Lehrling war und Umgang mit den Geistern pflegte. Doch die anderen, die Norweger, fürchteten mich, mochten mich nicht. Ihre Kinder hatten Angst vor mir, selbst als ich noch ein Kind war. Und als ich älter wurde, gingen sie mir aus dem Weg, außer wenn sie meine heilenden Kräfte beanspruchten, wenn Krankheit mich zu ihrer letzten Hoffnung werden ließ. Ich war bekannt und gefürchtet, genau wie mein Großvater, wie ein großer und erfolgreicher Noaide, obwohl ich erst fünfzehn Jahre alt war.

Der Gemeindepastor Andreas Poulsen war wahrscheinlich der einzige, der sich nicht vor mir fürchtete.« Leidenschaftslos fügte sie hinzu: »Er haßte mich. Er war ein Pastor, der stark im Glauben war und uns Samen zum Christentum bekehren wollte. Wir sollten in die Kirche gehen, Jesu Leib essen und sein Blut trinken. Es ist barbarisch, so etwas zu tun, also baten wir Sarakka«, sie zeigte auf eine Figur am unteren Rand der Trommel, »die Mutter der Schöpfung, um Vergebung für das, was der Pastor uns zu tun zwang. Und in der Kirche baten wir dann den Gott des Pastors um Vergebung, daß wir Sarakka um Vergebung baten …« Sie griff nach einem Holzgefäß mit Wasser, das unter dem Ofen stand. »Das war ein verwirrender Tanz«, sagte sie und trank in großen, hörbaren Schlucken. »Ah! Möchte sonst noch jemand?« fragte sie und sah uns an. Wir schüttelten einer nach dem anderen den Kopf. Biggi stellte das Gefäß beiseite und sprach weiter.

»Der Gemeindepastor verlangte von mir, mit der Noaidearbeit aufzuhören. Er lernte sogar Samisch, um mitzubekommen, was wir sagten, wenn wir seiner Aufforderung, nur mit seinem Gott zu sprechen, nicht nachkamen. Ich machte natürlich weiter, die Noaide-gadze hätten mich erschlagen, wenn ich mich geweigert hätte, Noaide zu sein.

In dem Frühjahr, als ich sechzehn war, erkrankte Signe, die Tochter des Gemeindepastors. Man ließ nichts unversucht: Er ließ einen Quacksalber kommen, der sich gerade in Vadsø aufhielt, damit der sie untersuchte. Ich weiß nicht, was er machte, gesund wurde sie jedenfalls nicht. Man kontaktierte einen Medicus in Luleå, der sich weigerte, bis nach Varddus hinaufzukommen, worauf der Pastor sich entschloß, die lange, beschwerliche Reise nach Luleå mit seiner Tochter auf sich zu nehmen, und das mitten in der Schneeschmelze.« Biggi schüttelte den Kopf. Ich dachte, daß dieser Pastor seine Tochter wirklich sehr liebgehabt haben mußte. »Nach einem Monat kehrten sie zurück, der Pastor abgemagert und erschöpft, Signe mehr tot als lebendig. Der Medicus hatte ihr Blut abgezapft, so daß sie wie frisch gekochter Kabeljau zwischen ihren weißen Laken lag, als ich endlich gerufen wurde.« Noch jemand, der nichts für Aderlaß übrig hatte. Das war Wasser auf Thomas' Mühle, ich sah ein zustimmendes und wohlmeinendes Funkeln in seinem sonst eher skeptischen Blick.

»Aber nicht der Pastor schickte nach mir, glaubt das ja nicht. Die Tochter hatte ein Dienstmädchen überredet, daß sie mich hole, als ihr Vater eines Tages außer Haus war. Ich bin mit Signe zusammen aufgewachsen. Sie war ein paar Jahre älter als ich, und obwohl sie meine Kraft fürchtete, wie sie es nannte, glaubte sie trotzdem, daß ich die einzige sei, die ihr, wenn überhaupt, helfen könnte. Mein Großvater, der inzwischen ein alter Mann war und nur noch auf den Tod wartete, half mir bei meiner Reise, die mich in das Totenreich führte, damit ich mit den Geistern über Signes Leben verhandeln konnte.« Mich schauderte, Biggi sprach darüber, als ob es die alltäglichste Sache der Welt wäre.

»Sie verlangten ein Pferd als Opfer, und mit dieser Botschaft kehrte ich in diese Welt zurück. Signe akzeptierte die Forderung, aber ihr Vater, Andreas Poulsen, jagte uns vor die Tür, als er nach Hause kam, ehe das Opfer bezahlt worden war. Er verfluchte uns und drohte, uns wegen signeri und maleficium beim Lehnsmann anzuzeigen.« Biggi hielt inne und sah Thomas an. »Der Professor wird uns diese Worte sicher besser erklären können, als ich es vermag.«

Thomas öffnete wie in Zeitlupe den Mund und sagte knapp: »Mit signeri ist in diesem Zusammenhang der Gebrauch von Zauberformeln gemeint, in der Absicht, jemand anderem Schaden zuzufügen, oder ... um anderen zu helfen. Maleficium, aus dem lateinischen ›malefici‹, verhexen, verzaubern, heißt soviel wie: jemanden mit Hilfe von Magie töten.« Danach schwieg er wieder und saß reglos da. Mir war sein Benehmen plötzlich furchtbar unangenehm, aber Biggi ließ sich nichts anmerken.

Sie sprach weiter: »In der gleichen Nacht fuhr ein Pferdewagen vor unserem Haus vor, vom Dienstmädchen gelenkt. Auf dem Wagen lag Signe. Das Pferd wurde geschlachtet, und ich reiste in die andere Welt, um Rutu das Opfer zu überbringen, um die bösen Geister von der Tochter des Pastors fernzuhalten. Als ich von meiner Reise zurückkehrte, ging es Signe bereits erheblich besser, und sie war noch vor Anbruch des nächsten Morgens in der Lage, sich von meinem Bruder nach Hause bringen zu lassen.

Am darauffolgenden Tag wurde ich vom Lehnsmann abgeholt und ins Gefängnis gebracht. Die Anklage lautete auf signeri, und eine Woche später hatte der Pastor in Porsanger einen Mann ausfindig gemacht, dessen Frau trotz meiner Hilfe gestorben war. Anhand der Aussage dieses Mannes wurde die Anklage auf maleficium erweitert.«

Ihr Gesicht war regungslos. Wir drei Zuhörer saßen gespannt da, ängstlich, auch nur ein Wort ihrer Erzählung zu verpassen.

»Ich leugnete alles ab und wurde einem peinlichen Verhör unterzogen, sowohl vom Lehnsmann als auch vom Pastor. Währenddessen wurden zwölf Personen vorstellig, die dank meiner Hilfe gesund geworden waren, und legten gutes Zeugnis für mich ab. Unter ihnen war auch Signe Poulsen, die Tochter des Pastors, sie, die ich aus dem Totenreich gerettet hatte. Aber der Vater war nicht bereit, seine Anklage zurückzuziehen.« An dieser Stelle brach Biggi ab und sah uns an, als wollte sie sagen, daß das Benehmen des Pastors ihr ein ewiges Rätsel bleiben würde. Plötzlich stieß Albert mir seinen Ellbogen in die Rippen und lenkte meine Aufmerksamkeit auf den Docht, der im Tran zu ertrinken drohte.

»Das Zeugnis von zehn meiner Fürsprecher wurde abgelehnt, weil sie Samen waren, und der Richter meinte, daß sie befangen wären. Darüber hinaus wurde die Anklage jetzt auch noch auf ›Diabolie‹ ausgedehnt, weil ich gestanden hatte, auf einem Rentier nach jabmi aimo geritten zu sein, um eine sterbende Frau von dort zurückzuholen, was der Lehnsmann als eine von mir unternommene Reise in die – wie er es nannte – Hölle deutete, um mich mit dem Teufel zu treffen. Die Verhöre wurden härter, um mich zu einem Geständnis zu bringen ...«

»Meinst du ›Folter‹, wenn du von ›Verhör‹ sprichst?« fragte Thomas mit zusammengekniffenen Augen.

»Ja.«

»Willst du damit sagen, daß du gefoltert wurdest, bevor ein Urteil gefällt worden ist?« Thomas' Stimme klang jetzt scharf.

»Ja.«

»Kannst du das beweisen?«

Biggi bedachte Thomas mit einem langen, finsteren Blick und knöpfte dann langsam ihr Kleid auf. Sie schlüpfte aus dem Oberteil und saß nur noch in einem ärmellosen Unterhemd da. Sie drehte den rechten Unterarm und zeigte uns das runde Mal, das der Pastor am Abend zuvor entdeckt hatte.

»Ein Hexenmal. Pastor Jacob hatte recht, aber nicht so, wie er glaubte.« Sie lachte ein heiseres Lachen, das kurz davor war, in Weinen umzuschlagen, und zeigte uns ihren linken Arm. Dort war eine Reihe von fünf oder sechs glänzenden, schrundigen Malen zu sehen, die uns rosa entgegenleuchteten. Brandnarben von glühenden Eisenstangen. Plötzlich befreite sie ihre linke Brust aus dem Unterhemd, worauf ich aus lauter Scham sofort das Gesicht abwandte, bevor ich mich besann. Während mir vor Zorn das Blut in die Wangen stieg, sah ich die zu einem unförmigen, verzerrten Klumpen verunstaltete braune Brustwarze, die niemals einem Kindermund Milch geben würde. Das hatte eine glühende Kneifzange für immer zu verhindern gewußt.

Wortlos kleidete sie sich wieder an, stand auf und ging nach draußen. Wir blieben sitzen, ohne uns zu rühren oder uns anzusehen. Nach einer Weile kam Biggi zurück. Sie setzte sich und wärmte ihre Hände am Ofen.

»Der Richter stellte die Aussagen der Zeugen und mein Geständnis in Frage«, fuhr sie fort, nachdem sie einen Schluck Wasser aus dem Gefäß unter dem Ofen genommen hatte, »und kam zu dem Schluß, mich zu verbannen. Ein mildes Urteil, verglichen mit dem Tod auf dem Scheiterhaufen. Ich wurde augenblicklich auf freien Fuß gesetzt und hatte drei Tage Zeit, das Land zu verlassen. Andreas Poulsen verdammte mich am folgenden Sonntag öffentlich in der Kirche und gelobte vor Gott, daß ich meine rechtmäßige Strafe erhalten sollte.«

Ein verwunderter Ausdruck erschien in Biggis Gesicht: »Warum hat dieser Mann die Ehre seines Glaubens über die Ehre seiner Tochter gesetzt? Das habe ich in all den Jahren nicht begriffen.«

Sie erwartete wohl keine Antwort, also verhielten wir uns wie vorher still und aufmerksam.

»Meine Familie half mir, zu entfernten Verwandten nach Kithÿefui in Schweden zu kommen, wo ich die folgenden fünf Jahre verbrachte. Dann starb mein Großvater, und ich entschied mich, nach Hause zu fahren, um ihn auf seiner letzten Reise nach jabmi aimo zu begleiten und meine Familie wiederzusehen. Ich hoffte, daß der Zorn des Pastors sich gelegt hätte, so daß ich mich vielleicht auf immer in meinem heimatlichen Dorf niederlassen konnte. Aber meine Hoffnungen wurden zunichte gemacht. Gejagt von Knechten des Lehnsmanns, mußte ich mich erneut auf die Reise begeben. Diesmal wählte ich mir Dänemark als Ziel. Auch wenn ich den Landesverweis damit nicht ganz erfüllte, würde so weit südlich jedenfalls niemand von meiner Verurteilung erfahren, solange ich mich unauffällig benahm. So kam ich auf die Insel Læsø vor der jütländischen Küste, wo ich für die nächsten elf oder zwölf Jahre ein Heim fand. Dort lernte ich auch Modji mii liggii beaivváca kennen, wie ich sie nannte: ›Das Lächeln, das die Sonne wärmt‹. Modji war eine lebensfrohe, warmherzige Frau, die … Sie lehrte mich …«

Biggi mußte schlucken, und ihre Augen glänzten. »Diese Frau lehrte mich alles«, flüsterte sie. »Zu leben, Noaide zu sein, zu lächeln, den Fluch des Temperaments abzulegen. Sie brachte mir noch mehr über Kräuter bei, als ich ohnehin schon wußte, und viel über mich selbst. Sie war meine Mutter, meine zweite Mutter – und mein zweiter Noaide-Lehrmeister, ohne zu wissen, was ein Noaide ist.«

Ein paar Tränen liefen über ihre hohen Wangenknochen. Sie wischte sie mit einer jähen Bewegung weg. »Im Sommer ist sie gestorben, und da habe ich mich entschieden, weiterzuziehen. Darum bin ich hier.«

Der Sturm drückte den Qualm in den Ofen zurück. Albert wedelte mit einem Brettchen, um ihn zu verteilen, und legte neues Holz nach. Keiner von uns sagte etwas.

»Biggi glaubt also, daß es Geister gibt?« fragte Thomas schließlich.

»Nein«, sagte Biggi. Wir sahen sie alle überrascht an. »Ich

weiß, daß es sie gibt. Als der Gemeindepastor von uns verlangte, daß wir an seinen Gott ›glauben‹ sollten, hatten wir kein Problem damit, weil keiner von uns einen Grund hatte, daran zu zweifeln, daß er schon irgendwo sein würde, auch wenn wir ihn noch nie gesehen hatten. Die obere Welt ist groß, und kein Noaide kann alle Götter kennen. Aber alle Samen wissen, daß es Geister gibt, daß Rutu, Hora-gales, Sarakka und all die anderen Götter und Geister ein Auge auf uns haben und uns folgen. Sie sind in den Bergen, in den Tieren, in Bäumen, in der Natur und in uns, immer.«

Thomas schüttelte bedächtig den Kopf, hob das Gesicht und blickte Biggi mit zusammengekniffenen Augen an. »Kannst du das beweisen? Kannst du mir deine Geister zeigen? Die wissenschaftliche Forschung offenbart immer deutlicher, daß wir in einer durch und durch rationalen Welt leben, einer modernen Welt, in der Aberglaube dieser Art immer mehr an Boden, an Glaubwürdigkeit verliert. Die Götter wohnen nicht oben auf dem Olymp oder in Walhall, der Donner ist nicht Thor, der mit seinem Wagen über den Himmel fährt, und die Sonnenfinsternis ist nicht Gottes Zorn, der uns trifft. Die Wissenschaft ist inzwischen in der Lage, solche Dinge zu berechnen, sie kann vorhersagen, wann die Sterne oder Planeten wo stehen werden. Nichts ist zufällig oder von selbstherrlichen und launenhaften Göttern gesteuert, alles kann berechnet und in Zahlen ausgedrückt werden.«

Biggi sah Thomas unverwandt an, ohne zu blinzeln. Er lächelte schief. »Selbst unser Gott, die Existenz des christlichen Gottes, ist auf die wissenschaftliche Probe gestellt worden. Einer der bedeutendsten Philosophen unserer Zeit konnte nach einem Jahr harter Arbeit endlich den Beweis vorlegen. Ich werde dir das Buch morgen zeigen, dann kannst du es selbst nachlesen.«

Der arrogante Unterton in seiner Stimme ließ mich beschämt den Blick abwenden. Ich wäre am liebsten gegangen, um nicht noch mehr von der peinlichen Wendung mitzubekommen, die das Gespräch genommen hatte. Nicht, daß ich an Biggis Geister geglaubt hätte, das tat ich nicht, aber Thomas in seiner hochmütigen …

»Aaaah!« fauchte Biggi und beugte sich zu Thomas. »Du sprichst Worte, die ich nicht kenne, du redest von ›rational‹ und ›Walhall‹ und was weiß ich und willst, daß ich deinen Beweis nachlese. Ich kann deine Zeichen und Bücher nicht lesen, und das weißt du ganz genau. Aber ich kann meine Beweise lesen, die stehen hier auf der Schamanentrommel, die vor vielen Generationen von meinen Vorfahren gezeichnet und von Generation zu Generation weitergegeben wurde. Meine Vorfahren konnten das hier lesen, lange bevor deine Vorfahren überhaupt Zeichen hatten.« Sie dämpfte ihre Stimme ein wenig und hielt die Trommel hoch, ohne Thomas aus den Augen zu lassen. »Ich kann das hier lesen. Kannst du es auch lesen, Professor?« Die letzten Worte spuckte sie ihm regelrecht ins Gesicht. Dann sprang sie auf und rannte durch den Stall nach draußen. Albert stand besorgt auf und folgte ihr mit einem bitterbösen Blick in Thomas' Richtung.

In ihrer Abwesenheit versuchte ich Thomas dazu zu bringen, sich zu mäßigen, woraufhin er mich aufforderte, die Klappe zu halten. Dann kam Biggi zurück. Sie wischte sich über das immer noch wutverzerrte Gesicht und setzte sich. Albert hatte Holz hereingeholt und ließ sich viel Zeit, als er es sorgfältig und umständlich hinter dem Ofen stapelte. Danach setzte er sich zwischen Thomas und Biggi auf den Boden, schepperte mit einem Kessel herum und setzte Wasser auf, um schließlich die Ofenklappe zu öffnen und Holz nachzulegen. Das Ganze dauerte so lange und war so laut und störend, daß schließlich sowohl Thomas als auch Biggi grinsen mußten. Thomas breitete entschuldigend die Arme aus.

»Wir haben es ja verstanden, Albert«, sagte Biggi und wuschelte dem Pferdeknecht durch das lockige Haar.

»Es tut mir leid, Biggi, ich hab bereits eine Standpauke von Petter bekommen.« Thomas streckte ihr die Hand entgegen.

Biggi blickte einen Augenblick darauf, um sie schließlich zu ignorieren. »Es reicht schon, wenn der Professor begreift, daß er nicht alles wissen kann. Sonst verschließt er sich der Möglichkeit, Neues zu lernen.«

Thomas nickte. »Da sagst du etwas Wahres.« Er schaute zu der Trommel. »Laß hören. Was meinten deine Geister, was morgen geschehen wird?«

Biggi sah ihn lange an, als wollte sie sich davon überzeugen, daß er bereit war für das, was sie jetzt sagen würde. »Sie sagten, daß die Seele von einem von uns hier an diesem Ort nach jabmi aimo gehen wird, ins Totenreich.«

Thomas runzelte die Stirn. »Wer?«

»Das kann ich nicht sagen. Die Hilfsgeister kennen euch nicht, ihr seid Fremde. Wären wir zu Hause in meinem Dorf, hätten sie sicher darauf antworten können – wenn sie gewollt hätten.«

»Wann morgen?«

Biggi sah jetzt fast ein bißchen erbost aus. »Es geschieht, wenn es geschehen soll. Der Professor wird es nicht verhindern können. Die Geister sagen nichts über das Wann. Es kann heute nacht passieren oder morgen oder in der nächsten Nacht.«

Es gelang Thomas nicht, seine Skepsis zu verbergen, und in seiner Stimme schwang Sarkasmus mit: »Aber du könntest sie stoppen, wenn sie ein Opfer bekommen würden?«

Biggi überhörte die Bemerkung und antwortete ganz ruhig: »Von hier aus kann ich nicht nach jabmi aimo reisen, ich bin zu weit von zu Hause entfernt, der Weg ist unbekannt für mich. Und selbst wenn ich dorthin fände, würde ich nicht mehr von dort zurückfinden. Wer von euch wäre in der Lage, mir zu helfen, mir mit Joiken und der Schamanentrommel den Weg zu weisen? Nein, leider, so kann ich euch nicht weiterhelfen.«

»Aber ... auf andere Weise ... könntest du uns helfen?« Es war das erste Mal, daß Albert den Mund aufmachte.

»Ja. Wenn ich Biri und meinen anderen Hilfsgeistern eine

Frage stelle, bekomme ich vielleicht im Traum eine Antwort. Im Laufe der Jahre, die ich unterwegs war, ist der Kontakt zu meinen Helfern in dieser Beziehung immer besser geworden.«

»Wer ist Biri?« fragte Thomas.

»Biri bedeutet Bär, das ist mein persönlicher Hilfsgeist. Er ist mir all die Jahre treu gefolgt.«

Ich blickte zu Thomas. Ihm war deutlich auf die Stirn geschrieben, daß er ›kompletter Unsinn‹ dachte; ich hoffte nur, daß ich der einzige war, der das sah. Auch wenn Biggi eine mitreißende und überzeugende Geschichtenerzählerin war, so gab es doch Grenzen für das, was sie uns glauben machen konnte.

Thomas stand auf, streckte seinen Rücken und massierte das Hinterteil. »Ich hätte da einen Vorschlag. Du legst dich schlafen, kriegst raus, wer der Mörder ist, und läßt es mich wissen. Dann können wir das Ungeheuer schnappen und hinter Schloß und Riegel bringen.« Er breitete die Arme aus. »Herrjemine! So einfach geht das, und ich renne die ganze Zeit herum und strenge meinen Kopf an, wo man einfach nur ein paar Geister zu fragen braucht. Kannst du die Geister nicht auch gleich nach dem Motiv fragen, das hinter dem Mord an dem Grafen steckt, wenn du schon mal dabei bist?« Er bürstete sich ein paar Strohhalme von den Hosenbeinen und schaute auf Biggi herunter. »Reine Neugier meinerseits. Dagegen haben deine Geister doch sicher nichts einzuwenden, oder was meinst du?«

Biggi erhob sich. Ihr Mund war ein Strich, als sie antwortete: »Fahr zum Orkus, Professor, wie der Schreiner sagen würde, oder meinetwegen auch zur Hölle des Gemeindepastors, oder wohin es dir am besten paßt. Hauptsache, ich muß den Professor nie mehr wiedersehen.« Sie drehte sich um und strich den Strohsack glatt, um sich hinzulegen.

Albert stand auf. Seine tiefe Stimme überschlug sich vor Zorn. »Ich bin dankbar, daß Ihr herausgefunden habt, daß ich nicht derjenige bin, der Hauptmann Rigaud getötet hat.

Aber Euer Benehmen heute abend ist unter Eurer Würde. Ich muß Euch bitten zu gehen, bevor ich Euch vor die Tür setze.«

Thomas' Kieferknochen traten hervor, und seine Augen maßen den Pferdeknecht. Ich hegte keinen Zweifel daran, daß er es gern auf einen Ringkampf mit Albert hätte ankommen lassen, wenn er sicher gewesen wäre, das Recht auf seiner Seite zu haben. Das Problem war nur, daß er sich wirklich wie ein Stinkstiefel aufgeführt hatte – und das auch wußte. Er machte auf dem Absatz kehrt und lief zur Tür. Dann drehte er um und kam zurück. Mit der Hand fuhr er sich über das Gesicht.

»Es tut mir leid.« Seine Stimme war leise, aber deutlich. Er sah erschöpft aus. »Es tut mir wirklich leid. Ich weiß nicht, was in mich gefahren ist …« Er sah Biggi beschämt an. »Die Fragen … Ich meine … Kannst du fragen, wer der Mörder ist, und herausbekommen, warum? Kannst du deine Geister fragen und probieren, ob du eine Antwort bekommst?«

Biggi nickte.

»Würdest du das tun?«

Wieder ein bejahendes Nicken.

»Danke.«

Thomas blieb unentschlossen stehen und sah mich verwirrt und fragend an. Ich verließ meinen Platz am Ofen und griff nach meinem Hut, weil ich glaubte, daß er auf mich wartete. Aber ich hatte ihn mißverstanden; er hielt mich auf und legte mir eine Hand auf die Schulter. »Hilf mir auf die Sprünge, Petter, wir wollten Biggi doch noch eine Frage stellen … Ich kann mich nicht mehr erinnern …« Er geriet ins Stocken.

Die Tränensäcke unter seinen Augen waren dunkel, und um seine Mundwinkel zeigten sich tiefe Falten. So erschöpft hatte ich ihn noch nie erlebt, und mich packte das schlechte Gewissen, daß ich das nicht eher bemerkt und ihm etwas abgenommen hatte. »Aber ja, natürlich, ich werde mit Biggi reden«, sagte ich überrascht und setzte mich wieder.

Biggi sah mich an, abwartend. Ich erinnerte mich, daß wir zwei Dinge ausloten wollten, wußte aber nicht, was das wichtigere war. Also wählte ich das, was mich selbst am meisten interessierte. »Gustav Tønnesen, der, den wir auch den Schreiner nennen, sagt, daß er dich draußen in der Scheune für den Teufel hat tanzen sehen.« Meine Stimme war gedämpft, ich war zugleich gespannt und unruhig. »Er meinte, das wäre am Mittwochabend gewesen und daß der Teufel zu deinem Gesang gebrummt hätte.«

»Ich weiß, daß er mich gesehen hat«, sagte Biggi ruhig. »Immer, wenn ich an einen fremden Ort komme, joike ich und rufe meine Hilfsgeister an, damit sie wissen, wo sie mich finden können. Jedenfalls, wenn es möglich ist, das zu tun, ohne daß mich jemand dabei beobachtet.« Sie zuckte mit den Schultern. »Ich hatte geglaubt, in der Scheune meine Ruhe zu haben, es war spät, und die anderen hatten sich offensichtlich schon alle schlafen gelegt. Und dann stand plötzlich dieser Kerl da und glotzte mich mit großen Augen an.«

»Hast du ihn gesehen?« Thomas hielt seine Rolle als Zuhörer nicht durch.

»Ich habe ihn gespürt.« Sie sah mich an, als ob sie glaubte, daß ich sie besser verstehen würde als Thomas. »Oder genauer gesagt, Biri hat ihn gespürt.« Ich wußte, was sie meinte. Es war Biri gewesen, der früher am Tag meine Witterung aufgenommen hatte. Wenn sie sich vornüberbeugte und die Arme hängen ließ, sah sie aus wie ein Bär, dann war sie Biri, ihr Hilfsgeist. »Biri hat gespürt, daß der Schreiner irgendwo im Heu rumwühlte und dann durch den Viehstall nach draußen verschwand, zurück ins Wirtshaus.«

»Du ... also Biri hat das gespürt, nachdem Tønnesen euch ... ich meine, dich singen und tanzen gesehen hat?« fragte ich.

»Ja.« Sie lächelte über meine Ungläubigkeit.

»Das Brummen ... das ... Was war das?«

Jetzt lachte sie und hielt die Trommel hoch, schlug mit den Stäben darauf. Der Ton war klar und sauber. »Die Schamanentrommel hat den ganzen Tag neben dem warmen Ofen gelegen, darum ist das Fell stramm.« Sie drückte einen Finger auf die Mitte der Haut, die kaum nachgab. »In der Scheune wird das Fell schlaff«, erklärte sie. »Dann ist der Klang vibrierender und fremder, nicht sehr schön anzuhören. Da hast du den Teufel.« Sie lachte erneut, schlug noch einmal auf die Trommel und legte sie neben sich.

Ich wollte gerade zur nächsten Frage, den eigentlichen Mordtag betreffend, übergehen, als Thomas sich einmischte: »Hast ... du ... gespürt«, er brachte es nicht über sich, Biri als ein Wesen zu akzeptieren, zu dem er sich verhalten konnte, »was Tønnesen tat, bevor er die Scheune wieder verließ?«

»Nein, nur, daß er im Heu rumwühlte, bevor er ging.«

»Wo im Heu?« fragte Thomas weiter. Ich war gespannt, worauf er hinauswollte.

Es dauerte etwas, bis Biggi antwortete, sie starrte auf die Wand hinter meinem Rücken, in die Dunkelheit. »Es war nahe bei der Tür zum Stall, zwei oder drei Schritt in die Scheune hinein, linker Hand, wenn ich mich nicht irre.« Thomas sah mich zufrieden an, ich konnte weitermachen.

»An dem Abend, als der Graf ermordet wurde, hast du da die ganze Zeit hinter der Holzkiste gesessen?«

»Den ganzen Abend ... Was meinst du damit?«

Ich versuchte, wie Thomas es häufig tat, die Frage umzuformulieren, zu präzisieren. »Der Graf wurde am Donnerstag ermordet, unmittelbar bevor Thomas und ich das Wirtshaus betraten. Wenn du an die Zeit denkst, ehe wir kamen, hast du dich da in der Küche aufgehalten?«

»Ja, werde ich wohl.« Sie dachte nach. »Ich glaube, es war der Tag, an dem ich Marie das erste Mal den Kresseauszug gegen ihren Zahnschmerz gegeben habe und als Gegenleistung eine ordentliche Mahlzeit bekam, als sie merkte, daß es wirkte. Ich nahm das Brot und den Käse mit in den Stall, um in Ruhe essen zu können. Aber nach einer Weile ging ich wieder hinein – man sollte sich so lange wie möglich in der Nähe des Ofens aufhalten. Da fällt es einem hinterher leichter, die kalte Nacht zu überstehen.« Sie warf einen zufriedenen Blick auf den Ofen und den Schlafplatz, wo sie diese Nacht verbringen würde.

»Wer war in der Wirtsstube, bevor wir kamen?« fragte ich. »Ich meine, wer könnte draußen gewesen sein und den Grafen ermordet haben?« Als Biggi nicht gleich antwortete, begannen meine Gedanken um Albert zu kreisen. Seltsam, daß er nicht heftiger auf die unchristlichen Dinge reagierte, mit denen Biggi sich beschäftigte, sondern sie widerspruchslos zu akzeptieren schien. Hatte er seinen Glauben an Gott verloren nach allem, was er durchgemacht hatte?

»Tja, eigentlich waren alle da«, sagte Biggi schließlich. »Dann wurde der Graf ausfallend ...«

»Gegen wen?«

»Zuerst gegen Marie, dann gegen mich, als ich ihn zum Schweigen bringen wollte.«

»Du hast versucht, ihn zum Schweigen zu bringen!?« rief ich überrascht.

Sie nickte und sah mich befremdet an, als ob sie sich wunderte, weshalb ich so überrascht war. »Ja. Das heißt, kaum machte ich den Mund auf, mischte sich auch schon der Wirt ein und meinte, daß ich das Maul halten oder mich aus der Schankstube trollen sollte. Aber der Graf durfte reden. Er zog seinen Degen und stach mich damit in die Seite, wobei er mich Hexe, Troll und Ärgeres schimpfte.« Sie nahm den schwarzen Mantel und steckte einen Finger durch ein Loch unter dem Ärmel.

»Die Wirtin hat mich schließlich in Schutz genommen und ihn aufgefordert, aufzuhören. Worauf er mit ihr zu schäkern begann, ganz hemmungslos, vor den Augen des Wirts. Der Wirt ließ sich nichts anmerken, aber ich sah ihn in die Küche hinausgehen und mit dem großen Fleischerbeil herumhantieren, das er jedoch wieder in die Schublade legte, als die Wirtin sich in die Privaträume zurückzog. Der Graf begann daraufhin, den Schreiner zu beschimpfen, bis dieser ebenfalls verschwand.«

»Was war mit dem Pastor? Hat der Graf nichts zu ihm gesagt?«

»Nein, aber der verabschiedete sich auch recht bald. Ja, und kurz darauf gingen der Wirt und der Graf. Marie und ich blieben alleine zurück. Das heißt, Marie verschwand auch kurz darauf in ihrer Kammer. Sie hatte sich vor lauter Aufregung mit Wasser begossen.«

»Aber du bliebst sitzen?«

»Ja, ich hatte keinen Grund, irgendwo hinzugehen.« Sie zuckte vielsagend mit den Schultern. »Nichts, wo ich hingehen konnte.«

Mir fielen keine Fragen mehr ein, und ich blickte zu Thomas, aber der saß mit geschlossenen Augen da und dachte ganz offensichtlich nicht daran, sich in das Gespräch einzumischen.

»Als ... äh ... Wer kam als erster zurück in die Schankstube?«

»Ich glaube, Marie.«

»Und dann?«

Biggi mußte nachdenken. »Danach kam, glaube ich, der Pastor und setzte sich mit seiner Bibel an den Ofen. Dann kam der Schreiner, und dann kamt ihr.«

»Hast du den Wirt noch mal gesehen? Oder die Wirtin?«

Sie verstand, worauf ich mit meiner Frage hinauswollte, und nahm sich Zeit für ihre Antwort. »Nein, den Wirt sah ich erst wieder in der Schankstube, als er hereinstürzte und rief, daß der Graf Hilfe brauche.«

»Gut, den Rest kennen wir«, sagte ich mehr zu mir selbst. Biggi nickte und machte den Eindruck, als ob sie das Gespräch am liebsten beendet sähe. Auch ich war vollkommen erschöpft, wußte nichts mehr zu fragen und sah Thomas hilfesuchend an. Er saß immer noch mit geschlossenen Augen da.

»Thomas, habt Ihr noch eine Frage?«

Keine Antwort. Sein Atem ging ruhig und gleichmäßig.

»Thomas?!« sagte ich etwas lauter. »Habt Ihr noch eine Frage?«

Keine Reaktion. Ich stand auf und packte ihn an der Schulter. »Wir sollten auf unser Zimmer gehen, Thomas.« Er schlug die Augen auf und sah einen Augenblick lang vollkommen verwirrt aus.

»Hm, bin wohl eingedöst …«, murmelte er verlegen und fuhr sich mit den Händen übers Gesicht. »Entschuldigung!«

Er stützte die Hände auf die Knie und erhob sich auf steifen Beinen. Ich wollte ihn stützen und griff nach seinem Arm, aber er schubste mich übellaunig beiseite. »Danke, ich komme schon allein zurecht.«

Ich raffte unsere Hüte und Umhänge zusammen und zündete die Laterne an. Dann nickte ich Albert und Biggi zu, wünschte ihnen eine gute Nacht und erinnerte sie daran, die Tür zu verriegeln. Albert brummte, daß ja keiner wagen sollte, hereinzukommen.

Thomas war schon auf dem Weg nach draußen, als ihm offensichtlich ein Gedanke durch den Kopf schoß. Er sah Biggi an. »Kann ich unter vier Augen mit dir sprechen?«

Sie stand auf und verschwand in der Dunkelheit zwischen den Pferden, Thomas folgte ihr. Albert stupste mich freundschaftlich mit dem Ellbogen in die Seite, grinste in seinen Bart und sagte »Wie Hund und Katz« mit einem kurzen Blick auf die beiden, die wir in der Dunkelheit flüstern hörten. Sie blieben eine ganze Weile weg und schienen eine lebhafte Diskussion zu führen. Dann endlich kamen sie zurück, immer noch miteinander tuschelnd, und ich hörte Biggi von irgendeinem »Kraut« sprechen, woraufhin Thomas zustimmend nickte. Sie blieben vor uns stehen und sahen aus, als ob Feindschaft ein unbekanntes Wort für sie wäre.

Albert begleitete uns zur Tür und wollte sie gerade öffnen, als Thomas ihn aufhielt. »Gut möglich, daß du jetzt wütend auf mich wirst – aber du bist nach wie vor der einzige, den ich nicht des Mordes verdächtige.« Thomas sah den kräftigen Mann an, dessen Blick sich verfinsterte, als er verstand.

»Leg einen kleinen Stein vor die Tür, damit du siehst, ob sie im Lauf der Nacht draußen war, während du geschlafen, dich wachgehalten oder was auch immer angestellt hast. Hauptsache, du kannst uns sagen, ob sie im Lauf der Nacht draußen gewesen ist oder nicht. Hast du verstanden?«

Albert antwortete nicht, sah Thomas nur mit abgrundtiefer Verachtung an.

Thomas seufzte. »Du kennst sie nicht. Genauso wenig wie ich. Das, was sie heute abend erzählt hat, kann Wort für Wort wahr sein – aber es könnte genausogut eine einzige Lüge sein. Das weißt du ebenso wenig wie ich. Die Leute hier lügen, daß sich die Balken biegen ...« Er zögerte einen Moment. »Du wirst im gleichen Raum schlafen wie sie, wer weiß ...« Albert sah ihn argwöhnisch an. »... Vielleicht sogar mehrere Nächte. Da wäre es doch beruhigend, sicherzugehen, daß sie keine Mörderin ist?«

Albert starrte auf den Boden, sein Fuß malte Kreise in den schmutzigen Schnee vor der Tür. »Am sichersten kannst du dir sein, wenn du weißt, daß sie es nicht gewesen sein kann.« Thomas schwieg und fuhr sich über die Stirn. Seine Augen waren vor Erschöpfung ganz matt. »Wenn ihre ... Prophezeiung, oder wie immer wir es nennen wollen, sich bewahrheitet, müssen wir sicher sein, daß nicht sie selbst dafür gesorgt hat, daß sie in Erfüllung geht.«

Thomas verabschiedete sich mit einem Nicken. Im gleichen Augenblick tauchte Biggi neben mir auf.

»Paß gut auf ihn auf«, flüsterte sie mir ins Ohr und schaute in den Schnee hinaus. »Er denkt zuviel an andere, als daß er sich vorstellen kann, selbst in Gefahr zu sein.«

Ich nickte und folgte Thomas. Hinter uns schob Albert den Riegel vor.

Samstag, der 31. Dezember
Im Jahr des Herrn 1699

Kapitel 31

Während wir im Pferdestall gewesen waren, hatte es wieder heftig zu schneien begonnen, so daß wir uns auf dem Rückweg sogar auf den geräumten Wegen durch kniehohen Schnee kämpfen mußten, der unter unsere Mäntel und Jacken geweht wurde.

Thomas zog mich in den Windschatten des Wagenschuppens, wenn man überhaupt von Windschatten reden konnte, und rief mir ins Ohr, daß er Licht im Waschhaus gesehen habe. Sollte das Marie sein, so sollte ich sie warnen, daß auch sie in Gefahr sein könnte, und sie bitten, sich in ihrem Zimmer hinzulegen und die Tür von innen zu verriegeln. Ich nickte, und wir gingen auseinander. Bald sah auch ich das Licht, das durch die Schneeböen schimmerte und mir half, den Weg zur Tür zu finden. Ich dachte nicht daran, anzuklopfen, sondern stolperte, besessen von dem Wunsch, ins Warme zu kommen, geradewegs hinein. Mit einem Schrei drehte Marie sich um und hielt sich ein Laken vor ihre Brüste. Sie stand vor dem großen Waschkessel und hatte mit einem langen Holzstock die Wäsche gerührt, die in dem kochenden Seifenwasser lag. Über dem Laken waren ihre bloßen Schultern zu sehen, und ich begriff, daß ihr Oberkörper entblößt war. Die Hitze in dem kleinen Raum war drückend, und Dampfschwaden hingen unter der Decke und vor den beschlagenen Fenstern.

»Entschuldige«, murmelte ich undeutlich. Meine Wangen waren taub vor Kälte, und ich drehte mich um.

»Petter, bist du das?«

Ich nahm den Hut ab und nickte.

»Ach, Liebster, hast du mich erschreckt ..., so hereinzuplatzen, daß mir fast das Herz stehenbleibt.« Sie war zu mir herübergekommen und half mir aus dem Umhang.

»Du kannst dich jetzt umdrehen«, sagte sie und zog mich an den Schultern herum. Sie hatte das Oberteil ihres Kleides wieder übergestreift, es aber nicht zugeknöpft, und meine Augen wanderten beständig zu der nackten, weißen Haut, auch wenn ich mit aller Macht versuchte, nicht dorthin zu schauen.

»Hab schon nicht mehr geglaubt, daß du kommst«, sagte sie sanft und sah mir in die Augen.

»Ich muß wieder gehen. Gleich.« Es gelang mir nicht, ihren Blick zu erwidern, erneut wurden meine Augen nach unten in den einladenden Spalt gezogen. Wie gerne hätte ich ... Aber Thomas erwartete mich bald zurück.

»Ich komme, um dich zu warnen, Marie. Wer auch immer den Grafen getötet hat, er könnte wieder auf die Idee kommen zu töten. Sieh zu, daß du fertig wirst, geh in dein Zimmer und riegle dich ein. Und laß niemanden herein.«

Marie schüttelte den Kopf. »Du kommst also nicht? ... Hab uns ein Plätzchen zurechtgemacht, wo wir ...« Sie stockte und sah mißmutig auf den Berg Wäsche, der neben der Feuerstelle am Boden ausgebreitet war. Ein reines Laken deckte alles ab, und es sah warm und einladend aus.

Ich kam auf eine Idee.

»Kannst du die Tür von innen verriegeln?«

»Ja, es gibt einen Haken.« Sie deutete auf einen großen, eisernen Haken, der oben am Türrahmen hing.

»Tu das! Ich muß zurück zu Thomas und ihn fragen, ob ich auf dich aufpassen kann, bis du fertig bist. Dann komme ich wieder, versprochen!«

Sie lächelte, ohne den Mund zu öffnen, stellte sich auf die Zehenspitzen und küßte mich zart auf die Wange. Dann ging sie zurück zum Waschkessel und rührte weiter mit gleichmäßigen, langsamen Bewegungen die Wäsche. Sie hatte ihr Haar im Nacken zusammengebunden. Es wippte im Takt ihrer Bewegungen, und ihr Hals sah glatt und schlank aus. Er glänzte vor Schweiß. Ich mußte ihn berühren. Ich ging näher und wäre im Halbdunkel beinahe über einen großen, schweren Gegenstand gestolpert.

»Oh, paß auf!« rief Marie erschrocken und hielt eine Tonne fest, die beinahe umgekippt wäre. Die Tonne stand auf ein paar Holzklötzen über einer Eisenwanne, die fast vollständig mit einer dicken, zähen Flüssigkeit gefüllt war.

»Ich mache meine eigene Seife«, sagte sie und klopfte gegen die Tonne, »die ist viel besser als die, die der Krämer verkauft. Aber paß auf die Lauge auf.« Vorsichtig trat sie gegen die Wanne, so daß sich auf der dicklichen Flüssigkeit leichte Wellen abzeichneten. »Die ist noch nicht abgebunden und so stark, daß sie sich durch deinen Stiefel fressen und deine Zehen verätzen kann, ehe du bis drei gezählt hast.« Sie lachte und zog mich zur Tür herüber. »Geh jetzt und komm schnell wieder. Ich warte auf dich.«

Ich lächelte und erzählte ihr von Alberts Idee, die Laterne vor dem Fenster zu schwenken, damit sie wüßte, daß ich es bin, und dann verschwand ich wieder in der Kälte.

Dieses Mal fühlte sich mein Körper warm und leicht an, und ich glaubte nicht, daß mir der Frost noch etwas anhaben könnte. Ich brauchte nicht lange bis zur Ecke des Wagenschuppens, um von dort in Richtung der Wirtsstube zu gehen. Plötzlich wurde mir klar, daß Thomas diesen Weg ohne Laterne zurückgelegt haben mußte, denn die hatte ich ja. Mit schlechtem Gewissen erreichte ich die Treppe, die zur hinteren Tür der Wirtsstube hinaufführte, als der Lichtkegel einen Berg Schnee auf der untersten Treppenstufe einfing, den ich zuvor nicht bemerkt hatte. Der Berg bewegte sich, als ich mich darüberbeugte.

»Petter ... gut ... daß du kommst.« Thomas fror so sehr, daß er die Worte kaum herausbrachte. Ich packte ihn unter dem Arm und zog ihn hoch. Er jammerte und beklagte sich über Schmerzen in der Hüfte. Er war auf der Treppe ausgerutscht, mit dem Kopf auf dem Eis aufgeschlagen und davon so benommem gewesen, daß er nicht mehr hatte aufstehen können.

Es war nicht leicht, Thomas die Treppe hinaufzubekommen, aus dem kräftigen Körper schien alle Kraft entwichen zu sein, er stützte sich mit seinem ganzen Gewicht auf mich und preßte mich gegen das Geländer. Zum Glück hörte der Wirt das laute Gerumpel. Er kam aus den Privaträumen herüber und half mir, Thomas nach oben zu bugsieren. Wir brachten ihn ins Bett, und ich holte unten in der Wirtsstube Holz und Glut für unseren Ofen, während der Wirt etwas Milch aufwärmte, die ich Thomas einflößte.

Der Wirt drehte sich in der Tür noch einmal um und schaute auf den massigen Körper im Bett, bevor er ohne ein weiteres Wort verschwand. Ich mochte seinen schadenfrohen Blick nicht, als wollte er sagen: ›So, damit ist der Professor erst einmal außer Gefecht.‹ Ich blickte in die leere Milchschale. War das wirklich nur Milch gewesen? Ich befühlte Thomas' Wangen, sie waren warm, brannten aber nicht. Ich kannte mich mit Gift nicht aus und hätte wohl auch nichts machen können, wenn der Wirt ihm so etwas gebracht haben sollte. Es wäre aber doch zu offensichtlich, räumte man Thomas auf eine solche Art aus dem Weg. Auf jeden Fall würde ich dann der nächste sein.

Ich mußte endlich damit aufhören, in jedem hier in diesem Haus einen Mörder zu sehen.

Es war nicht leicht, Thomas zu entkleiden, aber mit viel Mühe gelang es mir. Dann packte ich ihn in seine Decke ein. Er atmete schwer, und einmal hustete er im Schlaf, aber es hörte sich nicht nach einem bösen Husten an.

Ich hockte mich auf die Pritsche, stand wieder auf und ging rastlos in der Kammer auf und ab. Die Plackerei mit Thomas auf der Treppe hatte meinen Körper ermüdet, aber mein Kopf war hellwach. Ich dachte an Marie und ging zur Tür hinüber, als sich Thomas mit einemmal bewegte, so daß ich kehrtmachte, mich wieder auf die Pritsche setzte und an etwas anderes zu denken versuchte. Das Gespräch mit Biggi.

Hätte ich sie noch andere Dinge fragen sollen? Bestimmt, aber ich kam nicht drauf. Während ich in Gedanken noch einmal das Gespräch durchging, ahnte ich, daß sie irgend etwas gesagt oder getan hatte ... das wichtig war. Etwas, das den Mörder entlarven könnte. Ich kam nicht drauf, bekam es nicht zu fassen.

Thomas hatte schon eine ganze Weile stillgelegen, und ich überzeugte mein schlechtes Gewissen, daß er sicher eine ruhige Nacht haben würde und daß Marie meinen Schutz dringender nötig hätte als Thomas.

Ich befolgte Thomas' Rat und legte einen Stein vor unsere Tür, ehe ich ging. So würde ich wenigstens wissen, ob jemand bei ihm in der Kammer gewesen war.

Kapitel 32

Marie öffnete die Tür und zog mich zu sich herein. Ich schnappte nach Luft und wollte mich wegdrehen, aber sie hielt mich fest und sagte: »Das ist doch deinetwegen, du Dummkopf.«

Ihr nackter Körper glänzte matt und unglaublich schön im schwachen Lichtschein der Feuerstelle. Ich wollte sie berühren, aber sie lachte und ging rückwärts vor mir her, bis wir vor dem Wäscheberg standen, den sie zusammengelegt hatte. Sie half mir aus meinen nassen Kleidern und hängte sie neben der Feuerstelle auf, wo nichts mehr von der Wäsche oder dem Wasser zu sehen war. Die Wäsche hing dicht an dicht auf Leinen, die von einer Wand zur anderen gespannt waren. Das meiste waren Laken und Bettzeug, das fast den Boden berührte. Eine weiche, weiße Wand, die mit ihren Falten und Schatten in dem flackernden Licht des Feuers richtig lebendig wirkte.

Marie kam mit einem angewärmten Handtuch und rubbelte mir den Rücken ab, drückte mich auf die Knie nieder und trocknete meine Haare, wobei sich ihre warmen Schenkel an meinen Rücken und meine Schultern preßten und sie im Gleichklang mit den Händen kneteten und rieben. Mein Glied wurde bei ihrer Berührung ganz warm und erwachte zum Leben. Ich wagte es nicht, meinen Blick nach unten zu richten.

Marie schubste mich zur Seite, drückte mich mit einem Kuß nach unten und legte sich neben mich. Ihr Gesicht war im Schatten, aber ihre Rundungen zeichneten sich vor dem Schein des Feuers ab. Meine Hand tastete vorsichtig nach dem höchsten Punkt ihrer Hüfte, als hätte ich Angst, sie könne unter meiner Berührung zerbrechen oder sich auflösen. Ihre Haut war feucht, und sie zitterte ein wenig unter meinen Berührungen. Marie seufzte, und ich zog die Hand weg. Aber sie nahm sie und legte sie wieder auf ihre Hüfte. Seufzte erneut und küßte mich auf den Mund.

Während draußen die ganze Welt von Sturm und Schnee gepeitscht wurde, die nichts als Kälte und Tod verhießen, zeigte mir Marie dort drinnen eine Wärme und ein Leben, das ich mir nicht einmal in meinen schönsten Träumen hatte vorstellen können. Sie führte mich und leitete mich an, behutsam und rücksichtsvoll, und erst viel später ging mir auf, daß nicht ich den Fortgang der Nacht bestimmt hatte, sondern Marie, die die Erfahrenere von uns beiden war und mich manches lehrte, aus einem Jungen einen Mann machte. Als ich glaubte, die Sterne und Planeten würden vom Himmel fallen und der Tod, so ungefährlich und beseligend er auch schien, habe mich endgültig ereilt, legte sie sich auf mich, flößte meinen Lenden wieder Kraft ein und schenkte mir neue Hoffnung. Es war, als ob mein junges Leben erst da, genau in jenem Augenblick, begonnen hätte. Dies war der Anfang, dies war das Leben. Ich sprudelte schier über vor Leidenschaft und Glück, meine Hände, meine Lippen, meine Lenden lebten wie nie zuvor.

Am Ende fiel ich in einen leichten, göttlichen Schlaf und nahm doch jede noch so kleine Bewegung der schlummernden Marie neben mir wahr. Sie bewegte sich und murmelte etwas, ich schlug die Augen auf und sah sie an. Sie lag auf dem Rücken, zart und wunderschön. Die Flammen der Feuerstelle warfen tanzende Schatten auf ihr Gesicht. Ihr Mund stand offen, und hinter ihren glänzend roten Lippen, die immer noch leicht geschwollen waren, wurden schwarze, verfaulte Zähne sichtbar. Ich hatte Lust, sie zu küssen, aber die schwarzen Zahnstummel hielten mich davon ab. Als ob der Teufel persönlich Jesus Christus über die Schulter schaute! Dieses Bild tauchte plötzlich in meinem Kopf auf, und ich rieb mir die Augen, um es zu verscheuchen. Marie wachte auf und blickte mich schlaftrunken an. Sie mußte meinem Gesicht etwas angemerkt haben, schloß hastig den Mund und legte eine Hand vor die Lippen. Ihre Augen funkelten mich böse an.

»Was glotzt du so?«

»Ich habe nur ... dein schönes Gesicht betrachtet, Marie«, sagte ich und beugte mich vor, um sie zu küssen, vielleicht um meine verräterischen Augen zu verbergen.

Sie stieß mich heftig von sich und drehte mir den Rücken zu. Ich legte meine Hand auf ihren Oberschenkel, zögernd und unsicher. Sie schüttelte sie unwirsch ab und rückte noch weiter von mir weg.

Ich wußte nicht, was ich sagen oder tun sollte.

Plötzlich sah sie mich an. »Der junge Herr wollte mich also beschützen.« Ihre Stimme klang heiser und höhnisch. »Dabei weiß er noch nicht einmal, gegen wen! Ha.« Sie schnaubte verächtlich. »Der große Professor und sein kleiner Vasall hier«, sie klatschte mit der flachen Hand auf mein schlaffes Glied, worauf ich eilig das Laken über meinen Unterleib breitete, »wollen also den Mörder finden. Sie suchen und stöbern, stellen ach so schlaue Fragen und wollen der kleinen Marie vorschreiben, was sie über Hexen und alles mögliche andere zu denken hat.« Sie lachte heiser. »Und wer weiß, wer der Mörder ist?« Sie erwartete nicht, daß ich antwortete. »Genau, die kleine Marie, die kleine dumme Marie.«

Ich packte sie an der Schulter: »Du weißt, wer der Mörder ist?!«

Sie griff nach meiner Hand und stieß sie weg.

»Laß mich, ich will schlafen.« Sie sagte das mit so leiser, müder Stimme, daß ich mich entschied, sie erst nach dem Aufwachen weiter zu befragen.

Ich selbst war hellwach und ging zu meinen Kleidern, um zu fühlen, ob sie trocken waren. Sie fühlten sich hart an, aber selbst der dicke Umhang war trocken. Nur die Stiefel schienen innen noch etwas feucht. Ich zog Hemd und Hose an, um mich nicht gar so nackt und lächerlich zu fühlen. Maries letzte Bemerkung brannte wie Nadelstiche auf meinen Wangen. Ich fühlte mich nach wie vor als Mann, aber etwas von dem Stolz, der vorher meine Brust geschwellt hatte, war blitzartig in nagende Unsicherheit umgeschlagen.

Plötzlich wurde meine Aufmerksamkeit von einer Bewegung im Fenster gefangen. Ich drehte mich um und starrte in ein Gesicht, das sich draußen gegen die Scheibe preßte, so daß Mund und Nase völlig verzerrt waren. Die Augen waren weit aufgerissen und durchsuchten den Raum, bis sie die schlafende Marie gefunden hatten. Mit einem Aufschrei war ich bei meinen Stiefeln und sah das Gesicht eilig verschwinden. Ich schlüpfte in sie hinein und warf mir den Umhang über die Schultern. Marie setzte sich verwirrt auf und sah mich auf die Tür zustürzen. Als ich mich am Türhaken zu schaffen machte, drehte sie sich auf die andere Seite und schlief weiter. Ich warf die Tür hinter mir zu und hastete durch den Schnee, so gut das bei der Dunkelheit eben möglich war. Die Laterne hatte ich vor lauter Aufregung vergessen, wollte aber keine kostbare Zeit damit vergeuden, sie zu holen, weil der Fenstergucker dann sicher weg gewesen wäre. Da sah ich einen Lichtpunkt vor mir in der Dunkelheit. Er hatte eine Laterne dabei! Ich änderte die Richtung, um auf direktem Weg auf den Betreffenden zuzusteuern, mußte aber schon bald auf den sparsam geräumten Pfad zurückschwenken und mich von den Fußspuren der flüchtenden Gestalt leiten lassen. Ich tastete mit einer Hand den Schnee ab und eilte schnaufend vorwärts. Ich hatte nicht die leiseste Idee, was ich machen sollte, wenn ich denjenigen eingeholt hätte, den ich verfolgte. Mein Kopf beschäftigte sich unablässig mit dem einen Gedanken: wen hatte ich gerade gesehen? Ich versuchte die Fratze mit einem der Verdächtigen zusammenzubringen, aber das plattgedrückte Gesicht hätte jedem von ihnen gehören können – und keinem. Am Ende dröhnte nur noch ein einziger Gedanke im Takt mit dem Pulsschlag in meinen Schläfen: Der Mörder! Das war der Mörder! Ich würde den Kerl schon kriegen ...

Plötzlich war das Licht wieder zu sehen, diesmal viel näher als vorher. Ich pflügte wie ein wild gewordener Ochse durch den Schnee und keuchte vor Schmerz wegen der eiskalten Luft, die ich einatmete. Ich würde ihn kriegen! Das Licht verschwand wieder, und ich mußte mein Tempo etwas drosseln. Auf einmal durchzog ein schneidender Schmerz meine Schulter. Ich hatte die Hausecke gerammt und mußte mich schnaufend an der Mauer abstützen, bis der Schmerz etwas nachließ und ich weiterhasten konnte, jetzt mit der Hand an der Wand entlangtastend.

Nach einer Weile wurde der Schnee zu hoch, ich entfernte mich ein Stück von der Mauer. Kurz darauf stieß ich auf die Treppe und stolperte erschöpft die Stufen zur Tür hoch.

Das erste, was ich registrierte, als ich hineinkam, war, daß das Licht im Flur gelöscht worden war. Es hatte noch gebrannt, als ich vorhin das Haus verlassen hatte. Als die Tür hinter mir zufiel, blieb ich, nach Atem ringend, stehen und wartete, daß meine Augen sich an die andersartige Dunkelheit gewöhnten. Dabei ahnte ich, daß sich links von mir etwas bewegte, doch bevor ich mich noch umdrehen konnte, traf mich ein harter Schlag auf den Kopf, so daß meine Beine unter mir wegsackten. Ich wollte mich an der Wand festhalten, um nicht zu fallen, aber die Wand kippte von mir weg, und ich stürzte kopfüber in ein tiefes, schwarzes Loch.

Irgendwo dort in der Dunkelheit sind die Mäuse. Ich höre ihr Trippeln in dem Sand auf dem Boden, höre, wie sie sich piepsend miteinander verständigen und an trockenen Brotkrumen knuspern. Ab und zu traut sich eine von ihnen bis ins Bett hinauf, auf die Decke, aber sie kommen nie in die Nähe meines Gesichts.

Fürst Reginald hat gesagt, daß er eine Falle aufstellen oder Gift ausstreuen will, damit ich die Plagegeister endlich loswerde und nachts ruhig schlafen kann. Aber das will ich nicht. Sie sind meine Freunde, gemeinsam mit dem Frost sind sie die einzige Gesellschaft in den langen, schlaflosen Winternächten.

Der Frost erinnert mich an den Tod.

Fürst Reginald besucht mich jetzt jeden Abend. Er mache sich Sorgen um mich. Aber ich durchschaue ihn, solche Sentimentalitäten sind nicht seine Art. Um meine Geschichte macht er sich Sorgen. Ob ich heute etwas geschrieben hätte, fragt er, nachdem er zuvor eine Weile auf seinem Stuhl gesessen und mich über die Ereignisse des Tages unterrichtet hat. Ich schüttele den Kopf.

Seit fast einer Woche habe ich nichts mehr zu Papier gebracht. Entweder weigert sich der Kopf, oder es weigert sich die Hand.

Ich habe Angst. Angst vor dem, was unweigerlich kommen wird. Aber am meisten habe ich Angst vor dem, was ich nicht weiß, oder genauer, was ich vergessen habe. Während des Schreibens sind Erinnerungsfetzen aufgetaucht, Fragmente eines größeren Bildes, die mich erstaunt haben, Dinge, um die ich mir nie Gedanken gemacht habe, die aber jetzt ohne meinen Willen durch meine Hand aufs Papier strömen. Ich weiß, daß sie Teil des wahrhaftigen Bildes sind, und doch fürchte ich mich in zunehmendem Maße vor ihnen. Während der letzten Tage, an denen ich geschrieben habe, tauchten zwei Bilder auf, die mein Inneres am stärksten aufgerüttelt haben. Wie kleine Dämonen hatten sie sich versteckt, bis die Zeit reif war, um sich dann plötzlich und ohne Vorwarnung zu offenbaren und Chaos in dem Bild zu verbreiten, das sich ein alter Mann von der Vergangenheit gemacht hatte.

Der eine Dämon zeigte seine Fratze, als ich mich erinnerte, wie Thomas sich im Stall Biggi gegenüber aufspielte und ich mich für sein Benehmen schämte. Plötzlich sah ich einen Thomas, der sich völlig von dem Menschen unterschied, der seit mehreren Jahrzehnten in meiner Erinnerung lebte.

Der zweite Dämon tauchte auf, als ich sah, wie der Teufel Jesus Christus über die Schulter schaute, als Marie mich abwies – in jener Nacht, als das Gesicht hinter der Scheibe mich hinaus in die Kälte lockte, fort von ihrer Wärme und der Möglichkeit, das Böse, das sich zwischen uns geschoben hatte, aus dem Weg zu räumen.

Diese Dämonen flößen mir Angst ein.

Ich habe dem Fürsten nichts davon erzählt, er würde es ohnehin nicht verstehen.

Fürst Reginald fürchtet nichts und niemand. Für ihn ist es eine Frage der Ehre, keine Angst zu haben.

Thomas hätte über eine solche Lebensphilosophie sicher gelacht oder verächtlich geschnauft.

»Wer vor nichts Angst hat, kann sich auch nicht freuen. Wem es nie schlechtgegangen ist, der weiß nicht, wie es ist, wenn es einem gutgeht. Hat man nie Kälte gespürt, weiß man nicht, wenn es warm ist. Das Leben muß so sein, Petter, sonst hat man es nicht erfüllt gelebt«, sagte Thomas einmal zu mir.

Vielleicht bekommt der Fürst es ja mit der Angst zu tun, wenn die Geschichte zu Ende erzählt ist. Ist das vielleicht das Ziel meiner Geschichte?

Ich muß darüber schlafen. Die Mäuse wispern mir zu, daß der Schlaf kommt.

Kapitel 33

Zuerst waren da nur Laute. Fern und undeutlich. Ein Knurren wie von einem hungrigen Magen. Ein Zischen, wie Dampf, der aus der Erde aufsteigt. Ein Ton, sauber und klar, klingend und rein, wie von den Sternen erschaffen. Den fernen, einsamen, verlassenen Sternen. Ich wollte weinen.

Dann kamen die Bilder. Verschwommen, sich hastig verändernd, unsicher. Farblose Formen ohne jeden Sinn, Menschen ohne Kopf? Tiere, denen Beine fehlten? Alles widersinnig, absurd. Eine Klage steckte mir im Hals fest. Die Bilder erschreckten mich.

Dann kam Thomas. Eine Stimme.

»Endlich kommst du wieder zu dir, Petter. Das war aber auch höchste Zeit.« Ein feuchter Lappen fuhr über meine Stirn, meine Schläfe, über die Wange zum Kinn hinunter und über die andere Wange wieder hinauf. Die sinnlosen Bilder wurden weggewaschen, und ich versuchte, die Augen zu öffnen, ohne Erfolg. Noch einmal versuchte ich es, mit aller Macht, erzählte meinen Augenlidern, was sie zu tun hatten, Schritt für Schritt. Nur das rechte wollte gehorchen.

Durch einen Schlitz sah ich das lebhafte Flackern der Kerzenflamme auf dem Tisch vor der bleichen, toten Fensterscheibe. Thomas kam in mein Blickfeld, setzte sich auf einen Stuhl und beugte sich vor.

»Wie geht es dir? Du bist aber ordentlich aufgeschlagen. Ich mußte dich im Nacken zusammenflicken, dich nähen.«

Er wusch mich noch einmal mit dem Lappen.

»Nur gut, daß du so schnell gefunden worden bist. Der Pastor hat das Gepolter gehört und ist aufgestanden, er hat dich blutüberströmt unten auf der Treppe gefunden. Er hat versucht, dir ins Zimmer hinauf zu helfen, mußte sich aber geschlagen geben – er hat mich dann wachgerüttelt, damit wir dich gemeinsam hochtragen und ins Bett legen konnten.«

Ein Becher mit lauwarmem Wasser wurde an meine Lippen gehalten, und ich trank gierig. Spürte, wie mir das Kraft gab, das andere Auge zu öffnen. Thomas lachte vergnügt. »Das wird schon wieder, Petter. Gut. Aber du mußt heute im Bett bleiben und dich auch die nächsten Tage noch ein wenig schonen. Wir wollen ja nicht, daß du noch einmal die Treppe hinunterfällst, nicht wahr?«

Ich schloß müde die Augen. Etwas von dem, was er sagte, stimmte nicht, war falsch. Das mit der Treppe. Ich war nicht gestürzt. Mußte ihm sagen, daß es falsch war. Ich hatte doch … Meine Gedanken standen still, ich wußte nicht, was ich hatte. Mein Mund öffnete sich, aber die Worte wollten nicht hinaus, ich hörte, daß nichts kam. Sie schafften es nicht einmal bis in meinen Kopf. Ich bekam die Augen auf, sah Thomas an.

»Ist ja gut, hier hast du noch ein bißchen Wasser, Petter, sieh her.« Er reichte mir noch mehr, und ich spürte, wie es meine Kehle hinunterrann bis unter die Decke. Die Augenlider wurden mir wieder schwer, und die Bilder wurden kleiner, entschwanden, alles wurde still, ganz still.

Und dunkel. Lange.

Geräusche. Das Brüllen von Kühen, Wind, der um Hausecken heulte, das Knistern des Ofens und das Sieden des Wassers auf der heißen Eisenplatte. Ein kratzendes Sägeblatt wurde zu einer jammernden Flöte. Mein Kopf dröhnte, es schmerzte hinter den Augen, und ich sehnte mich nach Stille und Dunkelheit zurück.

Kleine farbige Punkte drangen durch meine geschlossenen Lider, sie tanzten und flimmerten wild und ausgelassen. Mir wurde übel von diesem Tanz, ich spürte, wie sich mein Magen umdrehen wollte, würgte verzweifelt und versuchte mich aufzurichten. Eine glühende Eisenstange wurde mir hinter dem linken Ohr in den Kopf gerammt und wild im Schädel herumgedreht. Plötzlich verstummte die Säge, Thomas gab einen überraschten Laut von sich, und sein Bett ächzte, als er aufsprang.

»Petter, was ist los?« Ich hörte ihn über den Boden trampeln, dann legte er seinen Arm um mich, stützte mich und hielt mir eine Waschschüssel vor das Gesicht. Ich spürte, wie er den Rand der Schüssel gegen meinen nackten Hals drückte. Es gelang mir, die Augen zu öffnen, und ich blickte wie durch Wasser auf den gelben Boden der Schüssel. In langen, zähen, übelriechenden und schmerzhaften Schwallen leerte sich mein Magen aus. Es wollte einfach nicht aufhören, bis ich nur noch grüne Galle herauswürgte, Schleim hustete und schließlich gar nichts mehr kam, gar nichts.

Endlich hörten die Magenkrämpfe auf. Klitschnaß geschwitzt ließ ich mich wieder ins Kissen zurücksinken. Thomas stellte die Schüssel beiseite und wischte mir mit einem feuchten Tuch über Stirn und Mund. Dann stand er auf und blieb einen Augenblick lang unschlüssig mit dem Tuch in der Hand stehen.

»Ich muß Marie rufen und sie um eine neue Schüssel mit Wasser bitten«, sagte er und ging zur Tür.

»Mnn ...« Ich streckte eine Hand nach ihm aus.

»Ja?«

»I ...«, die Zunge, mein ganzer Mund war trocken.

Thomas reichte mir einen Becher mit Wasser.

»Ich bin nicht ... gefallen«, brachte ich endlich hervor.

Thomas verstand mich nicht, er schaute mich verwirrt an und beugte sich über mich, um mich besser zu hören. »Was hast du gesagt?«

»Ich bin nicht ... die Treppe ... hinunter ... gefallen.« Erschöpft mußte ich meinen Kopf wieder auf das Kissen legen.

»Du bist nicht auf der Treppe gestürzt? Heute nacht, meinst du. Was ist dann geschehen? Du hast dir fast den Schädel eingeschlagen ...« Er brach plötzlich ab, als ihm bewußt wurde, was mir selbst nicht zu ergründen gelang.

»Du bist ... niedergeschlagen worden?«

Ja! Ja, natürlich. Ich bin von dem Gesicht in dem Fenster niedergeschlagen worden. Nachdem Marie und ich miteinander ... und ... Die Gedanken drehten sich im Kreis, wurden zu einem Kaleidoskop von Bildern, Marie nackt und lebhaft, rote Lippen, Laken, tanzende Schatten – ein benommenes, seliges Gefühl breitete sich in meinem Körper aus, das Gefühl, die Grenze zu einer makellosen Welt, die man mir nie wieder nehmen konnte, überschritten zu haben, eine Welt, in der ich mit den Sternen sprach ... Marie ... ihr Name sang in meinem Körper ... Marie ...

Ich glitt wieder in einen traumlosen Schlaf, tief und heilsam.

Laute Stimmen. Ich öffnete die Augen. Thomas erhob sich von dem Stuhl am Schreibpult, wo er, vor sich hin murmelnd, ein paar Notizen gemacht hatte. Die Stimmen erklangen unten auf dem Flur, kamen die Treppe hoch, näherten sich.

Es klopfte hart an unsere Tür.

»Herein«, sagte Thomas, als die Tür auch schon aufging. Albert kam herein, gefolgt von Biggi. Sie blieben stehen und sahen mich und dann auch Thomas verdutzt an.

»Was ist denn mit dir geschehen?« fragte Albert und legte vorsichtig einen Finger auf meinen Kopf, und ich spürte zu meiner Überraschung, daß eine Bandage um meinen Kopf gewickelt worden war.

»Er wurde heute nacht niedergeschlagen«, antwortete Thomas und legte die Pistole, die er plötzlich in den Händen gehalten hatte, weg.

Auch ich war überrascht – über Thomas. Es befand sich immer eine Pistole in unserem Gepäck, normalerweise lag sie, in ein Stück Stoff eingeschlagen, ganz unten in einer der Taschen in einem Rosenholzkästchen. Meine Aufgabe war es, sie einmal im Monat herauszunehmen, zu säubern und zu ölen. Eigentlich war sie eher ein Schmuckstück, Sicherheit gab sie uns schon dadurch, daß wir sie bei uns hatten, denn noch niemals hatte ich sie geladen gesehen oder in Thomas' Hand – bis jetzt.

Während ich auf die Waffe starrte, fiel mir plötzlich auf, daß Thomas mich nicht gefragt hatte, wo ich heute nacht gewesen war. Daß er nicht gefragt hatte, warum ich auf dem Flur herumgelaufen und niedergeschlagen worden war. Thomas kannte mich. Er wußte, was in mir vorging, oft schon ehe ich es selber wußte. Er brauchte nicht zu fragen.

Biggi hockte sich sofort zu mir auf die Pritsche und bat mich, die Zunge herauszustrecken. Dann sah sie mir in die Augen, befühlte meine Haut und maß meinen Puls.

Albert sah zu Thomas hinüber.« Habt Ihr Marie heute früh schon gesehen?«

Thomas wandte sich ihm zu. »Ich habe vor einer Weile nach ihr gerufen, weil wir frisches Wasser brauchen und ich Petter nicht allein lassen will, aber sie hat keine Antwort gegeben.« Seine Augen weiteten sich. »Könnt ihr sie nicht finden? Glaubt ihr, daß ...«

»Ich weiß nicht, aber die Kühe, Ihr hört es ja selbst, sind heute früh nicht gemolken worden und vollkommen außer sich. Ich habe den Wirt gebeten, sie zu melken, es ist wohl an der Zeit, daß er sich ein wenig nützlich macht ...«

»Sie ist nicht in ihrem Zimmer?« unterbrach Thomas ihn.

»Ich war da und habe nachgesehen ...« Albert zögerte und schaute Biggi an. Dann drehte er sich um, ging zur Tür und sagte zu Thomas: »Kommt und seht selbst.«

Ich wollte aufstehen, aber Biggi hielt mich zurück. »Nein, Petter, dir geht es nicht gut. Laß die anderen das machen.«

Ich schob ihre Hand beiseite und stand langsam auf. Mir war bewußt, daß sich die glühende Eisenstange schon bei der kleinsten plötzlichen Bewegung wieder heftig in meinen Kopf schieben würde. Vorsichtig zog ich mich an. Meine Kleider hingen am Ofen, sie waren warm und trocken, desgleichen die Stiefel. Nur meinen Rock konnte ich nicht finden.

Biggi folgte mir die Treppe hinunter.

Thomas und Albert waren in Maries Kammer. Wortlos standen sie da und starrten auf Maries Bett. Das Herz schlug mir bis zum Hals, als ich hinging, um zwischen ihnen hindurchzuschauen. Quer über dem Bett lag Gustav Tønnesen, den Kopf in der Decke vergraben. Neben seiner einen Hand lag ein umgekippter Bierkrug. Das Bettzeug hatte von dem

Bier braune Flecken bekommen. Mit der anderen Hand umklammerte er eine fast leere Flasche Schnaps. Es roch sauer nach Schweiß und Erbrochenem.

»Ist er ...?« Ich wollte sagen ›tot‹, wagte es aber nicht, das Wort auszusprechen, vielleicht aus Angst, es könne sich hoffnungsvoll anhören. Thomas beugte sich zum Kopf des Schreiners hinunter, hob ein Augenlid an und schüttelte den Kopf. »Nein, nur sturzbetrunken. Wir werden so bald kein Leben in ihn bekommen, glaube ich. Dafür müßten wir wohl ein paar Eimer kaltes Wasser über ihn schütten.«

»Das kann warten«, sagte Biggi, die hinter uns ins Zimmer getreten war. »Zuerst müssen wir Marie finden. Wir waren schon überall, wo sie sein könnte: In der Scheune, im Stall, im Vorratshaus, im Waschhaus, in der Schmiede, ja, sogar im Wagenschuppen waren wir.«

Albert fuhr fort: »Wir haben schon mit den Wirtsleuten gesprochen, die haben sie auch nicht gesehen. Sie hatten ihre Privaträume noch nicht verlassen, nur ein- oder zweimal nach ihr gerufen, damit sie das Frühstück bringe, und sich gewundert, daß sie nicht kam, weiter aber nichts unternommen.« In seiner Stimme schwang eine Spur Verärgerung mit.

Thomas drehte sich um und ging in die Küche hinaus. »Habt ihr auf den Schnee geachtet? Gibt es Spuren von ihr?«

»Überhaupt keine Spuren«, sagte Albert. »Es hat die ganze Nacht geschneit, da ist es also nicht weiter verwunderlich. Ich habe die Wege zu allen Gebäuden freigeschaufelt, ohne sie oder auch nur eine Spur von ihr zu finden, die uns weiterhelfen könnte. Aber ...«, er deutete hilflos mit einer Hand in Richtung Fenster, »wenn sie irgendwo im Schnee liegt, wird es schwierig, sie zu finden.«

Mir war innerlich eiskalt, als wir in ihrer Kammer standen und unsere Blicke auf dem schlafenden Tønnesen ruhen ließen. Alles in meinem Kopf stand still, festgehalten von dem Anblick des langen Männerkörpers auf Maries Bett. Langsam begannen die Fragen in mir zu nagen: Was machte er dort? War er vorher schon einmal dort gewesen?

»Seid ihr schon oben in den Räumen gewesen, beim Pastor, bei Tønnesen und den anderen?« fragte Thomas und war bereits auf dem Weg durch die Tür, als er die Antwort auf ihren Gesichtern las. »Dann müssen wir das jetzt dringend nachholen.«

Energischen Schritts verschwand er die Treppe hinauf und die anderen beiden mit ihm. Ich blieb stehen, schaute ihnen kraftlos nach und wollte eigentlich rufen: ›Ich weiß …‹, doch es gelang mir nicht.

Mit steifen Beinen schwankte ich auf den Flur hinaus und öffnete die Tür. Der kalte Wind riß sie mir aus der Hand und knallte sie gegen die Wand. Ich ging hinaus, die Treppe hinunter und den Weg zum Waschhaus hin, ohne die Tür hinter mir zu schließen. Marie, ich weiß, wo du bist. Ich weiß, wo du dich versteckst. Du kleine Marie mit den weichen Lippen. Komm heraus, komm heraus. Ich weiß, wo du bist.

Die Tränen gefroren auf meiner Haut, noch bevor sie den Mund erreichten, mir war, als würden Mücken in meine Wangen stechen, so daß ich nach dem Türgriff tasten mußte, als ich vor dem Waschhaus stand.

Das erste, was ich sah, war mein Rock. Er lag schwarz und anklagend auf dem weißen Laken. Wo wir gelegen hatten. Mein Rock. Ich hatte ihn in der Eile heute nacht nicht angezogen. Marie? Du hast ihn nicht mitgenommen. Marie, wo bist du? Nirgends zu sehen. Ich wußte das, die anderen waren ja schon hier gewesen. Nirgends zu sehen. Komm heraus! Marie! Wo bist du? Ich sank auf meine Knie und tastete mit meinen Händen zwischen den weißen Laken, gründlich, Schicht um Schicht. Keine Marie.

Mein Blick suchte alles ab. Die Tonne mit der Asche, die zu Lauge werden sollte, war umgestoßen worden, und die Wanne mit der Lauge war nirgends zu sehen. Vielleicht stand sie hinter der Tonne. Die Zugluft, die durch die offene Tür hereinkam, ließ die zum Trocknen aufgehängten Laken flattern. Ich rappelte mich auf. Starrte auf die Wand. Die Wand aus Laken. Sie bewegte sich. Sanft, geheimnisvoll, als ob sie etwas wüßte ... etwas wüßte ... etwas! ... Und ich ... und ich ... wußte!

Wie in einem Traum schob ich das erste Laken beiseite. Fand einen Durchgang zu den nächsten und war gleich darauf eingehüllt in eine Wand aus Weiß, auf allen Seiten umzingelt von sauberer, weißer, lebendiger Wäsche. Das war ein Traum. Ich sprach zu ihr. Sie antwortete nicht. Ein böser Traum. Ich sprach, rief, fand sie. Sie antwortete noch immer nicht. Lag einfach da. Auf dem Bauch, ein Knie angezogen. Nackt, vollkommen nackt. Wie heute nacht, als ich sie verließ. Hüfte und Schulter berührten die Wand. Das Gesicht in einer Wanne. Ein wahnwitziger Traum. Ein Alptraum: ich drehte sie um. Herum zu mir, ganz herum. Das war kein Gesicht, was sich mir zeigte. Es war der Teufel, der mich angrinste. Schwarz. Verfault. Wo waren die roten Lippen? Die Nase? Die Wangen? Ich schrie. Schrie. Schrie, als ob es das einzige gewesen wäre, was ich tun konnte. Der einzige Laut, der mir noch geblieben war. Der Teufel grinste mich an, Jesus Christus war verschwunden. Vollkommen verschwunden. Ich schrie.

Jemand legte seinen Arm um mich und geleitete mich hinaus. Ich schrie. Schrie mich fort. Fort aus dieser Welt des Bösen, aus dieser Welt der Teufel.

Kapitel 34

Komm! Komm! Stell dich ein,
schönste der Stunden,
bring mir des Lebens letztes Ziel!
Komm, komm,
daß ich keinen Tag mehr sehe!

Diese Worte kommen mir in den Sinn, dieses Gebet, das Sophokles König Kreon in den Mund legt, nachdem der all seine Lieben verloren hat. Er wünscht nur noch zu sterben und bittet seinen Gott, ihn zu sich zu nehmen, auf daß er keinen weiteren Tag anbrechen sehen müsse. Damals, als ich jung und mit Thomas auf Reisen war, kannte ich die griechischen Tragödien noch nicht. Es gab nichts, womit ich meine Trauer beschreiben konnte. Ich fand keine Worte für meine Verzweiflung. Sie nagte in meiner Brust, wie wenn Schlangen mein Herz auffräßen. Es war, als ob mir der Boden unter den Füßen weggezogen worden wäre, als ob das Böse jeden Winkel in dieser weißen Welt ausfüllte, in der wir gefangen waren. Erst jetzt, auf meine alten Tage, finde ich Worte.

Nein.

Keine Worte … Bilder zu den Worten.

Fürst Reginald ist gerade gegangen.

Es sind noch sechs Tage bis Weihnachten. Ich habe wieder angefangen zu schreiben. Und nicht, weil der Fürst es so wollte. Daß er mich gedrängt hat, war nur der äußere Anstoß für meine Reflexionen. Er hat keine Macht über mich, ich stehe über diesen Dingen. Man kann keinen Menschen zwingen, der den Tod nicht fürchtet, der ihn erwartet, wie einen guten Freund.

Das Schreiben fiel mir schwer, die Worte wollten nicht kommen, Worte, die etwas hätten beschreiben können. Es kamen nur Bilder. Am Ende entschied ich mich dafür, sie aufzuschreiben. Sie mit Worten nachzuzeichnen. Es ist wie eine Erlösung. Ich habe diese Bilder mein ganzes Erwachsenenleben mit mir herumgetragen, ich bin mit ihnen aufgewacht, sie sind Teil meines Lebens, so wie Thomas es ist, wie mein Leben auf dem Gut von Hortten es ist. Das … Ereignis in dem Wirtshaus in Jütland wurde zur Pforte in eine andere Welt – die Welt der Zweifel. Denn obwohl ich ein feiger Mensch bin und es niemals gewagt habe, Zweifel zu äußern, so haben sie doch an mir genagt. Mein ganzes Leben lang habe ich gezweifelt.

Thomas traute sich zu fragen. Er fragte nicht nur, er brüllte es heraus, rasend, mit geballten Fäusten: »Gott, wer bist du, daß du etwas Derartiges zulassen kannst? Bist du da, Gott? Existierst du?« Mit wütenden Schritten trabte er kreuz und quer durch unsere Kammer, zu der offenen Tür, wo die Wirtsleute gerade den Pastor in die Situation einweihten – er war soeben aus seiner Kammer gekommen –, und zurück zum Schreibpult. Biggi saß auf dem Bett und folgte seinen Bewegungen mit ernster Miene. Albert war in der Schmiede und zimmerte einen neuen Sarg. Ich lag auf meiner Pritsche, halb im Delirium, nachdem Biggi mir etwas Beruhigendes zu trinken gegeben hatte – in Milch gekochte Baldrianwurzel.

»Wie kann Gott etwas Derartiges zulassen, ein junges Mädchen, so zugerichtet, erniedrigt. Wie?« Die letzten Worte brüllte er dem Pastor entgegen, den gestreckten Zeigefinger auf ihn gerichtet. »Wie kann Euer Gott so etwas zulassen?«

Der Pastor sah Thomas bekümmert an. »Gott läßt das Böse nicht zu, sondern die Freiheit, die für das Böse mißbraucht wird.« Thomas drehte sich um und trabte in die Kammer zurück. »Es steht dem Menschen frei, sich zwischen dem Guten und dem Bösen zu entscheiden.«

Die Worte des Pastors erreichten Thomas am Fenster. Er drehte sich mit wildem Blick um. »Ist ER denn nicht allmächtig? Warum kann ER in seiner Allmacht nicht das Böse vernichten?« Er trat in die Mitte des Raums. »Gibt es IHN? Gibt es überhaupt einen Gott?« Von Hamborch drehte sich um und ging die Treppe hinunter, seine Frau folgte ihm. Der Pastor konnte Thomas keine Antwort geben, er sah ihn nur unendlich betrübt an, während Tränen über seine mageren, eingefallenen Wangen liefen.

Endlich brach Biggi das Schweigen: »Gestern hast du gesagt, daß es einen Beweis für SEINE Existenz gibt, einen wissenschaftlichen Beweis für die Existenz deines Gottes.«

Thomas sah sie lange an, dann nickte er. »Das ist wahr. Ich

habe versprochen, dir die Beweisführung darzulegen.« Er wühlte zwischen den Büchern auf dem Schreibpult herum und zog ein kleines, braun eingebundenes Buch hervor, blätterte ein wenig darin herum, bevor er fand, was er suchte. Er schaute hoch. »Descartes schreibt in seinen ›Meditationes de prima philosophia‹, daß kein denkendes Wesen an der Existenz der Seele und somit seiner eigenen Existenz zweifeln kann. Weiter meint er, daß wir Menschen die Idee eines vollkommenen Wesens in uns tragen, Gottes also, und daß die Idee nicht aus dem Nichts kommen kann, sondern einen, wie er es nennt, Ursprung haben muß. Dieser Ursprung, so argumentiert er, kann nicht von einem unvollkommenen Wesen wie dem Menschen geschaffen worden sein. Wie er sagt: ›Die Idee eines vollkommenen Wesens muß einen vollkommenen Ursprung haben.‹ Woraus er schlußfolgert, daß das Vollkommene, also Gott, existieren muß, weil sonst die Idee gar nicht erst hätte aufkommen können.«

Biggi sah ihn an, als ob er ihr gerade erzählt habe, daß er Flügel hätte und fliegen könnte.

Plötzlich schleuderte Thomas das Buch von sich. »Was für ein teuflisches Geschwätz. Das beweist überhaupt nichts! Leere Worte. Ursprung …«, er atmete schwer und fuhr sich fieberhaft mit der Hand über den Bart. »Was ist der Ursprung des Bösen? Daß wir eine Idee vom Bösen haben?! Wenn ich keine Idee von etwas Vollkommenem habe, beweise ich dann damit, daß Gott nicht existiert?«

Tobias, der alte Diener, hat mir den Brennesselauszug gebracht, meinen Abendtrunk, damit die Gicht mich im Laufe der Nacht nicht gar so quält – und warmes Wasser für meine Füße. Woran liegt es, daß er mein Diener ist, daß nicht ich der seine bin? Zufall? Schicksal?

›Gottes Wille‹, würde Fürst Reginald sagen. Und doch. Irgend etwas ist an den letzten Abenden in ihm vorgegangen. Der Fürst ist nicht wie sonst geblieben, um das Gelesene zu diskutieren, sondern hat einfach nur geschwiegen, tief in Gedanken versunken. Heute abend hat er lange dagesessen und vor sich hin gestarrt, der Welt entrückt, bevor er sich wortlos erhoben hat und gegangen ist. Das sieht ihm gar nicht ähnlich.

In der Tür hat er sich noch einmal umgedreht und mich angesehen, als ob er etwas sagen wolle, hat es dann aber doch gelassen und ist gegangen.

Sein Blick. Hat meine Geschichte eine Tür in seiner Seele geöffnet?

Gottes Wille!

Ich selbst hätte das gleiche geantwortet, hätte mich jemand gefragt.

»Du mußt alles anzweifeln«, sagte Thomas häufig zu mir. »Auch das, was ich sage. Stell alles erst einmal in Frage und fordere eine Antwort, such selbst nach Antworten. Nimm nichts als gegeben hin, das nicht bewiesen ist.«

Thomas von Boueberge hatte immer nach dieser Regel gelebt und hatte mich ebenfalls dazu erziehen wollen. Ich glaube, er lebte so vollkommen danach, daß er selbst diese Lebensregel bezweifelte, daran zweifelte, ob sie wirklich keinen Fehler barg.

Ich erinnere mich, wie ich an diesem letzten Tag im Jahr des Herrn 1699 auf meiner Pritsche lag und meine Zweifel mit seinen zornigen Worten und seiner Wut wachsen spürte. Ich fühlte meine Welt in Scherben gehen, und der Griff der Ungewißheit um mein angsterfülltes Herz wurde immer fester. Wenn Thomas, ein Mann, der mehr Wissen und Erfahrung besaß als manch anderer, der Beweise und Gewißheit für seinen Glauben und seine Anschauungen verlangte, sich von einem Tag auf den anderen von dem Glauben an Gottes Existenz lossagte – wie sollte ich da meinen Kindheitsglauben bewahren, nach allem, was geschehen war?

Mir fielen Thomas' Worte vom Vortag wieder ein, mit denen er dem Wirt erklären wollte, daß der Jüngste Tag nicht kommen würde. Er hatte gesagt, er sei ebenso überzeugt davon, daß der Jüngste Tag nicht komme, wie er davon überzeugt sei, daß es Gott gebe. Vor meinen Augen begann sich alles zu drehen, Bilder bedrängten mich, tauchten aus der weißen Hölle des Sturms auf: der Graf, blutige Eingeweide, Maries verunstaltetes Gesicht, das Grinsen des Teufels, der Jüngste Tag! In meinem Kopf wirbelte alles durcheinander, in immer wilderem Tanz. Ich legte die Hände über meine Ohren und schrie.

Kapitel 35

»Warum?« fragte Thomas und blickte von Biggi zu mir.

Seine Wut hatte sich längst wieder gelegt. Statt dessen schien eine rastlose, unerschöpfliche Energie von ihm Besitz ergriffen zu haben. Ich hatte noch etwas Beruhigendes bekommen und eine Weile geschlafen, während Biggi in unserer Kammer saubermachte und etwas zu essen für uns und die anderen im Wirtshaus zubereitete. Die Wirtin liege krank im Bett, sie erbreche sich, erzählte ein besorgter, hektischer Wirt entschuldigend und sah Biggi flehend an. Ob sie wohl helfen könne? Thomas war in der Schmiede gewesen, um die tote Marie genauer zu untersuchen und um Albert zu fragen, ob Biggi im Laufe der Nacht den Stall verlassen habe. Albert hatte ihm versichert, im Laufe des gestrigen Tages so viel geschlafen zu haben, daß er in der Nacht kein Auge zugemacht hatte und bei seinem Leben für Biggi einstehen würde. Dann hatten sich Thomas, Biggi und der Wirt um Gustav Tønnesen gekümmert. Sie hatten ihn in einen großen Waschbottich gesetzt und kaltes Wasser über ihn gekippt, bis er nach Luft schnappend zu sich kam und ohne Hilfe aufstehen, sich ausziehen und in sein eigenes Bett kriechen konnte. Für ein Verhör war er noch immer zu betrunken. Es sei nicht möglich, auch nur zwei zusammenhängende und einigermaßen vernünftige Worte aus ihm herauszukriegen, schimpfte Thomas verbittert.

Jetzt interessierte ihn nur noch das ›Warum‹.

»Wir müssen uns fragen, warum. Warum wurde Marie getötet? Warum wurde der Graf getötet? Ich gehe davon aus, daß es sich um den gleichen Täter handelt ...«, Thomas klopfte sich mit seinem Löffel nachdenklich an die Lippe, »aber wir können uns nicht ganz sicher sein.«

Er stocherte genauso wie ich in dem Essen herum, das Biggi uns gemacht hatte. Es sah gut aus, aber der Hunger wollte sich einfach nicht einstellen. Biggi hatte meinen Oberkörper gewaschen und mir ein reines Nachthemd angezogen, bevor sie uns das Essen gebracht hatte. Jetzt fühlte ich mich für meinen Zustand recht gut. Aber ich brauchte eine Antwort auf die Frage, die mich am schlimmsten von allen plagte.

»Thomas ...«, meine Stimme war kaum zu hören, aber Thomas schaute sofort zu mir her.

»Ja.«

Ich räusperte mich und erinnerte ihn an etwas, das er selbst sicher längst vergessen hatte: Seine Bekräftigung gegenüber von Hamborch, daß der Jüngste Tag nicht kommen würde ... nicht heute. Ich hörte, wie sich meine Stimme voller Panik überschlug: Heute! Jetzt müßte er doch kommen! Wenn selbst Thomas seinen Gott verleugnete! Jetzt war nicht einmal mehr er das Bollwerk gegen diesen Tag der Rache. Meine Stimme schrie heiser, ohnmächtig: Das im Waschhaus war doch nur noch ein weiterer Beweis für den Jüngsten Tag!! Marie ...! Ich schluckte, mein Körper zitterte, und die Schmerzen strahlten vom Kopf in meinen Nacken und den Rücken hinunter. Die Übelkeit hingegen strömte in die andere Richtung, und ich erbrach Schleim und Galle in die Schale, die Biggi geistesgegenwärtig vor mich hielt.

Sie wischte meinen Mund ab und half mir, mich auf das Kissen zu legen. Meine Augen tränten, die saure Galle brannte im Hals.

Thomas sah mich sorgenvoll an, er machte einen matten, bekümmerten Eindruck.

»Ich … benutze Worte, Petter, drehe sie herum, meine sie, aber … nicht alle sind für mich gleich wichtig. Ich weiß wohl, welche für mich wichtig sind, aber meine Zuhörer … können das nicht immer wissen.« Es wurde einen Augenblick still.

»Was ich zu von Hamborch gesagt habe, war eine … Juristerei, ich … ich würde das als eine ›non-posse‹ Garantie, eine unmögliche Garantie bezeichnen, weil … ich …«, er blickte sich ratlos um und fixierte dann den Stapel Bücher auf dem Schreibpult, als hoffte er, von dort Hilfe zu bekommen. »Meinen Studenten am Philosophicum sage ich in meinen Vorlesungen über die juristische Rhetorik immer, daß man jederzeit eine Garantie oder ein Versprechen geben kann, das ›in aeternum fieri non posse‹ ist, also nicht möglich ist, weder jetzt noch in Zukunft, … weil eine solches Versprechen eigentlich in alle Ewigkeit inexistent ist, versteht ihr? Diese Garantie währet ewiglich, gleichzeitig ist sie … wie soll ich das sagen … kann sie niemals funktionieren. Sie … sie ist eine unmögliche Garantie.« Thomas fuchtelte ratlos mit seinem Löffel herum; als er erkannte, daß weder Biggi noch ich ihn verstanden hatten, erhob er sich und ging im Raum auf und ab. Dann versuchte er es erneut: »Ich habe von Hamborch gesagt, daß meine Überzeugung, daß das Jüngste Gericht nicht kommen wird, ebenso groß ist, wie mein Glauben, daß es einen Gott gibt. Und das stimmt. Das ist kein Meineid … äh, also daß ich Falsches schwöre. Aber wenn ich sage, daß Gott nicht existiert, heißt das nicht, daß dann der Jüngste Tag kommt, weil die Existenz des Jüngsten Tages in sich selbst ja abhängig von der Existenz Gottes ist! Um es klar zu sagen: Kein Gott, kein Jüngstes Gericht!«

Er sah, daß wenigstens ich ihn zu verstehen begann – Biggi schien ohnehin nicht sonderlich interessiert zu sein –, und fuhr fort: »Was ich gesagt habe, war nicht falsch, aber als Garantie hatte es keinen reellen Wert. Es sollte lediglich meiner Meinung und meinen Worten mehr Gewicht verleihen und den Wirt beruhigen.«

Ich konnte nicht anders, ich mußte lächeln. Aus diesem Mann würde ich niemals klug werden. Zwar kannte ich ihn noch nicht so lange, aber ich war mir sicher, daß er nie damit aufhören würde, mich zu überraschen. Thomas sah mein Lächeln und entspannte sich.

»Tut mir leid, Petter. Ich hätte dir das natürlich sagen sollen ... Aber ich habe einfach nicht daran gedacht. Es gab so viel anderes.« Er zuckte entschuldigend mit den Schultern und sah zu Biggi hinüber.

Sie äffte ihn nach und zuckte ebenso mit den Schultern. »Unser allwissender Professor redet unsinnige Worte – und glaubt, wir anderen tun das auch.« Zu Beginn hatte ihre Stimme höhnisch geklungen, doch sie vollendete den Satz in vollem Ernst.

Die Worte schwangen in der Luft, bis Thomas sich entschloß, sie zu überhören, und sagte: »Wir müssen weitermachen. Die Zeit ist knapp, denn wir wissen nicht, ob der Mörder oder die Mörder noch einmal zuschlagen oder sich aus dem Staub machen werden. Ich mache bei dem ›Warum‹ weiter.« Er blieb stehen und starrte einen Augenblick gedankenverloren auf die gegenüberliegende Wand. Dann setzte er sich vor seinen Teller und nahm einen Löffel.

»Eine andere Frage ist: Warum wurde ...«, er kaute, schluckte und füllte seinen Löffel aufs neue, wobei er den Satz vollendete, »... Marie dermaßen malträtiert? Ich habe die Leiche untersucht und herausgefunden, daß sie durch einen kräftigen Schlag auf den Hinterkopf gestorben ist, einen Schlag von etwas Großem, Schwerem – vielleicht Flachem. Die Wunde erinnert an die, die du dir heute nacht zugezogen hast, nur ist sie noch schlimmer. Mit anderen Worten, Marie war bewußtlos, vermutlich bereits tot, als sie mit dem Gesicht in die Wanne mit der Lauge gelegt wurde. Zum Glück«, fügte Thomas hinzu und schaute aus dem Fenster. Ein Stückchen Möhre fiel von seinem Löffel, ohne daß er es bemerkte.

Biggi sagte leise: »Ich habe eine Antwort.«

Thomas drehte langsam seinen Kopf und schaute sie verständnislos an.

»Eine Frage auf Euer ›Warum‹. Ihr seid Professor, Ihr könnt meine Antwort selbst deuten.«

»Ach, du meinst, du hast heute nacht etwas geträumt, das mit dem Mord an dem Grafen zu tun hat?« Es gelang Thomas nicht, die Skepsis in seiner Stimme zu verbergen. Jetzt erinnerte auch ich mich an Biggis Behauptung, Antworten auf die Fragen erträumen zu können, die sie ihren – wie hießen die noch – ›Hilfsgeistern‹ stellte.

Biggi nickte, ohne sich von unserem vagen Interesse beirren zu lassen.

»In meinem Traum ging ich einen Weg entlang«, begann sie. »Es war Frühling, fast Sommer, und die Sonne schien, Lerchen schwirrten und sangen hoch über den Feldern, auf denen sich die Ähren aus den Getreidehalmen herausgeschoben hatten und der Landschaft einen goldenen Schimmer verliehen. Bäume und Büsche trugen junges Grün. Vor mir ging ein halberwachsenes Mädchen mit einem Korb unter dem Arm und einem kleinen Jungen an der Hand. Geschwister, lediglich ein halbes Dutzend Jahre auseinander. Das gleiche braune, glatte Haar. Der gleiche schlanke, hochgewachsene Körperbau. Sie war im heiratsfähigen Alter, hatte runde Hüften und volle Brüste.« Biggi hielt inne und schloß einen Moment lang die Augen. »Sechzehn Jahre, fünfzehn vielleicht. Das war ihr Alter.« Thomas war wie ich von Biggis leiser, eindringlicher Stimme gefangen. »Vor ihnen auf dem Weg war eine Staubwolke, aus der Soldaten auftauchten. Vier Mann marschierten, einer war hoch zu Roß. Die Lerche brach ihr Trillern ab. Alle Geräusche entschwanden aus meinem Traum. Ich sah, wie die Soldaten das Mädchen anhielten, sie ansprachen, lachten. Sie wirkte ängstlich, wollte wegrennen, wurde aber von groben Händen zurückgehalten. Sie packten sie, und der kleine Bruder schlug und trat auf sie ein. Einer der Soldaten schlug ihn mit dem Gewehrkolben nieder. Sie rissen ihr die Kleider vom Leib und fielen im Gras über sie her. Der Junge nahm einen Stein und schlug auf Köpfe, Beine, Rücken ein, so kräftig er nur konnte. Einer der Soldaten schubste ihn mit all seiner Kraft weg, und der Junge fiel mit dem Kopf auf einen Stein. Das Mädchen lag still da, Augen und Mund weit aufgerissen. Sie vergingen sich der Reihe nach an ihr. Dann zogen sie ihres Weges.« Biggi wartete ein wenig, bevor sie ihren Traum zu Ende erzählte. »Das Mädchen blieb lange so liegen, bis sich der Staub gelegt hatte und die Sonne nicht mehr auf dem Korn glühte. Dann rappelte sie sich mühsam auf, das Blut auf ihren Schenkeln war angetrocknet. Sie hob ihren Bruder hoch und trug ihn fort.«

Es wurde still. Beinahe still. Das Gebälk knackte, wenn der Sturm um die Ecken pfiff. Ich fragte mich, wann er endlich aufhören wollte. Bei so einem Wetter war es niemals vollkommen still.

»Fertig?« Thomas' Stimme klang müde.

Biggi nickte und sah ihm in die Augen.

»Du hast also diesen Traum als Antwort auf die Frage geträumt, die ich dir gestellt habe?« Biggi schaute ihn einfach nur an. Thomas seufzte und sah zu mir herüber. Ich beschäftigte mich mit dem Essen. »Woher willst du wissen, daß uns ausgerechnet dieser Traum eine Antwort gibt und nicht einer der zahlreichen anderen Träume, die du sicher heute nacht auch noch gehabt hast?«

Sie schüttelte verärgert den Kopf. »Ich bin keine Anfängerin. Ein Noaide weiß, wenn ihm die Geister etwas erzählen. Ich weiß, daß das die Antwort ist.«

Mit einer mißmutigen Grimasse akzeptierte Thomas die Antwort. »Wer war dann das Mädchen? Ja, und der Junge?« fragte er.

»Das hat mir der Traum nicht verraten. Mehr weiß ich nicht.«

»Das ist doch verrückt!« Thomas nahm es hin, versuchte sich zu beruhigen und breitete entmutigt die Arme aus. »Wozu soll das nutze sein? Ein Mädchen wird an einem Sommertag von einer Gruppe Solda...« Thomas verstummte plötzlich. »Was für Uniformen haben die Soldaten getragen?«

Biggi erinnerte sich nur an einzelne Details, grüner Rock mit etwas Gelbem am Arm, gelbe Strümpfe, ein goldenes Monogramm auf den Hüten, Musketen und Degen. Thomas schwieg.

Ich fühlte mich schlecht, stellte den Teller auf den Boden und deckte mich zu. Mir brummte der Schädel, und das Licht blendete mich. Aber jedesmal, wenn ich meine Augen schloß, drängten sich die grausamen Bilder der toten Marie auf und machten mir schreckliche Angst. Und dazu kamen jetzt auch noch die Bilder aus Biggis Traum.

Ich versuchte, mir die Marie vorzustellen, an die ich mich erinnern wollte, wie sie gewesen war, als wir uns in der Nacht geliebt hatten. Nackt, weich, voller Hingebung, die roten Lippen, die mich küßten ... Aber die Lippen wollten nicht lächeln. Sie verzogen sich plötzlich, wurden spitz und sagten harte Worte. Höhnische Worte, böse Worte. Worte, die mich überraschten, mich aufrüttelten, Worte, die ... Ich riß die Augen auf und starrte entsetzt an die Decke. Ihre letzten Worte, plötzlich erinnerte ich mich daran.

Viel zu schnell richtete ich mich auf und schrie, als der Schmerz durch meinen Kopf zuckte. Thomas schaute mich verärgert an: »Petter, was soll denn das?«

Biggi war rasch an meiner Seite. Sie half mir, mich wieder hinzulegen. »M... Marie ...«, stammelte ich. »Sie hat gesagt, daß sie weiß, wer ... wer der Mörder ist.« Schon die wenigen Worte erschöpften mich.

Thomas beugte sich über mich. »Was hat sie gesagt, wer ist es?«

»Das wollte sie ... nicht sagen.«

»Oh.« Thomas versuchte, die Enttäuschung in seiner Stimme zu verbergen. »Nein ... dann ...« Er blickte mich nachdenklich an, sah fast durch mich hindurch und fragte: »Warum nicht?«

»Sie ...«, ich wußte nicht, was ich sagen sollte. »Sie hat

mich verhöhnt, war böse auf mich. Ich ... weiß nicht. Vielleicht hätte sie es ... auch sonst nicht gesagt.« Ich spürte, wie mir die Anstrengung zu sprechen den Schweiß aus den Poren trieb. Meine Stirn wurde feucht, und es juckte unter der Bandage.

»Vielleicht«, Thomas sah mich an, »hast du uns die Antwort auf das ›Warum‹ gegeben, also ›warum‹ sie getötet worden ist. Wenn sie irgendwie herausbekommen hat, wer den Grafen ermordete, und der Mörder das erfahren hat, dann hat er es vielleicht als einzigen Ausweg angesehen, sie zum Schweigen zu bringen, also Marie zu töten.«

Thomas wurde von lauten Rufen und anschließendem Gepolter im Erdgeschoß unterbrochen. Es kam aus den Privaträumen der Wirtsleute. Die Stimmen mäßigten sich zu lautem Sprechen, das wir durch das Unwetter nur noch als Murmeln vernahmen.

Thomas fuhr fort: »Marie muß etwas gesehen oder gehört haben. Wann könnte das gewesen sein?«

»Als sie am Mordtag in ihr Zimmer ging, um sich umzuziehen«, unterbrach ihn Biggi. »Ihr wißt doch noch, was ich Euch erzählt habe: daß sie Wasser verschüttet hatte. Sie ging, um sich umzuziehen, und war eine ganze Weile weg. Von ihrem Zimmer aus konnte sie die Rückseite des Hauses überblicken. Vielleicht hat sie den Mord und den Mörder durch ihr Fenster gesehen.«

Thomas warf Biggi einen anerkennenden Blick zu. »Das hört sich glaubhaft an. Wer war sonst noch weg, während Marie weg war? Vielleicht können wir die Zahl der Verdächtigen einschränken.«

»Nein, leider, alle waren weg. Ich war alleine in der Wirtsstube, bis sie zurückkam. Danach kamen Tønnesen und der Pastor herein und setzten sich. Und dann kamt ihr. Den Rest kennt ihr.«

Etwas hakte, war falsch. Ich wußte das. Etwas von dem, was sie am Abend zuvor erzählt hatte, war jetzt anders. Ich erinnerte mich plötzlich, daß ich vergangene Nacht etwas so wichtig gefunden hatte, etwas von dem, das Biggi gesagt hatte …

Meine Gedanken wurden von einem zaghaften Klopfen an der Tür abgelenkt, so leise, daß wir zuerst alle drei zur Tür blickten und uns dann gegenseitig anschauten, unsicher, ob wir wirklich etwas gehört hatten. Thomas stand auf: »Herein!«

Die Tür öffnete sich. Eine blasse Frau von Hamborch schaute uns unsicher der Reihe nach an. Ihr Blick blieb an Thomas hängen. »Haben der Herr Professor etwas Zeit? Ich …« Sie brach den Satz ab und sah zu Biggi hinüber.

Thomas verstand und nickte in Biggis Richtung. »Würdest du uns bitte etwas zu trinken holen?«

Ohne ein Wort stand Biggi auf und ging.

Die Wirtin sah mich im Vorbeigehen an und deutete auf meinen Verband, als wollte sie sagen: ›Der ist aber schön‹. Sie setzte sich auf den Stuhl und spielte nervös mit ihrem goldenen Ehering.

»Womit kann ich Euch dienen?« fragte Thomas.

»Ich bin nicht … wie der Herr Professor vielleicht bemerkt haben … mir geht es schon eine ganze Weile nicht gut. Es ist der Magen. Er will das Essen nicht bei sich behalten. Mein Mann behauptet, das sei so, seit die Hexe hier ist.« Sie lachte nervös und sah flüchtig zur Tür hinüber. »Ich glaube das nicht. Ich bin so aufbrausend, so rasch wütend …« Sie geriet ins Stocken und schien nicht weitersprechen zu wollen.

»Ihr wollt, daß ich Euch untersuche und herausfinde, was Euch fehlt?«

Sie sah ihn an und nickte. Ich sah ihre Silhouette vor dem Fenster, hinter dem die Dunkelheit bereits wieder die Überhand zu gewinnen schien, und bemerkte, daß ihr Gesicht, auch wenn sie nervös und ängstlich war, Stärke ausstrahlte. Von der Seite gesehen, hatte ihre markante Nase eine fast maskuline Autorität. Aber gleichzeitig strahlte diese Frau auch eine gewisse Verbitterung aus, eine Vergrämtheit, die wie eine graue, traurige Schicht über all den anderen Gefühlen lag.

Thomas stand auf und ging zur Tür. »Das ist nicht schwer. Ich weiß es schon«, sagte er beruhigend, wobei er der Tür den Rücken zukehrte und die Hand auf die Klinke legte. »Aber nicht ich war es, der herausgefunden hat, was Euch fehlt, Frau von Hamborch.« Er öffnete die Tür und streckte den Kopf hinaus.

Einen Augenblick später kam Biggi mit einem Krug Bier und vier Bechern herein und schenkte uns ein.

»Biggi war es, die erkannte, was mit Euch los ist, erinnert Euch an den Abend, als Euch zu Bett geholfen werden mußte. Sie hat es mir später erzählt, als all das Gerede über die Hexerei losging. Und sofort wußte ich, daß ihre Diagnose richtig war.«

Thomas' Blick ruhte auf Biggi. Sie beugte sich vor und nahm die Hand der Wirtin. Frau von Hamborch sah sie an, als erwarte sie ihr Todesurteil.

»Gute Frau«, sagte Biggi leise, »was Euch fehlt, ist keine Krankheit: Ihr erwartet ein Kind. Ihr habt ein Kindchen im Bauch. Deshalb müßt Ihr Euch übergeben und habt eine so sprunghafte Laune. Ich nehme an, Ihr habt auch seltsame Gelüste, was das Essen angeht?«

Frau von Hamborch antwortete nicht. Der Ausdruck in ihrem Gesicht wechselte von Unglaube zu Erleichterung, zu Freude, zu Kummer und schließlich wieder zu Unglaube. Dann zerplatzte ihre Beherrschung, Tränen strömten, sie atmete schwer und stürzte nach draußen; die Tür schlug hinter ihr zu.

Kapitel 36

Thomas und Biggi unterhielten sich mit gedämpfter Stimme, dann verschwand Biggi nach unten.

Der Ofen war eingeheizt, und es war warm in der Kammer, die Kälte wütete nur draußen. Ich drehte mich vorsichtig unter der Decke, die Eisenstange lag noch immer glühend über meinem Ohr und ließ nur kleinste Bewegungen zu. Doch ich mußte mich bewegen. Thomas hatte mich mit seiner Decke zugedeckt, damit ich nicht fror, aber leider gab es auch noch andere, die sich in der Wärme wohl fühlten. Die Flöhe hatten den Weg zu meiner Pritsche gefunden und warteten geduldig darauf, bis ich endlich wieder still dalag. Diese blutrünstigen Viecher fühlen sich am wohlsten, wenn man sich ruhig verhält – also wenn man schläft. Und genau das tat mein linkes Bein gerade. Ich mußte mich bewegen.

Mir entschlüpfte ein gequältes Stöhnen, hinter meinen Augenlidern blitzte es rot auf, und ich sank ins Kissen zurück.

»Schlaf …!«

Ich riß die Augen auf. Fast hätte ich das mit Biggi vergessen.

»Thomas, habt Ihr eigentlich geschlafen, als ich gestern abend mit Biggi gesprochen habe?«

Thomas grunzte mißmutig: »Ich habe … höchstens einen Moment gedöst. Warum fragst du?«

Ich bekam plötzlich ein schlechtes Gewissen, hatte gar nicht mehr daran gedacht …

»Wie geht es Euch eigentlich? Ihr seid gestern abend ausgerutscht und wart ziemlich unterkühlt, als ich Euch gefunden habe?«

Thomas schaute mich überrascht an, dann lachte er: »Ach, das meinst du! Das geht schon wieder!« Er tätschelte seinen Bauch. »Ich bin gut gepolstert, da braucht es schon mehr als so ein bißchen Kälte, um mich kaputtzukriegen. Aber warum willst du wissen, ob ich im Stall geschlafen habe?«

»Weil ich glaube, daß Biggi etwas Wichtiges gesagt hat, aber mir fällt einfach nicht mehr ein, was es gewesen sein könnte.«

»Hm, was du nicht sagst.« Thomas rückte seinen Stuhl neben die Pritsche. »Willst du mir nicht erzählen, gern so wortgetreu wie möglich, was Biggi gesagt hat? Alles.«

Wort für Wort wiederholte ich daraufhin Biggis Rede, während Thomas mir aufmerksam zuhörte, ohne mich zu unterbrechen. Als ich fertig war, saß Thomas eine Weile da und zupfte sich am Bart, bevor er mich bat, einen ganz bestimmten Satz zu wiederholen.

Was ich tat. »Biggi sagte: ›Danach kam, glaube ich, der Pastor und setzte sich mit seiner Bibel an den Ofen. Dann kam der Schreiner, und dann kamt ihr‹.«

In dem Augenblick klopfte es an der Tür. Biggi und Albert betraten den Raum.

»Schließt die Tür, seid so gut.« Thomas bot ihnen den Platz auf seinem Bett an und drehte sich zu Biggi.

»An dem Abend, an dem der Graf ermordet wurde, ich denke dabei an den Zeitpunkt, an dem er ermordet wurde, war eine ganze Weile niemand in der Schankstube. Wer kam zuerst wieder zurück?«

»Aber das habe ich doch gestern schon alles gesagt.«

»Wir würden es gerne ein zweites Mal hören«, antwortete Thomas.

Biggi dachte nach. »Also, zuerst kam der Pastor zurück oder vielleicht auch Marie, da bin ich mir nicht ganz sicher.« Biggi schaute zuerst Thomas und dann mich verständnislos an.

»Ich will nur ganz sichergehen.« Er beugte sich vor. »Wo setzte er sich hin?«

»Er setzte sich an den Ofen, wie ich schon gesagt habe«, antwortete Biggi. »Dann kam Tønnesen, worauf der Pastor sich in seine gewohnte Ecke zurückzog.«

»Und Tønnesen setzte sich auch an den Ofen?«

»Ja.«

»Genau dorthin, wo vorher der Pastor gesessen hatte?«

Biggi mußte überlegen. »Doch, ja, es wird wohl genau der Platz gewesen sein. Wenn einem kalt ist, setzt man sich meistens dorthin.«

»Sah der Schreiner aus, als ob er von draußen käme?«

»Daran kann ich mich nicht erinnern, aber ich weiß noch, daß sich der Pastor seine Hände am Ofen wärmte, als er dort saß.«

Thomas lächelte zufrieden. »Gut!«

Albert stand auf. »Ich hab dem Hausherrn versprochen, das Abendmelken zu übernehmen. Ich bin im Stall, wenn Ihr mich braucht.« Wir hörten ihn die Treppe hinuntertrampeln.

Biggi stand ebenfalls auf, legte einen Lederbeutel auf das Schreibpult und ging auf die Tür zu. »Und ich habe versprochen, ein gutes Abendessen zuzubereiten. Der Wirt will, daß wir unsere letzte Mahlzeit auf festliche und würdevolle Art begehen. Was meint er mit ›unsere letzte Mahlzeit‹?«

Thomas erhob sich. »Der Glaube des Wirtes an den Jüngsten Tag läßt ihn spendabel werden, würde ich sagen.«

»Der Jüngste Tag? Das, worüber er sich am letzten Abend mit dem Professor unterhalten hat?«

»Ja«, sagte Thomas. Biggi nickte und ging.

»Hoffen wir, daß er das damit gemeint hat«, fügte Thomas hinzu und starrte gedankenverloren auf die Tür. Dann sagte er plötzlich: »Einen Augenblick mal«, und verschwand auf den Flur hinaus. Ich hörte ihn an eine Tür klopfen und gleich darauf das leise Gemurmel einer Unterhaltung. Kurze Zeit später kam er zurück, zu meiner Überraschung mit dem Pastor im Schlepptau.

»Bitte setzt Euch, Pastor Frisch.« Thomas stellte dem älteren Mann den Stuhl hin und sank selbst aufs Bett. »Petter hat sich von seinem Unglück heute nacht noch nicht ganz wieder erholt. Ich hoffe, es ist in Ordnung, daß ich hier auf diesem Zimmer mit Euch rede, damit Petter das Gespräch mitverfolgen kann.«

Der Pastor rückte die Bibel auf seinem Schoß zurecht. »Ich verstehe nicht ganz, ich habe doch bereits alles gesagt, was ich weiß.«

»Es gibt da noch ein paar Ungereimtheiten, die ich gerne klären würde«, sagte Thomas freundlich. »Ich hoffe, daß der Herr Pastor mir dabei behilflich sein kann.«

Der Pastor blickte Thomas abwartend an, ohne zu antworten.

»An dem Abend, als der Graf ermordet wurde«, begann

Thomas, »erzähltet Ihr, daß Ihr gehört hättet, wie der Graf und der Wirt sich gestritten haben. Danach seid Ihr auf Euer Zimmer gegangen und habt Euch schlafen gelegt …«

»Ich habe zu meinem Gott gebetet«, korrigierte ihn der Pastor.

»Verzeiht! Ihr habt zu Gott gebetet und seid nach einer Weile wieder nach unten gegangen, nicht wahr?«

Pastor Jacob nickte.

»Dann gingt Ihr nach draußen, um kurz darauf wieder hereinzukommen und Euch an den Ofen zu setzen …?« Thomas ließ den Satz als Frage im Raum stehen, auf die der Pastor irgendwie reagieren mußte.

»Ich setzte mich an den Ofen, ja.«

»Aber vorher wart Ihr noch draußen?«

»Daran kann ich mich nicht erinnern«, antwortete der Pastor knapp.

»Der Boden um Eure Füße war naß, da der Schnee geschmolzen war, Ihr müßt also draußen gewesen sein.« Ich grinste unter meiner Decke über Thomas' Dreistigkeit.

Der Pastor schaute erstaunt auf seine Füße hinunter, als ob immer noch Schnee daran klebte und schmolz. Dann sagte er grübelnd: »Es wird schon stimmen, wenn der Professor es sagt, ich bin einem natürlichen Bedürfnis nachgegangen, wie man so schön sagt. Ich bin nicht weit gekommen, es blies ein fürchterlicher Wind, wie Ihr Euch sicher erinnern werdet, weshalb ich mich beeilte, wieder nach drinnen zu kommen.«

»Wohin habt Ihr Euch gesetzt?«

»Wohin ich mich immer zu setzen pflege, in die Ecke.« Pastor Jacob stockte und berichtigte seine Antwort. »Nein, zuerst setzte ich mich an den Ofen, um mich aufzuwärmen, erst danach ging ich in die Ecke.«

Thomas nickte zufrieden, ganz offensichtlich war ein Teilchen des Mosaiks an seinen Platz gerückt.

»Habt Ihr irgend jemanden gesehen, als Ihr draußen wart?«

Der Pastor zögerte bemerkenswert lange und antwortete mit einem kurzen Kopfschütteln.

»Kennt Ihr Herzog Frederik Christian von Schloß Gottorp?«

Sowohl der Pastor als auch ich starrten Thomas verblüfft an.

»Ein einfacher Pastor und ein Herzog?« sagte der Pastor schließlich. »Der Professor belieben zu scherzen.« Er sah verärgert aus. »Ein schlechter Scherz«, fügte er noch hinzu und setzte an, sich zu erheben.

Thomas nahm das große Buch und wollte es für den Pastor halten, aber der schnappte es mit einem Griff und ging zur Tür. Thomas folgte ihm und streckte die Hand aus: »Noch einmal Dank für die Hilfe, Pastor Frisch. Für dieses Mal wären das alle Fragen. Ich hoffe, ich darf mich wieder an Euch wenden, wenn es noch mehr Dinge geben sollte, über die ich mir Klarheit verschaffen muß.«

Der Pastor schaute ihn einen Augenblick an und verließ dann wortlos den Raum.

Als die Tür hinter ihm zugefallen war, setzte Thomas sich wieder zu mir.

»Hast du gesehen, wie fest er das Buch umklammert hat, als ich den Herzog erwähnt habe?« sagte Thomas aufgeräumt. »Die Frage hat ihm nicht geschmeckt.«

Ich bedauerte es zwar sehr, aber ich hatte nicht feststellen können, daß die Frage ihn in anderer Weise belastet hätte, als daß sie unpassend war.

Thomas sah mich verwirrt an. Dann stand er auf und nahm den Stuhl mit an den Schreibtisch. Es war unmöglich zu erkennen, was er dort tat, sein breiter Rücken war alles, was ich sehen konnte. Aber mir war zu elend zumute, um neugierig zu sein. Die Übelkeit steckte mir im Hals, und mein Kopf dröhnte. Ich lag auf dem Rücken und starrte an die Decke. Draußen zeigte der Sturm an, daß das Unwetter der letzten Tage nur eine Vorwarnung für das war, was uns noch bevorstand, ein Vorgeschmack dessen, was die Wettergötter tatsächlich vermochten, wenn sie nur wollten. Und jetzt wollten sie. Ihr guter Ruf und all ihre Autorität lagen in diesem Sturm. Das Haus wurde in seinen Grundfesten erschüttert, wenn die kräftigen Böen von der Wiese und durch den Park heraufgefegt kamen und sich mit rasender Wucht gegen die Südwestwand warfen.

Es beruhigte mich, die quer durch den Raum verlaufenden, kräftigen Dachbalken zu studieren. Sie hatten etwas von sorglosen, einfältigen schlafenden Riesen mit Astlochaugen und verzerrten Mündern in der dunkelbraunen Maserung, und rührten sich nicht um Daumesbreite, ungeachtet der Sturmböen, die sich gegen das Haus warfen. Die Sicherheit, die sie ausstrahlten, schien das Dröhnen in meinem Kopf ein wenig zu beruhigen und senkte sich wie eine Decke über meine Augenlider, schloß sie, brachte den Körper dazu, sich zu entspannen. Ich schlief ein.

Thomas raschelte ganz in meiner Nähe mit Papier, und ich schlug verwirrt die Augen auf. Er sah mich entschuldigend an: »Tut mir leid, aber ich brauche deine Hilfe.«

Ich murmelte, daß ich etwas zu trinken haben wollte, und er hielt einen Bierkrug an meine Lippen. Ich trank begierig und fiel in mein Kissen zurück.

»Ich habe mir den falschen Brief und die Quittung noch einmal angeschaut, wie du mich gebeten hattest«, begann er. Ich konnte mich nicht erinnern, ihn um irgend etwas gebeten zu haben, und versuchte es auch gar nicht. Ich ließ ihn einfach reden. »Ich habe sämtliche Buchstaben, die in beiden Schriftstücken vorkommen, miteinander verglichen, und es besteht kein Zweifel: Sie ähneln sich so sehr, daß man daraus schließen kann, daß sie von ein und derselben Person geschrieben wurden. Sieh dir zum Beispiel das große ›S‹ an ...« Er hielt mir das Blatt vors Gesicht. »Dieselbe Art, den Buchstaben zu beginnen, derselbe imposante Schlenker, und hier das ›B‹ und dieses ›h‹ hier.« Ich schaute von dem Papier auf, blickte ihn an und lächelte.

»Du bist ein Genie«, sagte er und klopfte mir vorsichtig mit der Faust auf die Schulter. »Jetzt wissen wir, daß derjenige, der Rigaud zu seiner gräflichen Verkleidung verholfen hat, der gleiche ist, der ihm das Geld gegeben und die Quittung ausgestellt hat – also dieser von Bergholz. Werner von Bergholz, vorausgesetzt, es handelt sich um dieselbe Person, die der Bruder des Wirtes in seinem Brief erwähnt. In welcher Weise diese Erkenntnisse uns weiterhelfen, den Mörder ausfindig zu machen, weiß ich noch nicht, das wird sich zeigen. Aber …«

Er zögerte und sah mich an. Es gab etwas, wobei er meine Unterstützung brauchte, das ahnte ich und grinste ihn schief an: »Das Genie steht zu Diensten.« Er lachte.

»Wir müssen noch einmal alle Situationen und Gespräche durchgehen, an denen Marie in den letzten Tagen beteiligt war. Meinst du, daß du das schaffst?«

Ich antwortete: »Ja«, obwohl mein Körper nach mehr Ruhe verlangte. Die Lust zu helfen war zurückgekehrt.

Thomas kramte meine Notizen hervor und legte sie vor mir auf die Pritsche. Am meisten war er an den Gesprächen interessiert, bei denen der Pastor zugegen gewesen war. Ich erkundigte mich, ob er inzwischen davon ausgehe, daß Pastor Jacob Frisch den Grafen erschlagen hätte – und Marie –, und Thomas antwortete, daß man einen Pastor, der log, in jedem Fall genauer unter die Lupe nehmen müsse.

Ich begann mit dem Tag, an dem wir im Wirtshaus eingetroffen waren, und ging dann so detailliert, wie ich mich erinnern konnte, auf die einzelnen Situationen und Gespräche ein. Die eigentümliche Unterhaltung zwischen dem Pastor und Marie über die Bibel und den Preis derselben interessierte Thomas besonders, und er bat mich, sie noch ein weiteres Mal Wort für Wort wiederzugeben. Danach wollte er wissen, wie Marie ihre Hände gehalten hatte und was sie sonst mit ihnen gemacht hatte.

Als ich Maries Bemerkung über die Wirtin erwähnte, vonwegen »wenn die Katze aus dem Haus ist, tanzen die Mäuse auf dem Tisch«, unterbrach Thomas mich mit erhobener Hand und sagte »Ein Sprichwort! Genau!« zu sich selbst. Er stand auf und blieb eine Weile in Gedanken versunken vor dem Fenster stehen. Später gingen wir gemeinsam noch einmal die Aussage der Wirtin über das Benehmen des Grafen durch und das, was er erwidert hatte. Ich tat mein Bestes, alles so wiederzugeben, ohne Thomas in seiner Konzentration zu stören, obwohl ich fast vor Neugier platzte und gern gewußt hätte, welche Schlüsse er daraus ziehen würde. Sogar das komplette Gespräch mit Jacob Magnus Frisch, das wir erst am Abend zuvor geführt hatten, sollte ich Thomas noch einmal in voller Länge wiederholen. Ich hatte den Pastor gerade erzählen lassen, daß der Graf alles und jeden verunglimpft hätte, außer ihm, da er ja ein Gottesmann sei, als wir vom unteren Stockwerk her Geschrei hörten. Gleich darauf trampelte jemand die Treppe hoch, und die Tür zu unserer Kammer wurde aufgerissen.

»DU! Du mieser SCHEISSKERL! Was hast du mit Marie gemacht?!« Gustav Tønnesen brüllte mich an, und bevor ich begriff, was los war, hatte er mich am Kragen gepackt und schüttelte mich heftig hin und her, so daß tausend Sterne und rote Blitze in meinem Kopf aufflackerten.

»Hast du sie UMGEBRACHT?! Wo ist sie? Wo hast du sie hingeschafft?« Sein Gesicht war direkt vor meinem, und es schallte durchdringend in meinen Ohren, während mein Magen sich bei dem üblen Geruch aus seinem Mund zusammenkrampfte.

Plötzlich hing ich still, wurde losgelassen und sank wie eine Stoffpuppe mit einem Stöhnen auf der Pritsche zusammen. Ich schaute hoch. Tønnesen stand mit rot umränderten Augen vor mir und glotzte mich mit wildem Blick an. Ein Pistolenlauf zielte auf seinen Hals.

»Zur Tür mit dir!« donnerte Thomas.

Tønnesen bewegte sich langsam vorwärts, ohne mich aus den Augen zu lassen.

»Petter hat Marie nichts getan«, sagte Thomas leise, seine Stimme war genauso angespannt wie sein Körper.

»Sie sagen, daß sie tot ist«, krächzte Tønnesen. »Sie sagen, daß jemand sie umgebracht hat. Wo ist sie? Ich will sie sehen!«

»Wer hat das gesagt?«

»Der Wirt hat das gesagt. Die Hexe machte gerade das Essen und wollte nicht damit rausrücken, wo Marie ist. Da hab ich sie gepackt und zum Wirt geschleppt.«

Thomas trat noch einen Schritt näher an ihn heran und drückte Tønnesen den Pistolenlauf in den Bauch. »Hast du ihr was angetan?« Seine Stimme war jetzt so leise, daß sie fast im Brausen des Windes unterging. Thomas' Blick schien Tønnesen mehr zu beeindrucken als der Lauf der Pistole.

»Verdammt! Nein, sie hat mir was angetan. Hat mir in die Eier getreten …« Seine Augen funkelten. »Verfluchte Hexe!«

Thomas trat einen Schritt zurück und senkte die Pistole. »Marie … du findest sie in einem Sarg in der Schmiede, aber …« Tønnesen, der bereits auf dem Weg nach draußen war, blieb stehen. »Sie sieht nicht sehr schön aus. Du solltest lieber nicht dorthin gehen und …«

Tønnesens rote Augen wurden feucht, und sein Mund verzerrte sich zu einer traurigen Grimasse, bevor er die Tür hinter sich zuschlug und die Treppe hinunterstürmte.

Thomas atmete langsam aus und sah mich an. »Du siehst gar nicht gut aus, Petter. Er hat dir arg mitgespielt. Versuch ein bißchen zu schlafen. Ich muß jetzt sowieso erst einmal ein wenig Gedankenarbeit leisten.« Er setzte sich auf dem harten Stuhl zurecht und schaute zum Fenster hinaus in die Dunkelheit. Er spitzte die Lippen, und ich hätte wetten mögen, daß seine Finger bereits nach dem Knopf tasteten. Die Pistole lag auf seinen Knien. Ich legte mich vorsichtig unter der Decke zurecht, und obwohl in meinem Kopf lauter Männchen ihre Hämmer schwangen, fiel ich in einen unruhigen, traumreichen Schlaf.

Kapitel 37

Ich hatte durch das viele Schlafen jegliches Zeitgefühl verloren. Auch wenn ich manchmal zwischendurch wach genug war, um zu registrieren, daß Thomas ging und später wiederkam, wußte ich nicht, ob es Nachmittag, Abend oder mitten in der Nacht war, als ein angsterfüllter Schrei durch das Wirtshaus schallte.

Ohne richtig wach zu sein, richtete ich mich im Bett auf und hielt mir stöhnend meinen Brummschädel. Thomas war mit einem Satz von seinem Bett aufgesprungen, ergriff die Laterne und lief auf den Flur hinaus. Er hatte mit allen Kleidern auf dem Bett gelegen.

Der Schrei war aus der unteren Etage gekommen. Ich sah alles verschwommen, als ich Thomas die Treppe hinunter folgte, und ich mußte mich am Geländer festklammern. Von Hamborch kam aus den Privaträumen herbeigerannt, als wir unten vor der Treppe standen. Thomas deutete wortlos auf blutrote Flecken an der Wand und öffnete die Tür zur Schankstube. Unmittelbar hinter der Tür lag jemand flach auf dem Boden. Ein Messer ragte aus dem Rücken. Ein blutiges Rinnsal bahnte sich langsam einen Weg zur Tür. Weiter hinten in der Küche stand Frau von Hamborch mit weit aufgerissenen Augen, die Hände unter dem Kinn verkrampft und einen Schrei auf den Lippen. Von Hamborch war rasch bei seiner Frau und legte seinen Arm um sie, so daß aus dem Schrei nur ein erschrecktes Schluchzen wurde.

Thomas beugte sich über den Pastor und sagte: »Petter, hol meine Tasche.«

Die Medizinaltasche meinte er. Eine viereckige Ledertasche, in der sich eine Unmenge Fläschchen, Scheren, Messer und andere Instrumente befanden. Sie lag unter dem Bett. Ich brauchte eine Weile, um die schwere Tasche bis zur Treppe zu schleppen. In einer Wolke feiner Schneeflocken trat Tønnesen in den Flur. Er stellte einen Fuß auf die unterste Treppenstufe, wischte sich den Schnee aus Bart und Gesicht und sah dabei, daß ich oben auf der Treppe stand. Wortlos machte er kehrt und wollte in die Wirtsstube treten, doch als er Thomas über den am Boden liegenden Pastor gebeugt sah, blieb er wie angewurzelt stehen.

»Was ist …«, stammelte er, während ich die Tasche Stufe für Stufe nach unten schleppte.

Hinter ihm ging die Tür erneut auf, dieses Mal war es Biggi. Sie trug einen Korb mit einem Stück gefrorenem Hammelfleisch; sie war anscheinend im Vorratshaus gewesen. Rasch erfaßte sie die Situation, rannte die Treppe hoch und nahm mir die Tasche aus den Händen. Dann schob sie Tønnesen beiseite und kniete sich neben Thomas. Erschöpft sank ich auf der Treppe zusammen.

Pastor Jacob Frisch wurde auf einen Tisch gelegt. Thomas befahl der Wirtin, Wasser aufzusetzen, und forderte den Wirt auf, etwas zum Verbinden zu holen. Biggi und Thomas harmonierten in ihrer Arbeit gut, sie schienen sich ohne viele Worte zu verstehen. Der Pastor war ohnmächtig geworden und bewegte sich nicht, während sie die Wunde reinigten. Danach riß Thomas ein weißes Laken in Streifen und umwickelte damit die magere Brust des Verletzten. Ein blutverschmiertes Messer mit kurzer Klinge lag auf dem Tisch. Thomas hielt es zwischen zwei Fingern hoch. »Kennt das jemand?«

Frau von Hamborch nickte entsetzt. »Das gehört hier in die Küche … in die Schublade.« Sie deutete vage in Richtung der Anrichte.

Thomas nickte. »Hat jemand gesehen, was geschehen ist?«

Niemand reagierte auf diese Frage. Thomas blickte von Gesicht zu Gesicht und fixierte schließlich Frau von Hamborch. Sie schluckte. »Ich war hier … in der Küche, als er schrie, draußen auf dem Flur. Er wankte zur Tür herein und fiel um. Ich …« Sie brachte kein weiteres Wort mehr heraus, sondern stürzte, ein Taschentuch vor den Mund gepreßt, über den Flur in die Privaträume.

Thomas kam zu mir auf die Treppe und flüsterte mir eine Anweisung zu.

Ich ging in unsere Kammer hinauf und holte die Pistole, die, wie Thomas gesagt hatte, unter seinem Kopfkissen lag. Dann schlang ich die Decke von seinem Bett um mich und ging wieder zu den anderen nach unten.

»Der Pastor ist niedergestochen worden, ich weiß nicht, wer das getan hat oder warum, und werde mich dementsprechend verhalten«, sagte Thomas, nahm die Pistole und hielt sie hoch. »Tønnesen, Ihr seid der stärkste hier. Helft mir, den Pastor nach oben in sein Bett zu bringen. Laßt ihn auf der Treppe ja nicht fallen und macht auch sonst keine Dummheiten, sonst hat Petter den Befehl zu schießen. Verstanden?«

»Zum Teufel! Ich hab' den Pastor doch nicht niedergestochen!« Tønnesen verstummte und zuckte resigniert mit den Schultern. Dann packte er den Pastor bei den Füßen. Thomas faßte den Ohnmächtigen vorsichtig unter den Armen, während Biggi versuchte, den schlaffen Körper unter dem Rücken zu stützen. Vorsichtig, Stufe für Stufe, gingen sie die Treppe hinauf. Ich folgte ihnen, die Pistole in der Hand.

Sie legten den Pastor in seiner Kammer auf das Bett, und Biggi blieb bei ihm sitzen, während Tønnesen nach unten ging. Thomas begleitete mich in unsere Kammer, und ich legte mich wieder hin, ließ aber die Tür offen. Er sah müde und verwirrt aus. »Ich verstehe nicht …«, murmelte er vor sich hin, wobei er in der Kammer auf und ab ging. Mir war zu übel und ich war zu müde, um nachzudenken, am liebsten hätte ich einfach geschlafen.

»Was hat der Pastor gesagt, das uns Hinweise geben könnte? Warum mußte er mundtot gemacht werden? Was haben wir übersehen?« Thomas stand vor mir und blickte fragend zu mir herunter. Ich schloß die Augen, ohne zu antworten. »Dabei hab' ich doch gedacht …«, murmelte er und wanderte weiter durch den Raum.

Ich verstand ihn. Er hatte Hinweise zusammengetragen, Schlußfolgerungen gezogen und sich und mich schließlich davon überzeugt, daß der Pastor die zwei Morde begangen haben mußte. Nur noch die letzten Mosaiksteinchen hatten gefehlt, um das ›Warum?‹ beantworten zu können – und jetzt fiel seine ganze Theorie wie ein Kartenhaus zusammen. Es war, wie von vorne anfangen zu müssen, beinahe bei Null.

Thomas blieb stehen, ich schaute auf. »An dieser Stelle hat das Messer gesessen ...«, er fuchtelte, in Gedanken versunken, mit den Armen, »hier, auf der linken Seite, am Schulterblatt. Auf der linken Seite ...« Sein linker Arm beschrieb einen Bogen. »In dieser Höhe ... hier ... so!« Er stand da und betastete seinen eigenen Rücken, die linke Seite, versuchte, so gut es ging, mit seinem Arm dorthin zu reichen. »Ich begreife das nicht. Und dann dieses Messer ... die Klinge nur zwei Zoll lang. Warum ein derart kurzes Messer? In der Schublade waren doch auch andere, längere und viel gefährlichere Messer. War das nur eine Drohung?«

»Ist der Pastor schwer verletzt? Lebensgefährlich?«

Thomas war wieder ansprechbar. »Nein, nein, das ist ja das Merkwürdige. Wer auch immer ihn niedergestochen hat, er hat das nur sehr halbherzig getan, als sollte der Pastor durch die Attacke nicht zu schwer verletzt werden.«

Mir kam eine Idee: »Vielleicht hat er es selbst gemacht, sich selbst in den Rücken gestochen, um uns davon abzubringen, ihn zu verdächtigen.«

Thomas schüttelte betrübt den Kopf. »Ich hab schon daran gedacht, Petter, das ist nicht möglich. Es ist schlichtweg nicht möglich, sich selbst eine solch kräftige Stichwunde zuzufügen. Nicht in den Rücken. Die Arme sind nicht lang genug. Nein, wir müssen umdenken, wieder bei Null anfangen, eine neue Richtung einschlagen. Zuerst: Wer war in der Nähe, als es geschah?«

Er stand da und fuchtelte wieder mit dem linken Arm in der Luft herum. »Und wir müssen uns fragen: Wer würde mit einem Messer zustechen ... mit der linken Hand? Wer von den Anwesenden benutzt vorwiegend die linke Hand, ich glaube, es muß ein Linkshänder gewesen sein, ja, ein Linkshänder.«

Ich schlummerte ein, während Thomas sein Selbstgespräch fortsetzte. Nach einer ganzen Weile blieb er plötzlich vor meinem Bett stehen, ich hörte ihn weit entfernt sagen, er habe eine Idee – ob ich sie hören wolle? –, aber ich war jenseits jeder Fähigkeit, etwas zu wollen, hatte nicht die Kraft, mich aus der Umklammerung der Müdigkeit zu lösen, und es gelang mir nicht, zu reagieren. Ich bekam nur noch mit, daß Thomas die Kammer verließ und nach unten ging.

Kapitel 38

Verführerischer Essensgeruch kitzelte meine Nase. Das war das erste, was ich registrierte, nachdem ich mich mühsam durch den Nebel des Schlafes gekämpft hatte. Ich hörte eine Stimme sagen: »Petter, wach auf«, und öffnete verwirrt die Augen. Die Wirtin lächelte mich sanft an. »Du warst aber sehr weit weg.«

Ich versuchte mir den Schlaf aus den Augen zu blinzeln und gähnte laut, schlug mir beschämt die Hand vor den Mund und nuschelte: »Entschuldigung.«

»Schon vergeben. Das Essen ist fertig, und Thomas bat mich, dir deine Portion aufs Zimmer zu bringen.«

Ich nahm den Teller entgegen und fing gierig an zu essen. Mir fiel ein, daß ich den ganzen Tag noch nichts zu mir genommen hatte. Da trat Thomas zur Tür herein. Frau von Hamborch sah ihn erstaunt an. Thomas bemerkte ihren Blick und lächelte. »Ich habe Euch hier raufgelockt, Gnädigste, weil die anderen nicht mitbekommen sollen, daß ich vertraulich mit Euch sprechen möchte. Kommt hierherüber, ich möchte Euch etwas zeigen!« Er winkte sie an den Schreibtisch und öffnete den Stoffbeutel, den Biggi ihm vorhin gebracht hatte.

Während ich es mir weiterhin schmecken ließ, schnappte ich Fetzen von Thomas' Anweisungen und Erklärungen auf:

»… zerstoßenes Salep-Knabenkraut, orchis morio, das man … und das hier müßt Ihr eine Weile in warmem Wasser ziehen lassen, drei Löffel davon am Tag … Die Samen des Bilsenkrauts hier, hyoscyamus niger, in warmem Wasser ziehen lassen, bis sie aufquellen, danach mit Essig und Öl vermischen – das schmiert man dann auf die gewisse …«

Ich leerte den Teller und nahm gierig einen Schluck von dem Bier, das die Wirtin mir zusammen mit den anderen Sachen gebracht hatte. Danach schob ich mich mit einem zufriedenen Seufzer wieder unter die Decke. Ich fühlte mich schon viel besser, bis auf ein leises Brummen über dem einen Ohr waren meine Kopfschmerzen beinahe verschwunden. Ich hatte mich ausgeruht und war frisch wie den ganzen Tag noch nicht.

Plötzlich wurde ich von abgrundtiefer Scham gepackt. Maries furchtbares Schicksal – wie konnte ich das vergessen? Wie konnte ich das auch nur einen Augenblick lang aus meinen Gedanken verdrängen? Wie konnte ich zulassen, daß es mir so gutging? Ich preßte den Kopf ins Kissen und versuchte das Bild ihres verunstalteten Gesichts loszuwerden. Ich spürte den Schrei in meinem Hals. Eine Hand packte meine Schulter, zog mich unter der Decke hervor. Ich schaute in Thomas' Gesicht. Die Wirtin war gegangen.

»Was ist los?« fragte Thomas. Die Antwort stand mir ins Gesicht geschrieben. Er setzte sich auf die Bettkante und seufzte. »Du wirst das, was hier im Wirtshaus geschehen ist, niemals vergessen, Petter, niemals. Ich will dir da nichts vormachen. Aber …« Er brach den Satz ab und öffnete hilflos die Arme, wußte nicht, was er sonst noch sagen sollte. Er fand keine Worte. Wir schwiegen beide.

Plötzlich fuhr Thomas hoch: »Ach übrigens! Ich habe alle gebeten, sich heute abend elf Uhr in der Schankstube zu versammeln. Es ist nicht mehr viel Zeit bis dahin, du solltest langsam aufstehen und dir was überziehen.« Er selbst begann sich auszukleiden und holte seine feine Weste und den Gehrock.

»Warum?« fragte ich verwirrt. »Warum sollen wir uns alle versammeln?«

Thomas fuhr mit dem Ankleiden fort. Als die Weste halb zugeknöpft war, hielt er plötzlich inne und schaute ernst und nachdenklich auf seine Hände, ballte sie zu Fäusten und streckte die Finger, um dann gemächlich seine Weste bis zum Ende zuzuknöpfen. »Weil ich befürchte«, sagte er schließlich, »daß es noch mehr Tote geben wird, wenn ich dem Ganzen nicht so schnell wie möglich einen Riegel vorzuschieben versuche.« Er bürstete die Schultern seines Gehrocks sorgfältig mit einer kleinen Marderfellbürste ab und murmelte dabei etwas vor sich hin, das ich nicht ganz mitbekam, ich verstand nur »ad turpe ...«.

»Was?«

Er hob jäh den Kopf und sah mich an. Und da wurde mir mit einemmal richtig bange. Für einen kurzen Augenblick war mir, als blickte ich in die Augen eines verschreckten und verletzlichen kleinen Jungen. Dann riß er sich wieder zusammen. »Ich habe gesagt: Ad turpe nemo obligatur. ›Niemand ist verpflichtet, etwas Belastendes auszusagen‹. Das ist ein alter römischer Rechtssatz. Auf unsere Situation bezogen bedeutet das, daß wir zwar einen Zeugen haben, der uns aber leider gar nichts nützt. In diesem Fall könnte es nämlich äußerst kompromittierend für die betreffende Person sein und ihr Leben zerstören, wenn sie mir helfen würde, den Mörder zu entlarven.« Er strich sich erschöpft über die Stirn.

»Wißt Ihr etwa, wer der Täter ist?« Ich konnte kaum glauben, was ich hörte.

Thomas streckte seinen Rücken, zog den Gehrock über und holte die Perückenschachtel. Vorsichtig nahm er die Perücke samt Halter heraus. Sanft pustend verteilte er Mehl auf der Perücke, bis die Haarlandschaft von einer feinen Pulverschicht bedeckt war. Danach setzte er sie langsam und umständlich auf, erhob stolz den Kopf, zog ein Tuch aus der Weste und schob es in den Ärmel, worauf er würdigen und gemessenen Schritts zur Tür ging.

»Herr Petter Hortten sollte schleunigst seinen Hintern hochkriegen, wenn er nicht die letzte große Vorstellung dieses Jahrhunderts verpassen will«, sagte er in nasalem und arrogantem Tonfall. Dann lachte er und blinzelte mir zu.

»Ja, ich weiß, wer es getan hat, Petter. Ich muß es nur noch beweisen.«

»Wer ist es?«

Thomas wurde einen Augenblick lang ernst, dann lächelte er geheimnisvoll. »Cave ab homine unius libri.« Immer kam er mir mit seinem Latein.

Bevor er die Tür hinter sich schloß, fragte ich: »Was heißt eigentlich ›elf Uhr‹?«

Ich stand von der Pritsche auf, spritzte mir etwas Wasser ins Gesicht und begann mich anzuziehen.

Thomas lachte. »Du mußt endlich die Uhr lernen, Petter. Das ist gar nicht so schwer. Elf ist eine Stunde vor Mitternacht. Mit anderen Worten: Uns verbleibt noch eine Stunde bis zum Ende der Welt – falls wir an den Unsinn mit dem Jüngsten Tag tatsächlich glauben.«

Damit verschwand er.

Kapitel 39

Biggi stützte den Pastor vorsichtig auf dem Weg in die Wirtsstube und half ihm, auf einem Stuhl Platz zu nehmen. Ich folgte ihnen und schloß die Tür.

Ich war der letzte. Alle waren jetzt versammelt.

Der Pastor hatte sein dickes Buch unter den gesunden rechten Arm geklemmt, und mir fiel auf, daß er seine Bibel, als er niedergestochen worden war, zum ersten Mal nicht bei sich gehabt zu haben schien. War er hinunter in den Flur gelockt worden, in eine Falle?

Thomas stand in der Mitte des Raumes – eine beeindruckende, respekteinflößende Erscheinung mit seinen feinen Kleidern und der Perücke – und wartete, bis alle Platz genommen hatten. Ich bemerkte, daß er Albert fragend anschaute, woraufhin dieser mit einem kaum merkbaren Nikken antwortete. Ich fühlte mich übergangen und sah ärgerlich zu Albert hinüber, der, den Rücken an die Wand gelehnt, unmittelbar neben der Tür zum Flur saß.

In dem Raum herrschte angespannte Stille. Keiner sagte etwas, auch nicht, als die Wirtin aus der Küche kam und fragend einen Bierkrug hochhielt. Gustav Tønnesen nickte erleichtert, während die anderen sie übersahen und Thomas nicht aus den Augen ließen.

Thomas blickte in die Runde. Wir saßen alle um einen Tisch herum, Thomas hatte das so gewünscht, damit er nicht so schreien mußte, um das Heulen des Sturmes zu übertönen. Er sah mich an, runzelte seine Stirn und ging auf den Flur hinaus. Nach einer Weile kam er mit einer Decke über dem Arm zurück und legte sie mir über den Schoß. Ich lächelte gleichermaßen flau und dankbar, als ich etwas Metallenes auf meinen Schenkeln spürte. Die Pistole!

Thomas nickte ernsthaft, trat einen Schritt zurück und sah auf die Uhr.

Sechzig. Der große Zeiger wies auf die Sechzig. Oder war er schon ein bißchen weiter? Bewegte er sich auf die Fünf zu? Ich begriff nicht, warum Thomas von ›elf‹ redete! Begriff überhaupt nichts von dieser Zeigermaschine, von der Thomas so begeistert war. Ich blickte auf den oberen, den kurzen Zeiger und stutzte einen Moment, denn der zeigte tatsächlich auf die Elf. Vielleicht war das der wichtige. Eine Stunde vor Mitternacht, hatte er gesagt. Ich schärfte mir ein, den tickenden Kasten an der Wand im Auge zu behalten.

Frau von Hamborch stellte einen großen Krug und einen Becher mit Bier vor Tønnesen auf den Tisch und nahm dann neben ihrem Mann Platz.

Alle waren bereit. Thomas räusperte sich.

»In einer deutschen Redewendung heißt es«, begann er, »daß man den Wald vor lauter Bäumen nicht sieht.« Frau von Hamborch nickte zustimmend, ein flüchtiges Lächeln umspielte ihren Mund. Sie war die einzige in der Runde, die nicht von dem Ernst der Stunde bedrückt zu sein schien, dachte ich überrascht. Ganz im Gegenteil strahlte sie eine Wärme, ja fast Lebensfreude aus, die ich in dieser Form bei ihr noch nie gesehen hatte. Wo war der verbitterte Zug um ihren Mund geblieben?

»Vielleicht ist das ein Bild dafür, wie ich mich zu Beginn, unmittelbar nach dem Tode des Grafen, gefühlt habe. Aber damit nicht genug.« Thomas hob seine Stimme und schaute jeden einzelnen eindringlich an. »In diesem Wald war auch noch schrecklicher Nebel. Ein Nebel, der dazu führte, daß ich nicht nur den Wald vor lauter Bäumen nicht sah, sondern nicht einmal die Bäume.«

Thomas hielt inne und sah in die Runde. Und dann sagte er langsam: »Alle haben mich angelogen! Und wer nicht log, sagte nicht die ganze Wahrheit, sondern verbarg wichtige Dinge vor mir. Ich mußte meine Aufmerksamkeit auf das Falsche richten. Zuerst versuchte ich a posteriori zu denken, schließlich hatte ich die Wirkung vor mir, den toten Grafen – was also war die Ursache seines Todes? Und dabei verirrte ich mich immer tiefer in diesem Nebel.«

Während Thomas sprach, sah ich mich von meinem Platz am Ofen aus um. Der Wirt und die Wirtin saßen im Erker am Fenster, von Hamborch blasser und ernsthafter als jemals zuvor – wenn das überhaupt möglich war – und seine Frau mit roten Wangen und einem Gesichtsausdruck, der wechselweise Freude und Beschämung ausdrückte. Sie hatte anscheinend ein schlechtes Gewissen, daß sie sich in so ernsthafter Stunde so wohl fühlte. Mir gegenüber saß der Pastor, er hatte dem Tisch und den Wirtsleuten den Rücken zugekehrt. Sein Gesicht leuchtete kreideweiß über dem schwarzen Pastorenkragen, sein Kinn stach markant zwischen den hohlen Wangen vor, und seine Augen lagen tief in ihren Höhlen. Die Flecken auf seiner Haut traten noch deutlicher hervor als sonst. Jedesmal, wenn er sich bewegte, verzog sich sein Gesicht vor Schmerzen. Biggi saß neben ihm und überwachte aufmerksam seinen gesundheitlichen Zustand. Zu ihrer anderen Seite saß der falsche Schreiner. Gustav Tønnesen streckte seine langen Beine unter dem Tisch aus und versuchte uninteressiert auszusehen, aber seine fortwährenden nervösen Attacken auf den Inhalt des Bierkrugs verrieten ihn. Er bemerkte, daß ich ihn beobachtete, und sah mich so voller Haß an, daß mir der Atem stockte.

»Laßt mich die Nebelschleier lichten«, fuhr Thomas fort und sah dabei unwillkürlich aus dem Fenster in Richtung Wagenschuppen. »Der erste, der mir die Sicht verschleierte, war der Tote selbst, Graf Philippe d'Angely. Er nannte sich Graf, führte sich auf wie ein Graf – nach allem, was ihr gesagt habt, wie ein arroganter Graf. Aber ...«, Thomas nickte zu mir herüber, »als Petter und ich seine Sachen durchsuchten, fanden wir kaum Hinweise dafür, daß ihr Besitzer ein Adeliger war, und wenn, dann konnte es sich nur um einen vollkommen verarmten Grafen handeln.« Er machte eine Geste mit der Hand. »Ich möchte mich nicht bei den Details aufhalten, was wir alles bei diesem Grafen gefunden haben, sondern lediglich kundtun, daß es sich um eine Tarnung handelte, mit der ein französischer Hauptmann namens Jules Rigaud seine wahre Identität zu verbergen suchte. Auf die Frage, warum er das getan hat, werde ich später zurückkommen.«

Der Wirt schaute überrascht auf, alle anderen schienen auf die Nachricht von dem falschen Grafen kaum zu reagieren.

Thomas nickte dem Pastor zu und lächelte. »Weiterhin führten die Äußerungen von Pastor Frisch über den bevorstehenden Jüngsten Tag in die Irre. Durch ein kompliziertes theologisches Rechenexempel hat er den Zeitpunkt des Jüngsten Tages ermittelt ...«, Thomas sah wieder auf die Uhr, »... nämlich nach Ablauf der nächsten fünfzig Minuten. Sein Rechenexempel führte zu der Zahl 1699. Und wie wir natürlich alle wissen, schreiben wir dieses Jahr, das nun in wenigen Minuten ausklingen wird.«

Thomas nickte ernst: »Ich weiß, daß einige der Anwesenden mit wachsender Nervosität das Voranschreiten der Zeit beobachten – und auf den Jüngsten Tag warten. Aber schreiben wir wirklich das Jahr 1699?« Er machte eine Pause, als erwartete er eine Antwort von uns.

Ungläubige Blicke. Ist er verrückt geworden, schienen einige dieser Blicke zu fragen. Auch ich, der ich ihn am besten kannte, begann, nach Indizien zu suchen, ob er die Gewalt über seinen Mund und seine Sinne tatsächlich verloren hatte – dabei hätte ich es besser wissen müssen.

Thomas amüsierte sich.

»Vor gut tausend Jahren hat der syrische Mönch Dionysius Exiguus herausgefunden, daß das Datum von Jesu Geburt der wahre Ausgangspunkt für die christliche Zeitrechnung ist. Er nannte das Jahr Anno Domini 1, also das Jahr des Herrn Nummer 1. Dionysius ging vom Jahr 754 der alten Zeitrechnung aus, also dem siebenhundertundvierundfünfzigsten Jahr nach der Gründung des alten Roms. Aber …«

Thomas streckte zwei Finger in die Höhe. »Dionysius beging zwei Fehler, als er sich für dieses Jahr als Ausgangsjahr entschied. Einer der Fehler ist verzeihlich, denn er konnte es nicht besser wissen, doch den anderen hätte er vermeiden können.« Thomas umfaßte den ersten Finger mit der anderen Hand. »Als Dionysius vor gut tausend Jahren von dem Jahr 1 sprach, gab es in dem damals üblichen Zahlensystem noch keine Null. Diese Zahl kam erst später hinzu. Das bedeutet, daß Jesus Christus im Jahr eins also nicht ein Jahr alt war, wie wir heute annehmen müssen, sondern daß es sich um sein Geburtsjahr handelte. Mit anderen Worten, Gottes Sohn wurde vor 1698 Jahren geboren und nicht, wie wir glauben, vor 1699.« Thomas' Hand griff um den anderen Finger.

»Den anderen Fehler muß man als durchaus peinlich für einen Mönch betrachten. Hat er seine Bibel nicht gekannt, müssen wir uns fragen, wenn wir im Matthäus-Evangelium lesen, daß Jesus geboren wurde, als Herodes König von Judäa war? Schließlich weiß man mit ziemlicher Sicherheit, daß

Herodes im Jahr 750 der alten Zeitrechnung gestorben ist, also vier Jahre vor dem Zeitpunkt, den Dionysius als das Jahr von Jesu Geburt annahm.«

Thomas hielt inne, atmete tief ein, hielt die Luft eine Weile an und atmete dann wieder aus.

»Ich will mich nicht unnötig lange mit dieser Sache aufhalten, sondern nur klarstellen, daß nichts ungeeigneter für eine Prophezeiung ist als eine Jahreszahl. Die sind weder von der Natur noch von Gott vorgegeben, sondern Menschenwerk und damit mit derart vielen Unzulänglichkeiten und Fehlern behaftet, daß jede Prophezeiung schon deshalb falsch sein muß.«

Thomas wandte sich den Wirtsleuten zu. »Das gleiche Argument kann ich natürlich auch verwenden, wenn es um die Voraussagen des Wirtes geht, oder soll ich sagen die Voraussagen des Nostradamus. Außerdem meine ich, daß diese Prophezeiungen jedweder menschlichen Vernunft widersprechen, denn wenn es in dieser Aussage heißt, daß der Jüngste Tag kommt, wenn die ›gotische Zeit verraten wird‹, wie es in Eurem Text steht«, jetzt wandte sich Thomas direkt an den Wirt, »warum ist der Jüngste Tag dann nicht vor einhundertundachtzehn Jahren gekommen, als die katholische Welt unsere kleine Kalenderkorrektur eingeführt hat? Kann es sein, daß der große Seher, Nostradamus, es ganz besonders auf die Protestanten abgesehen hatte, wo er doch selber Katholik war? Eine ganz und gar subjektive Prophezeiung also? Als ich mir darüber Gedanken machte, bin ich auf ein Detail gestoßen, das die Antwort auf diese Fragen sein könnte: Die Weltuntergangsprophezeiungen stehen nämlich in der elften Centurie, im siebten Vers ... da wollt Ihr, Herr von Hamborch, diesen Text gefunden haben. Aber soweit ich weiß, gibt es keine elfte Centurie. Aus irgendeinem Grund hat Nostradamus gerade diese Centurie übersprungen. Nein, nein ...« Thomas hielt abwehrend eine Hand in die Höhe, um von Hamborch, der aufgesprungen war und etwas sagen wollte, Einhalt zu gebieten. »Das ist keine wichtige Sache, nur etwas, worüber ich mich gewundert habe und das mir gezeigt hat, daß das alles nur ein Teil des Nebels war – nichts, um das ich mich kümmern mußte. Laßt uns ein anderes Mal darüber diskutieren. Meinen Beweis …«, er verzog den Mund zu seinem verschmitzten Lächeln, »werdet ihr alle in … vierundvierzig Minuten erhalten.«

Alle Augen richteten sich auf die Uhr, auch die meinen, und ich sah, daß der lange Pfeil soeben die römische Fünfzehn passiert hatte. Die Anwesenden rückten unruhig murmelnd auf ihren Stühlen hin und her, bis Thomas fortfuhr:

»Wie ihr seht, bleibt uns nur wenig Zeit.« Er machte eine kurze Pause, um sich der Aufmerksamkeit aller zu versichern. »Der nächste Nebelschleier, den ich durchdringen mußte, bestand aus den vielen Lügen, die mir aufgetischt wurden, zum Beispiel, daß sich jemand als Schreiner bezeichnet, der das ganz offensichtlich gar nicht ist.« Thomas blickte zu Tønnesen hinüber, der sein Bierglas auf den Tisch knallte und etwas sagen wollte, dann aber in sich zusammensank, als ob das Ganze mit einemmal keine Bedeutung mehr hätte. »Und warum schleicht dieser seltsame Mann nachts in der Wirtsstube oder auf dem Heuboden herum? Und warum ist er gesetzeskundig, wo er doch sonst nicht gerade den Eindruck eines Mannes macht, der sein Wissen aus Büchern hat?«

Besonnenen Schrittes ging Thomas zu Albert hinüber und stellte sich – mit dem Rücken zur Tür – neben ihn. Dann sagte er langsam und deutlich: »Weil er getötet hat. Weil er Menschen erschlagen hat.«

Alle sahen zu Tønnesen hinüber, doch keiner schien verwundert zu sein. Es waren keine Laute der Überraschung zu vernehmen, kein verblüfftes Luftanhalten, weil der Mörder nun endlich entlarvt war, lediglich eine stille Erleichterung zeichnete sich auf den Gesichtern der Anwesenden ab. Tønnesen selbst hielt den Kopf gesenkt.

Also war er es doch, und ich hatte ihn von Anfang an verdächtigt, dachte ich voller Stolz.

»Das stimmt nicht, das könnt Ihr nicht beweisen«, kam es müde und kraftlos von ihm.

»Doch, das kann ich. Ihr selbst habt es am vergangenen Abend dem Pastor gegenüber eingestanden, als Eure Angst vor dem Jüngsten Tag Euch gezwungen hat, ihn zu fragen, was Ihr zu erwarten habt, ein Mann, der getötet hat.« Tønnesen hatte sich bei diesen Worten mit einer Mischung aus Abscheu und Verachtung zum Pastor gedreht. »Du ... du Judas!«

»Der Pastor hat nichts gesagt«, entgegnete Thomas ruhig und öffnete die Tür hinter sich. Für einen Augenblick verschwand er auf dem Flur, dann kam er mit einem schwarzen, länglichen Stoffsack zurück, zupfte ein paar Heuhalme ab, die noch an dem Sack hingen, und sah Tønnesen an. »Das ist der Beweis. Ich habe ihn heute nachmittag in der Scheune gefunden, gut unterm Heu versteckt.« Tønnesen griff schlaff nach dem Bierkrug, er vermochte keinen Widerstand mehr zu leisten.

Thomas begann, den Sack aufzuschnüren, und die Anwesenden reckten gespannt ihre Hälse, um besser sehen zu können.

Eine seltsam geformte Axt mit kurzem Schaft kam zum Vorschein. Ich begriff nichts. Das konnte doch nicht die Mordwaffe sein?! Die Axt hatte eine sehr breite Schneide, fast eine Elle breit, doch der Übergang zum Schaft war äußerst schmal, fast schlank. Sie war poliert und mit feinen Gravuren verziert.

»Gustav Tønnesen«, erklärte Thomas, »ist Scharfrichter von Gottes Gnaden, angestellt vom König, um Verurteilte hinzurichten. Deshalb kennt er den Text des Gesetzes, den er so oft gehört hat, bevor die eigentliche Hinrichtung stattfindet.« Thomas fuhr etwas zögerlicher fort: »Ich kann nur Vermutungen anstellen, wie seine Geschichte weitergegangen ist. Der Scharfrichter Tønnesen soll mich korrigieren, wenn ich irre.«

Albert bekam die Axt, legte sie zurück in den Sack und

stellte sie an die Wand hinter sich. Thomas trat ein paar Schritte vor. »Wie wir alle wissen, war Mariechen arbeitswillig und hatte ein einnehmendes Wesen, wodurch sie ein jeder wohl rasch in sein Herz schließen konnte. Scharfrichter Tønnesen, glaube ich, machte regelmäßig, ein- oder zweimal im Jahr, vielleicht auch öfter, auf dem Weg nach Ribe, Kolding oder Haderslev – wohin ihn seine Arbeit beorderte – hier im Wirtshaus Station. Die Arbeit als Scharfrichter ist ein einsames Geschäft, ein Henker hat selten viele Freunde, wenn überhaupt, und es dürfte auch schwierig sein, eine Frau zu finden.« Thomas sah zu Tønnesen hin, der in seinen Bierkrug starrte, als könne er dort den Sinn des Lebens finden. »Marie war ein Mädchen nach Tønnesens Geschmack, und sie kannte seinen eigentlichen Beruf nicht. Wie alle anderen hier im Wirtshaus glaubte sie, er sei Schreiner. Gustav Tønnesen wollte schließlich um sie freien, und sein Plan war es wohl, sie erst nach der Hochzeitsnacht über seine eigentliche Tätigkeit aufzuklären. Daher war es zu schwierig, die Axt im Zimmer zu verstecken. Marie hätte sie gefunden, wenn sie Ordnung gemacht hätte. Deshalb versteckte er sein Werkzeug in der Scheune unter dem Heu, wo ich es gefunden habe.«

Die Worte erreichten mich, doch sie verwirrten mich auch. Manches wurde klar, während anderes … Wir waren noch immer kein Stück weiter. Der Mörder war noch immer … Mein Kopf begann zu schmerzen. Der Verband drückte, und es pochte hinter meinem Ohr. Ich spürte Thomas' Blick, ich schien ihm leid zu tun, und er schaute weg, als ich zu ihm hinsah. An die Decke, aus dem Fenster. Was war nur mit ihm los?

»Aber Marie war ein Mädchen, das …« Er zögerte, als wollten die Worte nicht über seine Lippen. »Sie wollte nicht … war nicht so leicht unter Kontrolle zu bringen. Sie … nutzte die Nacht dazu …, sich sozusagen einen kleinen Extraverdienst bei den männlichen Gästen zu sichern«, Thomas atmete tief ein, »oder in der Hoffnung, einen heiratswilligen

Mann zu finden, der ihr zu Geld und Ansehen verhelfen könnte.«

Seine Worte waren wie Pfeile, die sich mir in den Körper bohrten und mich quälten und schmerzten. Mein Kopf dröhnte so, daß ich am liebsten geschrien hätte. Was hatte Thomas da gesagt? Wie hatte er das gemeint? Es rauschte in meinen Ohren, und mein Blick verschleierte sich, ich spürte, daß der Schweiß aus allen Poren meines Körpers troff und daß der Stuhl umzukippen drohte.

»Schnell! Hol etwas Wasser!« Thomas' Stimme war aufgeregt. Warum brüllte er so? Ich spürte, daß er mich an den Schultern packte und daß mir ein Glas Wasser an die Lippen gehalten wurde. Ich trank begierig, und das Rauschen wurde langsam leiser. Der Kopf wurde wieder klar. Ich gab Biggi das Glas zurück, setzte mich wieder auf den Stuhl und nickte Thomas zu.

Er machte ein paar Schritte, schaute mich und Tønnesen an und fuhr dann in seiner Rede fort. Tønnesen schien längst nicht mehr zuzuhören, er konzentrierte sich einzig auf den Inhalt seines Bierkrugs, der so, wie er ihm zusprach, sicher bald leer sein würde.

»Die Dinge klärten sich, als ich mich mit dieser Seite von Marie beschäftigte: Ich verstand, daß der Graf ihr nachgestellt haben mußte, weil sie bestimmt auch ihm schöne Augen gemacht hatte. Und warum die Wirtin und sie sich nicht grün waren.« Aus den Augenwinkeln sah ich, daß die Wirtin mit zusammengekniffenen Lippen nickte. »Und warum wir Tønnesen heute früh auf Maries Bett liegend vorgefunden haben.« Thomas sah zu Tønnesen hinüber, der aber nicht reagierte.

»Denn was Tønnesen als vorweggenommene Hochzeitsnacht angesehen hatte, war für Marie ohne Bedeutung. Für sie war Tønnesen nur ein Mann von vielen. Sie empfand keine Verpflichtung ihm gegenüber – im Gegenteil ärgerte sie sich über seine permanenten Ansprüche.

Thomas breitete die Arme aus. »Obgleich ich mit ihm

jemanden gefunden hatte, an dessen Händen Blut klebte, so hatte er doch nach Recht und Gesetz gehandelt und war ganz sicher nicht derjenige, nach dem ich suchte.«

Die Uhr tickte unbeirrt weiter, Thomas schaute flüchtig hin. Ich sah, daß sich der lange Pfeil dem tiefsten Punkt näherte, bald würde er genau nach unten zeigen, und ich spürte einen unangenehmen Sog im Magen. Die Zeit auf dieser Uhr verging schnell, jetzt mußte der Pfeil nur noch einmal nach oben, dann ...«

»Marie«, fuhr Thomas fort, »hat mich immer wieder verwirrt. Manches, was sie sagte, half mir weiter, trotzdem behielt sie wohl etwas für sich. Sie hat mir erzählt, daß der Graf zuvor schon einmal in diesem Wirtshaus übernachtet und sich merkwürdig aufgeführt hatte, daß er die Gäste beobachtet hätte. Sie erzählte mir, daß sie den Grafen gefragt hätte, nach was oder wem er suche, und daß er geantwortet habe, ›man muß der Nase nach gehen ...‹, wobei er sich an die Nase getippt haben soll.«

In meinem Kopf wirbelte alles durcheinander. Spielte mein Gedächtnis mir einen Streich, oder war Thomas jetzt auf Abwegen? Denn das hatte doch wohl Frau von Hamborch erzählt?! Ich sah zu der Wirtin hinüber, die kerzengerade dasaß, blaß und angespannt. Ihre Augen klebten förmlich an Thomas' Lippen. Plötzlich dachte ich an ihren Zustand, an die Diagnose, die Thomas gestellt hatte – und die lateinischen Worte, die er unmittelbar, bevor er nach unten verschwunden war, gesagt hatte, machten jetzt mehr Sinn: ›Niemand ist verpflichtet, etwas Belastendes auszusagen‹. Er wollte nicht, daß ihr Mann oder sonst jemand von ihrem Verhältnis mit dem Grafen erfuhr. Aber wenn das bedeutete, daß der Mörder seiner Strafe entging? Und warum nicht? Es war doch ohnehin nicht möglich, ihre ›Umstände‹ allzulange geheimzuhalten?

»Ich habe diese Worte nicht verstanden«, sagte Thomas, »bis ich dann an ein Sprichwort denken mußte, in dem es heißt, ›man muß der Nase nach gehen, auch wenn sie krumm ist‹. War es möglich, daß der Graf Marie gegenüber nur die Hälfte dieses Sprichworts gesagt hatte? War er auf der Suche nach jemandem mit einer krummen Nase? Und warum?«

Thomas breitete seine Arme aus, als wollte er die kleine Gesellschaft umfassen. »Hier im Wirtshaus gibt es nur einen mit einer deutlich krummen Nase, und so richtete sich meine Aufmerksamkeit natürlich auf Euch, Pastor Frisch.« Der Blick des Pastors ruhte gelassen auf Thomas, aber ich sah, daß seine Hände die Bibel fest umklammert hielten.

»Wenn Ihr es wart, hätte das erklärt, warum Ihr plötzlich Eure Meinung über das Herannahen des Jüngsten Tages geändert und im Laufe eines Nachmittags einen Beweis konstruiert habt, der eher einem Scharlatan als einem echten Gottesmann angestanden hätte. Wenn Ihr der Mörder des Grafen wart, mußte es Euer Interesse sein, Panik und Angst vor dem Ungewissen unter den Anwesenden zu schüren.

Unter dieser Voraussetzung bekam auch das Gespräch zwischen Euch und Marie am letzten Freitag zur Mittagsstunde Sinn. Marie war von Eurer schönen Bibel angetan und versuchte, Euch hartnäckig dazu zu bringen, den Wert dieses Buches anzugeben. Je höher, desto besser, schien es mir. Was merkwürdig war, schließlich dachte sie ja darüber nach, sich eine solche Bibel anzuschaffen.«

Es rieselte aus Thomas' Perücke, als er sich zu den anderen umwandte. Ich hätte Lust gehabt, den Staub von seinem feinen Rock zu bürsten, ihn zu unterbrechen, zum Schweigen, auf andere Gedanken zu bringen. Ich wollte nicht, daß er weiter über Marie sprach. Aber ich blieb wie die anderen sitzen, gebannt von seinen Worten, diesen grausamen Worten.

»War das eine verborgene Erpressung, deren Zeuge ich geworden war, ohne jedoch zu verstehen, was da vor aller Augen und Ohren vor sich ging? Ich begann zu glauben, daß Marie von ihrem Zimmer aus gesehen hatte, wie der Pastor den Grafen ermordet hatte, und ihn durch dieses merkwürdige Gespräch über die Bibel darauf aufmerksam machte. Und ihm zu verstehen gab, daß er sie für ihr Schweigen bezahlen könnte.« Tønnesen saß mit gesenktem Blick da und umklammerte den hölzernen Bierkrug derart heftig, daß er knackte.

»Aber statt sich ihr Schweigen zu erkaufen, entschloß sich der Pastor, sie für immer zum Schweigen zu bringen – so glaubte ich.« Die letzten Worte fielen genau in dem Moment, da sich der Pastor mit beleidigter Miene erheben wollte. Er setzte sich mit einem Seufzer wieder hin und faßte sich an die Schulter.

Thomas schaute sich im Raum um, dann ließ er seinen Blick auf dem Pastor ruhen. »Ich war mir meiner Sache so sicher, daß ich es verantwortet hätte, den Pastor in Eisen zu legen, als meine ganze Theorie wie Glas auf steinernem Boden zersprang.« Er seufzte und deutete vage zu der Stelle hinüber, an der der Pastor vor einigen Stunden gefunden worden war.

»Wie ihr alle wißt, ist Pastor Frisch heute nachmittag mit einem Messer niedergestochen worden. Die Stichwunde war an einer Stelle auf dem Rücken, wo er sie sich unmöglich selber hätte zufügen können ...«

»Jetzt aber bitte ...!« Der Pastor unterbrach ihn zornig. »Haben der Herr Professor etwa geglaubt, daß ich ...« Er rang nach Atem und ließ sich gequält und mit zusammengebissenen Zähnen wieder auf den Stuhl fallen.

»Ja«, räumte Thomas ein, »zuerst glaubte ich, Ihr hättet Euch das Messer selbst in den Rücken gestoßen, um meine Aufmerksamkeit von Euch abzulenken – und mich glauben zu machen, Ihr könntet unmöglich der Mörder von Graf d'Angely und Marie sein. Aber schnell habe ich erkennen müssen, daß das nicht möglich war.«

Ich sah Thomas an und dachte unwillkürlich: Und wer dann? Jetzt waren sowohl Tønnesen als auch der Pastor unwiderruflich aus dem Spiel. Ich schaute zum Wirt. Er hatte die ganze Zeit bleich und angespannt neben seiner Frau gesessen, wirkte aber irgendwie unbeteiligt, als ginge ihn das alles nichts an. Das Ticken der Uhr schien ihn mehr zu beschäftigen als Thomas' Worte. Wenn es weder der Pastor noch Tønnesen gewesen war, wer könnte es dann sein? Ich konnte nicht glauben, daß die Wirtin es getan haben sollte. In der Gestalt, die ich nachts durch den Schnee gejagt und die mich mit solcher Kraft niedergeschlagen hatte, daß ich einen ganzen Tag das Bett hatte hüten müssen, konnte ich beim besten Willen nicht die Wirtin erkennen. Und auch nicht in dem Gesicht, das sich an das Fenster des Waschhauses gedrückt hatte.

Von Hamborch bemerkte meinen Blick und erwiderte ihn. Die Furcht, das Flehende in seinen Augen, bestärkten mich in meiner Annahme, und ich unklammerte den Griff der Pistole unter der Decke.

»Das Mosaik, das ich hatte legen wollen, ging nicht auf, beständig fehlten Steinchen für ein vollständiges Bild, und ich begriff, daß ich einige an die falsche Stelle gelegt haben mußte.« Thomas schien müde zu sein, er zog das Taschentuch aus seinem Ärmel und wischte sich über Stirn und Hals.

»Ehe ich fortfahre, möchte ich kurz auf den falschen Grafen zurückkommen.« Thomas griff in seine Rocktasche und holte die Quittung hervor. »Eingenäht in sein bestes Hemd haben wir diese Quittung gefunden, die bestätigt, daß der Graf eine größere Summe von einem gewissen von Bergholz erhalten hat. Wir haben das Geld in seinem Zimmer gefunden, ebenso die Waffe und das Gift, die uns zu verstehen gaben, daß es sich bei dem, der jetzt tot im Wagenschuppen liegt, um einen sogenannten Assassinen, also einen gedungenen Meuchelmörder, handeln mußte.

Was war da logischer, als anzunehmen, daß der Gejagte dieser Mörder war? Also, daß die Person, die der Graf ursprünglich hätte töten sollen, seine Pläne durchschaut hatte und ihm zuvorgekommen war. Wir mußten demzufolge nach einer Person suchen, die Händel mit diesem von Bergholz gehabt hatte.« Thomas sah den Wirt an und dann die anderen Anwesenden. »Mir wurde langsam bewußt, daß die äußeren Umstände, Geschehnisse und Personen aus der Welt dort draußen mit unserer kleinen, eingeschneiten Welt in Zusammenhang gebracht werden mußten, um den Mörder zu fangen.«

Thomas ging in die Küche, trank ein Glas Wasser und war sogleich wieder zurück. Niemand hatte sich während dieser Unterbrechung bewegt oder auch nur etwas gesagt.

»Laßt mich hinzufügen, daß der Graf offensichtlich auch den Herzog von Gottorp ...«, er schaute im Raum umher, um etwaige Reaktionen mitzubekommen, »... ziemlich gut kannte.«

Ich weiß nicht, ob Thomas etwas wahrnahm, aber ich sah nichts Bemerkenswertes nach dieser Äußerung.

»Doch so laßt mich auf das Attentat auf Jacob Frisch zurückkommen. Wer hatte etwas davon, den Pastor zu töten oder es wenigstens zu versuchen? Diese Frage wollte ich zuerst beantworten. Wußte der Pastor etwas, das für den Mörder gefährlich werden konnte? Hatte der Pastor den Mord an dem Grafen oder den an Marie mitbekommen? Oder glaubte der Betreffende, daß der Pastor etwas gesehen oder gehört hatte? Vielleicht hatte Marie versucht, jemanden zu erpressen! Es gab so viele Möglichkeiten. Was mir auffiel, war, daß der Mordversuch recht halbherzig ausgeführt worden war. Das Messer war klein, obgleich es in einer Schublade mit einer Reihe größerer und viel gefährlicherer Messer gelegen hatte. Ja, und dann die Stichwunde selbst, eine Fleischwunde in Schulternähe, wo keine lebenswichtigen Organe verletzt werden konnten.«

Während Thomas sprach, hatte ich Albert beobachtet, der mit einer Münze spielte. Sie hüpfte auf seinen groben Fingern herum, verschwand und tauchte wieder auf, als wäre Leben in ihr. Wieder und wieder, wobei er sich mit der rechten Hand im Bart kratzte. Er zwinkerte mir zu, und ich erwiderte das mit einem lautlosen Lachen, froh darüber, für die Dauer eines Augenblicks von all dem Traurigen abgelenkt worden zu sein. Seltsam, daß ich ihn am Anfang so gar nicht gemocht hatte. Wie man sich doch in Menschen täuschen kann.

Dann fielen mir wieder Thomas' Worte ein, »... daß der Täter mit der linken Hand zugestochen hat.« Mit einemmal rann mir ein eisiger Schauer über den ganzen Körper. Mein Blick hing an Thomas, wohl um nicht zurück zu Albert und dessen Händen zu schweifen, sicher aber auch, um Thomas' Aufmerksamkeit auf mich zu ziehen. Seht mich an, Thomas! Seht Ihr denn nicht, daß ich Euch etwas zu sagen habe? Ich spürte, wie mein Finger den Abzug der Pistole losließ und ich sie langsam in die andere Richtung drehte – zu Albert. Wie er uns hinters Licht geführt hatte! Vollkommen! Den Mord an dem Grafen hatte er eingestanden, doch so, daß Thomas davon ausgehen mußte, daß Albert es nicht gewesen sein konnte. Und diese Geschichte von seiner Kindheit in Frankreich. Nun, vielleicht war sie wahr, aber sie hatte uns den Blick versperrt. Und Marie hat er getötet, weil sie ihn so gut kannte, daß sie die richtigen Zusammenhänge geahnt hatte. Heute nacht, als Marie getötet wurde, hatte er angeblich wachgelegen und auf Biggi aufgepaßt. Damit war Biggi aus dem Spiel. Aber sie war nicht wach geblieben, um ihn zu überwachen! Am liebsten hätte ich Thomas angeschrien, ihn zum Schweigen gebracht, diese Vorstellung beendet, auf daß dem Mörder neben der Tür das Grinsen verginge. Plötzlich haßte ich diesen bärtigen Riesen. Mein Finger krümmte sich um den Abzug. Wenn er sich rührte, würde ich nicht zögern ...

»Ich wunderte mich auch«, hörte ich Thomas sagen, »daß so viel Blut an die Wand gespritzt war und nicht auf den Boden. Das brachte mich auf eine Idee. Ich sah mir das Paneel im Flur genauer an und ebenso den Knauf des Messers – und plötzlich paßte alles, alle Steinchen fielen an ihren Platz, darunter auch solche, von denen ich nicht geglaubt hatte, daß sie zu diesem Mosaik gehörten.«

Alle hielten erwartungsvoll den Atem an, auch ich, wobei ich allerdings keine Sekunde den Finger vom Abzug nahm.

Thomas hielt inne und sah sich um. Er hatte das Gesicht verzogen und zögerte ein wenig. War das Unsicherheit? Dann sagte er: »Erlaubt mir, eine Vorgeschichte zu erzählen.

Im Monat Mai des Jahres 1697, vor bald drei Jahren, entschloß sich der damalige König Christian V., dem Herzog von Gottorp eine Lektion zu erteilen und seine neuen Schanzen dem Erdboden gleichzumachen. Der König empfand die neuen Schanzen als Bedrohung für Dänemark und glaubte, die dänischen Alliierten würden eine solche militärische Aktion gutheißen. Doch sowohl aus England als auch aus Holland und von deutscher Seite kam heftiger Protest: Laßt die Finger von den Schanzen des Herzogs und seht zu, daß ihr zurück nach Dänemark kommt!

Mit größtem Unmut mußten die dänischen Soldaten kehrtmachen und sich wieder hinter die Grenze zurückziehen. Viele von ihnen waren Söldner, die gehofft hatten, sich durch Plünderungen ein zusätzliches Vermögen schaffen zu können, und die ihre Wut jetzt an allen ausließen, denen sie auf ihrem Rückweg begegneten!«

Thomas' Blick ruhte einen Augenblick lang abwägend auf Biggi, als wollte er den Wahrheitsgehalt ihrer Geschichte noch einmal prüfen, bevor er fortfuhr. Dann schaute er am Pastor vorbei, der ein überraschtes Gesicht machte, herüber zu mir. Ich vergaß Albert und hörte Thomas zu.

»An einem sonnigen Nachmittag trifft eine Gruppe von Soldaten auf ein junges Mädchen und deren kleinen Bruder. Sie fallen über das Mädchen her und vergewaltigen sie. Der Junge, der seine große Schwester beschützen will, wird gegen einen Stein geschleudert und stirbt. Das Mädchen und der Junge sind …« Thomas zögerte. Der Pastor hatte sich halb erhoben, er stand gebeugt mit weit aufgerissenen Augen da und stützte sich auf die Lehne des Stuhls, wobei seine Arme für einen Augenblick unkontrolliert zitterten. Thomas holte tief Luft. »Sie waren … die einzigen Kinder von Pastor Jacob Magnus Frisch aus Hindrup und seiner Frau.«

Der Pastor sank auf seinem Stuhl in sich zusammen und starrte Thomas mit Augen, die nichts zu verstehen schienen, an. Ich fühlte mich beinahe ebenso gelähmt und war mir nicht sicher, was das zu bedeuten hatte oder worauf er hinauswollte. Der Pastor schluckte angestrengt. »Woher wißt Ihr ...«, flüsterte er. »Wart Ihr dort?« Seine Augen füllten sich mit Haß, als sich ihm diese Möglichkeit offenbarte.

»Nein«, sagte Thomas, »das war ich nicht. Aber laßt mich nun auf die Untersuchungen zurückkommen, die ich heute nachmittag draußen im Flur unternommen habe.« Thomas ging zu Albert hinüber, der ihm das Küchenmesser reichte, das dem Pastor in den Rücken gestoßen worden war.

Ich mußte wieder an Albert denken und blickte verwirrt und unsicher zu Thomas. Sollte ich ihm von meiner Entdeckung erzählen, daß Albert Linkshänder war und somit der Mörder sein konnte? Bevor ich selbst eine Antwort auf diese Frage fand, setzte Thomas seine Rede fort.

»Ich sah, daß der Schaft des Messers blutverschmiert war, aber es gab keine Spuren dafür, daß jemand den Schaft umklammert hatte. Wie war das möglich? Wurde das Messer geworfen? Wenn ja: Warum war dann so viel Blut an der Flurwand? Wer auch immer das Messer geworfen hatte, mußte schließlich auf dem Flur oder auf der Treppe gestanden haben. Man könnte sich vorstellen, daß Ihr, Pastor Frisch, Euch nach der Attacke umgedreht habt, um Eurem Angreifer – oder Eurer Angreiferin – in die Augen zu sehen. Aber dann müßte das Blut an der Wand über eine größere Fläche verteilt sein. Nicht so auf eine Stelle konzentriert, wie ich es vorgefunden habe. Nein, ich mußte in eine andere Richtung denken.

Nachdem ich das Messer gereinigt hatte, entdeckte ich, daß der Messerschaft kürzlich zurechtgeschnitzt worden war, so daß das Endstück an der unteren Hälfte abgerundet war, schmaler, wie ihr seht.« Er hielt das Messer hoch, damit wir alle sehen konnten, daß das Ende des Schafts verändert worden war. Ich sah, daß die Farbe des Holzes an den Schnittflächen einen anderen Ton hatte.

»Draußen an der Flurwand habe ich mitten in dem Blutfleck ein großes Astloch entdeckt«, er formte mit Zeigefinger und Daumen einen kleinen Ring, »in das der Schaft des

Messers genau hineinpaßt.« Thomas schob das Ende des Messers in diesen Ring. »Das Messer steckte in diesem Loch von selbst fest und ragte frei in den Raum hinein.«

Sein Blick war betrübt, als er sich wieder Pastor Frisch zuwandte. »Wie ich es sehe, habt Ihr das Messer in dem Astloch befestigt und Euch dann dagegengeworfen. Alle meine früheren Annahmen waren richtig. Ihr wart es, der zuerst den Grafen und später Marie getötet hat.« Thomas streckte seine Hand aus. »Seid so gut, gebt mir die Bibel.« Aus den Augenwinkeln sah ich, daß Albert aufgestanden war und näherkam.

Der Pastor hatte die ganze Zeit über nervös an seinem Buch herumgefingert, jetzt warf er es plötzlich Thomas zu, und bevor noch jemand reagieren konnte, stand er hinter Biggi und hielt ihr ein kleines Messer an den Hals. Mit harter Hand wurde ihr Kopf in den Nacken gezerrt. Leise und bedächtig – was mich mehr erschreckte als jedes Rufen oder Schreien – sagte der Pastor: »Ihr habt keinen Gott mehr, Professor, Ihr könnt also nicht verstehen, aber mein Gott hat zu mir gesprochen: ›Oh, du sollst keine Gnade walten lassen: Auge um Auge, Zahn um Zahn, Hand um Hand und Fuß um Fuß‹. Meine Rache soll meine letzte Tat sein, und niemand wird mich aufhalten.«

Albert stand wie erstarrt mitten im Raum. Der Pastor drückte das Messer noch kräftiger in Biggis Hals und forderte Albert mit einem Kopfnicken auf, wieder auf dem Stuhl an der Tür Platz zu nehmen.

Alles war so schnell gegangen, daß ich verwirrt dasaß und dachte: Wo in aller Welt kommt dieses Messer her?

Thomas hob die Bibel vom Boden auf. Er sah Biggi unruhig an und drückte beiläufig auf verschiedene Stellen auf dem Rücken des großen Buches, betastete die Schnitzereien und überprüfte, ob etwas unter seinen Fingern nachgäbe.

»An wem wolltet Ihr Euch rächen, Pastor Jacob? Am Grafen? Was hatte Marie Euch getan?« Thomas' Stimme war nüchtern und neugierig, doch ohne zu fordern. Währenddessen drückten seine Finger auf die faszinierenden Schnitzereien am unteren Teil des Buchrückens, und plötzlich sprang das Endstück einen halben Daumen breit auf, so daß er einen langen, dünnen Metallstab herausziehen konnte. Dieser hatte in einer versteckten Scheide im Buchrücken gesteckt. An dem Schaft erkannte ich, daß auch das Messer, das der Pastor jetzt in den Händen hielt, dort verborgen gewesen sein mußte.

Der Pastor hatte Thomas' Entdeckung bemerkt, aber es schien ihn nicht sonderlich zu interessieren, daß die Tatwaffe damit gefunden worden war. »Der Professor hat es selbst gesagt: Es waren Männer des Königs, die meine Kinder getötet haben und meine Frau vor Trauer krank werden ließen. Es war der König, der seine Leute an Hindrup vorbeibeordert hatte. Der König muß für deren Untaten büßen.«

Thomas schüttelte langsam den Kopf. »Aber in der Bibel steht auch: ›Des Königs Herz ist der Becher in Jahwes Hand‹, also daß Gott selbst den stärksten König leitet. Niemand tut etwas anderes, als was Gott ihm befohlen hat.« Thomas betonte jedes Wort, als er sagte: »Euer Gott, Pastor, befiehlt Euch nicht zu rächen, es ist Eure Trauer, die Euch zur Rache treibt.« Er zögerte einen Augenblick, bevor er leise hinzufügte: »Außerdem ist König Christian V. doch tot.«

Der Blick des Pastors irrte einen Augenblick lang umher, dabei schien er aber nicht aus dem Fenster, sondern in sich selbst hineinschauen zu wollen.

Langsam öffnete der Pastor den Mund, um Thomas zu antworten. Seine sonst grauen Augen waren so dunkel, wie wenn man in einen tiefen Brunnen hineinschaut. »Der Herr aber spricht zu Moses: ›Ich, der Herr, dein Gott, bin ein eifriger Gott, der da heimsucht der Väter Missetat an den Kindern bis in das dritte und vierte Glied‹.« Seine Stimme wurde ruhiger und etwas kraftvoller. Er hatte sein inneres Gleichgewicht wiedergefunden. Der Druck des Messers an Biggis Hals wurde schwächer, und der Pastor änderte seine Stellung, die Schmerzen im Rücken quälten ihn noch immer.

Thomas wollte nicht klein beigeben: »Der Herr spricht zu Moses: ›Du sollst nicht töten.‹ Und weiter heißt es bei Matthäus: ›Wer aber tötet, der soll des Gerichts schuldig sein.‹« Thomas' Worte waren eindringlich. »Ihr müßt den Worten der Bibel folgen, Jacob Frisch, und Euch dem Gericht stellen.«

»Gottes Gericht am Jüngsten Tag ...« Pastor Frisch hob unwillkürlich den Kopf und schaute zur Uhr. Desgleichen taten wir, und vom Wirt kam ein ängstliches Seufzen. Der lange Pfeil hatte bereits die Zahl Fünfundvierzig passiert. »Gottes Gericht am Jüngsten Tag, so er denn kommen wird ...«, sagte der Pastor mit einem gequälten Lächeln, das eher erschrekkend als beruhigend wirkte, da seine dunklen Augen dabei böse funkelten. »Sein Gericht soll über mich urteilen, kein anderes Gericht!« Das letzte unterstrich er mit einer hitzigen Bewegung des Messers.

Biggi blieb ruhig sitzen, obwohl ein Blutstropfen an ihrem Hals herabrann. Ihre Augen ruhten auf Thomas, der ihr beruhigend zunickte, während der Schweiß Streifen in sein Gesicht zeichnete.

»Ihr dürft gehen, Pastor Frisch«, sagte er und hielt die lange Waffe hoch, »aber zuvor müßt Ihr mir noch erzählen, warum der Herzog von Gottorp Euch diese Bibel gab.«

»Das ist die Waffe des Allmächtigen. Er stellte mich auf die Probe, wie er auch Hiob auf die Probe gestellt hat.« Die Augen des Pastors glänzten schwarz wie verrußte Glaslaternen. »Gott hat mich meine Kinder verlieren lassen ... meine ganze Familie, um meinen Glauben auf die Probe zu stellen, er ...«

»Wie sind Eure Tochter und Eure Frau gestorben?« unterbrach ihn Thomas.

Der Pastor lachte gequält. »Sie starben ... sie starben ...« Sein Gesicht verzog sich zu einer Grimasse, als würden dahinter gewaltige Kämpfe ausgefochten. »Sie starben ... meine arme Lisbet, mein Mädchen, sie ist verrückt geworden, nachdem diese ... diese ...« Er winkte ab. »Sie hörte auf, mit anderen zu reden, sprach nur noch mit sich selbst. Schwieg, wenn wir uns … ihr näherten …« Sein Gesicht verzerrte sich wieder. Speichel rann ihm aus dem Mundwinkel, und die Lippen öffneten sich. Dann veränderte sich sein Gesicht, es bekam weiche Züge – er schien jemanden zu sehen, den wir nicht wahrnahmen. »Du bist von uns gegangen, meine kleine Lisbet, nicht wahr … ins Wasser … heim, zu Gott! Er hat dich geholt, der Herr, unser Gott hat dich geholt, du solltest in geweihte Erde, nicht wahr? Gott, der Herr, hat dich geholt.« Er drehte seinen Kopf eine Idee zu uns herüber. »Ja, und auch dich, meine Liebe, Gott hat dich zu sich geholt, du konntest der Trauer nicht standhalten, also band Er ein Seil um … Er war das, nicht du, Er wollte dich zu sich holen, aber der Bischof …«, seine Stimme war jetzt voller Haß, »sagte: ›… nicht in geweihte Erde‹. NICHT IN GEWEIHTE Erde!« Sein Schrei ging in ein trockenes Schluchzen über. Die Hand mit dem Messer zuckte vom Hals weg, doch Biggi rührte sich nicht, sie sah zu Thomas hinüber.

Dann beruhigte sich der Pastor. Er hob seinen Kopf mit einem maliziösen Blick. »Gott hat mir gesagt, wohin ich gehen muß, um Rache zu nehmen, um Sein Buch, das Buch der Rache, zu finden. Der Gegenspieler des Königs hatte es in seiner Bibliothek und gab es mir … Ich mußte ihm versprechen, seinen Namen niemals zu erwähnen, nicht einmal auf der Folterbank des Scharfrichters. Niemals, nein.« Feierlich wie ein Kind hob er seine Hand. »Das habe ich bei Gott, dem Allmächtigen, geschworen!«

»Woher wußtet Ihr, daß es der Graf auf Euch abgesehen hatte? Vielleicht …«

»Er hat mich verfolgt«, unterbrach ihn der Pastor wütend, »in Ribe hat er mich unablässig von seinem Fenster aus beobachtet. Ich merkte genau, wie er sich versteckte, sobald ich mich umdrehte. Und dann tauchte er hier wieder auf …«

»Worauf Ihr sein Zimmer durchsucht habt, nicht wahr?« fragte Thomas vorsichtig.

Der Pastor schwieg, packte Biggi wieder fester und schaute

zur Tür. Er dachte wohl daran, Biggi als Geisel zu nehmen und mit ihr zu flüchten. Thomas mußte etwas tun. Ich tastete nach der Pistole.

Thomas sagte nichts mehr, sein Blick wich dem meinen aus, er stand erschöpft da und blickte zu Boden. Seine Perücke hing schief auf dem Kopf und ließ ihn geschlagen aussehen.

»Warum ... Warum habt Ihr das mit Marie gemacht, ihr solche Schmerzen zugefügt?« Ich kämpfte mit den Tränen, mit der Abscheu, dem Gefühl meiner Ohnmacht, und ich hörte meine Frage wie aus weiter Ferne. »Warum habt Ihr ... ihr Gesicht genommen?«

Der Pastor wandte seinen Blick von Thomas ab, fast schien er überrascht zu sein, daß noch andere im Raum waren. »Sie hat Gottes Namen mißbraucht. Sie war eine Dirne und lebte in Unzucht und Schande. Gott sagt: ›Ärgert dich aber dein rechtes Auge, so reiß es aus und wirf's von dir. Es ist besser, daß eins deiner Glieder verderbe, und nicht der ganze Leib in die Hölle geworfen werde.‹ Ich habe ihr geholfen, einer Dirne, erlöst zu werden.«

Das Heulen begann ganz leise und tief, so daß niemand darauf aufmerksam wurde, bevor es zu voller Stärke angewachsen war und Tønnesen außer sich wie ein wild gewordener Stier den Bierkrug auf den Pastor schleuderte. »Du hast Marie getötet!« Der Krug traf den Pastor über dem Ohr und streckte ihn rücklings zu Boden. Der Mann schrie auf und wälzte sich zum Tisch hinüber.

»Du hast meine Marie getötet, Du Satansbrut! Du verfluchter Teufel! Ich werde ...!« Als er auf den Pastor losgehen wollte, stolperte Tønnesen über seinen Stuhl, so daß Frisch beinahe auf dem Schoß der Wirtin gelandet wäre. Von Hamborch gab dem Pastor einen kräftigen Tritt und lotste seine Frau in den Erker, wo er sich schützend vor sie stellte. Der Pastor rappelte sich auf und stürzte zur Tür hinüber. Albert sprang hoch, um ihn aufzuhalten, als Thomas brüllte: »Nein, Albert, er hat noch immer das Messer!«

Und müde fügte der Professor hinzu: »Wir können nicht noch mehr Tote gebrauchen! Laß ihn gehen.«

Der Pastor riß die Tür auf, und ein kalter Luftzug blies die vordersten Kerzen aus. Er drehte sich um und öffnete noch einmal den Mund, als ob er etwas sagen wollte. Einen Augenblick lang stand er da und starrte uns an. Was wollte er … Ich weiß es nicht – Verständnis? Vergebung? Dann verschwand er ohne ein weiteres Wort im Dunkeln.

Kapitel 40

Thomas schloß die Tür. Die Stirn an die Scheibe gelehnt, starrte er lange in die Dunkelheit hinaus, als wollte er sich vergewissern, daß der Pastor wirklich fort war. Schließlich drehte er sich um, sah uns unglücklich an und zog sich die Perücke vom Kopf. »Acta est fabula«, sagte er müde. Sein Blick irrte über den Boden.

Keiner sagte etwas.

Thomas sank auf den nächsten Stuhl und legte die Hände vor das Gesicht. Albert kniete vor Biggi und hatte einen Arm um sie gelegt, während seine Finger vorsichtig ihren Hals auf Wunden untersuchten. Tønnesen stand vornübergebeugt da, die eine Hand auf dem Tisch, die andere auf dem umgekippten Stuhl. Er starrte unablässig auf die Tür, während sein Atem stoßweise und angestrengt ging.

Ich fragte mich, ob der Pastor wohl ein Pferd nehmen würde, vielleicht den großen jütländischen Hengst, um zu entkommen. Thomas mußte etwas unternehmen …!

»Zwei Minuten!!« ertönte ein schwacher, dünner Schrei. Ich blickte erschrocken zum Wirt. Er stand noch immer in der Ecke, die Arme um seine Frau gelegt, während seine Augen angsterfüllt an der Uhr hingen. Der lange Pfeil war an der Fünfundfünfzig vorbeigewandert und näherte sich der Sechzig. Der kleine Pfeil auf der oberen Scheibe war beinahe bei der Zwölf angelangt. Mir blieb fast das Herz stehen. Das Jüngste Gericht! Gleich war es soweit …

Thomas hob den Kopf und schaute auf. Tønnesen gelang es, den Stuhl wieder auf die Beine zu stellen und sich darauf fallen zu lassen, Augen und Mund in Panik weit aufgerissen. Ihm entfuhr ein klagendes Wimmern. Die Wirtin führte ihren Mann zum nächsten Stuhl und stellte sich hinter ihn, legte ihre Arme beschützend um ihn, während er, den Blick auf die Uhr gerichtet, immer mehr in sich zusammensank. Alle schauten auf die Uhr. Auch Albert, der sich erhoben hatte, obwohl sein verwirrter Blick verriet, daß er gar nicht wußte, warum.

Das beständige Ticken der Uhr wurde immer intensiver, deutlicher, alle schienen die Luft anzuhalten, als der Pfeil sich über den letzten dünnen Strich schob. Langsam, in kurzen, kaum sichtbaren Rucken glitt er über die große Sechzig auf den oberen, endgültigen Punkt zu. Selbst der Sturm, der den ganzen Abend über geheult hatte, schien innezuhalten.

In meinem Kopf stand alles still. Als ob das gleichmäßige Tick-Tack der Uhr alles ausfüllte, meinen Kopf, den Körper, den ganzen Raum. Alles. Nur noch die Uhr, die Zeit existierte. Das und die Prophezeiung, der Schrecken vor der Erfüllung der Zeit.

Während ich auf den Pfeil starrte, flimmerten an meinem inneren Auge Bilder vorbei, Bilder von Wäschestücken, die sich sanft in der Zugluft bauschten und wisperten: Komm! Komm! Ich will dir mein Geheimnis zeigen! Komm! Ein Laken nach dem anderen schob sich zur Seite, ich war umgeben von Weiß, das bauschende, lebendige Weiß war überall, schlang sich um mich und führte mich, zwang mich auf den dunklen Schatten zu, der sich hinter dem nächsten Laken abzeichnete. Ich zögerte, wollte nicht, aber es geschah einfach mit mir … Ich sah das blonde Haar … hob hoch … mußte …

Mein Schrei wurde erstickt, bevor er noch meine Lippen passierte, von den kräftigen Schlägen der Uhr, die Maries Bild wegwischten.

Wir saßen alle wie paralysiert auf unseren Plätzen und zählten jeder für sich die Schläge: Sieben! Acht! Neun! Zehn! Elf! ZWÖLF!« Die letzte Zahl hallte in meinem Kopf wider und vibrierte wie ein Echo in der Stille des Raums, während ich atemlos aus dem Fenster schaute.

Nichts passierte. Nichts. Kein Feuer. Keine Posaunen. Die Dunkelheit war genauso undurchdringlich wie zuvor, die Eisblumen auf der Fensterscheibe waren genauso schön und kalt, der Wind war genauso intensiv. Nicht mehr und nicht weniger. Der Reihe nach atmeten alle erleichtert auf.

Wer damit anfing, weiß ich nicht mehr, aber plötzlich brüllten wir alle, jubelten und sahen triumphierend zu dem Sturm hinaus. Wir hatten keine Angst mehr. Der Sturm war nur ein Sturm. Er würde uns nicht kleinkriegen. Wir würden es schaffen. Wir konnten ALLES schaffen!

Die Erleichterung verbreitete sich im ganzen Raum, ließ ihn hell erstrahlen und alle darin lächeln oder lachen. Ich kam auf die Beine, hörte den Aufschlag der Pistole auf dem Boden und rechnete einen Herzschlag lang damit, daß sie losgehen würde. Thomas lächelte zurückhaltend, als ich ihm überwältigt auf die Schulter klopfte. Ich griff nach seiner Hand, wollte etwas sagen. Aber die Worte steckten mir im Hals fest, ich grinste blöde und mußte mich auf einen Stuhl setzen. Der Wirt kam und ergriff ebenfalls Thomas' Hand, schüttelte sie kräftig und grinste genauso dämlich, bevor er ein gequältes »Danke« hervorbrachte. Danach ging er zurück zu seiner Frau und sank neben ihr auf einen Stuhl. Sie strich ihm durchs Haar und verschwand mit einem listigen Lächeln in der Küche, wo sie eine Weile herumhantierte und schließlich einen Kessel über die Herdstelle hängte. Während das Wasser aufkochte, versorgte sie die übrigen Gäste mit Bier und einem ordentlichen Schnaps und sah immer wieder zu ihrem Mann, ob es ihm auch an nichts fehlte. Er lächelte sie an, verunsichert von der überwältigenden Fürsorglichkeit.

Biggi stand auf, um sich in der Küche nützlich zu machen. Ich hörte die beiden miteinander reden, die Wirtin kicherte wie ein junges Mädchen. Kurz darauf kam sie mit einer Tasse, die sie vor ihren Mann hinstellte.

»Was ist das?« fragte von Hamborch überrascht und schnupperte mißtrauisch an dem Getränk.

»Ein Tee, der dir Kraft geben soll … das neue Jahr anzugehen!« Frau von Hamborch setzte sich auf seinen Schoß und küßte ihn auf die Stirn. »Trink das! Um meinetwillen!«

Der Wirt blies über das heiße Getränk und nippte vorsichtig daran. Es schmeckte wohl gar nicht so schlecht, und er nahm noch einen Schluck.

Ich hörte Thomas leise vor sich hin summen und sah, wie er Biggi zuzwinkerte.

»Und was ist, wenn der Pastor sich ein Pferd genommen hat und es bis in die Stadt schafft?« Die Frage ließ mich einfach nicht los.

Thomas schaute von mir zur Tür und sagte: »Albert hat die Stalltür mit einem Vorhängeschloß versehen. Alles ist verschlossen. Die einzige Tür, durch die der Pastor hereinkommen kann, ist diese hier.« Er nickte in Richtung Vordertür und fuhr sich mit der Hand über das Gesicht. »Weißt du, ich war mir nicht sicher, ob ich es schaffen würde, ihn dazu zu bringen, die Morde einzugestehen. Wäre es mir nicht gelungen, wollte ich ihn in die Flucht schlagen – und seinen Gott über sein Leben entscheiden lassen. Darum habe ich Albert gebeten, alle Türen zu verschließen …« Er sah Biggi zerknirscht an, die in der Küche stand und mit der Wirtin scherzte. »Ich hatte nicht damit gerechnet, daß es für einen von uns gefährlich werden könnte. Ein so alter Mann, und dann auch noch mit seiner Verletzung …« Wir drehten uns zu Tønnesen um, der, den Bierkrug im Arm, quer über dem Tisch lag und mit offenem Mund schlief. Thomas' Stimme hatte etwas Warmes, als er sagte: »Daß ausgerechnet er unser Retter sein würde. Aber wir werden wohl bis morgen warten müssen, um uns bei ihm zu bedanken.« Er lachte und nahm einen Schluck Bier.

Albert kam und ließ sich hinter mir auf die Bank fallen. Er knallte die große Bibel auf den Tisch. »Jetzt haben wir gar nicht mehr erfahren, wie er an dieses Teufelswerkzeug gekommen ist«, sagte er und schob sie zu Thomas hinüber.

Thomas fuhr mit den Fingern über die deutschen Worte am unteren Rand des wertvollen Einbands. »Doch. Er hat genug gesagt, damit wir uns den Rest selbst zusammenreimen können.« Er schlug die Bibel aufs Geratewohl auf und las darin, bevor er zur letzten Seite weiterblätterte. »Das ist eine alte katholische Bibel, keine lateinische, sondern in deutscher Übersetzung. Ein Prachtstück, das im Besitz eines Klosters gewesen sein mag oder eines Fürsten, in einem adeligen Geschlecht von Generation zu Generation weitervererbt. Hier sehe ich die Jahreszahl MDLIX, daneben ›Kloster am Michelberg‹, und ich meine mich an ein Dominikanerkloster dieses Namens in der Nähe von Heidelberg erinnern zu können. Ein Kloster, das seinerzeit für seine handgeschriebenen Bücher berühmt war, viele davon ins Deutsche übersetzt, was zu jener Zeit eher ungewöhnlich war. Die Werke waren nicht selten unglaublich hübsch illustriert ...«

Ich hustete kräftig. Thomas brach seinen Satz ab und sah mich verwirrt an, dann kratzte er sich verlegen am Bart. »Ja, also, ich bin sicher, nicht falschzuliegen, wenn ich behaupte, daß der Fürst, dem diese Bibel gehörte, unser junger Nachbar, der Herzog von Gottorp ist. Der Pastor hat es nicht geleugnet, als ich es angesprochen habe. Außerdem spricht eine Menge dafür, wenn das Ganze einen logischen Zusammenhang bekommen soll.«

Der Wirt erhob sich und trat näher.

»Ich denke«, fuhr Thomas nachdenklich fort, »daß es sich folgendermaßen zugetragen hat: Als alle Mitglieder aus Pastor Frischs Familie tot waren und er mit einemmal ganz allein dastand, hielt ihn nur mehr der Wunsch, sich zu rächen, am Leben. In seinen Augen trug der alte König die Schuld an seinem Leid und wurde somit zum Ziel seiner Vergeltung. Aber er benötigte Hilfe, um seinen Plan auszuführen. Und an wen konnte er sich mit einem derart verwerflichen und tolldreisten Vorhaben wenden? Die Antwort war nicht schwer – alle, vor allen Dingen hier im südlichen Teil Jütlands, wissen, wie tief und inbrünstig der Haß des Herzogs auf das dänische Königsgeschlecht ist, ein Haß, der sich über Generationen aufgestaut hat. Pastor Frisch wandte sich an den Herzog, legte ihm seinen Plan dar und bekam dessen Unterstützung zugesichert. Wir haben am eigenen Leib erfahren, wie überzeugend der Pastor in seiner Rede sein kann. Er hatte sicher ein leichtes Spiel bei dem Herzog, der in dem Pastor natürlich ein Werkzeug sah, Tumult und Chaos in Dänemark zu schaffen – ohne selbst dabei in Gefahr zu geraten. Herzog Frederik Christian war sich bewußt, daß es nicht leicht sein würde, auf die Schnelle einen Nachfolger zu finden, wenn der junge König tot war, es würde einen Kampf um die Krone geben und damit über Monate Unsicherheit, wer eigentlich das Land regierte – einer der Schwachpunkte der absolutistischen Herrschaft –, so daß der Herzog und sein Schwager, der schwedische König Karl, leichtes Spiel mit dem dänischen Heer gehabt hätten.« Thomas klappte die Bibel zu. »Die natürliche Folge wäre eine Invasion gewesen, so wie ich es sehe.«

»Aber ...«, der Wirt nahm einen Schluck von seinem Tee, »dieser Graf d'Angely, von dem Ihr sagt, daß er gar kein Graf war, warum wollte der den Pastor töten?«

»Das ist die schwierigste Frage, auf die ich bisher noch keine eindeutige und wirklich logische Antwort gefunden habe. Ich kann es nur vermuten«, sagte Thomas versonnen, während seine Finger den Westenknopf suchten. »Der Graf war offensichtlich mit dem Herzog bekannt und wird trotzdem losgeschickt, um den Plan des Herzogs zu vereiteln. Er selbst beschrieb es als ›einen der langen Arme des Herzogs abzuschlagen‹ in einer Unterhaltung mit ... Marie.« Sein Blick wanderte unwillkürlich zur Wirtin in der Küche, ehe er weitersprach: »Gleichzeitig sagte er aber auch, daß der Herzog ein Mann nach seinem Herzen sei, was ich nicht unbedingt als positives Zeugnis für den Herzog bezeichnen würde, nach allem, was wir über den Grafen erfahren haben.

Aber eine solche Aussage läßt es noch rätselhafter erscheinen, daß er gegen den Herzog arbeitet.«

Thomas nahm einen kräftigen Schluck aus seinem Bierkrug. »Meine Version sieht so aus, daß jener von Bergholz, ein Widersacher des Herzogs, der gerade von den Attentatsplänen erfahren hatte, sich die Dienste des Grafen erkaufte. Möglicherweise ist er ein Kaufmann aus Lübeck oder Hamburg, nach dem, was Ihr, von Hamborch, berichtet habt. Ein Mann, der seine Chance gekommen sieht, indem er gegen die Pläne des Herzogs intrigiert. So die Version, die ich am ehesten für wahrscheinlich halte. Die andere Version ist etwas konstruiert, aber nicht unmöglich ...« Thomas schaute in die Runde, als ob er plötzlich verunsichert wäre, ob er das, was er jetzt sagen wollte, in dieser Gesellschaft sagen konnte. »Ich weiß, daß sowohl der neue als auch der alte König immer versucht haben, einen Schnüffler oder, wenn ihr lieber wollt, einen Spion am Hofe des Herzogs einzuschleusen, um seinen Plänen zuvorzukommen. Ein ziemlich schwieriges Unterfangen, da der Herzog von Natur aus mißtrauisch ist und sich an seinem Hof am liebsten mit deutsch- oder schwedischstämmigen Menschen umgibt. Trotzdem wäre es durchaus denkbar, daß der König zur Zeit eine solche Person in den inneren Kreis eingeschleust hat und daß diese Person von dem verwegenen Plan des Herzogs und des Pastors erfahren und eine Nachricht nach Dänemark geschickt hat. Worauf eine Person in diesem Land den Grafen losgeschickt hat, um den Plan zu vereiteln.

Unabhängig davon, welche meiner beiden Versionen die richtige ist, plagt mich immer noch eine Frage, denn ...«, er schwieg einen Augenblick, während sich auf seiner Stirn eine steile Falte bildete, »... warum führte der Graf ein schwedisches Gewehr in seinem Gepäck mit sich? Das paßt überhaupt nicht zu meiner Theorie. Andererseits ...«, er grinste verlegen in die Runde, »muß man sich als Wissenschaftler manchmal damit abfinden, daß Theorien sich nicht immer beweisen lassen – was aber noch nicht bedeuten muß, daß sie falsch sind.«

Er verstummte. Keiner sagte etwas, weil niemand von uns einen besseren Vorschlag hatte.

»Ich begreife nicht, warum der Graf die Quittung in seinem Hemd aufbewahrt hat«, sagte ich schließlich. »Sie hätte doch seine Verkleidung auffliegen lassen können.«

»Ganz richtig«, antwortete Thomas, »das hätte sie. Aber ich glaube, daß Hauptmann Rigaud ganz einfach ein vorsichtiger Mann war. Ihm war klar, daß sein Auftraggeber, dieser von Bergholz, eine Menge Geld sparen würde, wenn er ihn später wegen Diebstahls anklagte, und daß er selbst dann keinen Beweis vorlegen konnte, rechtmäßig an das Geld gekommen zu sein. Außerdem wäre es durchaus denkbar, daß er die Quittung als Sicherheit aufbewahrte, um später, nach ausgeführtem Auftrag, noch mehr Geld zu fordern oder sie, falls er nichts bekäme, dem Herzog vorzulegen und zu erzählen, warum sein Attentatsplan vereitelt worden war. Möglicherweise war dieser von Bergholz in einer Situation, in der ihm eine solche Enthüllung Unannehmlichkeiten bereitet hätte. Darum verlangte Rigaud eine Quittung, und darum trug er sie die ganze Zeit mit sich herum. Aber das sind natürlich alles nur Vermutungen.«

Er zuckte mit den Schultern, als wollte er sich für diese Spekulationen entschuldigen. »Näher werden wir der Wahrheit wohl nicht kommen. Ich werde selbstverständlich versuchen herauszufinden, wer dieser von Bergholz ist, sobald wir in Ribe angekommen sind, aber eine endgültige Antwort auf die offenen Fragen werden wir sicher niemals erhalten.«

Es war lange still, aus der Küche zog der Duft von heißer Suppe herein.

Die Stille kriecht aus den Wänden, alles verschlingend, erdrückend. Selbst meine Atemzüge sind Teil dieser Stille, werden von ihr verschluckt. Ich bin froh, in meinem Bett zu liegen, sonst wäre ich nur im Raum hin und her gelaufen, um das Schweigen zu brechen, ihn zu provozieren, ihn zum Reden zu zwingen. Aber so liege ich einfach hier und beobachte ihn. Fürst Reginald hat lange dagesessen, nachdem er die letzte Seite meines Manuskripts gelesen hatte, und schweigend vor sich hin gestarrt. Jetzt greift er nach einem Knopf und spielt einen Augenblick lang daran herum, um ihn gleich darauf loszulassen, als ob er sich verbrannt hätte. Ich lächele in mich hinein. Thomas von Boueberge vermag noch immer, auch so viele Jahre nach seinem Tod, Menschen auf seine ganz spezielle Art und Weise zu berühren. Er wird niemals ganz sterben, denke ich und drücke mich dichter an den warmen Stein an meiner Hüfte.

Plötzlich erhebt sich der Fürst und geht zur Tür. Er bleibt stehen und schaut mich fragend an, nickt und macht eine kurze Bewegung mit der Hand, als ob er mir mitteilen wollte, daß er gleich zurück ist.

Was mag in ihm vorgehen?

Ich würde am liebsten schlafen. Das waren lange, arbeitsreiche Tage in der letzten Zeit. Und jetzt, wo ich zufrieden und am Ende meiner Geschichte angelangt bin, spüre ich eine Müdigkeit, die mir schwer in den Gliedern steckt. Wie man so schön sagt, ich bin kaputt bis in die Knochen.

Trotzdem fühle ich mich erleichtert. Ich lege mich schlafen und sehe der Nacht so gelassen entgegen wie schon lange nicht mehr. Die Bilder aus dem Waschhaus sind fort.

Aber der Winter ist noch lang, die Seele sehnt sich nach Erlösung. Ich glaube nicht, daß ich den nächsten Frühling erleben werde. Das macht nichts. Ich habe genügend erlebt. Ich bin müde.

Ich denke an die letzten Seiten, die ich geschrieben habe.

Montag, der 1. Januar
Im Jahr des Herrn 1700,
und die folgenden Tage

Kapitel 41

Am nächsten Morgen, dem ersten Morgen des neuen Jahres, erwachten wir bei strahlendem Sonnenschein, der zwar die Augen blendete, uns alle aber bis tief in unsere Herzen hinein erwärmte. Es war fast so, als wollte das Wetter jetzt all das Schlechte, was es in den letzten Tagen angerichtet hatte, wieder gutmachen.

Thomas war schon den ganzen Morgen in Hochstimmung. Zum Frühstück bestellte er Schnaps für alle und hob feierlich sein Glas.

»Ich möchte einen Trinkspruch ausbringen.«

Alle hörten auf zu essen und lächelten verständnisvoll.

Wir warteten gespannt.

»Heute vor genau zweiundsechzig Jahren wurde einer von Dänemarks größten Wissenschaftlern geboren.« Ich sah, wie sich die anderen überrascht anschauten, und mußte im stillen lachen. Vielleicht begann ich ja doch, diesen Mann kennenzulernen, denn ich persönlich war eigentlich nicht überrascht. »Laßt uns auf Niels Stensen anstoßen, der leider nicht mehr unter den Lebenden weilt, der aber in der Zeit, die ihm vergönnt war, so unglaublich vieles erreicht hat. Prosit.«

Alle stießen an, kippten den Schnaps hinunter und aßen mit unbändigem Appetit weiter.

Am späteren Vormittag bekam ich die Order, mich auszuruhen und im Haus zu bleiben, während Albert und Thomas den großen Jütländer vor den Schlitten spannten und durch das Tor verschwanden. Sie waren nicht lange fort, keine zwanzig Schritt vom Tor entfernt hatten sie den Pastor gefunden. Dort habe er erfroren und halb verweht im Schnee gelegen und mit offenen Augen in den Himmel gestarrt, erzählte mir Thomas. Das Messer habe er noch immer in der Hand gehalten.

In seiner Tasche fand Thomas einen Brief von Bischof Hans Nielsen Sørby in Ribe, gerichtet an Seine Majestät den König. Der Inhalt, so berichtete Thomas, sei uninteressant gewesen, aber das Siegel des Bischofs auf dem Umschlag habe ihn interessiert.

Nach ein paar sonnigen Tagen war der Schnee soweit zusammengesunken, daß wir uns weiter nach Westen wagten. Es wurde ein rührender Abschied von den Wirtsleuten und Albert und Biggi, bis wir endlich vom Hof fortritten. Scharfrichter Gustav Tønnesen hatte das Wirtshaus im Morgengrauen des gleichen Tages verlassen, noch bevor ein gewisser Mann Holzschuhe an den Füßen hatte oder wir anderen aufgestanden waren, und ich dachte mir im stillen, daß es so wohl am besten war.

In Ribe suchten wir den Bischof auf und präsentierten ihm den Brief, den Thomas beim Pastor gefunden hatte. Das Siegel erwies sich natürlich als falsch, der Pastor hatte niemals einen solchen Brief vom Bischof bekommen, obgleich er tatsächlich unmittelbar vor Weihnachten dagewesen war und das Pastorenamt für die Gemeinde Hindrup abgegeben hatte. Frisch hätte doch nach Seeland gewollt, um bei seiner Schwester zu wohnen, erklärte der Bischof und faltete verständnisvoll die weißen, dicklichen Hände. Eine traurige Sache, ach ja.

Thomas hatte sich danach erkundigt, was mit der Frau des Pastors und mit der Tochter nach deren Tod geschehen war und wo ihre Gräber wären, da er sie gerne besuchen wolle. Der Bischof schaute ihn mißtrauisch an und erwiderte, das wisse er nicht, aber in geweihter Erde seien sie natürlich nicht beerdigt worden, schließlich seien sie von eigener Hand gestorben. Thomas fragte, ob der Pastor nicht um das

Recht nachgesucht hätte, sie in geweihtem Boden zu begraben, da sie doch schrecklichen Leiden ausgesetzt gewesen seien und als geistesverwirrt gegolten haben mußten, als sie sich das Leben nahmen. Das Gesicht des Bischofs wurde hart, und er sagte, er habe solche Gesuche gesehen, aber keinen Grund gefunden, von Gottes oder des Königs Gesetz abzuweichen. Gerade letzteres sei ja wirklich eindeutig und schreibe den Geistlichen vor, »keine Erde auf jene zu werfen und auch keine Totenandacht für jene abzuhalten, die willentlich von eigener Hand gestorben sind.«

Thomas' Kiefer mahlten, und er brummte laut genug, daß der Bischof es hören mußte: Es sei durchaus rechtens, seinen Kopf zu gebrauchen und nach seinem Herzen zu gehen, sogar für einen Bischof.

Das füllige Gesicht des Bischofs lief rot an, und wir wurden beinahe vor die Tür gesetzt, wobei er rief, daß niemand, NIEMAND! so liederlich mit den Geschenken Gottes umgehen dürfe. Niemand habe das Recht, Leben zu nehmen, weder sein eigenes noch das eines anderen …

Wir hörten ihn noch immer rufen, als wir unten auf die Straße traten.

Später fanden wir das Wirtshaus, in dem Hauptmann Rigaud abgestiegen war. Es lag schräg gegenüber dem Pensionat, in dem Pastor Frisch gewohnt hatte. Der Gastwirt erzählte uns, der Hauptmann habe sich die meiste Zeit in seinem Zimmer aufgehalten und auch das Essen und den Wein hinaufbringen lassen. Er habe immer am Fenster gesessen und auf die Straße hinuntergesehen.

Thomas nickte, und anschließend gingen wir in die Schankstube hinunter, bestellten den besten Wein des Hauses und einen Hühnertopf, den die Wirtstochter gerade frisch gekocht hatte. Und wir stießen darauf an, daß die Sache aufgeklärt zu sein schien. Der falsche Brief bewies, daß der Pastor geplant hatte, ins Schloß einzudringen; mit Hilfe des Briefes hoffte er, dem König so nahe zu kommen, daß er ihn mit der in der Bibel versteckten Waffe töten könnte.

»Die Pläne eines Verrückten«, sagte Thomas, »zum Scheitern verurteilt.«

Am Abend zuvor hatte Thomas all seinen Charme und seine Redegewandtheit aufbieten müssen, um den Lehnsgrafen Hans Schack von Schackenborg milde zu stimmen, der ein bißchen Schnee und Wind kaum als triftige Begründung dafür ansehen wollte, daß wir nicht, wie abgemacht, an seinem Neujahrsempfang in der Korsbrødregade teilgenommen hatten.

Thomas machte es wieder gut, indem er unserem Gastgeber und dessen Gästen im Laufe eines langen Abends die Geschehnisse der letzten Tage in dem Wirtshaus erzählte. Er tat das derart lebendig und mit einer solchen Ausstrahlung, daß der Lehnsmann, noch unter dem Eindruck der Geschichte, sagte, er wolle dem König vorschlagen, Thomas für seine Taten zu adeln. Am nächsten Tag schien er das jedoch vergessen zu haben, was Thomas sehr recht war. Er sei keiner, der andere an ihre dummen Ideen erinnern würde. Sagte er.

Im Laufe des Abends hatte Thomas dem Lehnsgrafen die Frage gestellt, ob er eine Vorstellung habe, wer Werner von Bergholz sein könne. Dem war nicht so, aber einer der Gäste, ein Baron, glaubte zu wissen, daß es sich dabei um einen Abenteurer handele, der gegen eine erkleckliche Summe große Teile des holstein-gottorpschen Herzogtums gepachtet habe. Das sei ihm auf jeden Fall zu Ohren gekommen.

Alle im Raum waren sich einig, daß es sich dabei um eine weitere schlechte Geschichte handeln müsse. Ein Adelsmann konnte doch nicht einfach Teile seines Herzogtums an irgendeinen dahergelaufenen Menschen verpachten, nur weil ihm ein bißchen Geld fehlte.

So weit kamen wir in dieser Sache und mußten sie damit als geklärt ansehen, wenn sie auch noch nicht bis ins letzte Detail aufgeklärt war.

Obgleich das Rätsel um die Morde gelöst war, bekümmerte mich noch immer etwas, das mir einfach nicht aus dem Kopf gehen wollte, das den guten Professor aber überhaupt nicht zu beschäftigen schien. Ich hatte ihn mehrmals im Laufe der letzten Tage darauf ansprechen wollen, aber ich wußte nicht, wie ich es formulieren sollte, wie meine Frage eigentlich lautete. Jetzt, da wir auf das Essen warteten, versuchte ich es.

»Die Wirtin, Frau von Hamborch, die war doch in ... anderen Umständen.« Thomas sah mich abwartend an. »Wie soll das ... ich meine, der Wirt, ihr Mann, wird das doch bald sehen ... Und sie haben doch nicht ... hat sie doch gesagt, in all den Jahren nicht ...« Ich blickte hilflos zu Thomas auf. »Er muß doch begreifen, daß er nicht der Vater ist«, sagte ich, ärgerlich darüber, daß Thomas mir nicht zu Hilfe gekommen war.

Thomas lachte laut, hob das Glas und prostete mir zu. »Laß uns auf den Nachkommen unseres Wirtspaares anstoßen, danach werde ich dann die bekümmerten Falten auf deiner Stirn glätten, lieber Petter.« Wir stießen an und probierten den Rotwein. Ich fand ihn zu sauer, aber Thomas nickte und schmatzte zufrieden. Dann stellte er das Glas hin und machte sich bereit für einen weiteren Vortrag.

»Du erinnerst dich, daß Biggi der Wirtin zu Bett geholfen und dabei bemerkt hat, daß sie in anderen Umständen ist? Biggi und ich haben uns Gedanken darüber gemacht, wie wir der Wirtin in ihrer Zwangslage helfen könnten. Zuerst mußte ihr Mann einen Tee trinken, du hast selbst gesehen, daß Frau von Hamborch ihm in der Neujahrsnacht einen Tee serviert hat, einen Tee aus zerstoßener Knabenkrautwurzel, den er dreimal am Tag trinken muß und der seinem Unterleib Kraft geben wird. Aus den Blättern des Knabenkrautes wird ein zäher Brei bereitet, der dann auf die Hoden des Mannes gestrichen wird, um die schlafenden Kräfte darin zu neuem Leben zu erwecken. Schließlich und endlich muß man die Samen des Bilsenkrautes in Wasser ziehen lassen, bis auch sie zu einem dicken Brei werden, und diesen Brei dann mit Essig und Öl mischen und auf das Glied des Mannes streichen, wenn die Frau, also unsere Wirtin, sich wünscht, daß es … aktiv wird.« Thomas lächelte verschmitzt. »Ich glaube, Biggis Hexengebräu hat gewirkt – du hast selbst gesehen, daß die Wirtin und ihr Mann wie zwei kleine Sonnen gestrahlt haben, als wir am Neujahrsmorgen in die Wirtsstube gekommen sind.«

Thomas wartete, bis die Wirtstochter uns den Hühnertopf aufgetragen hatte. Wir nickten ihr einen Dank zu. »Wenn Hertha von Hamborch in ungefähr acht Monaten dem Wirt einen Sohn oder eine Tochter gebärt, wird er so vom Glück überwältigt sein, daß er gar nicht auf die Idee kommen wird, die Tage zurückzurechnen oder anzunehmen, daß das Kind nicht von ihm sein könnte. Er wird für immer glauben, daß dieses Kind eine Frucht seiner Lenden ist, gezeugt in der Neujahrsnacht, in der das Ehepaar endlich die Ehe vollzogen hat.« Thomas fischte mit dem Löffel nach einem Stück Fleisch und schlürfte es genüßlich ein. »Mmh«, sagte er und nickte der Wirtstochter zufrieden zu. Dann war die Spur einer Sorge in seinem Gesicht zu erkennen. »Aber ich frage mich, was aus Biggi werden wird, wie es ihr ergehen wird.«

Endlich gab es etwas, das ich wußte und das für Thomas neu war.

»Sie wird schon zurechtkommen. Albert wird sie wohl nicht mehr weglassen, und es sah so aus, als ob die Wirtin sie gerne im Haus behalten würde. Der Wirt muß sich also wohl damit abfinden, auch in Zukunft eine Hexe um sich herum zu haben.«

Thomas lachte. »Ja, das kann unserem Wirt nur guttun.«

»Ihr erinnert Euch doch, daß Biggi ihren hilfreichen Geistern eine Frage gestellt hatte, als sie darauf aufmerksam wurde, daß …«, ich schluckte einmal, »… daß jemand … Marie … sterben würde?«

Thomas nickte, er erinnerte sich daran.

»Bevor wir das Wirtshaus verließen, habe ich mich bei ihr erkundigt, wonach sie da gefragt hatte.« Ich lächelte. »Ihre Frage lautete, ob sie bei Albert im Wirtshaus bleiben würde. Und die Antwort, die sie bekam, lautete ›ja‹.«

Thomas brummte und goß uns Wein nach. Ich nippte vorsichtig – er schmeckte noch immer sauer.

»Ich kann Euch jetzt wieder Professor nennen, nicht wahr?«

Thomas sah mich verständnislos an. »Wie meinst du das?« Dann erinnerte er sich plötzlich an seinen Wutausbruch, nachdem Albert den Mord eingestanden hatte, den er gar nicht begangen hatte. Thomas lächelte glücklich. »Doch, jetzt darfst du wieder Professor sagen.«

Wir saßen lange schweigend da und genossen das gute Essen. Es gesellten sich andere Menschen zu uns, tranken einen Krug Bier oder aßen etwas und wärmten sich in der Schenke auf, bevor sie wieder in den beißenden Westwind hinaus mußten. Ein paar Seeleute würfelten an unserem Tisch und fluchten laut darüber, daß sie bei dem Eis auf dem Fluß nicht mit ihren Booten auslaufen konnten, um die Fracht der draußen auf Reede liegenden Schiffe zu löschen. Ich spürte, wie ich es genoß, wieder unter Menschen zu sein in der Stadt.

»Es ist schon merkwürdig«, Thomas' Augen folgten dem Tanz der Würfel über den Tisch, »daß etwas derart Zufälliges, etwas, das aus zwei völlig ungleichen Teilen zu bestehen scheint, eins werden kann.« Ich nickte, auch ich hatte daran gedacht, wie erstaunlich es war, daß sich Biggi und Albert, zwei Menschen aus gänzlich unterschiedlichen Teilen dieser Welt, begegnet waren und in so vielerlei Hinsicht die gleichen Erfahrungen gemacht hatten und so wesensverwandt waren. Thomas schob den leeren Teller beiseite und redete weiter: »Nein, es ist eins, es kann aber zwei unterschiedliche Resultate geben, zwei Formeln. Hm.« Ich glotzte ihn verwirrt an. Wir folgten offensichtlich nicht den gleichen gedanklichen Bahnen.

Thomas bemerkte meinen Blick und setzte sich gerade hin. »Du verstehst doch wohl, ich mußte an die Frage der Länge des Kalenderjahres denken, in der letzten Zeit hat es so viel Gerede darüber gegeben, daß mir das irgendwie nicht mehr aus dem Kopf geht.« Ich lächelte. An diesem ›Gerede‹ hatte sich nur eine einzige Person beteiligt.

»Es gibt nämlich zwei Arten von Jahren oder zwei Arten, die Länge eines Jahres zu berechnen; entweder abhängig vom Beginn der Jahreszeiten, der Wintersonnenwende und so weiter – oder ausgehend von irgendeinem Stern im All, von dem aus man den Gang der Erde um die Sonne betrachtet. Dann kommt etwas Erstaunliches zum Vorschein: Es gibt nämlich einen Unterschied von zwanzig Minuten pro Jahr.«

Das mit der Zeit war mir noch immer nicht richtig klar, und ich begriff nicht, daß man sich über zwanzig Minuten derart aufregen konnte.

»Insbesondere erstaunt mich«, Thomas blickte mich ärgerlich an, als erwartete er ein größeres Interesse meinerseits für seine Ideen, »daß wir ja von der gleichen Erde und der gleichen Sonne ausgehen und dennoch zwei unterschiedliche Resultate bekommen – es gibt nicht nur eine Wahrheit, sondern zwei. Verstehst du?«

Ich nickte zögernd. Was ich verstand, war, daß manches nicht so einfach war, wie es aussah. Aber das war mir nicht neu – das habe ich im Grunde sehr rasch verstanden, nachdem ich Thomas kennengelernt hatte. Eine einfache Erklärung war ihm nie genug.

»Worauf ich hinauswill, ist, daß dahinter eine Form von Zufall, eine mathematische Unberechenbarkeit verborgen liegt. Ist es denkbar, daß ein Gott, der etwas derart Schönes und Vollendetes wie einen Schmetterling erschaffen hat, hinter einer solch universalen Ungenauigkeit steht?«

Ich war dabei, den Faden zu verlieren, als er mir weiterhalf. »Denk nur an Papst Gregor XIII., der den Kalender eingeführt hat, den auch wir im nächsten Monat übernehmen werden. Er war ein fortschrittlicher, rational denkender Mann und gleichzeitig …« Thomas schwenkte sein Glas mit dem roten Wein, betrachtete die Farbe und roch daran, »… war er der Papst, der ein Tedeum bestellte, eine Hymne zur Ehre Gottes, als er hörte, daß Tausende von Hugenotten in Paris –

du weißt schon, Alberts Vorväter – abgeschlachtet worden waren, niedergemetzelt von katholischen Soldaten und dem Pöbel.«

Mit einem Finger, den er kurz in sein Weinglas getaucht hatte, schrieb er etwas auf die Tischplatte und murmelte: »Wie konnte das der gleiche Mann tun? Ein solcher Barbar.« Ich konnte nicht lesen, was er da vor sich hingemalt hatte, die Buchstaben standen auf dem Kopf.

Ich dachte an Albert und seine tragische Geschichte. Und daran, daß er jetzt seinen Platz gefunden hatte; ein glückliches Schicksal hatte ihn mit einer Frau zusammengeführt, die ihn verstand.

Nach einer Weile leerte Thomas sein Glas, stand auf und bezahlte. Es war an der Zeit, weiterzukommen.

Während ich meinen Umhang überwarf, ging ich um den Tisch herum, um die roten Buchstaben zu lesen, die bereits eingetrocknet waren. Aber die Worte waren noch zu erkennen:

Am Anfang war die Zahl, und die Zahl war Null.

Kapitel 42

Die Mäuse sind noch nicht gekommen. Der Fürst auch nicht. Um mich herum nichts als Stille.

Ich liege allein in meiner Kammer und denke an Thomas von Boueberge, und wie er am 27. Julius im Jahr des Herrn 1700 eine Urkunde an das kleine Wirtshaus in Jütland schickte. Eine Urkunde, die bekanntgab, daß die Finnin Birgit Klementsdatter aus dem Amtsbezirk Vardøhus, auch Bieggat oder Biggi genannt, nicht länger als geächtet oder zur Verbannung verurteilt gelte. Das Urteil vom 16. Augustus 1681 wegen signeri und maleficium war demnach aufgehoben und ungültig.

Thomas hatte die damaligen Urteilsbegründungen durchgearbeitet und derart viele Verstöße im Verhandlungsverlauf aufgedeckt – unter anderem die Anwendung von Folter, bevor ein Geständnis vorlag –, daß die Schöffen des Obersten Gerichts, die norwegische Rechtsangelegenheiten behandelten, nur wenig Zeit brauchten, um ihr richterliches Urteil über den Freispruch zu verkünden. Es verhielt sich nämlich so, wie Thomas mir später erklärte, daß die Anwendung von Folter nur dann erlaubt war, wenn der Schuldige bereits ein Geständnis abgelegt hatte.

Biggi war demnach eine freie Frau.

Weiter muß ich daran denken, daß Thomas von Boueberge, kaum daß wir nach Kopenhagen zurückgekehrt waren, eine Ermittlung in Gang setzte, die Licht in die Umstände der Vergewaltigung respektive des Todes der beiden Kinder von Pastor Jacob Frisch bringen sollte, um den Schuldigen an dieser grauenvollen Tat ausfindig zu machen, die mit etlichen Jahren Verzögerung derart schreckliche Folgen nach sich gezogen hatte.

Dabei fällt mir ein, daß ich vor kurzem einen Brief von meinem guten Freund Joseph Pondz erhalten habe, Professor in Religionsgeschichte an der Sankt-Peter-Fakultät in Rom, einen Brief, den ich mit einer Mischung aus Wehmut und einem versteckten Lächeln las. Wenn man ein halbes Leben lang unzählige Vorlesungen und tadelnde Zurechtweisungen zu hören bekommen hat von einem Mann, der unschätzbares Wissen besaß und immer auf dem neuesten Stand der Forschung zu sein schien, ist es schon seltsam, diesen Professor Thomas von Boueberge post mortem dabei zu ertappen, daß er einem Irrtum aufgesessen war. Der Brief lautete folgendermaßen:

»Teurer Freund,
Zu Eurer Frage, ob die Zahl Null als das Jahr Null in den Gregorianischen Kalender eingebaut wurde, kann ich mit absoluter Sicherheit antworten, daß dem nicht so ist. Es hätte zwar nahegelegen, das zu tun, aber ich vermute – wegen der

Berücksichtigung der vielen Jahreszahlen in den Geschichtsbüchern und ähnlichen Werken, die man zur Vermeidung von Mißverständnissen hätte anpassen müssen –, daß der Gedanke daran Gregor XIII. und das Kalenderkomitee von dergleichen Überlegungen abgehalten hat. Auch für die Zukunft scheint es keine diesgearteten Pläne zu geben.

Mit Hochachtung
Euer Euch in ewiger Freundschaft verbundener
Joseph Pondz«

Fürst Reginald betritt mit einem Glas und einer Karaffe Wein den Raum. Unter seinem Arm sehe ich ein paar Bögen Papier hervorlugen. Ich warte, daß er an mein Bett tritt und sich setzt, aber er schenkt sich Wein ein, legt das Manuskript neben die Kerze und rückt sich einen Stuhl zurecht ... Es sieht ganz so aus, als ob er es noch einmal von vorne lesen wollte!

Was ist los mit ihm? denke ich. Ist er nervös? Irgend etwas ist seltsam ...

Schließlich kommt er doch zu mir herüber, nickt mir mit einem listigen Ausdruck im Gesicht zu und legt, ohne ein Wort zu sagen, ein zerfleddertes Buch auf meine Bettdecke. Danach geht er zu seinem Platz zurück und setzt sich, beugt sich über das Manuskript und vertieft sich in die Lektüre, ohne mich noch eines Blickes zu würdigen.

Ich mag nicht im Bett lesen. Ein Bett ist dazu da, die Augen auszuruhen, die Gedanken schweifen zu lassen, in die Nacht zu lauschen und auf die Mäuse – und um sich warm zu halten. Am liebsten würde ich die Papiere einfach liegen- oder auf den Boden fallen lassen. Soll dieser ... Flegel mir doch vorlesen, wenn er meint, daß ich den Inhalt kennen müßte.

Fürst Reginald ist vollkommen in meine Geschichte vertieft, von meinen Worten gefangen und wird wahrscheinlich eine ganze Weile nicht mehr aufschauen, wie mir scheint. Dann muß er sich eben bis morgen mit dem Vorlesen gedulden.

Ich schließe die Augen.

Und schlage sie gleich wieder auf. Sehe die Kante der Papierbögen über meine Decke hinausragen, grobes, billiges Papier, wie der Krämer es an arme Leute verkauft. Was will der Fürst mir damit sagen? Was hat er mir da zu lesen gegeben? Und warum?

Grobes Papier?

Ich drehe mich auf die Seite, worauf die Papiere von der Bettdecke gleiten. Aber sie fallen nicht auf den Boden, sondern bleiben so an dem Seitenbrett hängen, daß ich einen kleinen Ausschnitt des Textes erkennen kann. Ich kann keine einzelnen Wörter lesen, aber ich sehe die Schrift, die mir irgendwie bekannt vorkommt …

Ich setze mich auf, schiebe mir das Kissen in den Rücken und greife nach den Papieren, während ich im Augenwinkel registriere, daß der Fürst grinsend zu mir herüberschaut. So ein Rüpel!

Der Buchdeckel ist voller Flecken, als wäre er als Unterlage für Mahlzeiten benutzt worden. Die Seiten sind mit vier Leinenstreifen zusammengebunden, die allem Anschein nach von einem alten Hemd stammen.

Die Schrift auf dem Buchdeckel erkenne ich selbst nach vier Jahrzehnten noch wieder: »Die täglichen Notizen über das Leben eines verratenen Abenteurers und Glücksritters, von Obrist-Lieutenant Werner von Bergholz geschrieben«.

Ein verratener Abenteurer und Glücksritter! Von Bergholz' Lebensgeschichte! Tägliche Notizen – eine Art Tagebuch also!

»Das Buch, welches das geschriebene Wort vermittelt, eine Erzählung, Wissen«, sagte Thomas einmal, »ist die größte Erfindung seit der Zähmung des Feuers.«

Hier sitzen wir also völlig gebannt in meiner kleinen Kammer, zwei erwachsene Männer, der Welt des Schlosses entrückt, ein Menschenalter zurückversetzt in vergangene Zeiten, derart gefesselt von dem geschriebenen Wort, daß nur ein Erdbeben, das Mauern und Wände zum Einstürzen bringen würde, uns der Macht des Wortes entreißen könnte. Wir lesen, bis die Kerzen fast heruntergebrannt sind und die Flammen bald in ihrem eigenen Wachs ertrinken.

Fürst Reginald verläßt den Raum und kehrt kurz darauf mit frischen Kerzen zurück. Er tauscht die Kerze an meinem Kopfende aus, damit ich mit dem Lesen nicht aufhören muß. Danach läßt er sich in aller Ruhe auf seinem Stuhl nieder und sieht mich unverwandt an, während er von seinem Wein nippt. Genauso sitzt er immer noch da, als ich die letzte Seite umblättere und verwirrt aufschaue.

»Das ist alles«, sagt er.

Ich lese die letzten Worte noch einmal:

»17. November 1705 – Habe eine schlaflose Nacht hinter mir. Der Husten sticht inzwischen wie mit Messern in meinen Lungen, ich muß den Wirt bitten, einen Aderlasser zu holen. Und eine Nachricht zum Schloß senden. Meine Federkiele sind bis zur Unbrauchbarkeit abgenutzt und schon mehrmals gebrochen, weil meine Hand so sehr zittert. Ich bin sicher, daß dem Fürsten sehr daran liegt, daß ich meine Geschichte zu Ende schreibe – und das mit neuen Federkielen …«

Ganz unten auf der Seite ist ein Tintenklecks. Ich blicke zu Reginald.

»Er hat nicht mehr weitergeschrieben?«

»Er starb.«

Der Fürst zieht seinen Stuhl neben mein Bett und beginnt zu erzählen.

»Eines Tages im Herbst des Jahres 1705 kam Nachricht von einem Gastwirt aus der Stadt, daß einer seiner Gäste Fürst Wilhelm, also Fürst Reginalds Vater, etwas Wichtiges mitzuteilen habe. Der Überbringer der Nachricht, ein Laufbursche aus dem Wirtshaus, wußte zu berichten, daß der Gast das wenige Geld, das er besaß, aufgebraucht habe, und bald vom Wirt vor die Tür gesetzt werden würde. Der Laufbursche überbrachte Fürst Wilhelm einen Brief des Pensionsgastes. Fürst Wilhelm las ihn und begab sich augenblicklich in die Stadt, um mit dem Fremden zu reden.«

»Was stand in dem Brief?«

»Das weiß ich nicht. Ich konnte ihn nirgends in der Bibliothek finden.«

Der Fürst und der verarmte von Bergholz, um den es sich hier natürlich handelte, trafen eine Übereinkunft, daß der Fürst von Bergholz' Aufenthalt in dem Wirtshaus bezahlt und als Gegenleistung dessen Aufzeichnungen bekommt.

»Wozu? Welchen Nutzen hätte Euer Vater davon gehabt?«

»Ich weiß es nicht so genau. Vater hat nie darüber gesprochen. Aber ich habe den alten Tobias gefragt, der damals schon Diener war, ob er sich an diese Episode erinnern kann. Er meint, daß es eine Art Geste meines Vaters gegenüber von Bergholz war, einem Mann, der in seinem Fürstentum Schutz suchte, als er sich von den Regierenden des Herzogtums verfolgt fühlte. Möglicherweise hoffte mein Vater, mehr über die gestohlenen Bücher herauszufinden, ich kann es nicht sagen. Aber vielleicht war er auch einfach nur neugierig und wollte mehr über das Vagabundenleben dieses Abenteurers erfahren.«

Fürst Reginald nippt von seinem Wein und sieht mich über den Rand des Glases an.

»Es wäre ihm aber auch ohne weiteres zuzutrauen, daß er es nur tat, um den neuen Herrscher des Herzogtums zu provozieren, so war er eben. Außerdem war ihm klar, daß der kranke von Bergholz nicht mehr lange zu leben hatte. Bergholz begann jedenfalls mit der Bearbeitung seiner Aufzeichnungen, um die Zusammenhänge deutlicher hervorzuheben.«

Mir geht ein Gedanke durch den Kopf: »Diese Bibel mit den darin verborgenen Waffen, das Buch der Rache, wie Pastor Frisch es genannt hat, war das eins der Werke, die aus Eurer Schloßbibliothek entwendet wurden?«

»Nein«, sagt Fürst Reginald mit einem Lächeln. »Ich hatte auch daran gedacht und bin deswegen alle Briefe und Notizen durchgegangen, die mein Urgroßvater zu diesem Fall gemacht hat. Aber eine solche Bibel erwähnt er an keiner Stelle.«

»Hat Euer Vater jemals Bergholz' Manuskript gelesen?«

»Das weiß ich nicht. Wie gesagt, er hat es mir gegenüber niemals erwähnt. Ich habe es vor vielen Jahren zufällig entdeckt, als ich noch jung war und mich heimlich, damit Vater nichts merkte, nachts in die Bibliothek schlich, um zu lesen.«

»Wie bitte ...!! Warum das? Wir haben uns doch nichts mehr gewünscht, als Euch runter vom Pferd und in die Bibliothek zu kriegen.«

»Eben drum«, sagt der Fürst verschmitzt grinsend, »wollte ich nicht, daß ihr etwas davon erführet. Das wollte ich für mich behalten. Es war viel spannender, heimlich zu lesen. Das gleiche am hellerlichten Tage wäre nur langweilig gewesen. Im Dunkeln, und wenn ihr anderen schlieft, war es, als ob die Bibliothek, die Bücher und alles, was in den Büchern stand, zu einer anderen Wirklichkeit würden.«

Ich seufze. Wie viele graue Haare hatte ich ohne Grund bekommen?

»Dieses zerfledderte, unvollendete Manuskript entdeckte ich in einem Buchschrank. Ich las es in einer einzigen Nacht und war fasziniert von diesem Mann und seinen Visionen. Aber dann vergaß ich ihn wieder. Erst als er in Eurer Geschichte erwähnt wurde, entsann ich mich wieder.«

Ich liege lange schweigend da und blicke diesen ... Lümmel an, so lange, daß er ganz verlegen wird.

Ich räuspere mich und nicke in Richtung des Schreibpultes.

»Die letzten Seiten des Manuskriptes liegen in der Schublade.« Ich meine den Brief von Pondz und meine letzten Aufzeichnungen.

»Was! Gibt es noch mehr?«

»Nicht viel.«

Während er die Blätter heraussucht und liest, überfliege ich noch einmal die Seiten aus von Bergholz' Aufzeichnungen, die ich am interessantesten finde, weil sie mit meiner eigenen Geschichte zu tun haben.

Zuerst der Spätsommer des Jahres 1698 ...

»… Die ständigen militärischen Attacken des Herzogs sowie seine großartigen Baupläne für das Schloß – er hat den alten Turm abreißen lassen und will den Südflügel um zwei Stockwerke erhöhen und das Ganze mit einer alles überragenden Kuppel krönen – erfordern, daß er mehr Geld leihen muß, was mir nur recht sein soll. Ich möchte, daß mein Geld zirkuliert, lieber, als daß es unnütz auf der Bank herumliegt. Mittlerweile besitze ich das Pachtrecht für den Großteil des Herzogtums und habe gefordert, auch die Verwaltung dafür übertragen zu bekommen, was mir gewährt wurde. Damit habe ich mein vorläufiges Ziel erreicht.

Namentlich ist mir der Herzog nach wie vor übergeordnet, aber die kurzsichtige und oberflächliche Art, mit der er sein Land regiert, hat dazu geführt, daß ich ohne Scheu und schlechtes Gewissen meine eigenen Wege gehe und Pläne für die Zukunft des Landes schmiede, ohne ihn an anderen Dingen teilhaben zu lassen als dem Notwendigsten, den Dingen, die nach dem Gesetz sein Einverständnis und seine Zustimmung erfordern.

Natürlich habe ich mir damit Feinde gemacht. Georg Heinrich von Goertz, Ratgeber des Herzogs in ausländischen Angelegenheiten, ist einer von ihnen, der offensichtlichste. Selbst mein nächster Untergeordneter in der Verwaltung, Kristian August, in den der Herzog große Hoffnungen setzt, würde wohl gerne meinen Fall erleben …«

Etwas später im gleichen Jahr schreibt er:

»… Ich habe Kontakt zu holländischen und französischen Bauherren aufgenommen und ihnen meine Pläne von neu anzulegenden Hafenstädten an der Westküste vorgelegt. Es wurde Interesse bekundet, ebenso an weiteren Plänen zum Ausbau des Wegenetzes im Herzogtum, zur Anlage eines Kanals quer durch das schleswigsche Land und zur Errichtung von Dämmen nach Nordstrand und Sylt. Das freut mich und läßt mich guten Mutes mit meinen Projekten fortfahren. Kolonisten sollen die Möglichkeit bekommen, die umfassenden unbewohnten Landstriche und Inseln zu besiedeln. (So hoffe ich auch die fanatische Sekte von Nordstrand zu vertreiben, die sich dort niedergelassen hat, da der Herzog mir untersagt hat, sie fortzujagen).«

Im November im Jahr des Herrn 1699 schreibt er:

»... ein Pastor, der den dänischen König ermorden will. Der Herzog hat ihm ohne mein Wissen eine alte Bibel gegeben, in der unterschiedliche heimliche Waffen für einen Meuchelmord verborgen sind. Und Geld, damit er nach Kopenhagen kommen kann. Er soll auch einen falschen Brief verfaßt und dem Pastor ausgehändigt haben, der vom Bischof in Ribe an den dänischen König gerichtet ist.

Ich halte den Plan für geisteskrank. Er kann nicht gelingen, und es wird unsere Beziehungen zum Königreich nur verschlechtern, wenn der Pastor, was zweifellos geschehen wird, entlarvt wird und der König von Dänemark herausbekommt, daß der Herzog hinter den Attentatsplänen steht. Der Plan wird meine Bestrebungen für den Frieden und ein gütliches Verhältnis zu unserem Nachbarland und alle meine Träume für das Herzogtum zerstören. Krieg und Verwüstung ist die Zukunft, die dieser Plan uns bescheren wird. Meine Visionen werden über die Kante des Zeichentischs nicht hinauskommen, sie werden niemals in die Realität umgesetzt werden. Das kann ich nicht zulassen!

Der Herzog wird sich auf keinen Fall darauf einlassen, diesem Pastor Einhalt zu gebieten, ich kenne ihn. Das wird sein Stolz nicht zulassen, selbst wenn ich ihn von der Wahnwitzigkeit des Planes überzeugen könnte. Ich muß das Ganze selbst in die Hand nehmen und darf mit niemand anderem darüber sprechen als mit demjenigen, der meinen Gegenplan ausführen soll.

...

Der stellvertretende Kommandeur der Söldner der Kavallerie, ein französischer Hauptmann namens Jules Rigaud, ist ein unsympathischer, doch tüchtiger Teufel. Ich mag ihn nicht, aber das ist für das, wozu ich ihn brauche, auch nicht notwendig ...«

Das letzte Mosaiksteinchen fällt an seinen Platz. Jetzt ist alles aufgeklärt, vier Jahrzehnte nachdem Thomas die meisten Fragen bereits beantwortet hatte. Nur bedauerlich, daß er das nicht mehr erfahren durfte. Obwohl er mit keiner seiner Theorien über von Bergholz richtiggelegen hat, bin ich ganz sicher, daß er einiges dafür gegeben hätte, auch die letzten Details zu erfahren. Selbst die Existenz des schwedischen Gewehrs verstehe ich im Nachhinein, da Schweden Stützpfeiler und wichtigster Lieferant des Herzogtums sowohl von Soldaten als auch von Waffen war.

Daß der Graf von einem Mann aus den eigenen Reihen des Herzogs geschickt worden war, einem seiner nächsten hochrangigen Untergebenen, hatten wir zu keinem Zeitpunkt in Erwägung gezogen.

»... Ich zahlte ihm eine erkleckliche Summe dafür, den Attentatspastor ausfindig zu machen, bevor dieser Kopenhagen erreicht. Er soll ihn umbringen, auslöschen. Ihn von der Oberfläche der Welt entfernen. Dieser Rigaud wird den doppelten Betrag von mir bekommen, sobald der Pastor ausgeschaltet ist und er mir die verräterische Bibel ausgehändigt hat. Sie muß zurück in die Bibliothek, als ob sie nie weg gewesen wäre ...«

Ich schaue auf. Der Fürst hat zu Ende gelesen und starrt in Gedanken verloren in die flackernde Kerzenflamme. Ich blättere ein gutes Stück weiter in das Jahr 1702.

»... Habe Nachricht erhalten, daß Herzog Frederik Christian in der Schlacht von Klissow gefallen ist ...«

Damit wendete sich das Blatt für von Bergholz, der damals auf dem Höhepunkt seiner Macht stand.

Innerhalb kürzester Zeit sollte alles auseinanderfallen. Die Witwe des Herzogs, die schwedische Prinzessin Hedevig Sofie, übernimmt die Vormundschaft für ihren zweijährigen Sohn. Mit ihm zusammen zieht sie nach Stockholm und überläßt Georg Heinrich von Goertz die Leitung der Finanzverwaltung und Kristian August die Verantwortung für die Verwaltung des Herzogtums. Von Bergholz wird alle Macht entzogen, doch er kämpft trotzdem weiter, um sie oder wenigstens sein Geld wiederzuerlangen. Aber weder das eine noch das andere gelingt ihm. Gut zwei Jahre später flieht Werner von Bergholz, eine Abteilung Soldaten auf den Fersen, Soldaten, die die Vollmacht haben, ihn festzunehmen oder zu erschießen, falls er Widerstand leistet.

Er ist jetzt ein armer Mann, der all seinen Besitz verloren und außer seinem Stolz – und einem häßlichen Husten – nichts mehr hat.

Er flieht nach Süden in das Fürstentum, von dem er mit Sicherheit weiß, daß die Verfolger ihn von dort nicht werden zurückholen können – in das Fürstentum des Fürsten Wilhelm.

Er quartiert sich in einem Wirtshaus in der Nähe des fürstlichen Schlosses ein und beginnt mit der Niederschrift seiner Memoiren …

»… damit der Wirt selbst lesen kann, welches Verbrechen mir ungerechtfertigterweise zugefügt worden ist und was für scham- und ehrlose Menschen im Herzogtum Holstein-Gottorp an der Macht sitzen.«

Bald schon tauchen neue Schwierigkeiten auf.

»… Das Qvartan-Fieber zwingt mich jeden dritten Tag ins Bett, der Aderlasser hat meinen letzten Schilling bekommen und konnte mir trotzdem nicht mehr sagen, als daß mir nur noch wenig Zeit bleibt. Eine solche Mitteilung sollte von jeder Bezahlung ausgenommen sein ...«

Und die verbleibende Zeit war wirklich kurz. Soweit ich seinen Aufzeichnungen entnehmen kann, lebte er knapp zwei Monate in dem Fürstentum. Todkrank, verarmt und einsam, ohne anderen Nachruhm als einen Stapel zerfledderter Blätter, die bald in einem Schrank verschwinden und in Vergessenheit geraten sollten.

Bis jetzt.

Ein Geräusch läßt mich aufschauen.

Endlich bewegt sich Fürst Reginald. Zuerst das eine Bein, dann einen Arm, kurz darauf das andere Bein. Er taucht aus seiner Gedankenwelt auf, räuspert sich und dreht den Kopf. Seine buschigen Augenbrauen verleihen seinem Gesicht etwas Unwirsches. Sein Blick sucht den meinen. Er zögert einen Moment, dann sagt er: »Mein bester Hortten, im Sommer, wenn die Sonne am wärmsten scheint, da werdet Ihr mit mir einen Ausflug hinauf ins dänische Reich machen.«

Er nickt in Gedanken versunken: »Ihr habt mir viel zu zeigen, glaube ich.«

ENDE

Mein großer Dank geht an:

Elisabeth Arneng Varsi für die Übersetzung ins Samische,

Jan Engedal für die Überprüfung und die Übersetzung der lateinischen und deutschen Textstellen,

Eva McDonald für die Überprüfung der französischen Textstellen,

die Bibliothek von Horten für die gewissenhafte Hilfe selbst bei den dümmsten Fragen,

nicht zuletzt an Tore Hagen für die positive und geduldige Kritik und die Beschneidung norwegischer Stilblüten,

und natürlich an Kin für ihren liebevollen Umgang mit mir in nahezu allen Phasen des Buches, für ihre Beiträge, die langen, anregenden Diskussionen und den niemals nachlassenden Glauben an das Buch und seinen Autor.

Und an Kasper, der selbst einen Stein zum Lächeln bringt.

Kurt Aust

Für glückliche Ohren
ÜBER 6 MONATE PLATZ 1 DER HÖRBUCH-BESTSELLER-LISTE
FRIEDRICH DER GROSSE
Christian Graf von Krockow
FEATURE DER>AUDIO<VERLAG
DONNA W. CROSS DIE PÄPSTIN
HÖRSPIEL DER>AUDIO<VERLAG
Mäuseken Wackelohr
Hans Fallada/Peter Brasch
KINDERHÖRSPIEL DER>AUDIO<VERLAG
Ob groß oder klein: Der Audio Verlag macht alle Ohren froh. Mit Stimmen, Themen und Autoren, die begeistern; mit Lesungen und Hörspielen, Features und Tondokumenten zum Genießen und Entdecken.
DER>AUDIO<VERLAG D>A<V
Mehr hören. Mehr erleben.
Infos, Hörproben und Katalog: www.der-audio-verlag.de
Kostenloser Kundenprospekt: PF 193, 10105 Berlin

Kurt Aust

Die dritte Wahrheit

Roman

Aus dem Norwegischen von Maike Dörries und Günther Frauenlob

575 Seiten. Gebunden

ISBN 3-378-00642-0

Kurt Aust kennt sich aus in der Welt des 18. Jahrhunderts – das macht den Charme seiner Bücher aus. Virtuos kombiniert er klassische Elemente des Kriminalromans mit Geschichten aus einer Epoche, die von großen geistigen Umbrüchen geprägt ist: dem Beginn der Aufklärung.

Weil er die Intrigen des Herzogs erfolgreich enthüllt hat, ist Thomas von Boueberge an die Universität zu Kopenhagen berufen worden. Das Sommersemester 1701 geht zu Ende und Ruhe wird einziehen, glaubt Thomas. Doch dazu kommt es nicht. Das Gericht des Königs überträgt ihm die Aufklärung eines mysteriösen Mordfalls: Auf einem Gut in der Nähe von Viborg ist der Vogt erschossen worden.

»Der Leser des Aust-Romans ist schon nach wenigen Seiten fasziniert von der gelungenen Mischung aus historisch und kriminalistisch. Ein ebenso unterhaltsames wie spannendes und anspruchsvolles Buch.«

Hessisch-Niedersächsische Allgemeine

Gustav Kiepenheuer

VERLAG